폐허의 푸른빛

폐허의 푸른빛

초판 1쇄 발행 2019년 9월 30일

지은이 구모룡
펴낸이 강수걸
편집장 권경옥
편집 이은주 박정은 윤은미 강나래
디자인 권문경 조은비
펴낸곳 산지니
등록 2005년 2월 7일 제333-3370000251002005000001호
주소 부산시 해운대구 수영강변대로 140 BCC 613호
전화 051-504-7070 | 팩스 051-507-7543
홈페이지 www.sanzinibook.com
전자우편 sanzini@sanzinibook.com
블로그 http://sanzinibook.tistory.com

ISBN 978-89-6545-629-2 03810

* 책값은 뒤표지에 있습니다.
* 이 도서의 국립중앙도서관 출판예정도서목록(CIP)은 서지정보유통지원시스템 홈페이지(http://seoji.nl.go.kr)와 국가자료공동목록시스템(http://www.nl.go.kr/kolisnet)에서 이용하실 수 있습니다.(CIP제어번호: CIP CIP2019038199)

산지니평론선 • 15

구모룡 평론집

폐허의 푸른빛

비평의 원근법

산지니

책을 내면서

어떤 이미지들은 뇌리를 떠나지 않는다. 하늘을 향해 솟아오른 뒷동산의 포플러, 동구의 정자나무, 시냇가 웅덩이와 바위, 여름밤을 가로지르는 반딧불, 쏟아지는 별빛들, 눈 덮인 산등성이의 번쩍이는 햇빛 등. 이런 이미지들은 대체로 나의 유년과 추억 속에 있다. 동구의 팽나무는 여전하게 무성하지만, 반딧불이나 온통 눈으로 뒤덮인 산록을 대하긴 힘들다. 어린 시절 유난히 눈이 잦았던 겨울이 많았다. 여름 시냇가의 밤을 수놓던 반딧불은 이제 겨우 드문드문 명멸할 뿐이다.

간혹 깊은 산속 아름드리나무가 있는 숲속에서 길을 잃는 꿈을 꾸었었다. 거의 산정 가까운 곳인데 한참을 익숙한 길을 가다 그만 그 숲에 당도하여 방황하다 깨곤 하였다. 두려움이나 공포보다 미묘한 환희가 스며드는 가운데 잠에서 벗어났다. 내 경험 속에 이와 같은 산정의 숲은 없다. 신화 속의 '신성한 숲'처럼 환각으로 다가왔으나 오래도록 떠나지 않는다. 마치 실제 겪은 이미지와 같은데 아직 그 까닭을 알 수 없다.

쓴 글들을 묶으면서 내 문학을 이끌어준 색깔을 생각해보았다. 폭설이 내려 산중의 꿩이 먹이를 찾아 마을로 내려왔던 해가 있었다. 온 세상이 하얗게 지워졌다. 순백의 공간 속에서 빛나는 언덕이 눈길을 끌었다. 푸른 섬광을 바라보면서 그 어떤 내면의 기쁨을 느꼈다. 나의 유년을 지배한 색깔은 온통 푸른빛이다. 메마른 잿빛 겨울조차 푸른빛으로 되살아났다. 굳이 문학을 선택한 이유를 말하라면 이와 같은 푸른빛 때문이라고 해도 좋을 듯하다. 사라져가는 푸른빛의 추억을 되새기고 그

빛깔을 놓치지 않고 희망으로 삼으려 했던 것도 같다.

돌이켜보면 삶은 푸른빛과 갈수록 멀어지는 형국이었다. 자욱한 안개가 깔리고 어두운 연기가 짙기만 하다. 산정의 숲 대신 폐허의 진창으로 빠져드는 악몽이 잦다. 잠도 없고 꿈도 없는 기이한 나날들도 많다. 지난 세기에 있었던 전쟁의 비참을 경험하지 않았으나 파국의 예감은 전망을 흐리게 한다. 더 나아질 게 없다는 회의가 엄습할 때가 많다. 당장 이 시간을 말하기도 버거운데 어떻게 오지 않은 시간을 따질 것인가? 문학도 비평도 이미 자본의 제단에 바쳐진 희생물에 불과하지 않은가? 한갓 유희로 빠지지 않고 여린 진정성에 기대면서 폐허의 시간을 버텨내는 일이 시가 된 지 오래다. 세계를 변화시키는 형성적인 시와 서사의 힘은 어디에서 찾을 수 있을까? 바로 이와 같은 역설의 시간에 오늘의 문학과 비평이 처했다. 이를 은유하여 '폐허의 푸른빛'이라 부르고자 하였다.

이 책을 통하여 시와 서사에 대한 나름의 방법적이고 이론적인 전망을 조금이나마 드러내려 했다. 그러함에도 앞서 2015년에 출간한 『은유를 넘어서』를 이어 보다 더 정돈된 시론에 대한 과제는 남아 있다. 이에 관한 두 가지 일을 진행하고 있다. 그 하나는 은사인 김준오 선생의 시론을 다시 읽는 일이고 다른 하나는 동아시아의 시적 수사학인 '제유'에 관한 글쓰기를 완성하는 일이다. 이번 평론집 이후에는 한 주제에 집중하는 저술에 힘을 쏟을 계획이다. 시론(시조 시학을 포함하여)은 물론이고 해양문학이나 지역학에 관한 관심인데 그 계기들이 이번 책에 내재한다고 생각한다. 특히 1부가 그렇다. 2부와 3부는 시인의 시집과 소설가의 소설을 매개로 대화를 나눈 장이다. 청탁을 받아 해설로 쓴 글들이지만 나름의 경향성이 읽혔으면 좋겠다. 4부는 일종의 부록이다.

그동안 내가 비평 활동을 어떻게 수행해 왔는가에 대한 보고서라고 할 수 있다. 어찌 보면 군더더기일 수 있는 글을 편집에 포함하도록 허용한 편집자의 아량에 고마움을 느낀다.

출판의 장소가 책의 위상을 좌우하는 시대는 지났다고 생각한다. 같은 지역에서 훌륭한 출판 전통을 세우고 있는 '도서출판 산지니'에 거듭 신세를 지게 되었다. 로컬에서 지역과 세계로 출판의 전망을 확장하는 강수걸 대표의 경영철학에 경의를 표한다. 산문집 『시인의 공책』에 이어서 나의 책을 편집해준 이은주 편집자의 정성에도 감사한다. 나는 문학의 시대가 기울고 인쇄 매체의 위상이 줄고 있다는 풍문을 믿으려 하지 않는다. 문인들이 이러한 풍조에 편승하는 경향을 오히려 비판하려 한다. 좋은 글과 뛰어난 작품은 나쁜 상황과 어려운 사정을 이겨내면서 생산되어야 한다. 물론 내 책이 그렇다는 말은 아니다.

1980년대, 아니 그 이전, 1970년대 말부터 문학을 공부하고 함께 문학운동을 해온 친구들을 이 자리를 빌려 기억한다. 고인이 된 시인 신용길, 문학평론가 고현철을 마음으로 새긴다. 오랫동안 병상에서도 꿋꿋하게 인간적 품격을 보여주고 있는 소설가 정태규가 계속 좋은 글을 쓰기를 바란다. 시인 정일근과 최영철이 더욱 건강하여 좋은 활동을 계속해주기를 기대한다. 친구와 선후배가 있어서 나는 여전하게 문학을 생각한다. 성실하고 진지하게 타자를 이해하려는 겸손한 노력을 지속하려 한다. 타자를 알려고 하는 비평가는 늘 슬픈 처지이다. 로컬을 벗어나 다른 세계의 작품 속으로 손쉽게 이월하는 조급함의 유혹을 경계한다.

2019년 구월

구모룡

차례

책을 내면서 5

1부 성찰과 전망

시의 이의제기 생동하는 수사와 율동 13
'문학'을 새로 발명하자 한국문학에 대한 방법적 성찰 27
지역 비평의 위상에 대한 회고와 전망 43
교감과 시적 평등의 길 58
로컬이라는 시적 거처 72
분단을 허무는 문학 85
텔레오포이에시스와 작가 96

2부 묵시록의 시인들

새로운 사랑의 발명 노혜경론 111
반(反)서정의 그로테스크 배옥주론 121
야성과 청명을 향한 시적 의지 조원론 130
깜깜할수록 더욱 빛나는 시어들 안성길론 143
마음속 붉은 꽃잎 전윤호론 155
서정의 궁극 정일근론 168
농경의 그늘 이중기론 181
고난 속의 희망 문영론 192
존재의 슬픔에서 원융한 사랑으로 변종환론 207
비루한 현실과 시적 성찰 윤현주론 222

반짝이는 슬픔 박재삼의 시와 유년의 고향 230
바다로 가는 길: 유년의 꿈과 초극의 의지 이해웅론 245
시원과 생명의 바다, 액체의 상상력 차영한론 268
노경과 청담(淸淡)의 에스프리 서상만론 281
시간을 건너는 풍경 김만수론 293

3부 폐허의 작가들

슬픈 국민의 증언 조갑상의 『밤의 눈』 309
생활세계의 경계에서 글쓰기 고금란의 『빛이 강하면 그늘도 깊다』 322
섬과 바다의 인간학 한창훈의 『그 남자의 연애사』 331
타락하는 인간 이복구론 335
고향으로 가는 길 정형남의 『삼겹살』 350
상처로 뿌리내리는 나무들 황은덕론 360
모방 욕망과 관계의 단층 허택론 377
상처는 어떻게 치유되는가 정인론 391
낭비되는 삶 이은유론 404
백신애 시대의 영천 문인들 417
자유를 위한 글쓰기 의인(宜人) 윤정규론의 향방 431

부록 나의 비평적 행보에 대한 회고

비평이 내게로 온 시절 445
요산의 발자취와 부산지역문학이 걸어온 길 453

1부

성찰과 전망

시의 이의제기

-생동하는 수사와 율동

1. 시라는 이의제기

먼저 현대시 특강 자리에 저를 불러주신 월간 『현대시』 원구식 발행인, 이재훈 주간, 송종원, 오형엽, 조강석 편집위원, 현대시회 이초우 전 임회장, 신미균 신임회장께 감사합니다. 월간 『현대시』 편집위원회가 저를 2017년 12월호 커버스토리 대상인물로 선정해주었습니다. 현대시에 대한 공부를 지속하라는 격려로 받아들입니다. 고맙습니다.

표지 사진을 찍으러 오는 날 조정권 시인이 돌아가셨지요. 어제는 부산에서 오정환 시인이 유명을 달리하셨습니다. 1981년 「채광기」라는 멋진 시(『한국일보』 신춘문예)로 등단한 분인데 저의 고교 선생님이기도 합니다. 그런데 오늘 제가 강의하러 오는 날에 시인이자 시론 학자이신 이승훈 선생님이 하늘나라로 가셨습니다. 이승훈 선생님은 저의 은사이신 김준오 선생님과도 매우 가까운 분이셨습니다. 아까운 어른들이

한 분, 두 분 우리를 떠나고 있습니다. 보다 삶을 진지하고 섬세하게 대해야 한다는 생각이 듭니다. 돌이켜 보면 내남없이 얼마나 낭비와 소모가 많았습니까? 시가 바로 이와 같이 소진하는 삶의 문제를 자각하게 하는 매체가 아닐까 합니다.

'시의 이의제기'라고 제목을 달았습니다만 '시라는 이의제기'라는 뜻으로 받아들이면 됩니다. 시가 현대적 삶에 이의제기를 한다는 소박한 의미를 내포합니다. 그리고 부제는 이의제기의 방식이 '생동하는 수사와 율동'에 있다고 요약합니다. 오늘 강의 주제는 사실 여기 오신 모든 시인들이 다 잘 아는 내용입니다. 그걸 제가 개념을 들어 다시 하나하나 풀어가려 합니다. 강의 원고는 작년에 창원에서 열린 한 세미나에서 발제한 원고입니다. 이를 바탕으로 강의를 이어갈까 합니다.

2. 공적인 시는 가능한가?

두루 알다시피 시적인 것을 한정할 수 없습니다. 엘리엇의 말을 빌려 '시에 관한 모든 정의의 역사는 오류'라고 해도 되겠지요. 개별 시인의 시작이든 장르의 역사든 확장을 거듭해왔습니다. 모든 시인은 늘 새롭고자 하는 존재입니다. 한때 새로움에 대한 의심이 없지 않았습니다. 바로 자본의 논리에 회수된다는 생각이었습니다. 요즘 다시 따져보면 새로움을 추구하지 않는 시나 예술은 의미 없다는 인식이 들어요. 아방가르드는 상존해야 한다고 봅니다. 그럴 때 시와 예술이든, 나아가 문화든 활력을 얻지 않겠습니까? 아울러 내용의 새로움이 갖는 한계가 분명하다는 생각도 합니다. 외부의 사회적 사실을 취합하여 새로움을 제시하는 일은 한시적이니까요. 무엇보다 김수영이 그랬듯이 시인의 존재론적 기투가 시의 형태를 만들어낸다는 생각입니다. 시인의 모든 시편들(poems)이 이러한 과정의 산물이지요. 시인을 말할 때 시편들을 유기적으로 읽어 그의 시(poetry)를 말해야 합니다. 시인의 생애와 시는 결코 분리되지 않습니다.

다시 또 저는 시에 관한 한 논의의 중심에 주관성의 문제가 놓여 있다는 이야기를 하지 않을 수 없습니다. 자기표현, 고백적 양식, 개별발화는 시를 설명하는 개념들이지요. 이러한 주관성 이론에 대한 반론으로 시행발화라는 최소정의를 들고 나온 디히터 람핑도 서정시가 개별발화라는 특성을 지녔음을 강조했습니다. 시행의 분절화만으로 시를 규정하는 것은 한계가 있기 때문입니다. 더군다나 요즘처럼 점증하는 산문화 경향을 포함한 설명을 내놓기 어렵습니다. 그래서 발화 분절에 율격과 율동이라는 문제의식을 더하게 되지요. 율격과 율동은 모든 시인이 고민할 문제입니다. 시조시인도 정해진 율격에서 벗어나 개성적인 율동을 창안해야 합니다. 시인은 개별발화 과정에서 그만의 율동을 창출하는 사람이라 할 수 있습니다. 누구나 자기만의 '자유율'을 만들어내어야 합니다. '자유시'가 아니라 '자유율'이라 하겠습니다.

문학을 구성하는 세 가지 차원은 주지하듯이 주체와 세계 그리고 언어이지요. 이 가운데 시적 논의의 단초가 주체에 있음은 부인할 수 없습니다. 한 때 언어의 문제가 비등한 바 있으나 언어가 일차적인 탐구의 대상은 아닙니다. 물론 오늘날도 언어를 재료로 시를 만든다는 관념이 없지 않습니다. 간혹 테크놀로지와 분별이 되지 않는 억측도 있고요. 저는 이러한 언어에 갇힌 논리를 배격합니다. 여기서 표현과 재현과 현현이라는 개념을 상기해 보기로 하지요. 표현이 주체에 중심을 둔 발화를 지시한다면 재현은 대상에 초점을 둔 서술을 뜻합니다. 현현은 주체와 대상의 현상학적인 만남을 의미하지요. 가령 김춘수의 무의미시가 현현에 해당할까요? 또한 김신용과 조용미의 시도 이러한 지향이 있다고 보입니다. 현현은 참 힘든 과정입니다. 소위 선시라는 걸 읽어보면 현현을 이해하기 쉽습니다. 문학의 장르는 대체로 표현과 재현 사이에서 움직이는 진자운동으로 보입니다. 시적인 지향의 비중은 표현에 놓여 있습니다.

시적인 표현이 사적 영역을 넘어 공적 영역으로 나아가는 길이 있을까요? 시적인 지향을 사회적 맥락에서 어떻게 해명할 수 있을까요? 감성과 시민적 윤리의 관계라는 해묵은 주제는 항상적인 숙고의 대상입니다. 예를 들어 마사 누스바움의 『시적 정의』를 환기하기로 하지요. '문학적 상상력과 공적인 삶'이라는 부제를 붙인 이 책은 사실 월트 휘트먼을 앞세운 저술입니다. 수미상응하게 누스바움은 휘트먼을 내세웁니다. 그럼에도 이 책이 논거로 삼는 대부분의 사례는 아이러니컬하게도 찰스 디킨스 등의 소설이지요. 그만큼 '시적 정의'라는 개념을 설명하기에 용이한 시편들을 찾기 어려운 탓이 아닐까요? 누스바움이 시적인 것의 범주를 넓게 잡고 있음이 확실합니다. 여기에 시와 소설, 운문과 산문 등과 같은 이분법을 들이대어 누스바움의 논리 결여를 지적하는 행위는 어리석습니다.

누스바움이 행한 대로 시 혹은 문학을 사적 영역에 두지 않고 공적 영역으로 회수하려는 노력은 중요합니다. 시의 죽음, 문학의 죽음이 운위된 것은 벌써 오래지 않습니까? 시 혹은 문학이 사적인 탓이 아니라 시 혹은 문학의 사회적 위상과 역할이 줄어든 때문이 아닐까요? 누스바움의 생각은 이를 다시 회복해야 한다는 갈망과 무연하지 않아 보입니다. 달리 인문학 부흥의 염원과 궤를 같이 한다고도 할 수 있겠습니다. 현금의 인문학 열기에 대한 비판도 만만찮지요. 장정일은 인문학이 중요한 게 아니고 국가가 지닌 제도나 시스템이 고쳐져야 우리의 삶이 바뀌는 게 아닌가라고 이야기합니다. 옳은 지적입니다. 제도가 반인문학적이고 시스템이 토건적인데 어찌 인문학이 융성하겠습니까? 천정환은 인문학을 매개로 카르텔을 형성하면서 지배 권력을 제도화한다고 비판하고 있습니다. 우리는 인문학이 가지는 제약들을 좀 더 심각하게 생각해 볼 필요가 있습니다. 다시 기원으로 돌아가 볼 때 공자가 문질빈빈(文質彬彬)을 강조한 사실을 주목할 수 있지요. 문은 외형이고, 질은 내형입니다. 문이 수식한다면 질은 규정합니다. 이 두 개가 딱 맞아떨어지는 조화로운 상태를 바람직한 삶이라 그러고 그걸 군자의 삶이라고 합니다. 그런데 전국 시대에 이르면 "자색이 붉은색이 앗아가는" 사태가 비일비재하게 발생합니다. 인문의 위계가 무너지면서 맹자나 장자는 모두 마음[心]을 강조하게 됩니다. 즉 인문이라는 게 시대의 상황에 따라 내용이 달라진다는 이야기입니다. 이때부터 동아시아에서 문보다는 심 혹은 기가 훨씬 더 중요한 개념이 됩니다. 여하튼 인문학은 그 출발에서 지닌 이러한 보수성, 본래의 조화로운 상태를 유지하려는 관성이 있습니다. 인문학에 내재한 보수성은, 세상이 변화하는 가운데서 본디 가치로 회귀하려는 경향으로 나타납니다. 누스바움이 말한 시적 정의도 '경제적 공리주의'가 지배하는 현실에 대한 이상주의적인 비판과 연관된다고 할 수 있겠습니다.

3. 자아를 넘어서는 시적 모험

본래 시적 정의(poetic justice)와 시적 허용(poetic licence)은 상충하는 개념이 아닙니다. 전자가 시인의 시와 높은 도덕 원칙의 적합성(decorum)을 말한다면 후자는 기존의 시적 문법 체계를 벗어나 새로움을 추구할 수 있는 시인의 자유를 의미합니다. 그런데 시적 허용이 단순한 조사(措辭)에 그치는 일은 아닐 것입니다. 내용의 자유와 형식의 자유는 별개가 아니지 않습니까? 초현실주의가 증명하듯이 새로운 형식을 추구하는 것은 새로운 사회를 구성하려는 욕망입니다. 시인의 도덕주의는 회의주의의 산물이므로 도덕적 전도(顚倒)조차 허용합니다. 이러한 점에서 시인의 담론은 사적이면서 공적입니다. 타자인 독자들이 읽을 것을 전제한 모든 시는 공적 담론입니다. '공적인 시'(public poetry)를 지향하면서 누스바움이 제시한 공적 담론으로서의 시라는 테제는 시인과 시의 특수한 위치를 논하기보다 월터 휘트먼의 자질을 내세우는 데서 가능합니다. 그가 휘트먼의 시에서 추출한 몇 가지 주제들은 "사회적 배제의 고통, 동성애자에 대한 소외와 성, 종교, 인종에 근거한 다른 배제들이 맺는 관계, 모든 시민들이 갖는 성적 자유 혹은 그 외의 자유에 대한 권리" 등입니다. 아울러 "사랑으로 찬 영혼과 불 같은 말!/깊고 깊은 심원을 꿰뚫고 세상을 톺아보는 눈!"으로 이 권리들을 "찬찬히 살펴볼" 수 있는 정치적 합리성을 함양하는 것의 중요성을 휘트먼을 경유하여 찾아내고 있습니다. 그는 휘트먼이 "시민들이 갖는 다양한 자유권과 평등권의 중요성에 대한 문학적 상상력"을 제공하였고 이것이 "이러한 권리들을 다루는 데 소중한 길잡이를 제공한다"고 생각합니다. 누스바움이 휘트먼에게서 찾아낸 '시적 정의'는 타당합니다. 그러나 모든 시인들이 이러한 '시적 정의'를 추구한다고 할 수는 없습니다. 어떤 시인들은 자기애의 장벽을 넘지 못하고 자기로 회귀하는 감성의 회로 속에 갇힐 수 있습니다. 또 다른 시인들은 세계 부정과 자기 부정의 우울한 상황에 처하여 비의적인 목소리를 반복합니다. 자아의 감옥을 열어젖히고 타자로 나아가는 길은 험난합니다. 시인이라고 하여 예외일 수 없습니다.

또 다시 해묵은 주제인 주관성의 문제로 돌아가지 않을 수 없습니다. 디히터 람핑이 주관성 이론의 대표격으로 비판한 케테 함부르거의 이론을 저는 매우 타당하게 받아들입니다. 문학 장르를 진술체계로 설명하는 캐테 함부르거에게 있어서 진술주체의 자기표현은 시를 규정하는 기본 논리입니다. 우리가 시를 경험하는 방식은 이러한 진술주체의 진술을 전제하고 있습니다. 그래서 저는 대부분의 시는 체험시라는 함부르거의 주장에 찬동합니다. 시는 개별 자아의 내면과 주관적 경험을 말하고 있습니다. 시를 형식으로 규정하는 경향은 이러한 과정에 대한 이해가 부족합니다. 형식이라는 심미적 요건이 자기를 표현하는 서정시라는 요구를 충족하는 것은 아닙니다. 먼저 진술의 주체인 자아를 숙고해야 합니다. '서정적 자아'란 시의 진술주체를 의미합니다. 이 경우 시 외부의 자아와의 관계가 과제로 부상합니다. 이러한 과제를 풀기 위하여 의사소통모델을 원용하는 경우가 있지요. 실제 시인과 시 속의 자아를 나누는 방식이지만 이는 지나치게 단순하거나 평면적입니다. 담론이론을 차용하여 보다 복합적으로 볼 수도 있습니다. 그러나 이보다 먼저 자아에 대한 논의를 전개하는 것이 유익합니다.

이미 상식이 된 개념입니다만, 시적 표현의 단초는 감정(emotion)에서 유발합니다. 대상에 대한 감정적 반응이 시를 형성한다는 것인데 시를 시인의 전기와 연관시키게 합니다. 가령 김준오 선생님의 『시론』에 나오듯이 노천명의 「사슴」을 시인 자신의 감정의 투사(projection)로 이해하는 경우가 좋은 예입니다. 후일 이 시가 백석을 그렸다는 의도가 드러나면서 새로운 해석이 더해졌지요. 이 경우처럼 감정의 표현과정에 시인의 의도가 개입하기 때문에 애초의 감정이 그대로 시가 되진 않습니다. "표현은 불투명한 감정을 투명하게 하는 것"이라는 듀이의 말처럼 감정을 처리하는 시인의 표현과정이 중요합니다. 또한 모든 감정이 시적 대상이 되는 것도 아닙니다. 시인의 선택에 의하여 질료적인 것과 형태를 가진 것으로 구분되지 않습니까? 자주 감정 표현을 준거로 시인의 태도를 구분하기도 합니다. 이급의 시인은 자신의 감정에 붙잡혀 있지만 일급의 시인은 스스로 그 감정을 통어하면서 조용히 외부로 시선을 돌린다는 기준 말입니다. 일급과 이급은 설명의 편의를 위한 구분입니다. 사실 모든 시인은 정성을 다해 성실하게 숙고해야 할 상대입니다. 그 어떤 시도 해석의 여지를 늘 남깁니다. 일급과 이급이라는 구별에 오해가 없기 바랍니다. 여하튼 감정을 제어하는 과정이 중요합니다. 직유보다 은유를 선호하는 수사가 가동되는 지점이기도 하고요. 징후로서의 감정과 표현으로서의 감정이 구별되는 대목에 이르면 시인은 더 차원 높은 표현으로 나아가게 됩니다.

3. 슬픔, 고통 그리고 진정한 자아

시인의 감정 가운데 일찍부터 주목을 받은 것은 슬픔입니다. 시적 발상의 기저가 비가(elegy)라고 아리스토텔레스가 주창하였고 동아시아에서는 이에 상응하여 굴원(屈原)의 『초사』를 통해 알 수 있습니다. 눈물 많은 시인을 비판한 T. S. 엘리엇은 개성으로부터 도피하려 한 주지주의자입니다. 그 이후 서정적 자아가 탈(mask, persona)로 받아들여지기도 합니다. 하지만 서정적 자아는 다른 자아나 대역으로 쉽게 이월하는 것이 아닙니다. 자신의 경험을 말하고 존재를 드러내며 궁극을 지향하는 과정과 함께 합니다. 시인은 슬픔의 감정으로부터 더 큰 슬픔으로 나아갑니다. 자기의 감정에 충실하고 타자와 진실한 관계를 추구하는 시인에게 슬픔의 감정은 시를 생성하는 동인입니다. 시는 이러한 과정학의 산물입니다. 밖으로 생경하게 표출하는 감정의 한계를 극복하고 더불어 교감하려는 느낌(feeling)을 키워 타자와 사물과 함께 하는 공감(sympathy)을 지향하는 과정 말입니다. 감성과 감수성이 갈라지는 지점이 중요합니다. 감성이 일방적인 감정이라면 감수성은 대상과의 교감을 이뤄냅니다. "시는 강력한 느낌들의 자발적인 유로"라고 말한 워즈워드가 강조한 것도 감수성입니다. 그는 일상의 유기적인 감수성보다 더욱 심오한 감수성을 요구하였습니다. 이를 위해 시인은 오래고 깊은 명상과 성찰을 지속해야 한다고 했습니다. 시인의 감정에 대하여 독자나 비평가는 시의 주제와 연관하여 과잉 해석할 가능성이 큽니다. 시인의 감정은 하나의 원천으로 소박하게 인식될 필요가 있습니다. 이는 시인이 외부와 내부를 대하는 서로 다른 태도와 연관됩니다. 시어와 형식에 대한 관심이 증대하고 사회적 억압에 대한 저항으로 시를 인식하는 관점이 커졌지만 여전히 감정과 시를 경험적 관점에서 이해하는 경향은 사라지지 않고 있습니다. 이는 많은 시인들이 나르시시즘의 전시에 머물고 있는 데 기인하기도 합니다. 자기로 귀환하는 감성과 타자를 지향하는 감수성, 감정을 숙고하고 성찰한 느낌과 지각 등에 대한 논의가 요청됩니다. 무엇보다 지각(perception)처럼 "나 자신의 상태에서 체험으로 환원되는 대신 어떤 외재성에 열리는" 과정이 중요하다고 저는 생각합니다.

좀 외람된 말씀입니다만 자기를 전시하는 나르시시즘의 시가 시의 죽음을 부른다는 이야기를 하려 합니다. 시인들이 보이는 과잉과시성은 시를 교환가치의 매개로 만들지요. 자기를 돌아보고 고요함을 추구하는 시적 과정에 대한 염원이 더 커지고 있는 현실입니다. 많은 사람들이 서정적인 것을 회상으로 간주하고 이를 고향의 기억과 결부합니다. 서정적인 것과 서사적인 것과 극적인 것을 회상과 상상과 긴장이라는 정신의 기본 태도로 나눈 에밀 슈타이거의 견해를 따른 것입니다. 이럴 때 유년의 고향은 서정시의 특권적 지위로 부상합니다. 그러나 유년은 조르조 아감벤이 말한 것처럼 본디 "말할 수 없는 것"에 속합니다. 유년은 말할 수 없고 말해지지 않은 경험입니다. 저도 어린 시절 시골에서 자랐습니다. 무엇보다 눈이 많이 내린 날 뒷산에 비치던 섬광이 잊히지 않습니다. 아스팔트 키드들에게 유년은 어떤 기억일까요? 추억은 과거의 잔상을 추적하는 행위일 뿐 과거를 기억하고 그 실재를 말하는 것이 아닙니다. 또한 고향으로 가는 길이 유년을 회상하는 일과 동일하지도 않습니다. 현재를 부정하고 미래를 닫으면서 오직 고향을 숭배하는 위험한 정서(파시즘적 감성)가 있지 않습니까. 고향을 경배하는 일과 유년의 고향을 되새기는 일은 다릅니다. 한편으로 추억은 퇴행으로 간주되기도 하고 다른 한편으로 현실세계와의 격절로 이해되기도 합니다.

무엇보다 향수와 유년의 추억이 나르시시즘을 유발하지만 동시에 그것을 극복하는 기제가 된다는 사실이 중요합니다. 향수와 유년 추억은 세계와 간극을 만드는 양식입니다. 이러한 간극은 일견 세계로부터 후퇴로 보이지만 세계와 주체의 실상을 이해하는 계기가 됩니다. 유년의 회상은 사회적 자아의 그늘에 가려진 진정한 자아를 찾아서 자기를 비추겠다는 의지와 결부됩니다. 조지 허버트 미드는 일찍이 I와 me의 상호작용을 제시한 바 있지요. 일찍이 김준오 선생님이 학부 수업 시간에 미드의 이론을 든 바 있었는데 최근에 그의 책이 번역이 되었더군요. 타자와의 관계 속에서 형성되는 자아인 me에 비하여 I는 자발적이고 적극적인 힘을 지닌다는 미드의 설정에 주목하였지요. 서정적 자아는 타인에 투사된 이미지를 넘어서 사회적 자아를 변혁하는 I에 가깝습니다. 실제 I와 me는 한 개인 안에서 상호작용하는 과정입니다. 시인은 상처 입은 자아를 회복하기 위하여 I의 의지를 강화하고 이를 뒷받침하기 위하여 유년의 순수한 공간을 추구합니다. 이러한 과정이 나르시시즘적인 주체로부터 벗어나게 합니다. 나르시시즘에서 벗어나게 하는 처음의 계기는 세계와의 격절을 이끄는 유년의 지각양식인 향수에서 찾을 수 있습니다. 유년의 지각양식은 이미 말해진 것이 아니므로 자신을 감추는 것과 정반대로 자신의 내부를 열어놓습니다. 일상, 가족, 사랑 등으로 시적 지평이 확산되는 것도 유년의 향수를 매개한 주체의 확장과 연관됩니다. 이처럼 노스탤지어는 현재의 세계에 대한 부정성을 드러내는 데 그치지 않고 주체와 세계의 진실을 인식하는 단계로 발전합니다. '오래된 미래'라는 역설처럼 유년의 지각 양식이 작동하지요.

테리 이글턴은 시를 "가장 진정성 있는 모든 글들이 열망하는 상태"라고 했습니다. 이것은 모든 추상들을 혐오하고 개인적이고 구체적인 것을 지향한다는 의미를 내포합니다. 감정을 원천으로 그 감정을 넘어서 외부로 향하고 유년을 통하여 비루한 현실 속의 자아를 반성하고 진정한 자아를 찾아가는 과정이 중요합니다. 유년의 시적 지각이 이끄는 것은 무엇보다 현실세계와의 차이를 만드는 일입니다. "노동과 생존의 세계는 모든 시적인 것을 '여성적'이라고 배척하는 남근-로고스 중심적 세계"(이종영)입니다. 유년의 지각은 이러한 세계의 위악을 인식하는 것이고 이러한 세계에 속한 자신의 위선을 깨닫는 일입니다. 자기를 전시하는 뻔뻔함이 시인의 얼굴은 아닙니다. 시는 자기를 통하여 세계에 대한 부정성을 길러내는 과정이지요. 이는 개인적 감정의 저장고이기도 하지만 교환가치가 지배하고 경험이 추상화되는 현대에 대한 저항으로 기능합니다. 이것이 시의 공적 위상이 아닌가 합니다. 감성은 감수성으로, 위선의 자아는 진정한 자아로, 개아적 슬픔은 더 깊고 고요한 슬픔으로 가는 것입니다. 시는 사적인 경험을 보다 더 강렬하고 명료하게 표현하면서 공적 위상을 강화합니다. 시인은 세계를 얻기 위하여 끊임없이 자아와 싸워야 합니다.

4. 시의 사유화를 넘어서

저는 현금의 시적 현실을 시인의 자기 전시의 과잉으로 볼 수도 있다고 생각합니다. 시인에게 부여된 명성과 달리 시는 갈수록 '사유화'(privatised)되었습니다. 시가 교환관계 속에 위치하게 되는 현상과 더불어 시인이 교환가치의 위선의 대열에 동참하는 현상이 적지 않습니다. 하지만 훌륭한 시인은 위선을 벗어나 자기를 정립합니다. 그는 경험의 진정한 주인공으로 이미지들이 지배하고 진짜 경험이 사라지는 현실과 반립(反立)합니다. 여기에 두 가지 가능한 지평이 있습니다. 첫째 고통에 대한 지각입니다. 윤동주가 이뤄낸 것처럼 '나'의 고통에 대한 자각으로 타자의 고통을 인식하는 일입니다. 어떠한 고통은 타자와 세계를 완벽하게 차단합니다. 그러나 타자의 고통에 대한 인식은 차원 높은 사랑으로 발전합니다. 고통은 인간적인 성찰의 시작이지요. 나르시시즘을 극복한 시인이 타자의 고통 속으로 관심을 전환하는 일은 자연스럽습니다. 바로 누스바움이 휘트먼을 들어 제시한 시적 정의의 길이 이와 같습니다. 둘째 끊임없이 타자가 되려는 연습—'역할의 나르시시즘'—이 가능합니다. 시적 주체는 단일한 '나'의 동일성으로 회귀하거나 그것을 지키려는 주체가 아니라 타자와 만나고 이타성과 연대합니다. 여기서 우리는 시와 관련한 역설—시는 가장 주관적인 문학의 종류 중 하나이지만 그럼에도 다른 그 어떤 것만큼이나 보편적인 것을 지향해 온 것—에 주목할 필요가 있습니다. 이러한 입장을 받아들일 때 시적 주체는 부분적이고 개별적이기보다 시대적이고 역사적인 성격, 문화의 큰 움직임을 만들어내는 동시대인의 전형적인 형상으로 볼 수 있게 됩니다. 시는 자신과 자신의 감정에 대한 말이 아니며 드러난 관점, 사물에 대한 주체적 태도와 평가라 할 수 있습니다.

낭만주의가 다시 주목되는 것이 있다면 그것이 추상화되어 가는 사회에서 구체성의 느낌을 회복하려 했다는 사실입니다. 마찬가지로 생의 철학들은 생의 욕구와 활력에 집중합니다. 둘 다 모두 자본주의 근대 사회의 추상화에 대한 대응입니다. 여기서 추상화는 '일반화된 등가성'과 흡사한 개념이며 경험의 죽음에 상응합니다. 이것은 특이성을 표준화하고 중립화하여 현재의 자본주의적 실존에 대한 위협이 되지 못하게 무력화합니다. 추상적으로 재편된 세계에서 특이성을 회복하고 창조하는 작업—재특이화(resingularization)는 시적 생산의 핵심원리입니다. 추상화는 삶이 교환관계의 회로에 편입되고 교환가치에 의해 지배되는 것이라 할 수 있고 재특이화는 사용가치의 회복을 의미합니다. 미셸 마페졸리에 기대면 “구체적인 삶을 계열화하고 제도화하는 추상화는 사물들의 불활성 속에서만 고요함을 찾는 공증된 지식”입니다. 추상화에 대립하는 “구체적concret은 그 어원에서 사람들이 함께 성장하도록(cum crescere) 하는 것, 존재하게 해주는 시간, 다른 이들과 함께 나누는 시간”을 뜻합니다. 구체적인 것은 삶과 상황과 존재의 활성화에 다를 바 없습니다. 시는 경험이 파괴되고 삶이 추상화되는 세계에서 구체적인 것, 감각적 특수성을 드러내는 수행입니다. 우리가 바로 이러한 수행의 주체들입니다. 여기 모인 모든 분들이 생동하는 수사와 율동의 시를 얻기를 바랍니다. 감사합니다.

‘문학’을 새로 발명하자

—한국문학에 대한 방법적 성찰

나는 마티스를 지지하고, 창턱에 금붕어가 걸쳐져 있는 그의 그림에 대해 전혀 유감이 없다. 내가 뜻하는 것은 다만 우리가 때때로 책에서 눈을 들어 우리 둘레의 세상 형편을 볼 수 있어야 한다는 것이다. 우리가 스위치를 켜서 불을 밝히고, 냉방을 하고 목욕을 즐길 수 있도록, 누군가가, 먼 곳에서, 어떤 희생을 치르고 있는지를 우리는 볼 수 있어야 하는 것이다.

— 아룬다티 로이, 「홍수 앞에서」

1. 아르카와 에펠탑

1986년 4월 26일 체르노빌 원자력 발전소의 제4호 원자로가 폭발하였다. 그러나 당시 국내 정세가 너무 긴박한 탓이었는지 우리는 자세하게 그 상황을 알 수 없었다. 1986년 전두환 정권의 4.13호헌조치로 민주화 운동이 절정으로 치닫던 시점에 세계사적 재난이 발생한 것이다. 최근 노벨문학상을 받은 스베틀라나 알렉시예비치의 『체르노빌의 목소리』(김은혜 역, 새잎, 2011)는 체르노빌을 증언하고 있다. 그녀는 “무서운 전쟁과 혁명이 20세기를 대표한다고 하지만 체르노빌이야말로 가장 중요한 사건"이라고 한다. 과연 그런 것이 체르노빌은 과거가 아니라 현재진행형이며 또한 미래이다. 폭발 이후 유럽은 물론 아시아와 아프리카까지 대기 중으로 올라간 방사능이 퍼진 이 재앙은 우크라이나와 러시아에 한정된 국지적 문제가 아니다. 그녀의 말처럼 "체르노빌이 세계적 문제가 되는 데는 일주일도 채 걸리지 않았다." 그런데 수많은 인명을 죽거나 병들게 하고 토양을 오염시키고 생명을 앗아간 재앙은 끝나지 않고 계속되고 있다. "저준위 방사선의 영향으로 인해 암, 지적 장애, 신경정신 질환과 유전자 돌연변이의 발생률이 해마다 증가하고" 있는 것이 현실이다. 인근 소국인 벨라루스의 경우 체르노빌 이전에 암환자가 인구 10만 명 중 82명에 불과하던 것이 현재 10만 명 중 6천 명이라고 한다. 74배나 늘어난 형국이다. 그녀의 계속된 지적에 따르면 최근 10년 동안 사망률이 23.5퍼센트 증가하였고 대부분의 사람들이 46세에서 50세 사이에 사망한다고 한다. 오염도가 높은 지역 주민을 대상으로 실시한 의료검진에 의하면 10명 중 7명이 환자라고 하니 체르노빌 이후 현장 해체작업으로 죽은 이와 인근 오염지역에서 최근까지 죽은 이는 이루 헤아리기 힘든 상황이다. 더욱 심각한 것은 폭발 직후 긴급하게 4호기를 둘러씌운 석관에 균열이 가 방사성 연무질이 새어나오고 있다는 사실이다. 이러한 사실에 대하여 알렉시예비치는 "석관은 죽었지만 숨을 쉬고 있다. 죽음으로 숨 쉬고 있다"고 말한다. 그 속에 200톤에 가까운 핵 물질이 있다고 하니 그 죽음이 살아 얼마나 많은 죽음을 낳을지 끔찍한 일이다. 이처럼 체르노빌은 과거가 아니다. 다음은 그녀가 벨라루스 인터넷 신문에서 발췌한 내용이다.

조만간 우크라이나에서 대대적인 공사가 시작될 예정이다. 1986년 무너진 체르노빌 원전 4호기를 덮은 석관 위에 '아르카'라는 이름의 새로운 방호벽이 덧씌워진다. 이 프로젝트를 위해 28개국에서 7억 6천 800만 달러가 넘는 초기자금을 기부하기로 약속했다. 새로운 석관의 수명은 예전 것처럼 30년이 아닌 100년이 될 것이다. 이와 더불어 폐기물을 다시 매장하려면 충분한 공간이 필요하기에 새로운 방호벽은 규모가 예전보다 훨씬 더 클 것이다. 새 석관을 설치하기 위해 우선 거대한 토대가 필요하다. 시멘트 기둥과 판을 이용해 인공 암석토양을 만들어야 한다. 그 다음에는 예전 석관에 들어 있던 방사성 폐기물을 보관할 저장소를 만들어야 한다. 새 석관은 감마선을 견뎌내는 고품질의 강철로 제작된다. 이를 위해 금속만 해도 1만 8천 톤이 소요된다. '아르카'는 인류 역사상 전례 없는 창작물이 될 것이다. 150미터의 이중 막은 놀라운 규모를 자랑할 것이다. 또한 에펠탑에 버금가는 아름다운 외관을 지닐 것이다.

체르노빌 이후 150만 명이 사망한 것으로 밝혀졌다. 재앙을 봉인하는 '아르카'는 21세기의 피라미드가 되었다. 에펠탑이 근대의 표상인 것처럼 21세기는 죽음을 감싸는 기념비를 경배하고 있다. 이 대목에서 우리는 알렉시예비치를 통하여 이 절박한 현실 속에서 아름다움을 추구하는 순문학이 무슨 의미를 지니는 것인가라고 묻지 않을 수 없다. 그녀는 10여 년에 걸쳐 재난국가 벨라루스에 사는 100여 명의 사람들을 만나 그들의 이야기를 들었다. 그리고 그들의 이야기를 한 권의 책으로 꾸몄다. 이 가운데 몇은 검열로 배제되기도 한다. 그녀는 자신의 글쓰기 양식을 '소설-코러스'라 부른다. 그녀는 일반적인 의미에서 소설가가 아니지만 이 책에서 영혼이 느껴지는 다큐멘터리를 통해 무한한 감동을 자아내고 있다. 이러한 점에서 그녀는 발터 벤야민이 말한 대로 '생산자로서의 작가'이다. 기존의 장치를 답습하고 관습과 제도를 추종하는 것이 아니라 이것들이 지배하고 억압한 목소리들을 불러냄으로써 구체적인 진실에 육박하고 있다. 그동안 우리는 9.11 테러와 3.11 후쿠시마를 보았다. 또한 4.16 세월호를 경험하고 있다. 이 글을 쓰는 지금, 파리 테러를 목격한다. 불 꺼진 에펠탑이 오늘날 현실의 진면이거나 미래의 얼굴이 아닐까 염려하게 된다. 이러한 시대에 문학이 어떠한 위상을 가질 것인가?

영화 『해운대』는 중요한 대상을 빠트렸다. 쓰나미에 붕괴되는 해운대의 고층빌딩을 전면화하는 대신 인근 고리 원자력 발전소의 파괴를 삭제한다. 이 영화야말로 재난과 현실을 인식하는 우리의 수준을 반영하는 것이 아닐까? 한국문학의 위상도 이와 같을 것인데 신경숙 사태가 적절한 예가 아닌가 한다. 그것은 문학을 문학 내부에서만 사유하는 한계이다. 그렇기 때문에 우리는 표절에 대한 시비를 넘어서야 한다. 신경숙은 문학 내부의 장치와 관습과 제도를 통하여 한국을 대표하는 작가가 되었다. 그녀나 그녀를 지지하는 비평가들에게 문학의 외부는 그리 중요한 대상이 되지 못했다. 그들에게 체르노빌이나 후쿠시마는 문학적 관심의 바깥에 지나지 않았다. 그들의 이러한 입장이 죽음을 봉인하며 또 다른 '아르카'를 구축하고 불 꺼진 에펠탑을 세우는 일과 어떻게 다를 수 있을까 의문을 갖게 한다.

2. 역사의 천사

근년에 발간된 『이선관 시전집』(불휘미디어, 2015)은 타자의 고통을 인식하는 시인의 놀라운 지각뿐만 아니라 전지구적 재앙에 대한 깊은 인식에서 공감을 불러일으킨다. 직설적이고 공격적인 화법을 통하여 시인으로서 그의 특이성은 이미 훌륭하게 증명된 바 있지만 특히 12편의 「체르노빌」 연작을 다시 주목하지 않을 수 없다.

천구백팔십육년 사월 이십육일에 발생한
체르노빌 원자로 사호기 폭발
그 사상 최악의 방사능 누출 사고는
국제연합에서 세계 역사상 유례없는 비극적
방사성 환경재난으로 규정하였는 바
사호기 안에 들어가 있는 백구십 톤에 달하는
나머지 연료는 유독성을 지닌 채
육 개월이라는 긴 작업 끝에 마침내 빌딩만한
콘크리트 덮개인 석관으로 봉해져
매장되어 있는 상태입니다
십사 년이 지난 지금까지 말입니다
그러나, 그러나, 그러나
잠자는 체르노빌 원자로
언제 깨어날지 모릅니다
아무도 모릅니다

— 이선관, 「체르노빌 9」

재난 사실을 전하는 시인의 목소리는 "그러나, 그러나, 그러나"라는 구절에 이르러 매우 선연하다. 이 시를 발표할 당시(『당대비평』 2001년 여름호) 시인은 벌써 석관의 균열을 예감한 것일까? "잠자는 체르노빌 원자로/언제 깨어날지 모릅니다/아무도 모릅니다"라는 시인의 우려는 벌써 오래 전에 현실이 되었다. 이 시에서 만나는 시인의 표정은 어쩌면 발터 벤야민이 즐겨 보면서 묵상한 파울 클레의 「새로운 천사」를 닮았다. 알렉시예비치도 체르노빌과 후쿠시마를 생각하면서 "우리가 진보라고 불렀던 곳에는 겨우 잔해만 남았다. 진보라는 신기루의 무덤만"이라고 쓰고 있다. 발터 벤야민의 「역사철학테제 9」와 무관할 수 없는 대목이다.

> 클레가 그린 새로운 천사라고 불리우는 그림이 하나 있다. 이 그림의 천사는 마치 그가 응시하고 있는 어떤 것으로부터 금방이라도 멀어지려고 하고 있는 것처럼 보이도록 묘사되어 있다. 그 천사는 눈을 크게 뜨고 있고, 그의 입은 열려 있으며 또 그의 날개는 펼쳐져 있다. 역사의 천사도 바로 이렇게 보일 것임에 틀림없다. 우리들 앞에서 일련의 사건들이 그 모습을 드러내고 있는 바로 그곳에서 그는, 잔해 위에 또 잔해를 쉬임없이 쌓이게 하고 또 이 잔해를 우리들 발 앞에 내팽개치는 단 하나의 파국을 바라보고 있다. 천사는 머물러 있고 싶어하고, 죽은 자들을 불러일깨우고 또 산산히 부서진 것을 모아서는 이를 다시 결합시키고 싶어한다. 그러나 천국으로부터는 폭풍이 불어오고 있고, 또 그 폭풍은 그의 날개를 꼼짝달싹 못하게 할 정도로 세차게 불어오기 때문에 천사는 그의 날개를 더 이상 접을 수도 없다. 이 폭풍은, 그가 등을

돌리고 있는 미래쪽을 향하여 간단없이 그를 떠밀고 있으며, 반면 그의 앞에 쌓이는 잔해의 더미는 하늘까지 치솟고 있다. 우리가 진보라고 일컫는 것은 바로 이러한 폭풍을 두고 하는 말이다.

『분노하라』에서 스테판 에셀도 상기한 바 있는 파울 클레의 그림은, 진보라 부르는 폭풍을 밀어내고 있는 천사를 그리고 있다. 오늘날 우리가 직면한 생태학적 재앙이나 껍데기만 남은 민주주의는 진정한 의미의 진보를 고뇌하게 한다. 발터 벤야민은 1939년 8월 23일 모스크바에서 조인된 독소불가침 조약에 충격을 받았다고 한다. 진보가 모든 것을 파괴하는 폭풍이 될 수 있었다. 「새로운 천사」는 이러한 폭풍을 끌어안고 그것을 밀어내는 몸짓을 하지만 그의 앞에는 재앙의 잔해들만 그득할 따름이다. 발터 벤야민이 자신의 운명을 예감한 것일까? 마침내 그는 파리에서 몸을 숨길 수 없어 파시스트들에게 쫓기다 '포르트보의 절벽'에 막혀서 자결하고 만다. 여기서 문제는 절박함이다. 그러나 우리의 문학에는 절박함이 부족하다. 이에 대하여 알렉시예비치는 다음처럼 지적한다. "일본에 재난이 닥친 날은 공교롭게도 미국 애플사의 팬들을 흥분케 한 2세대 아이패드의 출시일이었다. 오늘날 인간은 첨단기술이 편의와 즐거움만 제공하길 기대한다. 그리고 시장은 즉각적인 결과를 가져다주는 것에만 투자한다. 우리의 '소비'는 끝없이 증가하고, 그것을 '진보'라 부른다. 살상무기가 개발되어도, 그것을 진보라 부른다. 방사선 때문에 죽어가는 체르노빌레츠(체르노빌 사람들)와 얼마 전 재난을 당한 일본인, 그리고 희생자의 유족들에게 무엇이 필요하며, 그들이 생각하는 진보가 무엇인지 물어보라. 신형 휴대전화 혹은 자동차와 '삶' 중에 무엇을 선택하겠는가?"

마지막 국경을 건넌 뒤에는 어디로 가야 하나?

마지막 하늘을 지난 새는 어디로 날아가야 하나?

마지막 공기를 들이마신 나무는 어디에 잠들어야 하나?

— 마흐무드 다르위쉬, 「땅이 우리를 짓누른다」

팔레스타인 출신의 시인 마흐무드 다르위쉬의 이 시를 자신의 책(『아룬다티 로이, 우리가 모르는 인도 그리고 세계』, 노승영 옮김, 시대의창, 2014) 권두에 인용한 이는 아룬다티 로이이다. 마흐무드 다르위쉬는 1941년 팔레스타인 악카 근방의 바르와에서 태어나, 수니파 무슬림 가정에서 자랐다. 1948년 7살 때, 가족이 살던 마을에 이스라엘 군대가 들어와 마을을 파괴하고 주민들을 대량 학살하자 그의 가족은 고향을 떠나 레바논으로 피신한다. 다음해 가족이 다시 마을로 돌아왔을 때 그곳은 이미 유대인 거주지가 되어서 다른 아랍인 거주지에서 살 수밖에 없었다. 그는 1971년 이스라엘 점령지가 된 고향을 떠나 튀니지, 카이로, 니코시아, 파리 등지를 떠돌며 창작과 정치 활동을 이어간다. 오랫동안 팔레스타인 해방기구에 가담해 활동하면서 잦은 감금과 투옥을 당하기도 한 그는, 1996년 팔레스타인으로 돌아왔으나 이스라엘 당국이 고향으로 가는 것을 허락하지 않아 현재까지 팔레스타인 자치지구인 요르단 강 서안의 라말라에서 살고 있다. 전쟁으로 난민이 된 그에게 삶은 매우 절박하다. 그에게 극한에 처한 이는 사람만 아니다. 새와 나무도 마찬가지로 '마지막' 경계영역에 처해 있다. 이토록 절실한 지대에 밀려난 이들은 세계 도처에 흩어져 있다. 한 나라 안에서도 개발로 인하여 원하지 않는 이민은 끊임없이 발생한다. 아룬다티 로이가 절실하게 만나고 그들의 이야기를 듣고 그들의 말을 전하려 하는 이들도 내국 난민들이다.

아룬다티 로이는 첫 소설 『작은 것들의 신』을 썼고 영국의 부커상을 수상하였다. 40개 언어로 번역되어 수백만 부가 팔린 이 소설 덕에 은행계좌로 급격하게 불어나는 인세 수입과 더불어 중산층의 안락한 삶이 보장되었지만 그녀는 이를 포기한다. "『작은 것들의 신』 속의 모든 감정, 모든 작은 느낌이 모조리 은화로 교환되어 버렸다고 느끼기 시작"하면서 그녀는 상처를 입는다. '작고 연약한 것'들을 위해 바쳐진 소설의 대가가 "자신의 번쩍임을 더욱 두드러지게 하는 데 이바지할 뿐인 것"에 큰 회의를 품는다. 그리고 더 이상 소설쓰기를 단념하고 생존의 현장으로 달려가 그곳이 그녀와 같은 소설가를 필요로 하는 자리임을 깨닫는다. "실제로 일어나고 있는 일이 소설의 소재로서는 지나치게 품격이 없는 것으로 보여도, 소설가다운 솜씨와 열정으로 여러 분리된 부분들을 통합하여 일관된 이야기로 만들어낼 수 있는 소설가"로 자신의 위치를 재정위한다.

> 이 글을 쓰는 내 방 창밖에 장맛비가 거세다. 시계 바늘은 정오를 가리키고 있지만 하늘은 어두컴컴해서 책상엔 등을 켜놓고 앉아 있다. 내 눈엔 시시각각 높아지고 있는 사르다르 사로바르 댐 저수지의 수위가 훤히 보인다. 만 명이 넘는 사람들이 수몰의 위기에 직면해 있다. 그들이 갈 곳은 어디에도 없다. 나는 이 강의 유역에서 일어나고 있는 일의 위급함을 알리려고 백방으로 노력해왔다. 하지만 도시 사람들의 눈은 흐려 이 위급함을 보지 못한다. '그래, 슬픈 일이긴 하다. 하지만 어쩔 수 없지 않은가. 우리에겐 전기가 필요하다.' 나르마다 강 유역에 관한

이야기는 현대 인도에 관한 이야기이기도 하다. 나토의 공습 중에 베오그라드 동물원에 있던 호랑이처럼, 우리는 제 살을 뜯어 먹기 시작했다.

— 아룬다티 로이, 『생존의 비용』, 최인숙 역, 문학과지성사, 2003, 서문

그녀는 이미 『작은 것들의 신』에 보낸 인도 중산층의 찬사를 등졌다. 모더니티를 '크리슈나의 수레'에 비유한 이는 앤서니 기든스이다. 아룬다티 로이의 눈에 비친 인도의 중산층은 크리슈나의 수레에 몸을 던지는 이들에 다를 바 없다. 눈이 흐려 도래할 재앙을 인식하지 못하고 과거를 망각한다. "그러나 작가는 그렇게 쉽게 외면할 수 없다는 게 그의 저주받은 운명이다. 작가라면 늘 아픈 눈을 뜬 채로 있어야 한다. 날마다 창문 유리에 얼굴을 바짝 대고 있어야 한다. 날마다 추악한 모습들의 목격자가 되어야 한다. 낡아빠진 뻔한 것들을 새롭게 이야기할 방법을 생각해야 한다."(「홍수 앞에서」, 『9월이여, 오라』) 이처럼 아룬다티 로이는 사회적 약자, 민중의 편에서 글을 쓰는 방법을 궁리한다. 그녀에게 많은 수익을 창출하는 소설은 그 내용이 아무리 선한 것을 목적으로 한다고 하여도 자본과 권력의 편이 될 수밖에 없는 것으로 인식된다. 이러한 그녀를 『외딴방』의 신경숙과 비교하는 것은 지나친 비약일까? 끊임없이 신분상승을 꿈꾸는 한국의 많은 소설가들에게 아룬다티 로이는 어떤 존재인가?

3. '문학'의 새로운 발명

이미 지나간 일이지만 "근대문학은 끝장났다"라는 가라타니 고진의 말이 던지는 파장은 컸다. 그의 말이 만든 숱한 논란에도 불구하고 한국문학은 달라지지 않았다. 고진의 말은 문학이 끝났다는 말이 아니다. 근대에 특별한 지위와 역할을 부여받았던 문학이 끝났다는 것이다. 다시 말해서 근대에 이르러 여타 장르를 제패하고 주류를 형성한 근대소설의 위대한 시대가 종언을 고한 것이다. 자본의 장치가 되어버린 소설에 대한 고진의 비판은 정당하다. 특히 근래의 '신경숙 사태'를 경험하면서 고진의 말이 더 큰 울림으로 다가온다. 이미 소설의 이러한 회로를 벗어난 작가들이 없지 않다. 최성각이 대표적이다. 그는, 고진이 예로 든 아룬다티 로이처럼, 쓸 것이 있다면 그 형식에 구애받지 않고 무엇이든 쓴다. 아니 글쓰기는 실천의 한 방법이 되었다. 김곰치도 2006년 어떤 자리에서 "내게 왜 소설을 쓰지 않는가라고 묻는 것은 잘못된 질문"이라고 한 바 있다. 소설이 아니라 그는 이 시대에 대응하는 가장 적절한 글쓰기를 궁구하고 있다는 것이다. 아룬다티 로이는 "자신은 소설가이기 때문에 소설을 쓰지는 않는다"고 말한다. 소설이 정치성과 윤리성을 담보하던 때의 사회적 역할을 지속하려면 뭔가 다른 방법의 글쓰기가 필요하다는 것이다.: "작가들은 자기가 이 세계 속에서 이야기를 고른다고 상상합니다. 그들이 그렇게 생각하는 것은 허영심 때문일 겁니다. 실제로는 정반대로, 이야기가 작가를 골라냅니다. 이야기는 스스로를 우리에게 드러냅니다. 공적인 이야기든, 사적인 이야기든, 이야기는 우리를 지배합니다. 이야기 자신이 우리에게 이야기하라고 명령합니다. 논픽션과 픽션은 이야기를 전하는 데 있어서 기법의 차이일 뿐입니다. 내가 정확히 알 수 없는 이유로, 픽션은 내게서 춤추듯 흘러나오고, 논픽션은 내가 매일 아침 일어나 맞이하는 이 고통스럽고 깨진 세계가 비틀어 짜듯이 내보냅니다."(「9월이여, 오라」) 이처럼 아룬다티 로이는 이미 주어진 형식이 아니라 권력 없는 자들의 이야기를 잘 전하기 위하여 새로운 형태를 창출한다. 이러한 방법은 앞서 언급한 알렉시예비치의 경우도 마찬가지이지만 이들이 표출한 형태는 각기 다르다. 그만큼 세계와 사물을 인식하고 그것을 드러내는 방식이 다른 것이다.

가라타니 고진이 근대문학의 종언에 대한 이유로 꼽고 있는 것은, 새로운 단계의 자본주의, 새로운 문화 생산과 소비 형태, 기술의 발달 등이다. 자율적인 주체를 확립하려는 근대문학의 전통이 1990년대에 이르러 그런 주체나 의미를 조소하고 형식적인 유희에 몰두하는 흐름으로 전환되었다는 것이다. 이러한 현상에 만화나 애니메이션, 컴퓨터 게임, 디자인 등이 연동되는 한편 소설 또한 출판자본의 논리 속에 편입됨을 시사한다. 그렇다면 고진의 선택은 무엇인가. 그는 오늘의 문학적 사정과 관련하여 다음처럼 진술하고 있다.

> 우리는 현재 세 가지 해결해야 할 과제에 직면해 있다. 전쟁, 환경문제, 세계적인 경제적 격차. 이것들은 자연과 인간, 인간과 인간의 역사적 관계를 집약하는 사항들이다. 게다가 이것들은 시급한 과제들이다. 이전의 문학은 이런 과제들을 상상력으로 떠맡았다. 그러나 오늘날의 문학이 이것을 떠맡지 않는다고 해도, 나는 불만을 드러낼 생각이 없다. 그러나 나 자신은 그것을 떠맡고 싶다. 그것이 문학적이든 비문학적이든 아무런 상관이 없다.
>
> —『근대문학의 종언』, 조영일 옮김, 도서출판b, 2006

고진의 말처럼 1990년대 중반 이후 한국문학은 시급한 과제들을 외면하는 경향과 그것을 떠맡는 경향으로 나뉘어졌다. 전자는 문학주의와 출판자본의 결탁이라는 형태로 쥬류를 형성하였다. 신경숙 사태를 불러온 것도 이러한 주류의 경향이다. 고진도 예로 들었듯이 후자의 경향을 대표하는 것은 김종철의 『녹색평론』이라 할 수 있다. 아울러 그가 말한 세 가지 과제에 관심을 집중하는 여타의 매체들을 들 수 있다. 이들 매체들은 아무래도 문학 그 자체에 대한 관심보다 '자연과 인간, 인간과 인간의 역사적 관계'에서 야기되는 새로운 문제들을 탐색하려는 의도를 드러낸다. 최성각의 에세이나 『이창근의 해고일기』, 이란주의 『아빠, 제발 잡히지 마』 그리고 최근 여러 작가들이 쓴 『민중을 기록하라』와 같은 수기와 증언 기록도 후자의 흐름이라 할 수 있다. '4.16' 이후 이러한 흐름이 더 커지고 있는 것이 사실이다. 그렇다면 이러한 경향이 신경숙 사태로 실감한 한국문학의 공허를 바꿀 수 있을까?

돌이켜 볼 때 1990년대 중반 이후의 탈정치화와 더불어 전개된 일방의 문학주의는 문제적이다. '문학동네'가 이를 주도하였고 '문학과사회'와 '창작과비평'이 이에 편승하였다. 해석과 연관한 문학권력 문제는 실상 부차적이다. 가장 중요한 문제는 문학의 대상과 향유층을 중간계급으로 설정한 데 있다. 이로써 이념의 탈피나 탈정치성 그리고 구체적인 현실보다 낭만적 감성을 지향하는 등의 현상이 나타난다. 이러한 문학주의는 이전의 순수문학처럼 정치적 결탁이 아니라 상업적 자본과의 결탁을 의미하는 것이라는 점에서 매우 광범한 흐름이 될 수 있었다. 그런데 이와 같은 탈정치화된 문학주의의 흐름을 지속시키는 데 동원된 개념 가운데 가장 큰 힘을 발휘한 것은 '문학의 죽음'이라는 담론이다. 기술의 비약적 발전으로 인쇄기술에 근거를 둔 문학은 쇠퇴하고 죽음을 맞을 것이라는 이야기이다. 참으로 우울한 진단을 내리는 이들은 맥루헌의 후예들로서 역설적이게도 문학주의를 뒷받침하게 된다. 문학이 위기인 만큼 순문학을 지켜내어야 한다는 역설이 가능했던 것이다. 그러나 후쿠시마와 세월호 등을 경유하면서 우리가 인식하는 문학주의의 한계는 여실하다. 신경숙 사태는 기존의 문학을 더욱 공허하게 만드는 요인이 되었다. 그야말로 새로운 '문학'을 발명하지 않으면 안 되는 단계에 와 있는 것이다. 아룬다티 로이와 알렉시예비치의 방법이 크게 돋보이는 까닭이 여기에 있다.

4. 문학의 탈정치화를 넘어서

맥루헌의 후예들은 일차적으로 텔레비전시대를 통하여 인쇄매체의 문학시대에 종언을 고한 바 있다. 그러나 이들의 예견은 빗나가고 말았다. 텔레비전에 식상한 대중들이 다시 신문과 문학으로 귀환하였기 때문이다. 다시 '문학의 죽음'(앨빈 커넌)이라는 이야기가 등장하는 것은 디지털시대와 맞물려 있다. 디지털기술이 등장하면서 맥루헌의 후예들은 지난날의 실패를 만회하기라도 하듯이 "맥루헌 르네상스"를 선포하는 한편, 디지털기술이 활자 기술에 의거한 책 문화를 절멸할 것이라 주장한다. 일견 맥루헌 르네상스가 온 듯도 하다. '지구촌' 개념이 맥루헌에서 비롯하였듯이 그의 후예들은 또한 세계화를 옹호한다. 디지털기술이 세계를 하나로 만들 것이라고 생각한다. 그런데 여기서 우리는 오늘날의 기술이 발달하는 과정을 생각해 볼 수 있다. 과학의 발달에 상응하는 기술의 발달을 뒷받침하는 것은 국가와 자본이다. 디지털 기술은 국가 이익과 자본의 요구에 의하여 발달한다. 이것은 시간을 완벽하게 공간화함으로써 지역을 넘어 세계를 통합한다.

문학의 위기와 문학의 죽음 담론을 의지한 문학주의가 불러온 것은 탈정치화 이데올로기이다. 이것은 자본과 시장에 저항하지 않음으로써 자기 확대를 도모할 수 있었다. 그러나 이러한 탈정치화된 문학주의가 가져온 손실은 매우 크다. 그동안 한국문학이 견지해왔던 긍정적인 가치들 가운데 많은 부분들이 쇠퇴하거나 주류에서 밀려나게 된 것이다. 왜 한국문학은 더 이상 민중을 말하려 하지 않는가? 만일 사회구성 개념으로서 민중이 사라졌다면 하위주체들, 약자와 소수자, 농민의 이야기를 하는 작가들은 왜 없는가? 이주노동자와 비정규직 노동자 들을 위한 글쓰기를 하는 작가들은 있는가? 생태 환경이 파괴되는 현실을 비판하는 작가들은 누구인가? 제노사이드를 증언하고 에코사이드를 고발하는 작가는 왜 없는가? 재난으로 인한 내국 난민과 국제적 난민의 삶을 추적하는 작가는 또한 누구인가? 문학의 죽음 담론을 반사경으로 하여 이룩한 탈정치적 문학주의는 이처럼 많은 의문을 남긴다.

가라타니 고진이 근대문학 종언론을 제기하면서 한국문학이 이러한 상황에 처한 것이라고 지적한 것은 실제 한국문학의 탈정치화와 연관된다. 그가 아룬다티 로이를 문학 행위의 정통으로 든 것도 그녀가 '전쟁, 환경문제, 세계적인 경제적 격차'를 글쓰기의 최우선 과제로 생각하고 있기 때문이다. 고진이 말한 근대문학의 종언론은 김종철이 지적하듯이 문학이 끝났다기보다 종래의 문학이 가졌던 '체제 비판 기능'을 잃었다는 의미로 이해될 수 있다. 그렇다면 문학이 21세기에도 그 역할을 하려고 한다면 고진이 말한 바 '세 가지 해결해야 할 과제'를 내용으로 하는 방식으로 재발명되어야 한다. 하지만 시장의 논리에 포섭되어 탈정치화한 소설이 다시 과거의 정치적 지위를 되찾는 일은 쉽지 않을 것이다. 고진이 아룬다티 로이를 예를 든 까닭도 거기에 있다. 그녀는 왜 소설쓰기를 그만두었을까? 그녀는 민중 혹은 하위주체들의 고통을 망각할 수 없는 사랑의 마음을 지녔다. 그녀는 소설 『작은 것들의 신』이 가져다준 부와 안락을 이들과 더불어 살기 위해 가차없이 버린다. 그렇다면 한국의 작가들은 세계화 이후 더 심화되고 있는 양극화 현상이나 비정규직 노동자, 소수자, 이주 노동자, 농민의 문제를 외면하고 있는가? 또한 국가 권력과 자본에 의해 자행되고 있는 환경파괴와 폭력에 대하여 눈을 감고 있는가? 그렇지는 않을 것이다. 그러나 그럼에도 민중 혹은 하위주체들의 이야기를 아직 '낡아빠진 뻔한 것들'이라고 생각하는 이들이 더 많은 것도 사실이다. 다시 말해서 이들에 대한, '새롭게 이야기할 방법'을 찾고 있지 않다. 다만 이들이 아니라 '새로운 현실'을 더 새롭게 이야기하기 위해 매달리고 있다. 경우에 따라 기술주의에 편승하거나 세계화를 경배하는 것이 현실이다. 그러므로 '문학'은 새로 발명되어야 하고 더 많이 정치화되고 구체화되어야 한다.

지역 비평의 위상에 대한 회고와 전망

나에게 주어진 주제가 '비평가의 로케이션과 비평의 보편성'입니다. 그렇지만 '비평의 보편성'에 대한 이야기는 줄일까 합니다. 보편성이 있다고 하더라도 그것을 말하기 쉽지 않을 것입니다만 이보다 나는, 보편성이 있을 것이라는 가정을 부정하려 합니다. 부득이 보편을 설정해야만 한다면 그것을 특수들의 총합 정도로 간주할 것입니다. 이러한 점에서 '비평가의 로케이션'이라는 주문이 흥미롭습니다. 주지하듯이 로케이션은 지리학의 개념입니다. 지리학에서 로케이션은 "지표면상에 있는 인간과 장소, 공간, 지역, 경관 등의 절대적 위치와 상대적 위치"를 의미합니다. 절대적 위치가 "물리적으로 고정되어 있는 시간과 공간축 상의 좌표점으로 누구나 알 수 있는 객관적 위치"를 말한다면 상대적 위치는 "인간들이 자신들만의 의미세계를 만들어가면서 상대화된 위치"를 뜻하지요. '비평가의 로케이션'이라는 주제는 상대적 위치에서 비평/비평가의 위상학(topology)을 개진하라는 의도를 담는다고 할 수 있습니다.

부산이라는 지방(local)에서 비평가라고 하는 사람의 정체성을 되묻는, 무겁고 힘들 뿐만 아니라 성가시지만 매우 근본적인 주제가 아닌가 합니다.

다른 한편으로 『오늘의 문예비평』 편집자의 주문이 반가운 것은 '공간적 전회(spatial turn)'로 불리는 관심과 겹치는 탓도 있습니다. 돌이켜 볼 때 그동안 나는 언어적 전회, 사회 · 역사적 전회, 문화적 전회, 공간적 전회 등, 서너 차례의 비평적 전회를 경험하였습니다. 물론 전회가 그 어떤 단절을 의미하는 것은 아니며 경험적이거나 학습적인 차원을 의미할 따름입니다. 1970년대 후반에 내가 다닌 대학은 언어적 전회를 겪으면서 텍스트의 분석과 해석에 집중하였습니다. 다행히 좋은 선생을 만나 문학을 제대로 배운 것은 행운이기도 합니다. 나는 대학 교양학부에서 김광규 선생을 통하여 『문학이란 무엇인가』(문학과지성사)라는 책을 접하면서 문학을 배웠습니다. 매우 다행스럽게도 그때의 경험이 문학에 대한 눈을 뜨게 한 것이라 할 수 있습니다. 하지만 본과에 진급하면서 유신체제의 말기적 억압과 압제와 무연하게 대학의 문학이 형식주의(formalism)에 몰두하고 있음을 알게 되었습니다. 여기서 신비평이나 구조주의, 신화원형 비평을 포함한 형식주의를 부정하려는 것은 아닙니다. 형식주의는 모름지기 문학을 이야기하는 비평가나 연구자라면 누구나 거치지 않으면 안 되는 관문이라 생각합니다. 하나의 형식이 만들어지는 과정과 그 형식에 대한 미학적 분석, 나아가 텍스트를 자세히 읽고 그로부터 다양한 의미를 도출하는 것은 비평의 ABC에 해당합니다. 뛰어난 비평가일수록 뛰어난 해석자라는 데 어떤 반론이 있겠습니까? 문제는 '자세히 읽기'가 아니라 하나의 작품을 그 자체로 완전한 체계로 본다는 데 있었습니다. 스탈린이 러시아 형식주의자들을 내몬 까닭이 그들이 형식에 권력을 부여한 데 있다는 토니 배넷의 지적이 있습니다. 1970년대의 형식주의 또한 이와는 다른 형태로 권력과의 '수동적인' 공모관계에 있지 않았나 생각하게 됩니다. 텍스트를 언어현상에 한정하고 사회현상을 차단함으로써 기존의 체제를 승인하고 침묵하는 효과를 만든 것이지요. 이러한 가운데 문학사회학은 하나의 출구였습니다. 겨우 닿은 지점이 루시앙 골드만의 발생론적 구조주의 정도였지만, 문학을 사회적 생산으로 이해할 수 있었던 것입니다. 이 당시 초기 헤겔주의 시대에 루카치가 쓴 『소설의 이론』은 금서였습니다. 영역된 해적판이 돌았지만 이를 공공연히 들고 나닐 수조차 없었습니다. 그럼에도 신비평 등 형식주의는 소위 '근대(modern)' 문학을 이해하는 데 큰 도움이 되었습니다. 형식주의에 있어서도 텍스트를 닫힌 체계로 보느냐 아니면 열린 체계로 보느냐는 대단히 중요한 일이라 생각합니다. 가령 로만 인가르덴의 중층이론을 형식주의로 받아들인 오류가 한 예입니다. 그것은 형식주의가 아니라 현상학적 독서이론이지요. 윌리엄 엠프슨이 '사회주의적 성향의 정치적 진보주의자'였던 사실을 간과하고 싸잡아 신비평가로 분류한 것은 다른 예라 할 수 있습니다. 그의 개념인 '애매성(ambiguity)'이 "충돌하는 문화적 의미들에 대한 개방성"을 지닌다고 지적한 이는 테리 이글턴입니다. 구조주의에서 기호학으로 자신의 체계를 열어간 롤랑 바르트가 주목된 것도 1990년대 이후입니다. 이처럼 압도적인 닫힌 체계 속에 갇혀 있었기에 유신체제의 몰락과 광주 이후의 1980년대는 급속한 '사회/역사적 전회'의 시대가 됩니다. 형식이 아니라 내용에 더 많은 관심을 갖게 된 것이지요. 자연스럽게 구체적인 삶과 물적 토대, 작가의 세계관이 해석의 바탕이 되었습니다. 나아가 글을 쓰는 이의 신원과 행위가 중요해지면서 노동계급의 글쓰기가 부각됩니다. 부산 지역에서 비평가들이 자신의 로케이션을 자각한 시기도 1980년대입니다.

비평의 위상학이라는 관점에서 나는 1980년대를 '기이한 역설의 시기'라 말한 바 있습니다. 이는 신군부의 집권으로 중심 매체들이 폐간되면서 각 지역에서 무크지들이 발간된 사건을 말합니다. 물론 이 당시 무크지도 두 가지 지향으로 나뉩니다. 그 하나가 문학운동이라면 다른 하나는 사회운동입니다. 우리 지역을 예로 들면 『지평』과 『전망』이 전자라면 『마산문화』와 『토박이』는 후자입니다. 전자가 문학의 재편과 지역문학의 활성화를 기획하였다면 후자는 지역 공동체를 추구합니다. 문학 무크지에 한정할 때, 모처럼 지역문학은 중심과 주변의 체계에서 벗어나 등가적 위치를 형성합니다. 한국문학의 중심 매체가 사라진 탓입니다. 이는 매우 중요한 의의를 내포합니다. 그 하나는 중심부는 그대로 작동하고 있는데 단지 매체만 사라진 사실입니다. 다른 하나는 중심부의 매체가 복원되면 사태가 달라진다는 것입니다. 1986년 6월 항쟁 이후 87체제의 형식 민주주의 시대가 열리면서 무크지의 시대는 가고 다시 계간지의 시대가 열립니다. 나는 무크지 시대에 비평가로 활동을 시작하였습니다. 이런 가운데 몇 가지 비평적 경험을 하였습니다. 이를 두고 위치적 비평(locational criticism)이라고 할 수도 있을 것입니다. 첫째, 중심부의 문학적 독점이 매체의 문제인가라는 질문입니다. 1983년 『지평』의 출발이 반중심주의적 지방주의라는 사실은 잘 알려져 있습니다. 매체와 유통구조의 문제를 문학적 성취와 같은 레벨에 두고 논의할 수는 없을 것입니다. 만일 중심부 매체들이 지방의 수준 높은 문학을 폄하하거나 배제하였다면 논의는 달라질 수 있습니다. 그렇지 않다면 지방주의는 '영역적 함정'이라는 자기모순에 곧 봉착할 수밖에 없게 되는 것이지요. 둘째, 중앙과 지방 혹은 중심부와 주변부라는 이분법적 구도로 한국문학과 한국사회를 설명하는 것이 합당한가라는 질문입니다. 중앙이든 지방이든 한국사회가 안고 있는 문제들을 두루 공유하고 있는 것이고 중앙집권적인 사회구조도 이러한 문제 가운데 하나라는 것입니다. 지방의 처지가 중앙에 비하여 더 힘든 것은 사실입니다. 그럼에도 지방의 문제를 푸는 답이 모두 중앙에 있다는 것은 아닐 것입니다. 또한 당시의 상황은 이처럼 중앙과 지방의 구도가 아니었습니다. 민주주의를 성취하고 바람직한 국가를 세우는 일이 그 무엇보다 중요한 과제였습니다. 『지평』은 2집 이후에 『전망』(1984년)으로 분화하기도 합니다. 『지평』의 영문표기가 'Vision'임을 상기할 때 이 둘은 이복형제와 같았습니다. 하지만 『지평』은 1984년 3집부터 지방주의를 청산하고 우리 사회의 모순에 대한 변증법적인 사유에 관심을 기울이게 됩니다. 만일 누군가 나에게 로케이션의 자각과 실천에 대하여 묻는다면 '본격적인 시작은 『지평』 3집부터'라고 말할 수 있을 것입니다. 1980년대 사회/역사적 전회 속에서 나는 중심주의의 폭력과 지방의 가능성을 동시에 보았습니다. 그렇지만 민족문학론과 민중문학론 가운데 어느 쪽을 지향하더라도 한국사회의 중심과제 앞에서 지역모순은 부차적일 수밖에 없다는 입장을 지녔던 것입니다. 이는 한편으로 이분법의 회로에 갇히지 않으려는 노력이고 다른 한편으로 지역 혹은 주변부에서 새로운 시각을 형성하려는 기획과 연관된다고 하겠습니다.

냉전체제의 와해와 전지구적 자본주의 시대를 맞은 1990년대는 1980년대 문학의 몰락과 신세대 문학주의의 대두, 포스트모더니즘의 수용과 문화주의의 발흥으로 요약될 수 있을 것입니다. 이런 가운데 나 또한 '문화적 전회'를 경험하였습니다. 성급하게 '문학에서 문화로' 이동하는 일에 조바심을 내기도 했습니다. 하지만 문학도 문화도 제대로 살피지 못하는 가운데 동아시아 지역주의(regionalism)와 만나게 된 것입니다. 이제까지 줄곧 언급해온 로케이션이라는 개념에 네트워크와 스케일이라는 개념을 더하게 된 것입니다. 이를 두고 '공간적 전회'라고 할 수 있을까요? 확실히 1980년대는 역사와 사회에 대한 많은 성찰을 요구했습니다. 이는 오늘날도 마찬가지이지만 그때만 하다고 할 수는 없을 것입니다. 다만 공간에 대한 인식의 비중이 매우 커진 것이 사실입니다. 1980년대에 가졌던 지역 비평가의 로케이션은 사회적이고 역사적인 것입니다. '지평'이나 '전망'은 이러한 사회 역사적인 과제를 전제하고 있습니다. 따라서 자기가 터한 장소에 대한 감각보다 문학의 장 내에서 진행되는 인정투쟁으로 기울어지는 경향이 적지 않았습니다. 비평가에게 인정투쟁은 피할 수 없는 일이지만 때론 덫이 될 수도 있습니다. 특히 지방이라는 위치에 있는 비평가들이 상시로 느끼게 되는 소외감은 인정투쟁의 과잉 현상을 불러올 가능성이 있습니다. 가령 중심 매체의 해석과 상징작용에 대한 논쟁의 시발을 만든 것은 『『문학과 지성』 비판』(민병욱, 황국명)이라고 할 수 있습니다. 한국문학의 한 축을 형성해온 비평 그룹을 비판함으로써 찬사와 더불어 비평가로서의 위상을 획득한 것은 사실입니다. 또한 중심부 문학 권력에 대한 대안으로 부산 지역의 비평이 자리하게 됩니다. 하지만 인정투쟁의 대상은 다시 나와 우리 자신을 돌아보게 합니다. 과연 비판의 대상이 된 그들이 나와 우리보다 못한 이들인가? 그들이 형성하고 있는 '해석공동체'보다 나은 해석공동체를 우리가 구성하고 있는가? 이러한 물음은 비판자가 마땅히 지녀야 할 자의식일 것입니다. 이러한 처지에서 『오늘의 문예비평』(1991년)은 인정투쟁이 아니라 해석공동체를 지향하자는 취지로 발간

되었습니다. 해석공동체의 지반은 문학 개념의 공통성, 비평전략의 공유, 동등성과 우애에 기초한 소통 등이라 생각합니다. 지연이나 학연이 해석공동체의 지반이 될 수 없는 것이지요. 이러한 점에서 『오늘의 문예비평』은 상당한 기간 동안 모더니티와 포스트모더니티 등의 개념을 두고 공부와 토론을 거듭합니다. '김영현 논쟁'에 일부 멤버가 잠시 개입한 것을 제외하면 비평과 지역문학의 활성화라는 공통 지향을 위하여 노력한 것으로 받아들여집니다. 이러한 과정을 거치는 가운데 로컬리티에 대한 관심도 커지고 오늘날 공간적 전회에 상응하는 지역공간에 대한 문화정치학을 수행하기도 합니다. 그럼에도 해석공동체를 보기 좋게 형성하였다고 단정할 수는 없습니다. 느슨한 형태로 구성원들의 상이한 지향들이 봉합되는 양상이 지속된 것입니다. 아마 이러한 양상은 현금에 이르기까지 크게 나아지지 않았다고 보아도 될 것입니다.

다시 앞서 언급한 '동아시아 지역주의'로 돌아가서 논의를 이어갈까 합니다. 1990년대는 크게 두 가지 흐름을 만들어갑니다. 그 하나가 문화주의(culturism)라면 다른 하나는 지역주의(regionalism)입니다. 이 가운데 여전히 그 세를 확장하고 있었던 것이 문화주의라 할 수 있을 것입니다. 문화주의는 양면성을 지닙니다. 이데올로기 비판이라는 문화연구의 마르크스주의적 전통을 계승하는가 하면 문화산업과 창조산업의 이론적인 배경이 되기도 합니다. 텔레비전의 등장으로 위협을 받던 문학이 대중문화, 디지털문화가 전면화되는 상황에서 '문학의 죽음'은 아니라 하더라도 주변화를 피할 수 없었던 것입니다. '나르시시즘의 문화' 속에서 문학의 장은 감성문학이 주류가 됩니다. 문학비평에서 문화비평으로의 전향이나 대중문화와 호흡하는 감성적 문학주의의 대두는 크게 보면 동전의 양면이라 생각합니다. 비평이 겉으로 문학주의를 옹호하면서 안으로 상업주의와 공모하는 현상이 커졌습니다. 이런 가운데 비평보다 대중언론의 역할이 더욱 커지게 됩니다. 가령 『문학동네』는 1994년 창간 당시 편집위원에 비평을 겸하는 현직 언론인들이 참여하면서 논란을 빚은 바 있습니다. '문학권력 논쟁'은 이러한 논란 속에서 진행되었지요. 문학권력과 언론권력이 유착되었다는 것입니다. 대중문화와 대중매체의 급속한 성장 속에서 문학과 문학비평의 위상은 점점 추락하게 됩니다. 그럼에도 특정 출판사와 매체 그리고 비평가들의 영향력이 커지는 현상을 목도할 수 있습니다. '신경숙 사태'도 비평가의 인정과 평가를 언론이 증폭하면서 커온 작가의 어두운 이면이 아닌가 합니다. 확실히 1990년대 이후 '비평의 시대'는 아닙니다. 비평이 출판자본의 앞잡이가 되거나 시인과 소설가의 작품을 장식하는 부속물이 되기도 하지요. 여하튼 문화주의의 큰 흐름 아래, 그 그늘에서 문학주의가 상업주의와 결부되는 기이한 풍경을 우리는 목도하고 있습니다. 문학을 문화라는 큰 틀에서 보는 방식을 거부할 필요는 없다고 생각합니다. 능력이 된다면 이러한 일이 오히려 더 바람직한 글쓰기로 발전할 수도 있을 것입니다. 그럼에도 문학의 의의를 약화시키는 문화론적 비평은 경계해야할 일이 아닌가 합니다. 문학을 문화현상으로 헌납할 것이 아니라 문학을 보다 큰 맥락으로 재해석하는 노력이 필요한 것입니다. 이러한 점에서 지역주의는 영역의 확대에 그치지 않고 해석 맥락의 확장과 연관되는 일입니다.

지역주의는 국가 중심 체제의 극복을 전제하고 있습니다. 두루 알다시피 이는 세계를 중심과 반(半)주변 그리고 주변의 체계로 이해하는 세계체계론과 냉전체제의 하위체제로 분단체제를 말하는 분단체제론과 연관이 없는 것은 아니지만 다른 방향을 지닙니다. 한 때 비판적 지방주의(critical localism)를 유효한 담론으로 설정한 바 있습니다만 이는 세계체계를 프랙털의 양상으로 인식하고 실천하자는 제안을 담고 있습니다. 비판적 지방주의는 세계체계론과 지역주의가 만나는 접점입니다. 여기서 우리는 지리학의 스케일 개념을 떠올릴 필요가 있을 것입니다. 스케일에 의하면 나의 위치는 네 층위로 둘러싸여 있습니다. 몸(body), 가족(family), 사회(community)가 자리한 로컬은 국가(nation), 지역(region), 세계(global)라는 상위 층위와 연동되어 있습니다. 동아시아 지역주의는 국가와 세계 사이의 지역의 네트워크를 통하여 국가주의를 넘어서면서 기존의 세계체제를 변혁하자는 기획을 담고 있습니다. 그러나 이러한 기획은 국가주의의 발호나 냉전체제의 유산을 그대로 이어가려는 미국과 일본에 의해 좌절을 겪어왔습니다. 냉전체제는 와해되었지만 동아시아에는 새로운 삼각동맹을 형성하려는 힘이 끊임없이 작동하고 있습니다. 이런 가운데 분단체제는 다시 경화되고 있는 것입니다. 나는 이러한 사정을 고려하면서 지역주의의 이상을 말하기보다 지역주의를 이루려던 지성의 이상과 좌절에 대하여 더 많은 관심을 가졌습니다. 또한 작가들이 시공을 가로 지르는 상상력의 힘인 텔레오포이에시스(teleopoiesis)를 견지할 것을 주문한 바 있습니다. 이러한 일을 두고 '공간적 전회'라고 할 수 있을까요?

에드워드 소자가 강조한 '공간적 전회'는 자본주의 도시의 공간생산을 주목하고 있습니다. 근대세계체제와 도시의 발달이 깊은 연관을 가지고 있다는 점에서 보면 앞서 말한 스케일을 통한 인식 지도 그리기(mapping)가 이러한 공간적 전회와 무관하다 할 수 없을 것입니다. 그럼에도 우리는 둘 사이의 차이를 생산적으로 겹치게 하는 방안을 생각할 수 있을 것입니다. 그럴 때 우리는 발터 벤야민의 구체성을 바탕으로 한 텔레오포이에시스를 구성할 수 있을 것입니다. 공간적 전회는 앞선 언어적 전회나 사회 · 역사적 전회와 문화적 전회를 모두 포괄한다고 할 수 있습니다. 에드워드 소자가 말하듯이 "우리의 세계-내-존재는 언제나 사회적인 동시에 공간적이며 시간적인 것"입니다. 사회적인 우리는 또한 지리적이고 역사적인 존재인 것입니다. 그러므로 비평가의 로케이션은 지정학적인 장소(topos)를 인식하는 위상학으로 나아가게 합니다. 돌이켜 볼 때 중앙과 지방으로 나누어 한국사회와 한국문학을 바라본 시각은 일국적인 한계와 더불어 매우 역사적인 관점을 지녔습니다. 이분법이 지니는 순환논리는 차치하고라도 담론의 추상성을 극복하긴 힘든 시각이었습니다.

나는 오래 전에 '주변부를 주목하자'(『문학과 사회』 1999년 가을호)는 제안을 한 바 있습니다. 당시 세 가지 이유를 들었지요. 첫째, 삶의 구체와 멀어진 문학, 둘째, 문학에 내재한 중심에의 열망, 셋째, 기술이데올로기에 종속된 문학 등이었습니다. 지금 생각하니 참 소박한 주장입니다. 주변부적 시각이나 지역문학을 이야기할 때 늘 구체성이 강조됩니다. 2000년 시전문계간지 『신생』의 창간은 두 가지 지향을 지닙니다. 그 하나는 로컬에 대한 인식과 실천이고 다른 하나는 새로운 글쓰기이지요. 특히 후자에 대한 관심은 여전합니다만 이는 '문학이란 무엇인가' 라고 거듭 되묻는 일과 연관됩니다. 20세기 말 만난 『녹색평론』은 여전히 나에게 영향을 끼치고 있습니다. 김종철 선생은 거듭 "기존의 문학에서 벗어나야 한다"고 말하고 있지요. 다만 그도 시적 가능성은 늘 열어두고 있습니다. 새로운 글쓰기라는 테제는 1990년대 이후 감성 편향과 문화산업적 관점의 개입을 극복하자는 것인데, 쉬운 일이 아닙니다. 우리는 시 영역에서 '미래파' 논쟁을 거쳤고 소설 영역에서 '문학의 종언' 논쟁을 경험하였습니다. 그러나 두 논쟁의 귀결이 지역문학 혹은 주변부문학으로 귀착한 것은 아닙니다. 다만 시의 경우 아방가르드적 부정성과 추상화에 저항하는 구체적인 느낌(feeling)의 가능성이라는 문제의식이 상존합니다. 소설을 염두에 두면서 나는 주변부의 변증법, 주변부의 고고학을 제안하는 데 그치지 않고 여기서 한 걸음 더 나아가 창작 방법론을 제시한 바 있습니다. 주변부적 시각과 창작방법을 연동한 것이 그리 먼 일이 아닐 뿐 아니라 이를 구체적인 텍스트 해석으로 가져간 일도 많지 않습니다. 나는 비평이든 창작이든 가장 먼저 극복해야 할 일이 중심과 주변의 이분법이라 생각합니다. 로컬이라는 위치에 있는 비평가와 작가에게 중심의 유혹은 모방과 동어반복을 유발할 가능성이 큽니다. 알다시피 지금 우리 사회는 중심과 주변의 마니교적 이원론이 지배하는 국가주의적인 영역화에 갇혀 있습니다. 혹자는 한국이 세계 속의 반주변부인데 이 안에서 중심과 주변을 또 사유한다는 것이 어떤 의미가 있는가라고 반문하기도 합니다. 그러나 우리의 문학과 문학비평은 이러한 '공간추상'에 저항해야 하는 것입니다. 폭력과 억압, 착취와 불평등은 그 규모의 문제가 아니며 모든 차원의 공간에서 다 나타날 수 있는 것입니다. 문학은 가장 구체적인 장소에서 체험된 공간과 체험된 시간을 말하는 양식입니다. 나는 앞으로의 문학은 소수자 문학이어야 한다고 생각합니다. 그렇다면 이러한 문학의 바탕이 무엇일까요? 그것은 바로 공간일 것입니다. 예를 들어 이주한 프롤레타리아 노동자의 삶을 생각한다면 이러한 문제의식이 바로 이해가 될 것이라 생각합니다.

그러므로 작가든 비평가든 각자의 위치에서 스케일의 다층적인 인식과 실천을 수행해야 합니다. 아울러 스케일의 중층적인 인식에서 발현한 비평적 시좌를 형성하고 그에 필요한 개념들을 창안해야 합니다. 그렇다면 제3의 지대가 가능할까요? 말할 것도 없이 이를 명료하게 구획할 필요는 없습니다. 다만 추상화에 저항하고 국가주의를 넘어서 새로운 자유의 공간을 만들려는 상상력을 옹호하는 일은 가능할 것이라 생각합니다. 거듭 말하지만 실상에 있어 중심과 주변들의 관계는 중층적인 복잡성을 지닙니다. 마치 프랙털과 같이 부분들과 전체의 다층적인 연관성을 드러내고 있기 때문입니다. 중심과 주변의 이분법은 실제의 복합국면을 단순화시킬 뿐 아니라 궁극적으로 하나의 중심을 고착화시킬 가능성이 큽니다. 따라서 우리는 중심과 주변들이 맺는 관계의 복잡성을 사유하면서 권력화된 중심의 심상지리를 해체해야 하는 것입니다. 주변은 선망과 유혹, 모독과 배제가 자리하기 쉬운 공간입니다. 쉽게 중심으로 흡수되거나, 아니면 일그러진 자의식으로 뒤틀린 얼굴을 할 공산이 큽니다. 그렇지만 모독과 배제를 넘어서, 견결한 의지로, 중심의 시점에서 그려진 심상지리와 주변의 시점에서 그려진 심상지리의 비대칭적 이항대립에서 벗어나, 주변과 중심의 다층적인 연관을 사고하는 새로운 심상지리를 그려가야 하는 것입니다.

다시 말하지만 주변이 자본과 제도의 차원에서 상대적으로 중심부로부터 소외되었다는 사실이 지역의 문학을 규정하는 전제가 될 수는 없습니다. 만일 이러한 전제에 기초하여 지역문학의 논리를 세우려는 이가 있다면, 그는 외부를 향한 선망과 분열을 되풀이하거나 문학적 낙후의 문제를 외부의 탓으로 돌리면서 자족하게 될 것입니다. 그런데 아쉽게도 지방의 다양한 문학 집단에서 활동하고 있는 많은 문인들이 이와 같이 잘못된 논리에 감염되어 있는 것이 사실입니다. 먼저 선망과 분열은 중심부 따라 하기라는 양상으로 나타납니다. 이는 서구 근대의 이미지를 좇다 침몰하거나 돌연 전통으로 회귀할 수밖에 없었던 식민지 모더니스트의 분열과 같이 자신의 터전을 망각하고 중심부의 미적 패션을 가닿아야 할 보편으로 받아들이는 태도와 흡사합니다. 이러한 태도에 내재한 인정욕망은 중심부에 대한 노예적 위치를 용인하는 대신 지방에 대한 상징적 우위의 자리를 획득하게 합니다. 그러나 중심부라고 설정하고 있는 공간 또한 더 큰 스케일(리저널, 글로벌)에서 볼 때 지방에 지나지 않을 뿐이라는 당착이 생길 수 있습니다. 적어도 이러한 당착에 대한 인식에 이른다면 지역문학과 지역비평은 가능성을 포지하게 될 것입니다.

나는 이미 스케일의 중층적 인식을 창작방법론과 연관시켜 논의한 바 있습니다. 근대의 지역문학과 지역문화는 근대화의 산물입니다. 이는 중심부가 전개한 근대 기획의 대상이자 형성물이지요. 이래서 이것은 양면성을 지닙니다. 지역문학은 지역과 지역문화가 처한 이러한 양면성을 정확하게 인식하는 데서 출발합니다. 다시 말해서 근대와 전통, 중심과 주변, 근대성과 식민성, 서구와 아시아, 문명과 자연 등의 대립항들이 만드는 대립들의 함정에 빠지지 않고 생성의 공간, 희망의 공간을 만드는 일입니다. 이러한 일은 무엇보다도 자기를 구체적으로 아는 데서 시작됩니다. 이는 자기가 발 딛고 사는 대지를 사유의 단초로 삼되 그 대지에 매몰되지 않는 자의식—두 제곱된 사유라 할 수 있을 것입니다. 그런데 많은 경우 지역문학은 자기 땅에서 유배되어 있습니다. 대지로부터의 소외를 피할 수 없는 조건으로 받아들인 탓입니다. 이래서 지역문학은 (1)**자기로부터의 글쓰기**가 되어야 합니다. 그러나 이것은 가까운 것들을 대상으로 하는 서술이 아닙니다. 오히려 (2)**멀리 보며 구체적으로 쓰기**가 요청되는 것이지요. 자기를 쓰되 자기를 둘러싼 문맥들의 구체적 전망을 그려내는 방법이라 하겠습니다. 그런데 자기로부터의 글쓰기를 중심부에 대한 거부로 이해하는 것은 잘못입니다. 중심부 거부에는 거부를 통하여 그것을 인정하고 공존하려는 교활한 전략이 틈입하기 쉽습니다. 한국문학은 일국적 차원에서든 지역적 차원에서든 반주변부 문학이라 할 수 있습니다. 지역문학에 요구되는 것은 이러한 반주변부성의 중층성과 혼종성입니다. 이러한 관점에서 지역문학은 (3)**두껍게 쓰기**가 되어야 합니다. 말할 것도 없이 이러한 방법이 트리비얼리즘이나 지역사실의 박물학적 기술을 뜻하는 것은 아닙니다. 일상과 생활수준의 구체성을 해부함으로써 지역적 삶의 몸체를 그려야 한다는 것이지요. 신체에 각인된 근대성과 식민성, 전통과 근대를 두껍게 이야기함으로써 중심과 주변, 세계적인 것과 지방적인 것의 변증법을 모색할 수 있을 것입니다. 아울러 수기와 구술채록 그리고 평전 등 다양한 다성성의 목소리가 새로운 글쓰기의 지평에 있습니다. 지역문학의 또 다른 방법은 (4)**다시 쓰기**입니다. 지역문학에서 지역성은 역사성과 공간성의 동의어입니다. 그러나 현금의 지역문학은 그 공간성을 상실하고 있습니다. 중심의 환상에 들려 파편화되고 있기 때문입니다. 지역문학은 추상성, 강제된 보편성 등에서 탈피하여 자신의 과거와 현재의 역사와 구체적인 장소에 개입해야 합니다. 다시 쓰기로서의 지역문학은 지역적 유산을 드러내고 기념하는 것이 아니라 지역의 문제가 근대의 문제이고 세계의 문제임을 밝혀내는 기획이 되어야 합니다. 이것은 안이하게 기존의 역사적 사실을 재구성하는 것이 아니며 지역을 새롭게 이해하려는 지역학과 병행하는 글쓰기의 모험이라 할 수 있을 것입니다.

지역문학의 창작방법이 이러하다면 지역 비평의 방향은 어떠해야 할까요? 비평가의 욕망과 작가의 욕망이 다르고 그 글쓰기도 다를 것인데 이를 비겨 말하긴 쉽지 않을 것입니다. 도대체 비평가는 누구입니까? '작가란 무엇인가'라는 질문과 답은 허다합니다만 비평가에 대한 물음의 그리 많지 않아 보입니다. 우리는 왜 비평가일까요? 비평가로서 읽고 쓰며 산다는 것의 의미가 무엇입니까? 비평가의 로케이션은 이러한 질문을 남깁니다.

교감과 시적 평등의 길

시적 평등

'시적 자유'에 익숙한 우리에게 '시적 평등'은 당혹스럽다. 낭만주의 이래 시는 개인의 산물에 가깝다. 물론 낭만주의가 상징과 원형의 상상력을 통하여 사회와 역사를 뛰어넘는 보편성을 추구하지 않은 것은 아니며, 이는 뒤에 모더니즘이 지향한 미적 근대성과 유사한 경로를 보인다. 하지만 역사를 우회하고 공적 영역과 거리를 만들면서 자신의 위치를 유지하려는 방식은 한계가 있기 마련이다. 탁월한 상상력으로 시인에게 부여된 명성과 달리 테리 이글턴의 지적처럼 시는 갈수록 '사유화'(privatised)되었다. 달리 말해서 시가 교환관계 속에 위치하게 된 것이다. 이러한 아이러니는 자본주의 사회의 비합리성에 대응하는 미적 기획인 모더니즘 미학에서도 나타난다. 기존 자본주의 사회에 대한 회의주의는 모더니스트 시인들이 보인 세계인식의 일반적 경향이다. 이들은 자신의 회의주의를 실현하는 방법으로 시적 완전성을 추구한다. 절대시는 모더니스트들의 미적 극단에서 꽃핀다. 그런데 이러한 절대시의 시인들은 기존 세계에 대한 혐오가 새로운 절대정치(파시즘)를 옹호하는 정치적 파탄과 직면하기도 한다. 모더니즘의 시적 기획은 소외의 극복이 되지 못하고 스스로 소외의 징표가 될 뿐만 아니라 궁극적으로 자본주의 사회를 초월하지도 못한다.

낭만주의와 모더니즘의 차이는 전자가 전통이나 유기적 사회의 경험에 토대를 두고 있다면 후자는 이러한 경험이 분해되는 도시의 산물이라는 데 있다. 농촌과 도시, 전통과 근대의 길항처럼 낭만주의는 모더니즘의 물결 속에서도 사라지지 않는다. 전통주의자들은 과거세계의 경험을 움켜쥐고 근대에 대한 불만의 계보를 형성한다. 이들은 모더니스트들이 자아의 특수한 체험을 고백할 때 사라져가는 유기적 세계의 기억을 되살려 놓는다. 그러나 전자의 개인주의적 체험과 후자의 공동체적 경험은 모두 근대 자본주의 사회의 교환관계의 자장을 벗어나지 못한다. 서로 상반된 지향을 보이지만 유사한 사유화의 맥락에 놓이는 것이다. 아마 시적 평등은 이러한 시의 근대 기획(modern project)들을 극복하자는 포스트모던 기획의 일환이 아닌가 한다. 말할 것도 없이 시적 자유와 시적 평등을 모던과 포스트모던에 등치하는 것은 단순한 발상이다. 모던에 시적 평등의 염원이 없었다고 보기 힘들기 때문이다. 사회적 모순과 계급적 불평등을 재현하는 방식을 통하여 평등주의를 실천하려 한 리얼리즘의 방법을 들 수 있다. 그러나 이러한 리얼리즘의 재현 혹은 내용의 정치가 전정한 의미의 평등을 의미하는 것은 아니다. 다시 말해서 전체 사회에 내재한 모순을 그리는 것과 시적 평등은 거리가 있다.

자아의 특수한 표현이나 모순의 재현으로 시적 평등에 이르는 것은 아니다. 개별적 자유의 이상적인 합이 평등을 대신할 수 없는 것과 마찬가지로 선취된 이념이 평등을 대신하는 것도 아니다. 이러한 점에서 '시적 평등'이라는 개념은 제3의 길이다. 또한 제1의 길과 제2의 길이 모던에 속한 것이라는 점에서 이는 포스트모더니티와 연관된다. 그렇다면 시적 평등의 원천들은 어디에서 찾아질까? 먼저 모더니티의 징표라고 하는 개인주의의 극복이라는 문제의 천착에서 시작하자. 낭만주의든 모더니즘이든 개인주의는 시학이 안고 있는 핵심 과제이다. 사실 리얼리즘의 재현은 시학의 본령과 거리가 있다. 그것은 시학에 틈입한 특정 시대사적 조류에 가깝다.

서정시와 사회

비평적 개념으로 많은 오해를 만들고 있는 개념 가운데 하나가 서정주의(lyricism)이다. 대개 오해는 이것을 시의 주류 이념으로 받아들이는 데서 비롯하며 자주 서정주의와 반서정주의라는 이분법적인 규정이 횡행한다. 그런데 서정이 시를 형성하는 중요 원리라 하더라도 그것이 특정의 시를 한정하거나 다른 경향들을 폄하하거나 배제하는 데 활용될 수는 없다. 시는 서정이라는 울타리에 가둘 수 없을 만큼 매우 다양하다. 그래서 시를 시행발화라는 최소정의에 두자는 디히터 람핑의 제안이 의미 있게 받아들여진다. 실제 서정시라고 불릴 수 있는 '순수한' 양식은 관념에 가깝다. 여러 경향의 서정시가 있을 수 있는데 특히 산문시(혹은 서술시)의 존재는 앞서 언급된 최소정의인 시행발화의 원칙조차 무너뜨린다. 이런 연유에서 '시행발화'보다 "시인에 의한 시행의 종결이 시를 결정한다"는, 더 진전된 최소정의를 들 수도 있다.

여기서 서정을 논하는 것은 서정과 관련한 왜곡을 바로잡는 동시에 새로운 시학적 가능성들—이 글의 주제인 시적 평등의 원천들을 탐문하자는 데 있다. 서정시에 대한 규정으로 그동안 잘 알려진 개념들은 회감(回感), 서정적 자아, 자기표현 등이다. 먼저 회감은 서정의 원천을 과거에 둔다. 시혼의 본성이나 원초적인 경험의 영역이 과거의 시간 속에 있다는 것이다. 이러한 입장을 그대로 받아들인다면 자연스럽게 서정시인은 보수적인 전통주의자가 될 수밖에 없다. 물론 '오래된 미래'와 같은 모순어법을 통하여 과거를 미래의 원천으로 삼자는 제안이 없는 것은 아니다. 하지만 서정의 시간은 보다 적극적인 형태로 재해석되어야 한다. 그것은 확정할 수 없는 근원을 상정하여 시적 지향을 확대하는 일과 연관된다. 서정이 지향하는 시간은 주어진 특정의 시간이 아니라 지금-여기의 삶에 의미를 부여하는 방향으로 이해될 수 있는 것이다. 전통적인 서정시가 과거를, 모던 서정시가 미래를 지향한다면 포스트모던 서정시는 현재의 상황에 충실한 카이로스의 시간을 탐구한다. 이러한 관점에서 서정적 회감은 현상에 구체적으로 다가가는 감각의 지속이라는 의미로 재인식될 수 있다.

서정시가 개인의 자기표현이라는 개념은 문학제도 안에서 재생산되면서 단색적인 나르시시즘을 확대 재생산하였다. 시인의 개성이 지닌 지위를 과도하게 인정하는 관습은 시인이라는 사회적 계급의 탄생을 이끌 뿐만 아니라 이들 집단과 사회의 분리를 조성하기도 한다. 그러나 서정적인 자아의 직접적인 독백은 서정시의 일반적인 형식이 아니며 '극단적인' 형식에 불과하다. 오히려 서정시의 주체는 다양한 종류의 삶의 경험이 한 개인에 의해 시적으로 변형된 것으로 보아야 한다. 특히 가면(persona)은 서정적 주체를 설명하는 핵심적인 틀이라 할 수 있다. 모더니티를 지배하는 주체중심주의를 내려놓고 끊임없이 타자가 되려는 연습—'역할의 나르시시즘'—은 새로운 서정시의 지평이다. 서정적 주체는 단일한 '나'의 동일성으로 회귀하거나 그것을 지키려는 주체가 아니라 타자와 만나고 이타성과 연대한다. 여기서 우리는 서정시와 관련한 역설—서정시는 가장 주관적인 문학의 종류 중 하나이지만 그럼에도 다른 그 어떤 것만큼이나 보편적인 것을 지향해 온 것—에 주목할 필요가 있다. 이러한 입장을 받아들일 때 서정적 주체는 부분적이고 개별적이기보다 시대적이고 역사적인 성격, 문화의 큰 움직임을 만들어내는 동시대인의 전형적인 형상으로 볼 수 있다. 리디아 긴즈부르크의 지적처럼 서정시는 자신과 자신의 감정에 대한 말이 아니며 드러난 관점, 사물에 대한 주체적 태도와 평가이다.

시가 기껏해야 시인 자신을 말하기 위해 쓰인 것이라면 우리가 애써 그것에 관심을 기울일 까닭은 없다. 또한 그것이 순수한 언어로 된 미적 구조물이라 하더라도 분석과 해석을 좋아하는 호사가의 취미를 충족할지는 모르나 우리가 그토록 주목하는 대상이 되지는 못할 것이다. 간혹 서정시의 텍스트성을 강조하는 이들이 있으나 모더니즘의 극단인 절대시의 사례와 같은 독단에 흐르기 쉽다. 무엇보다 시의 주체와 대상을 배제하고 있기 때문이다. 이러한 점에서 시적 경험은 주체와 세계와 언어의 상호 의존관계와 그 관계들의 복잡한 작용들로 받아들여져야 한다. 따지고 보면 실존은 나로부터 바깥으로 열리는 자리(ex-sistance)이자 타자와 관계를 맺고 소통하는 외존(ex-position)이다. 그러므로 시적 평등은 시적 주체와 세계가 만나는 지평에 의해 형성된다. 여기서

'형성'이라는 말에 유념할 필요가 있는데 그만큼 시적 평등이라는 개념이 단선적인 목표가 아니라 복잡하고 잡다한 경로의 과정이라는 의미를 내포하고 있음을 뜻한다.

그러므로 시적 평등은 주체가 개인성의 성벽을 무너뜨리고 타자의 세계로 나아가는 데서 시작된다. 생생한 현재에 대한 집중과 타인들과 융합, 구체적인 함께 하기의 지속 등 '일상이라는 시'를 드러나게 하고 존재하게 하는 '진부함의 시학'(M. 마페졸리)이 요청되는 대목이다. 그러나 시적 평등이 쉬운 시에서 관철되는 것은 아니다. 안이한 소통으로 놀라운 평등을 대신하긴 어렵다. 평등을 말하는 많은 철학자들의 글처럼 주체와 세계가 만나는 고단하고 괴로운 과정이 중요하다.

추상화에 대한 저항

구체적인 것은 삶과 상황과 존재의 활성화에 다를 바 없다. 시는 이러한 구체적인 것, 감각적 특수성을 드러내는 것이다. 추상화에 대한 시적 저항은 어떻게 이루어지는가? 이는 윤리적이자 미적인 실천—동아시아에서 오래된 미선(美善) 통합의 실현을 요구한다. 진-선-미의 위계를 해체하면서 시학은 재현(representation)과 표현(expression)과 현현(presentation)의 지위를 변화시킨다. 여기서도 제3의 길이 제시될 수 있는데 그동안 중심이 되어온 재현과 표현을 가로지르는 현현이 제시되기 때문이다. 재현은 이미 존재하는 대상 혹은 세계에 국한된 소통이라면 표현은 새로운 것을 잉태, 발견, 실현하는 사유, 특이성을 생성하는 사유라 할 수 있다. 하지만 표현은 이러한 생성적 측면에도 불구하고 주체에 치우쳐 있다는 한계를 지닌다. 이에 반하여 현현은 현상학적인 직접성으로 사물과 타자들이 나와 더불어 현전하는데, 실재에 대한 경험을 재창조하고 되살리는 과정에 다를 바 없다.

장미는 몸을 마르게 한다
몸의 물기를 다 앗아간다
장미는 눈을 분화구처럼 푹 꺼지게 한다
몸은 장미에게 학대받는 짐승이다
장미는 몸을 지지는 전기고문기술자다

나는 내가 이 고통을, 아니 장미를 견뎌낼 수 없기를 바란다

— 조용미, 「장미라는 이름의 고통」 전문

이 시에서 주체와 대상은 분리되어 있지 않다. 그렇다고 어느 일방의 작용에 이끌리고 있는 것도 아니다. 주체는 사물들의 변화에 순응하는 것이 아니라 그것이 이끄는 '고통'을 감수한다. 결코 수동적이지도 능동적이지도 않는 상황이 연출되고 있는데 시는 그러한 현재를 현현한다. 또한 시적 대상인 '장미'는 하나의 사물로 재현된 것이 아니다. 이미 이러한 재현을 초과하여 역동적이고 동사적인 모습으로 현현된다. 이러한 현현은 무엇보다 먼저 표현에서 말하는 주체의 위상을 교정한다. 시인은 이렇게 말한다: "시선의 힘, 그 신비하고 강력한 무언의 말을 나는 믿는다. 시선은 최대의 언어다. 세계는 나를 바라본다. 삐걱삐걱 몸에서 이쁜 소리가 난다." 여기서 시선은 근대적인 주체가 지닌 시선의 권력을 의미하지 않는다. 그것은 주체의 외부에서 오는 것. 그래서 '세

계는 나를 바라본다.' 이처럼 현현은 시각화(visualization)의 과정을 교정하며 은유와 이미지에 대한 통념을 수정한다. 표현에서 은유는 주체의 동일성으로 사물을 끌어가지만 현현에서 은유는 주체와 외부와의 끊임없는 교섭 혹은 실재에 이르려는 원초적 행위에 가깝다. 다시 말해서 은유가 유인하는 주체중심주의가 틈입하지 않는다. "몸을 지지는 전기고문기술자"처럼 은유는 탈각의 고통을 요구한다. 시인은 이러한 고통을 기쁨으로 받아들이고 희열로 승격시키는 존재이다. 이 대목에서 "삐걱삐걱 몸에서 이쁜 소리가 난다"는 시인의 말을 상기하자. 이러한 시인의 경험은 외부의 한정되지 않은 원천을 향한 고통의 도정이라 할 수 있을 것이다.

모더니티는 다양한 욕구들을 제도의 방책에 가두고 자연과 몸의 생기(生氣)와 일상적 삶의 활력들을 부차적인 것으로 만들었다. 시인은 모더니티에 의해 억압되고 가려진 실재에 대한 경험을 되살린다. "우리 삶의 가장 어둡고 멀리 떨어져 있는 부분의 부활(옥타비오 파스)"인, 이러한 과정에서 외부를 향한 나아감(extension)과 내부의 강렬함(intension)이 만난다. 이 때 시어는 실재에 대한 은유가 되고 이미지는 다른 것의 수단이 된 재현의 이미지가 아니라 이미지 그 자체가 목적이자 의미인 이미지, 구체적인 실재로 현현된다. 그런데 이러한 이미지는 시인의 살아있는 감각의 소산이지만 독서라는 행위를 통해 살아난다. 시인과 독자가 이미지를 공동 구성하는 가운데 시는 추상화된 사회에 저항하는 정치적 사유의 계기가 된다. 시의 정치 혹은 시적 평등은 시가 담는 내용의 정치성을 의미하지 않는다. 이보다 시를 통하여 잃어버린 존재를 되찾고 자기 자신을 회복하는 과정과 연관된다. 하지만 시라는 제도의 자장이나 시와 시인에 관한 통념들은 시의 정치 혹은 새로운 형태의 불일치와 불화의 탄생을 가로막는 내부적 요인들이다.

이타성의 시적 지평

존재하는 것은 타자와 사물과의 관계 속에 있는 것이다. 사물과 타자 그리고 세계와 만나는 것은 존재의 피할 수 없는 숙명이다. 자아 동일성이라는 개념조차 타자와의 관계를 전제한다. 실제 에릭슨도 이 점을 염두에 두었다. 그러므로 세계의 자아화, 자아 동일성의 획득이 시인의 과업일 수는 없다. 오히려 자아의 세계화, 자아 동일성의 수정과 해체야말로 시인이 갈 길이다. 그러나 근대는 시인의 자아를 정체성에 포박한다. 고통 속에서 자아의 감옥을 벗어난 시인들은 타자와 세계와 만나게 되는 데, 모더니티를 극복하려는 시인들은 자아를 벗어나는 것을 당연하게 생각한다. 이는 자아가 결코 모든 시간과 공간의 주인이 될 수 없다는 것을 알기 때문이다. 따라서 자아에서 자기 그리고 상위-존재로 나아가고 시적 존재에게 있어 사회적 대존재가 되는 주체의 분해는 필연적이다. 그런데 주체에서 사물로 그리고 세계로 이월하는 시적 경험을 설명하는 데 요긴한 개념은 지평이다. 이는 시쓰기가 끊임없이 바깥을 향해 있음을 말할 뿐만 아니라 주체와 세계의 관계, 그리고 시인의 시적 경험의 과정을 잘 드러낸다.

안개가
나뭇잎에 몸을 부빈다
몸을 부빌 때마다 나뭇잎에는 물방울들이 맺힌다

맺힌 물방울들은 후두둑 후둑 제 무게에 겨운 비 듣는 소리를 낸다
안개는, 자신이 지운 모든 것들에게 그렇게 스며들어
물방울을 맺히게 하고, 맺힌 물방울들은
이슬처럼, 나뭇잎들의 얼굴을 맑게 씻어준다
안개와
나뭇잎이 연주하는, 그 물방울들의 和音,
강아지가
제 어미의 털 속에 얼굴을 부비듯
무게가
무게에게 몸 포개는, 그 불가항력의
표면 장력,
나뭇잎에 물방울이 맺힐 때마다, 제 몸 풀어 자신을 지우는
안개,
그 안개의 粒子들

부빈다는 것

— 김신용, 「부빈다는 것」 전문

주체에게 외부는 항상 무한성, 초월성으로 다가온다. 유한한 주체가 그 외부를 모두 파악할 수는 없는 일이어서 보이지 않고 설명되지 않는 환원 불가능한 여백은 항존하기 마련이다. 외부는 부재 혹은 침묵에 가깝다. 인용시에서 안개와 나뭇잎의 관계가 물방울들을 형성하는데 이는 강아지가 제 어미의 털 속에 얼굴을 부비는 행위를 상기한다. 이러한 사물들의 관계는 '표면장력'이라는 우주적 지평으로 열려 있지만 그

단초는 '안개의 입자들'에 있다. 이로써 보이는 것과 보이지 않는 것, 존재하는 것과 부재하는 것은 유기적 전체를 형성한다. 이처럼 사물을 낱낱으로 소외시키지 않고 전체적 연관에서 느끼고 받아들이는 시인은 경험 속에 주어진 사물들이 무한히 열린 바깥과 연관되어 있음을 말하고, '화음', '부빈다는 것'의 의미들을 접합함으로써 세계와의 관계에 내재한 전망을 제시한다. 확실히 이러한 전망은 근대의 변증법과 다른 지향이다. 존재와 잡다한 사물들의 세계, 그리고 자연을 변증법으로 해명할 수 없다. 오히려 있는 그대로의 단순한 수동성의 운명이 시인의 전망 속에 펼쳐져 있다.

김신용은 "눈에 보이지만 보이지 않는 세계"를 탐구해온 시인이다. 부랑과 노동을 반복하면서 폐허에 꽃을 피우려 한 그의 시적 과정은 사랑과 이타성의 지평을 향해 있다. 소외된 타자들을 찾아가는 그의 어두운 의지는 '충돌과 화해'가 공존하는 삶의 양면임을 인식하기에 이른다. 소위 반대의 일치, 나아가 생극론적 지평을 개진하고 있는 셈이다. 이처럼 김신용 시인이 개진하고 있는, 인간과 자연을 모두 포섭하는 이타성은 시적 평등으로 가는 관문이 아닌가 한다.

비극적 감성과 시적 평등의 원천

시적 평등의 원천들은 어디에 있을까? 주체를 해체하면서 사물과 타자 그리고 세계로 지평을 확대하는 과정에서 찾아질까? 말할 것도 없이 이러한 과정은 대단히 중요하다. 이러한 과정에서 사랑과 이타성의 지평이 열리기 때문이다. 그러나 모든 주체의 모험이 사랑과 이타성에 이르는 것은 아니다. 미셸 콘도의 지적처럼 시적 경험의 여러 계기들—부름, 기다림, 방황—을 거치면서 시인은 시작의 계속성을 유지한다. 삶 자체가 그렇듯이 시적 경험도 항상 미완성으로 남는 총합이다. 그래서 자아로부터 벗어나 생의 비약을 도모하는 시적 경험들이 드러내는 의미망은 다양할 수밖에 없다. 그렇다면 시적 평등의 원천은 앞서 예시한 시인들의 경우처럼 특수한 시적 경험에 한정되는 것이 아닐까? 여기서 먼저 비극적 감성의 문제를 제기하려 한다. 비극적 감성은 소위 말하는 '수직적 초월'의 불가능성에 유래한다. 교환관계가 지배하는 추상화 사회에서 시인이 직면하는 세계는 근본적으로 비극이다. 그러나 시인은 비극의 주인공이 아니다. 시인이 비극의 주인공이 될 때 그는 시를 버리고 역사 혹은 서사를 선택하게 된다. 시인은 역사의 무대에 선 주인공이 아니라 그러한 역사가 지닌 허위성을 아는 비극적 감성의 소유자이다. 그러므로 그는 이 세계가 주인과 노예의 변증법이 작동하는 공간이 아니라 잡다한 사물과 수많은 생명체들이 유기적인 연관 안에서 공생공존하는 장소임을 안다. 그에게 역사, 이성, 진보는 고통과 폭력의 다른 이름이다. 비극적 감성의 시인은 발터 벤야민이 묵상한 파울 클레의 「새로운 천사」를 닮았다. 삶에의 현존이나 생존의 의미는 이러한 시인에게 절박한 진실이다. 따라서 생명과 자연은 그에게 단순한 흥미가 아니며 전존재를 거는 지평이 된다.

작은 꽃 속에
큰 하늘이 피어 있어
법(法)이라 한다
네 작은 담론 안에

우주가 요동하는 것
사랑이다

깊은
죽음.

— 김지하, 「화엄」 전문

시적 평등의 또 다른 원천은 이 시에서 깊은 울림을 주는 2연의 '죽음'이다. 사실 근대가 우리에게 준 교훈은 진보와 불멸이 아니라 폐허와 죽음이다. 클레의 천사가 보고 있는 광경 또한 폐허와 죽음에 다를 바 없다. 이성, 과학, 역사, 진보의 귀결인 셈이다. 그런데 죽음에 대한 인식은 이러한 모더니티와의 단절만을 의미하는 것은 아니다. 죽음은 인간이 누리는 최고의 권력이자 평등의 확실한 징표이다. 인간은 죽음의 존재이기에 부정의 권력을 누리는 한편 평등 또한 인식한다. 하지만 이러한 인식이 무차별화의 근거가 되기도 한다. 따라서 죽음에 대한 바른 인식이 필요한데 그것은 인간의 법인 노모스를 넘어 우주의 법인 사랑을 깨우치는 일이다. 이와 같은 죽음과 사랑의 인식에서 우리는 시적 평등의 원천과 만날 수 있다.

궁극적으로 시적 평등이 수행되는 장은 교감의 지평이다. 이는 시의 난해함과 쉬움의 문제가 아니다. 타자와의 교감에서 시가 완성된다는 시인의 인식이 요긴한데, 무엇보다 시는 추상화되어가는 사회에서 본원적 감각을 깨우치는 언어가 되어야 한다. 그리고 시인의 지평과 독자의 지평이 교차하는 가운데 소통이 일어나고 새로운 사유와 움직임이 나타나야 한다. 그렇지만 아직 많은 시인들이 자기만의 감성의 성채에 갇혀 있다. 문학제도와 문학교육이 나르시시즘을 확대재생산하기도 한다. 내용의 정치주의가 빈번한 대신 시의 정치는 드물다. 여전히 시를 통한 교감의 지평과 만나기 어려운 것이 현실이다. 사유화와 교환관계를 극복하고 생의 비극적 의미를 시적 활력으로 이끌려는 시인들의 노력이 절실하다.

로컬이라는 시적 거처

꽃눈들은 울기 직전 아이들처럼
제 속에 터져오르는 것들로 안간힘이다
겨울을 견딘 속엣것들의 참담한 몸짓
깨문 입술 같은 꽃눈 하나에
내 입술을 가만히 포갠다
— 엄원태, 「고요히, 입 다무는 것들」 부분

지리학과 시학이 만날 수 있을까? 로컬은 공간의 스케일에 따라 도출된 개념이다. 이는 국가적인 것(national)과 지역적인 것(regional) 그리고 세계적인 것(global, international)과 구별되는 공간이다. 마르크스에 의하면 이것은 오래되고 낡아서 종내 사라지게 될 영역이다. 국가들 간의 보편적인 상호의존의 증대로 지구적인 단일 시장으로 세계가 축소될 것이라는 전망 속에서 로컬은 존재하지 않는다. 로컬은 있는가, 없는가? 세계는 축소되었는가, 팽창하고 있는가? '지구촌'은 축소되는 세계상을 나타내는 가장 흔한 말이다. 과연 그러한가? 고향 상실을 당연한 과정으로 받아들이면서 우리는 세계인이 되었는가? 그렇지 않다. 좀 더 자세히 살펴보면 로컬이 더 복잡하고 다양한 양상들로 변화하고 있음을 알 수 있다. 로컬을 세계 시장 속으로 끌어들이는 자본주의에 의하여 로컬은 상호의존적이 되면서 더 많은 문제와 갈등을 내포하게 된다. 또한 서로 다른 로컬리티들이 자본과 노동을 매개로 상호 연관되고 있다.(G. Sharzer, *No Local*, Zero books, 2012, p.7.)이러한 점에서 로컬은 줄어들기는커녕 더욱 다층화되고 두터워지고 있는 것이다. 로컬은 중요한 인식의 대상이다. 세계를 향한 눈을 어떻게 로컬로 되돌려 놓을까? 이러한 물음 속에 지리학과 시학의 만남이 있다. 나는 이미 "시공을 가로지르는 상상력의 힘(teleopoiesis)을 얻어 이것이 하나의 창작방법론이 될 때 로컬문학으로서의 지역문학이 가져야 할 바람직한 방향이 설정되며 구체적인 장소의 경험이 지역주의(regionalism)로 발전하게 된다"고 제안한 바 있다. 이 경우 로컬을 두텁게 인식하면서 거기에 각인되거나 개입하는 지역과 세계를 알자는 의도를 담는다. 그러나 시학의 차원에서 이는 보다 구체화되어야 하는 여러 과제를 남기고 있다. 로컬문학이라는 범주가 아니라 창작의 방법과 과정으로 재인식할 필요가 있는 것이다.

아일랜드 문학 비평가 마이클 크로닌은 '팽창하는 세계'라는 개념을 통하여 세계화에 도전하는 미시정치학을 제출한다. 그가 말하듯이 하나의 중심으로 수축하는 세계라는 개념은 변화의 가능성을 제한하는 전제를 포함하고 있지만, 세계가 팽창한다고 보게 되면 가능성의 폭이 늘어난다. 장소에 대한 본질주의적 믿음을 시적 차원으로 환원하는 데서 벗어나 철두철미하게 로컬의 구체성에 육박하여 "우리의 일상생활에 경이로움과 가능성에 대한 감각을 회복시키는 일"(마이클 크로닌, 이효석 역, 『팽창하는 세계』, 현암사, 2013, p.11.)을 하자는 것이다. 그런데 이러한 생각은 복안의 시각을 요구한다. 그 하나는 세계 문화의 다양함과 풍성함을 앎으로써 세계화에 대한 환멸을 극복하는 것이고 다른 하나는 로컬과 주변에 대한 세심한 관찰과 경험을 통하여 가치와 지향을 지켜나가는 것이다.

크로닌의 지적에서 구체적인 감각을 회복하고 삶에 대한 지각을 높이자는 데 먼저 주목하게 된다. 그는 초록의 삶을 항상 고려하면서 일본의 미적 범주인 와비사비처럼 스쳐 지나기 쉬운 자잘한 사물들에 대한 지각을 중요하게 생각한다. 세계를 이해하는 문이 프루스트의 '마들렌'이나 조이스의 '어느 날 고향'과 같이 작고 사소한 데서 열린다고 말한다. 나는 이를 시학의 차원에서 '추상화에 저항하기'라는 개념으로 번역하고자 한다. 세계가 수축하거나 축소되고 있다는 관념은 매우 추상적이다. 또한 이러한 관념은 어떤 중심부에서 부과하는 이미지들의 총체일 공산이 크다. 이러한 이미지들은 알랭 바디우가 말하듯이 "순수 현재에 대한 살인"(알랭 바디우, 강현주 역, 『알랭 바디우, 오늘의 포르노그래피』, 북노마드, 2015, p.24)에 다를 바 없다. 이는 그가 장 주네의 『발코니』를 들어 설명한, "우리는 유곽의 여주인과 경찰서장으로 이루어진 짝, 즉 소모적인 이미지들과 벌거벗은 권력으로 이루어진 짝의 하수인이 될 것"(p.42)이라는 상황과 흡사하다. 우리가 세계화의 스펙터클을 경배하면서 중심부 권력의 하수인이 되는 처지가 된다는 것이다. 이러한 상황에 대처하기 위해 시는, 모든 추상의 이미지에 저항하는 구체의 이미지가 되어야 한다.

전철역에서 보았다. 드넓어 광우병도 구제역도
상상할 수 없는 초원에 멀뚱하니 카메라 렌즈를
쳐다보는 뉴질랜드 소.

인간이 미학적으로 잔인하구나. 육우 개량이 저렇게
착하고 씩씩하게 잘생긴 얼굴이라니.
찌든 노동의 천편일률, 흔적도 없다.
씨익 웃는단들 놀랄 것이 없다. 하루만 더 살았어도
저 뉴질랜드 소, 구미호 따위 정말 뒷발로 툭 차
전설의 고향으로 돌려보냈을 것이다.
내 키 높이 사진 배경은 낱낱이 완벽하게 초원이고
나를 쳐다보는 저 뉴질랜드 소
유언 없는 모든 인간 참사의 뒤늦은 전언 같다.
죽음을 100% 다는 모르니
저리도 천친난만한.

— 김정환, 「뉴질랜드 소」 전문

이처럼 강하고 완벽한 빛에 투영된 이미지들이 범람한다. 실재와 너무나 거리가 먼 이미지들은 시인에게 "유언 없는 모든 인간 참사의 뒤늦은 전언"으로 읽힌다. 이미지들이 잔혹하게 살해하는 것은 가축만 아니며 결국 인간 자신이라는 것이다. 모든 장소를 이미지들의 시장으로 만드는 현실에서 진실한 이미지의 빛은 사라지고 없거나 미미할 뿐이다. 어떠한 결여도 없이 모든 긍정으로 채워진 이미지들은 살아있는 것이 아니다. 생동하는 삶은 매우 복합적인 현상이다. 이러한 현상들을 지우고 끊임없이 나르시시즘적인 주체들을 양산하는 이미지들의 전시장이 우리가 사는 장소를 뒤덮고 있다. 로컬을 시적 거처로 생각한다는 것은 이러한 현실을 바로 지각하는 일에 다름이 없다. 단지 장소성 상실에 우울해 하며 그것의 회복을 염원하는 단순성에서 벗어나야 한다. 광우병이나 구제역과 같은 모든 부정적인 것을 폐기하는 이미지들이, 제 안에 죽음을 감추면서 집단학살을 감행하는 일과 무연하지 않다고 해석하면 지나칠까. 나치가 그토록 은폐하려고 한 아우슈비츠처럼 말이다. "반딧불이 소멸하는 것은 사나운 서치라이트의 눈부신 광명 때문"이라고 조르주 디디 위베르만은 지적한다. 우리는 "감시탑, 정치인의 대중집회, 축구장, 텔레비전 세트 등이 갖춘 서치라이트" 탓에 반딧불이가 소멸하거나 겨우 잔존하는 시대에 살고 있다. 이러한 시대에 시인이 할 일이 무엇일까? 바로 '잔존'을 확인하고 추상적인 이미지의 폭력에 저항하는 것이다.(조르주 디디 위베르만, 김홍기 역, 『반딧불의 잔존』, 길, 2012, p.33) "반딧불이들을 알려면 그들이 잔존하는 현재 속에서 그들을 보아야 한다. 밤의 한가운데에서 그들이 살아 춤추는 것을 보아야 한다."(p.52) 이러한 말을 나는 달리 로컬이라는 시적 방법으로 받아들여도 무방하다고 생각한다. 빛은 얕고 어둠은 깊다. 시인은 깊은 어둠 속에서 미미한 빛의 흔적을 찾아내는 이들이 아닐까?

자유를 팔면 자유보다 귀한 것을 얻을 수 있게 되었다
자유를 반납하면 더 풍족한 삶을 얻을 수 있다고 믿는다
이제 들판의 자유는 패배자의 위안일 뿐이라고 믿는다
새로 구입한 것이 자유인지 아닌지 그런 따위는 중요하지 않다
철창을 걷어낸 후에도 들판으로 갈 수 없다

— 백무산, 「무엇에 저항해야 하는지는 알겠으나」 부분

시적 화자는 '희망의 미광'조차 보이지 않는 캄캄한 현실을 직시하고 있다. 저항하거나 쉽게 희망을 말할 수 없는 상황을 말하고 있다. 이러

한 사정은 이미 시인이 위기와 파국의 정조에 기운 것이라 단정하게 하진 않는다. 모든 비관주의는 무서운 희망의 잔유물이다. 이는 도금한 희망과 다르게 진실한 희망을 포지한다. 알랭 바디우는 장 주네의 서문을 인용한다. 이를 여기 다시 옮겨 본다.

> 우리 시대의 몇몇 시인들은 대단히 흥미로운 작업에 열중해 있다. 그들은 인민, 자유, 혁명 같은 것들을 노래한다. 이런 것들은 앞다투어 노래되고 그런 후에 추상적인 하늘에 못 박히듯 고정된다. 이 하늘에서 이것들은 그 기가 꺾이고 쪼그라든 채로, 기괴한 별자리로 형상화된다. 현실세계와 분리되면 이것들은 만질 수 없게 된다. 그토록 멀리 보내져버린다면, 어떻게 그것들에 다가가고 그것들을 사랑하고 체험할 수 있겠는가? 때때로 화려한 문체로 써진 그것들은 하나의 시를 구성하는 기호가 되고, 시적 정서는 향수가 되고 노래는 그 전거를 파괴하고 우리의 시인들은 자신들이 살리고자 했던 것을 죽이게 된다.

이미지들이 군림하는 세계에서 참된 시적 진술은 온전하게 발화되지 않는다. 소리 높여 외친다고 하더라도 모든 추상은 '기괴한 별자리'로 현실세계와 멀어진다. 화려한 수사 또한 마찬가지여서 정작 진정한 생동성에 도달하지 못한다. 살리고자 한 것이 죽음이 되는 기이한 역설의 자리에 시가 있다. 그것은 혀끝에 감도는 말이거나 더듬는 말이 된다. 시인은 편하게 희망을 말할 수 없다. 그럼에도 그는 희망의 원리를 찾는 사람들이다. 로컬을 시적 거처로 생각하는 시인은 달리 로컬을 통하여 '희망의 원리'를 찾는다. 이를 위해 시인은 무엇을 해야 할까? 앞에서 어떤 중심의 힘에 의해 구성되는 추상화에 저항하면서 구체적인 것을 추구한다는 큰 명제를 말한 바 있다. 이를 바탕으로 세부적인 시적 실천의 과제를 다소 자의적이지만 층위를 나누어 이야기할 수 있을 것이다.

로컬의 첫 층위는 몸이다. 감각의 새로움이 먼저다. 낯설게 하기는 미학적 차원이 아니라 지각의 차원에서 이루어져야 한다. 이러한 점에서 로컬의 시학은 환상을 경계한다. 멈춤과 느림은 일상의 관습, 조명된 이미지들로부터 벗어나는 계기들이다. 이를 통하여 마이클 크로닌이 말하고 있듯이 '미시성'(microspection)이라는 하나의 과정을 얻게 된다.

토마토는 부드럽게 잘린다
토마토의 한쪽 붉은 살이 웅크리고 있다
푸른 씨와 한데 엉겨 붙어 있는
불그레한 덩어리들

접시 위에 토막난 토마토는
한쪽으로 비스듬히 기울었다

오후는 나뭇잎들이 바람을 이리저리
뒤집었다 바로 놓았다 한다

칼이 지나가는 자리에 토마토가 가지런하다
토마토의 붉은 속이 미세하게
나뭇잎처럼 흘러내린다

차가운 심장이 파랗게 엎드리고 있는
토마토는 싱싱하다
푸른 씨를 가득 물고 조용히 뛰고 있다

짙은 초록 이파리에 마구 엉겨 있는 바람의 부레들이
줄기마다 헤엄쳐 다니며 반짝인다

토마토의 붉고 푸른 살과 뼈 사이를
실처럼 이어주는 흰 혈관들은
나무의 심장처럼 고요하게 뻗어 있다

우듬지의 나뭇잎들이 꺾일 듯 휘어진다
수만 결의 바람이 뒤집히며 일제히 파닥인다
비스듬히 썰린 채 흘러내리는 과육들,
토마토는 부드럽게 상한다

— 조용미, 「오후의 세계」 전문

이 시에서 지각의 변전이 일어나는 것은 3연이다. 1연과 2연에서 토마토를 썰어 접시에 옮겨놓다 3연에 이르러 "오후의 나뭇잎들이 바람을 이리저리/뒤집었다 바로 놓았다 한다"는 창밖의 풍경을 바라보면서 토마토의 잘린 면에서 "붉은 속이 미세하게/나뭇잎처럼" 흘러내리는 모양을 지각한다. 생명 현상에 대한 지각의 양상이 프랙털과 같다. 토마토-나뭇잎의 연결은 5연에서 다시 "차가운 심장이 파랗게 엎드리고 있는/토마토"라는 표현을 얻으면서 더욱 확장된다. "짙은 초록 이파리에 마구 엉겨 있는 바람의 부레들이/줄기마다 헤엄쳐 다니며 반짝인다"는 6연은 또 하나의 변전을 예비한다. 달리 3연이 증폭된 형국이다. 이리하여 토마토와 나무는 심장과 혈관을 지닌 동물과 다를 바 없는 생명체로 지각된다. 바람 또한 부레를 지닌 물고기의 형상으로 이리저리 움직인다. 마지막 연이 말하듯이 토마토가 잘리는 한 순간에 "우듬지의 나뭇잎들이 꺾일 듯 휘어"지고 "수만 결의 바람이 뒤집히며 일제히 파닥인다." 이처럼 시인은 토마토를 자르는 작디작은 한 사건을 통하여 '오후의 세계'를 지각한다. 이 시가 보이는 지각의 현상학은 놀라운 생동성을 보인다. 이를 로컬 시학의 미시성을 나타내는 사례로 내세우는 나의 의도가 지나칠 정도다. 그럼에도 새롭게 지각하는 일이 가능성과 경험의 다양성을 형성하는 계기임을 말하기에 충분할 것이라 생각한다.

로컬 시학의 다음 단계로 산책자 혹은 데니즌의 내지여행을 상정할 수 있다. 열린 감각으로 특정한 장소를 세밀하게 탐색하는 것이다. 보들레르의 시에서 발터 벤야민이 찾은 '산책자'는 다시 '데니즌'의 내지여행이라는 개념으로 확장된다. 영국의 비정부기구인 커먼 그라운더가 창안한 이 개념은 "특정 장소에 살면서도 그 장소를 횡단하여 지적으로 거주하는 사람"(마이클 크로닌, p.52)을 의미한다. 즉 장소를 내부로부터 알면서, 이미 고착된 시티즌과 다르게, 유연하게 이동하는 존재인 것이다. 이러한 데니즌은 첫째 일상의 하부를 드러내고, 둘째 현실의 진면을 심층 탐색하며, 셋째 여행지에서 정주자와 같은 시각으로 관찰한다. 그리고 이 세 가지 방식은 모두 '낯설게 하기'의 전략을 공통분모로 삼는다. 이는 "당연한 것으로 간주되던 것들에 의문을 제기하고, 판에 박힌 일상적인 것으로 간주한 것들이 지닌 무한한 복잡성의 깊이를 이해하도록" 하며 나아가 "축소되는 것은 규모의 문제가 아니라 시야의 문제라는 것"(마이클 크로닌, p.31)을 말한다. 물론 데니즌의 내지여행을 구체적으로 보여주는 사례들이 소설장르에 더 많을 것이다. 그럼에도 로컬시학을 구성하는 일에 있어서 이러한 층위가 불가능한 일은 아니다. 가령 엄원태의 『소읍에 대한 보고』는 '소읍'으로 명명된 장소가 지닌 일상의 하부를 매우 구체적으로 탐문하고 있다. "여기 소읍이 있다"로 시작하는 표제시는 내부자의 시각으로 소읍에 사는 사람들과 그들의 구체적인 삶을 소위 '근접지 민속지'의 양상으로 서술하고 있다.

소읍에, 아직 사람이 산다
아니, 아직 이곳에 사람이 산단 말인가, 하고
새삼스레 누구는 질문해본 적이 있을지도 모른다
이곳에 사는 사람들은 그렇게 없는 듯 산다
그들은 대개 더 이상 농사를 짓지 않는다
그렇다고 우리의 그 황홀한,
도시의 자랑스런 시민들도 물론 아니다
그렇다면 그들은 누구인가, 그들은
도시로, 농촌으로, 할 일을 빼앗긴 사람들인 것이다

— 엄원태, 「소읍에 대한 보고」 부분

이처럼 시인은 로컬의 내부를 들여다봄으로써 우리의 시야를 교정한다. 인용시는 "초점을 축소하고 스케일을 축소할 때 우리는 사실상 통찰력의 확대를 얻는다"는 마이클 크로닌의 지적에 상응한다. 중심의 시각으로 볼 수 없는 장면들이다. "도시로, 농촌으로, 할 일을 빼앗긴 사람들", 세계화로부터 노동과 일에서 소외된 사람들의 이야기를 하고 있다. 이 시의 의도야말로 "서치라이트의 불빛에서 벗어나 어떤 댓가를 치르더라도 전달해야 할 사유, 시, 욕망, 이야기 등, 이른바 자신의 미광들을 더욱 잘 발산하기를 바라는 한 마리 반딧불"(조르주 디디 위베르만, p.137)을 말하려 한 것은 아닐까? 데니즌의 내지여행의 방식을 통하여 로컬 시학을 추구하는 과정은 좀 더 당겨 말하자면 소수자 문학으로 귀결되는 것이 아닐까? 물론 이와 같이 하나의 방향을 뚜렷하게 내세우는 것은 적절하지 않을 것이다. 더 많은 경험의 가능성과 정동을 찾을 수 있을 것이기 때문이다.

김씨는 온몸이 발광체다
발광하지 않아 어젯밤에도 동료 하나가 달려드는 트럭에 치여 죽었다
발광하지 않으면 이 도시는 그를 웅크린 쓰레기봉투쯤으로 여길 게 틀림없다

형광 조끼와 형광 빗자루를 배급받는 순간, 그는
이제부터 온몸으로 빛을 끌어내야 한다는 것을 알았다
새벽밥과 푸성귀들, 늦둥이의 재롱과 촉수 낮은 백열등으로는
밤새 빛을 내기란 어려워서 그는 늘 어둠에 밀리기 일쑤였다

잇몸처럼 물컹하고
자루처럼 은밀하고
껌처럼 합체되길 잘하는 어둠이 비적떼로 들끓는 이 도시에서
빨간 성냥 대가리 같은 빛 하나로 버티는 김씨
어느날은 죽은 고양이 등에 들러붙은 어둠에 놀라

산산히 분해될 뻔한 적도 있었다

오늘도 그는 골목이나 갓길에 희미하게 켜져 있다
가로등보다 어두운 그를 향해 촉수 높은 어둠이 나방이떼처럼 달려든다

— 문성해, 「반딧불이」 전문

청소부를 '반딧불이'에 비유한 이 시의 발상이 의미심장하다. 형광불빛으로 자신의 몸을 보호하기에 그 빛은 너무 미약하다. 트럭에 치여 죽은 동료처럼 가로등보다 어두운 발광으로 언젠가 다가올 파국을 막을 재간이 없다. 온갖 찬란한 불빛으로 번쩍이는 도시에서 김씨의 존재는 "빨간 성냥 대가리 같은 빛"에 지나지 못한다. 그는 늘 어둠에 밀리며 더 깊은 어둠 속에서 빛을 잃을지 모른다. 과연 이 시는 "이런 사나운 권력의 빛 속에서 소멸하는 것은 최소의 이미지 또는 대항권력의 미광 이외에 다른 것이 아니다"는 조르주 디디 위베르만의 말을 더욱 절실하게 한다. "어둠이 비적떼처럼 들끓는 이 도시에서" 희망의 빛은 소멸하고 있다. 누군가는 청소부를 성자에 비유하였지만 그는 늘 쓰레기가 될 위기에 처해 있다.

로컬에 대한 자각은 위기와 파국에 대한 인식을 이끈다. 세계화의 찬란한 빛들은 주변부 사람들을 예속시킨다. 오징어가 불빛을 보고 모여드는 형국이랄까? 서치라이트와 화려한 조명이 지배하는 세계에서 로컬 민중은 소멸하는 반딧불이의 운명이 될 것인가? 로컬은 소멸할 것인가, 잔존할 것인가? 중심부의 시각으로 보면 분명 로컬은 소멸할 것처럼 보인다. 그러나 로컬의 내부에서 미시성을 획득할 때 로컬은 가능성의 장소가 된다. 광대한 지평에서 불빛들을 바라볼 것인가, 아니면

미세하게 스쳐지나가는 약한 빛들을 찾아갈 것인가? 로컬 시학의 미시 정치학이 갈 방향은 분명하다. 그것은 반딧불이의 잔존을 믿으면서 구체적인 희망의 원리를 형성하는 것이다.

분단을 허무는 문학

1. 분단사회의 현실

문학으로 분단을 극복하는 방법은 무엇일까? 말의 바른 의미에서 '탈분단'으로 가려면 구체적이고 일상적인 수준에서 해법을 찾아야 한다. 가령 주승현의 『조난자들』(생각의힘, 2018)을 읽어보면 분단극복의 당위를 내세우는 문학 측의 인식 미달상태를 쉽게 확인할 수 있다. 휴전선을 넘어 남한으로 넘어온 그의 자전적 진술에서 큰 울림을 얻는다. 그만큼 한국사회에서 '조난자'가 되어버린 탈북민의 실상을 내밀하게 전하고 있다. 군사분계선을 목숨을 걸고 넘어왔고 "자유와 희망에 대한 기대"로 부풀었지만 정작 그에게는 "탈북자, 새터민, 북한이탈주민 등으로 구분 짓는 호칭 중 내키는 것을 선택해야 하는 자유만" 주어진다. 그는 쉽게 풀리지 않는 이방인의 모순 속에서 살아간다. 분단이 일상과 생활세계의 저변을 지배하고 있기 때문이다. "민주주의의 발전과 성숙한 의식 수준을 자랑한다는 한국에서 탈북민이라는 이름은 경쟁사회의 아웃사이더이자 분단사회의 주홍글씨와 같은 꼬리표였던 것이다. 사람들은 과거에 비해 많이 좋아졌다며 백안시하는 태도를 애써 감추려 하지만, 실제 모습은 제도와 시스템 속에 철저히 내재화되어 있었다. 여기에 물질과 이기의 논리가 덧칠해져 유사한 얼개로 괄시와 배척이 가중된다." 이러한 진술처럼 그는 분단체제의 분단사회가 보이는 실상을 구체적으로 진단하고 있다. 우리 사회에서 분단은 이미 내재화되고 내면화되었다. 바로 문학이 맞닥뜨려야 할 지점이다.

탈북민이라는 리트머스를 통해 볼 때 '판문점 선언'에 따른 정치적인 열광과 환호에서 그치지 않고 한 걸음 더 나아가 분단의식을 어떻게 극복할 것인가 묻는 일이 시급하다고 생각한다. 분단체제를 해소하는 일 못지않게 분단사회에 내재한 균열을 넘어서는 일이 중요하다. 물론 분단체제와 분단사회는 별개가 아니다. 무엇보다 비정상이 정상으로 내려앉은 구체적인 일상과 생활세계가 더 큰 문제일 수 있다.

> 한국사회에는 여전히 이념 중심적 사고와 특유의 배타성에서 비롯한 정치적 역동이 작동한다. 이러한 사회에서 탈북민은 심리적 공포심을 가지고 있으며 늘 자기 검열을 강화하며 살아간다. 자유를 온몸으로 받아들이기도 전에, 비민주적인 처우에 굴복하며 생존부터 추구해야 하는 상황에 처하게 되는 것이다. 탈북민에게 분단사회로의 복속은 언제나 불편하지만 언제나 결정적이다.
>
> —『조난자들』, 101쪽.

주승현은 이처럼 경계인의 입장에서 분단사회의 문제를 정확하게 응시한다. 분단이 만든 이데올로기는 모든 영역에서 작동하고 있다. 어느 사회 없이 이분법이 생성하는 이데올로기는 횡행한다. 주체와 타자, 남성과 여성, 민족과 이민족 등의 대립으로 크고 작은 갈등과 차별이 존재한다. 관용과 차별은 그 사회의 개방성과 다원성을 말하는 척도인데 한국사회가 타자에 대한 배타성을 유난하게 드러낸다. 특히 분단의 이데올로기가 개입하는 지점에서 심각하다. 빨갱이 혹은 종북이라는 배제의 폭력은 부지불식간에 출몰한다. 단지 생각이 같지 않거나 정치적 이해를 달리한다는 이유로 이러한 말을 덧씌우기도 한다. 북한에서 온 이주자라는 이유로 빨갱이 소리를 듣는다면 우리 사회가 중증정신질환을 앓고 있음에 틀림이 없다. 실제 조선족 다음으로 위계가 지어진다고 하니 한심한 노릇이다. 분단은 이미 우리의 내면에 어둡고 무거운 그림자가 되었다. 이 그림자를 드러내어 물리치지 않고 타자들에게 투사한다면 한반도의 비극은 영원히 걷히지 않을지 모를 일이다.

정영선의 장편소설 『생각하는 사람들』(산지니, 2018)은 탈북민들의 삶을 그리고 있다. 이들은 하나같이 한국사회에서 난민과 국민 사이에서 방황하고 고뇌한다. 우리 사회에서 이들은 이방인, 난민, 조난자의 처지를 벗어나지 못하고 있다. 왜 그럴까? 그들에게 북한사람이라는 낙인 혹은 주홍글씨를 끊임없이 새기려 들기 때문이다. 관리와 감시의 대상에서 놓여날 수 없는 상황이 지속되면서 이들 가운데 분단 이데올로기에 편승하는 이도 적지 않다. 강요된 동화에 적응할 수 없어 낙오하거나 죽음을 선택하는 이도 있다. 자유로운 이동의 시대에 가장 열악한 이산자의 모습을 남한에 온 북한출신자들에게서 보게 된다.

> 21세기에도 여전히 자유로운 이동이 가능하지 않은 유일한 곳. 그럼에도 불구하고 그 국경을 넘어 이곳에 온 북한출신자들. 이들은 가족과

의 이산을 각오하면서까지 남한을 선택했지만 그렇다고 이들의 삶이 온통 핑크빛으로만 물들어 있는 것 또한 아니다. 시시각각 찾아오는 외로움과 고립감은 그렇다고 치더라도, 끊임없이 자신을 증명해야만 이곳에서 받아들여질 수 있다는 강박이 이들을 괴롭힌다. 신자유주의적 논리로 모든 것이 작동하는 한국사회에서 이들에게 주어진 자유는 시장이 허용하는 범위에 불과한 데다, '북한' 출신자라는 멍에는 매 순간 이들을 옥죄어 온다. 이들에게는 자신의 삶을 서사화할 힘도, 그렇다고 이념과 체제가 아닌 자기들만의 주체적 삶의 장소를 만드는 것도 허용되지 않는다.

— 김성경, 「분단, 이산, 그리고 탈북자」, 『생각하는 사람들』, 271~272쪽.

정영선의 소설에 등장하는 북한 출신 남한 이주자들의 삶을 잘 요약하고 있다. 탈북민에 대한 우리의 입장은 분단사회를 사는 우리의 표정을 나타낸다. 이들과 함께 하는 제도와 시스템을 갖추지 못한 채 이들을 차별하고 공생하지 못한다면 우리 또한 분단구조의 기득권자들에 불과하다. 분단을 재생산하는 장치들을 해체하고 분단 이데올로기를 유포하는 담론들을 폐기하지 않고서 한국사회의 혁신은 불가능하다. 이는 궁극적으로 분단체제의 철폐와 연결되는, 미시적인 차원의 의식혁명에 해당한다. 생활세계를 담보하는 문학이 일상을 누르고 있는 분단 이데올로기를 구체적으로 드러내고 비판해야 한다.

2. 탈분단적 주체와 자유공간

통일에 대한 인식이나 열망이 많이 줄었다고 한다. 같은 민족이니 마땅히 통일해야 한다는 낭만적 정념을 뿜어내는 사람들을 보기 힘들다. 4월 혁명 직후처럼 금방 휴전선을 허물듯이 통일을 말하지 않는다. 두 개의 독립 국가로서 서로 간섭하지 않고 사는 편이 좋겠다고 말하는 이들도 늘고 있다. 국가 연합이나 연방제를 통해 단계를 밟자는 사람도 많다. 통일을 경제적인 이해관계로 접근하여 북한의 자원과 노동력을 넘보는 발상을 숨기지도 않는다. 대개 추상적이거나 상대를 제대로 이해하고 있지 못하다. 하물며 그동안 적대적인 공생관계를 통해 이득을 취한 기득권 세력들은 여전히 정략적인 대응을 반복한다. 분단체제의 기득권자들이 투사하는 어둠 못지않게 분단극복이 우리 사회가 안고 있는 근본문제라는 인식에 이르지 못하는 젊은 층의 무관심도 문제적이다. 분단이라는 비정상 상태가 장기 지속하는 가운데 분단이 정상의 자리를 차지하고 있는 형국이다.

> 무엇보다 중요한 것은 분단이 생산해낸 주체들이 온당하게 인정받지도 그렇다고 상대방을 인정하지도 못하고 있다는 사실을 알아채는 것이다. (…) 분단에 대한 무감각과 무지, 그리고 분단적 인지 · 감정 · 정동 등으로 인해 분단체제 내 대부분의 개인들은 독립적인 주체로서 자아실현의 가능성 자체가 거세되었다. 이를 극복하기 위해서는 각 개인 스스로 분단이 만들어낸 인식론적 한계 너머 윤리적 개인으로서 타자와의 관계 구축을 모색해야 한다. 타자와 공존할 수 있는 개인은 분단체제의 내부에서 큰 파장을 만들어낼 수밖에 없고, 이것이야말로 바로

깨어 있는 시민, 또다른 말로는 탈분단적 주체들이 만들어내는 반란의 시작이다.

— 김성경, 「분단체제에서 '사회' 만들기」, 『창작과비평』 2018년 봄호, 50쪽.

이러한 지적에서 '탈분단적 주체가 형성하는 새로운 사회'라는 문제의식을 주목하게 된다. 그동안 우리는 거대 담론으로 세계체제의 변동과 분단체제의 요동에 대하여 많은 말들을 늘어놓았다. 이런 가운데 분단사회에 대한 내적 접근이 없었던 바는 아니다. 그럼에도 새로운 주체의 정립 없이 우리 사회에 만연한 분단의 그림자를 걷어내고 분단의 정치적 무의식을 극복하긴 힘들다고 생각한다. 가령 빈번한 담론의 대상이 된 세계시민주의의 이상도 탈분단적 주체의 형성이 없이 불가능하다고 할 수 있다. 분단에 의한 이데올로기적 주체의 허상을 벗고 분단이 구속한 주체에서 해방되는 전위가 기획되어야 한다. 이를 위해 전위의 문학사적 사례를 되새기는 일이 요긴하다.

그동안 민족의 이름으로 분단을 넘어선 문학에 대한 열망을 표출해왔다. 일제로부터 해방이 되고 민족-국가를 건설하는 과정에서 하나의 민족문학에 대한 구상은 통합의 기회를 잃고 좌절되었다. 한국전쟁을 경과하면서 분단을 극복하는 민족문학 개념은 금기어가 되기도 한다. 이러한 상황에서 모순의 기원이 분단이라는 인식을 한 이가 있다면 최일수이다. 그는 1950년대 후반에 "우리 문학의 놓여진 현재적 위치는 객관적으로 볼 때에는 8.15와 6.25를 배경으로 양대 사조의 첨단에 맞서서 분단된 민족을 통일하고자 인간이 지니는 진정한 자의가 보장되는 고도한 정신의 세계에서 민족을 옹호하려는 데 있다고 본다"(「문학의 현실 · 우리의 비원」)고 진술한다. 그는 통일 혹은 분단 허물기가 가장 중요한 민족적 전망이라는 사실을 선취하였다. 민족적 리얼리즘을 창작방법론으로 제출한 그는, 이것이 "역사적 시대정신으로서의 통일된 민족의식을 그대로 반영하며 나아가서 약소민족들이 완전한 자유를 확보하는데 역점을 두게 된다"(「현대문학과 민족의식」)고 주장한다. 이명원은 반공이데올로기가 지배하는 전후의 정치적 현실에서 가능한 불가능성을 추구하면서 상황의 한계 안에서 진보적 의식의 최대치를 보여준 비평가로 최일수를 자리매김한다.(『종언 이후』, 새움, 2006, 310쪽.) 최일수 이후 분단이라는 민족 모순에 대한 폭넓은 인식은 빛나는 4월 혁명과 더불어 생성한다. 최인훈의 『광장』이 보인 비극적 세계관은 '숨은 신'의 분단사회를 여전하게 설명한다. 남도 북도 아닌 제3의 대안을 추구하는 변증의 행로가 힘겹다. 그럼에도 21세기의 지평에서 분단극복의 과제는 보다 열린 체계의 인식을 요구한다. 변증법적 지양이 아니라 상호 인정와 호혜에 바탕을 둔 공존과 공생의 과정이 중요하다. 이를 위하여 반분단적 주체를 형성하는 일이 요긴함을 앞에서 말한 바 있다. 이 대목에서 다시 김수영을 생각하게 된다. 의용군과 포로수용소를 경험하면서 그 어떠한 장벽도 용인하지 않으려는 시적 자유를 지향하였기 때문이다.

「달나라 장난」은 김수영이 포로수용소를 나와서 자유인이 되고 난 뒤 처음 쓴 시이다. 그야말로 기구한 인생유전을 경험하면서 현실이 도무지 실감이 나지 않는다는 태도를 말하고 있다. 삶에 대한 짙은 회의주의와 더불어 지향을 상실한 의식을 드러낸다. 그에게 남은 것은 오직 불확실하나 유일한 '나'뿐이다. 그의 문학과 삶은 이러한 '나'의 확인을 위한 자유를 최고의 위상에 두게 된다. 그가 포로수용소를 거치면서 확인한 자유이다.

그것은 자유를 찾기 위해서의 여정이었다.
가족과 애인과 그리고 또 하나 부실한 처를 버리고
포로수용소로 오려고 집을 버리고 나온 것이 아니라
포로수용소보다 더 어두운 곳이라 할지라도
자유가 살고 있는 영원한 길을 찾아
나와 나의 벗이 안심하고 살 수 있는
현대의 천당을 찾아 나온 것이다.

나는 원래가 약게 살 줄 모르는 사람이다.
진실을 찾기 위하여 진실을 잊어버려야 하는
내일의 역설 모양으로
나는 자유를 찾아서 포로수용소에 온 것이고
자유를 찾기 위하여 유자철망을 탈출하려는 어리석은 동물이 되고 말았다.
「여보세요 내 가슴을 헤치고 보세요. 여기 짱빨장이 숨기고 있던 격인 보다 더 크고 검은
호소가 있지요.
길을 잊어버린 호소에요.」

「조국에 돌아오신 상병포로 동지들에게」(1953년 5월 5일 작으로 생전에 발표하지 않은 작품)의 첫 대목이다. 그는 자신의 불우한 삶을 자유를 찾기 위한 역정이라고 말한다. 여기서 자유는 이데올로기가 아니다. 인간의 절대적 조건이다. 김수영은 최선의 가치가 자유이고 최상의 지

향이 자유임을 확신한다. 포로수용소는 그로 하여금 이러한 확신에 도달하게 한 가장 혹독한 교실이었다. 남북한 모두 불완전한 이데올로기의 마수에 사로잡히고 만 가운데 김수영은 가장 직접적인 체험을 통하여 이데올로기의 거물을 벗어난 자유를 본다. 그래서 그는 거제도 포로수용소의 3월 16일 사건에서 "그들(자유를 갈구하는 포로들-인용자)의 싸워온 독특한 위치와 세계사적 가치"를 찾는다. 여기서 김수영이 말하는 있는 세계사적 가치란 어떤 의미일까? 성급한 해석일지 모르나 좌도 우도 아닌 자유공간이 아닐까? 이후 김수영의 문학은 이러한 자유에 대한 헌신이다. 분단의 장벽으로 감금된 현실("내일의 역설")을 탈주하려 한다. 이러한 그의 자유의 의지는 '전지구적 자본주의' 시대 혹은 '자유주의 이후'에도 여전히 시적 광휘를 발하고 있다고 생각한다. 따라서 김수영의 자유를 탈분단적 주체와 결부하여 해석할 여지는 많다. 그 어떠한 마음의 분단과 벽을 허물고 온몸으로 자유의 공간을 포획하려는 힘의 시학이 가지는 의의이다. 이는 남도 북도 이상이 아니라는 비극적 세계관과 다른 형태의 현실주의적 행동주의를 지시한다. 김수영 이후 저항적 민족문학의 테제는 진화를 거듭한 바 있다. 분단을 넘어서려는 기획들이 분단체제 안으로 함몰하는 경험도 적지 않았다. 보다 근본적인 기획이 되지 못하였다고 회고한다. 김수영을 다시 소환하는 까닭이 여기에 있다.

3. 미시 정치와 소수자 문학

분단은 외세에 의해 시작되었다. 19세기 후반 중화체제가 흔들리는 가운데 동진한 러시아는 한반도로 상륙하려는 일본을 향해 분할을 제안한 바 있다. 청일전쟁에서 승리한 일본은 러일전쟁에서도 이김으로써 마침내 한반도를 식민화한다. 일본의 한반도 지배정책에서 38선은 중요한 경계가 되었다. 38선을 기준으로 북쪽을 중공업, 남쪽을 경공업으로 배치한다. 2차대전에서 일본이 패한 뒤 얄타에서 미국과 소련은 38선을 내세워 분할 점령을 합의한다. 외세에 의한 분단은 한반도에 서로 인정하지 않는 두 국가가 탄생함으로써 고착된다. 급기야 전쟁은 남북을 분단체제라는 말에 상응하는 적대적 관계로 만든다. 안으로 분단사회의 모순들이 생활세계에 내려앉고 밖으로 네 개의 강대국들이 연동되는 지정학적 국제질서가 지속된다. 엄밀히 말하여 분단체제는 휴전체제를 전제한다. 전쟁은 그쳤으나 여전히 전장의 그림자가 걷히지 않은 상황이다. 이러한 가운데 이념의 단색화, 국가폭력, 인권의 침해, 자유의 제약, 감시와 검열 등이 사라지지 않고 있다. 민주화 이후에도 타자에 대한 차별과 사회의 분열은 그치지 않는다. 자유로운 공생 사회에 대한 염원이 무색하게 차별과 배제, 혐오와 증오가 난무하는 분단사회는 극복되지 않는다.

거시정치학은 다층적인 스케일로 분단체제의 변동을 설명하게 한다. 판문점선언의 시대인 현 단계는 휴전에서 종전으로 그리고 평화로 가는 시험대에 올랐음이 분명하다. 북미, 남북미, 남북미중이 교차하는 세계사적인 전환의 기미가 보이는 시점이다. 하지만 미시정치학으로 우리의 생활세계를 착목하면 차별과 배제가 범람하고 있다. 특히 북한에서 남한으로 이주한 사람들에 대한 우리의 인식은 분단사회를 측정하는 리트머스 시험지와 같다. 더불어 이주노동자들과 이주여성들도 존재한다. 분단을 넘어서면 분단사회에 내재한 많은 모순들이 풀리겠지만 문제는 분단사회를 넘어서 새로운 사회를 구성하는 과정에 있다. 분단은 결국 마음의 분단을 무너뜨리는 데서 출발해야 한다. 세부적이고 구체적인 생활세계에서 변화가 일어나야 한다. 이와 연동하여 제도와 시스템이 바뀌어야 한다. 일상적인 것이 가장 정치적이라는 차원에서 문학적 접근이 중요하다. 작은 것들을 찾아가는 문학운동이 일어나야 한다. 분단을 극복하는 문학은 소수자의 문학이다. 모순에서 역설로 나아가 그림자와 타자를 껴안는 문학적 행로가 확장되어야 한다.

텔레오포이에시스와 작가

소위 '언어학적 전회' 이후 문학을 언어적 공간으로 해석하는 시기가 없지 않았다. 그러나 지금은 '서술행위를 통한 공간 생산'이 강조되는 '공간적 전회'를 경험하고 있다. 자아와 타자, 내부성과 외부성, 장소와 공간은 근대문학과 그 이후의 문학을 접근하는 오래된 테마들이다. 이러한 경로 속에서 세계화와 요동치는 공간의 시대에 경험을 중시하는 '지역문학'이라는 개념이 문학적인 공간 사유를 설명하는 틀이 되기도 한다. 예를 들어 이병주의 문학에서 고향과 도쿄, 상하이와 지역(region) 그리고 세계는 어떻게 인식되고 있는가? 그는 어떠한 스케일로 세상을 바라보면서 글쓰기의 공간을 창출하였는가? 물론 이러한 물음에 대한 답을 여기서 제시하려는 것은 아니다. 다만 방법적 논의를 제공하려 한다.

주지하듯이 더블린을 떠난 제임스 조이스는 처음 반역자 소리를 들었다. 그러나 지금 더블린은 그를 기념하느라 늘 분주하다. 여기서 우리는 먼저 『젊은 예술가의 초상』의 주인공의 시계(視界)를 주목하게 된다. "스티븐 디덜러스, 기초반, 클롱고우스 우드 학교, 샐린스 마을, 킬데어 군, 아일랜드, 유럽, 세계, 우주"라고 지리책 권두에 자신의 "현주소"를 적고 있다. 더블린이라는 지방(local)에서 민족(nation)과 제국 그리고 지역(region)을 넘어 세계를 사유한다. 이러한 주인공이 가족과 종교와 민족을 거부하고 더블린을 떠난다. "내가 믿지 않게 된 것은, 그것이 나의 가정이든 나의 조국이든 나의 교회든, 결코 섬기지 않겠어. 그리고 나는 어떤 삶이나 예술 양식을 빌려 내 자신을 가능한 한 자유로이, 가능한 한 완전하게, 표현하고자 노력할 것이며, 내 자신을 방어하기 위해서는 내가 스스로에게 허용할 수 있는 무기인 침묵, 유배 및 간계를 이용하도록 하겠어." 주인공의 목소리를 빌린 제임스 조이스의 의지라 할 수 있을 터인데 그는 이탈리아 트리에스테와 스위스 취리히, 영국 런던과 프랑스 파리를 유랑하는 삶을 선택한다. 아일랜드 민족주의로부터 탈출함으로써 그의 문학이 세계성(보편성)을 얻은 것은 아닐까? 그러나 이러한 그도 더블린이라는 장소를 평생 잊은 바 없다. 그는 장소의 기억에 터하면서 세계를 사유하는 문학이라는 관념을 만들었다. 진정한 의미의 지역문학이란 이런 것이 아닐까?

그런데 E. 사이드는 『젊은 예술가의 초상』의 '스티븐 디덜러스'에게서 "지성인의 자유에 대한 강령"을 찾는다. "어느 것도 섬기지 않는 것 non serviam"을 좌우명으로 삼는 지성인의 얼굴을 본 것이다. 민족문학론의 한계는 민족을 최종심급에 두고 그것을 신앙한 데 기인한다. 그동안 민족의 상황이나 국가의 상태가 열악하였기에 가능한 일이었다. 그러나 현금의 시점에서 민족문학을 넘어서는 방법론들이 창안되지 않으면 안 된다. 최근 들어 빈번해진 세계문학 논의도 민족문학론을 넘어서려는 노력과 다르지 않다. 민족문학과 세계문학을 따로 두거나 민족문학을 세계문학에 이르는 과정으로 삼는 방식은 안이하다. 이보다 민족문학에 갇힌 한국문학을 풀어내는 일이 긴요하다. 지역문학론이 하나의 방법이 아닌가 한다.

지금도 그렇지만 지역문학 논의의 시발은 지역적 불균등성이라는 문화정치학에서 비롯한다. 일국(一國) 차원에서 중심부에 문화 자본과 역량이 집중되고 지역이 소외되는 한편 지역의 창의성마저 중심부에 흡수되는 현상에 대한 비판적 담론으로 형성된 것이다. 이렇게 시작된 지역문학론은 거듭 논리를 더하면서 진화해왔다. 돌이켜 볼 때 1980년대에 일정한 수준을 만들었고 1990년대에 침체기를 맞다 2000년대에 이르러 새로운 전기를 맞고 있다는 생각이 든다. 실제 지역문학은 가능성이자 곤경이다. 가능성이 지역이야말로 가장 구체적인 장소이고 삶의 터전이며 창조적 토대라는 가치에 연원한다면 곤경은 이러한 지역의 가치들이 쉽게 발현되지 못하는 현실에서 발생한다. 1980년대가 가능성을 신뢰한 시기라면 1990년대는 곤경에 직면한 기간이라 할 수 있다. 그리고 2000년대는 곤경을 극복하는 대안을 모색하면서 새로운 단계의 지역문학이 논의되는 때이다.

개인적 고백이지만 지역문학에 관한 신념에 비하여 의지의 피로는 크다는 생각이다. 숱한 곤경들을 극복하기도 어렵거니와 가중되는 장애들로 인하여 지역문학에 대한 기대들이 퇴색하고 있다. 중심부 해체가 이루어지거나 지역의 생산력이 획기적으로 나아지지도 않는 상황에서 기왕의 문학이 지녔던 위상마저 무너지고 있어 이중고를 겪고 있는 것이 지역문학의 현주소이다. 하지만 새로운 출구가 없는 것은 아니다. 2000년대에 이르러 전지구적 차원의 세계화와 더불어 지역화가 대안으로 떠오르고 있다. 중심보다 다양한 주변들에 대한 관심이 비등하면서 각 지역들이 지닌 내발적 역량들이 강조된다. 다시 말해서 중심부로부터 대타화된 지역이 아니라 지구적 관점에서 지속가능한 구체적 장소로서의 지역 개념이 대두한 것이다. 이렇게 보면 21세기 지역문학은 지구적으로 사고하고 지역적으로 실천하는 과정의 산물이라 할 수 있다. 다시 지역문학이 시대정신과 맞물리고 운동성을 얻고 있다.

그동안 지역문학은 일국 단위에서 논의되었다. 따라서 지방적인(local) 것이 주된 대상이며 세계적인(global) 것과 지방적 것이 만나는 지역적인(regional) 것에 대한 논의는 부차적이었다. 지역문학론이 지방문학(local literature)에 한정되었던 것이다. 한편 이러한 지방문학을 고찰하는 일은 보편성 지향의 근대문학에서 주변으로 밀려나 있거나 중심의 문학제도에서 벗어나 있는 지방성(locality)을 복원하는 일과 연관된다. 따라서 지방주의(localism)의 입장이 도드라지면서 지방문학에 대한 자료학적 탐구가 진전을 이뤄 각 지방의 연구자들이 지방문학을 연구하고 그 성과를 바탕으로 지방문학사를 기술하는 양상을 보이게 된다.

그런데 지방문학과 지역문학(regional literature)의 개념은 상호 대립하거나 모순적인 관계에 있지 않다. 근대적인 세계체제의 외부에 지방적인 것이 존재할 수 없다는 점에서 지방적인 것은 지역적인 것과 상호 연관되며 세계적인 것과 관계를 맺는다. 따라서 지방문학이라는 용어보다 이것의 상위 개념에 해당하는 지역문학이라는 용어를 선택하고자 한다. 그렇게 함으로써 지방적인 것을 포함하면서 세계적인 것과의 연관을 두루 살피는 관점을 형성할 수 있기 때문이다. 또한 중심과 주변의 이분법적 구도에 의한 문화정치학적 편향을 반성하는 데 있어서 지역적인 시각이 유용하다. 세계화와 더불어 국민-국가 내의 지방이라는 관점이 한계를 드러내면서 기존의 '지역문학' 개념이 모호해지고 있다는 사실이 고려되어야 한다. 일국 단위에서의 지방(local)과 세계 단위에서의 지역(regional)을 중층적으로 인식하는 지역문학의 논리가 요청된다.

지역문학의 원근법과 세계화의 원근법은 다르지 않다. 오늘날 세계체제의 외부는 없다. 문제는 이러한 현실을 일면적으로 사고하지 않는 것이다. 긍정과 부정의 차원이 아니라 현실이라는 점에서 경합하는 다수의 얽힘 현상에 주목하지 않을 수 없다. 이러한 대목에서 지정학적 미학이 발생한다. 지정학적 미학은 지역적이고 전지구적인 '인식지도그리기'와 연관된다. 이는 우리가 어떻게 지역과 세계(지방-국가-지역-세계)를 분절하는지를 보여주며 가장 지역적인 것과 가장 세계적인 것을 연계시키는 방식을 제공한다. 장소는 세계의 나머지와 맺는 관계를 통해서 이해가 된다. 지방을 통해 지역을 읽어낼 수 있는 것이다. 그리고 이러한 과정이 시공을 가로 지르는 상상력의 힘(teleopoiesis)을 얻어 하나의 창작방법론이 될 때 로컬문학으로서의 지역문학이 가져야 할 바람직한 방향이 설정되며 구체적인 장소의 경험이 지역주의(regionalism)로 발전하게 된다. 21세기 지역문학은 적어도 로컬리즘에서 리저널리즘으로 진전되어야 한다.

다시 '지역'이라는 말뜻을 새길 필요가 있다. '지방'이라는 말 대신 '지역'이라고 쓴 것은 서울에 대응하는 지방이라는 말 속에 깃든 위계나 서열을 의식한 탓이다. 주권이 국가에 위임된 근대의 국민국가 체제에서 어느 사회할 것 없이 불균등발전구조를 지니는 것이 사실이다. 특히 후진 사회일수록 근대화과정에서 일극 중심으로 집중되는 현상이 심한데 우리 사회의 서울(수도권)중심주의가 그렇다. 서울과 여타 지방이라는 이분법적 구도는 거의 돌이킬 수 없는 지경에 이른 듯하다. 사정이 이러하다면 지방을 굳이 지역이라고 명명한다고 하여 현실이 달라지는 것은 아니다. 말할 것도 없이 지방이라는 용어와 달리 지역이라는 개념이 서울-지방이라는 구도를 어느 정도 중화하는 면이 없지 않다. 그래서 지역을 선호하는데 여기에도 문제가 없는 것은 아니다. 지역이라는 말이 만드는 중화 효과가 지방의 현실을 이해하는 데 장애가 되는 경우가 있기 때문이다. 이러한 이유에서 요즘 들어 지방/지역이라는 용어보다 로컬이라는 개념이 일반화되고 있다.

로컬은 지리학에서 세계를 보는 한 층위이다. 우리가 지니고 있는 잘못된 인식지도를 설명하기 위하여 지리학적인 개념을 들면, 로컬은 몸(body), 가족(family), 사회(community) 등의 차원에 해당한다. 로컬보다 더 큰 스케일로 국가(민족)적(national), 지역적(regional), 세계적(지구)적(global) 영역을 들 수 있는데 이들은 스케일에 따라 중층적으로 확장된다. 로컬은 앞서 말한 지방/지역에 상응한다. 하지만 후자가 일국적인 중심-주변의 관계에 치우친 것과 달리 로컬-내셔널-리저널-글로벌을 연동시킨다는 점에서 의미가 있다. 만일 지역이라는 개념을 중심부 서울에 대한 대타의식으로 사용한다면 사회 체계나 구조, 상징자본과 권력에 한정되는 한계를 지니게 된다.

지역(지방)이 자본과 제도의 차원에서 상대적으로 중심부로부터 소외되었다는 사실이 지역의 문학을 규정하는 전제가 될 수는 없다. 만일 이러한 전제에 기초하여 지역문학의 논리를 세우려는 이가 있다면, 그는 외부를 향한 선망과 분열을 되풀이하거나 문학적 낙후의 문제를 외부의 탓으로 돌리면서 자족하게 될 것이다. 그런데 아쉽게도 지역(지방)의 다양한 문학 집단에서 활동하고 있는 많은 문인들이 이와 같이 잘

못된 논리에 감염되어 있는 것이 사실이다. 먼저 선망과 분열은 중심부 따라 하기라는 양상으로 나타난다. 이는 서구 근대의 이미지를 좇다 침몰하거나 돌연 전통으로 회귀할 수밖에 없었던 식민지 모더니스트와 같이 자신의 터전을 망각하고 중심부의 미적 패션을 가닿아야 할 보편으로 받아들이는 태도와 흡사하다. 이러한 태도에 내재한 인정욕망은 중심부에 대한 노예적 위치를 용인하는 대신 지역(지방)에 대한 상징적 우위의 자리를 획득하게 한다. 그러나 정작 중심부라고 설정하고 있는 공간(서울) 또한 더 큰 스케일(리저널, 글로벌)에서 볼 때 지역(지방)에 지나지 않을 뿐 아니라, 미적 혼종성과 다양성을 지니고 있다는 점에서 당착이 생기게 된다. 다음으로 문학적 낙후를 외부의 탓으로 만회하려는 경향은 지역(지방)에서 상당히 심각하게 만연되어 있다. 지역(지방)의 문학매체들이 자기 혁신을 이루지 못하고, 지역(지방)의 문인들이 문단활동과 문학을 구분하지 못하는 요인 가운데 내부의 자족성이라는 원인이 존재한다. 이러한 내적 원인은 외적 요인과 쌍생아처럼 구별되지 않는다.

다시 로컬이라는 개념으로 돌아와 보다 생산적인 논의를 이어가 보자. 앞에서도 말했듯이 로컬은 그것만으로 존재하지 않으며 여타의 스케일과 연계되어 있다. 가장 직접적이고 구체적인 일상생활 속에서 우리는 사회와 국가 그리고 세계를 매일 접하고 있지 않는가? 로컬의 시각이란 로컬만을 바라보는 것이 아니라 로컬의 관점으로 이해하려는 것이다. 마찬가지로 민족적 시각이 있고 동아시아적 시각 나아가 지구적 시각이 있는 것이다. 사실 민족시라는 개념은 별 저항 없이 받아들여져 쓰이고 있다. 민족적 상상력의 산물이라는 것인데 더불어 동아시아적 상상력이나 지구적 상상력도 가능한 것이 현실이다. 가령 중국의 소수민족 가운데 하나인 이족 출신의 시인인 지디마자의 『시간』이라는 시집은 시인의 고향 이야기가 민족 이야기이고 나아가 중국 그리고 지구적 자본주의 세계에 대한 이야기임을 알게 한다. 이는 그의 시적 사유의 전개와도 무관하지 않지만 자신의 존재 위치를 매우 구체적으로 지각하는 과정과 결부되어 있다. 고향 사람에 대한 사랑이 인류애로 이어지는 데 전혀 비약이 없다. 그만큼 언어와 상상력이 구체성을 담보한 채 풍부하다. '지구적 사고, 지역적 실천'은 처음 커뮤니케이션 학자들에 의해 제기되었지만 환경운동가나 지역문학자의 논리로도 손색이 없다. 전자가 지구적인 데 중점을 둔다면 후자들은 지역적에 더 관심을 가진다. 만일 우리가 지역문학이라는 개념을 필요로 한다면 이와 같은 맥락에서 그것의 존재 의미를 찾을 수 있다.

그런데 중심부의 문학이 지역(지방)문인들이 생각하는 것처럼 그렇게 생산적인 것만은 아니다. 엄밀하게 통계를 내어본 것은 아니나 우리 문학의 원천을 구성하는 내용의 대다수가 지역(지방)에 바탕을 두고 있는 것으로 보인다. 소위 '미래파' 논쟁 이후 신세대 시인들에 대한 중심부 매체들의 과도한 애착으로 그들의 존재가 비대해 보이는 측면이 없지 않는데 우리 시의 전반적인 실상과는 거리가 있는 것으로 판단된다. 사실 뉴욕의 문화가 흑인이나 라틴아메리카와 아시아계 이민자들에 의해 활성화되고 있듯이 중심부 문화라는 것은 외부의 생산력을 흡인하면서 성장한다. 조금이라도 주의 깊게 우리 문학의 현실을 들여다본 이라면 우리 문학은 한국의 지역문학에 의해 떠받쳐지고 있음을 알기 어렵지 않다. 논의를 확대해가기 위하여 세계체계론을 들여오면 20세기 들어 소위 반(半)주변부 지역의 문학적 융성을 말할 수 있다. 다시 말해서 동유럽과 라틴아메리카 그리고 아시아에서 허다한 작가들이 노벨문학상을 받은 바 있는데 이 또한 세계의 자본이 집중된 중심부가 반드시 문학적 생산력이 높을 것이라는 가정을 깨트리는 증거들이다. 이러한 점에서 오르한 파묵의 다음과 같은 발언이 주목된다.

> 그러니까, 단지 제 아버지뿐만 아니라 우리 모두는 세상에 중심부가 있다는 생각을 지나치게 중요시하는 것 같습니다. 하지만 글을 쓰기 위해 우리를 오랜 세월 동안 방에 가두는 것은 이와는 정반대의 것인 어떠한 믿음입니다. 어느 날엔가 우리가 쓴 것들이 읽히고 이해될 거라는, 왜냐하면 사람들은 세계 어디에서나 서로 닮아 있기 때문이라는 믿음입니다. 하지만 이것은 주변부에 있다는 분노에서 비롯한 상처와 고뇌가 뒤섞인 낙관주의입니다. 저는 이것을 저 자신 그리고 아버지가 쓴 것들을 통해 익히 알고 있습니다. 도스토옙스키가 평생 서양에 대해 느꼈던 사랑과 분노의 감정을 저 역시 여러 차례 느꼈습니다. 하지만 제가 그에게서 진정으로 배운 것, 진정한 낙관주의의 원천은 이 위대한 작가가 서양과의 애증 관계에서 출발해 이 애증의 다른 쪽에 세운 완전히 다른 세계였습니다.
>
> — 오르한 파묵 외, 이영구 외 옮김, 「아버지의 여행가방」, 『노벨문학상수상연설집 아버지의 가방』, 문학동네, 2009, 60~61쪽. 이하 본문에 쪽수로 표기함

이처럼 오르한 파묵은 중심부를 모방하지 않고 주변부의 시각으로 시차(視差)를 이해하고 넘어선다. 그런데 젊은 오르한 파묵을 오랫동안 괴롭힌 것은 그가 "중심에서 떨어져 있다는 생각", "변방에서 살고 있다는 느낌"(53쪽)이었다. 그는 "중심부에 있지 않다"(54쪽)는 생각에서 서

양문학을 읽고 쓰고자 하지만 "변방에 있다는 감정과 진정성에 대한 우려"(58쪽)를 놓치지 않는다. 그리하여 그는 "진정한 모든 문학은 인간들이 서로 닮았다는 이러한 순진하고 낙관적인 믿음에 근거"한다는 생각으로 "중심부가 되지 못한 세계에 호소하고 싶어"(59쪽)했던 것이다. "주변부에 있다는 분노에서 비롯한 상처와 고뇌가 뒤섞인 낙관주의"를 견지하면서 "슬픔 혹은 분노에 이끌려 앉았던 책상에서 그 슬픔과 분노 너머에 있는 다른 세계에 도달하게"(61쪽) 된다.

> 제가 어렸을 때 그리고 청년 시절에 느꼈던 것과는 정반대로, 이제 제게 있어 세계의 중심부는 이스탄불입니다. 이건 단지 제가 거의 평생을 이곳에서 보냈기 때문만은 아닙니다. 그건 삼십삼 년 동안 모든 거리들, 다리들, 사람들, 개들, 집들, 사원들, 분수들, 이상한 주인공들, 상점들, 지인들, 어두운 지점들, 밤과 낮들을 저 자신과 모두 동일시하며 제 책에서 서술했기 때문입니다. 어느 시점 이후에는, 제가 상상했던 이 세계도 제 손에서 벗어나게 되고, 이 세계는 제 머릿속에 존재하는 도시들보다 더 사실적이 됩니다. 그럴 때면 그 모든 사람들, 거리들, 물건들 그리고 건물들은 마치 모두 함께 자기들끼리 말을 하고, 마치 제가 이전에 느낄 수 없었던 관계를 맺고, 마치 저의 상상 속 또는 저의 책 속에서 나와 자기들끼리 스스로 살기 시작한 것 같습니다. 그리하여 바늘로 우물을 파듯 인내심을 가지고 상상하면서 건설한 이 세계가 무엇보다 더 현실적으로 느껴집니다.(62쪽)

흔히 이스탄불을 동서가 융합된 장소(혹은 공간)라고 말한다. 그렇기에 오르한 파묵이라는 작가가 탄생할 수 있었을 것이라고 추단할 수도 있다. 그러나 이스탄불이기에 오히려 서구문학을 세계문학으로 착각할 요인들이 더 많았음을 상기할 필요가 있다. 도스토옙스키가 그러했고 카프카가 그러했듯 그 또한 주변부 도시에서 "소외될지 모른다는 두려움"(59쪽) "한 공동체가 집단으로 경험하게 되는 모욕" "멸시받을지도 모른다는 우려, 다양한 분노, 초조, 끊임없이 무시당한다는 생각" "민족적 자만심과 우월의식에 대한 두려움"(60쪽) 들을 이겨내고 주변부적인 삶의 구체적인 전체성에 육박한다. 이제 오르한 파묵에게 "세계의 중심부는 이스탄불"이다. 나는 오르한 파묵의 이러한 문학적 경험이 지역문학의 훌륭한 전범이라고 생각한다.

중국의 모옌이 노벨문학상을 받았다. 로컬리티를 새로운 형식으로 재현하는 방식이 세계문학의 수준을 형성하였다는 평가다. 그런데 이러한 평가는 모옌의 문학에 한정된 것이라 할 수 없다는 생각이 든다. 사회주의와 자본주의, 전근대와 근대가 공존하면서 새로운 가치를 만들어내려고 요동하는 중국이야말로 세계사적 지역이기 때문이다. 모옌의 문학이 이러한 중국의 사정을 잘 형상화하였다고 볼 수 있을 것이다. 중국의 세계사적 위치가 모옌을 만든 것은 아닐까? 아니면 모옌이 중국을 세계사적인 공간으로 그려낸 것일까? 물론 이 두 질문은 구분되지 않는다. 많은 이들이 하루키와 모옌을 비교하고 있다. 모옌이 구체적인 장소(topos)에 바탕을 두면서 그 장소에 개입하는 국가와 세계의 힘들을 잘 드러내고 있다고 한다면 하루키는 무국적성 혹은 미국에 연원한 포스트모더니티의 감성공간으로 달아나고 있다는 것이다. 노벨문학상이 준거라는 것은 아니지만 하루키를 제치고 모옌이 그 상을 받은 데는 큰 의미가 있다고 생각한다. 세계문학의 공간이 막연한 보편성이 아니라 구체적이고 특수한 장소에서 형성되는 인간의 삶에 관한 수

준 높은 해석에 있다는 것을 다시 확인한 셈이다.

세계문학을 논의함에 있어 동아시아문학을 논의하는 과정이 빠져서는 안 된다. 지방-국가-지역-세계라는 네 가지 층위가 역동적으로 관계하는 변증법적 사유가 모든 작가에게 필요한 시점이 아닌가 한다. 모옌이 산둥의 지방성을 바탕으로 중국문학에서 나아가 동아시아 문학의 성취에 이르렀고 이것이 세계문학의 장에서 중요한 자리를 차지하게 되었다는 생각이다. 중국과 한국과 일본은 근대경험이 상이하다. 그럼에도 근대를 극복해야 한다는 과제에 있어 차이가 없다. 문제는 근대 극복의 방식이다. 루쉰이 그러했듯이 근대를 극복하려는 치열한 몸부림이 동아시아문학의 진정성을 산출하는 길이라 믿는다. 또한 이러한 점에서 동아시아문학이라는 지역문학의 공간을 설정해도 무방하다고 생각한다.

2부

묵시록의 시인들

새로운 사랑의 발명

—노혜경론

「에스컬레이터를 탄 시인」을 먼저 읽으려 한다. 이 시가 시집의 시편들 가운데 시인의 내면 풍경을 가장 잘 드러내고 있다는 생각 때문이다. 시 속의 주인공이 곧 시인일 수는 없다. 그럼에도 맡겨진 주인공의 역할에는 시를 쓰는 시인의 의도가 투사되어 있다. 이 시에서 에스컬레이터에 이끌려 가는 시 속의 주인공인 '시인'의 표정은 파울 클레의 〈새로운 천사〉를 닮았다. 또한 이 그림을 묵상하며 파시즘의 질곡에서 스스로를 추방한 발터 벤야민을 상기한다. 자신의 의지와 달리 폭풍에 밀려 뒷걸음치는 슬픈 역사의 천사처럼 시인은 "진보의 역사를 사유"하는 자신과 무관하게 상품과 현란한 이미지로 번쩍이는 진열장 안으로 들어갈 수밖에 없다. 그는 "시인답게" 의지를 갖고 바로 서려 하지만 "저 대형 슈퍼마켓 한 귀퉁이에서 길 잃은 양처럼 순하고 두렵다." 의지를 꺾어놓고 희망을 배반하는 현실에서 그는 "길 잃은 양"과 같다. 존재의 슬픔과 일상적 삶의 슬픔을 동시에 감내해야 하는 그에게 출구는 곧 벼랑이 아닐까? "시의 진열대 위엔 에스컬레이터 앞에서 육중한 몸을 겨우 내려놓는 발의 슬픔과 머뭇대며 넣었다가 꺼내는 신용카드의 슬픔이 신소재 광고판 위에서 번쩍인다." 이처럼 슬픔의 무게는 가중되지만 "어떤 슬픔은 어떤 기쁨과 마찬가지로 결코 시가 되지 않는다." 시로 말할 수 없는 그 '어떤 슬픔'이 무엇일까? 일상의 "지극히 산문적인 슬픔" 속에서 결코 "말해지지 못하는 단 한 마디 말"은 무엇일까? 이 시집은 이처럼 말해질 수 없는 말을 위해 쓰인 것으로 보인다. 과연 그런 것이 시집의 표제가 '말하라, 어두워지기 전에'이다. 그리고 표제시가 시집의 맨 끝에 배치되어 있다. 시인의 의도를 따라 서술체계(열며-제1장 틈-제2장 스며들다-제3장 기다리는 능력-제4장 침묵-제5장 사랑은 왜 야만인가-제6장 말하라, 어두워지기 전에로 전개되는 순차적 구성)를 지닌 이 시집에서 표제시의 내용과 그 위치가 차지하는 의미는 크다.

이미 당신은 문밖에서 저문다
굳센 어깨가 허물어지고 있다

말하라, 어두워지기 전에
내가 가고 있다고

—「말하라, 어두워지기 전에」 전문

'당신'은 누구이고 '나'는 또 어떤 이인가? 이 시만으로 명백한 의미를 구하긴 힘들다. 다만 저물어 허물어지는 '당신'을 향하여 가는 '나'의 의지가 돌올하다. 그러면 이 시를 여는 시와 대응시켜보자. 아마 수미상응의 의미관계를 지닐 것이다. "나는 목을 잘라 조용히 시렁에 걸어놓고 그 방을 나왔다 이로써 나의 할 일은 끝나야 한다는 듯이"로 시작하는, 여는 시 「강으로 가기」는 그 기법에서 어느 정도 초현실주의적이다. 단지 상상적인 죽음연습을 말하는 것은 아니라고 생각한다. 오랫동안 죽음과 같은 삶이 반복되었다는 뜻일까? "내가 지나온 곳은 어둠으로 가득 찬 방이었고 동굴이었고/무덤이었고 무덤으로 이어지는 말라 갈라진 땅"이었다고 말하는 화자의 심경을 대할 때 드는 의문이다. 그리고 시인은 죽음과 같은 시간을 지나 "오래된 감각"과 "재구성된 기억"이 돋아나오는 것을 느낀다. '강'에 다다른 시점에서의 일이다. '강'은 시간의 지속이자 지향이며 존재의 생성을 내포한다.

> 나는 없는 턱을 괴고 강가에 앉아 무엇을 할까 생각하였다
> 내 노래 저 멀리 메아리치다 내게로 오지 못하고 사라진다
> 조용한 속울음만이 물결 위에 일렁인다
> 그렇게 오래 앉아 생각하였다

여기서 "무엇을 할까"라고 생각하는 것을 주목할 수 있다. 시인이 아무것도 할 수 없는 슬픔의 어둠에서 놓여나는 계기를 얻은 것일까? 그렇다면 시인은 왜 이토록 깊은 슬픔에 빠져 있는 것인가? 사물들이 반향하지 않는 '조용한 속울음'의 상황을 무엇으로 바꿀 수 있는 것일까? 시집은 제1장에서 제6장에 이르기까지 꾸준하게 이러한 물음에 대한 답을 구하고 있다. 그것은 "틈새에 피는 추억"(「틈새에, 틈새로」에서)으로 시작한다. "봉인, 아니 유폐, 아니 위리안치의 작은 항아리처럼 닫힌" "틈새"로 "은폐된 너의 얼굴의 핏빛 상처"를 대면한다. 얼굴의 현현은 "돌아다니는 비밀과 거짓말"에 가려진 타자의 진실이 드러나는 순

간이다. 그렇다면 얼굴의 주인은 누구일까? 시인은 어떠한 연유로 그에 사로잡히는 것일까? 「더 먼곳에서 들리네」가 진술하고 있듯이, "재 견디딜 자리도 없는 강철 무지개 끝"과 같은 "벼랑"에서 뛰어내려 "골과 바위 사이에" "비명의 흔적"을 남긴 이와 연관되는 것은 아닐까? 이 시의 화자는 자신이 그 벼랑에서 뛰어내리는 악몽을 꾼다. 그만큼 시인은 그의 상실을 상처와 고통 그리고 슬픔으로 일체화한다. 이 대목에서 나는 노무현이 몸을 던진 '부엉이 바위'를 연상하게 된다. 또한 파시스트들에 의해 자신의 도시에서 쫓겨나 '포르트보의 절벽'에서 자결한 발터 벤야민을 떠올린다. 그러나 단지 노무현의 죽음을 애도하기 위한 것만 아닐 것이다. 시인이 품은 아픈 기억들은 오랫동안 겪은 역사적 경험들의 실패에 기인한 것이 아닌가 한다. 이처럼 아픈 기억들(「울타리」에서)을 지닌 시인은 슬픔과 분노로 "독한 칼"을 품고 애도의 의례를(「골짜기」에서) 수행한다. 아울러 "저 멀리서 산이, 부풀어 오르는 해일처럼 일어나 나를 덮치는 것도 모르고"(「처음엔 알지 못했던 것들」에서)라며 자책하거나 "이 거대한 병렬의 규모, 줄지어 기다리는 빚쟁이들의 만찬/아무것도 변화시킬 수 없는 바에야/나는, 그러니까 나는 무엇을 한 것일까"(「역류의 위치」에서)라며 자신의 행위를 회의하고 "희망을 버리고 안식을 찾는 상한 영혼처럼"(「새를 날려보낸다」에서) 깊은 좌절감에 휩싸이기도 한다. 거듭 역류하는 역사의 배리를 겪으면서 의지의 피로가 누적되는 것을 경험한다.

제2장의 첫 번째 시 「마음의 절반을 가르며 달이 날아간다」는 매우 몽환적이고 그로테스크한 정황을 진술한다. "달이 차오른다/가파른 내리막을 굴러가기 전 호흡을 가다듬는 바윗돌처럼//표적을 가리키는 손이 닦아 놓은 거울처럼//넌자는 손을 들어 재빠르게 달의 목을 칠 것이

다/표백된 피의 비가 촉촉히 내리는 아침이면/사람들은 알 수 없는 영혼의 기침에 가슴이 아플 것이다.” 그가 품은 상처가 쉽게 치유되지 못할 뿐만 아니라 용서와 화해의 시간이 쉽게 도래하지 않을 것임을 말하고자 함이 아닐까? 그야말로 묵시록적인 분위기가 연출되고 있다. 시인의 회의주의와 비관주의가 특정한 사태 때문은 아닐 것이다. 오랜 세계내 경험이 파국에 대한 날카로운 예감으로 의식에 자리한 것이리라. 시인은 꽃피는 봄날을 환희로 맞기보다 캄캄한 절망으로 받아들이는(「캄캄」에서) 비애의 감성을 지녔다. 이러한 감성은 또한 “모든 허무의 꼭짓점에는 딱 한 가지/이쪽 세상과 저쪽 세상의 경계에 어리는/눈물도 아니고 통증도 아니고 그저/감정이 있다”(「하나의 정신이 배회하면서 벚꽃잎」에서)와 같은 구절을 얻는다. 이 구절을 통하여 우리는 시인이 특정 대상의 상실을 애도하기보다 전반적인 세계 상실에 기인하는 시대의 우울을 앓고 있는 것은 아닌가 염려하게 된다. “눈내리듯 세상이”(「펄펄」에서) 지워지는 경험, 이러한 경험은 시인에게 “어두워지기 전에 어두워질 것이라고”(「놓다」에서) 말하게 한다. 한 시대가 ‘검은 태양’으로 캄캄해질 것이라고, 파국이 임박할 것이라고 지각하는 것이다. 그에게 시는 이러한 지각의 한 양식이다.

> 당신을 그리워하는 대신 내 앞으로 가지고 오는 시.
> 그려내고, 정지시키고, 순간이란 없을 것처럼 늘여내는 시.
> 이 균열을 따라, 방금 내가 만들어놓은 이 텅 빈 장소로 당신을 데려다 놓는 시.
>
> —「스며들다1」 부분

노혜경에게 시는 "내가 만들어놓은 이 텅 빈 장소"와 같다. 그는 모든 것이 파괴되고 희망이 사라진다 해도 그 텅 빈 장소로 스며드는 시적 가능성을 놓치지 않는다. 이것은 파국과 폐허에서 신생과 구원의 징표를 읽으려는 능력과 다르지 않다. 그러나 이러한 능력은 긍정적인 것이 아니라 부정적인 것, 능동적인 것이 아니라 수동적인 것에 속한다. 제3장의 "기다리는 능력"이나 제4장의 "침묵"이 이에 해당한다. 달리 "아무 것도 달라진 것은 없다는"(「노인이 걸어갈 때 노인은 걸어가는가」에서) 노년의 인식과 흡사한데, 이는 "너무 하염없이 지려고만 하네요/어쩌면 좋을까요, 당신?"(「바람이 말했다」에서)이라고 조용히 묻는 일과 다르지 않다. 「으스스우수수 또는 기다리는 능력」라는 시를 통하여 시인은 "기다리는 것은 나의 능력"이자 "새로운 감각"이라고 한다. 그리고 이를 "아픔이라 안 부르고 놀람이라" 부른다. '놀람'은 어떤 의미에서 영성의 한 영역이라 할 수 있다. 시인은 다시 이것을 "새로운 안의 길"이라 하고 "비법"이라고 한다. "이 비법에 통달하면 나는 새로운 도시 하나를 가지게 될 것이다 거기엔 손가락 끝에 눈이 달린 이티들이 살고"라는 구절이 말하듯이 시인은 신생이 지금과 전혀 다른 신인류로 가능하다고 생각한다. 그만큼 그가 지닌 비관주의의 뿌리가 깊다.

그는 무엇을 매어 달고 싶었던 것일까요
희망 없이 사랑하고
미움 없이 죽어갈 자신이 없다면
오르지 말았어야 할 저 깃대에 매달려
그가 외치고 싶었던 마지막 말은

단지
상상할 뿐인 그 마지막 말에
나부끼거나 찢어지거나
그런 역사가

밤을 다하여 걸어가도 끝나지 않는
그런 미래가

—「나부끼거나 찢어지거나」 부분

이처럼 시인은 '역사'와 '미래'의 추상에 의탁하지 않는다. 무엇보다 구체적인 생의 기미가 중요하다. 역사에 대한 비관과 시대에 대한 우울은 삶의 문제를 있는 그대로 지각하게 한다. 그 "벼랑"(「생의 엣지에서」에서)에서 사물의 질서가 보다 구체적으로 인식된다. 시인의 비관주의는 비유컨대 칼이 되는 모래(「칼」에서)와 같다. 그 중심이 허무로 텅 비었기에 새로운 것으로 채워질 수 있다. 이를 두고 새로운 사랑의 발명이라고 할 수 있을 것이다.

이 시집에서 가장 눈여겨 읽어야 할 부분이 제5장이 아닌가 한다. 시인은 「나부끼거나 찢어지거나」에서 말한 것처럼 희망이 없어도 사랑이 있으면 인간은 살 수 있을 것이라 생각한다. 그러나 이 경우에도, "사랑은 왜 야만인가"라는 물음을 제기하고 있듯이, 사랑은 새롭게 발명되지 않으면 안 된다. 시인은 "내 손가락은 바스락지 낙엽을 가루내면서/낡은 심장을 뒤져 전례를 찾아 헤맨다/새로운 사랑을 이해하기 위하여"(「우리들의 사랑법1」에서)라고 말한다. 이미 오래전에 아르튀르 랭보는 "사랑은 재발명되어야만 한다"고 했다. 이는 비단 랭보의 시대에만 해당하는 문제가 아니다. 오히려 모든 것이 전시가치와 교환관계로 환원되는 우리 시대야말로 사랑이 공존을 위한 마지노선이 되었다. 시인은 「우리들의 사랑법2」에서 "해방도 혁명도 아니라면 사랑이란 무엇인가"라고 묻고서 "탈주, 사랑은 욕망하지 않고 함께 있고자 할 뿐이라고/추락의 마지막 순간까지 함께 있고자 할 뿐이라고" 답한다. 그러니까 파국의 순간에도 공존하는 힘은 사랑에서 나온다는 생각이 아닐까?

이 짧은 순간을 영원으로 만들어요
모든 얼굴들이 똑같아지고
모든 시간이 현재가 되는 순간
나는 당신과 함께 있고
그것으로 충분해요

—「우리들의 사랑법2」 부분

시인은 사랑을 "하나의 사건이 존재에 스며들어 도래하는 순간"이라고 생각한다. 이는 바로 이 순간, 카이로스의 시간에 일어나는 관계를 뜻한다. 사랑, 순간, 영원성을 등치하는 시인의 입장은 초현실주의와 친연성을 지니는데, 도래할 파국의 순간 혹은 죽음을 내 안에 품는 행위와 다를 바 없다. "영원히 현존하는 죽음"(「우리들의 사랑법3」에서)은 타자를 향한 열림을 가능하게 한다. 슬픔과 우울을 이겨낼 수 있는 힘은 오직 사랑으로부터 온다. 또한 사랑은 모든 것을 갱신한다. "오, 사하라, 너의 모래는 꿀같고 꿈같다." 사랑은 모래를 칼이 아니라 완전히 다른 삶의 양식으로 만든다. 이제 시인은 "아무도 기억하지 않아 매번 다시 시작해야 할/사랑을 위해"(「우리들의 사랑법7」에서) "닫힌 문", "봉인된 꿈”(「우리들의 사랑법5」에서)에서 사랑의 문턱으로 나온다. 사랑은 순전히 타자와 관련된 것이다. 또한 이것은 자아의 문제이다. 자기중심적인 자아를 포기하지 않고서 사랑은 불가능하다. 그러므로 사랑은 도래할 공동체를 위해 길을 연다. 알랭 바디우가 말하듯이 사랑의 확신과 마찬가지로 정치적 확신은 절대로 포기해서는 안 된다. 그러나 이 둘을 쉽게 겹치거나 포개어 말할 수는 없다. 무엇보다 새로운 사랑을 발명함으로써 신생의 길로 한 발 더 나아가야 한다.

오른손 검지 손가락이 잘리고
검은 피가 솟아나면
네 뺨에 바르리 검고 검은 무거운 피

분노를 감염시키리
에볼라보다 더 빨리

지붕을 깨치고 벽을 허물고
모든 건초 더미들을 불태운
다음

마침내 새로운 대륙이 가라앉고 낡은 대륙이
상처투성이 몸으로 뙤약볕 아래 다시 누우면
왼손 약지에 반지를 바꾸어 끼고
새 이랑을 길게 놓으리

오늘보다 조금 더 키가 클 내일의 인간을 낳기 위해
밤마다 땀을 흘리리
검고 검은 무거운 피의 자식을

—「혁명은 왜 실패하는가」 전문

시인은 "혁명은 왜 실패하는가"라고 묻는다. 이 시에서 본문과 표제의 이반은 역설을 품는다. 과연 "내일의 인간"은 어떻게 탄생하는 것일까? 사랑이 없다면 불가능한 일이 아닐까? 그래서 시인은 사랑에 대한 사유를 시작한다. 다 같은 사유라도 사랑의 사유는 알랭 바디우가 말한 바처럼 이 세계에서 타자와 함께 하는 원천이 나에게 주어지는 것을 직접 경험하는 과정이라 할 수 있다. 또한 이것은 완전히 다른 세계, 완전히 다른 인간상을 찾아가는 행위가 된다. 그렇기 때문에 새로운 사랑의 발명을 향한 시인의 문턱이 경이롭다.

반(反)서정의 그로테스크
―배옥주론

시의 특이성은 표현의 의지가 만든다. 느낌과 지각을 자기만의 언어로 포획하려는 노력은 개성을 지닌 시인만큼 다양하다. 끊임없이 자기를 들여다보거나 공감의 대상을 두루 찾는 모험을 지속할 수 있다. 비유와 유추의 안이함에 머물지 않고 그 바깥을 궁리하는 수사학도 거듭된다. 때에 따라 새로움을 추구하는 일이 강박이 되거나 신기를 좇는 방황으로 시적 지체가 나타난다. 존재의 불안과 표현의 궁극이 겹치면서 시인의 고통은 가중된다.

배옥주의 시를 읽으면 지각과 인식에 상응하는 이미지들을 도출하려는 힘든 과정이 잘 드러난다. 이는 「비밀정원」에서 '나'가 '정신과 의사 와이'를 통해 말하려는 의도와 같다. '나'와 '정신과 의사 와이'는 서로 다른 자아로 보인다. 자아의 내부는 생각이 무성하여 나를 잃게 만들고("생각이 무성해진 내가 나를 잃어버린다.") 자아의 외부는 "도무지 읽을 수 없는 저녁"처럼 서성인다. 이처럼 나를 찾는 일과 세상을 읽는 일은 다르지 않다. 기억의 세계에서 길을 잃듯이 면전의 현실 또한 난해하긴 마찬가지다. 기지와 미지는 시인의 '비밀정원'을 구성하는 두 지평이다. 시인은 둘 사이를 왕래하는 교차로에 서 있다. 그 경계에서 상처를 되새기고 상실과 사라진 꿈을 떠올린다. 환상과 환멸이 같은 장소에 공존한다. 기억의 상처와 꿈의 좌절은 일그러진 이미지들을 조합한다. 날개 꺾인 새, 탁자에서 굴러 떨어지는 찻잔, 잘린 손가락, 사라진 초록뱀 등과 같은 이미지들이 출몰한다. 대개 이러한 이미지들은 낙관과 상승으로 나아가는 대신 비관과 추락으로 귀결한다. 그만큼 존재와 세계의 정황이 어둡다. 「지붕이야기」의 전언처럼 시인의 시적 단초에 지붕이 없다. 바로 이렇게 설정한 존재의 조건이 시인됨의 근거이다.

배옥주의 시법은 무엇보다 지각과 인식의 문제에 민활하다. 서정의 관습을 뒤집고 상식을 파괴하면서 이미 있는 현실을 낯설게 하거나 이질적인 사물을 한데 배치하려는 의도가 뚜렷하다. 로만 폴란스키 감독의 영화 「유령작가」의 주인공처럼 시인은 "망령"이 떠도는 소문의 이면을 헤집는다. 같은 표제의 시 「유령작가」는 "죽은 듯 살아있는 유령의 불가사의"를 주목하면서 "폭탄주를 해부할 것!/영혼과 육체를 분리할 것!/찬란한 연대기를 발굴할 것!/주저흔을 부풀릴 것!"이라고 시적 탐문의 세목들을 나열한다. 서정적 동일성을 과감하게 해체하고 그 자리에 생경하고 돌연한 장면들로 대체하겠다는 선언이다. 울림과 반향 대신에 이질적인 충격을 선사하려 한다. 비유컨대 유령작가가 비밀의 정원을 배회하는 형국이다. 이미 알고 있는 사실은 모두 의심의 대상이 된다. 믿음이 사라진 허무의 자리에 이미지들이 구축하는 몽환의 공간이 들어선다. 말할 것도 없이 쉽게 얻어지는 공상은 아니다. 「꽃밭과 무덤 사이」가 말하듯이 예민한 지각이 바탕이다. "봄과 겨울 사이/꽃밭과 무덤이 사뿐, 자리를 바꾸는 사이/눈 깜빡할 사이!" '사이'는 서정적 순간이 아니라 낯선 지각의 순간을 의미한다. 그만큼 공감과 교감이 흐르는 감정을 배격한다. 배옥주의 시는 이미 정서로부터 도피한 상태다. 시인의 시는 "낯선 곳에서 하는 술래잡기"에 유비되며 그는 "한평생 술래"(「술래가 사라지는 계절」에서)로 남는다. "술래가 사라지는 계절"은 언제쯤일까? 끊임없이 유보되고 지연되는 과정일 뿐이지 않을까?

> 칼로 그으면 배어나오는 검은 적의//맨드라미를 지나온 계절 뒤에서/홀로 시들어갈 때/우리는/빨강 위에 덧칠된 빨강//체리 아이스크림을 핥는 편적운은/태풍의 눈을 건너온 우기를 압도한다/오래 입다 환불한 카디건처럼/올 풀린 열정은 어디서든 낭비되고//의도하지 않게 얽힌 의도는/내가 버린 붓끝에서 시작된다/도버해협을 건너지 못한 유람선처럼/내 안에서 굴절하는 물살을 끌고/화폭 아래로 가라앉는 우리//향유고래 떼에게 포위된 대왕문어가/대가리를 쳐든 깊은 물살의 저녁/석양은 붉은 혀를 빼물고/모래밭에 흩어진 당신을 스쳐간다
>
> —「The 빨강」 전문

이처럼 삶에 대한 적의와 공포는 결코 사라지지 않는다. 고갈과 불모는 생의 열정을 "빨강 위에 덧칠된 빨강"처럼 낭비하게 한다. 낭비는 죽음에 대한 공포를 은폐한다. 삶의 의도는 "버린 붓끝에서" 시작하는 부조리의 문법을 지닌다. "내 안에서 굴절하는 물살을 끌고/화폭 아래로 가라앉는 우리"의 모습이 삶의 진정한 표정이리라. 시인은 모래밭에 흩어져 사라지는 인간상을 돌올하게 그려낸다. 그대로의 반인간주의를 표명한 셈이다. 「평화 슈퍼」가 말하듯이 '너와 나'의 단절은 좀처럼 극

복될 기미가 없다. 비록 "취향의 높낮이"가 엇비슷하더라도 "홀로 남겨진" "나"에게 "너"는 '영원히 낯선' 존재이다. 집은 멀고 내일이 닫힌 상황에서 "소진되지 않는 몽상"이 현실을 대신한다. 위반과 일탈조차 생의 긍정적인 힘이 되지 못한다. '에로스의 종말'을 암시하는 시인의 의도는 자주 죽음과 추락의 이미지들을 반복한다.

> 철컥! 백 원에 묶인 손목을 잘라버린다. 시식 왕만두를 자르던 만두누나는 언제 잘린 걸까. e 편한 세상 산책로 입구에 버려진 카트가 자른 것과 잘린 것에 대해 골똘할 때 손목이 시큰거린다.//조울증의 커터칼은 옥상으로 달려가 잠을 방해하는 음악을 싹둑 잘라버렸다. 고공공포증에서 추락한 〈양화대교〉. 외벽 도색공의 죽음과 여섯 식구의 의문이 구급차에 실려가고, 줄을 놓친 검은과부거미의 알집에서 새끼들이 추락한다.//자목련이 데자뷰처럼 추락하는 정오. 노파의 걸음을 끌고 카트는 이, 편한 세상을 건너간다.
>
> —「카트와 커트」 전문

한편으로 시인의 현실인식을 엿보게 하면서 다른 한편으로 현실로부터 이미지들을 이끌어내는 방법을 알게 하는 시편이다. 해고와 죽음이 빈번한 사회를 "카터와 커트"라는 사물의 쓰임을 들어 제시한다. 슬럼과 젠트리피케이션의 대비와 흡사한 현실의 명암을 자이언티의 노래 「양화대교」의 가사를 상기하여 중첩한다. 대중문화 장르는 삶의 부조리, 현실의 이면을 말하기 위해 자주 전유된다. 시인은 "e 편한 세상"의 기호 아래 놓인 추락과 죽음의 공포를 응시한다. 현실의 비관을 진술하는 시인의 응시는 슬픔과 분노와 같은 정동의 형태를 표출하지 않는다. 이보다 이미지를 통해 정신을 충격한다. 「몽유도」는 비참한 고시원 생활을 목이 잘리는 공포의 이미지로 그리려 한다. 언어적 경관인 간판을 통해 자본주의의 모순과 훼손된 욕망을 말하고 있는 시편이 「간편 경제학」이다. 「메두사 증후군」은 삶이 서서히 굳어가는 "살아있는 죽음"임을 고발하며 「캐스퍼의 법칙」은 "에덴 고시텔 204호"에서 죽은 이를 법의학이 말하는 부패의 법칙을 들어 서술한다. "쪽창에서 보이지 않는/에덴의 동쪽"이라는 구절처럼 이미 인간의 조건을 상실하고 있다. "바다"와 "바닥"을 통한 언어유희(pun)를 활용한 「송정바다」나 "수술"과 "시술"을 들어 병원을 풍자한 「코끼리 옵션」은 이미지 시와 다를 바 없이 지적 태도를 보인다. 시인의 지성주의는 「홀릭」에서 보다 구체적인 형태로 발현된다. "콘텍트렌즈"를 빼고 욕조에서 눈을 세척하는 과정을 어떤 형태의 폭력과 유비하여 진술하고 있는 이 시편은 낯선 이미지들의 병치와 치환을 거듭하면서 의미를 미궁으로 빠트린다. 그럼에도 이미지들이 직조하는 의미의 인상이 그려지지 않는 것이 아니다. "뱉어내는 족족 박히는 어혈이/멍의 비늘이란 걸/내 얼굴을 수족관 삼은/이 연한 살의 참다랑어는 알고 있을까?"라는 결구에 이르러 화자는 "연한 살의 참다랑어"를 등장시켜 의미의 반전과 우회를 시도한다. 이와 같이 시인의 어조와 태도는 익숙한 서정의 문법과 거리가 있다. 가령 「Calling You」와 같은 시편은 세 가지 이상의 의미의 층위가 중첩되는 현상을 보여준다.

> 스쿠버다이버가 절명했다/바다 속에서 호흡기를 분리하다니!/돌산호 가지처럼/붉은 뼈를 부러뜨리며 이윽고/수포가 번진 오른팔은 욱신거린다//과거가 될 죽음을 지우려고/통증을 말아 쥔 채 영화를 본다/바그다드/거친 바람이 관통하는 그곳/고장 난 커피머신이 모래성을 쌓

> 는다/흑인소년이 연주하는 모하비의 태양처럼/죽음은 사막을 빠져 나오고 있다/'Calling You'가 느린 걸음으로 호명할 때//그러나 바다로 가는 길은/작살이 꽂히는 환몽처럼 쉽게 떠오르지 않는다/진부한 대답 끝에/말초에서 말초로 전이되는 수포가 피어오르고/바다와 사막의 전면전은 시작되려 한다//마술이 용인되는 미래/백색소음에서 퇴출된 모래를 헤치고/'Calling You'가 밀려온다
>
> —「Calling You」 전문

이 시의 첫 층위는 절명한 스쿠버다이버 이야기이다. 다음 층위는 퍼시 애들런의 영화 「바그다드 까페」의 일부이다. 세 번째 층위는 앞선 두 층위가 만나는 3연이다. 삶과 죽음의 공포에서 벗어나는 길은 없는가라는 화자의 물음이 자리한 대목이다. 바다와 사막의 대비는 죽음이라는 차원에서 그 효과가 무로 환원된다. "마술이 용인되는 미래"란 가능한가. 단지 "환몽"에 지나지 않는 것은 아닐까? 영화의 OST 「Calling You」에 대한 시적 화자가 끌리는 마음의 편향이 뚜렷하다. 「난쟁이 오스카」 또한 상호텍스트성을 통해 시적 의미의 무늬를 만든다. 폭우에 "휩쓸려가다 나만 건져져온" 화자의 이야기는 E. A. 포의 추리 소설에 나오는 "검은 고양이 애꾸 플루토"가 등장하는 집의 분위기와 겹쳐진다. 이와 같은 1연의 시적 진술은 2연의 "난쟁이 오스카" 이야기와 병치된다. 귄터 그라스의 『양철북』을 모르고 이해할 수 없는 문맥이다. 이처럼 시인은 자신의 지적 경험을 동원하면서 "허기를 참지 못한 새끼고양이들은 기어이 기형의 성묘가 되어갑니다 우기의 강에서 익사한 난쟁이 오스카는 줄지어 떠내려갑니다"라는 장면 진술에 이른다. 제시된 세목들은 서정적 장치들이 아니며 기괴한 몽환을 조합한 그로테스크에

가깝다. 삶이 시가 말하는 정황과 같을 수 있다는 시인의 인식을 반영한다. 이러한 사실을 「지붕이야기」가 보충한다.

> 자귀나무가 늘어뜨린 귀에서/핏빛 저녁이 흘러내린다//원장수녀가 읽어주는 동화마다/우글우글 다족류의 거짓말이 쏟아지고/흐느끼는 숲에 아벨은 감금된다//저녁이 되면/십자가의 반대편 계곡에서 돌아온 혈육들이/부어오른 뺨을 질질 끌고/암벽 위의 핏빛 저녁을 향해 걸어가고//구더기들은 산양의 눈알을 파먹는다//원장수녀가/묵주를 돌릴 때마다/아벨의 비명은 다족류의 비명을 돌아보는가//어느덧/썩은 둥치에서 수천의 벌레는 기어 나와/아벨의 입을 틀어막는다//부풀어 오른 호른을 향해/한 움큼씩 아벨은 사라지고/동화책을 덮자/발이 많은 비명처럼//노래하는 뼈가 툭,/자귀나무의 핏빛 저녁을 향해 튀어오른다
>
> —「노래하는 뼈」 전문

같은 제목의 그림형제 동화가 이 시편의 제재이다. 시적 화자는 거슬러 성경의 카인과 아벨 이야기와 연결한다. 시 속의 원장수녀가 아이들에게 들려준 두 이야기이다. 여기에서 "노래하는 뼈"는 전형적인 그로테스크 모티프에 속한다. 교훈을 불러오는 동화를 기저로 시인은 더 많은 그로테스크 이미지들을 결합한다. 자귀나무가 늘어뜨린 귀, 흘러내리는 핏빛 저녁, 산양의 눈알을 파먹는 구더기, 아벨의 입을 틀어막는 수천의 벌레 등등. 그로테스크 모티프와 이미지들의 연쇄는 마침내 "노래하는 뼈가 툭,/자귀나무의 핏빛 저녁을 향해 튀어오른다"에 이르러 시적 효과를 증폭한다.

태양은 낭떠러지를 밀어버리고 어둠 속으로 달은 뛰어내립니다 창밖으로 목을 내민 불빛이 위태롭게 흐느끼면 한번 부러진 달의 발목은 그 자리를 또다시 통곡하기 시작합니다 며칠 째 떨어지는 꿈을 꾸면, 발목을 버리고 싶었지만 발목은 맹목적으로 자라기 시작하고 밤이 되면 그림자는 어김없이 달의 발목을 끌고 나갑니다 집은 공중에 매달려 있습니까 바람 한점 없는 날이 오면 창 밖에 꽂아둔 수천의 귀가 촉수를 세웁니다 견고하게 닫힌 문 밖에선 헬멧을 벗어던진 누군가는 다리 밑으로 뛰어내리고요 다시 자라난 달의 발목들 속으로 발목이 잘린 그림자가 퇴적되며 하나의 무늬를 완성합니다 죽은 헛개나무에 집을 짓는 딱따구리 소리는 더 이상 들려오지 않습니다 그리하여 지층은 꿈속에서 한층 단단해지고, 기약할 수 없는 꿈만이 부러진 발목을 흐느끼려 합니다

—「흐느끼는 발목」 전문

반서정의 그로테스크가 매우 선연한 시편이다. 이 시에 등장하는 장면들은 생동감이 넘치지만 모두 낯설다. 놀랍고 생경하고 다소 섬뜩한 이미지들은 "기약할 수 없는 꿈"을 말하기 위한 과정으로 보인다. 뛰어내리고 부러지며 잘리고 자라며 흐느끼는 발목이라는 이미지들의 중첩이 만드는 무늬가 무엇일까? 분위기일까, 의미일까. 아니면 분위기에 내재한 의미일까? 시인은 꿈의 장면을 서술하면서 그로테스크 산문시를 얻는다. 사적이든 사회적이든, 아니면 묵시적인 풍경이든 시인의 의도는 서정의 울림과 반향, 공감과 위안을 거부한다. 태양과 달, 나무와 새, 사람과 집이 어느 하나 유기적인 공간에 놓여 있지 않다. 모두가 혼

란과 공포, 몰락과 파국을 암시한다. "기약할 수 없는 꿈만이 부러진 발목을 흐느끼려 합니다"라는 극단의 정황을 제시한다. 시인은 "고정불변의 취향이니까/산뜻한 오브제의 발견입니까"(「오브제의 새로운 발견」에서)라고 반문한다. 마땅히 "산뜻한 오브제의 발견"을 추구한다. 「쑥대밭 연대기」는 그로테스크를 통해 여성의 역사를 환기한다. 귀신 이야기를 변용한 「지어낸 이야기」의 방법도 어느 정도 그로테스크의 효과를 유인한다. 같은 계보에 있는 「조용한 가족」은 기존의 텍스트의 변주를 통한 풍자를 지향한다. 이처럼 지적 태도를 견지하면서 시인은 다양한 실험과 탐구를 시도하고 있다.

배옥주 시인은 시를 통하여 두 가지 이의제기를 말한다. 그 하나는 진정한 시인에게 응당 있을 현실에 대한 불화이다. 현대의 시가 세계와의 단절과 불협화음의 소산이라는 일반적인 흐름 혹은 비극적 세계관을 외면하지 않는다. 다음 하나는 발화의 방법이다. 기존의 관습이나 서정의 문법을 벗어나려는 의지가 크다. 이런 가운데 그로테스크는 배옥주의 지적 실험이 도달한 성취이다. 대중 문화텍스트를 전유하는 상호텍스트성도 시적 방법의 확장으로 볼 수 있다. 회화와 음악, 영화와 게임 캐릭터, 디지털 매체 들을 시의 내부로 포섭한다. 현실 추수가 아니라 구체적인 현실에 대한 부정적인 의미들을 드러내기 위한 수용이다. 추상화하고 도구적 합리성이 지배하는 현대세계와의 불화를 자기만의 문법으로 표현하려는 노력은 중요하다. 부단하게 새로운 인식과 이에 어울리는 시법을 탐구하는 배옥주 시인의 지성주의에 찬사를 보낸다. 다만 방법과 실험이 더 큰 효과를 얻기 위하여 이미지가 생동하는 율동을 얻고 정신을 충격하는 표현들이 영혼을 흔드는 데 이르러야 한다는 사실을 망각하지 않기를 바란다.

야성과 청명을 향한 시적 의지
—조원론

1.

조원의 시에서 서정적 화해(和諧)는 주된 지향이 아니다. 세계와 자아에 대한 불화를 서둘러 지우거나 성급하게 넘어서려 하지 않는다. 성실하게 자기를 표현하면서 사물과 진지하게 대면하려 한다. 이러한 과정에서 은유는 자아를 투사하고 사물의 진실에 다가가는 방법으로 쓰인다. 그 어떤 동일성을 구하기보다 상실과 단절, 고갈과 불모가 만연한 삶의 풍경을 드러내려 한다. 물론 조원의 시에서 조화로운 서정의 장면이 없는 것은 아니다. 가령 「콩벌레 지나가신다」, 「꽃의 입관식」, 「담쟁이 넝쿨」, 「두 개의 입술」 등을 들 수 있다. 콩벌레의 행보(「콩벌레 지나가신다」)나 말라가는 꽃의 모습(「꽃의 입관식」)은 주위의 여러 사물들과 어울려 조화롭다. 담쟁이 넝쿨도 이와 같아서 엮이고 엉키면서 벽을 타고 오르는 양태가, "한참을 휘감다 돌아설 그때도 곁에 있을 당신"(「담쟁이 넝쿨」에서)이라는 마지막 구절이 말하듯이, 화자의 공감을 자아낸다. 모두 자연현상이며 이에 대한 시적 화자의 개입은 의인화를 통한 동조의 위치에 머문다.

> 바람이 나무에게 말하고 싶을 때/나무가 바람에게 말하고 싶을 때/서로의 입술을 포갠다/바람은 푸르고 멍든 잎사귀에 혀를 들이밀고/침발라 새긴 말들을 핥아준다/때로는 울음도 문장이다/바람의 눈물을 받아 적느라/나무는 가지를 뻗어 하늘 맨 첫 장부터/마침표까지 숨죽여 찍는다/말귀를 알아듣는다는 건/상대의 혀를 움직여 주는 것/소통은 바람과 나무가/한결 후련해지는 것!
>
> —「두 개의 입술」 전문

이 시에 방점을 찍는다면 단연 "소통"에 놓일 것이다. 시적 화자는 바람과 나무의 관계를 통하여 "말귀를 알아듣는다는 건/상대의 혀를 움직여 주는 것/소통은 바람과 나무가/한결 후련해지는 것"이라는 의미를 도출한다. 이 과정에서 바람과 나무는 의도한 의미를 이끌어내기 위한 비유에 그치지 않고 시적 화자가 염원하는 관계의 양상으로 부각된다. 도입한 의인화의 방법이 화자가 대상을 일방으로 활용하는 방법으로 기울지 않고 사물의 현상에 공명하면서 그것을 하나의 지향으로 제시하는 데 이른다. 말할 것도 없이 이러한 지향이 조원의 시적 바탕이라고 말하긴 힘들다. 시인의 주된 시적 경향은 소통과 조화가 아니라 단절과 불화를 말하고 있기 때문이다. 어쩌면 앞서 몇 편에 나타난 서정의 지평은 시인을 추동하는 궁극의 지향일 가능성이 크다. 구체적 현실에서 뚜렷한 결여인 서정은 삶을 더욱 섬세하게 지각하는 요인으로 작동한다.

2.

조원이 시적 대상인 사물에 다가가는 방식은 은유와 투사(projection) 그리고 대화적 방법이라 할 수 있다. 은유를 통하여 시인은 자기표현을 확장한다. 자아의 감각과 느낌을 다른 사물에 기대어 전의함으로써 외부로 나아가는 시적 형태를 구현한다. 여기서 시인은 시적 대상을 자아를 싣는 도구로 한정하지 않는다. 다시 말해서 자아의 동일성으로 환원하는 은유를 반복하지 않는다. 앞서 말한 의인화도 그러하지만, 자아를 사물에 투사하는 방식이나 사물과 대화의 관계를 형성하려는 노력은, 자기표현을 통하여 자기를 극복하려는 의지의 실현이다. 시에 관한 시라고 할 수 있는 「B 104호」는 시인의 삶과 시에 대한 입장을 매우 선연하게 표출한다.

> 병든 눈으로 엎드려 시집을 읽는다/지하는 슬픔을 여과시킬 창문이 없고,/차라리 벽뿐이어서 다행이다/가난은 시와 함께 무럭무럭 자라나 넝쿨을 친다/책에서 흘러나온 줄기 하나를 모서리에 걸쳐준다//여기저기 길을 찾는 여린 손/곧 절벽을 만날 것이고 수맥이 밀려올 것이다/그래도 타고 올라라, 벽 속에는 부장품으로/길고 넓은 창이 묻혀 있으니//그것은 잠들기 전 내가 파놓은 숨통일 것이다/지하는 지상을

얻지 못한 자들의 묘지/검은 파도에 눈동자가 휩쓸려간다//사각사각 필체를 펼치며/구구구 새들이 날아오르고/어둡고 습한 곳에서/지상의 이름을 빌려 쓰던 내게/엉망인 아침과 뒤바뀐 저녁이 와도/언어의 일출은 차오른다//검은 털 뭉치가 나뒹구는 동굴 속,/시집 한 권을 창문 삼아/꽃 피는 것 바라보다가/원시적 감각으로 문장을 전하고/비애에 젖는다//슬픈 것들이 울기 좋은 곳/눈물이 창으로 변천해왔다는 건 지하가 전해준/역사적 사실이어서/한 발 한 발 타고 오르며/거룩한 족적을 남기는 것이다

―「B 104호」 전문

이 시의 전반부는 시 속의 주인공이 처한 암울한 정황을 말하고 있다. 그는 창문이 없고 벽뿐인 지하에서 병든 눈으로 시집을 읽는다. 슬픔을 여과할 수도 없는 절망적인 가난의 처지이다. 이 속에서 병과 가난을 위무하고 생성하는 것은 시뿐이다. 시의 여린 줄기가 자라나 벽 속에 숨어 있는 창을 찾고 길을 열 것이라 생각하기 때문이다. 과연 이 시에서 시는 "잠들기 전 내가 파놓은 숨통"과 같다. "지상을 얻지 못하는 자들의 묘지"와 같은 지하에서 창을 만들고 길을 내는 역설의 씨앗이 시이다. 이 시가 말하듯이 시인은 시를 생성의 열매로 인식한다. 폐색된 지하와 같은 현실에서 시를 매개로 구원의 빛을 얻고자 한다. 전반부와 달리 후반부는 놀라운 전환을 보인다. 무엇보다 시를 읽던 주인공이 시를 쓰는 사람으로 바뀐 것을 주목할 수 있다. 이제 주인공은 어둡고 습한 지하에서 지상의 이름을 빌려 시를 쓴다. "엉망인 아침과 저녁이 와도/언어의 일출"이 차오르는 경이로운 경험은 존재의 변전을 가져온다. 그러니까 시 속의 주인공은 "검은 털 뭉치가 나뒹구는 동굴

속,/시집 한 권을 창문삼아/꽃 피는 것 바라보다가/원시적 감각으로 문장을" 생성하는 주체로 거듭난다. 여기서 원시적 감각이란 무엇일까? 그것은 생명의 생성하는 에너지와 무관하지 않다. 살아 있는 존재의 비애를 껴안고 소외와 억압을 뚫고 외부로 나아가는 의지일 것이다.

시인에게 은유는 사물과 대화하면서 다른 세계를 꿈꾸는 과정에서 필수적이다. 시를 구성하는 기본 요소로 은유와 리듬을 드는 것은 시인이 은유로 인식하고 자기만의 리듬을 가진 시의 형태를 형성한다는 의미이다. 조원도 이러한 은유의 시학적 원리에 충실하다. 예를 들어 「포도가족사」는 가난한 한 가족의 삶과 포도의 생태를 연결한다. "어제는 창가에 앉은 새를 찾다가/넝쿨만 잔뜩 그렸지요/우리도 드넓은 곳으로 노출되고 싶어요"라는 대목이 압권인 이 시는 포도를 매개로 어떤 가난한 가족사를 순진한 어조로 전달한다. 「껌, 나비」의 은유는 좀 더 복잡하다. "껌"이 관능적인 "나비"로 전이되고 마침내 내뱉어지면서 "걸레"로 비유되다 "사랑의 형틀"로 귀착한다. 이렇게 하여 이 시는 오늘날의 "사랑"에 대한 풍자를 함축한다. "걸레로 내뱉어진 길바닥에/사랑의 형틀이 발견되었다." 은유의 묘미를 잘 인식하고 있고 그것을 다루는 솜씨 또한 유능하다. 은유를 병치함으로써 의미를 증폭하는 형태는 「박하와 나프탈렌」에서 매우 적합하게 드러난다.

> 창밖으로 쏴 하게 비가 내리고 한철 입었던 블라우스를 개비며/서랍 안쪽에 놓인 백옥의 나프탈렌을 만져 보았다//봄비가 우아하게 땅을 녹여 먹 듯 독약 처분이 내려진 사랑을/아무렇지 않게 녹여 먹고 싶었다 결코 박하가 될 수 없는 눈부신 독소들/그만 혀끝에 인광이 맺히고 말아,//쓸쓸한 사랑의 모형을/돌 틈에 끼인 가자미눈으로 쳐다보

는데/첫사랑 박하 향은 옷장에 머무를 수 없고/투명한 표정의 그림자만 서랍에 누워 맹독의 눈물을 흘렸다//꽃의 조형만으론 입안을 달콤하게 채울 수 없나,/두 볼 가득 물은 채 잠들어도/도무지 무해한 꿈결 같은 혼돈의 결정체 아래,/순한 눈동자와 냉혹한 입술이 덧칠되었다//박하와 나프탈렌 사이 끝없이 비는 내리고/눈물은 혀끝에 얹어져 내내 입술을 달싹거렸다

—「박하와 나프탈렌」 전문

일상의 사소한 사건에서 사랑의 상실을 떠올린 이야기이다. 박하의 향기가 사라지고 나프탈렌의 맹독성만 남겨진 현실에 대한 자각이 시적 발단이다. 앞서 설명한 「껌, 나비」와 흡사하게 진정한 사랑의 불가능성이나 사랑의 상실을 전한다. 이와 같은 시의 계보에 「벌, 돌아오다」가 있다. 불모의 시간을 보낸 "꽃"이 "천지 없이 쏘다닌 혀끝에는 바람의 흔적만 묻어" 다시 찾아 돌아온 "벌"을 맞는 장면을 통해, 고갈된 사랑을 "혼신의 키스에도 꽃잎은 젖지 않았다"라고 표현하고 있다. 예를 든 몇 편의 시에서 알 수 있듯이 시인은 은유로써 화해와 동일성을 말하려 하지 않는다. 그보다 가난과 상실과 고갈을 이야기한다. 그만큼 서정적 추상으로 도피하지 않고 현실의 구체적인 신체에 직면하고 있다. 시인의 시적 의지는 "지하"처럼 어두운 실재를 두려워하지 않는다. 시를 통하여 희망을 도금하거나 가짜 위안을 삼으려 하지 않는다. "박하와 나프탈렌 사이"에서 나프탈렌의 맹독을 연단의 계기로 삼겠다는 것이다. 「프로타쥬」에서 시적 화자는 "바다가 첩첩 절벽까지 몸을 싣고 와/머리를 세차게 부딪치는 건/한 점 물방울을 만나기 위해서죠"라고 말한다. 앞서 「B 104호」를 통하여 만난 의지적 자아의 반복이다. 「프로타쥬」는

이어서 "흑연에 휘갈긴 세월 속/암각화로 남은 굴곡들이/아무것도 아닌 그림일 때까지/내가 세운 섬들을 모조리 뭉개버려요"라고 진술한다. 정직하게 자기를 대면하면서 자신의 진면을 표현하겠다는 천명으로 읽어도 된다.

3.

은유의 확장과 더불어 투사는 조원의 시가 선호하는 방법 가운데 하나이다. 투사는 대상에 시적 자아의 의미를 부여하여 자아를 되비춘다. 의인화가 투사에 기입되는 것은 투사가 자기표현의 과정이기 때문이다. 가령 「엘리베이터」는 "내 방의 유일한 창문은/가구도 되고 액자도 되고/안개도 되고 구멍도 되는 거울/그 속에는/죽은 꽃, 죽은 나비가 어리어 있다/ 비가 운다"라고 "엘리베이터"가 화자가 되어 진술한다. 시 밖의 시인의 태도가 화자의 목소리 속에 투사되어 있다. 이러한 방법을 통하여 시인은 덧없고 일시적이며 환영들로 채워졌다 비워지는 "엘리베이터"라는 공간에 자신의 내면을 이입한다. 「물방울」도 이와 같아서 고갈의 불안이 투사되어 있다. 의인화된 「기타가 버려진 골목」은 버려진 기타를 바라보고 말하는 화자의 시점과 어조를 통하여 시인의 입장을 전달한다.

> 진눈깨비 내리는 골목/깡마른 철문 아래 그녀, 덩그러니 앉았다//울림구멍 휘돌아/환하게 퍼지던 목소리/어디에서 끊어졌나, 생의 테두리가 뭉개진 듯/귓가는 물먹은 판자처럼 먹먹하고/어느새 얼굴에도 나뭇결

이 깊다//기억 속 줄감개를 조여 허공을 탄주하던 바람과/헌 옷가지에 비닐을 덧댄 창문으로/종종거리며 달려오는 진눈깨비, 저 허깨비들/공명으로 잡지 못한 시간을 새하얗게 덮고 있다//텅 빈 젖무덤 자리/적빈의 쥐꼬리만 드나들고

—「기타가 버려진 골목」 전문

제목과 달리 시적 화자의 시선은 버려진 기타를 응시하고 있다. 기타를 여성으로 의인화한 것은 시인의 의도이다. "환하게 퍼지던 목소리"를 잃고 "진눈깨비 내리는 골목"에 버려진 기타를 통해 "공명으로 잡지 못한 시간"을 보낸 화자의 삶을 반추한다. 시인은 사물에 대한 투사를 통하여 내면에 자리한 환영과 고갈, 불모와 공허를 표현한다. 이러한 자기표현은 단순한 고백과 다르다. 사물과 세계를 표현의 자리로 옮겨옴으로써 대상 위주의 메마른 재현을 소격하고 돌파한다. 투사가 대화법으로 이어지는 까닭이 여기에 있다. 조원의 시에서 나-너의 문법 혹은 나-당신의 문법은 매우 빈번하다. 그만큼 자아의 성채에 갇혀 있지 않고 세계내존재로서 실존적 기투의 태도를 견지하려 한 것이다. 시인의 이러한 입장은 「계란의 법칙」에 직절하게 잘 표명되어 있다.

한쪽이 다른 한쪽을 위해/스스로 깨져주는 계란의 법칙//꽃과 꽃 사이, 나비와 나비 사이, 풀과 풀 사이/노란 민들레로 피어난 알의 몸이 뜨겁다/누군가 맨몸뚱이로 나를 깨뜨리고자 한다면/기꺼이 알몸으로 투항할 것이다

—「계란의 법칙」 부분

"한쪽이 다른 한쪽을 위해/스스로 깨져주는 계란의 법칙". 사물과 타자에게 다가가는 시인의 자세를 나타내는 법칙이 아닌가. 화자의 말을 빌려 시인은 이 법칙에 입각하여 사물과 대면할 것이라고 한다. 「거리가 맺은 열매」에서 '나'와 '당신'은 은행나무 아래서 새로운 관계를 약속한다. "봉분 세우듯/우르르 잎사귀 퍼붓던 날, 잘 익은 알맹이로/코 막고 입 막은 채 아무 죄 없이 살다 가자고/딱 그만큼의 거리에서 당신과 나/염하듯, 사랑하듯" 살자는 것이다. 부패와 생성, 삶과 죽음의 이치를 깨우친 거리의 미학이라 하겠다. 이와 달리 「분홍빛 허그」는 "평생 시들 것 같지 않은 얼굴로/한 겹씩 친분을 둘러싼 당신과 나/둥글게 부푼 의문들"이라고 진술한다. 관계에 스며드는 위장과 허위를 의심하는 태도의 표출이다. 「수족관 수마트라」와 「태양은 노른자가 되고 싶다」는 사물들에 시인의 입장을 투사하는 방식으로 나-당신의 관계라는 문법을 변주한다. 수족관 속의 수마트라들의 공허하고 갇힌 비애를 나-당신 그리고 우리의 정동으로 증폭하거나 지구와 태양의 비대칭성을 삶에 유비하고 있다. 신호등을 관계의 문제로 서술한 「깜박 거린다」가 나와 당신의 존재를 통하여 죽음과 삶을 사유한다면 「고부조 전면 여인상」은 "고부조 전면 여인상"을 화자로 내세워 피할 수 없는 거리나 소통의 곤경을 진술한다. 이처럼 시인은 나-너 혹은 나-당신의 발화를 활용하여 "영원히 낯선 나"라는 존재의 고립과 단절을 이겨내려 한다. 하지만 이러한 시인의 태도가 그 어떤 형태의 낙관주의를 의미하는 것은 아니다. 이미 앞에서 살펴보았듯이 시인이 바라보는 세계는 억압과 부패, 환영과 허위로 둘러쳐져 화해와 진실에 이르는 수직적 초월이 불가능한 상황이다. 단적으로 시인은 "학교"를 "채마밭 널브러진 고구마 줄기를/한 묶음 엮어 시장에 내다 팔았다"(「학교」)라고 표현하고 있다.

「그의 자기력」이 암시하듯이 우리는 제도와 이데올로기의 자장 속에서 자력에 이끌리기 쉬운 약한 존재다.

> 그렇다. 운행이란/철의 성분을 가진 자들이 다 같이 공감하거나/통용될 수 있는 움직임으로/철칙에 따라 회전하는 것//자석은 양극을 벗어난 철새들에게/철의 새로 날아올 때까지/허공에 묘비를 세우게 했다//믿어지진 않지만/우리는 커다란 고철로 보이기 위해/어떻게든 중앙에 밀착했다/추락을 막아 줄 자력이 필요했으니까/사열병사가 되어야 했으니까
>
> —「그의 자기력」 부분

그러나 시인의 입장은 이러한 자력으로부터 벗어나 진정한 자아를 찾으려는 데 있다. 「바다 정육점」에서 시적 화자는 "내 안에 있는 야성을 더는 죽이고 싶진 않다"고 말한다. 또한 「비밀의 방」은 "야성의 시간을 포효하며/개가 되지 않고 개처럼 뒹굴 수 있는 자유"에 대하여 진술한다. 삶은 고갈되고 죽임이 만연한 세계로부터 시인의 의지는 야성의 회복을 꿈꾼다. "삶의 직조법만 익힌 거미여, 벌레가 완공하려는 건/뒷면을 넘나들며 거침없이 살고 싶은 눈동자/단면의 올가미 거둬내고 광활한 세상으로 넘어가는 것이다."(「벌레의 시공법」에서) 이러한 구절이 말하듯이 시인의 시적 수행이 하나의 지향으로 "야생의 문장"(「고양이」에서)을 획득하는 과정을 의도하고 있는 것으로 볼 수 있다.

> 그대는 매우 자극적인 입술을 가졌다/밤낮으로 열렬히 꽃 피운다 나의 발목 위로//가시와 넝쿨을 흘려보낸다//내가 내 몸의 함성을 줄이

고/눈알이 찔려 사지가 묶일 때까지/날개가 날개의 역할을 버리고 부동이 될 때까지//몽롱해진 눈동자 위로/단색의 혈을 들이붓는 그대//꽃병도 아닌 내게 붉은 봉오리를 담으려 한다/솜털도 아닌 내게 가시로 깊이 찌르려 한다//내 슬픔과 무관하게 봄이 온 것이다//그대 발언에 두 볼이 상기되고/꽃을 강요하는 가시에 심장이 찔렸다//나는 생명력을 흡수당한 사람. 두 손이 묶인 채/그대 몫의 혈류를 찬양해야 하는 새//맹목적인 붉음이 싫습니다/지능적으로 찌르는 가시가 증오스러워요//가만히 있으라는 꽃의 명령/저항 없이 쓰러진 울음의 시체//목울대에서 시뻘건 저녁이 올라온다//나는 왜 처절한 숲에 묶여 있나/어떤 자세로 꽃의 횡포를 겪고 있나//무력이 판을 치는 영화에도/이런 참혹한 엑스트라는 없을 것이다//장미는 변이된 하이에나의 심장/물어뜯긴 갈비뼈 하나가 나를 대변할 뿐인/이 잔인한 꽃밭

—「붉은 울타리」 전문

조원의 시에서 이 시는 「뱀들에게」와 더불어 빼어난 절창이 아닌가 한다. 「뱀들에게」에서 "내 안의 내가 온전히 태어나기 전부터/폭설이 퍼붓기 시작한 그대에게/나는 청각의 자유를 잃었다/내가 그대를 삼킨 것이 아니라/그대가 나를 집어삼킨 것"이라는 구절이 나온다. 비상과 초월이 좌절된 자아의 심경이 곡진하다. 마찬가지로 인용한 「붉은 울타리」도 "그대"로 지칭되는 대타자에 압도된 "나"의 처절한 처지에 의문을 던진다. 「뱀들에게」에서의 "그대"가 "나"의 귀를 병들게 하였다면 「붉은 울타리」에서 "그대"는 "나"의 모든 생명력을 흡수한다. 이처럼 대타자가 압도하는 정황에서, 그럼에도, 시적 화자는 "멈춰라, 내 귀는 충분히 병들었다"(「뱀들에게」에서)라고 인식하거나 "나는 왜 처절

한 숲에 묶여 있나/어떤 자세로 꽃의 횡포를 겪고 있나"라고 질문을 던진다. 이러한 자기인식은 곧 시적 주체를 탄생시킨다. 시인에게 야성이나 야생의 언어는 직접적으로 주어지는 것이 아니다. 그것은 텅 빈 구멍처럼 공허하거나 죽음처럼 검은 공간이다. 설혹 "참혹한 엑스트라"(「붉은 울타리」에서)나 "끝내 봄을 못 듣고 떠난 사람"(「뱀들에게」에서)으로 인식되더라도 야성의 의지가 잔존한다면 청명의 공간은 열리는 것이다. 「판화에 대한 상식」에서 시적 화자는 "누구도 귀를 보태지 않는 웅성대던 잡음 따윈/티끌 한 점 없이 지구 밖으로 파버린다"라고 단언한다. 또한 「새들의 이입」은 "여기저기 파열된 나무 사이로/이 모든 잡음을 불어 넣는다/귀를 열면 그들의 청명을 들을 수 있다"라고 진술한다. 야성과 청명을 향한 시인의 시적 의지를 느끼게 하는 대목들이다.

> 어쩌면 이 타원의 항아리는 영원히 깨지지 않을지도 모른다. 소년은 태어나서 항아리를 벗어난 적이 없다. 풍랑에 꼬리가 휘감긴 외로운 고래 같다. 몸통 가득 시멘트를 채우고 마지막 남은 십 프로 눈물을 간간이 뒤섞으며 짐승의 몸을 이어가는 고래. 얼마를 돌려야 저 거대한 항아리가 깨어지나. 바람도 아닌 것이, 구름도 아닌 것이 서커스단 낮은 단상에서 끊임없이 유영한다.//때로 유기체들이 직선의 꼭짓점을 만들기도 하지. 허공에 정착하려면 일정한 속도로 회전하는 기술부터 습득해야 한다. 모래 속에 감춰진 눈물이 빽빽한 고체로 자랄 수 있게 위태한 모션 안에서 수평을 잡는다. 애초 불안(不安)과 부동(浮動)이 한 몸인 것처럼 소년의 회전 방식도 어느 한 지점에 멈출 것이다. 사물과 사물의 결합재로 시공될 푸른 아킬레스건, 타원의 결합을 직사각이

보완하듯 소년은 자라면서 한 장의 벽돌로 압축된다.

—「슬픈 레미콘」 전문

시집의 표제시인 「슬픈 레미콘」은 시적 역설을 담고 있다. 시 속의 주인공인 "소년"의 운명은 어찌 될까? 서커스단원으로 슬픈 곡예를 반복할까? 한 장의 압축된 "벽돌"이 된다는 것은 또한 어떤 의미일까? "사물과 사물의 결합재로 시공될 푸른 아킬레스건"이라는 역설을 어떻게 해석할 것인가? 조원의 시는 한편으로 존재의 조건을 비애로 인식하는 구체성을 담보하면서 다른 한편으로 그 슬픔을 딛고 생성하는 의지를 표출하려는 열정으로 요동한다. 마치 이 시에 등장하는 "소년"처럼 현실의 모순을 껴안고 단단한 시적 언어를 부화하려 하는 것이다. 그 충일한 과정을 주목하지 않을 수 없다. 무엇보다 시적 언어가 구체적인 것을 높이 사야 할 것이다. 이미 제시한 지향들을 더 높은 성취로 이끄는 것은 이제 모두 시인의 몫이다.

깜깜할수록 더욱 빛나는 시어들

—안성길론

시집의 첫머리에 놓인 「방어진 바다」가 오래도록 읽는 이의 마음을 붙든다.

> 마음 끝까지 키를 세우네 일어서네 그대/일어서서 참으로 빈 마음일 때 아아 몸 눕히네/그대 더운 몸 눕히네/해종일 그리운 언덕은 안중에도 없는지/발 아래/발바닥 아래/소금으로 드러누워 반짝일 뿐이네//봉두난발 일상을 향해/젖은 발 하나 들어 올리면/매운 발바닥 선한 얼굴이/핏발 선 나를 가만히 보네/핏발 선 내가 가만히 보네//볼수록 순순한 소금빛 지느러미들/그러나 그대 말하지 않네/일몰이면 왜 이리 무수한 칼날로 나를 덮치는지/그대 말하지 않네/깜깜할수록 더욱 눈부실 뿐이네.
>
> —「방어진 바다」 전문

저무는 바다를 바라보면서 이토록 간절한 마음을 표현할 수 있을까? 1연에서 화자는 감정이입을 통하여 시적 대상과 교응한다. 낮에서 밤으로 가는 길목의 바다는 화자에게 마음과 몸이 하나인 '소금으로 드러누워' 반짝이는 형국으로 지각된다. '빈 마음일' 때 '더운 몸'을 눕히는 바다의 모습에 화자의 갈망이 배어있다. 그래서 시적 대상이 바라는 바의 자아인 '그대'로 호명된다. 단순한 감정이입을 넘어선 정신주의가 투사된 양상이다. 이는 '핏발 선 나'가 '매운 발바닥 선한 얼굴'을 한 이상적 자아와 대면하는 2연에서 더욱 뚜렷해지고, 3연에 이르러 저무는 바다에서 '순순한 소금빛 지느러미들'을 인식하는 과정으로 이어진다. '일몰이면' '무수한 칼날로 나를 덮치는' 빛이 시적 자아를 비춘다. 외부의 풍경에 감응하면서 삶에 대한 새로운 자각을 예감하는 대목이다. 이래서 '깜깜할수록 더욱 눈부실 뿐이네'라는 결구가 주는 내적 울림이 크다. 이는 단순하고 즉각적인 수사가 아니라 경험적 주체의 내부에서 체득된 구체적인 생명 의식이 표출한 역설이라 할 수 있다.

「강물이 흘러가는 법」은 「방어진 바다」에서 보인 역설의 의식형태를 다른 양상으로 나타낸다. 강물이 흘러가는 법에 대한 '나'와 '당신'의 인식의 차이를 통하여 시적 화자는 존재론을 부각한다. 이 시에서 '당신'은 일몰의 강물을 감탄하거나 "휘황한 강물 소리 젖어/온통 눈멀고 귀멀어" 동화되는 감정 양식을 지닌다. 이에 반해 나는 강물의 내력을 알뿐만 아니라 흐르는 시간 속에 내재하는 상처와 희망을 두루 이해한다. 왜 그럴까? "몸 디딘 곳마다 화약내 풀풀거리는 나날"의 경험 때문이다. 어둠 속에 빛이 있고 빛 속에 어둠이 있음을 아는 화자의 입장이기에 초저녁 노을이 비친 강물을 마냥 찬미하는 데 그치지 않는다. 오히려 고통의 밤을 지나 "단 한 번도 돌아보지 않던/강물마저 부여안고/세상

건너 세상이던 물안개/마침내 십 리 대밭 너머/저 청아하고 유유한 아침이던 걸" 지각한다. 지장보살의 서원이 있듯이 인간의 삶은 "검은 비닐봉지"처럼 가엽고 비참하지만, 저녁 속에 새벽이 있고 어둠 속에 희망이 있음을 화자는 이미 체득하고 있다. 「강물이 흘러가는 법」은 시의 처음과 끝에 수미상응하게 "애저녁에 다 알아버렸네요"라는 구절을 배치하여 삶과 사물을 이해하고 인식하는 시인의 입장을 잘 보여준다. 사물과 풍경을 자기중심의 감정으로 환원하는 태도를 "청맹과니"에 비유하면서 감정이입을 넘어 공감하고 함께 생성하는 데 이른다.

시집의 첫 편인 「방어진 바다」가 사물을 지각하는 자아의 태도를 말하고 있듯이 시집의 마지막 편인 「모관운동」도 타자와 세계를 향한 자기의 입장을 표출한다.

> 사람 속에 더불어 사랑하란 묵자 겸애/대동세상 꿈꾼 공자와 어디서부터 만날까//화두 쥐고 방바닥 들러붙어/뒤집힌 풍뎅이처럼 손발 버둥버둥 몰입하다/고만 티끌 들어 눈 비비다 눈물 흘리다/애 터지게 용쓰다 불현 듯/내가 남 위해 이토록 눈물 흘린 적 있던가/다시 골똘하다가/털어도 먼지나지 않는 생 아니었음에/쓴웃음 짓다 요번이 몇 횐지/번번이 까먹는 모관운동 할 때면/언제나 내가 실없이 왔지만/제법 많이 남았다는 생각 하다/또다시 하늘 아래 가장 낮은 자세로/종내는 허허실실 겸손하다 경건하다/몸 까뒤집고/뒤집힌 풍뎅이처럼 붕붕거리다 마는.
>
> ―「모관운동」 전문

'사람 속에 더불어 사랑'하고 '대동 세상'을 꿈꾸는 일은 1연처럼 '묵자'와 '공자'에서 비롯하지만, 시인이 견지해온 오랜 화두가 아닌가 한다. 안성길 시인의 시쓰기는 새로운 세상에 대한 희망에서 발원한다. 엄혹한 1980년대의 상황에서 시는 눈앞의 사물을 끌어들여 감정을 표상하는 서정에 머물 수 없었다. 그보다 지금-이곳에 아직 없는 세계를 껴안는 새로운 서정이 희망의 원리가 되었다. 인용한 「모관운동」은 시인의 시적 역정이 신서정 시학으로 일관하였고 심화하여왔음을 방증한다. 시 속의 화자-주인공은 건강 문제로 '모관운동'을 하면서 많은 상념에 사로잡힌다. '겸애'와 '대동세상'이라는 화두를 부여잡고 누워 손과 발을 천정을 향하면서 혈액의 순환을 돕는 운동을 하는 시 속 주인공의 정황이 예사롭지 않다. 자신을 '뒤집힌 풍뎅이'의 처지에 견주면서 "내가 남 위해 이토록 눈물 흘린 적 있던가"라고 비통한 심정을 표출하는 데 이르러 고통과 사랑의 의미를 새롭게 인식하게 된다. 화두로 삼고 살아왔던 공자와 묵자의 정신이 관념에 지나지 않을 수 있다는 자각이다. 이러한 자각은 고통받는 몸의 경험(felt-experience)에서 시발한다. 자기의 고통은 언어를 가로막고 타자를 차단한다. 이웃과 세상을 향한 관심을 회수하고 다시 자기만의 방에 갇힐 수 있다. 하지만 「모관운동」은 이처럼 자기애로 귀환하는 자아에 저항하면서 '또다시' 새로운 사랑을 발명하는 시적 주체로 거듭나려는 의지를 드러낸다. "또다시 하늘 아래 가장 낮은 자세로/종내는 허허실실 겸손하다 경건하다"고 흐트러진 마음을 다잡는다. 몸을 지닌 인간에게 고통은 공유 불가능하다. 자기의 고통을 통해 타자의 고통을 이해하는 언어를 찾을 때 새로운 차원의 사랑을 얻는다. 「모관운동」의 시적 화자가 이러한 경계에 있다.

「모관운동」이 그렇듯이 시인은 여러 편의 시에서 고통받는 몸에 대한 경험적 진술을 거듭한다. 가령 「어먼 걱정」과 「내도」에 "인공신장실"에 관한 이야기가 나온다. 이는 "나가던 대학도 그만두고 병원과 시민학교만"(「숭악한 나이」에서) 오가는 사정과 이어진다. 세 편 모두 고백적인 어법으로 시인이 겪고 있는 질환과 그에 따른 고통과 고독 등을 진술한다. "지상에 살아남아 더운 숨 몰아쉬는 외로움"(「어먼 걱정」에서)을 느끼면서 삶에 대한 보다 민활한 지각을 나타낸다. 타자와 사물, 일상과 생활을 선연한 생의 감각으로 받아들인다. 가족 이야기를 담은 「당나귀 귀를 달며」가 말하듯이 무생물에서조차 따스하고 부드러운 생명을 발견하게 된다. 그만큼 몸의 고통을 넘어 주변을 보다 섬세하게 지각하고 있다.

> 아파트 화단 봄비에 몸살 앓는/연꽃동백 아랫도리/누가 분갈이 끝에 내다버린/흙더미 스며들어 출가한 난초 한 분/향 어린 동백가지 그늘로 몸 가리고는/아직 동안거라 그런지/따끔따끔 꽃샘에도 묵언수행 중이다/행색은 적수공권 납자지만/안온한 삶 끊은 그 마음 이미 부처다/참으로 부처로구나 하는데/누더기 결랑에 꽃대 하나 얼핏 보여/요 며칠 눈치보다/조심조심 양지로 옮겼더니/정성이 괘심했던지/아나 하고 향낭 하나 끊어 던지며/통성명 하자신다/그게 너무 황감했던지/썩은 감자 자루 같은 몸이며 얼굴/얼김에 연꽃동백 꽃물 들쓰고/오후 내 화끈화끈하다.
>
> ─「연꽃동백 꽃물 들쓰고」 전문

분갈이 끝에 아파트 화단에 버려진 난초 하나를 만나는 장면이다. 난을 '적수공권 납자'에 견주면서 '안온한 삶 끊은 그 마음 이미 부처'라고 진술하는 대목에 이르면 화자의 깊은 감정이입과 만날 수 있다. '썩은 감자 자루 같은 몸이며 얼굴'을 한 화자와 버려진 난이 대응한다. 여기에 초봄이라는 계절의 분위기도 관여한다. 봄비가 내리고 꽃샘추위도 여전하다. 이러한 사정에도 불구하고 꽃대를 올린다. '누더기 걸낭'을 '향낭'으로 바꾸었다. 양지로 자리를 옮겨주는 화자의 행위에 반응하는 난은 대대(待對)의 관계로 화자와 연결된다. 상호 교응하고 생성한다. 이처럼 생명의 기운이 교류하는 가운데 축복처럼 '연꽃동백'이 서 있다. 병환을 겪은 화자는 '얼김에 연꽃동백 꽃물을 들쓰고/오후 내 화끈화끈'한 기쁨에 들뜬다. 몸과 외부의 사물을 병치하는 이와 같은 시법은 「빈 잔을 만나다」에서 "모래알 빼곡한 몸"과 "비어 있는 잔"의 병치로 표현된다. 갈증을 느끼는 몸은 "빈 물컵"과 다름이 없으니 채움이 아니라 비어 있음이 바탕이고 아름다움이라는 생각에 이른다. 이처럼 시인은 생성의 근원이 보이지 않는 생명의 흐름 속에 있음을 말한다.

> 나 이제 산 너머 산 보이네/몇 개의 햇살에/소근소근 귀 세우는 동천강 가슴팍/걷은 소매 풀어내린 지도 오랜 들녘이/잠을 청하고/그 너머 앞산 선한 속눈썹마다/물살 이는데/강둑 달맞이꽃 빈 대궁이/때 아닌 싹 틔우네/알전등 무늬 불빛 한 점 없어도/강의 따스한 동심으로 발돋우는 별처럼/풀씨마다 둥근 물소리 엿듣는 그대여/늙은 물관부 그득/청푸른 잎사귀 꿈꾸는 달맞이꽃은/십일월 삭풍 잊은 것이 아니네/달덩이 같은 첫사랑 못잊어서도 아니네/흘러오고 흘러가는/저 강물처럼/그저 산 너머 산 보이기 때문이네.
>
> ―「흐르는 강물처럼」 전문

이 시에서도 화자의 눈길이 가는 대상은 '십일월 삭풍' 속에서 '때아닌 싹'을 틔우는 '달맞이꽃'이다. '늙은 물관부 그득/청푸른 잎사귀 꿈꾸는 달맞이꽃'. 화자의 감정이 투사된 대상임에 틀림이 없다. 그런데 화자가 말 건네는 대상인 '그대'가 누구일까 궁금하다. 경이로운 만남이라는 점에서 그대는 '달맞이꽃'이라 할 수 있다. "알전등 무늬 불빛 한 점 없어도/강의 따스한 동심으로 발 돋우는 별처럼/풀씨마다 물소리 엿듣는 그대여"라는 구절을 다른 연으로 분리하였다면 대상은 단일하다. 이보다 행으로 이어놓음으로써 '그대'는 시인의 내적 자아라고 해석할 수 있는 소지를 남긴다. '풀씨마다 물소리 엿듣는' 이는 화자 자신이기도 하다. '산 너머 산'이나 '흐르는 강물처럼'이라는 시구가 말하듯이 사물의 특이성조차 대생기(大生氣)의 소산이라는 생각이다.

아픈 몸과 마음, 추억과 섬세한 감수성, 타자에 대한 공감과 사랑은 안성길의 시를 형성하는 얼개들이다. 삶이 사람들 간의 의존관계이며 사물들은 서로 연결되어 있다는 생각은 지금-이곳과 다른 세상을 꿈꾸던 초기시의 지평이 확장된 귀결이다. 이 과정에서 아픈 몸의 경험이 개입한다. 그는 몸의 고통이 초래할 수 있는 자기중심의 감성을 극복하고 끊임없이 타자와 사물과 교감하는 감수성의 영역을 개진한다. 시인에게 생성과 신생은 어떤 의미에서 시적 지향의 궁극이다. 단절과 소멸이 아니라 버려진 주변에서 희망이 싹트는 과정에 관심을 보낸다. 즉각적인 느낌의 이미지보다 "오래 씹은 밥알"(「곁을 보다」에서)같이 내적 숙성을 거듭하면서 내면과 외부의 합일을 얻는다. 따라서 모든 시어와 이미지에서 상응하는 생애의 흔적이 묻어난다. 예를 들어 "내 쇠가죽 텅텅 두들겨 보던 물살/만추 질러온 그 푸르고 매운 소문에/깜짝깜짝 노랗게 앓는 소리/때늦은 달맞이꽃대 등달아/이제 겨우/십일월인 걸"(「십일월 풍경」에서)과 같은 구절이 그렇다. 앞서 언급한 「흐르는 강물처럼」과 유사한 의미계열인 이 시에서 시적 자아와 주변 사물이 상호 생동하는 풍경을 확인하는 일이 어렵지 않다.

안성길의 시에서 나타나는 개성적인 율동(rhythm)은 그가 지닌 생 감각의 표출이라 할 수 있다. "그래 그런가"로 시작하는 네 개의 연으로 구성된 「저무는 개운포에서」는 현실에서 추억을 거쳐 미래를 기원하는 과정을 리듬을 살리면서 진술한다. 몸에서(1연) 풍경으로(2연) 풍경의 배후인 추억으로(3연) 갔다가 다시 자아로(4연) 돌아오는 회로를 지녔다.

> 그래 그런가/소문에 몇몇은 벌써/태초에 떠나온 그곳 심해로/서둘러 돌아가고/나 또한 얼마 후면/그 뒤 따르겠지만/나 갈 때는/일생이 오로지 수직이던/저 십리대숲 혼신으로 빠져나온/청댓잎 쪽배 하나/어깨동무 하고/저물 무렵/개운포 앞바다/함께 닻 묻어놓고는/고즈넉한 풍경 물 들어/누렁호박 앉은자리서 물러앉아/바글바글 수많은 미물과/몸 나누듯/그렇게/평퍼짐하게 잠들고 싶다.

시인의 리듬 운용에 대한 정교한 분석이 뒤따라야 하겠지만 서술시를 비롯한 대부분의 시편에 특유의 리듬이 작동한다. 반복과 완급을 거듭하다 마지막 연의 결구에 이르러 '고즈넉한 풍경 물 들어'라는 구절의 이완과 더불어 많은 변주가 이뤄진다. '물들어'가 아니라 '물 들어'로 표기한 사실도 주목을 요구한다. 물처럼 스며드는 풍경의 의미를 강조하려 함이다. 시의 율동을 형성하는 데 노래에 대한 시인의 취향도 관여하였으리라 생각한다. '김추자'(「김추자 생각」에서), '김광석'(「빈 집」에서), '강허달림'(「정구지꽃」에서) 등, 가수의 삶과 노래를 시로 이끌어 들이기도 한다. 리듬으로 시적 의도를 상승시킨 시로 「옥현 사람들 저기 오시네」를 들 수 있다. 울산 옥현동 선사유적지 사람들을 현대로 불러내는 형식으로 개발로 파괴된 자연과 공동체의 복원을 갈망한다. 이럴 때 리듬은 저항과 생성의 에너지로 전화한다. 요컨대 율동에 민감한 안성길의 시는 생명의 운동에 민활하다. '수많은 미물'도 놓치지 않고 활동하는 자연의 기운에 몸을 열어둔다.

돌아봄의 의식은 회귀와 퇴행이 아니라 순수한 경험을 되살려 지금의 자아를 반성하는 기제로 삼는다. 서정의 본령은 이처럼 돌아보는 감정 양식이다. 안성길의 시는 많은 추억을 노래한다. 고향과 유년 그리고 가족에 대한 시적 진술이 유난하다. 이는 몸 경험에서 유인되기도 하지만 자아로 퇴거하지 않으려는 의지와 연관된다. "은어 떼처럼 파닥이던"(「다시 메일꽃 필 무렵을 읽으며」에서) 시절과 "첫사랑"(「곱단이 복분자」에서), "가슴 저리던 그때"(「그리운 사람에게1」에서), "순백의 소금 기둥처럼 반짝이던 별빛"(「방어진 솔숲 아래 대왕암 가다 보면」에서)의 기억은 모리스 블랑쇼가 말한 바 있듯이 생애 전체를 통어하는 이미지들을 지닌다. "참으로 완강하게 한세상 버텅긴 아름다움"(「방어진 솔숲 아래 대왕암 가다 보면」에서)이기 때문이다. 시인은 추억을 소환하면서 현실의 삶을 반추한다. 어머니가 가신 산길에서 "유서도 없이, 타다 만 번개탄과 지문이 거의 뭉개진 두 손 고요히 접고" 죽은 이를 병치하고 있는 「어머니의 꽃가마」를 만날 때 그렇다. "저 들녘 쑥부쟁이보다 투명했던" "아우"의 생애를 되새기면서 "이 땅에서 착하게만 산다는 것의 의미"를 생각하는 「음력 구월 구일」의 태도 또한 시인이 기억을 소환하는 방식이다. 「아버지는 귀신고래」에서 불법포획된 고래 보도를 접하면서 시적 화자는 아버지의 환영을 본다. "빈들대는 페유며 송유파이프 그득한 개운포/물새 떼처럼 떠도는 스티로폼에 떠밀려/금강산 장전항 더 먼 바다나 떠돌며/망향의 붉디붉은 속울음 삼키는/귀신고래였다 세상이 암만 등 떠밀고 떠밀어도/남동해역 저 청정의 봄날/끝끝내 믿으며 아득한 바다 사는/어쩌다 조간 펼치면/불법포획 들쓰고 기우뚱기우뚱/고주망태처럼 술고래처럼/시뻘겋게 걸어 나오는 아버지." 고래는 아버지의 열망과 방황 그리고 좌절을 말하기에 적합한 표상으로 수용된다.

안성길은 사물과 풍경을 통해 생의 감각을 확인하는 한편 가족과 이웃 그리고 타자를 통해 삶의 구체적인 실감을 표현한다. 아버지와 어머니에 관한 시편과 더불어 가족이 실명으로 등장하는 시편도 여럿이다. 「당나귀 귀를 달며」, 「격포는 멀다」, 「솔거미술관 가서」 등이 그렇다. 애틋한 가족애와 가족을 향한 시인의 간절한 마음을 담고 있다.

> 아름다운 청년 전태일을 본다. 지난 밤까지 샤론 스톤의 허리 수시로 자지러지던 그 입간판에 덧칠로 완성된 그의 생애를 본다. 힐끔힐끔 떨어지는 바람을 쓸며, 일제히 스크럼을 짜고 달려오는 토요일 오후 첫 상영의 부저 소리. 오지 않는 아내의 초보 운전에 지친 나를 휘감아 조른다. 머리칼처럼 헝클어지는 마음 옭은 호주머니에 감추고, 아름다운 그의 어깨 너머 낡은 창틀에 켜켜이 쌓인 비둘기 똥을 본다. 하릴없이 구두바닥 두들기는 깡통의 살 떨림을 음미하며, 온화한 지아비는 허술한 입간판의 더께와 더께 사이를 헤맨다. 며칠이면 또 희게 지워져 더께가 될 아름다운 청년 전태일이여. 사람들이 하수구 겨누며 껌을 뱉거나, 백화점 깜짝 세일로만 솔깃솔깃 귀 세운다고 슬퍼하지 마라. 그대가 누더기 평화 기우며 행복에 젖을 때, 그들 또한 양파껍질 같은 일상 헤집으며, 늦은 저녁에도 다 함께 함박꽃 피우던 것을. 아직도

차량의 행렬과 행렬에 갇혀 조바심치고 있을 아내여. 아름다운 입간판으로 얼굴 가린 비둘기들에게 언제라도 무심한 발바닥이 되어 주는, 이 가을 햇살처럼 너그러운 똥의 두께 가늠해 본다. 언젠가 나도 켜켜이 쌓인 비둘기 똥이나, 끝끝내 더께로 남을 저 입간판의 어느 행간쯤에, 발 뻗고 누워 남김없이 지워지는 더께가 되고 싶다.

—「아내를 기다리며」 전문

시 속의 화자와 실제 시인을 동일인물로 보아도 무방한 시편이다. 초보 운전인 아내를 기다리면서 영화관 간판에 덧칠로 그려진 '아름다운 청년 전태일'을 생각한다. '양파껍질 같은 일상'의 무게를 아는 시인에게 덧칠되는 삶의 모순은 구체적인 현실이다. 이념의 추상이 아니라 현실의 구체로부터 삶을 이해하려는 태도가 온화하고 나직한 어조의 시적 발화로 표출되고 있다. 이는 '아름다운 청년 전태일'의 생애에 대한 부정이 아니며 그의 생애를 덧칠하는 세상을 바로 보고 바로 말하려는 시인의 입장과 연관된다. 전태일을 생각하는 마음이나 아내를 기다리는 자세에서 시인은 한결같은 간절함을 견지한다. 마음의 간절함과 일상과 생활이 어긋나지 않는 표정이다. 이는 시의 결구가 말하듯이 삶에 대한 시인의 낙관과 달관에 기인한다. 사람에 대한 간절함은 「어느 냄비의 고백」에서 잘 드러난다. 민주화를 외치며 투신한 친구인 '고현철'을 떠올리고 지진으로 재난을 입은 사람들을 말하면서 "또다시 세월호 돌고래호 앞에 망연자실"한다. "어느 날은 엎드린 아일란 쿠르디"를 보면서 난민을 걱정하지만 "눈두덩 또 더워 오고/엷디엷은 눈시울만/언제까지/너는"이라고 탄식한다. 덧칠되는 역사와 부조리하고 모순된 현실에 대한 부정의지가 실천적 수행으로 나타나지 못함을 안타까워하고 있다. 그만큼 시인은 "버려지거나 우회하는 것들/저 뜨거운 중심"(「솔거 미술관 가서」에서)을 다 보고 있다. 사물과 사람을 경애하는 마음을 지니고서 다 함께 사는 공환(conviviality)의 꿈을 포기하지 않았기 때문이다.

"보살행"과 "서로의 빈 몸 곰삭여 이루는/세상 가장 아름다운 사랑"(「호계리 빈 들녘 가면」에서)은 시인의 삶에 내재한 지속의 물줄기로 살아 있다. 시인은 말한다. "연두색 미나리 순/주체할 수 없이 부풀어 오르던/한 시절은 앙가슴 꽉꽉 눌러 두고/물러앉아 부산하던 몸 가라앉고 가라앉으면/이처럼 마음 단단하게 오그릴 수 있구나."(「실금 하나」에서) 시인은 또 말한다. "저물 무렵/고즈넉한 개운포 정월 대보름이면/온 몸 뚱어리 근지러워 풍경처럼/그리움 종소리 울리는 모든 귀퉁이들아/흙바람 불 때마다/곡진하게 파닥이는 연초록들아/세상 유선형은 모두/동족이다 고래다."(「세상 모든 유선형은」에서)

마음속 붉은 꽃잎
—전윤호론

'도원'의 시인

도원 사람들은 기록을 남기는 데 관심이 없었다 다만 나라가 바뀌자 벼슬을 버리고 산중에 숨어 든 이가 굶주림에 지쳐 헤매다 그곳으로 들어갔다고 한다 한 동안 잘 지내던 그는 무슨 연유인지 다시 세상으로 나오게 되었다 가족을 데려가려했다고도 하고 높은 관직에 있던 친구를 만나려했다고도 한다 실수를 깨닫고 다시 돌아가려 했으나 입구를 찾을 수가 없었다는 것이다 결국 평생을 그리워하다가 실성해 곳곳의 바위나 나무에 글을 남겼다 한다 지나가던 나무꾼이나 심마니들이 우연히 한두 편씩 읽고 더러는 잊어버리니 글자는 세월에 지워지고 입에서 입으로 조금씩 보태진 이야기가 장터에서 장단과 가락을 얻어 여러 편 구슬픈 노래가 되었다 한다 훗날 사람들은 그 노래들을 아라리라 불렀다고 하는데 지금은 여러 편이 사라져 도원의 모습은 안개 속

에 뻥대들처럼 언뜻언뜻 보였다 사라지곤 한다

—「해제」 전문

흔히 서정적 비전을 화해와 동일성으로 받아들인다. 그러나 이것은 하나의 지향이자 전망일 뿐 서정의 본디 밑자리는 단절에 있다. 더 가혹하게 말하면 그것은 비극적이다. 현실세계와 단절된 의식과 꿈이 서정을 유발한다. 그렇기 때문에 처음부터 화해를 말하고 동일성을 노래하는 서정은 진정성을 의심받게 된다. 서정은 삶의 비극적 조건을 넘어서려는 고투의 양식이다. '도원'을 노래하는 전윤호의 경우도 이와 같은 실존적 궤적을 보인다. 그는 '도원'의 시인이지만 첫시집부터 '도원'을 지향하고 있진 않다. 제2시집과 제3시집을 통과하고 제4시집 『늦은 인사』에 이르러 마침내 그는 '도원'의 비경을 제시한다. 인용한 「해제」는 한편으로 '도원'에 대한 설명이지만 다른 한편 전윤호의 시관에 상응한다. 그는 삶의 '도원'에 이르는 과정에서 그 흔적과 내력을 '아라리'와 같이 노래하고자 한다.

제4시집 『늦은 인사』는 그가 보인 시작의 여정들을 포괄하면서 난폭한 근대 사회를 넘어 신생의 거처를 궁구한다. 먼저 『늦은 인사』를 바르게 읽기 위하여 앞선 시적 과정을 이해할 필요가 있다.

'도원'에 이르는 길

첫시집 『이제 아내는 날 사랑하지 않는다』(1995)는 억압적이고 폭력적인 현실에 직면한 도시민의 좌절과 절망을 말한다. 반복되는 일상에서의 무력감, 자본의 속도가 만드는 현기증, 도시 부적응에 따르는 멀미와 악몽, 뿌리 뽑힌 자들의 소외감, 낯선 이웃의 공포 등이 주된 시적 화제들이다. "번거로운 짐들만 늘어가는 이 생활을/빨리 청산해야 한다 분명히/나는 위태롭다 지금 이 순간/수상한 눈빛 조심스런 발소리가/사방에서 죄어들고 있는/여기는 타국이다"(「불법체류자」에서)라는 진술에서 극명하게 드러나듯이 시인의 도시 탈주는 이미 예고된 일인지도 모른다. 그럼에도 시인은 폭력적인 리듬을 강요하는 도시의 삶을 회피하려 하지 않는다. 그가 지닌 현실주의적 의지가 반영된 탓이다. 그는 아슬한 경계에서 현실에 기투하는 자기를 정립하려 한다. 하지만 이러한 현실로부터 탈출하려는 유혹 또한 만만치 않다. '아기장수 전설'처럼 그의 앞엔 현실세계에 대한 근본적인 단절의 강이 흐르고 있기 때문이다. "내 눈은 점점 위로/사무실 천장을 뚫고 옥상 위로/저 아래에서 날 부르는 날카로운 소리/그러나 난/맷돌에 눌려 죽은 아기처럼/자꾸 겨드랑이가 가렵다"(「일신상의 비밀」에서). 시인은 자신의 비극적 감성을 생래적 조건으로 상상하며 현실에 대처한다. 따라서 '도원'에 대한 염원은 억압되어 있다.

이곳은 아직 공사중이다
통하는 길은 모두 파헤쳐져
종일 차가 밀린다
밤에도 불 밝히고
쿵쿵거리며 새집을 짓고 있다
시장도 없고 노선버스도 없다
지금은 서울보다 불편하지만

자고나면 마을이 하나씩 생긴다
피난민 행색의 사람들이 몰려와
총총히 이삿짐을 풀고
아이들은 기쁜 얼굴로
칠냄새가 나는 학교를 뛰어다닌다
여긴 이제 안양이 아니고
신도시라고 하는 사람들도 있지만
난 안양의 중심이 이곳이라 믿고 있다.

—「안양(安養)에서 쓰는 편지」,『이제 아내는 날 사랑하지 않는다』 전문

시인은 이 시의 말미에 "안양: 불교의 이상향"이라는 주를 달고 있다. 실제의 지명을 중의적으로 해석함으로써 현실을 수락하려는 의지의 일환으로 보인다. 애써 불교적인 달관의 표정을 짓는다. 그럼에도 서울이 아니라 그 주변, 대도시가 아니라 마을에 이끌리는 시적 화자의 심경은 역력하다. 시인은 도시 편입과 도시 탈주 사이의 경계에 서 있다. 이러한 경계에서 어느 한쪽의 환상이 다른 쪽의 환멸이 되는 의식 현상이 반복된다. 하지만 "정류장에서 사무실에서/늘 심지가 타는 냄새"(「테러시대」에서)를 맡으면서 "난 도시에 불을 놓고 싶다"(「화전민」에서)는 충동에 시달리는 시인의 궁극적 관심이 도시의 외부에 있다는 것은 짐작하기 어렵지 않다. "더 늦기 전에"(「펀치 트렁크」에서)라는 자각과 더불어 "낙타여 게으른 내 낙타여/물주머니 둘러메고 떠나자"(「출사표」에서)라고 고갈된 모래무덤인 도시를 떠나려 한다.

그런데 주목할 것은 시인의 이러한 의식형태가 도시/고향의 단순 이분법에 근거하고 있지 않다는 사실이다. "오늘은 내가 떠난다/고향을

탄더미처럼 버려두고/긴 터널을 지나 낯선 도시에서/수탉처럼 꿈꾸면/어느새 목이 매는 아라리"(「정선 · 2」에서)라는 진술이 말하듯이 고향 또한 궁핍과 낙후 그리고 고통의 기억을 담고 있다. 나아가 "나는 다시 떠올려야 하리라 살모사였던 과거를/어미 잡아먹고 자란 내 내력을/내게 고향은 위험하다"(「두려운 고향」에서)는 구절이 자못 심각하다. 따라서 시인에게 도시 탈주는 곧 바로 귀향을 의미하지 않는다. 그에게 고향은 폐허이거나 원초적인 죄의식을 유발하는 "두려운" 장소이다. 그렇다면 제2시집 『순수의 시대』(2001)에서 본격적으로 등장하는 '도원'은 어떠한 의미를 지니는 것일까? 여기에 귀향의 변증법이라고 할 수 있는 해석 지평의 변전이 놓인다.

그곳엔 탄광이 있었다
등짐에 익숙한 사람들 가난을 버리려 몰려들고
석탄을 가득 실은 열차가 분주하게 나갔다
갱도가 무너져 많은 사람들이 묻히던 날
난 대학을 가려고 탄 더미와 함께 그곳을 떠났다
여자들의 울음소리가
터널 속을 울렸던 걸 기억한다
도원 역엔 새마을 열차가 서지 않는다
특실이 달린 무궁화열차도
한번 갈아타야 탈 수 있다
탄광이 없어지면서
이젠 도원 역을 기억하는 사람은 없다
홍수가 나면 굴이 막히고

기차가 오래 들어가지 않던 곳
남에게 신세지지 않는 사람들이
지들끼리 살아가는 곳
그곳을 가려고 청량리역에서 길을 물으면
제대로 아는 이가 없다

—「도원 역」, 『순수의 시대』 전문

"청량리역"과 다르게 띄어쓰기를 한 "도원 역"은 실재 역명은 아닐 것이다. 그럼에도 실재하는 "도원 계곡"을 향하는 역으로 이해할 수 있다. "강원도 정선"이 고향인 시인에게 탄광의 소멸은 고향의 재생에 상응한다. 이것은 근대와 고향의 이분법적 대립에서 탈피하여 근대를 넘어서기 위하여 고향을 다시 인식하는 과정과 다를 바 없다. 탄광이 폐쇄되면서 교통이 끊기자 모두에게 잊혀진 장소가 되지만 시인에게 도원은 이상향으로 추억된다. 그러므로 '도원'은 타락한 도시에 대한 대체물이거나 낭만적 동경의 대상이 아니다. "우리의 목표는/이 지긋지긋한 도시를 떠나는 것/설혹 패한다 할지라도/다시 돌아오지 않을 것이다/우리의 어리석음이 만든 이 거대한 도시는/밀림에 버려져/천 년 후에나 발견될 것이다"(「선전포고」에서)라는 문명사적 인식 혹은 역사철학이 전제된다. 시인으로 하여금 오래된 '도원'에 대한 본격적인 탐구로 이끈 것은 새로운 삶에 대한 열망이다. 이는 "남에게 신세지지 않는 사람들이/지들끼리 살아가는" 자발적이고 자율적인 공동체에 대한 염원과 결부된다.

'도원'에 대한 탐구가 도시 탈주의 실행으로 이어지는 것은 아니다. 제3시집 『연애소설』(2005)은 신생을 위한 가교이다. '나'를 집중 탐구함으로써 시적 지평을 확장한다. 자기표현은 서정시가 반드시 거쳐가야 할 과정이지만 그 종착지라 할 수 없다. 자기를 벗어나 외부를 사유하는 과정이야말로 시적 지향의 기본이다. 그러므로 '나'를 쓰는 것은 '나'를 해부하고 '나'를 지우고 '나'를 떠나는 일과 유관하다. 이러한 과정을 통하여 '도원'은 더욱 절실하게 '나'의 장소가 된다. "그곳에선 돌아가야 할 날짜가/아무 소용도 없이 연기된다/천둥번개가 치고/나는 깨닫는다/그곳은 내게나 편한 곳이라는 걸/누구에게나 열려 있지 않은/도원은 그래서 도원이라는 걸"(「도원일기」에서). 이처럼 '도원'은 누구에게나 상상될 수 있는 공간이지만 "누구에게나 열려" 있는 장소가 못 된다. 그곳은 '나'만의 내부성을 지닌다. 이러한 내부성의 문제가 제4시집 『늦은 인사』에서 잘 표현된다.

아라리 혹은 마음속 붉은 꽃잎

제4시집 『늦은 인사』에서 먼저 눈에 띄는 특징은 어조와 태도에서 드러나는 '나'의 입장이다. 제3시집에서 전개된 자기탐구와 자기표현이 성찰과 관조의 양상으로 발전하고 있다. 자기에 대한 반성은 자기를 사물과의 관계 속에서 인식하는 과정으로 이월한다. 가령 「메기낚시—흐름에 대하여」가 한 예이다. 이 시에서 시인은 "물살에 떠내려 다닌 내 생애"를 관조하면서 "나를 끌고 가는 시간의 묵직함"을 인식하고 느낀다. 그리하여 "손목을 이끄는 강의 흐름을 느낄 수 있다면/메기가 그대 가슴속을 헤엄쳐/달빛 일렁이는 저 구비 너머로 떠나간들/또 어떠리"(「기초입문—메기낚시」에서)라고 소유와 집착에서 놓여난 태도를 보이게 된다. 이러한 태도는 「중산층」, 「수면사」, 「전당사」, 「내가 고향이다」 등 일련의 시에서 잘 드러난다. 앞선 시집에서 보이던 냉소와 비하에서 벗어나 유머와 풍자의 멋을 획득하게 된다.

아내는 출근하고
아이들은 학교에 갔다
집이 조용해지자
거세한 고양이는 창틀 위로 올라가
잡히지 않는 새 소리를 듣는다
초록색 눈을 가진 고독이
내려 보는 한낮
결말을 아는 이야기 속에서
마지막까지 견디는 일이
이렇게 지루하다니
성공한 부자가
자신을 영웅이라 생각하는 자서전을 읽다가
몸으로 물음표를 만들고
긴 잠에 빠지다

—「낮달」 전문

"낮달"과 "낮잠"을 자는 "나"의 병치가 절묘한 이 시가 말하고자 하는 바도 존재의 열림이다. 이러한 열림은 또한 경계의 해체에 상응한다. 달리 낮과 밤, 시작과 끝의 분별이 없는 무명(無名)의 세계에 대한 지향이라고 할 수 있다. 이는 「아들의 나비」에서 말하듯이 이름으로 분별되어 풀리지 않는 "매듭"이 아니라 "매듭"이 "나비"가 되는 관계의 이월이 가능한 세계이다. 시인은 "산다는 건 그저/갖가지 천 조각을 이어/보자기를 만드는 일"(「조각보」에서)이라고 말한다. 그만큼 삶에 대한 인식의 지평이 확장된다. 시인이 말하는 '도원' 또한 이러한 인식의 과정과 무관하지 않다.

> 눈을 뜬 것도 감은 것도 아닌데 사방이 모두 보인다 멀리 나를 찾는 사람들 챙기지 않은 가방 강 바위에 놓아둔 수건과 칫솔 요란하게 울리는 전화벨 소리 숨 쉴 수 없는 물속도 힘들지만은 않았다 막차를 타고 종점에 내린 뜨내기처럼 잠깐의 고통이 낯설게 지나자 토박이처럼 편안해졌다 마침내 한 번은 와야 할 곳에 당도한 기분 어둠 속에 둥둥 떠 있다 언뜻 내 얼굴이 내려다 보였다 슬픈 감정 없이 내 모습을 본 게 언제였던가 시장에서 치맛자락을 붙잡고 입만 징징거리던 초여름의 한 때 눈물 속에 쨍하던 그 환한 빛이 보였다 움직이지도 않았는데 내가 그 속으로 들어가고 있었다 푸른 하늘과 산이 보였다 물봉숭아가 활짝 핀 강변에 나는 선잠이 깬 아이처럼 어리둥절해서 두리번거리며 누워 있었다
>
> —「물속에서」 전문

앞서 인용한 「낮달」의 메타포와 이 시가 연관이 있다고 하면 지나친 비약일까? 역사철학적으로 '도원'은 유토피아에 대한 열망이지만 시인의 실존적인 정신분석의 차원에서는 시원의 회귀이다. 시인에게 시원은 무엇일까? 유년의 강을 건너 존재하는 어머니가 아닐까? 이러한 해석의 실마리는 이미 첫시집에 실려 있는 「두려운 고향」에서 찾아진다.

이 시에서 시적 화자는 "어미 잡아먹고 자란 내 내력"을 진술하고 있다. 이러한 진술이 다시 변주된 시가 「얼음배」, 「동해에서 폭설을 만나다」, 「첫 차」 등이다. 시인의 유년은 "얼음배"를 탄 것처럼 위태롭다. "불을 피워 놓고/나를 기다리는 사람"이 보이지 않기 때문이다. 그는 어머니이다. "바다에서 엄마를 잃어버리고/아버지 손을 잡고 산으로 갔다"(「동해에서 폭설을 만나다」에서)라는 구절의 풍경은 유년의 트라우마를 잘 나타낸다. 어머니를 잃은 그에게 유년은 행복의 시공간이 아니라 고통의 시공간이다. 이는 유년을 행복의 공간으로 인식하는 대다수 시인들의 의식형태와 다르다. 여기서 "고향 내려와/몇 해 그른 아버지 제사 지내고/선잠 깬 이른 아침//첫차 타고 떠나려고 앞강에서 머리 감다/물봉숭아를 건졌다/어머니가 좋아했던 꽃"(「첫 차」에서)과 같은 대목을 주목하지 않을 수 없다. "물봉숭아"는 인용한 「물속에서」에서도 핵심 모티프이다. 이로써 시인이 꿈꾼 '도원'의 실존적인 차원이 해명된 듯하다. 시인에게 '도원'은 어머니의 자궁이자 모성의 세계이다. 나아가 그것은 노자가 말하는 무명의 세계이다. 어머니가 좋아하는 "물봉숭아"는 '도원'의 흔적이며 '도원'의 기억을 매개하는 이미지이다. 이 이미지를 바탕으로 시인은 기억의 트라우마를 극복하고 존재를 해방하는 유토피아를 상상한다. 기억과 상상의 가교에서 시인의 시는 '아라리'와 같은 이야기와 곡조를 품게 된다.

우리 동네에서는
까닭 없이 사람들이 사라지면
도원으로 갔다고 했다

(중략)

그곳에 가고 싶었다
떠나는 모습을 기억도 못하는
어린 나를 두고 사라진
어머니가 보고 싶어 보채면
사람들은 도원에 마실간 거라고
실컷 놀고 나면 내가 생각나
쪽배 타고 돌아올 거라고
우리 동네에서
무덤도 없이 사라진 사람은
도원으로 놀러간 거라고 했다

괜히 울적한 저녁이면
강변으로 뛰어가
산 너머로 사그라지는 노을을 보면서
어머니가 돌아오기 전에
그곳에 가고 싶었다

—「그곳」 부분

이 시를 통하여 우리는 시인이 말하는 '도원'의 원형 스토리를 만나게 된다. '도원'은 「유래」가 말하듯이 "안과 밖이 서로 잊으니 애달픈 일"이 없는 데서 비롯한다. 그 기원에 상처와 고통이 자리하고 있음을 알 수 있다. 시인에게 '도원'은 어머니의 이른 죽음과 연관된다. 그의 시에서 아버지에 대한 서술은 많지 않을 뿐 아니라 부정적이다. 가족사적인 콤플렉스를 풀어가는 과정과 그의 시작은 무관하지 않다. 콤플렉스는 매듭이다. 사고의 진전을 막고 상상을 억압하는 기억의 무게라 할 수 있다. '매듭'을 '나비'로 비약하는 상상력처럼 시인은 고통의 현장에서 본 '물봉숭아'를 '도원'으로 상승시킨다. 그리하여 '물봉숭아'는 어머니가 되고 모성이 살아 있는 이상향을 지시하는 제유(synecdoche)의 이미지가 된다.

전윤호는 마음속에 붉은 꽃잎을 품은 시인이다. 그의 시는 이 꽃잎의 기억에 이끌려 발화된다. 이 꽃잎의 기원은 '물봉숭아'로 지시된 유년의 상처를 나타내는 표지이다. 그러나 시인은 상처 혹은 트라우마의 늪에 빠져 존재를 망각하지 않는다. '물봉숭아'에 매개된 어머니를 찾고 그 너머 '도원'을 궁구하게 된다. 그에게 '도원'은 피난과 유민의 공간이라는 역사성을 지님과 동시에 상처와 고통이 없는 가장 처음의 완전한 실존이 보장되는 세계라는 이상주의를 내포한다. 하지만 그는 '도원'을 그리 심각하게 말하지 않는다. "도원이 별다른 줄 안다면 실망하지/사람 사는 곳이 다 그렇지 뭐"(「입구에서」에서). 결국 '도원'은 마음의 문제이다. "강변도로를 다니다가/하늘을 날아가는 닭들을 본다/나는 지금 겨우 욱신거리는/도원에 산다"(「고개를 들어보면」에서). 이러한 대목에서 시인이 개진한, 보기 드문 시적 지평을 보게 된다. 많은 시인들이 유년의 순수함으로 훼손된 세계를 견딘다면 전윤호는 유년의 상처를 극복하는 방식으로 새로운 세계를 열고 있다. 이 점이 그의 개성이 빛나는 대목이다. "잘 가 엄마/아지랑이 하늘하늘 오르는 봄/이제야 미움 없이/인사를 보내"(「늦은 인사」에서). 그의 '늦은 인사'가 던지는 울림이 크다. 그는 말한다.: "수천 년 전부터 텅 비어 있었던/성인들의 무덤과/어차피 공정할 수 없는/인간의 제도에 대해/우주에서 바라본 지구처럼/터무니없이 사소한/시를 쓴다"(「사소한 시인」에서). 그러나 그의 시는 결코 사소하지 않다. 붉은 마음에서 번져나는 '아라리' 한 소절과 같이 우리들의 마음속으로 스며든다.

서정의 궁극
—정일근론

1. 1980년대와 새로운 서정

돌이켜 보면 정일근 형을 만난 것은 행운이었다. 내가 정일근 형을 만난 것은 1986년 벽두다. 마침 최영철 형이 신춘문예에 당선되고 그 전해에 같은 신문으로 나온 정일근 형이 부산으로 와서 자리를 만든 것이다. 이 자리에서 '부산경남젊은시인회의'를 기획하였으니 정 형의 앞서가는 기획력과 추진력은 타의 추종을 불허한다. '부산경남젊은시인회의'는 내년에 30주년을 맞는다. 우리는 기억이 스며든 장소, 진해의 '흑백다방'에서 30주년을 맞을 준비도 하고 있다. 1986년의 봄, 벚꽃 분분 날리던 진해의 풍경은 영원히 잊을 수 없다. 그 역시 당시의 감회를 「가을 역사(驛舍)에서」(『바다가 보이는 교실』, 창비, 1987)로 써두었고 다시 「기차가 온다」로 되새기고 있다. 우리들이 만났던 '경화역'을 오가던 '진해선' 기차는 멈췄지만 해가 바뀌어도 만개한 4월의 벚꽃은 여전하다. 그러나 30여 년의 세월이 지나 그 뜨겁던 "복무기록"은 사라지고 "슬픔 없이 박수 없이 벚꽃을 밀며" "진해군항제 벚꽃잔치 기념사진 한 장 찍기 위해 기다리는 21세기 인파 사이 녹슨 철로 위로" "관광기차가 꺼이꺼이 꺽꺽 늙은 혁명가처럼 울며" 올 뿐이다. "푸른 서정", "새로운 서정"은 그저 20세기 말의 환각이었을까? 폭압적인 시대에 우리들이 꿈꾼 "그리운 그 나라"는 어디에 있는가? 과연 '새로운 서정'의 시효가 끝났는가? 그가 "시인 서른 해를 보내고 나서" 내는 "12번째 시집"이 던지는 질문이다.

최영철 형은 근래 정일근 형과 나와 만나 나눈 환담 자리에서 우리 세 사람을 "역할의 균형을 갖춘 멋진 관계"라 하였다. 정일근 형이 앞서고 그 뒤를 최영철 형이 받치면서 나도 함께 지역문학 담론을 생산하는 계기를 얻었는데 이처럼 안정된 삼각구도를 형성했던 것이다. 우리 세 사람이 문학현장에서 활동한 무대는 무크지이다. 등단으로 치면 내가 조금 빨랐으나 실제로 본격적인 활동은 세 사람 모두 1984년에 시작한다. 정일근은 무크지 『실천문학』, 최영철과 나는 무크지 『지평』을 통해 문학 장에서 자신의 위치를 찾는다. 그리하여 1986년 역사적인 봄날에 우리 세 사람이 부산과 경남에서 본격적인 지역문학운동을 할 수 있게 된다. 1986년 4월 5일 진해 우일예식장에서 열린 '경남 부산 젊은 문학권의 길트기를 위한 젊은시인회의'는 최영철 형도 지적한 바 있듯이 '문학사적인 사건'으로 기록해도 좋을 일이라 생각한다. 30여 명의 부산과 경남의 시인들이 한 자리에 모여 시대와 시인의 책무를 토론한 것은 '전무후무한' 일이다. 나는 이 자리에서 구체적인 지역 모순을 통하여 우리의 현실을 이해하고 타개하자는 내용을 담은, 「지역문학운동의 과제와 방향」을 발표하였는데 이 글에 담긴 논리가 내 비평의 밑자리가 되었다. 최영철 형과 정일근 형이 내세운 '신서정' 혹은 '새로운 서정'의 지향도 구체적인 삶을 통하여 희망을 노래하자는 취지를 담고 있다. 1970년대의 김지하, 조태일 그리고 『반시』 동인들에게서 자양분을 얻어 1980년대 시학의 이념이 된 것이 '새로운 서정'이 아닌가 한다. 그리고 이것이 하나의 큰 흐름이 되어 지역문학운동으로 나타났다. 강영환, 김태수, 정일근, 최영철, 이월춘, 우무석, 김종우, 서영호, 안성길, 조성래, 최규장, 신용길, 성기각, 성선경, 박병출, 최원준 등등은 '부산경남젊은시인회의'의 주요 구성원들이다. 이들은 부산, 진해, 마산, 김해, 삼천포, 통영, 진주 등지를 순회하면서 노동자의 고통, 교육 현실, 농민의 소외, 공해와 도시문제 등을 주제로 시를 쓰고 토론하였다. 무크지 『지평』은 시선집을 발간하는 등 여러 형태로 '부산경남젊은시인회의'를 매개하였다. 1986년 '자유실천문인협의회'가 '지역문학위원회'를 둔 배경에 '부산경남젊은시인회의'와 무크지 『지평』 등의 지역문학운동이 자리하고 있음이 사실이다. 아울러 '부산경남젊은시인회의'의 제안에 의하여 '영호남문학인대회'가 개최될 수 있었음을 기억한다.

1980년대의 '새로운 서정'은 세상을 바꾸자는 시인의 꿈과 희망을 담고 있다. 정일근 시인은 '새로운 서정'을 시대에 대한 복무라고 회고한다. 그러니까 군부 독재가 지속되었다면 새로운 서정이 지닌 혁명적 낭만주의를 지속할 수밖에 없었다는 말이다. 최영철 시인은 정일근 시인을 두고 '생래적인' 서정시인이라고 한다. 그만큼 그의 시가 자연스런 감성을 발화한다는 것인데 그의 시에서 그리움의 정서는 시적 기저를 형성하며, 시적 대상을 끌어당기거나 새로운 대상으로 이월하는 과정을 순조롭게 한다. 나는 농담처럼 두 시인을 '새로운 서정'의 우파와 좌파라고 한 바 있다. 그렇다고 보수와 진보라는 것은 아니다. 그 지향이 같고 다름을 과장한 표현인데 자아로부터 벗어나 타자와 세계를 향한 열림이라는 지향이 유사하지만 구체적이고 범속한 것을 거머쥐고 삶의 비의를 깨우치는 최영철 시인이 좌파라면 장소의 혼과 영혼의 울림을 고요한 가락으로 전하는 정일근 시인이 우파라는 것이다. 『바다가 보이는 교실』(정일근)과 『아직도 쭈그리고 앉은 사람이 있다』(최영철)는 첫시집 표제의 차이만큼 이들은, '새로운 서정'이라는 울타리 안에서 상호 길항하며, 변함없는 우의를 견지해왔다.

2. 토포스와 움직이는 시

정일근 시인은 자신의 시쓰기를 '움직이는 시'라는 개념으로 설명한다. 먼저 1990년대 이후의 서정이 본디 회귀가 아니라는 것이다. 시대적 복무를 끝내고 시의 고향으로 돌아가긴 했으나 "서정의 무게나 질량이 바뀌었다"는 것이다. 첫시집 『바다가 보이는 교실』은 등단 시기와 진해 남중학교에 재직하던 시절의 시가 대부분이다. 이 시기 그는 안도현 시인과 더불어 교육시에 열의를 보인다. 그러다 부산으로 직장을 옮기게 되면서 희망의 원리를 서정으로 노래하던 초기시는 구체적인 장소와 사물을 시적 대상으로 삼는 경향으로 옮아가게 된다. 특히 토포스의 이동은 정일근의 시적 과정을 설명하는 데 매우 요긴하다. 부산에서 울산으로 가면서 그는 도회가 아니라 울산에서 가까운 곳에 자리한 '경주 남산'에 더 많은 관심을 갖게 된다. 『삼국유사』를 거듭 읽으면서 신라와 향가를 상상한다. 그에게 남산은 "한 척의 배"로 비유된다. 시인은 "경주 남산은 한 척의 배다, 미륵의 나라로 가는 배다"라고 말한다. 그러니까 "그리운 그 나라"가 "미륵의 나라"로 변주되고 있는 것이다. 남산이라는 토포스는 정일근 시인의 시세계에서 가장 중요한 고갯마루가 아닌가 한다. 그가 남산을 오르내린 것은 주간과 야간을 합하여 300회가 넘는다. 남산에 대한 시를 만 매 이상 썼다고 한다. 『경주 남산』(문학동네, 2004)에 20여 편이 실려 있고 70여 편이 또 다른 시집을 기다리고 있다. 그의 불교적 상상력은 남산이라는 토포스를 매개로 구체적인 이미지를 얻으면서 발현한다. 시인은 또 다시 남산을 "내가 탈출할 수 있는 비상구이자 나를 가르치는 도량"이라고 그 의미를 부여한다. 불교가 모태 신앙인 시인이기에 불교는 감수성을 확장하고 심화하는 일상적 수행의 과정에 다름이 없다. 진해로부터 부산을 거쳐 울산으로, 경주로 이동하면서 그는 서정적 자아의 심연을 찾아 나서게 된다. 이처럼 '움직이는 시'는 구체적인 장소가 매개되는 배회와 순례의 과정을 내포한다.

> 첨성대 앞 나무의자에 앉아있다 비단벌레차를 기다린다 온다는 시간 지났다 나는 매표원에게 항의하지 않는다 이렇게 기다려본지 오래다 기다리는 동안 계림의 황금 가을이 나에게 온다 아름다운 호사다 비단벌레차가 천 년 전에 출발했든 천 년 후에 도착하든 조급하지 마라 신라가 나에게 오는데 천년이 걸렸다 오늘 내게 중요한 것은 너를 기다리는 일 내 손에 탑승권이 있으니 만족한다 비단벌레차가 오고 있나 보다 황남동 쪽 어디에서 푸른 사랑의 섬광 번쩍하며 눈부처로 내려앉는다.
>
> —「비단벌레차를 기다리며—경주남산」 전문

시인은 "푸른 사랑의 섬광"이 최동호 시인의 「불꽃 비단벌레의 사랑」

에서 차용한 구절이라 명시하고 있다. 경주 관광용 전기차인 "비단벌레차"를 매개로 최동호 시인의 시에 대한 오마주를 드러낸 대목이다. 물론 이것이 이 시의 의도는 아니다. 기다림과 다가오는 것들, 그리고 저 너머 세계에 대한 근원적인 그리움 등을 말하고자 한다. "눈부처"가 뜻하듯이 "계림의 황금가을" 혹은 "신라"라는 피안이 내 안에 있음을 지각한다. 놀라운 비약이 발현되는 대목이다. 그러니까 '경주 남산'은 구체적인 장소이면서 경계를 넘나드는 공간이다. 그것은 불어오는 바람처럼 시인의 의지와 만나 본성의 변화를 수반하는 시적 의례를 가능하게 한다. "비단벌레차"와 "눈부처" 사이에서 기원의 향수는 미래의 삶에 대한 예감으로 번진다. "눈부처"는 이러한 예감의 이미지이며 달리 "푸른 사랑의 섬광"으로 읽힌다. '경주 남산'은 그의 말처럼 설화와 현실을 넘나드는 깨달음의 '도량'이다. '남산'이라는 토포스는 시인의 의지와 피안의 부름이 사랑의 충족감으로 현현되는 시적 공간이다.

정일근 시인은 한때 경주 남산에 살기 위해 사람의 번뇌를 암시하는 108평의 땅을 산 적이 있다고 한다. 소설가 강석경이 경주에 살면서 경주 이야기를 서술하고 있듯이 그 또한 경주에 살면서 그것을 시로 노래하려 했다. 하지만 그는 시가 하나의 역에 오래 머무는 것을 원하지 않는다. "경주 남산과 삼국유사를 지나서 울산의 고래를 만나게 된 것"이다. '고래'에 대한 시적 탐구의 열정도 '남산'에 못지않다. 후자가 자아를 넘어 영혼을 인식하는 수행의 과정이라면 전자는 생명의 숭고에 대한 경의와 그것을 지키려는 운동이라 할 수 있다. 물론 '남산'이 그러했듯 '고래'도 시원에 대한 그리움과 연관된다. 그 단초가 된 것은 '반구대 암각화'이다. 시인이 '고래'를 노래한 것은 20년이 넘는다. 그에게 지금 고래는 시이자 실천운동이다. 그는 '고래'를 유토피아의 표상으로 생각한다. 이 또한 초기시가 말한 '그리운 그 나라'의 변주가 아니겠는가. 시인은 정현종 시인의 「섬」을 변용하여 "사람과 사람 사이에 고래가 있다//사람이 사람에게 겨누는 작살이 그 뒤에 숨어있다(「바다에서 사람의 자리」)"고 진술한다. 인간의 공격성과 사회의 구조적인 폭력을 넘어서 진정한 화해와 평화를 갈망하는 역설을 담는다. 그는 '고래'의 이미지에서 숭고한 아름다움을 찾고 있다.

> 52Hz 가장 높은 주파수로 노래한다는 것은/고래의 가장 아름다운 노래인데//바다 깊은 곳에서 하늘 높은 곳까지 전하는/바다의 기도인데//가장 외롭다는 것은 가장 빛난다는 것인데//외롭다는, 사람의 그 오만한 형용사를 용서하라//거룩한 바다의 사제여/사람의 죄 바다에 알리고 그 별 하늘에 고하라//마침내 사람만이 외롭게 죽어갈 것이라 예언하는데/보지 못하고 듣지 못하는 것 또한 사람뿐인데.
>
> —「고래, 52」 전문

'52'라 불리는 고래 이야기를 담고 있다. "세상에서 가장 외롭다고 불리는 이 고래를 아직 만난 사람은 없다"고 한다. 시인은 이 "고래의 가장 아름다운 노래"를 '바다의 기도'라 생각한다. 이 고래를 가장 외롭고 빛나는 존재이자 "거룩한 바다의 사제"라 여긴다. 이처럼 '52'는 인간의 한계와 무지 그리고 오만을 비추는 숭고의 표상이다. 시인은 이러한 고래를 그의 시(poetry)라고 말한다. 무슨 뜻일까? 그것은 시가 인간의 근원적인 결핍과 결함을 아는 과정이라는 의미가 아닐까? 시인의 문학에서 고래는 여전히 심연의 바다 속에 있다. 그는 이제 "고래를 바다로 보내고 은현리로 왔다"고 한다. 울주군 웅촌면의 은현리는 정일근 시인의 거소가 있는 장소이다. 시인은 이곳에서 인간의 불완전한 조건을 묵상하면서 땅 위의 존재에 대한 무한한 긍정을 이끌어낸다.

> 접시꽃이 걸어간다. 좋은 봄날 다보내고 걸어간다. 낮이 길어지고 해가 뜨거워질수록 제 꽃망울 속 열락의 꽃 차례차례 피워 올리며 걸어간다. 나무는 나무의 걸음걸이로 꽃은 꽃의 걸음걸이로 걸어가는 은현리 유월, 꽃 한 송이 피운 뒤에 또 한 송이 피우며 접시꽃이 걸어간다. 색색 양산 펴고 나들이 가듯 걸어간다. 느릿느릿 걷지만 저 뜨거운 속도, 사람이 숨어드는 그늘의 길 아니라 작열하는 햇살 속 불타는 길로 접시꽃이 걸어간다.
>
> —「접시꽃이 걸어간다」 전문

'은현리'는 시인의 거소가 있는 장소이다. 이곳에서 시인은 땅 위의 모든 생명과 더불어 살아간다. 시가 끝나면서 마침표가 나타나는 여타의 시편과 달리 이 시에는 매 문장마다 마침표가 있다. 그리고 모든 문장은 "걸어간다"라는 구를 반복한다. 끊어지듯 이어지면서 상승하고 하강하는 리듬을 만들고 이러한 리듬에 상응하는 이미지들을 그려내기 위함이다. 이를 통해 시인은 "접시꽃"이라는 하나의 대상을 통하여 끊임없이 생동하는 생명의 강렬한 활력을 부각한다. 여기에다 "사람이 숨어드는 그늘의 길"이라는 대목을 더하면서 삶과 죽음을 한꺼번에 껴안는 거대한 생명의 긍정하는 힘을 노래한다. 이를 두고 「우수서 경칩까지」는 "어느 땅 한줌이든 버리지 않는/은현리의 가르침"이라고 한다. 지금 시인은 이러한 은현리에서 마산 월영동에 있는 직장을 오간다. 「다시, 월영동 449번지」가 말하고 있듯이 "월영동 그 빛바랜 골목길 내 마음 묻은 곳"을 기억하면서 "사랑과 이별, 열정과 추억 사이/당신은 누구인가?"라고 묻는다. 추억과 예감의 행로를 지속하고 있는 것이다. "내 경우는 움직였을 때 시를 만납니다. 2000년에 에베레스트를 가고 2008년엔 동티모르 홍보대사로도 갔다왔어요"라고 시인은 말한다. 「보다나트 수투파 가는 길」의 경우처럼 시인은 먼 히말라야에서 은현리를 생각하면서 시의 "단단한 새 길"을 생성하려 한다. 토포스와 움직이는 시라는 개념들이 정일근 시인의 새로운 서정의 진폭을 넓히고 심화해왔다.

3. 서정의 미궁, 궁극의 서정

정일근 시인은 10구체 향가를 시의 원형이자 이상으로 생각하고 있다. '짧은 시 운동'을 전개한 바 있는 그는 시가 노래가 되고 암송되기를 기대한다. 그러나 노래가 시는 아니다. 뛰어난 시는 노래가 되기 쉽지 않다. 노래가 되는 시는 쉽거나 낮은 수준일 경우가 많다. 그래서 시인은 김종삼 시인의 시처럼 다섯 행 내외로 묵직하게 다가오는 시에 대한 의욕을 숨기지 않는다. 시조시인이기도 한 그는 리듬의 창출에 많은 관심을 갖고 있다. 시가 단지 시행을 구분하는 데 그치는 것이 아니고 생의 느낌(feeling)을 개성적인 리듬의 형식으로 생성하는 것이라면 시의 리듬 회복은 매우 중요한 사안이 아닌가 한다.

쇠숟가락으로 온기 먼저 담겨오는 민물새우뭇국 받아들고
남루한 가족 모여 따뜻하게 먹는 저녁이 있었다

여흘여흘 흘러가던 저녁강 깊어지며 비로소 잠드는데

기다릴 사람 돌아올 사람 없지만
바람길 따라 에두른 돌담 위로 노란 등불 맑게 켜지는 밤이 있었다.

—「수세미꽃이 있는 풍경」 전문

이러한 시에서 가장 주목되는 것은 이미지와 리듬이다. 삶에 대한 시인의 태도와 느낌이 생생한 리듬을 생성하고 살아있는 이미지를 형성한다. "온기"와 "등불"은 이 시를 통어하는 공감각이다. 남루하지만 모여 따뜻하게 저녁을 먹는 가족의 풍경은 수채화처럼 은은하게 번져난다. 이들 가족의 삶과 집 앞을 흐르는 강은 이어져 있다. 강물이 깊어지며 이들도 잠이 든다. 그 밤에 수세미꽃이 노란 등불로 피어난다. 공간이 넓어졌다 다시 좁아지면서 시간 또한 고요하게 흐른다. 이러한 시공간의 이미지들은 다른 의미에 봉사하는 매개물이 아니다. 이 시의 이미지들은 서로 유기적으로 연결되면서 현현한다. 그러니까 이러한 이미지들은 관념에 의해 걸러진 것이 아니라 시인의 경험이 현시한 것, 수단이 아니라 그 자체가 의미이다. 「물의 빰을 쳤다」를 통해 알 수 있듯이 시인은 법(法)과 율(律)을 실재의 경험으로 받아들인다. 모든 사물들이 생명의 연쇄로 연결되어 법도를 따라 움직이고 있다는, 불교의 연기론과 흡사한 생각을 지닌다. 그렇기 때문에 「꽃밥」은 "양산 상북면 신전리 천연기념물 이팝나무꽃 가지가지 그득그득 피우시는 이유는//내가 올해 꽃 피웠으니 자네 부부 한 번 다녀가시라는 것, 와서/꽃밥 배부르게 자시고 가시라는 것//노거수 꽃 피워 청하는 오래된, 아름다운 약속"이라고 진술한다. 이러한 시를 두고 의인화라고 해석하는 것은 틀렸다. 시인은 자연 사물들이 갖는 상호 관계를 말한다. 하나가 다른 하나의 원인이 아니라 각각의 움직임들이 서로 영향을 주고받으면서 교감하고 교응한다.

> 꽃 날리는 저녁이다 통점이 스르르//스르르르 등 뒤로 와 꽃뱀으로 꽉 문다//꽃 피기 전부터 이 악물고 참았던 내 궁극이//하얀 비단으로 풀린다 꽃 피는 날에//오지 못해 미안하다 이제 내 추억의 실마리는//부축 없이 처음에 닿지 못한다//발바닥의 궁륭이 서서히 그믐으로 가고 있다//내 처지보다 누가 먼저 울고 갔는지//꽃나무는 바다, 진해바다를 향해 서있다//사부작사부작 그믐치 오신다.
>
> —「그믐치」 전문

"그믐치"는 음력 그믐께에 내리는 비나 눈을 말한다. 시 속의 정황에 비출 때 시인은 꽃 지는 그믐에 내리는 비를 노래하고 있다. 그런데 이 시에서 내가 가장 주목하는 것은 "궁극"이라는 단어다. 시인이 서정의 궁극을 말하고 있는 것이 아닌가 하는 생각이 든다. 시의 기본 내용은 꽃 지는 진해에 와 느낀 시인의 감회에 지나지 않는다. 그렇지만 "통점", "내 궁극", "추억의 실마리", "발바닥의 궁륭", "그믐치"로 이어지는 시의 흐름이 만만치 않다. 고통과 상처를 경험하면서 시인은 바깥을 통하여 안을 들여다보는 공감의 지평을 확대한다. 그믐 밤 꽃잎 날리고 비 내리는 풍경을 이토록 그윽하게 진술한 데서 서정의 깊이를 느끼지 않을 수 없다. 서정은 하나의 지향이 아니며 여러 다양한 지향을 지닌다. 한 시인에게조차 그것은 "미궁"과도 같이 고통스런 교차로를 방황하게 한다. 그리고 이러한 고통의 미궁을 통과한 시인에게 궁극의 서정이 눈짓을 던진다. 정일근 시인의 서정은 자아의 고통을 경유하고 존재의 미로를 배회하면서 영혼의 삶을 인식하는 데 이르렀다. 그렇기 때문에 「아, 시다 시」가 진술하듯이 잘 익지 않은 양앵두를 먹으면서 중얼거리는 어머니의 말씀이 시가 되기도 하고 "내 피에 깊이 새긴 물무늬"(「지나간다는 것」에서)와 같이 무거운 추억이나 "밤하늘에 반짝이는 루별"과 같이 초월적인 대상도 시가 된다. 시인은 말한다, "시의 길은 또 얼마나 먼 길인가 첫 문장에서 마침표까지 쉬지 않고 달려가야 하는 길", "자갈밭에 제 몸 굴려가며 시를 빚어야 한다"(「별이름 루婁에 대하여」에서)라고. 그러므로 모든 시는 "미궁의 시"(「미궁의 시」에서)이고 "미궁에서 찾아온 시"(「미궁에서 찾아온 시」에서)이다.

> 히말라야 설산 높은 곳에서 흘러내리는 물을 받아/물속에 숨어있는 소금을 받아내는 평생 노역이 있다/소금이 무한량으로 넘치는 세상/소금을 신이 내려주신 생명의 선물로 받아/소금을 순금보다 소중하게 모시며/자신의 당나귀와 평등하게 나눠먹는 사람이 있다.
>
> —「소금 성자」 전문

이 시인의 주인공과 그가 받아내는 소금을 각각 시인과 시로 읽어도 무방할 것이다. 정일근 시인은 시인의 수행성을 중요하게 생각한다. 그는 한 편의 시에 이르는 과정의 성실성이 "소금"과 같이 읽는 이에게 스며들 것이라 믿는다. "시인이 제 피 찍어 시 한 편 쓰지만/마침표는 죄의식처럼 찍어야한다", "시는 시인과 함께 살아있는 생물이어서/시인의 눈물로 고쳐지고 또 고쳐지며 시는 살아있어야 한다"(「마침표」에서). 단지 낭만적 시학이 말하는 시와 시인의 연속성에 그치는 말이 아니다. 시가 하나의 형식이 아니라 한 사람의 시인이 치열하게 삶과 만나는 과정임을 웅변하면서 이렇게 쓰인 시가 읽는 사람들 속에 살아있을 것임을 말하고 있다. 정일근 시인은 삶의 미궁에서 궁극의 시를 말하고자 한다. 아울러 이렇게 쓰인 한 편 한 편의 시를 통하여 읽는 이와 더불어 시적인 상태를 지속하기를 갈망한다. 그는 그의 시가 무감각과 추상화로 마모되어 죽어가는 현대적인 삶을 소생하는 활력으로 자리하기를 원한다. 이러한 점에서 처음부터 그가 내세운 '새로운 서정' 운동은 여전히 유효하며, 빛바래지 않는 역사적 의의를 지니고 있다.

농경의 그늘

—이중기론

이중기 시인에게 더 없이 소중한 것은 여전히 농경(農耕)이다. 두루 알다시피 근대화 과정에서 농민은 산업화, 도시화를 뒷받침하는 역군으로 전락하며, 이농과 해체가 가속화되는 가운데 농촌사회 또한 '내국식민지'에 지나지 않게 된다. 그나마 이러한 과정에서도 농촌사회를 유지한 것은 새로운 기술의 도입과 국가 차원의 농민 복지 정책이다. 농업이 그런대로 근대화의 토대 역할을 하고 있었기 때문이다. 다시 말해서 식량 증산 등의 정책을 통하여 값싼 노동을 이끌어낼 수 있었다. 이중기는 이러한 근대화 과정의 농촌을 경험하면서 그 처음부터 '식민지 농민'에 대한 탐구를 주된 시적 주제로 삼는다. 그도 농촌을 떠나 도회의 생활을 하지 않은 것은 아니다. 그럼에도 이는 일시적인 기간에 그칠 뿐 농업은 그에게 필생의 업이 되었다.

그런데 오늘날 농업이 벼랑 끝으로 내몰리고 있다. 세계화라는 광풍이 전세계를 휩쓸면서 주변부 농업이 최종 타깃이 되었다. 식량 자급율은 계속 떨어지는데 주식인 쌀이 남아도는 우리 사회의 현상이야말로 전지구적인 농업자본주의를 설명하기에 적절한 예이다. 이제 농업은 일국의 산업을 뒷받침하는 토대가 아닐 뿐더러 농민이 국가의 역군이 되는 것도 아니다. 일국적 맥락의 농촌 분해가 아니라 전지구적 규모에서 농민 추방이 진행되고 있다. 전지구적 자본 연대는 근대화 과정에서의 농업 복지를 와해시키고 농민을 생존의 위기로 내몬다. 이러한 가운데 이중기는 안간힘으로 농사를 지으면서 시를 쓴다. 개발독재에 저항할 때와 마찬가지로 세계화에 저항하면서 '다시 격문을 쓴다'. 그럼에도 그의 시는 분노의 표출에 그치지 않는다. 농업이 근본이므로 이를 살려야 한다는 투의 논법을 토로하거나 절망의 농업에 대한 비가를 반복하는 것은 더욱 아니다. 무엇보다 그의 시는 농민의 경험적 삶에 충실한데 이야말로 농민 시인으로서 그의 정직성의 발로가 아닌가 한다.

내 직장은 명예퇴직 걱정이 없는 안전지대다
정년도 걱정할 필요가 없는 평생직장이라
이 공장에는 일흔이 훨씬 넘은 동무들 수두룩하다
무기수의 평생직장이 철창 안이듯
죽음으로 사표를 쓰지 않는 한 철밥통이다
다른 공장 사내들 밥줄에 전전긍긍 힘들 때마다
때려치우고 우리공장으로 옮기겠다고 장담도 하지만
물정 모르는 객기야 때로는 힘이 되는 것,
농사는 오랜 숙련으로 쌓은 내공이 필요하다
그러나 연봉에 문제가 많은 우리는 비정규직이다
우리 연봉은 미리 책정되는 것이 아니라

그 해 강우량과 소비자들의 취향에 따라 달라지므로
철저하게 외부요인에 의해 연봉이 책정되므로
우리 제품에는 희망소비자가격이 없다
수많은 직원들이 죽음으로 사표를 썼고 수리되었다
철밥통 이 공장도 구조조정 대상으로 전락되면서
논밭으로 출근하는 햇살과 바람도 낌새가 수상해졌다

—「나의 직장도 불안하다」 전문

이처럼 그는 차분한 목소리로 농민의 삶의 현실을 서술한다. 농민의 삶에 대한 깊은 이해가 지성의 톤으로 표출된다. 단순한 관찰자의 지성이 아니라 함께 고통을 나눈 이들과의 연대에서 비롯한다. 이 시는 농업 노동의 성격과 농업이 처한 상황을 그 내용으로 한다. 식량이 상품화되는 가운데 정작 농민의 생산은 상품으로 예측되지 못하는 것이 현실이다. 전지구적 규모에서 상업화된 농촌 상품의 범람으로 농민들의 생산 수단은 그들의 삶을 안정적으로 보장하지 못한다. 그들이 소유한 토지가 생존의 수단으로 하락하고 있다. 이러한 사정은 소위 '귀농'이라는 사회적 현상으로도 설명된다. 귀농은 탈농민화된 사람들의 재농민화로 생존의 논리를 내포한다. 생존조차 보장되지 않는 도회에서 최소한 생존이 담보되는 농촌으로 돌아간다는 것이다. 귀농은 고령화된 농촌 사회를 지속하기 위한 아름다운 행위로 선전되기도 하지만 결국 그 사회적 함의는 농촌이 생존의 위기에 내몰린 사람들의 최종 귀착지라는 의미를 포함한다. 그러나 "논밭이 감옥"(「감옥을 팔다」에서)인 이들에게 "죽음으로" 자기를 증명할 수밖에 없는 상황들이 거듭되는 농촌의 현실은 생존의 근거지가 되기에도 힙겹다.

많은 이들이 농업이 근본이 되는 사회에 희망이 있다고 말한다. 그러나 현실은 농민과 농촌적인 삶의 소멸을 향해 가고 있다. 농민이 지닌 생산 수단을 생존의 수단으로 강등시키면서 생존마저 위협하는 상황이 되었다. 이러한 상황이기에 농업적 사회가 지닌 생명의 원리를 예찬하기보다 농촌사회에 드리워진 기이한 "적막"(「적막하다」에서)과 만연된 죽음의 그림자를 먼저 드러내는 것이 당연하다.

한국경제의 전방이 무너지자 세상은
뒤틀렸고 그는 건달 농사꾼이 되었다
헛발 짚는 물 위의 눈발처럼 물수제비처럼 살았다
백여덟 가닥 칡넝쿨 오라를 받는 물푸레나무 같았다
백만 대군 단풍의 남하행렬 북쪽에 살던 개차반이었다
죽을 똥 살 똥 독하게 슬픔에 백의종군했다
농민회는 안 했어도 데모 대열에서 빠진 적 없었다
세상은 넓어도 어떻게 빈줄러 앉을 자리 없었다
민주공파 선산 굽은 솔 하나 소리끼 없이, 자빠졌다
구부러져 아름답던 생,
그믐달빛에 웅크린 적막강산 거기 누웠다

—「그의 초상」 전문

이 시는 실직하고 "건달 농사꾼"이 되었다 죽은 이의 생애를 요약한다. 여기에 등장하는 인물의 초상이 오늘날 농민의 일반적인 인간상은 아닐 것이다. 시인이 보기에도 그는 불성실한 "건달"에 가깝다. 하지만 삶의 위기에 내몰린 그가 생존을 위협받는 농업을 위해 행동으로 저항하였다는 사실은 그의 개별적인 삶에 내재한 보편성을 뜻한다. 적어도 그가 "건달"로 "개차반"처럼 살았다 하더라도 고통을 함께 나누는 높은 인간애의 소유자임엔 분명하다. 시인이 그의 죽음을 경배하는 까닭이 여기에 있다. 시인은 "독하게 슬픔에 백의종군"한 이들을 기린다. "옛날을 복원하고 싶은 간절함이 가난 쪽이었던 사람"(「그믐에 기대어」에서)이나 "필리핀 아낙"을 두고 "독을" 삼킨 "싸가지 없는 인생 하나"(「가을 강을 건너네」에서)나 "빚보증으로 망한 친구"(「가을 산 다녀왔다」에서)의 죽음에 깊은 마음을 나눈다. 이들은 죽음으로 "은자"(「그믐에 기대어」에서)가 되거나 "치욕의 강을 건너"(「가을 강을 건너네」에서) "산천"으로 "망명해"(「가을 산 다녀왔다」에서) 버린 사람들이다.

말할 것도 없이 시인이 죽음이라는 극단을 특화하고 있는 것은 아니다. 그럼에도 죽음은 그가 경험하는 농업의 현실을 드러내기에 매우 적합한 주제이다.

> 너희가 해마다 죽을힘 다해 거둔 것들
> 죄 앗아 한방에 꼬라박는 인간 말종들이 있다
>
> 그게 나다 농민이다
> 그렇지 않은가 논밭이여?
>
> 더러는 운수납자와 몸 바꾸고 싶은 날도 있었다
> 그런 날은 북극성에 수하를 걸어 암호를 묻기도 했다
>
> 무시래기 같은 헐한 삯도 없이 널 부려 이룬 폐허여

염하다가 놓친 놈 같이 푸르뎅뎅한 몰골이여

네 등골에 빨대를 꽂은 인간이 나다 농민이다

—「논밭이여 미안하다」 전문

이 시에는 땅에 대한 농민으로서의 자의식이 잘 드러나 있다. 농업에 대한 자본주의적 착취 구조 속에서 농민 또한 순환하는 자연의 원리가 아니라 산업적 생산의 논리로 땅을 유린할 수 있다. 시인은 "논밭"을 "폐허"로 만드는 이러한 행위에 스스로 동참하고 있는 것은 아닌가, 자성한다. 이러한 과정에서 시인의 의식을 통어하는 두 가지 이미지가 교차한다. 그 하나는 수평적인 차원의 땅 혹은 흙이고 다른 하나는 수직적 차원의 "북극성"이다. 전자를 시인은 "단절 없는 인간의 시간을 집필한/오래된 미래//흙으로 만든 책, 인간 발전소"(「오래된 책」에서)라고 설명한다. 땅이 희망이자 인간의 오래된 거처라는 지적이다. 그럼에도 이러한 땅은 인간의 욕망에 의하여 형질이 변경되고 마침내 사막화되기도 한다. "유정한 옛날 인간발전소"가 "장터거리"로 바뀌고 있는 것이다. 이러한 현실에서 후자의 "북극성"(「너무 생생한 몸의 기록」에서)은 진정한 삶의 가치를 가리키는 나침반과 같은 존재이다. 시인의 의식은 "땅"이 주는 생태적 순환의 삶에 대한 신념이라는 수평적 초월과 공생의 대동 세상에 대한 이념의 "북극성"에 대한 수직적 초월의 팽팽한 긴장 속에 있다.

당신은 농부와 농민 중에서 어느 쪽이냐는
참 고약한 질문에 대답하고는 갈등이 깊어졌다

죽어라 일에만 복종하는 농부보다는
반골 기질 숨어있는 농민이 나는 썩 좋다
그래서 그런지 농민은 생의 북쪽 같다
나는 대답을 수정하고 싶지만 마음이 먼 산을 본다
생의 북쪽은 자주 눈보라에 시달릴 것이다
자꾸만 버거워지는 생각 벗어던지고 밭에 들자
공기의 촉각으로 꽃을 준비하는 나무의 뜻 알겠는데
농민회 방송차가 적막을 흔들어 꽃망울이 꿈틀한다
낮잠 깬 옆집 노인이 마당에서 뭐라 궁청거린다
게릴라처럼 적막 꽝꽝 흔들어놓고 사라지는
방송차량 바라보며 노인은 삿대질 했을 것이고
나는 며칠 후 서울 가서 한판 붙을 생각을 했다
아무래도 나는 늙어 농부가 될 자신 없는데
때로는 몰래 농부 쪽으로 망명을 꿈꾸는//농부와 농민 사이는 멀다,
그 사이가 아프다

—「농부와 농민 사이에서」 전문

시인이 구분하고 있는 농부와 농민은 국민과 난민만큼 거리가 있다. 그는 국가에 복종하는 농부이기를 거부하고 난민의 길을 걸으려 한다. 세계적 자본과 연대하거나 소통하면서 제 나라의 농민을 포기하는 국가란 무엇인가? 이러한 국가에서 농민은 추방된 난민에 불과한 것은 아닐까? 주디스 버틀러처럼 국가(state)를 상태(state)라고 해석한다면 오늘날 농민의 입장에서 국가는 매우 그릇된 상태에 처해 있다. 하지만 근대국민국가란 그 안에 난민과 식민을 건설하면서 발전해 온 것도 사

실이다. 부르주아 지배 국가에서 농민은 난민이거나 내국 망명자에 불과하다. 또한 전지구적 농업자본이 지배하는 상황에서 농민의 처지는 더욱 열악할 수밖에 없다. 시인은 농부의 적막과 농민의 저항이 만드는 아이러니의 간극에서 삶을 아프게 인식한다. "미친 세계화"에 맞서 "농민들이 파업을 선언"하지 않을 수 없다.

> 제국은 아이들 밥그릇까지 간섭하여 습관을 뜯어/고친다 더러운 전쟁은 끝이 안 보인다.
>
> —「시월 들녘에서」 부분

시인이 "농부"의 길로 망명할 수 없는 이유이다. 난민의 지위에서 정당한 의미의 국민이 되기 위한 농민의 투쟁은 쉽게 끝날 것 같지 않다. 자주 의지의 피로는 농부가 되는 꿈을 꾸게 하기도 한다. 이러한 가운데 자기와의 싸움은 필연적이다. 부지불식간에 제국의 포로가 되거나 식민화되는 경험을 하게 되기 때문이다. 가령 싸다는 이유로 수입산 쇠고기를 "짐승처럼" 먹다 놀란 시인은 그때의 자기가 처한 정황을 이렇게 되새긴다.: "창밖에는 그믐달이 떠 있었다, 아뿔싸!/달의 뒤편에는 제국의 전진기지가 망을 본다는데/간통하다 들킨 바람둥이처럼 나는 캄캄해졌다/꼼짝없이 나도 제국의 신민으로 편입되었다"(「미친 소」에서). 이러한 정황은 "쌀값 폭락했다고 데모하러 온 농사꾼들이 먼저/밥이나 먹고 보자며 짜장면 집으로 몰려"(「그 말이 가슴을 쳤다」에서)가는 일에서도 반복된다. 이처럼 상품화된 식량은 생산자인 농민의 삶을 소외시킨다.

젊어 떠난 支孫들 달구소리로 낙향을 아뢰는
선산 소낭구를 지게작대기로 받치고 선 늙은 종손이여
쑥대밭의 위토답과 무너진 사당 아래 맥도널드 광고판이 세워지는데
어디에 무릎 꿇고 영천강 애진 은발의 갈대처럼 울며 고할 것이냐
쓰러지는 가업과 절손된 가문의 종손 농부여
영천강 북천 물소리가 키우는 커다란 적막 속으로
또 무슨 핑계로 천둥은 치는가, 놋날 다룻 듯 소낙비는 치는가
너무 높은 봉분을 걱정하며 종손은 또 애가 마른다
천둥 그늘을 밟고 서서 우는 선산 굽은 소낭구

—「선산에서 울다」 전문

이 시에서 시인이 처한 삶의 정황은 매우 직절하게 드러난다. “쑥대밭의 위토답과 무너진 사당”과 “맥도널드 광고판”의 극명한 대비처럼 세계적 규모의 농업자본주의의 위세가 등등한 바 있다. 이러한 가운데 시인의 농업은 “절손된 가문의 종손 농부”처럼 대를 잇지 못한다. 이미 “실패한 인간의 시간은 너무 치명적이다”(「치명적이다」에서). 이윤을 더 높이기 위한 인간의 욕망은 살충제와 화학비료의 과잉사용 등으로 인한 토양의 훼손을 불러왔고 상품화된 식량에 의한 식생활의 변화는 기존의 농업 생산 구조를 바꾸어 놓았다. 도로가 놓이거나 공장이 만들어지는 등 농지의 소멸뿐만 아니라 달라지는 식문화에 따른 농지의 전환은 지속적으로 농업적 기반을 축소시킨다. 특히 기업적 농업이 초래한 소농의 몰락은 농업적인 삶, 다시 말해서 작은 땅에서 땅을 사랑하고 이웃과 더불어 연대와 협동으로 살아가는 삶의 가치를 상실하게 만든다. 그야말로 농업이 지닌 “인간발전소”로서의 기능을 잃어가고 있다.

쉰 살은 한정 드는 쇠기러기 조선 나이,
오늘은 나도 짚 두 가닥으로 묶은 간고기 한손 사 들고
쇠기러기처럼 죽을힘 다해 옛집으로 돌아가겠네
콩 팔고 가던 뿌뜰이처럼 간고기는 버리고
소리끼 없이 비린내만 들고 가
처마 낮은 사람들 마을 처처에 걸어두겠네
북극성 같은 생의 첫 고요에 걸어 두겠네

—「쉰 살, 영천에서 울다」 부분

시인은 온전한 향수를 통하여 생의 진정한 가치를 확인한다. 향수는 단지 "옛집"에 대한 그리움만 의미하지 않는다. 그것은 현재와의 단절을 통하여 현재의 삶을 가로막고 있는 허위와 위선에서 벗어나게 한다. "북극성 같은 생의 첫 고요"와 만남으로써 "고장 난 인간발전소"를 수리하고 "제국의 그늘 아래" "이끼 핀" "옛날 경전"(「옛날 경전」에서)을 새롭게 읽을 수 있다. 또한 농민이 처한 현재의 고통과 연대하면서 희망을 품는다. 과거에 대한 향수와 현재의 고통에 대한 연대는 이중기 시인을 이끄는 두 버팀목이다. 이는 그가 "영천"이라는 고향에서 몰락하는 농업을 거머쥐고 살아가게 하는 의지의 원천이다. 좋은 시인들이 그렇듯이 그는 "영천"이라는 장소를 창조하고 있다. "영천"을 통하여 그는 농민의 삶과 농업의 사정을 우리에게 전한다. 쉰이 넘도록 한 장소에 터하면서 그 장소의 진정성을 되찾으려 한다. 그렇다고 그가 어떤 원형을 염두에 두고 그것을 회복하려 한 것은 아니다. 그가 가치를 부여한 것은 나날의 구체적인 삶이다. "저물 무렵, 밥값은 했느냐고 물으면 겁

이 납니다."(「밥을 먹는다는 것은」에서) 이처럼 그는 밥과 그 밥을 생산하는 땅의 가치를 옹호하는 삶을 산다.

서울 길바닥에 흩뿌려진 쌀알들
호적을 파버리고 내쫓긴 가장처럼 쓸쓸하다

—「깊은 풍경 · 1」 부분

이처럼 그는 한 톨 쌀알에서 삶을 구성하는 공동체의 기본 단위를 생각한다. 바로 소농적인 비전이다. 자주적이고 협동적인 삶에 대한 그의 희망은 자본의 무차별적 포격을 받고 있는 농촌사회의 현실 앞에서 "슬픔"을 갖게 한다. 그리고 이러한 "슬픔"으로 그의 감수성은 고통받는 농민과 신음하는 땅과 자연을 향해 열려 있다. 지금 그의 시는 "짐승의 시간", "실패한 인간의 시간"(「강은 사람의 노래, 푸른 경전이다」에서)을 이겨낼, 더 많은 "초록의 슬픔"을 요구한다.

먼 산 그림자 끌어당겨 눈 가리는 밤,
오늘은 인간들에게 초록의 슬픔이 필요하겠다

—「슬픔이 필요하겠다」 부분

고난 속의 희망

—문영론

고난과 고통에서 벗어나고자 하는 것이 인간의 희망이다. 이러한 희망은 고난 속에서 싹트는 것이지만, 고난으로부터 벗어난 상황에서 고난에 대한 무관심을 불러 오기도 한다. 사람들이 타인의 고난에 무심하기 쉬운 것은 역설적이게도 고난으로부터 벗어나고자 하는 갈망 때문이다. 오늘날 고통 없는 삶에 대한 환상으로 사람들의 지각 능력이 퇴보하거나 고난을 회피하려는 태도가 더욱 많아지고 있는 것이 현실이다. 또한 고난에서 벗어나고자 하는 기대에 의존함으로써 고난을 극복하려는 의지도 약화되고 있다. 문영 시인의 시적 관심은 이러한 고난을 향한다. 그는 고난의 삶을 고통스럽게 응시하면서 구원의 진정한 거처를 탐문한다. 선불리 희망을 말하기보다 고통을 지속시키는 정황들을 섬세하게 포착하면서 삶의 진실을 드러내고자 한다.

다만, 이 땅에 아직 머물러 있기에

너에게 묻노니
추억과 고통, 모두 매장시킨다면
삶은 이미 끝난 게 아니냐고
왜 아니겠느냐고
사람에게 추억보다 더한 아름다움은 없고
고통보다 더 넓은 우주는 없기에

—「너에게 묻는다」 부분

추억과 고통은 시인에게 가치 있는 삶을 엮어내는 두 가지 의미들이다. 실존적인 삶을 나타내는 기호가 고통이라면 추억은 이러한 고통을 견디고 이겨내게 하는 기제가 된다. 그런데 현실은 추억과 고통을 모두 매장하려 한다. 망각과 환각의 삶을 강요하고 있다. 모두가 더욱 무뎌지고 더욱 무감각해지기를 바란다. 시인은 이러한 현실에 대하여 삶이 아니라 죽음의 길로 가라는 것은 아닌가라고 반문한다.

어떤 거부나,
기대도 없는 삶이란
모두가 편안하지만 아무도 행복하지 않은, 가죽부대
퉁퉁 불은 채 실려 다니는 연분홍빛 부대가 아닌가

—「돼지 떼 몰려나온 날」 부분

이처럼 시인은 관리되거나 밖에서 부여되는 편안을 거부하고 자발성을 찾는 삶을 강조한다. 앞서 인용한 시에서 시인은 "고통보다 더 넓은 우주는 없다"고 한 바 있다. 그만큼 고통이야말로 실존을 나타내는 표지란 뜻이다. 왜 고통인가? 그것은 진실된 삶을 살고자 하는 인간이 피할 수 없는 조건이기 때문이다. 고통을 삶의 조건으로 인식하는 시인의 태도는 먼저 "처용"이라는 신화적 인물에 대한 관심으로 설명될 수 있다. 인고행(忍苦行)은 처용을 통해 말하고자 하는 삶의 모습이다. "아, 삶은 누구나 철거민, 마음에/가시를 달고 사는 엄나무가 아닌가"(「처용바다」에서). 시인은 이러한 시적 진술에서 "처용"을 "철거민"과 같이 터전을 상실한 이로 그린다. 그리고 그를 현대인이 처한 삶의 일반적인 정황에 다를 바 없는 것으로 이해한다. "처용"을 통한 시적 발상을 독백이라는 구체적 발화로 제시하고 있는 시가 「독백—처용일기 · 1」이다.

하늘이 하늘 되기가
시가 시 되기가
이토록 어려운가

바다가 바다 되기가
시인이 시인되기가
얼마나 얼마나 어려운가

—「독백—처용일기 · 1」 전문

일견 단순해 보이는 시적 진술이지만 이 시의 함의는 결코 단순하지 않다. 시인의 시적 지향을 제시하고 있다. 시인은 하늘과 바다로 대표되는 자연이 본디의 모습을 갖는 것처럼 시가 시의 본성을 회복하고 시인 또한 시인됨의 위엄을 되찾아야 한다고 생각한다. 자연 나아가서 우주와 시와 시인을 연속선상에서 인식하면서 근본의 회복을 지향하고 있다. 문영은 전통적인 시관을 견지한 시인이다. 본래 시는 시인의 마음을 표현하는 것이지만 그 표현이 시인 개인에 그치지 않고 궁극적으로 우주의 마음에 합일되는 지향을 담아왔다. 현대의 시는 자기만의 낯선 발화를 앞세운다. 문영 시인은 현대적 삶을 전면적으로 부정하는 시적 세계관을 드러낸다. 말할 것도 없이 이러한 그의 입장이 세계를 희생함으로써 주체를 세우려는 태도와 다르다. 앞서 말한 바처럼 그는 고난이라는 삶의 조건을 수용한다. 그는 현대를 공격하는 가학자의 위치가 아니라 현대로부터 고통을 받는 피학자의 위치에 있다. 자연과 시와 시인은 현대가 가하는 폭력으로 수난을 당하는 공통의 처지로 받아들여진다.

강은 흘러 넝마처럼 갈라진 만으로 간다
한때는 은어 떼가 설렘으로 오르던 것을
강둑 늙은이는 기억하지 못 한다
어둠이 멀리 있다고 고개 흔들어도
어느새 몸 뚫고 폐수로 흘러
고원에 머물렀던 푸르른 날을
이젠 꿈꾸지 않는다
시멘트와 기계와 자동차가 넘치는 땅에
녹물 담아 실어 나르는 강물도
s-o-s 부호로 떠다니는 새떼의 걸음을
이젠 보지 못 한다
고단한 몸 끌며 가는 발길이여
자기 얼굴 스스로 지워 버리는 매연의 날들이여

한때를 살기 위해 목숨을 버린 생애가
아무런 설렘도 없이 흘러가는/강은 이제 길을 기억하지 않는다

—「강은 길을 기억하지 않는다」 전문

이 시가 그리는 정황은 암울하다. 오염된 강물은 죽어 생물을 기를 수 없고 폐수를 받아들인 바다 또한 썩어간다. 하늘은 매연으로 가득하고 강가의 땅들은 시멘트와 기계와 자동차로 넘치고 있다. 더욱 심각한 것은 사람들이 "고원에 머물렀던 푸르른 날"을 꿈꾸지 않는다는 사실이다. 그야말로 총체적인 재앙 상황에 가깝다. 물론 인용시의 풍경이 모든 풍경을 대표하는 것은 아니다. 시인은 이와 같은 특정의 풍경을 통하여 묵시록적인 경고의 메시지를 전하려는 의도를 갖는다. 그만큼 시인의 감수성에 와 닿는 현실이 고통스럽다. 그는 "거리(巨里)라는 마을의 가을"에서 "폐허를 끌고 가는 시간들"(「그리고 아무 말도 하지 않았다」에서)과 만나고 "공개 처형된 세죽 마을"에서 "불모의 세월"(「개운포에 가서」에서)과 맞닥뜨린다. 공해산업으로 내국적 이산의 현장이 된 마을에서 피어난 "피울음 담은 접시꽃"에 "통곡이 뻗쳐 있는"(「개운포, 안개를 열다」에서) 것을 목격하기도 한다. 모두 시인이 사는 도시에서 겪은 경험들이다. 「온산공단을, 읽다」의 첫 구절에서 시인은 "밥이 무덤이 되리라 초록이 망각을 낳으니 폐타이어가 집을 지으리라"고 하고 마지막 구절에서 "몸 바뀐 바다가 낙태를 하리라 아픈 줄도 모르는 병이 밥이 되리라"고 진술한다. 모든 생명의 궁극적인 소멸을 예언하고 있다. 이러한 시에서 시인은 자신의 경험적 사실인 환경오염의 현실을 고발하는 데 그치지 않고 그것으로 귀결될 궁극적인 파국을 본다. 하지만 시인의 눈에 재앙에 가까운 생태학적 상황들이 사람들에게 심각하게 인식되고

있지 못하다. 과학과 기술이 사람들의 미래를 보장할 것이라고 낙관하고 있기 때문이다.

> 모든 게 있지만 결국 아무 것도 없는,
> 모든 게 즐겁지만 아무도 행복하지 않은,
> 사이버를 사이비라고 한들
> 생활이지만 삶이 아닌,
> 끝없는 구름과 모래알의 날빛 속에서
> 그 모든 것은 차례차례 죽어간다.
> 사라지기 위해서는 눈에 보이지 않아도 되고
> 제대로 살지 않아도 되기에, 우리는
> 죽어가면서도 끔찍이 편안하고 싶은 것이다.
>
> —「사이버를 사이비라고 한들」 부분

오늘날 사람들의 생활은 아침부터 잠잘 때까지 기술에 의존하고 있다. 텔레비전을 보고 자동차를 타고 이동하며 컴퓨터를 가지고 일을 한다. 밥과 빨래도 기계가 대신 해준다. 그런데 이러한 기술을 가능하게 하는 것은 과학이다. 처음 인간의 육체적 활동을 대신하는 기능에서 발명되기 시작한 기술은 과학의 눈부신 발달에 따라 디지털시대를 열고 있다. 디지털기술에 이르러 실재와 가상은 구별되지 않는다. 그리고 사람들은 가상의 세계에서 노닌다. 시인은 이러한 가상의 세계를 "사이비"라 규정한다. 실재와 엄연히 다른 공허에 불과할 뿐이며 "죽어가면서도 끔찍이 편안하고 싶은" 욕망을 반영하는 것이라고 생각한다. 이처럼 과학과 기술의 이데올로기는 현실에 대한 바른 인식을 가로막는 측면이 있다. 모든 사회적 문제를 과학과 기술이 해결해 줄 것이라는 미래에 대한 맹목적 낙관주의를 형성하기 때문이다. 그러나 많은 경우 과학과 기술은 자본의 논리에 구속되어 있다. 생명을 보존하고 생태계를 지키려는 과학과 기술보다 개발과 발전의 미명 아래 자본을 확대하는 과학과 기술이 더 융성하고 있는 것이 현실이다. 시인은 이러한 현실에 저항하면서 실재의 감각을 회복하고 자연과의 유기적인 관계를 찾는 것이 바른 지향이라고 말한다. "절정의 생애란,/희희낙락 흘러가지만 아무도 행복하지 않은/사이버 항해로는 건널 수 없다고,/날마다 피 흘려야만 한다고,/오늘도 육사의 바다에서 타는/저녁 놀!"(「육사의 바다」에서). 시인은 육사가 보인 절정의 생애에서 삶의 절실한 가치를 다시 건져 올리고자 한다. 과학과 기술 만능 시대에 살아있는 생명의 편에서 고난의 길을 택하겠다는 것이다. 이미 말한 인고행의 처용이 가지는 시적 의미가 다시 되살아나는 대목이다.

> 마르고 나서야 우물인 줄 알았네
> 하늘로 들어가는 문
> 섬의 배꼽이었던 우물
>
> 포르노와 펀드가 지배하는 세상처럼
> 산성비와 폐수를 먹고
> 죽기 위해 사는 후박나무가 있는 섬
>
> 아침이 노을을 깔고
> 밤이면 공장들이 불꽃을 쏘아 올리는 바다에

시들며 피는 동백꽃이 있는 섬

비워지고 나서야 우물인 줄 알았네
바다를 담고 있던 섬
섬을 담고 있던 우물

사라지고 나서야 우물인 줄 알겠네
속 태우고 나서야 비명인 줄 알겠네

—「하늘 우물」 전문

산성비가 내리고 검은 폐수가 흐르며 물고기가 죽고 나무가 시들어 가는 묵시록적 정황은 문영의 생태환경시가 현실에 대한 강한 분노의 소산임을 웅변한다. 단순한 과장이 아니라 자연과 생명에 대한 깊은 사랑의 표출이라 할 수 있다. 인용시에서 시인은 마른 우물의 이미지를 통하여 생태학적 위기를 수준 높은 상징으로 환기한다. 우물은 생명의 근원이고 공동체의 중심이다. 사람과 자연이 한 데 조화를 이루는 구심점이다. 이는 "섬의 배꼽"이면서 나아가 "하늘로 들어가는 문"인 우주의 배꼽에 유비된다. 그만큼 신성한 장소다. 시인은 이러한 우물의 훼손과 고갈이 살아있는 존재들의 "비명"에 다를 바 없음을 말한다. 아울러 역설적으로 이러한 우물의 회생을 갈망한다. 마치 성배 전설처럼 시인의 꿈은 일정한 서사를 지닌다. 닥쳐올 재앙으로 모든 것을 무로 돌리는 허무를 선택하는 것이 아니라 예견되는 재앙에도 불구하고 이러한 재앙을 극복할 일말의 가능성을 버리지 않는다.

검은 먼지 엉겨 붙는 길 따라
가슴에 구멍난 들깻잎 흔들리는 고개 넘으면
보인다, 감나무에 달린 빈 벌집
번지 없어진 마을의 입 다문 우체통
이주 못한 나방, 삼거리 버스 종점에서 웅웅대는
같이 가자고 달라붙는 도꼬마리 씨앗
데려가 달라고 우는 온산 갈매기
그래 그래, 너희들도 함께 가야지
이 쿨룩이는 매연의 삶 눌러 죽이고자
떠돌다 보면
보이리라, 우리의 쓰러진 꿈
배꽃 소금꽃 피어나던 마을이
흰창 많은 파도 너머로
우리의 청태(靑苔) 같은 그리움도
만선의 깃발로 펄럭이리라

—「당월 마을에서」 전문

표제가 말하는 당월 마을은 온산공단의 공해로 인하여 주민들이 집단 이주하고 폐허가 된 곳이다. 인용시의 전반은 인적 없는 마을의 을씨년스런 풍경을 서술하고 있다. 그런데 이 시에서 주목되는 반전이 후반부에 전개되고 있다. 세월의 흐름 속에서 옛 풍경의 복원이 이뤄질 것이라는 꿈이 그려진다. 암울한 풍경의 제시로 읽는 이를 충격하는 시보다 실제 시인의 의식을 반영하고 있는 것이 이 시라 할 수 있다. 시인의 의식지향은 필연적인 파국이 아니라 위대한 전환이다. 아직은 희망이 있기 때문이다. 그리고 이러한 희망의 거처는 생명의 힘이다. 그래서 시인은 말한다. "얼었던 자리마다/뜨거운 숨결 몰아주는/풋풋한 여자들의 시비(是非) 있어/녹색은 배경이 든든하다/녹색은 힘이 강하다"(「녹색은 힘이 강하다」에서). 그렇다면 시인이 보인 시적 묵시록은 낭만적인 희망을 압도하는 현실의 어떤 국면에 대한 시적 대응이라 할 수 있다. "온배수(溫排水) 흘려보내는 발전소 가까이/살고 있는, 월내 포구 돌멸치"(「돌멸치」에서)가 시사하듯 시인은 무자비한 산업자본의 폭력의 끝자락에서 생명의 강인한 자발성이 존재하고 있는 사실을 되새긴다. 다시 모두(冒頭)로 돌아가 고난 속에 희망이 있다는 시인의 의식 현상학과 대면하게 된다.

고난의식에 대한 시인의 생각은 「수양버드나무」, 「산수유」, 「쇠딱다구리는 메시지를 남기고」 등의 시에서 잘 드러나 있다. 이들의 시에서 시인은 인식적인 지식보다 인고하는 사랑이 중요하다는 것을 거듭 강조한다. "모두가 거품 내며 달려가는 검은 길 위에/자기를 고문하는 삶보다/더 높고 쓸쓸한 것은 없다"(「수양버드나무」에서). 공해의 현실에서 자기를 지키며 타자를 정화하는 '수양버드나무'야말로 "높고 쓸쓸한" 삶의 표상이 된다. 또한 시인은 "사람에게 상처 받고 사는 일도, 안에다 삭혀 놓으면/저렇게 빛나는 소리로 열린다는 듯이/쇠딱다구리는 메시지를 날리고"(「쇠딱다구리는 메시지를 날리고」에서)라는 구절을 통하여 안에서 삭혀 빛나는 고난의 삶이 지니는 미학을 보인다. 이러한 고난 의식은 다음처럼 자연에 유비된 주체라는 모습으로 드러나기도 한다.

땀 솟아,
얼었다 녹은 상처 위에서

꽃이 핀다고 누군가가 말한다면
겨울 뚫고 나온 산수유는
얼마큼의 고통을 이겨낸 걸까
온몸에 터진 조막꽃

살다가 외로움과 괴로움을 얻어야
피는 마음꽃 있다면
이른 봄 내내 쓰러져 있으면 어떠리
쑤시고 아린 자리 있으면 어떠리

—「산수유」 부분

이 시에서 "산수유"는 고난과 희망의 전범으로 제시되고 있다. 고난의 겨울에서 희망의 봄으로 가는 힘겨운 경로들이 산수유에 투사된 시적 자아의 마음을 통해 그려진다. 시인의 여러 시편들의 배후에 하나의 서사가 있다면 그것은 '겨울에서 봄으로 가는 이야기'라 할 수 있다. 심각한 생태학적 재앙을 고발하고 있는 시의 경우 암울하고 긴 겨울 이야기에 다를 바 없다. 시인은 성급하게 찬란한 봄을 노래하지 않는다. 이보다 "얼음 속 타는 불꽃"(「십이월 편지」에서)을 간직한 "겨울나무"나 "추운 겨울 한복판에/어여쁜 우리 새끼들이/눈물겹게 싱싱한 몸짓으로/얼음장 밑에서 살아 있음을"(「겨울 미나리」에서) 고지하는 "겨울 미나리" 이야기를 하고자 한다. 이러한 이야기를 통하여 시인은 고난 속의 희망을 말하고 궁극적인 행복을 암시하려 한다. 시인의 서사는 희극적 구성을 지녔다. 물론 이러한 구성이 모든 시를 관류하는 것은 아니다. "겨울밤 사그라진 연탄불처럼 삶도/푸스슥, 타다 꺼져버린/태백선, 그 안에 들면/견딤보다 더한 고통이 없다"는 「태백 行」의 삶은 잔혹한 겨울로 채워져 있다. 하지만 이처럼 잔혹한 겨울도 언젠가는 끝날 것이라는 희망을 시인은 버리지 않는다. "외롭고 가슴 아픈 일 많은 이 땅에/환히 불밝히며 살아가고픈 이들이/남과 북, 온 강산에서/영차영차, 어깨동무를 하고 몰려나오고 있네"(「개나리꽃」에서). 겨울에서 봄으로 가는 고난과 희망의 이야기는 문영 시인의 시세계를 관류한다. 그렇다면 고난 속의 희망을 말하는 시인의 의식을 받치고 있는 사유는 무엇일까? 그 하나는 마음에 대한 탐구이고 다른 하나는 시원에 대한 갈망이다. 시인은 황폐한 세계에서도 순수하고 맑은 마음들이 만나는 길은 사라지지 않는다는 믿음을 보인다. 달리 시인의 마음이라고도 할 수 있을 것인데 이러한 마음에의 지향이 시적 낙관과 시작의 계속성을 담보한다. 다음으로 시인은 시원에 이끌리는 의식지향을 보인다. 이 경우 시원은 과거가 아니라 다시 되찾아야 할 미래의 이미지로 변전된다.

세상 꿈이 악몽에 휩쓸리니
헛바람 들면 무덤이 될
시골 벌판의 길이여
맑게 흘러가는 여울이여
무엇이 텅 빈 가슴 건너는데 위로가 되랴
깃털로 덮은 작고 아름다운 심장이 없다면

하늘 두근거리게 하는
재재발발 부르는 노래가 없다면
어떻게 푸른 하늘을 가까이 오게 하랴

스카이 콩콩 타는 아이들처럼
심장을 띄워 놓는 참새 떼가 아니라면
그런 삶이 아니라면

—「참새 떼는 심장을 띄워 놓고」 부분

시인은 세상의 악몽과 무덤이 될지도 모를 풍경 앞에서 순수하고 아름다운 마음이 가지는 의의를 되새긴다. 이러한 마음은 결코 자족적이지 않다. 나로부터 너를 향하고 마침내 나-너가 소통하고 만나는 마음이다. 또한 이러한 마음은 인간의 관계에만 한정되지 않는다. 인간과 자연의 관계로 확대되고 연장된다. 이처럼 순수한 마음들이 세상의 악몽을 걷어내고 죽음 대신에 생기를 불러올 것임에 틀림이 없다. 시인은 간절히 말한다. "꽃 피는 순간이 간절한 고백이며/삶의 틈새가 아픈 기도로 가득하거늘/왜 듣지 못하는가//순간순간이 생명의 걸음이며/사이사이가 신음인 것을"(「오동나무에게 말하다」에서). 또한 이렇게도 말한다. "마음이 길을 열어 가지 않는다면/이 붉은등 껌뻑이는 세월을/어찌 무심으로 건너겠느냐/오늘은 내 마음의 꽃핀을/그대 가슴에 꽂아 주고 싶네"(「책 읽는 女子」에서). 시인은 "마음이 따뜻한 불 켜지 않으면/세상이 병들어 일어날 수 없다는 것을"(「병아리똥, 눈물똥이」에서) 알고 있다. 그런데 이러한 순수한 마음에의 지향은 시원에 대한 꿈과 다르지 않다. 세상이 부여한 제도나 관습 나아가서 고난이 면제된 무관심으로부터 벗어나 존재의 진면목과 대면할 수 있기 때문이다. 시인은 "반구대 암각화"에서 "헛된 이름표 던져" 버리고 "사람 사라진 곳에 사람 있는"(「반구대 암각화」에서), 원시의 건강이 살아 있는 진경과 만난다. 또한 동해바다에서 "청청(靑靑), 다시 일어서는 노래"를 듣는다. 시원의 부름이라 할 수 있다.

> 똘똘이 식당 벽지의 누룩빛 시간 꿈이 기적처럼 일어난다면 빈대떡이나 파전이 어울린 두부와 삶은 돼지고기를 싣고 막걸리에 몸 넣고 떠나겠네 두환 선생의 이야기 원래 동백섬은 고기 눈깔 같다고 목도(目島)라 혹 대나무 많다고 죽도라고 동백 숲에 벚꽃 피어나면 동해 남부 바다 끝에 매달린 삶들 모두 모여 화전놀이 가던 섬 멸치 꽁치 떼로 어울려 뛰놀며 후박나무 부채 잎이 초록빛 타는 속으로 먼 바다 고래들은 폭죽을 터트리며 갈매기를 따라 회유 했으리 그리운 삶의 화전놀이가 있어 어렵고도 끈질기게 살아야 닿을 수 있다면 똘똘이 식당 누룩빛 시간을 타고 단단하게 익은 추억으로 가야겠네 꿈이 기적처럼 일어난다면 꿈이 기적처럼 일어나지 않는다 해도 꿈꾸는 꽃섬은, 고래를 따라 떠돌고 있으리
>
> —「꿈이 기적처럼」 전문

이처럼 강렬한 시원에의 꿈이 시인의 의식의 기저에 자리하고 있다. 실제 이 시 속의 '목도'는 공해로 죽어가는 섬이다. 하지만 이 섬의 원형은 시인의 유토피아 의식을 표상하기에 손색이 없다. 시인은 과거의 시간과 공간이 미래에 복원되기를 꿈꾼다. 앞서 제시한 묵시록적인 환경시에 비춰 극적인 반전에 해당한다. 시인이 묵시록과 유토피아의 극단적인 대비라는 시적 설정을 보이고 있는 것이다. 이러한 설정에서 시인의 절망과 갈망의 깊이를 가늠할 수 있다. 시인은 오래된 미래만을 말하지도 않고 묵시록적 파국만을 과장하지도 않는다. 극단의 위기 국면과 더불어 생명의 아름다움을 강조함으로써 시적 전언의 효과를 부가

한다. 아울러 그 어느 극단의 상상에 치우치지 않음으로써 「소금의 날」과 같은 시적 구체성을 획득한다. "물 먹은 불의 생애란,/들끓는 마음을 죽여 하얀 뼈로 남는 것이라면/나는 상상한다/쓰라림에 절인 영혼은/사라지면서 눈물빛으로 반짝이고,/낮은 물소리로 흘러가서/하늘에 닿을 것이라고". 이처럼 구원의 메시지는 고난의 진정성에서 우러나온다.

사막을 건너는 낙타야
그을린 해 뜨고 지는 도시로 오너라
검은 모래알을 씹고 있는 초목(草木)을
입을 하늘로 향하고 뻐끔거리는 물고기를
와서 보아라
바람이 스모그에 젖은 꿈을 데리고
대기오염 전광판을 타고 오르면
수양버드나무가 콜라 거품 같은 강물 위에 흔들려
아이들이 신기루, 신기루라 노래하는 도시에서
꿈꾸며 걸어갈 수 있는 법 하나 일러 다오
사막을 지나는 낙타야

—「낙타에게」 전문

존재의 슬픔에서 원융한 사랑으로

—변종환론

1. 성찰과 시쓰기

변종환 시인은 "나의 시는 반성문"(「나를 위한 헌시」에서)이라고 진술한 바 있다. 서정을 추구하는 시인은 누구나 현재의 시간 저편에 내재한 아름다운 기억을 돌이켜 그리워한다. 이러한 의식이 지금 이 시간의 '나'와 현실에 대한 반성의 기제가 되는 것은 틀림이 없다. 그렇지만 시인이 자신의 시를 일러 '반성문'이라고 말하는 것은 특별한 의도의 소산이다. 삶의 여정에서 의미심장하게 찾아오는 어떤 전환의 계기를 강조하려는 시어의 배치라 할 수 있다. 그렇다면 반성의 행위는 회한, 분노, 슬픔, 고통 등의 감정을 이겨내면서 존재를 새로운 지평으로 견인하는 시적 과정을 포함한다. 당연하게도 시인의 시쓰기는 단순한 '반성문'이 아니며 마음이 나아가는 내적 행로가 된다.

> 별이 사라지는 세상에서/하늘이 열리면/오늘도 별은 뜬다/불면의 밤이 지나고/절창으로 불리던 우리들의 노래는/침묵의 언어로 남았는데/나의 시는 반성문이다/사람노릇하기 힘들고 어렵지만/누가 또 전율로 몸서리치는/사랑을 이야기 하는가/두고 온 것이 그리도 많은지/자꾸만 뒤돌아보는 이상한 습성/오늘은 새처럼/가볍게 몸을 비우고/한 치 앞이라도 내다보며/하늘에다 발자국 하나 남길까
>
> —「나를 위한 헌시」 전문

시인은 그 어떤 어둡고 힘든 질곡에서 '별'을 찾고 '침묵의 언어'로 남은 '절창'을 기억한다. 사람 노릇하기조차 어려운 현실이지만 기억 속에 반짝이는 별이 있고 절창의 노래가 있다는 것은 위안이다. 나아가 이들이 지닌 순수한 빛깔과 소리는 현재의 '나'를 깨우치게 한다. '불면의 밤'을 건너 다시 '사랑'을 이야기할 수 있다. 삶의 고통이 과거로 눈을 돌리게 하지만, 깊은 자기 인식은 미래의 신생(新生)에 대한 예감으로 이어지기도 한다. 이럴 때 시는 '자꾸만 뒤돌아보는 이상한 습성'에서 벗어나 '새처럼/가볍게 몸을 비우고' 새로운 삶을 기약하는 매개가 된다. 그러니까 시인의 '반성문'은 회감과 예감 사이에서 긴장한다. '별'과 '새'의 표상을 갈망하는 시적 화자의 표정과 같이 시인은 자기의 내면을 응시하면서 타자를 이해하는 궁극적인 '사랑'의 길로 이끌린다. 그는 외부의 사물을 통해 화해(和諧)를 지향하면서 마음의 깊이를 더한다.

여기서 시쓰기를 '반성문'이라고 한 시인의 의도된 진술에 과도한 의미를 부여할 필요는 없다. 다만 시인이 자기의 문제에 착목하면서 시작의 지평을 외부로 확대하려는 태도를 주목할 수 있다. 이는 한편으로

존재의 심연에서 부르는 그리움의 소리에 유인되면서 새로운 주체로 거듭나는 깨달음을 얻으려는 의지와 연관된다. 이러한 의지는 목적성을 지닌 이성의 판단과 무연하며 몸과 마음으로 행하는 수행의 과정에 가깝다.

> 세상에 말은 사라지고/푸른 달빛 아래/경전經典처럼/노래만이 남아있다/내 귀는 열려서/현자의 금언金言을 듣고/정신은 섬뜩하게/빈 흔적을 남긴다/달맞이꽃을 좋아했던/수줍은 여자의 연서戀書처럼/늙어버린 세월은/빛바랜 권태로움인가/가벼워질 수 없는/어둠을 깔고 앉아/지척에 널린/세상의 얼룩을 지우며/물들지 않은 순색純色의/반성을 맹세한다
>
> —「달빛 노래」 전문

시적 진실을 추구하는 시인이 세상의 말들을 회의하는 것은 당연하다. 시쓰기는 언어를 통하여 언어를 넘어서려는 모순된 형식이 아닐까. 온갖 관념들이 기입된 기성의 언어로 시인의 가장 직접적인 의식을 담을 수 없다. 그렇기 때문에 시인은 언어에 퇴적된 의미들을 지우면서 새로운 의미를 창출한다. 시인의 순수한 의식지향은 경물(景物)이 부여하는 살아있는 형상 속에서 들려오는 자연의 소리가 '노래'가 되고 '현자의 금언'이 되게 한다. 이러한 과정에서 시인은 의식에 남겨진 '빈 흔적'을 포착하고 '세상의 얼룩을 지우며/물들지 않은 순백의/반성'을 행한다. 여기서 순백의 반성은 존재에 대한 성찰이자 외부를 향한 의식 지평의 확대이다. 인용한 「달빛노래」가 진술하고 있는 시적 과정은 "마음 내려놓을 자리하나 찾지 못한 내게/나무와 숲과 바람"이 "고요한 순간

에 살아있다는 것/얼마나 고마운 일이냐고/눈물 많은 시인이 되었다는 것/얼마나 아름다운 길을 가느냐고/고해告解하고 기도한다는 것/얼마나 행복한 은총이냐고"(「교감」에서)라고 전하는 말을 듣는 일로 달리 표현된다. 이는 한 세계를 잃거나 지우고 다른 세계를 만나고 얻는 과정이다. '교감'을 통한 존재의 확장과 상승이라 할 수 있겠다. 시인은 푸른 달빛이나 어둠의 풍경, 나무와 숲을 만나면서 그 이면과 그 너머의 세계로 나아가려 한다. 교감은 단지 사물과의 동일시에 그치지 않으며 보다 큰 전체 속에서 자신을 느끼게 한다. 앞이 가로 막힌 시인에게 자아의 성찰은 주어지지 않으며 침잠이 있을 뿐이다. 전망을 지닌 시인은 풍경의 이면으로, 그 깊이로 나아간다. 그러면서 동일성의 사물은 차이로 인식되며 나아가 초월성을 지각하게 된다.

> 오늘도 별을 스쳐가는/그리움 하나/화석처럼 남아있네/세월의 그림자를 흔들면서/석양빛으로 사라지던/딱새 한 마리/적막의 씨앗을 물고/어두운 숲속에/주저앉는데/빈 들판으로 달이 뜨면/귀 기울여보고/여기 서서 기다리는/내 마음은 그대 곁을/떠날 줄 모르네/어쩌나 나를 부르는 소리/저 하늘에는 별이 지네
>
> —「별의 행로」 전문

이 아름다운 시에서 '별'은 '그리움'의 흔적과 초월의 전망을 내포한 이미지이다. 상실과 그리움에 포박될 때, 시는 슬픔을 노래하는 비가(悲歌)가 된다. 그러나 '별의 행로'는 비애로부터 존재를 이끌어 올린다. 시 속의 "딱새 한 마리"의 배치도 이와 같아서 '세월의 그림자'를 지우고 비상을 예비한다. '나를 부르는 소리'는 양가적인 의미를 지닌다. 심연

의 부름이면서 지향적인 이끌림을 포함한다. 환희와 고뇌가 교차하는 의식현상은 긴장된 반복을 지속하지만 이를 통해 주체는 보다 큰 전체 속으로 나아간다. 이는 "참으로 아는 것 없이 살아온/내 생의 내력/헛기침 같은 나의 울음을/사연 많은 세월 속에서 용서하라/손을 흔들며 전하는 인사/그대가 살아야하는 지상에서/자유로운 목숨 하나/지탱하는 깨달음"(「송천리에서 쓴 편지 · 8—깨달음의 밤바다」에서)이라는 시적 화자의 진술과도 상응한다. 생의 슬픔을 딛고 선 '깨달음'이라는 문제의식이 시인의 시작과정에 내재해 있다.

2. 시인의 도(道)

시인은 느낌(feeling)을 형식으로 나타내면서 마음의 근원을 추구한다. 시작의 과정에서 형식과 마음의 순위는 시인의 경향을 달라지게 한다. 마음이 먼저인 시인에게 중요한 것은 시적 과정이다. 그는 느낌의 형태를 만드는 일보다 더 넓고 깊은 외부로 나아가는 마음의 정진을 멈추지 않는다. 이 경우 미적 결과인 형식을 생산하는 일은 부차적이 된다. 변종환 시인은 "시는 마음이 가는 바를 말한다(詩言志)"는 흐름에 충실하다. 시어의 꾸밈보다 이미지들이 품는 의미의 경계를 성취하는 데 힘을 기울인다. 그렇기 때문에 자기표현은 외부를 만나 정체적(整體的) 지향으로 이끌린다.

> 세상의 삼고三苦 다 씻어버린/저 바다는 경전經典이다/어둠이 깃드는 숲을 바라보면/나무들은 성자 같다/손바닥을 들여다보면/손금 하

나 지나가는/깊고 깊은 언덕길/바람에 흔들릴 때마다/내 마음 다하여 이리저리/굽이치는 그 길을 보살피고/있어도 없는 존재처럼 어쩌다/시인이 되어 먼 길을 걸어왔다/길들지 않은 저자거리처럼/시를 쓰는 것보다/시인으로 살아가는 것이/더 어려워 얼굴 돌리는 이 세상/우리시대 마음 편한 곳은 어디인가/사람다운 불편은 견딜 수 있으리니/이제 돌아가는 길을 잊어 버렸고/용서하는 인간들의 거처/사람 사는 마을 찾아 나서면서/한번쯤 미숙한 우리 사랑도/화두삼아 그대에게 말하리라

—「송천리에서 쓴 편지 · 7—시인의 길」 전문

시적 화자는 '바다'와 '숲'의 '나무'를 보면서 그것을 각기 '경전'이고 '성자'라고 격상한다. 여기서 감행된 시적 비약은 주체가 처한 상황에 기인한다. '시를 쓰는 것보다/시인으로 사는 것'이 더 어려운 세상 탓이다. 이는 시쓰기와 삶을 분리하지 않겠다는 태도의 문제이면서 삶의 가치를 시인됨의 조건으로 삼는 자세와 연관된다. 시인은 시를 쓰는 일이 결국 마음의 문제라고 생각한다. 그렇기 때문에 '불편'을 견디고 '용서'를 깨친다. 나아가 '사람 사는 마을'을 찾아서 '사랑'을 말하고자 한다. 「송천리에서 쓴 편지」, 「송천리시편」 연작은 '송천리'라는 장소가 주는 평안과 경이를 노래할 의도로 쓰인 것은 아니다. 물론 장소성을 얻고 그에 대한 애착으로 시인은 화해의 감정양식을 획득할 수 있다. 그러나 시인은 여기서 그치지 않으며 외부의 경물을 통하여 상처를 다스리고 마음의 지평을 확대한다.

임포 바닷가/흙 한줌 움켜쥐고/하늘 향해 서 있는 자목련/나뭇잎 흔

들리는/외줄기 먼 길을 바라보다/고개 숙여 꽃잎을 털고 있다/혈관처럼 길을 향해 열리는/또 하나의 길/꽃그늘에 마음 내려놓고/쉼 없이 스스로 보살피면/나는 황홀한 새가 된다/산다는 것은 이토록 낯선 것인지/부질없는 세상의 바닷가 마을/잘려버린 꿈처럼 무심한 시간 속/면벽수행으로 부서진 생을 일깨우리니/눈부시게 쏟아지는 참 맑은 햇살/누군가 그립다

—「송천리시편 · 5」 전문

이 시는 크게 세 단계를 지닌다. 바닷가 외줄기 길가에서 꽃잎을 떨어뜨리고 서 있는 '자목련'의 이미지가 첫 단계라면, 그 나무 꽃그늘 아래서 '마음'을 내려놓고 '황홀한 새'가 되는 꿈을 꾸는 나의 심경이 둘째 단계이다. 그리고 바닷가 마을에서 '면벽수행'으로 생을 일깨우리라는 다짐이 셋째 단계이다. 특히 마지막 단계에서 의미를 상승시키고 있는 '부서진 생'이라는 시구의 구체적인 내용을 알기는 어렵지만, 외부의 자연 사물과 만나면서 생의 곤경을 극복하고 새로운 긍정과 화해에 이르고자 하는 시적 화자의 의지가 뚜렷함을 알 수 있다. 이런 가운데 '또 하나의 길'은 시 속의 주인공이 지향하는 바를 은유한다. 풍경 속의 길이 시적 화자가 얻고자 하는 신생의 행로가 된다. 변종환 시인이 말하는 "시인으로 살아가는 것"(「송천리에서 쓴 편지 · 7—시인의 길」에서)의 의미가 바로 이러한 맥락에서 찾아지는 것은 아닐까? 그러니까 시인은 그 어떤 비상한 계기에서 경험하는 세속에 대한 회의를 시를 통해 극복하고자 한다. 그에게 시는 시인됨의 추구이자 궁극적인 사랑과 화해에 도달하려는 과정이다.

시인은 외부의 사물에 감정을 이입하거나 내면을 투사하는 대상으

로 차용하기도 한다. 그러나 그에게 감정이입과 투사는 외물과 만나는 방편에 불과하다. 곧 자신의 마음으로 이동하여 생명현상을 궁구한다. 이러한 과정은 세 가지 시의 경계를 추구한 오랜 시법의 계승과 무관해 보이지 않는다. 전통시학은 물경(物境)과 정경(情境)과 의경(意境)으로 상승하는 시적 과정을 설명하고 있다. 가령 「꽃의 서시」를 예로 들어보자.

> 밤새 신열에 들떠 있다가/꽃이 피었다/나직이 말을 건네는 그것은/시간을 견딘 보람이다/속을 비우면서 저 가득한 것들/피고 지는 일이 내 탓이리니/시린 마음으로 꽃을 본다/탄생과 소멸/사랑의 몸짓으로 다가오는 찰라/이승의 한 생이 저문다/오, 찬란한 슬픔이여/눈부신 침묵이여
>
> —「꽃의 서시」 전문

우선 시적 화자는 '꽃'이라는 사물과의 교감을 통해 '시간을 견딘 보람'을 말한다. 이어 자신의 느낌을 표출한다. '시린 마음'으로 생명현상을 숙고하면서 마침내 '탄생과 소멸', '사랑', '생'의 의미를 새긴다. 물론 이 시가 이러한 의미를 말하는 데 충분한 이미지들을 갖추었다는 것은 아니다. 무엇보다 시인의 시법이 주목되는 바, "이슬 한 방울에도 우주가 있다"는 어법과 흡사한 정체공능(整體功能)을 지향하고 있음이다. 변종환 시인의 시법을 움직이는 것은 마음이고 이 마음이 외부의 경물과 만나 생명현상의 궁극을 탐문한다. "마음으로 조화를 본받는"(心師造化) 시적 경험을 통해 시인은 대립과 갈등, 분노와 슬픔을 넘어 화해의 지평을 열어간다.

길 위에 떨어진 못 하나/녹 쓸고 허물어 버려진 것/한때는 제자리에서 반짝이며 빛나던/아득한 그 세월이 생각날까/벌어진 어느 틈새 이어 버팀이 되던/저만치 흘러간 시절/이제야 고행하듯 묵언으로 돌아오네/무기력한 모습으로 길 위에서 살아가며/얼음장처럼 차가운 일생을 견디어/억하심정으로 고요한 봄날을 기다리는데/무심히 강물 위로 흐르는 바람은/젖은 몸 말리고/아늑한 깨달음을 얻어가네/이승의 피안은 인적 없는 길인가/풀꽃 한 송이 피워 올리며/잃은 것들 껴안아 무궁無窮을 향하고/맑은 생의 속맛으로 생기를 되찾네

—「못 하나」 전문

버려진 못 하나를 만나면서 그 위에 한 생애를 포갠다. 정해진 용도를 잃고 폐기된 상태를 시적 화자는 '이제야 고행하듯 묵언으로 돌아오네'라며 반긴다. 길 위에 나뒹구는 '못'에 자아를 투사한 셈이다. 시인은 처음엔 눈으로 보고 다음엔 마음으로 본다. 마음으로 볼 때 더 많은 것을 볼 수 있다. 쓸모없음이 아니라 사물의 본래 모습과 만난다. 이를 두고 시적 화자는 '아늑한 깨달음'이라고 한다. 보이는 것과 달리 보이지 않는 것의 지평은 무궁하다. 결구에서 되찾는 '맑은 생의 속맛으로' 되찾는 '생기'는 본디 바탕인 무(無) 혹은 천지에 만연한 기(氣)를 호흡하는 일이 아니겠는가? 이처럼 시인은 길 위에서 외유(外游)와 내유(內游)를 반복한다. "잃기만 하는/무량(無量)한 욕망"(「바람 세례」에서)으로 궁극을 향한 시인의 도를 추구한다.

3. 비가를 넘어선 연가

삶의 고통과 상실로 인한 슬픔을 경과하지 않고 사랑과 초월을 노래할 수 있을까? 고통에서 벗어날 수 없고 수직적 초월을 감행할 수 없는 인간에게 슬픔은 영원하다. 도전과 투쟁으로 맞는 비극이 아니라 인간의 한계에 기원을 둔 슬픔은 시의 뿌리라 할 수 있다. 비가(elegy)는 서정시의 기원이다. 변종환 시인의 시도 이러한 슬픔에 바탕을 두고 있다. 그는 시적 화자를 통해 "내 슬픔은 멎지 않는다"(「송천리에서 쓴 편지 · 6」에서)고 말한다. 그리고 슬픔을 간직한 주체와 세계의 시적 변증법을 개진한다. 슬픔은 갈망과 극복할 수 없는 장애 사이에서 반복된다. "바람 잘 날 없는 가지처럼/세상은 소리 없이 흔들리고/삶은 끊임없는 시작인가/하루가 저무는 저녁에/가녀린 바늘이 북극점으로 떨리는/지남철을 바라본다/바람이 풀뿌리 나누듯/적막을 견딘/슬픔의 위치는 어디쯤일까"(「허공에게」에서). 이와 같이 시인은 '슬픔의 위치'를 찾는 궁극적인 물음을 던진다. 이러한 과정에서 슬픔과 그리움은 순환하는 감정의 양식이 된다. 여기서 그리움은 자기의 한계를 넘어서 닿으려는 대상에 대한 갈구와 다르지 않다.

비애와 갈망의 교차는 비가를 연가(戀歌)로 전환시킨다. 시인의 시적 지평이 넓어지고 깊어지는 경로를 따라 비가는 줄어들고 연가가 더 큰 의미를 갖는다. 설혹 연가가 비가의 원인이 되었다고 하더라도 새로운 차원의 연가가 생성되기 마련이다.

> 그대를 위한 사랑은/나의 심오한 사상이다/하늘과 땅 사이 내게/슬며시 비워준 자리/채워가는 나의 사랑은/홀로 보살피는 적빈赤貧이다/

그믐밤 이 세상 끝의/허리 낮춘 어둠속에서/땅을 뚫고 고개를 내미는/
여린 새싹의 연두색으로/그대만큼 내가 기다리는/편지 한 구절처럼/
가까이 마음에 닿기 위해서/잠들 때까지 기적 같은/사랑을 생각한다

—「사랑, 잠들기 전」 전문

이 시에서 '그대'가 누구일까라고 묻는 것이 가능할까? '나-너'나 '나-그대'의 문법은 서정시에서 일반적이다. 인용시의 '그대'는 이상적인 자아, 사랑하는 사람, 궁극적인 대상일까? 무엇보다 시적 화자가 '그대를 위한 사랑은/나의 심오한 사상'이라고 진술하고 있음을 주목하지 않을 수 없다. 이는 이 글의 첫머리에서 말한 '나의 시는 반성문'이라는 진술만큼 반향을 불러온다. 시적 화자는 다시 '사랑'을 '홀로 보살피는 적빈'이라고 한다. 그렇다면 '그대'는 누구인가? 단지 사랑의 대상은 아닌 듯하다. '그대만큼'이라는 어구가 말하듯이 '그대'는 사랑의 전범이거나 더불어 사랑을 실천해야 하는 존재다. 그렇기 때문에 시적 화자가 '기적같은/사랑'을 생각한다. 사랑은 '나'의 이상이자 '그대'를 향한 용서와 궁극적인 화해와 다를 바 없다. 이것은 생명에 대한 애련이자 마음과 마음의 감응이다. 시인은 「외투」에서 "사랑의 힘"을 말하고 있다. 이 시의 화자는 "그윽한 생의 향기는/절로 넘쳐흐르는 거 아니라며" "어깨에 짊어진 마음 내려놓고" "너와 나 적멸처럼 잊자고" 기원한다. 앞서 인용한 시의 '적빈'과도 같이 내려놓고 지우고 가난한 마음이 되어 '사랑의 힘'을 얻자는 것이다. 그러니까 시인은 에로스의 욕망이나 남녀의 사랑을 말하고 있는 것이 아니다. 이 모두를 포함하면서 더 큰 이상으로서의 사랑을 지향하고 있다. 사랑은 타자의 문제, 어떻게 '나'를 비우고 타자를 받아들일 것인가 하는 문제이다.

너로 인해 다시 태어나는/나는 환하다/아득한 빛의 시원始原에서/한 줌의 희망으로/너를 받치는 기둥을 세우며/눈물과 웃음으로/쓸쓸한 시간을 견디리니/적막한 나의 안팎으로/빛나는 우주가 수렴되고/내가 딛는 발자국 마다/동박새 울음소리 젖어든다/지상의 모든 슬픔/바람으로 씻어내어/떠도는 무명無明을 밝히고/어둑어둑 저무는 길/시간 너머 소슬하게/별이 총총 뜨는데/스스로 익어 떨어지는/존재는 아름답다

—「연민에 대하여」 전문

이처럼 사랑은 '너'라는 타인이 원인이 되어 '나'가 '다시 태어나는 놀라운 회생의 과정이다. 그러나 이러한 과정은 고독과 슬픔과 무명의 시간일 수밖에 없다. 자연스럽게 비애가 주조를 이루게 되지만 순리와 순명의 깨달음으로 새로운 존재로 거듭난다. 변종환의 시에서 사랑은 어떤 의미에서 이전의 주체와 다른 주체가 되는 존재 전이의 양상과 유관하다. 이러한 과정에 「송천리에서 쓴 편지」, 「송천리시편」 연작이 말하듯이 '송천리'라는 "원초의 그리움이 묻어나는"(「송천리 시편 · 13」에서) 장소가 개입한다. "송천리에는 내 것으로 익어가는 것들이 많다"로 시작하는 「송천리 시편 · 10」은 송천리의 경물과 시인의 사랑이 자라는 경과에 대한 구체적인 진술을 제공한다. "물빛으로 빛나고/가꾸고 익혀야 내 것이 되는/고구마, 감자, 토란 그 알찬 생명/고요히 파문 지는/내 사랑도 익어 가는데/소슬한 적막 아래/여정餘情은 끝이 없다"는 구절이 그러하다. 시인은 이곳에서 지난 시간과의 격절을 도모하고 자연사물을 통하여 새로운 관계의 인식, 신생의 예감을 얻는다. 여기서 그는 "투

명한 눈물"(「송천리에서 쓴 편지 · 1」에서)을 통과하며 "몸짓으로 표현하는 청명한 사랑", "환생하는 뜨거운 사랑"(「송천리 시편 · 6」에서)을 경험한다. 알랭 바디우는 "사랑한다는 것, 그것은 온갖 고독을 넘어서 세계로부터 존재에 생명력을 불어넣을 수 있는 모든 것과 더불어 포획되는 것"이라고 했다. 이와 같이 변종환 시인은 "긴 여운으로 나를 껴안는/충만한 은총/가슴 떨리는 사랑"(「송천리 시편 · 18-그대 찾아가는 길」에서)을 인식한다. 생의 슬픔을 건너서 사랑의 우아, 사랑의 숭고로 상승하는 형국이다.

4. 원융한 사랑의 노래

변종환 시인에게서 '송천리'의 경험이 차지하는 시적 의의는 매우 크다. 시인의 경험은 외부의 무한한 풍경과 이러한 풍경에 기입하는 몸의 느낌으로 나타난다. 그의 시에서 도회는 「연지동 산14번지—재개발 2구역」이 말하듯이 "적막한 폐허"로 그려진다. 반면 '송천리'와 같은 자연의 경물은 공감의 대상이 된다. 반성을 통하여 열린 시인의 시적 지평은 "세상이 관심 없는 변방"(「송천리에서 쓴 편지 · 5」에서)에서 더욱 확장되고 심화된다. 이곳에서 "생명의 품안에서 휴식하고/따뜻함으로 일어서는 사랑"을 경험할 수 있었기 때문이다. 이러한 공간 이동이 반성과 유관함은 틀림없다. 반성은 본래의 경험 지평에 속하지 않는 지평을 지향하는 것이다. 그것은 "낯선 풍경" 속에서 "저 혼자 서있는 나무처럼/마지막 시간의 심연 속으로/슬픔을 쓸고 가는/고요한 그리움"(「사랑 여행」에서)을 만나는 경험과 다르지 않다. 시인은 자기를 성찰하고 외부의 더 큰 세계를 사유하는 시적 모험을 지속한다. 이를 통해 자기를 비우고 낮추며 타자를 내부로 영접하는 사랑을 수행한다. 이러한 시인의 사랑은 두 가지 차원이 있다. 그 하나는 마음으로 자연을 느끼고 노닐면서 그 속에 자아가 속해 있음을 자각하고 다른 하나는 만상을 에워싸고 있는 심령을 인식함이다. 물론 전자와 후자가 별개가 아닐 수 있다. 하지만 전자가 미적이라는 후자는 다분히 종교적이다. 변종환의 시세계에 간혹 후자와 같이 종교적인 것이 개입하고 있는 것은 사실이다.

> 광활한 세상/오직 당신의 지순한 사랑에/젖고 젖으면서/내가 살아갈 수 있다면/가슴은 기도로 열려있는/길이 될까요//길가엔 향기에 젖어있는/작은 풀잎들이 깃털처럼 흔들리고/멀리 묻혀서 사는 사람의 마을/닫혀있던 문들은 활짝 열리겠지요//낮아져서/끝없이 낮아져서 내가 머무는 곳/풀벌레 소리에도/여린 눈물 자국을 남기며/떨고 있는 누군가의 말소리 들리겠지요
>
> —「풀잎의 고요」 부분

이러한 대목에서 우리는 시인이 영혼의 교감을 갈망하고 있음을 알게 된다. 이는 "이제 그대에게 가는 길을 알았네"(「송천리 시편 · 3」에서)라는 진술과도 연결된다. 기도와 영성은 변종환의 시에서 "화엄의 세상"과 공존하며 "여리게 떨고 있는 슬픈 것들이/기도로 길을 열어 찾아가는/생명의 세상"(「겨울 운주사에서」에서)과 같은 표현을 얻는다. 시인은 이미 "까맣게 타버린 내 가슴속 애증"(「역수를 생각함」에서)을 버리고 허정(虛靜)을 추구한 바 있다. "오랜 혼란 끝에 얻은 자유"(「고당봉 가는 길」에서)가 아니겠는가? 그는 여전히 "원융한 마음"(「순수를 꿈꾸며」에서)

을 궁구하고 있다. “깊어진 그대 사랑은/그윽한 강물로 흘러들어와/낮은 곳마다 적시는데/그대 생각 겹친 밤하늘/시리도록 아름다워라/아름다워라”(「달구경」에서). 이러한 진술이 단지 풍경을 찬미하는 말에 그치지 않음을 알 수 있다.

비루한 현실과 시적 성찰
—윤현주론

1. 시인의 마음

시심을 품고 사는 일은 귀하고 소중하다. 마음의 문제이기 때문이다. 달리 자아의 문제이다. 자아는 '나'의 안에도 있고 밖에도 있다. 안팎이 만나고 길항하는 과정이 '나'이다. 때론 자아는 이러한 '나'를 반성하고 성찰한다. 이럴 때 사회적 자아와 진정한 자아가 나뉜다. 시적 자아는 부박하고 비루한 현실 속에 처한 사회적 자아를 돌아보는 과정에서 생성한다. 현존의 자아를 이격하고 진실한 '나'를 찾는 순간, 시적 시간이 다가온다.

시를 쓰는 단초는 자기를 찾고 말하는 데서 열린다. 모든 감정과 지각, 반성과 성찰은 시적인 것을 동반한다. 세계에 대한 주체의 직접적인 반응이 그에 상응하는 구체적인 언어를 입을 때 시가 발화한다. 언어와 더불어 자아를 힘겹게 부둥켜안고 가는 일은 시인의 운명과도 같다. 시인의 자기표현은 두 가지 싸움을 전제한다. 그 하나는 나르시시즘을 극복하는 것이고 다른 하나는 그에 상응하는 시어를 포획하는 일이다. 실제 이 둘은 분리되지 않는다. 자기연민에 머물 때 시의 언어는 감정의 분출에 그치고 만다. 자아를 지우는 슬픔이 요구되는 대목이다. 서정시가 비가(elegy)에서 비롯한다는 사실은 틀림이 없다. 타락하고 훼손되며 초라하게 마모되고 있는 자신을 바라보는 슬픈 눈길에서 시적 지향이 반짝이기 때문이다. 하지만 시인에게 요구되는 것은 더 큰 슬픔이다. 자기를 부정하는 힘이 클수록 슬픔은 더 커지고 타자를 향한 마음도 넓어진다.

2. 유년의 꿈

흔히 서정적인 것을 돌아보는 감정에서 찾는다. 현재의 '나'에 대한 반립의 거처가 과거의 기억 속에 있는 탓이다. 특히 유년과 고향은 시적 자아를 환기하는 주된 매개물이다. 유년은 말할 수 없고 말해지지 않은 경험의 순수함을 지닌다. 시인은 유년을 거울로 삼아 현재의 자아를 되새긴다. 자기연민을 수반한 노스탤지어는 오래된 시적 원천이다. 윤현주 시인의 시적 단초에도 유년이 자리한다. 그것은 "보리누름 언덕길 넘어가던 유년의 허기"(「입 안에 고여 오는 얼굴」에서)와 "어머니의 고슬고슬 고봉밥 받아먹으며/따박따박 의식의 등뼈 키우던/유년의 푸른 정원"(「솔갈비 · 1」에서)과 같은 양상을 지닌다. 시인에게 유년은 "말끔하게 발라진 살구 씨처럼 깨물어도/깨어지지 않는 서러움"(「입 안에 고여 오는 얼굴」에서)처럼 지워지지 않는 기억으로 남아서 "먼 훗날/얼룩지는 영혼의 빨래터"(「솔갈비 · 1」에서)로 삶을 정화하는 장소가 된다.

의식이 분화되지 않는 유년은 사실 말할 수 없는 기억의 세계이다. 시인이 기억하는 것은 경험의 잔상들이며 이로써 유년은 재구성된다. 가난과 상처가 있는가 하면 사랑과 행복의 기억이 공존한다. 그럼에도 존재의 가장자리를 환하게 밝히는 순수한 불빛이 있다. "적빈에도/이마엔 어린 별 몇 개 돋아나던/푸른 강냉이 시간의 윤슬"(「푸른 강냉이 시간의 윤슬」에서)로 반짝인다. 이와 같이 유년의 이미지들은 시인의 현재를 반추하게 한다. 과거의 추억과 현재의 삶을 대비함으로써 바라는 자아에 대한 기대를 강화한다. 가령 「상어의 변주곡-돔베기 그리고 샥스핀」은 유년과 현재가 반립하는 이미지들을 매우 뚜렷하게 그리고 있다. "식구들의 구레밥상"에 "푸른 파도"가 일렁이게 하던 "돔베기 산적"과 "부자들의 파탄 난 입맛을 되살리기 위해/셰프의 손에서" 꽃으로 피어나는 "샥스핀"의 거리만큼 유년과 현실의 이반이 심각하다. 시인이 이와 같은 대비를 통하여 얻고자 하는 효과가 무엇일까? 그것은 교환가치가 지배하는 현실에 대한 비판과 더불어 잃어버린 가치에 대한 추억이 아닐까?

상실한 동일성을 찾아가는 시인의 행보는 일회성으로 그치지 않는다. 시원의 잔상들은 생의 계기마다 그 의미를 증폭하며 거듭 나타난다. 「퇴장」이 말하듯이 시원의 부름에 화들짝 놀라는 일이 적지 않다. "국립김해박물관에서 말흘리 유물전을 보고 나오다가/천 년 전 화엄 장식들을 땅속 깊이 묻은 채 산사를 급박하게 떠나야 했던 사연은 무엇일까/먹먹하게 걸어가다가/천 년을 건너온 말발굽소리에 화들짝 놀란다." 심연의 소리가 울린 탓이다. "양은냄비 옷가지 이부자리 세간들 단출하게 챙겨/영문도 모른 채 고향을 떠나던 날"이 떠오른 것이다. 이처럼 향수는 찬란한 것과 슬픈 것을 함께 동반하면서 지금의 '나'를 깨우친다. 무엇보다 가족사에 깃든 애환과 상처에 대한 기억은 오래도록 시인을 사로잡는다. "어머니가 켜 놓은 세월의 호롱불이 자진모리로 이울고 있는 줄을 침묵의 삭정이마저 꺾이고 있는 줄을 까마득히 모른 채 읍내 어디쯤서 아버지는 꽃들에 수작을 거는 나비가 되고 있었겠지"(「오래된 침묵」에서)라는 진술이 말하듯이 유년의 아버지와 어머니는 "수작"과 "한숨"만큼 다르게 각인된다. 달리 "암호"(「아버지 서책」에서)와 "통곡"(「통곡」에서)으로 비교된다. "아버지라는 존재는/살아생전 내 맘대로 갈겨 적은 초판본에/부재의 시간/형식과 내용이 가감첨삭 되는, 해마다 판본을 달리하는 서책"(「아버지 서책」에서)이라면 어머니는 "뻐꾹새 서럽게 우는 계절에는 깊은 산 너럭바위에 앉아 통곡이라고 한번 했으면, 죽은 혼령이 되돌아오거나 들꽃이 뚝뚝 떨어져 내리거나"(「통곡」에서)라고 진술할 만큼 그리운 존재이다. 아버지가 끊임없이 이해되고 재해석되어야 하는 "서책"과 같다면 어머니는 언어 이전의 정감의 대상이다. 시인은 모성에 대한 편향을 보임과 동시에 부성의 패러독스를 일찍부터 인식하고 있음을 보여준다. 어머니보다 아버지는 사회적 관계 속에 있는 존재이다. 따라서 사회로부터 침해받거나 병리적인 측면을 지닐 공산이 크다. 유년의 풍경 속에 놓여있는 아버지의 모습은 줄곧 시적 회상의 대상이 된다.

유년은 "세월이 가뭇없이 흘러도/끝내 젖지 않는 비의 맹점에/환한 기억의 등불"(「우산 속의 마른 기억」에서)과도 같다. 때론 상처로 고통을 환기하고 콤플렉스로 사고의 진전을 가로막기도 하지만 존재의 등불이 되어 내면을 비추고 있음에 틀림이 없다. 따라서 유년은 시인의 시적 지평을 가두어 두지 않고 열어가는 적극적인 매개 공간이라 할 수 있다. 「물메기」가 말하는 "슬픔"과 같이 그것은 존재를 자각하고 타자와 공감하는 계기를 부여한다. 또한 그것은 나르시시즘으로 귀결하기보다 자아의 장벽을 무너뜨리면서 연민과 공감의 감수성을 강화한다. 확실히 유년은 시적 기저이며 추억과 귀향은 시적 지평을 열어가는 과정이다. 이를 통해 시적 자아는 현실의 고통을 더 예민하게 지각하고 더 깊은 슬픔 속으로 나아간다. 사회적 자아를 지우면서 새롭게 생성하는 자아는 부정의 부정을 거듭한다. 이러한 시적 수행의 단초가 바로 유년인 것이다. "도시의 콘크리트 아파트에는 외풍이 불지 않는다 집에 외풍이 불지 않는다는 건 세상과 내통할 숨골이 막혔다는 뜻 이웃의 숨결과 바깥소식을 들을 길이 없고 종내는 심신의 감각을 상실해 간다는 뜻"(「즐거운 외풍」에서). 이와 같이 만연한 무통사회에 민감한 것은 자아로 회귀하는 감성이 아니라 유년을 경과하면서 타자를 향한 감수성을 획득한 시인의 당연한 지향이다.

3. 비루한 현실의 성찰

유년은 시적 원천이지만 시인이 안주할 위안의 공간으로 지속하지 않는다. 오히려 그것은 비루한 현실에 대한 반성과 성찰의 기제로 재귀적 반복의 양식이 된다. 윤현주의 시에서 도시적 삶과의 "불화"는 자신을 갈아치워질 "임플란트"(「임플란트」에서)에 비유하는 국면에 비추어 심각한 양상을 보인다. 거대한 도시와 왜소한 자아라는 대비는 생활세계에 나타나는 시적 경험의 빈곤을 증폭한다. 「즐거운 외풍」을 통하여 알 수 있듯이 유년과 고향의 지향에서 연원한 유기적 세계에 대한 시인의 기대는 크다. 하지만 이러한 기대는 도회의 일상에서 쉽게 충족되지 못한다.

> 애완견들의 재롱에 선악의 뿌리가 뽑히고/보이지 않는 손이 휘두르는 몽둥이에 상처 입고/밥이나 축내는 축생으로 퇴락한 나는/개울에 떨어진 낙엽처럼 개의 영토서 흘러가야 하오/가슴속 작은 불씨로 보듬어온 시의 땅으로 망명하려 하오/날카로운 본능의 이빨 대신 핏빛 꽃잎의 입술로/물어뜯는 대신 검붉은 서정을 짖어보려 하오/누가 알겠소 조개처럼 딱딱해진 영혼의 묵은 상처가/진주처럼 영롱한 시어 하나쯤 해감할지!
>
> —「기자들」 부분

기자가 직업인 시인이 자신의 일을 자조하고 풍자하고 있다. 이 시가 말하듯이 시는 타락하고 퇴락한 사회적 자아와 대립하는 자리에서 탄생한다. 진정한 자아를 찾아가는 내적 망명의 장소에 시가 있다. 「대추나무에 걸린 시」에서 시인은 "때늦은 등단"과 시쓰기의 의미를 깊이 새긴다. "온몸으로 세월을 관통해야만" 한다는 의지와 더불어 "화려한 꽃의 수식 대신/태양의 뜨거운 직유와/달과 별의 은은한 은유, 그리고/뇌우의 활달한 활유"를 얻으려 한다. 여기서 우리는 비루한 현실과 시적 망명 사이에 위치한 시인의 긴장된 입장을 상기할 수 있다. 물론 이러한 입장은 불안하다. "굴종"과 "맹종"을 강요하고(「러닝머신」에서) "망각"(「포크레인」에서)과 "순치"(「지하철」에서)를 유인하는 현실세계의 법칙이 드세기 때문이다. 자칫 의지가 약화되고 부정의 힘이 줄 때 시적 모험이 유희로 하강할 수도 있다. 사건과 사물에 대한 날카로운 인식과 더불어 자아에 대한 성실한 해부가 병행되어야 한다. 다시 말해서 현실의 재현과 내면의 표현이 온전하게 만나는 방법이 필요하다. 가령 「K의 의자」와 「젖은 눈망울」은 때 이른 죽음을 맞은 후배와 불의의 사고로 죽은 노동자의 삶을 말하고 있다. 반면 「물먹다」와 「넥타이」는 각기 부당한 인사에 대한 자기풍자와 사회적 자아에 대한 자조를 내포한다. 타자를 향한 시선과 자기를 인식하는 태도를 알 수 있게 하는 대목이다.

사실의 수사나 자조의 어조를 넘어서 온몸으로 부정의 언어를 실현하긴 어렵다. 사회적 자아를 온전히 부정하는 시적 소외를 감당할 수 없기 때문이다. 현실을 비판하고 자기를 풍자하지만 시인의 위치는 쉽게 외부를 상상하지 못한다. 그에게 시는 비루한 현실에 처한 사회적 자아에 대한 반성과 성찰의 계기로 작동한다. 이러한 가운데 「맨발의 기억력」과 「숟가락의 연애법」과 같이 사물에 대해 세세하게 사유하거나 「헐렁한 시간」, 「모음을 파는 사내」, 「계절을 파는 여인」 등과 같이 일상과 풍속을 관찰하고 그려낸다. 이러한 시적 과정은 나아가서 「산복도로 풍경」 연작이라는 시적 성취를 얻는다.

「누가 내 이름에」가 말하듯이 시인은 사회적 자아에 대한 의심의 눈길을 거두지 않는다. 시적 성찰이 시작되는 지점이다. "원천을 알 수 없는 결핍"(「무소유」에서)과 존재의 허기를 지닌 시인의 시적 과정은 더욱 구체화될 것이다. 유년과 현실의 대비를 지나 진정한 자아를 찾는 모험을 시작하였기 때문이다. "낡은 나를 수선해 온 세월의 손아귀에 붉은 단풍잎 몇 장 쥐어주고 싶은 황홀한 날"(「12월의 붉은 단풍나무 숲에서」에서)이 그리운 것이다. 시적 성찰의 힘은 '시적 정의'의 지평을 열어준다. 이는 공감과 연대의 공동체를 가능하게 한다. 윤현주의 시적 위치가 이러한 지평을 마주하고 있음이 사실이다. 그것은 아마 그가 기자-시인이라는 현실과 무관하지 않을 것이다.

반짝이는 슬픔

—박재삼의 시와 유년의 고향

그래서 이 세상에는 누구에게나 어린 시절 나타났지만, 아직 그 누구도 거처하지 못한 곳이 있는데 그것이 바로 고향이다.

—에른스트 블로흐

1. 눈물과 정감의 시법

비단 시인만 고향을 생각하는 것은 아니다. 이주와 이산으로 고향을 떠나거나 고향을 잃은 사람들이 자신의 기원과 정체성을 찾는 과정에서 떠올리게 마련이다. 더군다나 근대화, 산업화, 도시화로 시골을 떠나 도회로 삶의 공간이 이동하면서 고향을 떠나는 일이 일반화되었다. 이렇게 하여 시골과 도시, 전통과 근대, 고향과 세계 등의 이항들이 서로 길항하면서 형성하는 의식과 경험의 복잡한 양상들이 나타난다. 자주 시골과 도시가 선악으로 대결하거나 전통과 근대가 가치와 이념에서 반립하고 고향과 세계가 서로 다른 지향으로 대립하는 모습을 보인 것이 사실이다. 고향을 지향하는 경향들을 전통주의 혹은 반(反)근대주의로 분류해 왔다. 하지만 근대주의자나 세계주의자라고 하여 고향을 망각하는 것이 아니다. 편리한 이분법이 왜곡해 왔을 뿐이다. 그만큼 고향은 현대를 사는 모든 이들에게 기억과 회상의 대상이다. 내재된 거울로 자기 안에서 반사한다. 따라서 고향은 사유의 유형을 분류하는 데 차출되기 이전에 한 개인의 의식에 작용하는 방식의 문제라 할 수 있다.

많은 사람들이 서정적인 것을 회상으로 간주하고 이를 고향의 기억과 결부한다. 이럴 때 유년의 고향은 서정시의 특권적 지위로 부상한다. 그러나 유년은 본디 말할 수 없는 것(조르조 아감벤)에 속한다. "아직도 맑은 물은/흐른다마는/차츰 흐린 물이 섞어드는/이 노릇을 어쩔거나./이 세상에서 제일/맑은 생각을/갖고자 했던/어린 날의 꿈이/그러나 차츰/덧없다는 사실만/드러나는 오늘이여."(「흐름의 내력」 15, 903. *『박재삼 시전집』을 텍스트로 삼았다. 전집은 1시집부터 15시집에 이르는 시편들을 순차적으로 편집하고 있다. 인용시 뒤에 시집의 순번과 면수를 표시한다.)라고 말년의 박재삼은 노래한다. 여기서 그가 말하고자 한 '어린 날의 꿈'은 어떤 것일까? 그것은 여러 감각으로 집합된 경험에서 연원한 생각에 다를 바 없다. 그러니까 어린 시절 과연 그러한 꿈을 지녔는가의 여부는 논란의 대상이 아니다. 무엇보다 말로 표현할 수 없는 시절을 말하고자 하는 시인의 의지가 중요하다. 시인은 어린 시절에 이 세상에서 가장 맑은 생각을 갖고자 했다고 말한다. 말할 수 없던 유년이 노년의 목소리로 말해지고 있다. 마침내 말할 수 없는 유년을 말하는 것이 덧없다고 느낀다. 어쩌면 그것은 종내 말할 수 없는 결여로 남겨질 운명인 듯싶다. 그럼에도 시는 거듭 유년과 고향을 말하려 한다. 이 도저한 재귀적 반복은 시인의 숙명이 아니라 시인의 실존이다.

여타의 장르와 달리 시는 자기를 말한다. 체험으로 전달하는 현상 그 자체에서 비롯한다. 아득한 유년을 말한다는 것은 실재를 회상하는 것이 아니다. 오히려 자기 안의 부재를 끊임없이 표현하려 한다. 유년은 지금의 나(I)를 표현하는 과정이지 기억의 재현이 아니다. 박재삼은 시작노트를 대신하는 글(10, 523-528.)을 통해 자신의 시를 '눈물'과 '정감'으로 설명한 바 있다. 서정적 자아는 다른 자아나 대역으로 쉽게 이월하는 것이 아니다. 자신의 경험을 말하고 존재를 드러내며 궁극을 지향하는 과정과 함께 한다.

> 정거장과 부둣가의 광경에서 나는 이렇게나 갑자기 달라질 수가 있을까 하고 생각했다. 교통이 좋아져서 금시 만날 수 있다는 것은, 헤어지는 것이 하나도 슬픈 일이 아니게 되어버린 것이다. 이건 어쩌면 우리에게서 눈물을 거두어 가고 시를 거세시켜 가는 그 원형인지도 모른다. 나는 '가장 슬픈 것을 노래한 것이 가장 아름다운 것을 노래한 것이다'라는 명제를 금과옥조로 여기며 시를 써왔었는데, 이것이 분명 시대착오가 아니라면 정말 이래서 되겠는가 하는 느낌이 든다. 합리주의니 과학주의가 팽배하고 보면 인간이 가진 연약한 심정이란 것은 팽개쳐도 되는 것인가. 나는 인간에게서 눈물과 시가 없어진다는 것 이상의 비극과 위기는 따로 없다고 믿는다.(10, 524.)

박재삼이 강조한 '눈물'은 감상주의(sentimentalism)가 아니라 존재에 대한 깊은 연민과 연관되며 '정감'은 심정에 바탕을 둔 인간 이해의 과정 혹은 심려의 행위에 다를 바 없다. 자기의 감정에 충실하고 타자와 진실한 관계를 추구하는 시인에게 '눈물'과 '정감'은 시를 생성하는 동인이다. 흔히 자기표현의 한계를 나르시시즘에서 찾는다. 밖으로 표출하는 감정의 한계다. 표현에 있어서 이는 투사를 통한 감정이입으로 나타난다. 하지만 더불어 교감하려는 느낌은 타자와 사물과 함께하는 공감을 지향한다. 시인의 성실한 의지에 부합하는 이것은 독자의 감정을 흔드는 계기로 발전한다. 이러한 점에서 박재삼의 눈물의 시학, 정감의 시학이 차지하는 의의를 찾을 수 있다. 그는 자기표현의 방법으로 진정한 자아를 찾고 타자와 공감하려는 시작의 과정을 수행한다. 그의 시력은 뚜렷한 변전의 계기를 만들지 않는 연속성을 보인다.

2. 유년의 고향, 존재를 비추는 거울

앞에서 말했듯이 유년은 말할 수 없고 말해지지 않은 경험이다. 추억은 과거의 잔상을 추적하는 행위일 뿐 과거를 기억하고 그 실재를 말하는 것이 아니다. 또한 고향으로 가는 길이 유년을 회상하는 일과 동일하지 않다. 현재를 부정하고 미래를 닫으면서 오직 고향을 숭배하는 위험한 정서가 있다. 고향을 경배하는 일과 유년의 고향을 되새기는 일은 다르다.

> 먼 나라로 갈까나./가서는 허기져/콧노래나 부를까나.//이왕 억울한 판에는/아무래도 우리나라보다/더 서러운 일을/뼈에 차도록/당하고 살까나.//고향의 뒷골목/돌담사이 풀잎 모양/할 수없이 솟아서는/남의 손에 뽑힐 듯이 뽑힐 듯이/나는 살까나.
>
> —「소곡」, 2, 79.

박재삼의 시에서 고향은 전편을 관류하는 대상이다. 그의 고향은 슬픔, 가난, 눈물, 한 등을 동반하는 경험 유형과 연관된다. 그럼에도 그는 지속적으로 유년의 고향을 떠올리고 동경한다. 한편으로 이러한 추억은 퇴행으로 간주되기도 하고 다른 한편으로 현실세계와의 격절로 이해되기도 한다. 무엇보다 향수와 유년의 추억이 나르시시즘을 유발하지만 동시에 그것을 극복하는 기제가 된다는 사실이 중요하다. 향수와 유년 추억은 세계와 간극을 만드는 양식이다. 이러한 간극은 일견 세계로부터 후퇴로 보이지만 세계와 주체의 실상을 이해하는 계기가 된다. 시인은 '고향의 뒷골목'을 생각하면서 타락한 현실과 훼손된 자아에 대하여 고뇌한다. 다시 말해서 사회적 관계 속에서 형성되는 자아(me)에 대한 회의를 거듭한다. "여기저기 나는/장돌뱅이로 헤맸지만/그리고 말도 많았지만/무엇을 거둘 것인가,/끝내는 부질없는 짓/결국은 저 나무만도 못하고나."(「어떤 고백」, 6, 272.) 이와 같은 진술이 말하듯이 사회적 자아의 그늘에 가려진 진정한 자아를 찾아서 자기를 비추겠다는 의지가 발동한다. 조지 허버트 미드는 일찍이 I와 me의 상호작용을 제시한 바 있다. 타자와의 관계 속에서 형성되는 자아인 me에 비하여 I는 자발적이고 적극적인 힘을 지닌다. 서정적 자아는 타인에 투사된 이미지를 넘어서 사회적 자아를 변혁하는 I에 가깝다. 실제 I와 me는 한 개인 안에서 상호작용하는 과정이다. 시인은 상처 입은 자아를 회복하기 위하여 I의 의지를 강화하고 이를 뒷받침하기 위하여 유년의 순수한 공간을 추구한다.

박재삼은 초기시부터 유년의 이미지를 흩어 놓고 있다. 가령 "푸른 그리움"(「수정가」, 1, 19.), "모래밭에 우리의 소꿉질"(「밀물결 치마」, 1, 30.), "가난한 골목"(「가난한 골목에서는」, 1, 35.), "어린날 흘렸던,/내 눈물의 복판"(「내 눈물 속의 눈물」, 1, 36.), "울음이 타는 강"(「울음이 타는 강」, 1, 39.) 등을 만날 수 있다. 제1시집 『춘향이 마음』의 주조를 형성하는 '한'의 정조도 유년의 가난과 무연하지 않다. 「추억에서」가 고기 장사하던 어머니의 한을 말하고 있다면 「진달래꽃」은 사업에 실패한 아버지의 모습을 진술한다. 모두 신산한 가계를 대상으로 하지만 가라앉는 한으로 침전하지 않는다. "진주남강 맑다 해도/오명 가명/신새벽이나 밤빛에 보는 것을,/울엄매의 마음은 어떠했을꼬,/달빛 받은 옹기전의 옹기들같이/말없이 글썽이고 반짝이던 것인가."(「추억에서」, 1, 47.)라고 노래하면서 슬픔을 '반짝이던 것'으로 상승시키거나 "일본동경 갔다가/못살고선 돌아와/파버리지도 못한 민적에 가슴 찢던/이 강산에 진달래꽃 피었다."(「진달래꽃」, 1, 48.)라고 말하면서 고통을 꽃으로 피워낸다. 이처럼 박재삼에게 유년은 거부되고 망각되어야 할 삶의 질곡이 아니라 고난 속에서 빛나는 것들을 포함한다. 그리고 시인은 후자를 시적 기원으로 삼고서 지속의 물줄기를 이룬다. 시인의 시에서 바람과 햇빛의 이미지가 유난하다. 유년의 영감을 잊지 않고 자연의 축복을 품고 사는 징표이다. 유년이 트라우마와 콤플렉스로 고착될 수 없으며 존재를 드러내고 추동하는 기운으로 작동한다.

> 풀밭에 바람이 흐르듯이
> 남쪽 바다에 햇살이 흐르네.
>
> —「한 경치」, 2, 70.

'추억에서'라는 표제의 시들은 제1시집에 이어 제2시집에도 등장한다. 제2시집 『햇빛 속에서』에 게재된 「추억에서」는 유년의 가난에 대한 깊은 인식을 말한다. "오히려 물정없는 나이로도/십리 밖 칼끝 같은 세상을/짚어 짚어 앓았더니라."(2, 77.)라고 진술하고 있다. 그럼에도 "저 햇빛과 바람이 짜 올리는/씨와 날의 밝고 넘치는 것"(「흥부의 햇빛과 바람」, 2, 81.)이라고 말함으로써 희망의 징표를 갈망하는 까닭이 무엇일까? 가난으로 점철된 어린 시절을 보내고 식민지와 해방, 그리고 한국전쟁을 겪으면서 종내 현실세계와 화해의 지평을 만나지 못한 연유가 아닐까? 유년의 "찬란한 반짝임"(「찬란한 반짝임만」, 3, 90.)을 절실하게 호명할 수밖에 없는 삶의 정황이 지속된 까닭이 아닐까?

> 고향 앞바다에는/끝이 아니라고 흔드는/수만 잎사귀의 미루나무도 있고,/미칠만하게 흘러내리는/과부의 찬란한 치마폭도 있고,//무엇도 있고 무엇도 있고/바다에서처럼 어리벙벙하게/많이 있는 것은 없는가.//그러나 나는 한가지/사람이 죽어/비록 형체가 없더라도 남기게 되는/반짝이는 것, 흔들리는 것은/꽃비늘로 환하게 둘러쓸 것을/마흔 한 해 동안 고향 앞바다 보고/제일 많이 배운 바이니라.
>
> —「바다에서 배운 것」, 3, 99.

이처럼 시인은 고향 바다가 시원이며 궁극이라고 고백한다. 주체의 고백적 진술을 담은 체험시는 박재삼의 시의 일관된 경향이다. 춘향과 심청 등을 인유하거나 이야기를 담은 서술시를 제외하고 대다수의 시에서 시인의 목소리를 통하여 그가 말하고자 하는 바를 직절하게 느낄 수 있다.

박재삼이 끌어온 시세계의 주된 흐름은 자기의 문제에 놓여 있다. 주목되는 것은 세계와 교섭하면서 자기를 인식하는 과정인데, 달리 나르시시즘적인 주체로부터 벗어나려는 시적 과정이라 하겠다. 나르시시즘에서 벗어나게 하는 처음의 계기는 세계와의 격절을 이끄는 유년의 지각양식에 대한 향수에서 찾을 수 있다. 유년의 지각양식은 이미 말해진 것이 아니므로 자신을 감추는 것과 정반대로 자신의 내부를 열어놓는다. 일상, 가족, 사랑 등으로 시적 지평이 확산되는 것도 유년의 향수를 매개한 주체의 확장과 연관된다. 이처럼 향수는 현재의 세계에 대한 부정성을 드러내는 데 그치지 않고 주체와 세계의 진실을 인식하는 단계로 발전한다. 제4시집 『어린 것들 옆에서』, 제5시집 『뜨거운 달』, 제6시집 『비 듣는 가을 나무』 등을 통하여 시적 관심과 지평의 확산을 확인하게 된다.

> 어린 시절에도/ 내 고향 하늘의 별들은/바다 위에 쏟아질 듯/아슬아슬하게 떠 있더니//스물 몇 해를 헤매다/방금 돌아오는 이 눈썹 위에 다시/곤두박질로 내려오고 있네.//아, 물결의 몸부림 사이사이/쉬임없이 별들이/그들의 영혼을/보석으로 끼워 넣고 있는 것을/까딱하여 나는 놓칠 뻔하였더니라.
>
> —「바다 위 별들이 하는 짓」, 5, 169.

일상과 가족 그리고 타자에 대한 사랑으로 시적 지평을 확산한 가운데서 줄곧 놓치지 않고 견지하는 대상은 유년의 고향이다. 그만큼 유년과 향수는 확산과 응축의 진자운동을 가능하게 한다. 이는 달리 사회적 자아에 대한 회의 정도나 삶의 안정성과 무연하지 않다. "까딱하여 나는 놓칠 뻔하였더니라"라는 마지막 구절의 탄식이 말하고 있듯이 시인은 망각의 계보로 기우는 자신을 경계한다. 유년과 고향의 지향은 경험의 빈곤과 직결된다. 시인이 일상과 가족 그리고 타자에 대한 사랑 등의 경험을 노래한다는 것은 어느 정도 사회적 자아의 거울 관계에서 낙관이 커졌음을 의미한다. 「조요(照耀)」와 같이 "확실한"(6, 209.) 감각적 소여도 이를 반증한다. 하지만 경험이 파괴되는 사건의 개입은 다시 향수를 강화할 가능성이 있다.

경험의 시적 번역을 불가능하게 하는 삶이란 어떤 것일까? 이는 시인의 자전적 정보가 뒷받침될 때 구체성을 담보할 수 있다. 그럼에도 외부 상황의 악화나 실직이나 몸의 질병 등 개인적 사정을 들 수 있다. 사회적으로 새로운 경험을 추구할 수 없는 조건에서 시인이 과거의 경험에 의탁할 여지는 커진다. 박재삼은 자신의 회의주의를 끊임없는 도덕적 모험으로 실험하는 김수영과 같은 유형의 시인이 아니다. 따라서 기원과 궁극을 지향하고 낭만적 사랑의 갈망이라는 형태의 관념으로 이끌리게 된다.

> 꽃이 피어도/고향에 못가보고/파랗게 천지가 녹음에 덮여도/마음대로 안되는 이 일을 어쩔거나.//빚에 쫄려서도/시간이 없어서도 아닌/내 인생은 멎어서/겨우 원고지 칸이나 메우고/네모난 바둑판을 살피고/하루하루를 지낸다.//그 원고지 칸에/그 바둑판에 문득/철썩철썩 왔다가 부서지는/울렁거리며 살아 있는 파도가/아, 고향을 그려보게/쟁쟁쟁 소리하는/이 미칠 것 같은 한낮.
>
> —「꽃이 피어도」, 6, 256.

이처럼 새로운 경험이 차단되고 무력화된 일상의 진부함 속에서 생생하게 부상하는 풍경이 고향이다. 고향은 존재를 위안하고 마음의 병을 치유하는 처소이다. 자기 소외의 그늘에서 역설적으로 출현하는 고향. 시인은 피할 수 없이 귀향 연습을 반복한다. 사회적 자아의 불안을 탈피하고 동일성과 진정성을 염원하는 의지적 자아가 꿈틀댄다. 고향을 표현하면서 시인은 갈등과 모순을 최소화한다. 고향은 사랑과 관심 위에서 공생 공락의 유대가 가능한 장소이다.

> 당산 나무 그늘에 와서/그동안 기계병으로 빚진 것을/갚을 수 있을까 몰라.//이 시원한 바람을 버리고/길을 잘못 든 나그네 되어/장돌뱅이처럼 떠돌아다녔었고/이 넉넉한 정을 외면하고/어디를 헤매다 이제사 왔는가.//그런 건 다 괜찮단다./왔으면 그만이란다.//용서도 허락도 소용없는 태평스런 거기로 가서,/몸에 묻은 때를 가시고/세상을 물리쳐 보면,//뜨거운 뙤약볕 속/내가 온 길이 보인다./아, 죄가 보인다.
>
> ―「나무 그늘」, 6, 264.

귀향은 "기계병"이라고 명명한 도시주의적 삶에 대한 죄의식을 유발한다. 정신적 공동화 속에서 방황과 배회를 거듭한 자아에 대한 신랄한 성찰이다. 이러한 국면에서 시인의 의식은 선악 이분법의 여지를 남긴다. 그럼에도 시인이 고향이라는 과거를 통하여 미래를 기약하고 있음에 틀림없다.

3. 추억의 지평과 장소애

제7시집 『추억에서』는 회억을 통해 앞날을 생각하는 시인의 삶이 도달한 지평이 잘 개진된 시집이다. 이미 진술한 바 있듯이 시인에게 추억은 매우 지속적이다. 그의 시에서 뜻하지 않은 추억의 환기는 없다. 말할 수 없는 근원이나 경험의 잔상들에 이끌리는 경향은 정도에서 차이가 있을지라도 꾸준하다. 아득한 추억의 장소가 있고 그 너머 근원의 바다가 있으리라는 예감에 시는 과거의 잠재성으로 나아간다. 이는 "저 변화무쌍한 것을 넘어/우리 눈에 도착하는 아스라한 고비를/예사롭게 해 보이도록 되어 있는/이것은 풀 수 없는 수수께끼"(「추억에서1」, 7, 280.)에 직면하는 일과 같다. 시인은 "미해결인 채 이 세상에 남아 있는 것"을 잡고서 현재를 산다. 「추억에서」 연작은 과거의 지평들을 하나하나 펼쳐보인다. 물론 이러한 지평들은 의지적 자아(I)의 구성물들이다. 가령 "항시 변하는 물결은 어쩌면/그가 가진 독특한 숨결이 되었는지 모른다./아, 사람이 제일로 내세우는/사랑의 동작도 그렇게/만날 새로울 수 있게/순진무구하고 영원하기만을 빌었다."(「추억에서4」, 7, 283.)와 진술을 통해 알 수 있다. 과거의 잠재성은 기지가 아니라 미지에서 작동한다. 몰랐기 때문에 새롭게 알게 되고 말할 수 없었기 때문에 발화하게 되는 것이다. 이렇게 하여 물결-숨결-사랑이라는 이미저리가 대두한다. 이와 같이 "어른이 되어/확실하게 느끼지 않은 것은/다 거짓이라고 보고 있는 오늘/어느 것보다도/그때의 환각과 같은 것이/제일 구체성을 가지고 있는 사실에/새삼스럽게 놀라는 것"(「추억에서36」, 7, 315.)이다. 경험의 불가능성이 커지고 일상이 진부함으로 뒤덮인 현실에서 유년의 지각이 내포한 구체성의 인력은 크다.

좁고 음산한 바닷가 골목이지만/거기에는 청하지도 않았는데 햇빛이/귀한 손님으로 영락없이 찾아들고 있었다./꼭 그 골목에는 일부러 햇빛이/은혜로 내리는 것 같았다./하늘이 땅에 대하여/할 일이라곤 그 짓밖에 없는 듯/골목은 햇빛 속에서 길을 뚫은/이 소슬한 슬기가/어린 우리 손끝에까지 와서는/흙먼지와 함께 범벅이 되어/이겨지고 다져지고 있었다.//개구쟁이가 심술 속에서/한정없이 귀여운 것은 이 까닭이었다./그때의 천국을 지나와,/무심코 지나온, 우리 눈앞을/아직도 그때 그 시절의/햇빛은 변함없이 내릴 테지만/많이는 때가 묻어버린/힘이 처진 노년의 그것으로/탈바꿈하는 기막힌 것이여!

—「추억에서43」, 7, 322.

이 시가 진술하듯이 유년의 경험이 생생한 기억으로 남아있는 것은 아니다. 이미지와 추억은 감각적 소여로 시적 환기에 의해 지각된다. 그러므로 유년의 경험을 구체화하고 지각하는 이는 현존의 시인이다. 그는 이러한 지각을 통하여 실존을 인식하고 존재의 열림을 느낀다. 인용한 시에서 유년과 노년의 대비는 단지 불안한 미래지평을 제시함에 그친다. 이보다 중요한 것은 '햇빛'의 현상학인데 시인이 이를 전경화하지 않은 것이다. 이러한 시법에서 박재삼은 김춘수와 다르다. 그는 여전하게 자기진술의 메시지를 담고자 한다. 진술주체의 체험시를 견지하는 시인의 입장은 유년과 고향을 통하여 동일성과 정체성을 지켜가려는 의지와 직결된다.

시인은 유년의 고향을 구성하는 사물과 장소들에 대한 유난한 애착을 표출한다. 햇빛과 바람, 바다와 섬, 모래밭과 포구, 논밭과 구렁, 산과 나무, 항구와 방파제, 골목길과 담장 등에 장소애(topophilia)를 새긴다. 목섬, 팔포, 노산과 같은 지명에 이르러 경험의 구체성은 배가된다. 이로써 박재삼은 한 고장의 상징으로 호명되기에 족하다.

앞바다에는 언제나/목섬[首島]이 파랗게 물결을 가르고/금방 걸으나 올 듯한 차비를 하고 있었다.

—「추억에서3」, 7, 282.

겉으로 보기에는 산은 밋밋하여/싱거운 경치 하나로/눈에 익은 산등성 산골짜기밖에/다른 것은 없지만,/안으로 들어가 보면/그렇게 변화가 많고/굴곡이 희한하고/철따라 만물에 두루 빛을 달리했던 것을,/그 속에서 사철을 맞고 보냈다.

—「추억에서9」, 7, 288.

바다를 바라보는 곳을/앞강이라 했었고,/거기엔 모든 것은 오는 것뿐이었다./햇빛을 통하여/윤선이나 갈매기가, 또는 하늘의 구름이,/쟁쟁쟁 소리의 전면을 밟고/스러질 듯 빛의 가장지라를 둘러/하여간 새로 잎 피는/가냘픈 목숨을 대동하는 것이었다.

—「추억에서23」, 7, 302.

노산 한 쪽 발은/바다에 넣어 두고/다른 한 쪽 발은/뭍으로 오르는 몸짓을 하고,

—「추억에서51」, 7, 330.

고향의 추억을 서술하는 시인의 태도는 마치 그 대상을 눈앞에 둔 듯 직접적이다. 그에게 고향은 땅과 바다, 햇빛과 바람이 있는 시원의 공간이자 교감하고 감응하는 사람들이 사는 구체적인 장소이다. 그가 처한 현실의 위치에 따라 그 맥락이 유동하지만 현재와 반립하는 긍정의 아름다움은 사라지지 않는다. 하이데거는 고향상실을 일반화된 현대사회의 현상으로 받아들이면서 시인의 귀향이 지닌 의미를 증폭한다. 박재삼의 고향은 사회적 자아의 퇴락을 걷어내고 본래 자아의 생동하는 국면을 다시 경험하려는 의지와 연관된다. 귀향과 귀향 연습을 통하여 소외된 자아를 치유하고 정감과 사랑을 회복하고자 한다. 이는 추상화된 언어의 도회에서 잃어버린 구체화된 감각을 유년의 고향을 통하여 되찾겠다는 의지와 다를 바 없다. 고향을 추구한다는 것은 고향적인 것이 상실되고 있다는 무거운 절망의 표현이다. 성년의 훼손된 세계 이전의 유년은 여전히 알 수 없고 해명될 수 없는 지대에 속한다. 그곳으로 나아간다는 것은 말하지 않는 것, 지각되지 못한 것들을 드러내는 일이다. 바로 시적 실천인 것이다. 도회의 삶을 '장돌뱅이'에 견준 시인은 부단히 노스탤지어에 시달린다. 가난과 고통 속에서 사랑한 사람들의 기억은 자아를 갱신하고 감수성을 확장한다. 단순한 동화가 아니라 사랑을 재발명하는 것이다.

> 소시쩍 꾸중을 들은 날은/이 바다에 빠져드는 노산에 와서/갈매기 끼룩대는 소리와/물비늘 반짝이는 것/돛단배 눈부신 것에/혼을 던지고 있었거든요.//이제 나를 꾸짖는 이라곤 없이/심심하게 여기 와서/풀잎에 내리는 햇빛/소나무에 감도는 바람을/이승의 제일 값진 그림으로서/잘 보아 두고,/또 골이 진 목청으로 새가 울고/기다간 벌레들이 실

개천을 긋는 소리를/이승의 더할 나위 없는 가락으로서/잘 들어 두는 수밖에/나는 다른 볼 일은 없게 되었거든요.

—「노산에 와서」, 8, 358.

진정한 자아를 넘어서 영혼의 슬픔이 느껴지는 대목이다. 그만큼 자기와 타자에 대한 인식이 넓어지고 궁극에 눈을 두고 귀를 기울이는 심정이 깊어진 탓이다. 고향을 구성하는 모든 생명체들에 대한 사랑과 연민은 시인의 귀향이 지닌 의미를 더 크게 한다. "이 세상은/별의 별 것이 많이도 있지만/결국은 반짝이는 것이/자구 모여/황홀을 더하리라./하다못해/먼지도 무슨 후광을 입는지/반짝반짝 빛나고/바람 역시 그러리라./나도 죽는다면/틀림없이 육신은 썩고/영혼은 안 그럴까,/반짝이는 기운만 남아/항시 눈물 글썽이고/이 세상을 완전히 못 떠나고/매달려 있을 것이로다."(「빛에 대하여」, 10, 481.) 반짝이는 슬픔은 곧 영혼의 슬픔이다. 고향을 매개함으로써 박재삼은 자아에서 영혼으로 나아가는 시적 지평을 후기시에서 열고 있다. "이 길에서 고향을 잊지 않고/그 끝간 데를 보고 싶다."(「미루나무와 함께」, 12, 643.)는 시적 의지의 발현이다. "우리의 삶이란 것도/복잡하면서 아픈 것을/무수히 거치더니/드디어/사랑이란 것에 이르는/아, 도도하고 반짝이기만 하는/저 강물의 보배로움을/짜릿하게 느끼느니,"(「강물을 보며」, 13, 738.) 향수를 통하여 자아를 직면하면서 마침내 시인은 사랑에 이른다. 유년의 반짝이는 슬픔의 미학이 이룬 시적 경로가 아닐까?

바다로 가는 길: 유년의 꿈과 초극의 의지

—이해웅론

이해웅 시인이 그동안 상재한 시집은 열여섯 권이다.(제1시집 『벽』(1973), 제2시집 『반란하는 바다』(1977), 제3시집 『구름같이 바다같이』(1979), 제4시집 『씨족마을』(1983), 제5시집 『먹고 사는 일』(1986), 제6시집 『겨레의 한』(1989), 제7시집 『눈짓으로 오는 소리』(1991), 제8시집 『잠들 수 없는 언어』(1991), 제9시집 『습관성 연구』(1995), 제10시집 『생각들의 행진』(1998), 제11시집 『노자 일기』(1998), 제12시집 『길의 식성』(2000), 제13시집 『곡선의 저녁』(2004), 제14시집 『숲의 그림자엔 쉿소리가 난다』(2006), 제15시집 『맛, 열반』(2008), 제16시집 『반성 없는 시』(2009). 본문에서 인용할 경우, 가령 제13시집 『곡선의 저녁』의 시 「우주의 입」은 (13, 「우주의 입」)과 같이 표기한다.) 40여 년 시작 역정에 비춰 결코 적은 양이 아니다. 길게는 4년 짧게는 1년 단위로 시집을 간행하면서 꾸준하게 시를 써온 그는, 제16시집 표제를 '반성 없는 시'로 삼음으로써 다작에 대한 자기풍자와 더불어 앞으로도 변함없이 시의 길을 걸어갈 것임을 시사한다. 그야말로 열정과 의지가 이룬 장관이라 할 수 있는데 무엇이 그를 시인으로 이끌어 한평생 시에 들려 살게 하였는지 먼저 의문을 갖게 된다.

이해웅 시인의 고향은 기장군 고리이다. 확 트인 바다를 앞에 둔 반농반어의 아름다운 촌락이다. 학업을 위해 도시로 나오기까지 그의 유년은 고향이라는 행복의 공간과 함께 한다. 유년기 농어촌의 자연과 더불어 살아온 대다수 사람들이 그렇듯이 그가 일차적으로 체험한 단절은 도회에서 비롯된 것이라 추측할 수 있다. 일찍이 낯선 도시에서 고향을 그리는 마음에서 시를 쓰기 시작한 것이 아닌가 한다. 이는 1977년 간행된 제2시집의 「서문」을 통해 이형기 시인이 "15년 이상 시를 써오면서도 언제나 공부하는 자세를 잃지 않는 이해웅"이라 진술하고 있는 데서 알 수 있다. 청년기의 오랜 습작을 거치면서 이해웅이 『벽』이라는 간명한 표제의 시집으로 세간에 나온 것은 1973년이다. 등단 절차를 거치지 않고 파격적으로 자신을 드러낸 연유를 세세하게 알 길은 없으나 이 시집이 나오기 바로 직전 그의 고향 마을이 원자력발전소 건설과 함께 사라진 사건을 떠올리지 않을 수 없다. 어쩌면 그가 시집을 통해 발화하고자 한 연유가 고향상실과 직결될 수도 있다는 생각이 든다. 도회에서 느끼던 단절이야 그리움의 정서로 표출되지만 지상에서 고향이 사라지는 체험은 매우 통절한 바 있다. 적어도 70년대 초 이해웅 시인이 접한 사회적이자 가족사적인 정황은 그를 시인으로 이끄는 데 일정한 계기가 되었으리라.

감성이 예민한 청년에게 국가에 의해 고향이 파괴되는 광경은 생애 전체를 지배하는 체험이 되었다. 이는 현실 속에 실체로 존재하던 행복의 공간이 사라지고 기억 속에 상처로 자리잡게 되는 과정에 다름 바 없다. 고향은 더 이상 위안이 될 수 없으며 세계와 맞서야 하는 의식의 기원이 된다. 세계와의 단절에서 서정이 탄생하는데 이해웅은 두 겹의 단절을 경험하면서 시인이 된다. 도시와 고향의 거리라는 첫 번째 단절이 청년기의 감상주의적 서정을 가능하게 했다면 폭력적 문명이 초래한 두 번째 단절은 그로 하여금 세계와 응전하는 서정을 표출하게 한다. 말할 것도 없이 그는 후자의 계기를 시인됨의 기원으로 삼는다. 심정의 고향을 통하여 현실을 견뎌내고 이겨냄으로써 의지적 자아는 더욱 견고해진다. 시인 이해웅에게 시는 세계에 대한 자아의 강인한 대응을 표상한다. 시세계 전체를 관류하는 의지는, 그러므로 고향이라는 기원에서 연유한다. 또한 이러한 기원은 마침내 현실을 초극하고 귀환해야 할 거처이기도 하다. 이해웅의 시세계를 일러 '바다로 가는 길'이라 한 까닭이 여기에 있다. 고향 바다는 그에게 활력의 원천이자 희망의 거처이다. 그것은 지속의 물줄기로 이해웅의 시 전반을 관류한다. 그는 변화의 시인이 아니라 지속의 시인이다. 열여섯 권 시집들은 변화의 단층을 드러내기보다 연속성을 유지한다.

1. 시적 기원-고향과 바다

확실히 첫시집의 표제작 「벽」은 극복의 언어로 가득하다. 분단을 넘어선 통일에 대한 염원으로도 읽히지만 이보다 세계에 맞서는 시적 자아의 태도가 돋보인다. "절망의 주먹엔/피가 흐르고/침묵 속에 자람하는/언어는 칼을 다스려/오늘을 지킨다"라는 결의와 "눈물보다 더한 아픔과/사랑보다 더한 뜨거움으로/진종 너는/우리 앞에서/헐리어야만 한다"라는 단호한 선언은 일찌감치 감상주의나 안이한 서정주의를 배격하고 있다. 그만큼 시인은 현실에 대하여 분노한다. 그러나 첫시집의 주조가 분노의 정서에 있지 않다는 점은 주목되어야 한다. 표제시를 통하여 일정한 메시지를 전하려 한 시인의 의도를 상정하게 되는데 그 기저에 깔려있는 고향상실의 문제와 만나게 된다.

앞엔
눈(眼)을 밝혀온
유토피아의 숲
우으로
마음 설레여 온
낭만의
파도

인가를 거슬러 오른
산정엔
토템의 전설 웅거한
김씨당의 높은
권위 보좌한
천년고목

선초鮮初 우리님이
웅지 품은
보금자리

아이포阿爾浦
화사을포火士乙浦
고동古洞
고리古里는 불의 마을
오늘 여기 선
원자력발전소

— 1, 「고리古里」 전문

담담하게 고향의 유래와 위엄과 장관, 달라진 모습을 서술하고 있지만, 시적 자아가 "원자력발전소"와 고향의 원형을 대비하고 있고 나아가 "유토피아의 숲"이 "불의 마을"이 되었음을 말하고 있다는 점에서 의도된 절제 뒤에 비애가 묻어난다. 이는 또 다른 시 「해안」이 전하는 분노의 메시지에 의해 보완된다. "애닯은 그림자 기일게 드리운/석양, 넌 또 하나의/자유를 상실하고/홧김에 대륙의 모가질/끈으로 졸라맨다." (1, 「해안」에서) 시인은 사라진 고향의 상황을 유토피아와 자유의 상실로 인식한다. 그런데 이러한 상실의 상황이 시인을 좌절이나 허무로 이끌지 못한다. 이미 시인은 고향을 통하여 "흙의 생리"(1, 「꿈속의 고향」에서)나 "꽃나무들의 생성"(1, 「동경」에서) 그리고 "어제가 가라앉은/높이만큼/화안히 열려올/아침"(1, 「설雪」에서)의 사상에 익숙하기 때문이다. 다시 말해서 "삶은 긍정하는/이 길이 좋다//아름다움을 숭상하는/이 길이 좋다"(1, 「꽃길 삼천리」에서)라는 긍정과 화해가 시인의 의식 기저에 자리 잡고 있다. 기원에 터하고 있는 화해와 긍정은 세상의 불의와 대립하면서 좌절하지 하는 의지의 기력이 된다. "산을 가슴한다/원시림에로 의지의/세계가 창을 연다."(1, 「신대륙 산책」에서) 유년의 꿈은 단지 추억되는 것만 아니라 새로운 세계로 나아가는 의지로 표출되고 있다.

이해웅의 시적 기원인 유년의 고향은 지속적으로 존재를 추동한다. 그것은 그의 내면에서 통곡소리를 내며 전율하기도 하고(2, 「문풍지」에서), "유년의 얼굴이 고스란히 비쳐 있는/고향 강변/오늘 하나의 생각이 가만가만 풀려나는/오롯한 말뚝"(4, 「물총새」에서)으로 사유를 풀어내는 매개가 되며, "오늘 남루처럼 펄럭이며/파도소리로 귓전을 맴도는/내 질긴 목숨의 인연"(10, 「고향—고리의 추억」에서)으로 생존의 근거가 된다.

오늘밤 고향집 뒤란의
모란꽃 지는 소리 들린다

한때 반짝이던 언어들
지금은 계단 아래 뒹굴며
오가는 이의 발길에 채이고 있다

시선이 가다 멈추는 자리마다
회오리바람 일며 블랙홀이 생겨난다

하잘 것 없는 기억들 하나 둘
떠난 자리 빗방울은 새로운
언어들을 불러 앉힌다

모란꽃 지는 소리

파도 속에 파묻힌다
지는 시간 위에 켜켜이 내려앉는
시간들

오늘밤 꽃 지는 소리 따라/내 맘속에도 꽃비 내린다

— 16, 「봄비」 전문

고향을 모티프로 쓴 가장 최근의 시이다. 이 시에서도 고향은 시인의 긴 생애를 관류하는 지속의 심상으로 등장한다. 그것은 현실의 때가 묻은 언어들과 먼지로 뒤덮인 시간들을 견뎌내면서 내면의 소리로 울려나는데 달리 존재의 내적 부름에 상응한다 하겠다. 이러한 시인의 고향은 인용시에서 "모란꽃"으로 상기되듯이 흙과 나무, 숲과 바다로 그려지기도 하며 이들 가운데 바다가 중심 표상으로 자리한다. "30년 만에 다시 만나는 바다. 나는 어머님 곁으로 돌아온 것이다. 바닷가에서 만나던 동무들은 이제 바이 찾을 수 없다. 바람 때문이었을까? 바다는 나를 길러주었고, 나를 재워주었고, 달래주었다."(2, 「후기」에서) 이처럼 바다는 고향을 대표하는 이미지이다. 두 번째 시집의 표제 '반란하는 바다'가 암시하고 있듯이 시인은 고향의 바다에서 유동하는 생명력을 인식하며 이를 내면화한다. 그에게 바다는 죽음에 맞서는 생성의 에너지(2, 「삶과 죽음의 사이」에서)이자 무한한 포용력(4, 「파도」에서), 의지의 표상(6, 「포복」에서)이며 마침내 귀환해야 할 "시원의 자궁"(15, 「바닷가에서의 일박」에서)이다.

내가 유영하는 동안 너는

아직도 거친 손으로 나의 피부를 절임한다
네 아니었던들 난 이미 난지도에 묻힌 채
발효되어 한 송이 풀꽃을 밀어 올렸거나
아니면 우물 속 기억에서 밀려났으리
아직도
유년의 기억 하나하나 망각의 강 속에
스러지지 않고 풋풋한 잎새들로 나부끼는 건
이따금 내 피부 군데군데 소금꽃이 피어나고
밤마다 베갯잇을 적시고 가는
물결소리 때문이다

— 16, 「바다 5」 전문

이해웅 시인의 시에서 '바다'가 치지하는 의미의 위상을 집약하고 있는 시가 아닌가 한다. 그에게 바다는 시원이자 존재의 활력이며 끝내 당도해야 할 "그 바다"(16, 「바다 8」에서)이다. 유년-고향-바다라는 이미지의 연쇄는 이해웅의 경험유형을 해명하거나 의식의 지향성을 이해하는 데 필수적인 관문이다. 고향이 상실되었음에도 불구하고 그것을 감싸고돌던 바다의 현존이 가지는 의미는 매우 크다. 시인이 거듭 바다 연작시를 반복하는 연유도 이처럼 바다의 현존적 위상에서 찾아질 수 있을 것이라 생각한다.

창을 열면
등급은 세월의 이랑마다
은빛으로 탄주되는 겨울 햇발

바다는 슬금슬금 내 가슴 속
가장 낮은 곳으로 내려와 엎드리며
납처럼 침묵한다

출렁거리지 않는 바다를 보며
창을 닫고 돌아선다

다시 은비늘 푸들거리며
출렁거리는 겨울바다

가슴 속 북받쳐 오르는
지난날의 못내 지울 수 없는
슬픈 기억 하나

— 7, 「겨울바다」 전문

바다가 재귀적 반복의 형태로 이해웅의 시세계에 자리 잡고 있는 것은 이 시가 말하고 있듯이 "슬픈 기억 하나"와 연관된다. 그에게 바다는 고향상실의 고통을 환기함과 동시에 그것을 치유하는 징표이다. 따라서 고향의 바다가 원형의 바다로 상승하는 것은 당연하다.

2. 존재 의지와 시적 기투

이해웅의 시에서 도시는 명백하게 고향과 대비된다. 첫시집에서 밝힌 원시림에의 의지(1, 「신대륙 산책」에서)나 세진(世塵)을 떠나려는(1, 「호남평야」에서) 염결주의는 건강한 존재 의지로 지속된다. 즉 현실에 대한 회의주의가 피세나 미학적 완전주의로 귀결되지 않고 김수영이 말한 '역경주의'(力耕主義)와 같이 현실 속에서 그것을 극복해 나가는 태도를 취한다. 이러한 점에서 도회에 대한 그의 입장이 단순한 이분법으로 환원되는 것은 아니다. 그럼에도 그는 도시적 삶 안에서 부정(否定)의 방법으로 미학을 세우는 방식을 선택하지 않는다. 무엇보다 고향이라는 기원의 인력이 크고 그 자장을 벗어나려는 의도 또한 지니고 있지 않기 때문이다.

그대 남겨논 말과 같이
내가 남기고픈 말과 같이
우리 모두에게 잊히지 않을
시 하나 쓰고 싶다

노을 물든 들길 거닐며
부르는 노래 바람에 날아갔어도
끝없는 밤길 멈추질 않네

오늘 하루 도회의 이방인이 되어
산을 오르며 내를 건너며

마음은 구름 되어 산을 쉬 넘어도
돌아가지 못할 날을 위하여
돌아올 수 없는 날을 위하여
파도 한번 잠재울 네 노래
그 노래 한번 들려주렴

— 3, 「구름같이 바람같이」 전문

한편으로 완성에 대한 열망을 말하면서 다른 한편으로 그것이 "들길"에서 비롯함을 시사한다. 시적 지향을 위하여 "도회의 이방인"을 자처하겠다는 의지는 소외를 통해 자아를 노래하려는 의도와 무관하다. 오히려 이와 달리 존재를 충만하게 하는 장소를 찾아감으로써 적극적으로 소외를 극복하려 한다. 말할 것도 없이 이러한 행위가 늘 성공적인 것은 아니다. 도회의 일상은 피할 수 없는 현실적 삶의 조건이다. 따라서 "가난하고 바쁜 생활인"(3, 「로터리」에서)의 처지를 고백하고 "도시의 아픈 상처 위에/서성거리며"(3, 「그대의 체온」에서) "죽음으로 가는 행로"(3, 「도시의 터널」에서)를 회피하기 어렵다. 이처럼 이해웅은 도시적 삶을 몰각하는 도피적 낭만주의에 빠져들지 않는다. 현실을 적절하게 비판하면서 희망과 생성의 가치를 탐문하고 있다.

눈 아래 멀리 즐비하게 늘어선
도심지의 빌딩 숲을 지나서
거리마다 개미떼처럼 오가는
인파를 보면서
나는 양어깨에 붙은

날개에 더 큰 힘을 준다.

— 6,「깃털과의 만남」 부분

시인은 도시에서의 일탈과 비상을 염원한다. 이러한 과정을 통하여 진정한 "나와의 해후"를 이루는데 사회적 자아와 진정한 자아의 이분법은 도회와 고향처럼 상관적이다. 일탈과 일상으로의 회귀(5,「도시의 입」에서)는 시인이 피할 수 없는 반복이다. 때론 도시 안에서 풍화하거나(7,「도시의 그늘」에서) "길 잃은 탕아"(8,「널뛰기」에서)가 될 수밖에 없다. 이러한 가운데 자아의 분열이나 자아 이중화는 단속적으로 나타나는 현상이다. 제9시집 『습관성연구』의 「서문」에서 말하고 있듯이 "일상의 끊임없는 닦음"은 시인의 필연적인 수행이다. 달리 말해서 "의지적 삶"이 도시탈출이나 시원과 자연으로의 도피를 지향하는 것이 아니라는 뜻이다. "봄"이 부여하는 생성의 언어를 찾고 아침의 낭만주의를 예찬하는가 하면 나목의 사상을 경배하는 것은 "비정"(8,「양파까기」에서)의 도시를 극복하려는 의지와 유관하다.

과거나 현실 밖으로 퇴각하는 도피적 낭만주의가 아니라 현실을 극복하려는 의지를 연단하기 위한 아침의 낭만주의는 이해웅의 시에서 자주 등장하는 목록이다. 첫시집에서 "가슴으로 말을 달려/찬연한 아침을 대하여도 좋지"(「기원」에서)라고 설파한 이래 "아침 이미지"는 "새벽 이미지"와 함께 지속적으로 건강한 낭만주의를 표상한다.

발끝에서 부서지는 자갈소리만큼
숨이 차오른다
새벽의 숲 속에서

내 피가 돈다
나무가 달리는가
내가 달리는가

— 4,「새벽을 뚫고」 부분

이러한 시적 진술은 시원의 경험과 무관하지 않다. 시인은 이를 반복함으로써 도시적 삶의 나태와 굴종과 타협하지 않는다. 타락한 현실을 어둠과 밤의 영역으로 밀치면서 다가올 아침을 통하여 존재의 쇄신을 도모하고 있다. "산하에 박힌 숱한/보석 같은 눈들/눈들이 꿈꾸는/찬란한 아침."(7,「산하여, 우리의」에서) 아침의 낭만주의는 시인의 존재의지에 상응한다. "자유로운 삶/편안한 삶/변비 없는 개운한 아침을 맞는 삶은/어제의 시를 깨는 데서/온다"(9,「습관성 연구」에서)라는 진술이 말하고 있듯이 아침의 낭만주의와 존재의지 그리고 시인의 시적 기투는 상호 연관성을 지닌다.

막장을 밀고 가는 나의
눈먼 노동이여
푸르게 눈 뜨는 새벽 지평 위에
꽃처럼 줄을 잇는
눈부신 언어의 행렬을
만나기까지
나의 채굴은
그칠 줄 모른다

— 10,「채굴기」 부분

이해웅의 시가 지닌 개성이 각명하게 부각되는 대목이다. 의지론과 시법의 일치를 의미하는바, 이는 일찍이 이형기 시인이 제2시집의 「서문」에서 "고정관념 속에 안주해 있기를 거부"하면서 "혹종의 난해성과 당돌성"을 보이고 있다고 지적한 사실과 무연하지 않다. 삶에 있어서의 의지론이 시적 조사(措辭)에 있어 힘 있게 시어들을 조합하는 양상으로 나타나고, 시작 과정에 있어서 시작의 계속성을 추동하고 있다. 의지라는 관점에서도 이해웅 문학에 내재한 지속의 원리는 뚜렷하다.

무구한 벼랑을
톺아 오를 것이다

새벽을 향한
몸부림으로
수분을 더하고
예안을 흐린
의지는 안간힘 한다

그건 태초의 흐름에 뻗침하고
지맥을 따라
새론 의미를 형성한다

— 1, 「생명」 전문

첫시집의 「생명」을 통해 제시한 '의지가 형성하는 의미'라는 차원은 제16시집의 「석상」에서 "저 석상 위로/천 년 세월 물같이 흘렀다지만/물에 닳은 칼날 보지 못하면/내 몸 하나 저 거리에 나앉는/석상 되고 말리라"라는 진술로 변주된다. 이미지의 강도에서 차이가 없는 것은 아니지만 "태초의 흐름"과 "물에 닿은 칼날"이 내포하는 의미의 유사성에서 지속의 원리와 만난다. 이처럼 삶의 의지와 시적 기투가 통합되는 과정은 이해웅의 시작 역정에서 일관되다. 달리 완성을 향한 과정의 성실성으로도 이해되는데, 시와 삶을 연속적으로 인식하는 시관 혹은 시인관과 연관된다.

혼신의 힘으로 기어오르는 절벽 끝에서
펴지지 않는 날개
시인이여
너의 관은 장식에 불과하다
—끝없이 버리는 자가
최후까지 살아남는다—

파도소리에 익사하는 나의 밤이여
어어 오라
아직은 죽음의 연습
영원한 밤과 칠흑의 어둠을 위해
나의 섬이여
힘찬 뱃고동을 울려다오

— 5, 「시인의 섬」 부분

"아직은 죽음의 연습"이라는 구절에서 시적 기투의 핵심과 접하게 된다. 존재론적으로 죽음은 의지의 기원이다. 죽음을 향한 존재이므로 완성을 위한 투신이 거듭되는 것이다. 이해웅은 제15시집 『맛, 열반』의 후기를 통하여 시쓰기를 "구도적 자기실현"이라 규정한 바 있다. 오랜 시작의 경험을 통하여 내린 결론이 아닌가 하는데 실제 이러한 입장은 그의 시작 역정 전체를 관류하고 있다 해도 과언이 아니다. "산다는 것은/촛불 하나로 일어서는/뜨거운 사랑"(6, 「잠들 수 없는 자여」에서)이라고 생각하는 시인이기에 그의 "시어들은 가지 끝/두꺼운 잎눈 속/타오르는 불길이 된다."(8, 「겨울산행 1」에서) 의지적 삶을 생동하는 언어로 표출하는 방식으로 시인은 시작의 계속성을 유지한다.: "의식과 돌이/의식과 바람과 나무가/한데 어우러져 반죽이 된다/수제비들이 뜯겨나간 반죽들이/일렬로 늘어선다/이어지는 혈관 속으로/피가 돌며 새로이/걸음마를 시작하는 말들/괄목하라/저 눈부신 언어의 행렬을"(9, 「시는 최고의 발화 형식」에서). 이리하여 그에게 시는 의식과 사물이 하나의 언어로 통합되어 발화되는 최고의 생의 형식—"순간 저 발끝에서 심장으로/역류하는 피의 흐름/전신이 전율하는 피의 소용돌이/아득한 황홀경을 타고 날으는/나의 시"(10, 「박찬호를 빙자한 나의 시」에서)—이 된다.

3. 초극과 귀환

이해웅 시인이 일관되게 보인 존재 의지는 궁극적으로 초극의 의지이다. 현실을 극복하고 주체의 완성에 도달하는 길은 단순하지 않다. 주어진 상황과 맞서면서 주체를 상실하지 않아야 하는 것은 당연한 일이지만 맞섬 그 자체로 주체가 정립되는 것이 아니라는 어려움이 있다. 존재의지에서 발현하는 날카로운 생명감각은 그 자체로도 아름답다. 하지만 시인이 이러한 아름다움을 변함없이 예찬할 수 있는 것은 아니다. 유한한 존재에 대한 인식이나 시간에 대한 탐구가 후기시에 올수록 더욱 빈번해지는 까닭이 여기에 있다. 물론 이러한 현상을 들어 이해웅 시인이 후기시에서 의지의 피로를 보인다고 단정할 수 없다. 제12시집 『길의 식성』에서조차 시인은 "지금까지 만들어 온 길을 깡그리 부정하고자 하는 치열함이 비로소 새 길을 눈뜨게 한다"(「자서」에서)고 단언하고 있는데, 생명현상을 자기혁신과 일치시키는 시인의 입장에서 결코 과장으로 보이지 않는다. 그렇다면 후기시의 변화는 입장의 전환이나 단절을 뜻하는 것이 아니며 사물과 주체를 대하는 태도의 문제로 보아야 한다.

나의 존재의
열림과 닫힘이 몇 번이나
반복된 뒤
한적한 풀밭 위에 내동댕이쳐진
나를 발견한다
이제 바람은 기억의
저 끝에서만 불고 있다
바람 속을 걸어나온 내가
다시 바람 속으로 들어간다
예전같이 바람은 불지만

주위가 황량하다
벽지는 찢어져 너풀거리고
녹슨 활자들끼리 어깨를 부비대며
삐걱거리는 소리를 낸다
이따금 걸음을 멈출 때마다
쥐가 쏠아대는 나의 시어들
고개를 들 때마다
햇살에 번쩍이는 쥐의 송곳니들
뒤돌아보지 않기로 하다
맞바람을 받으며
한 발 한 발
힘겹게 걷는다

— 9, 「바람 속의 여행」 부분

이 한 편의 시를 근거로 변화를 말하는 것은 지나치다. 시인이 시와 존재에 대하여 숙고하는 어떤 국면을 상정하고 있을 따름이기 때문이다. 그럼에도 이 시에 보이는 "나의 존재의/열림과 닫힘이 몇 번이나/반복된 뒤"라는 구절이 인상 깊다. 이는 결구에서 보이는 낮아진 주체와 연관된다. 존재의 열림과 닫힘의 반복을 통하여 자기인식에 도달하는 대목이다. 세계를 향한 의지적 주체는 자기를 대상으로 회귀할 수 있다. 이러한 회귀는 유한 존재로서 정당한 선택이다. 궁극적으로 초극의 대상은 자기이지 세계가 아니기 때문이다. 세계의 문제라면 제7시집 『눈짓으로 오는 소리』의 「나라」를 통해 그 이상을 이미 진술한 셈이다. "나라는 손바닥에 올려논/깃털처럼 가벼워야 한다"라고 노장적 유토피아가 감지되는 진술로써 그가 꿈꾸는 '다른 세계'의 모습을 제시하고 있다. 하지만 시인은 세계를 선택할 수 없으며 다른 세상을 갈망할 뿐이다. 그는 이미 "절대의 자유"(7, 「단상 1」에서)가 "현세"에서 도달할 수 없는 궁극의 지평임을 인식한다. 불가능한 절대를 향한 완전주의를 추구하지 않고 불완전한 세계의 세속주의를 거부하지 않는다. 그의 시적 기투의 과정은 아침의 낭만주의처럼 건강하고 "바다"와 같이 쉬지 않고 유동하며 "풀"(8, 「풀의 소리」에서)처럼 불어오는 바람에 맞서 끊임없이 존재를 자각하는 민활한 감성으로 표출된다. 이러한 과정에서 주체의 감성은 사물과 타자를 향한 감수성으로 확장되고 삶과 존재에 대한 인식으로 심화된다. "길을 가며 길을 잃듯이/그리고 길을 찾듯이"(10, 「산행」에서) 그의 시적 여정은 세계에 대한 응전과 존재의 모험으로 펼쳐지는데, 의지와 생성의 언어에 대한 경사가 뚜렷하다. "봄", "아침", "바다" 이미지에 대한 경배와 더불어 가을을 노래할 때조차 "대기를 날아간/창날 끝에서 작열하는/피의 분수"(4, 「단풍」에서)를 연상하면서 쉽게 조락과 소멸을 말하지 않는다. 겨울에 대한 시인의 해석 또한 이와 같은 맥락에서 일찌감치 "나목"의 사상(1, 「후기」 참조)으로 자리하고 있다. 인고주의로써 신생(新生)의 봄을 맞는다는 유보적 태도는 생에 대한 긍정과 미래에 대한 낙관주의를 시사한다. 그러나 시인은 단속적인 죽음의 체험과 존재의 유한성에 대한 인식을 반복하지 않을 수 없다. 의지나 생성, 신생과 생명은 죽음의 전면이다. 진정한 초극이 일어나는 지점은 이러한 전면이 아니라 죽음이라는 배면을 함께 사유하는 데서 비롯한다.

생전의 거느리던 시간 또한
함께 나란히 누워

발가락 하나 곰지락거림이 없다
함께 부패하는 시간이여
시간의 살과 뼈가
녹아내리는 이 절대의 시간 앞에
선 나는
바람인가
또 하나의 시간인가

— 10,「그대 무덤」 부분

“시간의 살과 뼈가/녹아내리는” 체험을 통하여 시인은 존재를 재인식한다. 죽음이라는 “절대의 시간”에 대한 자각은 생의 의지와 함께 유한한 존재에 대한 연민을 품게 하는데 여기서 시인의 개성적 풍모가 다시 드러난다. 이해웅 시인은 죽음이라는 무(nothingness)의 지평으로 현실적 삶을 무화하지 않는다. 초월을 전제하여 “살과 뼈”로 이루어진 삶의 시간이 지니는 의미와 가치를 소거하는 허무주의에 경도되지 않는다. 그래서인지 시간과 존재에 대한 탐구가 제10시집 『생각들의 행진』 이래 빈번해진다. 내적 부름이나 유년의 시공간으로 귀환하는 의식이 형성되면서 시적 지평선이 확대되는 국면을 맞고 있다.

돌아오는 이는 아름답지 않은가
꿈의 보료를 펴 맞이하자

과거 속 떨구어진 낙엽들
하나 둘 바람따라 나뒹굴지만

기억 속에 차오르는
눈부신 언어들이 엮는
새론 담론들

— 10, 「인생은」 부분

여기서 우리는 귀환을 통하여 새로운 담론을 형성하려는 시인의 의도와 만나게 된다. 시인은 "묵은 시간의 단층을 밟고/한 발 두 발 계단을 내려"가 "계단 곳곳에 엉겨 붙은/검버섯 같은 상처들"(10, 「가을이미지」에서)을 확인하면서 다시 "열리는 바다"(10, 「바다 6」에서)로 나아간다. 제10시집 『생각들의 행진』과 제11시집 『노자일기』를 거치면서 일정한 시적 변모와 더불어 이해웅의 후기시가 전개되는데 이 과정에서 "노자(老子)"와의 만남이 시사하는 바 크다. 이해웅의 후기시에 등장하는 "노자"는 중의적이다. 여기서 "노자"는 기축시대의 동아시아의 한 철학자를 지칭하는 한편 갑년을 넘긴 자신을 가리킨다(11, 「노자일기」연작 참조). 따라서 자아를 확대하려는 존재론적 전략과 무관하지 않다. 「노자일기」 연작은 현실을 초극하고 존재를 열면서 시적 지평을 넓히려는 기획이 되고 있다. 서술 이미지가 강화되고 관조의 태도가 늘어나는 것은 당연한 이치이다. 그러나 이해웅은 작위적인 변화를 시도하지 않는다. 뒤 이은 「길의 식성」 연작이 말하고 있듯이 존재의 길항이 여전하며 합벽(闔闢)은 거듭된다.

"의지에서 존재의 유희로"라는 문제는 이해웅의 후기시가 내포한 가장 뚜렷한 지향이다. "시 속에서/한나절을 논다"(12, 「시간 4」에서)라는 구절이 큰 울림을 주는 탓이다. 이는 존재를 방해(放解)하려는 시인의 의지로 읽히는데, 이와 같은 시적 의도가 그가 일관되게 전개해온 존재

의지의 내용을 풍요롭게 한다. 시인은 이미 "때론 오색무지개를 뿜기도 하고/때론 어둠 속을 파고들며/눈먼 씨앗을 묻기도 했다"라고 말하면서 자신의 시적 변화 가능성을 예고한 바 있다.: "해와 달이 큰 산을 가운데하고/술래잡기를 하는 동안/이 놈은 서서히 육탈하며/높은 나무 위를 오르고 있었다/나무엔 새잎이 돋아나고/잎마다 은빛 햇살이/무지개를 피워 내었다(11, 「시의 원형」에서)." 그에게 "시의 원형"은 황금가지와 같이 초극의 지평선 위에 놓여있다. 말할 것도 없이 이러한 입장은 "이 세상은 시"(5, 「이 세상은 모두 시다」에서)라는 초기의 범시론과 상당한 거리가 있다. 그만큼 존재와 시에 대한 인식이 심화된다.

신새벽 새의 부리가
적막의 알에 가 닿는 순간
비로소 우리는 꿈 속
아득한 곳에서 들려오는
물소리 듣는구나

— 13, 「첫 새소리」 부분

현실에 건강하게 대응하던 아침의 낭만주의는 이제 신생의 사상으로 전화된다. 그가 "나를 이끄는 건 오직 나의 의지일 뿐"(13, 「활주로 속의 잠」에서)이라고 진술할 때조차 세계와 맞서려는 부정의 의지가 아니라 다른 생명과 함께 하려는 긍정의 감각을 말하려 한다는 것을 알 수 있다. 이제 기억과 시간은 신생을 위하여 자리를 내어주어야 한다. "해 뜬 후 들판을 나설 때/기억 속 함몰된 웅덩이를 만나며/시간을 관통하는 불기둥의 뜨거운/체온 다시 만나네(13, 「꽃에 대한 기억」에서)." 그러므로 존재의 의지는 신생의 의지이다. 열림과 닫힘, 낙하와 비상, 기억과 상상을 오간 시적 궤적의 뒤안길에서 시인은 "세월을 관통하는 늘푸름"(14,「후쓰」에서)의 지평을 개진한다.

> 시의 나무 앞에선 난 항상 무죄선고입니다
> 그 앞에서 왜소해진 나는 차마 나무를 쳐다보지 못합니다 그러나 마음 한구석에선 파도소리 들리며 끝없이 열려가는 바다가 일어섭니다
>
> 지금 소년이 겨울아침 바닷가에서 일파만파 물 위로 번져가는 은비늘을 보고 있습니다
>
> — 14,「시의 나무」 부분

시인은 초극과 회귀의 바다를 바라보고 있다. 다시 말해서 시원으로 돌아가고 있다. "시원의 자궁으로" 돌아왔기에 "돌아온 자궁 속에서 나는 더 이상/유년일 수"(15,「바닷가에서의 일박」에서) 없다. 기억의 시간이 아니라 "태고"(15,「눈꽃」에서) 이래 변함없는 지속의 물줄기와 교응하고 있다. 황금가지를 단 "시의 나무"를 완성하려는 이해웅 시인의 의지는 고향 바다에서 비롯하여 고향 바다로 되돌아간다.

시원과 생명의 바다, 액체의 상상력

—차영한론

1. 고향, 미래적 과거

차영한 시인은 1978년 등단한 이래 세 권의 시집—『시골햇살』(1988), 『섬』(1990), 『살 속에 박힌 가시들』(2001)을 발간하였다. 대략 10여 년 사이로 묶인 이들 시집들은 시력 30년에 비하여 과작이지만 각기 다른 시적 경향과 성취를 뿜어내고 있다. 그의 시적 출발은 「시골햇살」, 「어머니」, 「한려수도」 등 등단작들이 말하듯이 고향과 인정(人情)의 세계를 지향한다. "고향 길 지극한 어머니 마중"(「시골햇살」에서), "고향 흙을 사랑하는 내 이름"(「어떤 회답」에서)으로 대변되는 추억—서정적 회감(回感)은 초기시 혹은 첫시집 『시골햇살』에 실린 대다수 시편들에 일관된 의식형태이다. 고향을 노래한 허다한 시인들과 차영한이 그 발상에서 동질적임은 사실이다. 대다수 시인들이 훼손된 현실과 직면하였고, 훼손되지 않는 원환적 완결성의 장소를 고향에서 찾고 있기 때문이다. 차영한 또한 이러한 일반적인 서정의 발현을 통하여 시쓰기를 전개하는데 고향에 대한 그의 애착은 매우 유별하다.

바다가 반반이 본다
볼면 볼수록 유순한 햇빛
유채 밭 나비 떼로 날고 있다
눈부시어 반짝이는 손잡고
크게 웃고 싶은 내 유년의 텃밭
한 마음으로 맑고 밝게 자란
평화와 자유의 푸른 풀밭
살면 살수록 살고 싶은
아늑한 이 땅의 사랑을
포근히 누벼주는 어머니의 웃음이
유채 밭에 숨는 나를 찾아온다
저어 호숫가에 내려앉은 백조처럼
나래를 펴며 감싸준다.

—「충무항 점경」 전문

다른 시에서 차영한은 고향에 대한 자신의 애착을 '토착'(「토착」에서)이라 규정한 바 있다. 단순한 회억의 감정이 아니라 고향을 통하여 자기를 실현하려는 의지의 표현이다. 인용시에서도 "살면 살수록 살고 싶은" 곳이라 진술하고 있는데 고향이 지닌 평화와 자유, 사랑과 행복을 지향적 가치로 설정하고 있음을 의미한다. 이러한 시인의 입장은 첫시집 『시골햇살』은 말할 것도 없이 연작시로 구성된 『섬』과 『살 속에 박힌 가시들』로 이어진다. 전자가 시인의 고향인 통영의 여러 섬들에 대한 장소애(topophilia)를 말하고 있다면 후자는 세상사와 인간사에 대한 그의 인간학적 가치관을 드러낸다. 한편으로 고향의 가치를 옹호하고 다른 한편으로 그러한 가치를 상실하고 있는 현실을 비판하고 있다. 이러한 맥락에서 각기 다른 모습을 하고 있지만 그의 시집들은 통일된 흐름을 지닌다. 고향이라는 시원을 근저로 유동하는 바다의 형상이라 할 수 있다.

차영한 시인의 고향은 '통영'이다. 통영이 그를 시인으로 호명하고 그가 통영을 창조한다. 『시골햇살』의 「후기」에서 그는 "고향을 지키고 싶은 마음"을 피력한 바 있다. 이 마음은 또한 이렇게 진술된다.: "높은 곳을 향한 어떤 욕심보다 낮은 곳을 보살피며, 어렵게 생각하며 따지는 것보다 쉽게 이해하며 따스함으로 스스로를 감싸고 싶다. 항상 신선한 바람과 맑고 푸른 물소리가 햇빛으로 반짝여서 가슴에 와 닿는 곳을 거닐고 싶다." 이처럼 그는 '통영'이라는 고향의 가치를 보전하고 창조하고자 한다. 어떤 의미에서 시인으로서 그는 지복의 조건을 타고났다. 많은 시인들이 세계상실을 경험하면서 본래의 장소로 회귀하고 있다면 그는 처음부터 장소가 주는 절정의 경험을 담지한다. 실존적 내부가 된 고향이므로 고향과 일체감을 드러내는 일이 곧 시가 된다.

江은 사나이를 잡고 울었지만
달은 여인들을 잡고 같이 울었지만
아직도 메주콩 쑤는
고향냄새 때문에
구름이 된 봇짐들이

鶴이 앉는 자리로 돌아온다.
골짜기 열리는 물소리에
발을 담그니
물레방아가 돈다
민들레 마을끼리
도리도리 웃음 모아
응답의 문을 연다
질그릇에 넘치는 달빛으로
손잡아 일으키면
오월의 바다가 모이듯
모두 모두 강강수월래 강강수월래
불 밝히는 아래채 사랑방을 찾아
돌며 굿춤에 한마당 어울려서
아버지가 준 땀을 보고
들을 향해 손짓한다.
육자배기도 부른다.
장고소리에
맨발로 흙을 밟으며
덩실덩실 도리깨춤을 춘다.

—「故鄕 이야기」 전문

「故鄕 이야기」는 고향의 의미를 가장 잘 드러내고 있는 시라 할 수 있다. 이 시는 고향을 떠난 남녀가 고향으로 돌아온다는 설정에서 시작된다. 고향과 근대의 관계를 말하고 있다고 해도 과언은 아닐 것인데,

근대가 부여하는 고통과 슬픔을 고향의 평화와 행복과 대비한다. 물론 근대에 대한 불만을 시인이 구체적인 양상으로 말하고 있는 것은 아니다. 그럼에도 고향으로의 필연적인 회귀를 예고하고 있다는 점에서 시인의 입장은 뚜렷하다. 이를 두고 지방주의(localism)라 명명해도 무방할 것이라 생각한다. 사실 근대와 중앙권력은 끊임없이 고향과 지방을 침탈해왔다. 이러한 가운데 고향과 지방성(locality)의 의미가 상실되고 있는 것이 현실이다. 하지만 고향과 지방적 가치가 무효화되는 것은 아니다. 그것은 시학적 차원에서 말하자면 시적인 것의 처소에 다를 바 없을 뿐 아니라 비록 곤경에 처하였지만 생성과 신생의 토대임에 분명하다. 시인이 말하고 있는 유기적 공동체의 이야기는 이미 지나간 역사가 아니다. "강강수월래"로 표상된 고향의 모습은 미래적 과거로 재인식된다. 시인은 고향에서 "부활하는 빛"이 "바람 앞에서도/꺼지지 않는 확신"(「등불의 노래」에서)을 견지한다.

2. 유동하는 바다, 액체의 상상력

차영한의 시는 고향시라 할 수 있다. 그는 고향을 통하여 "생성의 언어"를 찾는다. "바람이여/새를 고향으로 날려서/우리의 노래와 춤을 다시 불러/한자리로 모이게 하라."(「淨土賦」에서) 이처럼 고향은 은둔의 처소가 아니며 의식의 차원에서 적극적인 저항의 근거가 된다. 그의 고향시가 보다 구체적이 되어야 하는 까닭이 여기에 있는데 연작시로 엮인 『섬』이 이를 증거 한다. 『섬』은 차영한의 고향시가 바다로 확장되는 상상력을 보여준다. 말할 것도 없이 차영한의 바다에 대한 관심은 등단작 「한려수도」에서 연유한다. "저것 봐요/그렇지요/구름이/세월이/물속을/걸어 오네요/걸어 가네요/산들이/초목들이/따라 다니네요"라는 경쾌한 행갈이로 시작되는 이 시는 '한려수도'의 이미지와 형태를 아름답게 형상화하고 있다. 이 시의 3연은 "마침표 없는 바다위에/연잎으로/떠 있는 섬 섬들/우리들의 쉼표네요"라고 다도해의 위상을 '쉼표'로 자리매김하고 있다. 하지만 시인의 적극적인 지방주의는 '쉼표'라는 서경(敍景)의 위상학에 머물지 않는다. 낱낱의 섬들을 순례함으로써 각기 다른 섬들의 유래와 형상 그리고 그 속에 사는 사람들의 이야기를 서술하게 된다. 이로써 차영한의 고향시는 해양시의 면모를 지니게 된다.

해양시는 바다와 배와 항해를 기본 조건으로 한다. 하지만 연안의 어부들의 삶이나 생태환경의 문제도 간과할 수 없다. 해양시는 크게 두 가지로 나뉘어 진다. 항해를 중심에 둔 것과 연안역 삶에 중점을 둔 것. 이들 가운데 차영한의 해양시는 두 번째 양상인 연안역 해양시로 자리매김된다. 그런데 이러한 분류는 차영한의 시를 논하는 목적이 될 수 없다. 무엇보다 그의 고향시가 구체적인 삶의 현장으로서의 바다로 나아간 사실에 주목해야 한다. 그는 『섬』의 「서문」에서 "도처에 떠 있는 이 시대의 우리들의 섬처럼 칩칩한 모습이 아니라 환상적인 꿈의 지느러미가 헤엄쳐 오고 자존하는 고독은 오히려 빛나고" 있는 섬을 찾아 나섰음을 진술한 바 있다. 달리 고향의 구체적인 면모를 '섬'을 통해 그려내고자 한 의도로 읽힌다. 즉 "현대문명 속에서도 훼손되지 않고 원초적으로 살아 숨 쉬고 있는 '섬'의 삶과 언어와 풍속"(「재판을 내면서」에서)을 서술하려 한다. 차영한의 '섬' 연작시는 그가 구현하고자 한 원초적 지방성의 등가물이라 할 수 있다.

해안선을 앗아 사리며
만나보고 싶은 고독의 한 끝을
선유대(仙遊臺)에서 풀어 던지면
달아오르는 내 영혼을
노 저어오는 바다

오늘은 소지도(小知島)와 마주하여
기울고 싶은 수려하고 투명한 유리잔
후끈해서 한 잔 더 붓고 싶은 목숨
아리고 저림도 은비늘로 나부껴서
당신이 부르면 세상을 가르며
하얀 물오리 떼처럼 노 젓고 싶네

더딘들 투덜대지는 말게나
사는 것이 무엇인지 사는 것 밖에서
저어 짙푸른 자존의 지느러미
유연하게 헤엄쳐 오는 것 보아라.

—「섬 · 9—비진도」 전문

화자의 위치가 '선유대'라 할 수 있는데 섬과 섬 사이의 바다를 바라보면서 삶과 죽음의 의미를 헤아린다. 시인은, 주된 시적 대상이 섬이라고 하더라도 이와 더불어 시적 주체와 바다를 하나의 시적 공간 속에서 노래한다. "달아오르는 내 영혼을/노 저어오는 바다"라는 형상이나

"짙푸른 자존의 지느러미/유연하게 헤엄쳐 오는 것"이라는 이미지를 통해 알 수 있듯 시적 상상력의 바탕이 '바다'라는 것은 쉽게 이해된다. 그렇다면 '바다'는 어떤 의미를 지니는가? 바다는 물의 다양한 형태 가운데 하나이다. 물은 원초적인 물질이고 생명을 발생시키는 근원이다. 물은 유동적인 것. 그리고 형태가 없는 것들(공기)과 형태가 있는 것(대지와 고체들) 사이를 오간다. 따라서 그것은 삶과 죽음에 대한 유비가 된다. '바다로 돌아가는 것'은 '모성으로 돌아가는 것'이기도 하고 죽음을 맞는 것이기도 하다. 바다의 상징적 의미는 모든 생의 어머니이다. 그것은 죽음과 재생, 연원과 무한 그리고 무의식의 표현이 된다. 또한 현상적인 차원에서 바다는, 썰물과 밀물의 규칙적인 흔들림이 보이는 시각적 황홀을 보여주며, 악에 대해 투쟁하는 인간성의 거울, 혹은 투쟁의 장소가 된다. 차영한의 '섬' 연작에서 보이는 '바다' 또한 이러한 다층적 의미를 함유한다. 그리고 이를 그의 시가 보이는 '액체의 상상력'이라 명명하고자 한다.

차영한의 시가 보이는 액체의 상상력은 생명의 역동성, 바다의 유동성을 그 내용으로 한다. 50편으로 이어진 '섬' 연작은 이러한 액체의 상상력이 그려낸 장관이다. 우선 섬에서 섬으로의 이동이 '배'를 통해 이루어진다는 사실을 상기할 수 있다. 비록 대양의 항해는 아니지만 차영한의 해양시에서도 항해 과정은 중요하다. "푸른 초원을 달리듯/바람을 붙잡고 들뜨듯/허전해서는 안 됨을 힘주어/죽음을 밀어붙이는 노를 젓고 있네/눈물 앞질러 몸살을 앞질러/고통의 끄나풀을 푸네/아리는 살 속을 불 지르듯/오늘은 눈물이 웃네"(「섬 · 46—연섬」에서) 고깃배의 항해이지만 이 속에 쓰라린 깨달음을 내포한다. 항해 과정과 더불어 어로 행위 또한 역동적인 노동으로 그려진다.

실은 아픔을 웃음으로 노 저어 풀듯
눈물보다 더 깊은 곳을 갈라내며
안달이 나서 다시 그물을 칼로 끊어내고
잇달아 낸 매듭 다시 보며,
내가 먼저 바다보다 소리쳐서 앞 닻을 던져도
가슴 한복판에 한바다가 있어
한 생애의 밧줄을 다 주고도
된 살 되 앗아 잡고 사리고 사려도
비탈길을 휘어잡는 나뭇가지처럼
놓으면 사정없이 후려치는
그 회초리로 하여 혼자 웃고 사는 늦 날진 샛바람이여

—「섬 · 45—수우섬」 부분

고기잡이는 바람과 파도와 싸우면서 진행된다. 때론 그물을 끊어내는 고통을 감수해야 하고 '한 생애'를 담보하는 위험에 처하기도 한다. 첫 행이 말하듯 어부들의 삶은 아픔과 웃음의 쌍곡선 속에 있다. "세월이 맺힌 한"(「섬 · 42—오시리섬」에서)은 어부들의 내면을 나타내는 적절한 말이 아닌가 한다. 그러나 이들이 수동적인 적극성을 의미하는 한만을 품고 사는 것은 아니다. "뒤척이는 헛웃음 걷어내며/더운피 벼루에 갈 듯 성난 오기는 노 저어갔네/가서 아득히 가서 우울의 옷자락 벗어던지고/된새시마 능욕의 물발 끊어내어야 했네"(「섬 · 35—부지섬」에서)라는 진술처럼 건강한 분노도 표출한다.

항해와 어로의 역동성은 유동적인 바다라는 조건과 더불어 필연적이다. 그런데 이러한 필연성은 시적 주체의 진술에 영향을 미치는데 거의 모든 시의 시행들이 움직임을 형용하는 서술어를 발화하고 있는 사실을 들 수 있다. 물론 주체보다 섬이라는 사물의 이미지를 좇고 있는 시에서 회화적 측면은 부각된다. 그럼에도 이러한 경우에서조차 섬을 동적으로 그려내고자 하는 경향을 간과할 수 없다. 가령 「섬 · 1—글씽이 섬」이 한 예가 되는데 "환상의 비늘을 털털 털어내고 있네" "전생의 죄를 칠정의 안개로 휘감고 있네" "중첩된 허무를 무너뜨리고 있네" "엉키는 흰 뼈를 물어뜯고 있네" "쏟아지는 소나기로 고독의 탈 벗기고 있네" "욕망을 한 입에 그대로 삼키고 있네" 등등의 의인화된 진술을 통하여 생동하는 섬으로 그려내고 있다. 섬을 매개로 바다와 인간의 생명현상을 구체적으로 포착하려는 시적 응시의 귀결이다.

3. 비판적 지방주의의 시적 성취

'심심풀이' 연작시집이라는 부제가 붙은 『살 속에 박힌 가시들』을 통해 인간사의 복합적인 국면들을 서술하고 있지만 『섬』 또한 초기 고향시가 지향한 화해의 세계와 일정한 거리를 보인다. 차영한이 서정적 지향을 전면화하는 감정양식을 탈피하고 삶의 구체적인 진면목을 탐색하려 한 탓이다. 연작시 『섬』은 지방주의의 시적 실천, 연안역 해양시의 성취라는 점에서 시사적 위치를 가지기도 하지만 시인 개인의 차원에서 인간학으로 나아가는 가교라는 점에서 의의를 지닌다. 『살 속에 박힌 가시들』은 『섬』이 완성되는 과정의 산물이다. 이러한 과정은 시인이 초현실주의나 욕망의 심리학을 탐구하는 일과 겹쳐진다. 특히 최근 시작에서 두드러진 이미지의 비약과 환상의 기법 등은 시적 변화의 징후들로 읽힌다. 그만큼 시인이 유동성에 기반한 액체의 상상력을 적극화하고 있다.

요컨대『섬』은 차영한의 시세계를 대표한다.『시골햇살』과『살 속에 박힌 가시들』을 단순하게 이어가는 매개가 아니라 오히려 이 둘의 세계가 내포한 추상과 직설을 지양하고 있는 것으로 평가된다. 특히 이 시집의 가독성을 떨어뜨리고 있는 지방어의 사용은 고향-장소-지방에 대한 그의 애착을 매우 직절하게 드러내는데 이는 첫시집의「어부」등 해양시에서 비롯한 바 있다.

포찰이나 고부지기나 뚝을
쪼시개로 따 먹고 살 수만 없었네
톳이나 지총 미역 가사리만
뜯어 먹고 살 수 없었네

매바우 웃치나 아랫치에서
따라오는 눈물 하나 꿀꺽 삼키며
날물 앞질러 가야 했네
꼴 노를 한장 노를 이물 노까지
저어 사철 없는 한 바다로 가야 했네
된새 갈시마 니살에도 날 받이 물 때
한 걸음에도 멍에 쓰듯
실랭이 몸서리 여얼 내러
솥뚜껑여 오리바우 지나

굴비섬 저승 밖을 황망히 갔네.

—「섬 · 7—큰닭섬」 전문

“포찰-굴 종류로, 갯가 바위틈에 피라미드식으로 기생하고 있음, 고부지기-홍합종류로 새홍합이라고도 함, 뚝-굴 종류, 갈시마-서남풍” 등 각주를 달아 설명을 덧붙이고 있지만 이러한 도움으로 위의 시가 다 이해되는 것은 아니다. “사철 없는 한 바다로 가야” 하는 어부의 삶을 말하고 있지만 읽는 이에게 소위 ‘조망적 시점’이 지니는 한계는 명확하다. 시인은 표준어의 침탈에 맞서면서 표준어에 익숙한 조망적 시점이 지닌 무지를 경계한다. 그야말로 그가 첫시집에서 제기한 “토착”의 문제를 『섬』을 통하여 성취하고 있다. 차영한의 지방주의는 퇴행이 아니다. 그것은 근대의 무장소화, 중앙의 지방에 대한 침해에 대한 저항이다. 그는 통영 고향 바다의 섬들, 바다 속 해초와 물고기들 그리고 배와 어구들의 본디 이름을 부름으로써 그들의 존재와 생태를 보전하고 생성한다. 이들 섬에 사는 사람들의 구체적인 삶과 유래하는 역사를 서술한다. 가령 「섬 · 12—추봉도」와 「섬 · 16—한산도」가 이종무, 이순신, 거제포로수용소 등을 내용으로 서술하고 있다면 「섬 · 29—할미섬」은 역사를 거슬러 올라 “빗살무늬”로 표상되는 시원을 말한다. 이와 같이 차영한은 고향의 장소들을 이야기하려 한다. 이들 장소가 품고 있는 분위기를 그려내고 장소의 혼(genius loci)을 불러내고 장소감(sense of place)을 이끌고자 한다.

그러나 그러나
바닷가 모래밭에 달집 태우던 정월 대보름날밤

어우러져 찾던 우리들 얼굴마저
찾을 수 없는 돌가루로 길 내어 굳혀
썰물고기 잡던 독발에 뛰던 푸른 개안마저 짤린 채
개펄 끝에서 갈대바람 붙잡고 흐느끼고 있나니
그것 참 그것참!
잘 살기 위한 우선 내키는 좁은 마음
얻은 것보다 잃은 것 더 많은 후회할 날 있네
개펄 없는 썰물 끝에 길 잃은 꽃게야 뻘덕게야
야박해지는 한 시대의 밀물 끝에
너의 고향 앞바다에 뜨는 달의 안부
이제는 누구누구한테 묻겠는 고!

—「섬 · 50—사량섬」 부분

마지막 연작시의 결구인데 이 대목에서 차영한 문학의 본질과 마주하게 된다. 차영한은 인간중심의 욕망의 근대세계에 대하여 준엄하게 경고하고 있다. 고향에 대한 서정적 지향과 공동체에 대한 갈망, 장소사랑과 지방의 언어와 역사에 대한 애착이 자기애적 지방주의로 귀결되지 않고 지역과 세계의 전체성을 비판적으로 조망하고 있다. 이러한 점에서 『섬』은 연안역 해양시의 수준 높은 성취로 받아들여지는 동시에 비판적 지방주의(critical localism)의 한 사례로 설명되기에 부족함이 없다. 차영한은 지방적인(local) 토대에서 삶을 바라보고 시를 쓰면서 이러한 토대에 개입하는 세계적인(global) 위악들을 직시하면서 지방적인 것의 가치와 의미를 그의 고향 '통영'과 '통영바다'를 통하여 드러내고 있다.

노경과 청담(淸淡)의 에스프리

—서상만론

서상만 시인은 현금의 우리 시단에서 경이로운 존재다. 고희를 지나 '팔질'(八耋)에 가깝도록 이처럼 눈부신 서정을 뿜어내는 시인이 있을까? 그는 일찍이 시를 썼지만 불혹을 넘겨 문단이라는 공식제도에 이름을 올렸고 첫시집 『시간의 사금파리』(2007)를 40대 후반에 상재했다. 이어서 『그림자를 태우다』(2010), 『모래알로 울다』(2011), 『적소』(2013), 『백동나비』(2014), 『분월포』(2015), 『노을밥상』(2016), 『사춘』(2017)을 간행하였으니 고희 즈음부터 거의 매년 한 권의 시집을 세간에 내어놓은 셈이다. 그저 다작의 시인이라고만 치부할 수 없는 서정의 경계를 보였다는 평가가 저간의 사정을 말한다. 그는 마음을 움직여 시로 드러내는 과정에 충실한 시인이다. 시와 삶을 분리하지 않고 시학을 심학의 연장선에 둔 전통적 사유의 자장 안에 있다. 새 시집을 통하여, 새롭게, 그가 궁구한 노경(老境)과 접하게 된다.

바람에 눈물 털며/속으로만 우는,//함께 묻힐 산야에서/나를 부르는/들풀의 울음소리//나, 이제 들었다

—「늦귀」 전문

'들풀'과 감응하는 '나'를 표현한 짧은 시이지만 그 의미는 단순하지 않다. 우선 이 시를 시집의 첫 머리에 배치하였다는 점을 주목한다. 표제인 '늦귀'라는 말은 "죽고 난 뒤에 발동되는 귀환"이라는 뜻의 게임용어로 쓰이는 경우가 있으나 아직 사전에 오른 단어는 아니다. 이와 무관하게 "늦게야 트여 듣는 귀"를 의미하려는 의도로 시인이 만든 말이라 짐작한다. 표제의 의미와 연관시킨다면 시 속의 화자는 경험적 진술의 주체인 시인이다. 시인은 늦게야 "함께 묻힐 산야에서/나를 부르는/들풀의 울음소리"를 들었다고 진술하고 있다. '죽음에 이르는 존재'라는 관념이 구체적인 실감으로 표출된다. 하이데거가 "인간은 존재하자마자 죽음을 인수하며 태어나자마자 죽기에 충분할 만큼 늙어 있다"고 하였지만 정작 죽음이 내면의 소리가 되어 들려오는 때는 노년이라 생각한다. 인용한 「늦귀」를 통해 시인은 죽음을 바라보는 노년의 감각을 나타내려 하였다.

나이로 노년의 경계를 삼을 수 없는 일이지만 시인의 시에서 늙어감에 대한 감각은 유난하다. 그의 시가 '살아본 구체적 경험'에 바탕을 둔 발화인 탓이다. 심지어 "나는 절필하지 않으려 지금껏 살아있다"라고 「시인의 말」을 통해 진술하고 있지 않는가. 이러한 진술은 시와 동행하려는 시인의 견결한 마음을 알게 한다. 「기다림이란」이 전하듯이 시인은 "헤매다 울고 머물다 웃고" 살면서 "늘 서럽고 아프지만" "시"를 만난다. 이렇게 하여 표출된 시편은 "슬픔"이라는 생의 흐름이 만드는 곡

절을 담아낸다. 서정의 기저가 비가(elegy)라는 사실은 시의 원리를 넘어서 슬픔으로 직조하는 생의 무늬를 뜻한다고 보아도 무방하다. "기약 없이 내리는/빗소리도 쓰다듬고/죽음도 천천히 스며드는/낯선 꿈을 꾸면서//나 버리고 먼저 떠난/누구 속마음 같은 풀밭에/풀처럼 젖어도 보면서" 삶을 사는 시인의 기다림은 무엇일까? 물론 기다림의 대상을 명시하긴 힘들다. 그것은 젖어들고 스며드는 과정이며 그 궁극은 존재의 근원으로 돌아가는 일이라고 할 수 있다. 시는 궁극을 지향하지만 그 과정을 표현한다. 이러한 과정이 시적 표현의 전부이다.

전통적 사유는 나이를 더함이 덕이 깊어지고 성숙해지는 과정이며 마침내 만나게 되는 죽음조차 이러한 과정의 일부로 두려움과 기피의 대상이 될 수 없다고 말한다. 하지만 이와 같이 온전한 덕을 지닌 인격은 이상에 가깝다. 늙어가는 삶 속에 개입하는 '저항과 체념 사이의 모순'을 간과하긴 힘들다. 시작의 계속성은 오히려 이러한 모순 속에서 유지된다. 노년은 모순과 모호함을 이겨내면서 온전히 자기의 시간을 만드는 과정이다. 이 지점에서 기억이 중요한 기제가 된다. 돌아봄의 양식인 서정은 자기 안의 시간을 인생으로 기억하는 방식으로 바뀐다. 유년의 특별한 추억이나 잊을 수 없는 사랑과 이별 그리고 생을 표상하는 사건과 장소를 표현한다. 여기서 재현도 현현도 아닌 표현이라는 방법을 주목하자. 바로 내면을 밖으로 표출하는 발화의 양식이다.

> 아내가 심어두고 간 치자꽃이/올해도 하얗게 만발이다/눈에 익은 색깔과 향기가/다소곳이 내게로 다가오는,//속세에 피신하듯 뿌리내려/저 꽃이 한사코 피고 있는 이유/나는 차마 알지 못하지만, 혹/엄살 같은 하직인사가 남아서//꽃피는 천수적막千手寂寞에/은유는 왜 자꾸

머뭇거리는지/천지간 내 눈물 사라져도/꽃의 탄회坦懷는 여전할까

—「적막에서」 전문

먼저 간 아내에 대한 그리움을 시인은 많은 시편을 통해 표현하고 있다. 이 시 또한 아내에 대한 기억에 사로잡힌 시인의 심경을 말한다. '아내가 치자꽃같다'거나 '아내는 치자꽃'이라는 직유와 은유가 대체할 여지가 부족하다. 시인의 기억은 여전히 못 다한 '하직인사'와 '탄회'와 같이 아내와 함께 한 경험으로 채워져 있다. 시인에게 '적막'은 멀다. 눈물이 사라지고 물처럼 열어지는 고요가 언제 찾아올까? 「소곡」, 「핏줄」, 「초록 구름」도 아내에 대한 강한 기억의 인력으로 은유가 머뭇거리는 시편들이다. "생사의 무덤을 재우려면/오늘은 또 어떤 물색으로/그대에게 편지를 쓸까"(「소곡」에서)라는 구절에서 보이는 '물색'의 지향성은 담담하고 초연한 마음으로 가는 단초라 할 수 있다. 하지만 「초록 구름」이 말하듯이 유년의 "푸른 날의 색깔"과 아내의 "풀색고무신"이 "초록구름"과 겹쳐지는 사태는 여전하다. 초월 혹은 완전한 부재로의 이행은 쉽게 오지 않는다. 그에게 아내야말로 인생을 구성하는 가장 중요한 기억이기 때문이다.

「초록 구름」에서 만날 수 있었던 유년의 "푸른 날의 색깔"은 서상만 시인의 시세계에서 매우 중요한 경험적 표상이다. 어쩌면 그는 기억 속의 푸른빛을 찾아서 시를 쓰고 있는지 모를 일이다.

풀벌레 소리로 배부른 가을 밤/모깃불 피워놓고 멍석에 누워/주먹만 한 별빛을 받아 안고/잠이 들 때도/내 아버지 구성진 명당경 소리는/곳간에 숨어 사는/집지킴이 누렁 뱀의 눈알미를/더 순하게 길들였지//

구름말랭이에 누운 타향살이,/나 오랫동안 잊어버린/푸른 별을 더듬어 본다/평생 마음의 집 한 채 짓지 못해/일찌감치 접어둔 나의 꿈/이제 고만 저물 곳이 어딘지

—「저물 곳」 전문

어떤 이미지는 의식에 각인되어 전 생애를 관여한다. 인용한 시에 그려진 유년의 '별빛'이 그렇다. 풀벌레 소리와 벽사진경을 기원하는 아버지의 '명당경' 부르는 소리도 기억의 가장자리에 머물고 있지만 그 가운데 있는 '푸른 별'은 더욱 유별하다. 망각의 저편에서 노년의 삶을 일깨운다. 이와 같은 향수(노스탤지어)는 살아온 삶의 경험들을 한꺼번에 돌아보게 한다. 유년의 푸른빛을 생각하면서 시인은 머무름과 기다림의 지혜를 얻는다. 노년에 되찾고자 하는 자기만의 시간과 그 향기에 대한 갈망이다. 시는 노스탤지어를 통하여 현재의 시간을 밝히는 등불과 같다. 서사로 확장되지 않고 영혼의 빛깔로 응축된다. 「시의 바다」는 시인의 향수와 시의 상응을 말하는 시론시(詩論詩)이다. 이 시는 시인의 시편 가운데 다소 장황하지만 생생한 발화의 움직임이 요동하는 양상을 보인다. 마치 앞서고 뒤서는 파도가 겹치면서 밀려드는 형국이다. 바다의 쪽빛은 시인이 찾아가는 푸른빛의 원형이다. 나부끼는 돛단배와 파도, 흩어지는 모래톱과 하얀 물결, 땅과 바다가 만나는 풍경 속에 사유와 파토스, 무위와 광기, 비상과 추락, 유희와 영원 등 삶을 구성하는 모든 심상들이 내재한다. 이러한 바다는 이제 시인에게 시가 되었다. "오, 다 받아주는 그대 시의 바다여!" 앞서 인용한 「저물 곳」은 그 구성에서 「시의 바다」와 흡사하다. 모두 유년과 고향을 경유하며 향수를 통하여 푸른빛을 건져 올린다.

우리가 만일 날개달린 삶이었으면 어땠을까/회색포탄처럼 밤 파도를 가르며 으르렁대는 바람과 맞서며 더 높이 더 멀리 더 오래 날아야 하는 고독의 연유를 맨 먼저 깨달았으리/은반 같은 날개로 구름을 뚫고 쌍둥이 해가 뜨는 하늘나라로 고통 없이 사라지는 해법도 배웠으리//바다에도 질서가 있다, 한계를 극복하지 못해 추방당한 새는 받아주지 말라는//물고기 대가리만 찾아 헤매는 새가 아니라 시공을 넘나드는 무한한 자유인간의 새로 남게/바다는 우리의 그림자를 묻어주는 봉분 없는 무덤 영혼을 잠재울 철학의 소금밭이네//바다는 우주의 원형이자 인간의 모향 밤낮 탁발로 일렁이다 뭍으로 돌아올 땐 천파만파의 울음 섞인 해조음으로 우리를 껴안는 전지자全知者이시니//오, 다 받아주는 그대 詩의 바다여!

—「시의 바다」 부분

「저물 곳」에서 애써 찾아낸 '푸른 별'은 여기서 비상하는 새의 이미지로 변주된다. 욕구를 충족하는 데 만족하는 새가 아니라 한계를 극복하고 무한한 자유를 구가하는 새를 말한다. 이는 '고통 없이 사라지는 해법'을 아는 '무한한 자유인간'의 표상이다. 바다는 이러한 '자유인간'을 받아주고 그 영혼을 잠재우는 장소이다. 시인이 비상하는 새를 말하고 자유로운 영혼을 말하는 의도는 미래를 기획하려는 데 있지 않다. 무엇보다 되돌릴 수 없는 시간과 다시는 돌아오지 않을 삶에 대한 기억을 표출하며 이를 통해 현존재의 내면을 드러내고자 한다. 이 대목에서 「시간이 걸터앉은 흔들의자」가 주목된다.

날지 못하는 새는 공중에 없다/달빛 아래, 콩밭머리 헤매는 작은 새여/비상에 길들지 못한 날갯짓, 아픈/너에게는 하늘 향한 그리움만 있다//너는/저 별빛을 놓칠까봐 늘 깨어 있기에/깊은 밤을 아는 듯//바람 일면, 회랑에 걸린 낡은 벽시계도/흔들의자에 걸터앉아/흘러간 추억을 노래하고//귀 기울이면 불현 듯/멀리 검푸른 밤바다 무덤 위로/무거운 삶이 꽃잎처럼 지고 있다/좌아 좌아 파도로 흩어지며/포말을 토하며 뭍으로/뭍으로 잦아드는 절망의 잠//한밤중/애잔한 새에게 무슨 말로 속삭일까//사랑이여, 이승의 끝에 매달린 목숨/누구에게 맡길까/누가 대신 울어줄까/안개비에 젖는 날//쓰레기 분리 장에 버려둔/심재沁齋라는 낙관의 수묵담채/화제가 하산연우夏山煙雨다//배접은 누렇게 변색되고/군데군데 구멍이 나, 누구의/연하고질煙霞痼疾을 보는 듯//세월의 몸이 무거워져 버린/불가분의 아픈 마음을/좀 헤아려 주고 싶어/그 자리에 두고 조용히 보니/멀리 사패산/산안개가 눈에 들어온다//안개는 노인과 한빛깔이다/이 골 저 골 자욱하게 헤매다/그 새 훌쩍 팔질이 눈앞인/그 속수무책이란 말 이젠/나에게도 퍽 편한 말이 됐다

'날지 못하는 새'에 시적 자아의 상태를 투사하고 있는 이 시에는, 안개와 노을에 사로잡힌 사람, '별빛'과 '흘러간 추억'과 '검푸른 밤바다'에 대한 그리움을 간직한 '노인'이 있다. 모두 자신의 지나온 인생을 의미하는 이미지들이다. '팔질이 눈앞인/그 속수무책이란 말'을 떠올리듯이 기억과 몸의 질량이 만드는 경계가 있다. '세월의 몸이 무거워져 버린/불가분의 아픈 마음'이라는 구절에 이르면 존재의 근심이 도드라진다. 변화하는 풍경만큼 인생의 장면들이 떠오른다. 과거는 소중함의 가

치에 따라서 그 의미를 달리하지만 미래는 흐릿하게 차단된다. "푸른빛이 꺼져가는/내 기억에 고인 폐수 떨어지는 소리"(「소리들」에서)를 듣거나 "옹이마저 삭은 등걸,/무덤 같은 농담濃淡 사이/근심 근심하다 잠들지 못한/연초록 잎눈 두엇"과 같은 심경이다. 시인의 시는 기억과 현존 사이에 펼쳐지는 농담(濃淡) 사이에서 긴장한다. 각인된 푸른빛의 양상 또한 다양하게 변주된다. 그 궁극적 지향에서 영혼의 푸른빛은 늙어가는 몸의 질량을 극복하는 자아의 초월성을 의미하게 된다. 이는 "무거운 삶이 꽃잎처럼 지고 있다"는 진술이 "안개는 노인과 한빛깔이다"라는 표현을 얻는 과정에서 알 수 있다. 푸른빛을 좇는 일은 기원에 매달리는 일이 아니다. 추억과 현재, 유년과 노년, 짙음과 옅음의 길항 속에서 노경(老境)은 깊어진다. 무관심, 무미(無味)의 담담함이 시적 지평으로 열린다.

> 천지는 진즉 수류화개水流花開라//날마다 파랑 치는 나뭇잎들,/햇살 되비추는 이 아침엔/여기 오래 남고 싶다//풀잎에 머물던 아침이슬/누구 몰래 구름날개 달았다가/다시 이슬비 되어 오려는지/나 먼저 길 떠났다
>
> —「시간의 방목」 부분

계절 가운데 봄으로 기울어진 마음이 뚜렷하다. '수류화개'의 봄에 머물고 싶은 심경은 '풀잎에 머물던 아침이슬'을 응시하며 순환하는 생명의 이치를 성찰한다. 이슬방울에서 '천지' 혹은 우주를 만난다. 만물은 서로 화육(化育)하는 관계 속에 존재한다고 인식한다. 사물의 역동에 반응하면서 전체를 감응하는 감각의 발현이다. 저항과 체념 사이에 서

있는 모순의 노년이 아니라 자족적이고 성찰적인 노년의 지향을 열고 있다. 몸의 질량에서 놓여나고 시간을 방목하는 새로운 자아를 형성하는 일은 쉽지 않다. 이보다 몸의 질량에 반항하고 시간에 적대적인 자아를 선택할 가능성도 적지 않다. 어느 경우든 유년부터 간직한 '푸른 별'을 향한 꿈과 창공을 나는 비상의 의지는 노화의 중력에 이끌려 지상으로 귀환하기 마련이다. 땅 위의 풀잎과 파도치는 바다가 몸을 지닌 사람의 위상을 대변한다. 많은 "삶의 화상"(「그날, 불정역」에서)을 안고서 병과 고통과 이별을 경험하면서 회한과 두려움에 사로잡히는 과정이 삶이다. 이러한 과정에서 참다운 노경(老境)이 생성한다. "기욕이 식은 다음에 총명이 생긴다"고 하였던가. 못 듣던 소리가 들리고 안 보이던 사물이 잘 보인다는 말이다.

> 작은 새는 작은 소리로 울고/큰 새는 큰 소리로 우는/어리중간에서/나는 훔쳐보았네/잎 저버린 가지에/저마다 무심히 울고 간/새들의 흔적을//때 없이 뒹구는/잎들의 울음을//그래도 나는 모르겠네, 정말/이별은 어떻게 헤어지는 것인지/날아간 새 발자국을 좇으며/얼룩진 가을별 한 모금/호졸근히 가슴에 묻는 날
>
> —「추풍부秋風賦」 전문

생명에 대한 감각이 민활한 시적 자아의 표정이 역력하다. 새와 나무와 나뭇잎의 관계를 보면서 이별의 방식에 대하여 묻는다. 아직 이별의 아픔을 이겨내지 못한 처지임은 "그래도 나는 모르겠네, 정말"이라는 탄식 어린 발화를 통해 알 수 있다. 이 시에서 눈길이 가는 대목은 '저마다 무심히 울고 간/새들의 흔적'이라는 구절이다. 무심(無心)은 초연

한 마음의 상태를 말한다. 시적 화자가 이러한 마음의 지향에 이끌림은 새의 흔적을 좇거나 '얼룩진 가을볕 한 모금'을 '가슴에 묻는' 표현으로 나타난다. 「시간의 방목」이 말하는 물의 시간과 「추풍부」가 전하는 무심의 태도는 서로 먼 거리에 있지 않다. 자연스러움과 비움으로 깊은 단순성(deep simplicity)을 획득한다. 이는 「시, 차마 못 버릴 애물」에서 시가 오는 시간의 모습으로 다가온다. "맑고 찬바람 한줄기/처마 밑 장명등을 찰싹일 뿐/허공엔 아직도 성긴 눈발"에도 시인의 마음은 요동한다. 가볍게 내리는 눈도 종을 울게 하고 서리가 내리면 종이 울린다. 시인이 지닌 섬세의 정신은 이처럼 민감하다. 비치고 스며들고 들리는 사물의 움직임을 마음으로 포착한다. 노년에 얻는 '총명의 경지'는 물처럼 담담하고 물처럼 냉정한 태도를 생성한다.

그런데 노경은 나이가 들면 자연스럽게 오지 않는다. 여전히 받아들이지 못하는 욕동과 싸워야 하고 자기기만을 이겨내어야 한다. 늙어감이라는 인생의 궁극을 그대로 받아들임으로써 참다운 노경에 이르게 된다. 노경은 그저 나이가 많다는 뜻이 아니다. "머잖아 파도에 묻힐/늙은 섬의 폐선이 되려는가//차츰 멀어지는 발동기소리,/너무 멀리 왔나보다"(「박동소리」에서)라는 구절처럼 늙어가는 자기를 관조하고 "먼 산에 묻은 아득한/비구름처럼 안개처럼 산다"(「마음의 크기」에서)는 담백함의 태도와 심경을 얻어야 한다.

> 저 돌무더기 속 낙조에 납작 엎드린/거무데데한 작은 돌 한 개/어쩜 막차 기다리는 나 같기도 하고/누굴 탓하랴 쌓인 상처도 내 자산이니/나 여기 온 걸 떠돌이 랭보는 알거야/그는 늘 푸르게 살아있으니까/천산만루 버선코 위에 앉은 금강앵무여/나는 네 울음을 알아듣는 늙은

에코/세상의 입들 너보단 더 말이 많아서/매일매일 누구의 덤으로 산다는 말/입봉하고 아꼈더니 불현 낯이 뜨겁다/너무 오래 달궈진 돌 같아서

—「앵무산鸚鵡山 돌에게」 부분

노년은 끊임없이 자기를 돌아보게 한다. 노스탤지어와 살아온 경험에 대한 기억은 피할 수 없다. 생의 시간을 자기화해야 하기 때문이다. 시 속에 '랭보'를 언급한 연유는 그의 떠돎과 푸른 삶을 말하기 위함이다. 그와 같은 청년은 아니지만 '나' 또한 무욕의 삶을 산다. 유년의 푸른빛이 이제 노년의 청담(淸淡)으로 성숙한다.

봄이 오는 새벽/미명의 북창에서 그대를 맞아요/밤새 어둠을 사르고/내 혈관 속에 먼저 와/나를 깨운 그대/못 견디게 누군가 그리우면/잠깐 내 마음 밟고 어깨에 기대요/그대의 숨소리는 가슴에 젖고/그대의 시는/너무 늦게 차린 내 저녁찬 고명처럼/남은 날 우리 함께 한다면/한 알의 아드레날린으로 흥분을 가라앉혀/고요를 부르리/나를 불러요,/귀에 익은 봄 바다 소리처럼/차알싹 차알싹//기다릴게요/기다리다 하얗게 소금이 될지라도

—「봄밤의 아드레날린」 전문

봄에 대한 이끌림만큼 명랑과 웃음으로 생을 이야기하려는 시인의 의지가 크다. 「왕벚꽃」, 「봄 편지」, 「저 가을꽃」, 「陰石 바위」 등 건강하고 사려 깊은 해학을 이끌어내려는 시인의 어조와 태도가 낯설지 않다. 인용한 시에서 시인은 삶의 욕동과 즐거움을 시를 통해 획득하고 있음

을 진술한다. 생명의 기운과 더불어 찾아오는 시는 이제 시인의 삶과 분리할 수 없다. 참된 노년은 위축된 마음이 아니라 민활하고 총명한 감각으로 삶의 가치를 말하는데서 나타난다. 「봄밤의 아드레날린」의 주인공은 저항과 체념을 모두 극복하고 '고요'를 생성하는 자아이다.

서상만 시인의 시는 노경의 청담을 지향한다. 오래도록 마음속에 품어온 유년의 푸른빛이 노년의 맑음으로 생성하고 있다. 그는 이미 저항과 체념 사이의 노년을 넘어서 유기적인 생명의 흐름을 체화하였다. 몸의 질량을 이겨내고 삶과 사물을 민활하게 공감한다. 머무르면서 기다리는 시간은 이제 자신의 것이 되었다. 그의 시는 팔순을 바라보는 그의 마음을 대변한다. 시와 더불어 새로운 자아와 새로운 경계를 견인하는 서상만 시인이야말로 현금의 노년시를 대표하는 보기 드문 개성이 되었다.

시간을 건너는 풍경

—김만수론

시간을 거스를 수 없는 것은 인간의 조건이다. 김만수 시인은 「쉰」이라는 시를 통하여 '50'의 의미를 되새긴다. '하늘의 뜻을 안다'는 나이가 50이 아닌가? 평생 시를 궁구한 시인에게 '쉰'은 어떠한 의미를 지닐까?

나는 잘 소비되지 않았다
신화가 얽혀지던 불의 축제
뜨거운 페이지 뒤란에서
젖은 나무토막으로 웅크린 시간들
비춰지지 않았으므로
반사되지 않았고
나는 읽혀지지 못했다

사소한 서사에도

밀려났다 캐스팅되지 못했다
햇살이 낮게 굴러와 죽었다
찰방거리는 물길을 만들며 빛이 사랑이
번질 거라 믿었다 거짓이었다
수없이 개복하고
길을 만들고 성을 쌓았다 늦은 나무를 심었다
아무 소리도 들리지 않았다 성 위에는
찢긴 깃발이 더 깊이 죽었다
나를 떠메고 가는 내가 보였다

—「쉰」 전문

"쉰"을 바라보는 시인의 시각은 한 마디로 회한에 차 있다. 소비되고 타올라야 할 청춘의 시간을 "젖은 나무토막으로 웅크린" 태도에 대한 자책과 세상 속으로 나아가 그 빛 속에서 존재의 의미를 부여하지 못한 후회가 있다. 세계 또한 자기를 수용하지 않는다. 주변으로 밀어낼 뿐만 아니라 희망의 "빛"과 사랑의 "물길"을 "거짓"이 되게 하였다. 그야말로 주체와 세계의 불화는 그치지 않는다. 그러므로 "길을 만들고" "성을 쌓고" "나무를 심었던" 과정들이 무의미하게 인식된다. "아무 소리도 들리지 않았다 성 위에는/찢긴 깃발이 더 깊이 죽었다/나를 떠메고 가는 내가 보였다"는 결구처럼 자기를 보는 시인의 시선이 가혹하다. 청춘의 강을 건너고 중년을 넘어서면서 시인이 맞는 시간은 달리 새로운 시적 계기라 할 수 있다. 자기에 대한 도저한 자책과 회한 이후에 반성과 관조가 기다리고 있기 때문이다. 더군다나 육친의 사별과 같은 경험은 삶에 대한 시인의 시선을 더욱 깊게 한다.

김만수의 제7시집 『바닷가 부족들』을 떠받치고 있는 의미망은 두 가지 풍경이다. 그 하나는 가족의 풍경이고 다른 하나는 추억이 담긴 장소의 풍경이다. 둘 모두 내면의 기억으로 남아 있는 풍경들이다. 가족이든 장소이든 시간의 마모를 견딜 수 없는 것이 사물의 이치이다. 시집의 1부는 주로 "아버지"의 말년에 대한 기억을 서술하고 있다. 인간의 시간을 접고 자연의 시간으로 가는 "아버지"를 지켜보는 시인의 심경이 곡진하다. "생의 기록과 흔적들이 감감해지는/피 흘리는 그"(「자정, 메디컬 센터」에서)는 죽어가는 자의 고독마저 느끼지 못한 채 세상의 "풍경 밖으로" 가고 만다. 시인은 "푸른 산소가 더 남아있지 않은 그"(「발」에서)를 간호하면서 많은 상념에 사로잡힌다. 「발」, 「샛강」, 「11월」 등이 그렇다. 그는 "난간 바깥까지 삐져나간 발"을 보면서 "그의 발은 자꾸/어디로 건너가고 있는 걸까"(「발」에서)라고 묻거나 "그를 부축해 오줌을" 뉘면서 "평생을 저 꽈리 같은 물방울들 속에 갇혀/빙빙 떠돌다 가는"(「샛강」에서) "아버지"를 떠올리기도 한다. "푸른 바다 뒤 등기된 그의 집/마지막 봄을 기다리는/비늦방울 속/낡은 집 한 채/아버지"(「11월」에서). 시인의 "아버지"는 "따스한/가을빛"(「11월」에서)에도 불구하고 "더 이상 붙잡지 못할 겨울"(「샛강」에서)로 가고 만다. 시인은 이러한 아버지의 죽음을 "소포"에 비유한다. "한 번도 우체국에 들지 않았다는 그도/점점 통증이 휘발된 정물로 굳어지고 포장되어/푸른 잉크 스탬프를 맞고/먼 소포가 되어/부쳐지고 말 것이다"(「소포」에서). 여기서 은유는 감정을 절제하는 수사학적 도구이자 삶을 인식하는 시인의 태도를 반영한다.

문을 다 걸어 닫지 못하는 그녀
해질녘 골목 안으로 몰리는 낭자한 바람 속으로
오랫동안 그와 살면서 매달아 두었던 바람 무늬를
하나하나 끄집어내 그에게로 돌려보내고 있다
아직 벽장 속 차곡차곡 쌓여 있는 그를
그의 목각 오리며 쇠톱이며
지친 봄을 품고 건넜던 낡은 경전이며
잘 접힌 판초우의며 녹슨 재크나이프며
토끼 교미 날짜가 적힌 공책이며
몇 개의 오토바이 열쇠에 매달린 그 날쌘 바람의 문양들을
그가 다 챙겨가지 못한 시린 기포 방울을
매일 저녁 골목을 열어
낮게 드리운 노을 자락에
얹어 보내고 있다 어머니

—「소포 2」 전문

이처럼 "소포"는 망자와 연관된 기억과 사물을 "그에게로 돌려보내는" 행위를 말하기 위하여 차용된다. 「소포 2」는 "어머니"의 입장에서 "아버지"를 보내는 과정을 표현하고 있다. 시인은 "아버지"의 죽음을 통하여 삶의 풍경을 보다 더 깊게 이해하게 된다. 이는 "아버지는 푸른 고등어였다"(「고등어」에서)는 시적 진술과도 연관된다. 윤회가 아니라 나고 죽은 것이 하나의 세계 속에 있음을 의미하고자 한다. "고요하고 고요한"(「고등어」에서) 바다는 아버지의 공간이다. "아버지"라는 "소포"는 "물결치는 낮은 곳으로"(「주민센터에서」에서) 되돌아간다. 시인의 풍경

시학에서 "바다"는 다른 이미지들에 비해 우위에 있으며 이들을 포용한다.

시인이 시집의 첫머리에 "아버지"와 관련된 시편을 배치한 것은 말년의 부친에 대한 간절한 마음 때문이다. 병상에서 죽어가는 "아버지"를 지켜보면서 시인은 육친 상실의 슬픔을 드러내기보다 인간의 존재론적 조건을 사유한다. 그의 태도는 시간을 건너는 풍경 속에서 삶의 의미를 찾으려는 그의 시적 과정과도 일치한다. 풍경을 대상화하지 않을뿐더러 동일화하지도 않는다. 오히려 상호 교감을 통하여 잔잔하고 고요한 의미들을 건져내려 한다. 가령 「고라니」를 예로 들 수 있다.

고라니고라니고라니
고라니라고 중얼거리다보면
보현산 참새미
굴러오는 물방울 더미

저 쪽 고구마밭머리 멀뚱하니 선 채
먼 하늘
아득히 따라가는
눈 맑은 수수꽃다리

보급투쟁 내려온
어린 파르티잔 같다

—「고라니」 전문

"고라니"와 "어린 파르티잔"의 만남이 결코 낯설지 않다. "굴러오는 물방울 더미"며 "눈 맑은 수수꽃다리"와 같은 이미지들이 연결되고 있다. 아마 "보현산"은 "파르티잔"의 기억을 간직하고 있을 것이다. 시인이 그것을 서술하고자 하였다면 이토록 간결한 서정시가 되지 않았을 터이다. 시인은 "고라니"가 출몰하는 "보현산"의 풍경 속에서 삶의 흔적과 잔상을 잔잔하고 경쾌하게 불러온다. 그런데 이러한 「고라니」가 다시 읽히는 것은 「담」이 있는 탓이다. "아버지 평생 담을 쌓아 올리는 동안/세상 끄트머리에는 자주 격문이 나붙었다"로 시작하는 이 시에서 주목되는 대목은 "아령 들며 키를 키운 만길이 형은 어느/봄 여자의 담장이 되어 떠나고 나는/해마다 낮아지던 그 가지에 올라/붉은 구호가 팔랑거리는/알록달록한 세상의 하체를 보았다 깊고/높았다"(「담」에서)이다. 여기서 "붉은 구호"는 「고라니」의 "파르티잔"과 무연하지 않다. "담"이라는 경계가 낮아지거나 해체되고 다시 쌓아 올리는 과정은 한국전쟁 당시의 정황을 떠올리게 한다. 이러한 정황이 가족사나 지역사에 어떠한 형태로 내재해 있는지 나로서 알 길이 없다. 그럼에도 시인은 풍경의 이면에 있는 기억의 잔영을 일깨운다. 이러한 잔영은 "형은 왜 깃발이라는 말을 횟집 앞에 붙였을까"라는 물음을 던지고 있는 「깃발횟집」에서 겹쳐진다. "파르티잔", "붉은 구호", "깃발"은 서로 무연한 관계일 수도 있다. 그럼에도 한 시인의 시세계 안에서 일정한 연상효과를 불러오고 있는 것은 틀림이 없다. 이러한 해석은 풍경을 기억의 색인과 연관시키는 시인의 일관된 시법에서 비롯한다. 「사진—우인」과 같은 경우는 매우 구체적이다. 시인은 "사진"을 통하여 "액자 가득 아직도 한 쪽으로 몸 틀어 서서/따스한 마음/깨끗한 희망 흘려보내고 있는/이 저녁/어깻죽지 타고 가슴 가슴으로 번지는/석유 같은 것을 다시 본다".

이러한 감정양식이 매우 직접적이라는 것을 달리 말할 필요가 없다. 이와 달리 암시된 표현에 있어서도 시인은 기억을 전제한다.

빈 껍질을 뒤집어쓰고 풍성한 시간을 건넌 그를
늦은 밤 버린 나무를 흔들며 울던
그를 본 적이 있다
평생 몇 장의 솟장이 그를 가뒀다 풀곤 했지만
그는 어깨 위 문신의 푸른 날개로도
그 나무 아래를 벗어나지 못했다
끝내 나무도 아제도 유쾌한 그늘과
달짝지근한 과즙을 주지 못했다
저 완강한 자폐 속으로
가을이 또 지나가고 있다

—「고욤나무」 부분

이 시에서 "고욤나무"와 "아제"의 사건은 연결되어 있다. 이는 "아구"의 "너부죽한 입 뒤에 선/작은 몸통에서/그가 다 뱉지 못한 말의 몸을" 보면서 "말없이 큰 입 다물고/끝없이 말을 삼키던 청림 고모를"(「아구」에서) 연상하는 일과 크게 다르지 않다. 김만수의 시에 등장하는 사물들은 역사성과 현실성을 지닌다. 그런데 김만수의 시적 지평은 동심원적이다. 먼저 자아에 대한 성찰이 있고, 가족과 이웃의 삶에 대한 이해가 있다. 그리고 이러한 이해를 바탕으로 그의 시는 마을과 바다로 지평을 확장한다. 특히 "마을"은 그의 시에 긴장을 더하는 좌표라 할 수 있다. 그의 시는 주체의 나르시시즘으로 회귀하지 않을 뿐만 아니라 초월적인 심연으로 귀화하지도 않는다. 주체와 무한한 지평인 "바다" 사이에 "마을"이라는 지향이 있다.

차갑고 낡은 등걸에 몸 맡기고
간직해온 살의 온기를 뽑아주는 어린 나비
몸속 깊이 감아온 실타래 가만히 풀어
낡고 싸늘한 나무의 품을 맑은 살내로 친친 감아주고
차가운 젖 몸으로 새벽을 헤쳐 나오는
나비 한 마리

멍들고 온 몸이 부어올라
어혈과 독이 퍼지는 섶을 여미고
찢긴 죽지를 쓸어안고 우느냐
나루로 내려가는 노새를
달랑거리는 그 놋종소리를
푸르른 강가를 찌르는 물총새 울음소리를
따라 가거라
거기 환한 빛 타래 내리는
그리운 유목의 마을이 있어 따뜻한
별들에게로 가는 통로가 열릴 것이니

—「동녀童女—여울이」 전문

이 시의 주인공인 "동녀"는 "여울이"라는 이름을 지닌 구체적인 인물이다. 단순하게 민가의 여자 아이를 지칭하는 것이 아니라 출가하기 전에 절에서 일하는 여자 아이임이 분명하다. 이러한 "동녀"를 바라보는 시인의 시각은 세 가지 의미의 층위를 나타낸다. 그 첫째는 세속의 고난이다. 몸과 마음의 상처를 안은 그녀에게 시인은 "그리운 유목의 마을"로 갈 것을 주문한다. 여기서 시인이 제시하는 둘째 의미인 "마을"이 등장한다. 마지막 셋째 의미는 "별들에게로 가는 통로"이다. 셋째는 당장 실현 가능한 일이 아니다. 무엇보다 둘째의 "마을"에 이르는 일이 중요하다. 이 시를 통하여 "환한 빛 타래 내리는/그리운 유목의 마을"이 시인의 시적 지향을 뜻한다고 해석해도 무리가 없다. "마을"에 대한 시인의 관심은 여타의 시에서도 빈번하다. 「동피랑」에서 그가 인식하는 것도 "마을"이 희망의 처소라는 것이다. "굽이진 회랑을 올라와/마을을 채우며 사람들이 돌아와/젖은 꽃잎을 끌어당겨 덮고 잠들고 있다"는 대목에서 위안과 평화를 느끼게 한다. 그러므로 "자꾸 따라가며 내리는 비/서늘한 잔해처럼/색깔 그늘을 조금씩/확장시키고 있다"(「동피랑」에서)는 마지막 구절이 비애로 귀착하지 않는다. 오히려 확장되는 "색깔 그늘"은 시의 모두에 진술된 "울렁이는 봄"의 다른 모습이라 할 수 있다. 「동피랑」이 "해마다 꺾어내 던진 불온한 통증들"을 지닌 여행자에게 다가온 풍경이라면 「동빈동 연가」는 마을을 만들고 있는 "인부들"의 노동을 노래하고 있다. 그 어느 경우든 마을에서 행복과 희망을 찾고 있는 시인의 지향을 암시한다고 보아도 과언은 아니다.

그 숲의 빈 곳은 가만히 화려하다
잔잔히 흔들리기도 하고
지독한 남루를 껴입고 비에 젖기도 하면서
차가운 경계의 저 편에 끼어드는

시린 욕망의 바다를 건너 바람처럼 와 닿기도 하고
눈 속의 새를 날려 보내는 숲
가슴 속 블라인드를 내리고
섶을 여미고 불을 꺼온 시간들 선명하다

솟대에 걸리던 구름 그림자
파동 쳐오는 징소리를 실은 발굽과 바퀴들이
햇살 속으로 멀어져갔다
말없이 차가움이 뻗치는 마을을 향해
길이었던 길을 오르고 있다
간절히 빈 곳은 스러지지 않을 것이다
한 번도 채우지 않았으므로
꽃 피지 않았고
없는 꽃들의 그림자가 가득 일어서서
빈 사서함에 가득 찼다
슬며시 소매에 따라붙는
시린 바람 한 떼를 바라보고 있다 그 숲

―「가을 저녁」 전문

이 시에서 "그 숲의 빈 곳"은 "말없이 차가움이 뻗치는 마을"의 이미지와 연결된다. 시인은 "마을을 향해/길이었던 길을" 가고 있다. 시 속의 정황으로 볼 때 "마을"은 이미 사라져 "지독한 남루를 껴입고" 있다. "솟대에 걸리던 구름 그림자/파동 쳐오는 징소리를 실은 발굽과 바퀴들이/햇살 속으로 멀어져" 간다. 그러나 "마을"이 있던 장소는 "가만히 화려하다". 시인은 "간절히 빈 곳은 스러지지 않을 것이다"라고 생각하면서 '장소의 혼'을 느낀다. "숲"은 여전히 신성하고 "마을"은 오래된 미래이다. 시인에게 "마을"은 기억에 내재된 장소이자 미래로 이끄는 공간이다. 김만수의 시에서 이러한 "마을"의 이쪽과 저쪽에 숲과 바다가 있다. 모두 추억을 구성하는 사물들로 심경의 응축과 확장을 가능하게 한다. 인용한 시의 "숲"처럼 "바다" 또한 시인의 시적 원형으로 자리하고 있다. "차가운 경계의 저 편에 끼어드는/시린 욕망의 바다"는 시인의 시적 현실 속에 여전히 요동친다.

빼걱거리는 배를 몰고 피항한
그리운 항구가 내게도 있었다

뜨거운 물과 톱밥커피가 끓고 있는 항구다방
배를 매놓고 수부들이 나무계단을 오르고 있다

젊은 날 나를 매놓고
알을 낳고 싶었던 아득한 포구가 있었다

어깨를 엮은 나무배들 더듬으며
푸슬푸슬 떨어지는 아침 날빛
아직은 깊이 갇힌 새벽 바다에서
오래된 사진 몇 장을 본다.

—「동빈 바다」 부분

이처럼 바닷가 마을은 시인이 지닌 원체험의 공간이다. 심연에 깃든 기억은 고통과 환희를 함께 지닌다. "젊은 날 나를 매놓고/알을 낳고 싶었던 아득한 포구"는 단지 추억의 대상으로 남지 않는다. "아직은 깊이 갇힌 새벽 바다"라는 구절이 암시하듯이 시인의 시적 지평 속에 내재해 있다. 시인은 "오래된 사진 몇 장"이 주는 과거의 자기 동일성에 매달리지 않으며 그 이면에 음화처럼 남겨진 희망의 징후들을 다시 인식한다. 이러한 대목에서 우리는 김만수 시인의 개성과 시적 의지와 만나게 된다. 그는 "더 이상 충전 되지 않는 바다" 곁에서도 "고래 바다를 가만히 끌어당기는 마을"을 생각한다. 그리고 이 "마을"에서 "마지막 해국이 피었다가는 거기/바람이 만드는 나라와/하얗게/영혼들 떠나는 바다 언덕"(「다무포」에서)을 그리게 된다. 간혹 기억의 잔해만 남은 풍경이 없는 것이 아니다. 하지만 시인은 그러한 잔해 더미 속에서 삶의 "통로"를 찾으려는 노력을 포기하지 않는다. "섬으로 가는 긴 통로는 깨지고 지워져/아무도 건너오지 않는 녹슨 계단이 되었고/바다 새들 허청허청 걸어 오르는 섬/일몰의 화독내 자욱이 떠오는 섬/송도"(「송도」에서). 이를 전망의 상실이라고 할 수 있을까?

시인이 선 자리는 이중의 바탕을 지니고 있다. 폐허를 향하여 꺼져드는 풍경과 이러한 풍경 속에 깃든 먼 곳에 대한 기투가 그것이다. 가령 "여남 바다"는 이러한 이중성을 잘 간직한 장소이다. "설머리 바다로 내려오는/길은 열리지" 않았지만 "그 붉은 소리 금세 떠나고/수산학교 울타리 흐드러진 밤꽃 냄새/징하게 밀려 내려와/앍은 여자들의 속곳 속으로 복장 속으로 파고드는/오월 여남 바다"(「여남 바다」에서). 내력을 지닌 풍경은 존재를 추동하는 힘을 지닌다. 시인은 장소의 혼이 살아있는 곳에서 행복과 위안을 느끼고 장소가 사라진 곳에서 현실에 대한 분노와 새로운 의지를 되찾는다. "청춘의 바다"가 "거세된 바다"가 되고 "이제는 가라앉고 연금되어버린 바다/빛나는 첫 바다에 대해/주저앉은 시간들에 대해 답하지 않는다"(「애월댁」에서)고 하더라도 "빛나는 첫 바다"에 대한 기억은 쉽게 소멸하지 않는다. 거기에 "어머니/젖 냄새 스민 길/은하로 흐르는 길"(「냄새 지도—연어」에서)이 있기 때문이다.

후렴처럼 뜨거웠던
해구의 아침들이 있긴 있었지
마지막 목선들
이마로 툭툭 들이받는 도시는
한 칸씩 불을 켜고
가만히 흔들리고 있다

그녀가 붙들어 맨 길과 목선의 목덜미마다
흰 눈이 소복하다
하릴없이 눈을 맞으며 포구로 내려가는 저녁이면
청춘의 숲과 뜨거웠던 바다를 생각는다
북쪽 하늘 하얗게 길을 내는
쇠기러기 떼들과
자꾸 따라오는 붉은
네온 십자가를 생각는다
아무데도 누구에게도 이를 수 없는 길이
눈 속에 갇혀있다

하염없는 결박

2월

—「정박」 전문

"전종분의 그림"이 대상이 된 시로서 추억의 공간이 지닌 함의를 잘 드러내고 있는 것으로 보인다. 현실은 유년과 청춘의 장소들을 결박하거나 폐허로 만들지만 그 속에는 여전히 "아무데도 누구에게도 이를 수 없는 길"이 있다. 시인은 이미 "낡은 사원"(「김덕출」에서)이 된 바다에서 아직 남은 희망을 찾으려 한다. "바닷가 부족들은 그물을 꿰매며/다시 배를 띄워/곶 근처를 배회할 것이고/아무 일도 없었던 것처럼/어린 새우 떼들이 바람같이 몰려다니는/물목에 엎드려/푸른 바다를 해체하러 떠날 것이다"(「풍경—밍크 고래」에서). "바닷가 부족들"이 사는 시원의 마을은 변함없이 바다를 유영하는 "푸른 고등어"처럼 김만수 시인의 시적 지평 속에 여전히 남아 희망과 행복의 공간을 상상하게 한다. 상상은 변화를 지속하게 한다. 김만수 시인은 이 시집을 통해 고요하고 잔잔한 목소리로 다시 자신의 시적 지평이 확장되고 있음을 증거하고 있다.

3부

폐허의 작가들

슬픈 국민의 증언

—조갑상의 『밤의 눈』

처음으로 그의 입에서 유신 철폐, 독재 타도 소리가 흘러나왔다. 한 사람의 시민이면 되었다. 식당에서 소주를 마시며 할 말을 하는 국민이고 싶었다.

이 소설은 살아남은 이들의 슬픈 이야기이다. 1950년 한국전쟁이 발발하자 후방지역에서 잠재적인 적으로 규정된 사상범들이 구검되고 처형된다. 내전이라는 '예외상태'에서 초법적인 이데올로기 폭력이 자행되는 가운데 도처에서 부당한 희생자들이 속출한다. 적에 응전하는 하나의 국민을 만들려는 국가의 전체주의적 목적이 폭력을 통한 사회통합으로 실행된 것이다. 그 어느 경우보다 폭력수단을 통제하는 주권이 완벽하게 행사되는 곳이 전장이다. 전면전의 상황에서 적과 교전하고 있지 않는 후방도 전장과 다를 바 없이 "또 다른 형태의 전장"이 되고 만다. 이 소설의 무대인 "대진"이 그러한 곳이다. 소설 속의 '대진'은 여러 가지 정황에 비춰 "진영"일 가능성이 높다. 작가는 소위 "진영민간인학살사건"을 서술하고 있다. 그렇다면 "진영"을 "대진"으로 바꾼 의도가 무엇일까? 일차적으로 이 작품이 가공된 소설임을 말하고자 한 데 기인한다. 이는 소설 속에 등장하는 인물들이 실제인물의 이름을 달고 있지 않은 사실과도 연관된다. 증언자들의 진술이 소설의 토대가 되었지만 작가는 이 소설이 그러한 증언을 재구성한 허구라고 말하려 하는 것이다. 이러한 작가의 의도가 증언자들을 보호하기 위한 장치를 만들려 한 것이라고 간주하는 것은 소박하다. 아우슈비츠에서 살아남은 프레모 레비는 자전적 소설을 통해 자신의 경험을 이야기하고 있다. 『밤의 눈』에서도 처형 현장에서 살아남은 '한용범'이 있다. 만일 그가 프레모 레비처럼 자기의 이야기를 글로 남길 수 있었다면 보다 직접적인 발화가 되었을 것이다. 그러나 세계사적 악의 토포스인 아우슈비츠와 국민-국가의 배제와 통합의 경계는 서로 다른 경험의 대상이다. 국가의 상태에 따라서 감시와 처벌을 지속적으로 경험하는 '한용범'은 끝없이 자신의 지위를 회수하는 국가의 슬픈 국민일 뿐이다. 이는 아버지를 잃은 '옥구열'이 소설의 결말에서 드러낸 생각과도 연관된다.

> 걸음을 뗐을 때 구씨 할머니가 생각났다. 사는 목적을 돌에 새겨 놓고 살까 싶어 두렵다고 했을 때 할머니는 원망이 자라 그런 거라며 지우고 살 수는 없다고 했다. 옥구열은 오늘 밤 저 하늘에 단 하나의 마음은 새겨 두고 싶었다. 유족회 일이 반국가 행위가 아니라는 사실이 자기 생전에 밝혀지기를 소원하는 마음.

소설이 끝나는 시간이 1979년 부마항쟁이 전개되는 시점이라는 점에서 "유족회 일이 반국가 행위가 아니라는 사실이 자기 생전에 밝혀지기를 소원하는 마음"이 간절한 바 있다. 4월 혁명과 함께 형성된 유족회 활동이 "반국가 행위"로 규정된 것은 5. 16군사쿠데타 이후이다. 그리고 유신체제 내내 '한용범'과 '옥구열'은 구금과 고문과 감시의 대상이 된다. 국가 감시체제의 "표적"이 된 이들은 국민 속의 비국민이다. 국가의 상태(주디스 버틀러는 "국가state는 상태state"라고 영어의 state의 의미를 들어 설명한다. 그만큼 국가와 개인의 상태가 밀접하다는 의미이다.)에 따라 이들의 사회적 위치나 실존적인 위상이 크게 뒤바뀐다. 긴급조치와 같은 비상사태의 자발적인 창출을 통하여 정치체제에 통합시킬 수 없는 시민들을 배제하고 감금하는 상황이 계속되었기 때문에 이들은 줄곧 침묵할 수밖에 없다. 이처럼 강요된 침묵을 뚫고 '증언의 영역'이 형성되는 것은 주권이 국민에게 되돌려지고 국민의 자유가 보장되는 때이다. 4월 혁명 후 1년간이 그러한 시기였는데 이를 경험한 '옥구열'이 부마항쟁의 열기 속에서 그 기억을 되살리고자 한다. 시위대와 함께 하면서 다시 자유의 공간이 열리는 것을 경험하였기 때문이다.

> 참으로 십수 년 만에 느껴보는 자유였다. 자신의 온몸이 자유롭다는 걸 자각하고 있다, 고 생각하는 순간 갑자기 눈물이 쏟아졌다. 한번 시작된 눈물은 주체할 수 없이 흘러내렸다. 어쩔 수 없이 그는 침례병원 앞에서 걸음을 멈추고 손수건을 꺼냈다. 회한이어서는 안 된다. 내일을 위해 흘리는 눈물이어야 했다. 그는 하늘을 보았다. 구름 없이 맑은 밤하늘은 부드러우면서도 깊이를 헤아릴 수 없이 무한했다. 무한한 건 인간에 대한 신뢰, 자신이 사는 이 세상과 내일에 대한 믿음이었다.

이 소설의 주제의식이 고스란히 담겨진 대목이다. 증언의 영역은 저항의 수행에 의해 형성된다. 그러나 압도적인 억압과 감시 하에서 저항은 차치하고 그 어떠한 말과 행위도 폭력으로 이어질 가능성을 안게 된다. '한용범'이 해방 이후 국가 만들기의 과정에서 행한 발언과 선택이 그를 구속하는 족쇄가 되고 '옥구열'이 아버지의 신원을 회복하려는 노력들이 '빨갱이'의 표지가 되고 있다. 이들에게 일상과 생활은 살얼음판을 걷는 것과 같다. 국가는 이들을 폭력의 지배하에 놓인 타자로 둠으로써 이들과 분리된 국민의 통합을 유지하려 한다. 그러나 이러한 국가 폭력이 시민적 저항에 직면하는 순간 이들에게도 폭력에 대항할 가능성의 지평이 열린다. 국민이 주권을 되찾음으로써 국가체제의 변혁이 이루어지고 국가가 자행하던 폭력 또한 중단된다.

'대진'에서 민간인에 대한 구금과 처형이 시작되는 것은 전쟁이 발발하고 서울이 함락되면서 정부와 군대가 후퇴하는 과정에서 비롯한다. 그러나 전쟁 이전에 이미 국민-국가 내부에 많은 타자성의 색인이 만들어져 있었다. 남한과 북한이 각기 단독정부를 구성하면서 양쪽 모두 소위 중도좌파 혹은 중간파의 설 자리가 부족하였다. 이승만 정권은 통치권과 폭력수단을 독점하면서 합법적으로 반대자들을 감시하고 통제하기 위하여 '국민보도연맹'을 결성하였다. "국민을 보호하고 지도한다"는 의미를 지닌 이 말 속에서 우리는 국가권력이 국민 위에 군림하는 체제의 일단을 이해할 수 있게 된다. 자유와 권리의 주체로서의 국민이라는 개념이 없는 가운데 국가가 정치적 주체가 되는 기형적 양상을 보이고 있는 것이다. 이럴 때 국민은 국가의 통치에 맹목적으로 충성하는 세력의 전유물이 되고 만다. 해방공간에서 인민과 국민의 개념적 각축이나 4월 이후 민족, 민중, 시민 등 다양한 개념으로 정치적 주체를 규정하는 일이 벌어지게 되는 것은 당연하다. 모두 국가의 정당성이 부족한 가운데 강요된 국민의식을 해체하는 과정이라 할 수 있다. '대진'은 1950년 한국전쟁 당시 국가의 상태를 보여주는 축도라고 할 수 있다. 국가의 명령에 따라 예비검속이 이뤄지고 아무런 법적 절차 없이 '적에 동조할지도 모른다'는 가능성만으로 학살이 진행된다.

소설의 대부분을 차지하는 2부는 '대진'에서 자행된 민간인 학살의 전말을 이야기하고 있다. 경찰에 의한 예비 검속과 군대의 주둔, 민간인에 의한 준군사기구—의용경찰대, 청년방위대 구성과 군경과 민간 기구—국민회, 대한청년단 등을 연합하는 비상시국대책위 결성 등이 이뤄진다. 폭력적인 국가기구와 정권에 충성하는 민간세력이 비상사태, 혹은 예외상태를 빌미로 지역의 권력을 장악한다. 대다수 일제시대에 일본군에 복무하였거나 경찰의 이력을 지닌 이들은 국가의 지시에 따라 신속하게 후방을 내전의 상황으로 치환한다. 국민보도연맹 가입자와 국가의 정당성에 의문을 지닐 법한 지역인사들을 가차 없이 배제하는 폭력을 행사한다. 이들은 지역 내부의 정치적 반대자들은 말할 것도 없고 기존의 정치체제에 통합할 수 없는 모든 사람들의 절멸을 도모하려 한다. '옥구열'의 아버지 '옥수한'은 금야면 사람으로 중도좌파에 속한다. 일제 때 농민조합 운동으로 구금되고 해방 후 전국농민조합총연맹 일을 하면서 몽양 여운형을 지지한 사람이다. 이승만 정권을 반대하지만 민주국가에서 당연히 있을 수 있는 일이라 생각한 그는 어찌 보면 낙관주의자에 가깝다. '남을 만해서 남았다'는 그이지만 보련원으로 예비검속되어 대진으로 이송되어 처형된다. '민지태 원장'은 아버지의 친일 행위에 대한 대타의식으로 유학시절 사회주의에 동조하고 해방 이후 경상남도 인민위원회에 이름을 올리게 되지만 의술로 민중을 돕겠다는 생각을 지닌 사람이다. 그러나 그의 선한 의지는 엄혹한 정세 하에서 보도연맹원이라는 사실 이외에 아무런 것도 고려의 대상이 되지 못한다. 보도연맹에 가입하지 않은 지역인사로 우익 국가주의자들의 표적이 된 이는 '한용범'과 '남상택 목사' 등이다. '한용범'은 조부 때 대진으로 들어와 지역민에게 후한 인심을 얻은 지주계급 출신으로 이승만 정권에 호의적이지 않지만 합리적인 중도파 인사다. 그는 일본 유학을 했지만 사회주의 사상에 경도되지 않았을 뿐 아니라 건국준비위원회에 참여한 것을 제외하고 정치적 입장을 나타내지도 않았기에 보도연맹 가입을 끝내 거부하였다. 이러한 '한용범'을 제거하려는 것은 지역 권력의 완벽한 재편으로 후일 있을 불안을 사전에 차단하려는 우익측의 의도와 연관된다. 고문과 허위사실로 옭매어 처형장에 세우지만 구사일생으로 살아남은 그는, 자신의 생존이 누이동생 '한시명'의 대살로 이어지는 불행을 경험한다. 중간파로 분류된 '남상택 목사'는 공동체 신학 혹은 민중신학의 실천가라 할 수 있다. 일찍이 야학에 관심을 가지고 아이들을 가르치기도 한 그는 일본 유학 후에 농촌사회 개혁과 교육 사업을 전개한 지식인이다. 그 또한 좌익으로 몰려 처형되고 만다.

'대진'에서 전개된 집단학살은 단지 전시체제 하에서의 억울한 죽음만을 이야기하는 것은 아니다. 국가는 폭력이 행사되는 대상으로 내부의 적을 설정함으로써 전장 동원을 수행한다. 예외상태에서 자행되는 폭력은 근본적으로 살아있는 자들을 통치의 질서 속에 포섭하려는 의도를 지닌다. 따라서 국가는 전장에서 죽은 이들을 분류하여 어떤 이들은 기억하고 어떤 이들은 망각할 것을 요구한다. 적과 싸우다 전사한 이들은 국민의 이야기로 기념되지만 '대진'에서 죽은 이들은 이러한 국민의 이야기와 다른 이야기로 남게 된다. 증언의 영역은 그들을 희생자로 기억하는 데 있지 않다. 그보다 어떠한 서술의 위치에서 이야기하는가의 문제가 중요하다. 이러한 점에서 이 소설에서 저항이 발생하는 지점이 서술되고 있지 못한 것을 지적할 수 있다. 이것은 이 소설이 가해자와 피해자의 이분법적 구도로 짜여진 데 기인한다. 물론 '박대호'와

'성시천'이 차지하는 의미는 적지 않다. 방위대장에게 '한용범'을 상급 기관으로 보내 정당한 조사를 받을 수 있게 요청한 '박대호'의 행위는 용기 있는 휴머니즘의 발로라 할 수 있다. 처형 직전에 탈주하여 '남상택 목사'의 처형을 증언한 '성시천'의 행동 또한 저항의 한 형식이라 할 수 있다. 그러나 이들의 행위들은 근본적으로 국민-국가의 이데올로기로 회수된다. '대진'에서 행해진 불법적인 민간인 학살에 대한 계엄당국의 조사를 이끌어내었지만 지서 주임 '이주호' 한 사람에게 전적인 책임을 묻는 것으로 귀결됨으로써 한계를 지니게 된다.

이 소설에서 여성들의 수난은 그리 큰 비중을 차지하는 것은 아니다. 그럼에도 여성들은 한결같이 성적 지배의 대상으로 타자화되어 있다. 국가주의자들이 주체성을 독점한 전장에서 여성의 주체성이 설 자리는 협애하다. '한시명'과 같이 강간과 성적 폭력에 시달리다 처참하게 살해되는 이가 있는가 하면 '양숙희'처럼 생존을 위하여 자신의 몸을 남성에게 의탁할 수밖에 없는 처지에 놓이는 여성도 있다. 경우에 따라 죽은 남편이 부여한 '빨갱이 여자'라는 강렬한 낙인 때문에 강제수용소에서 풀려나는 경우도 있다. 이처럼 전장에서 여성은 '빨갱이'와 마찬가지로 법적 영역에서 축출되어 남성의 폭력적인 사적 지배의 그늘에 놓이게 된다. 인간의 보편성이 사라지고 오직 하나의 파시즘적인 주체성이 작동하는 현실에서 여성은 주체성을 상실하고 대상적인 것으로 전락할 뿐이다. 물론 남편의 부역이 운명이 되어 국밥집을 하는 '구씨 할머니'로 대표되는 여성적 생명성과 보살핌의 윤리가 은연중 소설의 결미에서 드러나긴 한다. 그럼에도 전반적으로 이 소설에서 여성은 가부장적인 남성에 의해 지배당하는 대상, 국가 폭력의 타자들로 그려진다. 사회적 약자들의 연대라는 문제는 인간적인 공감과 위로의 차원을 넘지 않는다.

이 소설에서 가장 큰 비중을 차지하는 것은 앞서 말했듯이 1950년 '대진'에서 자행된 민간인학살사건이다. 2부의 생생한 증언이 이를 뒷받침한다. 그런데 치안이 안정되기 시작한 시기에 열린 재판은 '남목사'와 '한시명' 불법 처형 건을 심의하게 된다. 실제 미국의 이목을 의식하여 열린 재판에서 중심사건은 '남목사 건'이다. 군법회의는 이들 두 사건을 재판에 회부함으로써 여타 민간인 학살에 대한 면죄부를 발부한다. 아울러 국가의 책임이 아니라 지방에서 이루어진 권력투쟁의 한 양상으로 규정한다.

> 이번 사건의 본질은 1948년 5·10선거 이래 지방 세력을 장악하는 데 혈안이 되어 온 피고인들이 시국의 급박함을 기화로 같은 우익의 중진인 남 목사 등을 무리하게 좌익으로 몰아 처형한 데 있다. 또한 이번 사건은 피고인들이 시국을 빙자하여 만든 사설단체의 폐해를 적나라하게 보여 준 바, 본인은 이미 도내 시장, 군수, 경찰서장 및 기관장회의에서 군 작전에 직접적인 필요성이 없는 일체의 사설단체 해산을 명한 바 있다. 군관민의 일체단결과 상호신뢰가 절대적으로 요청되는 이 시국에 불철주야 적의 격퇴에 힘쓰는 군과 경찰을 국민들로부터 이간시켰다는 점에서 도저히 용서할 수가 없다, 라는 요지의 발언이었다. 그는 수사가 진행 중일 때 이번 사건에 대한 경고성 담화문을 발표한 적이 있었는데 오늘 발언도 그때 발표한 내용과 거의 유사했다.

이처럼 '남목사' 사건을 공적인 재판의 과정으로 불러냄으로써 여타의 학살은 합법화된다. 좌익에 대한 척결은 정당하지만 '남목사' 처형은 오류라는 것이다. 순전히 명령을 한 자의 사적 오류라는 평결이다. 이리하여 지서 주임 '이주호'만 사형되고 명령 계통을 따른 여타 인물들은 면죄부를 받는다. 이들의 행위가 모두 애국주의의 발로라는 평결이다. 전장의 기억은 왜곡된다. 타자로서 살해당한 자들의 죽음을 국가와 국민을 위하여 피할 수 없었던 일로 처분함으로써 학살의 기억을 망각의 과정으로 바꾸어 놓는다. 이러한 현실을 도미야마 이치로는 '귀기어린 국민적 상상력'이라고 하였던가? 그래서 증언의 영역은 국민적 상상력에 의해 봉인된 또 다른 국민의 이야기를 하는 데서 시작한다. 이 소설의 의도가 바로 봉인된 기억을 열어 증언의 영역을 만들고자 한 데 있다.

전장의 기억을 예외적인 이상상태로 분리하여 망각하는 것은 옳지 않다. 이 소설의 1부와 4부가 말하듯이 국가는 언제든지 예외상태에 준하는 합법적 내전을 감행하려 한다. 비국민으로 낙인찍힌 이들에 대한 감시와 처벌은 매우 지속적이다. 연좌제의 적용뿐만 아니라 언제든지 타자로 배제될 수 있는 잠재적 가능성을 감수하고 살아야 한다. 5.16군사 쿠데타 이후 '한용범'과 '옥구열'은 전장에서의 벌거벗은 생명은 아니지만 끊임없이 육체적으로 말살될 수 있다는 위협에 시달리게 된다. 예외상태가 통치술이 된 군사통치체제에서 이들이 폭력통치의 손아귀에서 벗어날 길은 없다. 오직 체제의 변혁이 이들의 출구가 된다. 2부에서 말하듯이 1960년 4월 혁명으로 열린 공간에서 유족회를 만들고 진상규명에 착수할 수 있었다.

> 부친의 죽음은 그가 군에서 제대한 뒤에야 비로소 구체적인 문제로 다가왔지만 막상 할 수 있는 일이라고는 기일을 정해 제사를 모시는 것

밖에는 없었다. 그것도 사망 날짜를 정확히 알 수 없어 지서에 붙들려 간 날을 기일로 하고 가족끼리만 간소하게 지냈다. 피붙이를 잃은 다른 보련 유족들도 마찬가지였을 것이었다. 전쟁이 끝나고도 보련 가족들은 입을 봉하고 엎드려 살아야 했다. 그들은 빨갱이 가족이었다. 세상이 바뀌지 않고서는 피붙이들의 죽음은 땅 밖으로 나올 수 없었고, 가족들의 비통함과 억울함도 호소할 데가 없었다.

봉인된 기억을 증언의 영역으로 이끌어내는 것은 결국 국가의 상태에 달려 있다. 국가는 앤서니 기든스가 말하듯이 폭력의 구조다. 그것은 사법적이고 제도적인 구조이며 국민을 법적인 의무에 속박하는 조건 속에 가둔다. 그런데 이러한 국가는 국민에 대한 보호와 의무의 방식을 언제든지 바꿀 수 있다. 분리와 배제, 감금과 추방을 통하여 국민을 분해하기도 한다. 따라서 국민은 항상 유동적이다. 상상된 공동체에 불과할 뿐 불가능한 통일성을 지닌다. 4월 혁명은 국가가 국민을 구속하는 데서 벗어나 국가가 국민의 속박을 풀어주었다. '옥구열'과 '안치홍'과 '표지태' 그리고 한용범' 등 이승만 정권에서 추방된 좌익 연루자들을 한데 불러 모은 것은 빛나는 4월의 힘이다. 4월로 인하여 "그 여름을 말할 수 있는 시작"이 가능했다. 이들은 "시간의 무덤"에서 깨어나 "새로운 시간의 문"을 열기 위하여 "민간인 희생자 유족회"를 결성한다.

옥구열의 사회로 회의가 시작되었다. 식순의 처음은 국기에 대한 경례였다. 옥구열은 극장 측에다 다른 것은 다 두고라도 태극기만은 꼭 정면 단상에 걸어 달라는 부탁을 했었다. 유족들이 모두 대한민국의 국민들이라는, 너무 당연해서 말할 필요조차 없는 그런 사실을 확인해 줄 수 있는 물증이 꼭 필요하다고 생각했던 것이다. 국기에 대한 경례가 끝난 뒤 모두 함께 애국가를 제창했다. 여기저기서 흐느끼는 소리가 들려왔다. 지난 10년간 빨갱이 가족으로 억울하게 살아오면서 맺힌 설움이 가사 한마디, 곡조 한마디마다 넘쳐흘렀다. 눈물 속에 부르는 애국가는 모든 유족들이 그 긴 세월 동안 하지 못했던 말이었다.

그런데 이들의 진상규명은 국가가 학살한 이들이 모두 국민임을 천명하는 일과 연관된다. 소위 희생자의 명예회복이라는 관점인데 이는 그동안 국가가 그어놓은 국민과 비국민의 경계를 수정할 것을 요구하는 일에 다름이 없다. 그러나 희생자들도 모두 국민이라는 담론은 한계를 지닌다. 여전히 국가가 이들을 국민에 포함하는 결정을 해주기를 바라고 있기 때문이다. 국민-국가는 항상 자기 안에 외부를 둠으로서 유지되는 체제이다. '국민을 그만 두는 방법'을 궁구하지 못하는 한 국민은 국가의 상태 속에 놓여 있게 된다. '한용범'이 읍장으로 선출되고 유족회 활동도 전국 규모로 확대되는 등 자유의 공간이 열렸지만 곧 이어진 군사쿠데타에 의하여 닫히고 만다. '한용범'과 '옥구열' 등은 다시 국민의 지위를 회수당하고 내국 난민이 되고 만다. "10년 전 피붙이들이 전쟁의 희생양이었다면 이제는 그 가족들이 쿠데타 성공을 위한 희생양"이 되었다. 이로부터 이들은 산업주의와 맞물린 폭력체제인 유신체제의 '표적'이 된다. 이들에게 가해지는 생명정치는 구금과 고문, 감시와 처벌의 반복으로 나타난다. 일상과 생활을 차압당한 이들은 정치적 존재가 아니라 주권을 부여받지 못한 벌거벗은 생명에 다를 바 없다.

소설은 가족 이야기를 근간으로 하는 국민의 서사다. 『밤의 눈』은 증언의 영역을 만들어 내려는 작가의 의지의 산물인 동시에 국민의 서사를 확인하는 과정이라 할 수 있다. 국가는 국민의 일부를 배제하거나 추방함으로서 국민의 통일성을 획득하려 한다. 전쟁이라는 예외상태에서 이뤄진 불법적인 학살조차 국가는 그 희생자들이 충실하지 못한 국민이라는 멍에를 씌워 구별 짓는다. 그런데 충실한 국민/충실하지 못한 국민이라는 분할은 전쟁 상황의 억울한 희생자들에게만 적용되는 것이 아니다. 바로 지금 이 시간의 현실 속에서도 작동하고 있다. 호미 바바가 말하고 있듯이 국민이라는 관념에는 독특한 양가성이 포함되어 있다. 민족, 인민, 민중, 시민, 국민의 개념적 경합 또한 이러한 국민의 양가성과 무관하지 않다. 이데올로기나 자본주의의 불균등성은 국민의 경계를 요동하게 하는 요인들이다. 국민에 접합된 이데올로기를 떼어낼 방법은 무엇일까? 결국 권리의 주체로서의 개인의 주권이 지니는 존엄한 가치에 대한 추구로 가지 않으면 안 될 것이다. 통일되고 단일한 국민이라는 개념은 허구다. 국민을 구성하는 외부와 내부의 경계가 모호할뿐더러 국민 바깥의 타자 또한 불확실하다. 우리는 수많은 적대들의 상호텍스트성과 혼성의 과정 속에 있다. 그럼에도 국민을 통치를 위한 장치로 삼으려는 국가의 시도는 부단하다. 하지만 우리는 개인의 존재 가치를 믿듯이 국가의 존재가 매일의 국민투표가 되는 세계를 꿈꾸지 않을 수 없다.

조갑상의 『밤의 눈』은 역사적 사건에 대한 기억 투쟁에 그치지 않는다. 또한 자유의 공간에서 부여된 증언의 영역을 서술하는 데 의도를 한정하지 않는다. 이보다 국가란 무엇인가? 국민은 어떻게 구성되는가? 우리를 끊임없이 회수하는 국민-국가는 어떠한 체제인가? 개인을 포기하도록 요구하는 국민은 정당한가? 아니면 국민을 그만 두는 방법은 어디에 있는가? 등등의 물음을 던지게 한다. 이 소설을 통하여 작가가 국가의 시간이나 국가의 강박으로부터 벗어났다는 것은 아니다. 그렇지만 국가의 가장자리를 탐문하고 국가의 그늘을 드러냄으로써 국민의 공간이 지닌 분열과 양가성을 충실하게 제시하였다고 할 수 있다. 이 점에서 『밤의 눈』이 문제적이다.

생활세계의 경계에서 글쓰기

—고금란의 『빛이 강하면 그늘도 깊다』

1.

고금란의 「나무를 위하여」는 편지체 소설(epistolary novel)이다. 특정 수신자에게 고백 형식으로 말을 건네고 있는 이 소설에서 서술자의 중개성은 거의 무에 가깝다. 또한 소설 안에 실명의 인물들을 등장시키고 실제 있었던 일들을 서술하고 있다는 점에서 담론의 진실 효과는 최대치를 나타낸다. 이 소설이 먼저 주목되는 것은 실제작가와 구분되지 않는 주인물의 고백이 지닌 진정성 때문이다. 왜 작가는 편지를 소설의 내적 형식으로 차용하였을까? 이것은 분명 자기성찰이나 의문 투성이의 체험을 풀어가는 과정과 관련이 있다. 그리고 무엇보다 자기 진실을 말하고자 하는 욕구와 연관된다. 소설을 통해 작가는 이렇게 말한다: "내 소설의 주인공들은 하나같이 소외된 서민들, 상처투성이의 사람들, 그런 가운데서도 끈질긴 삶의 열정으로 아픔을 딛고 일어서려는 사람들이 대부분입니다. 그렇지만 대부분의 소설가가 갈망하듯이 나도 본질적인 사랑 이야기 하나 쓰는 것이 꿈입니다. 설마 당신조차 사랑 소설은 아무나 쓰는 것이 아니라고 손을 휘휘 내젓지 않겠지요. 당신은 그래도 나의 참 모습을 알고 있는 얼마 되지 않는 사람들 중의 한 사람이 아닙니까? 알고 있다고 말은 했지만 사실 당신이나 나나 정작 서로의 일상사에 대해서는 모르는 것 투성이입니다."(94쪽) 이러한 진술처럼 작가는 이 소설을 통해 자기만의 내밀한 내면의 진실을 말 건네려 한다.

그런데 고백은 그 자체로 하나의 제도이다. 이는 근대적인 의미에서 주체로서의 발화행위이자 자기정체성 확인의 과정이다. 고금란의 이 소설 또한 고백적 담론을 통해 자신의 진실된 사랑 이야기를 확인한다. 이 소설은 실제작가와 구분되지 않는 주인물과 '진욱 스님'의 연애담이라고 할 수 있다. 그러나 각기 다른 삶의 조건을 가졌기에 이들의 낭만적 사랑은 미완에 그친다. 이를 두고 종교적 승화, 초속적인 교감 등으로 미화한다고 하더라도 작가의 사랑 이야기는 결코 완성되지 못한다. 이 소설은 미완의 사랑 체험을 고백하면서 생활세계의 경계를 넘어서 자아를 발견하는 서술의 과정을 보인다. 생활세계의 경계 안으로 되돌아오면서 작가는 다음처럼 고백한다.: "솔직히 고백하자면 나는 심오한 철학이 들어있거나 문학성이 뛰어난 작품을 쓸 자신이 없습니다. 당신도 눈치를 챘겠지만 나는 학문과 지식을 바탕으로 작품을 쓰는 작가가 못되기 때문입니다. 두고 두고 문학사에 남을 훌륭한 작품은 다른 작가의 몫으로 두고 지금까지 살아온 경험을 밑거름 삼아 이웃 사람들의 질펀한 삶의 이야기를 계속 쓸 작정입니다."(116쪽) 이처럼 이 소설을 통한 고백적 자기 탐구는 친근한 생활세계에 닻을 내림으로써 끝난다. 이

한 편의 편지체 소설이 지니는 의의는 이 소설의 첫머리에서 작가가 진술하고 있듯이 지금껏 보여준 소설적 관습을 깨트리고 새로운 서사의 지평을 열려는 의도를 담고 있다는 것이다. 물론 이러한 의도는 하나의 시도에 그쳤다. 소설의 끝이 '이웃 사람들의 질펀한 삶의 이야기'라는 그녀의 문학적 관습으로 회귀하고 있기 때문이다.

2.

「나무를 위하여」에서 확연하게 드러난 생활세계의 경계와 고백적 서술은 이 소설만의 특징은 아니다. 고금란이 앞서 '이웃 사람들의 질펀한 삶의 이야기'라고 한 대다수의 소설 또한 이와 같은 서술의 경향을 그대로 담고 있다. 소설집 『빛이 강하면 그늘도 깊다』에 실린 모든 소설은 한결같이 내적 시점으로 서술되어 있다. 따라서 서술자의 주관적 개입은 일관되다. 일인칭 소설이든 삼인칭 소설이든 내적 시점에 의한 서술은 서술자를 통어하는 작가의 그림자가 짙게 드리우는 법이다. 흔히 이러한 서술을 리얼리티를 떨어뜨리는 것으로 규정하는 경우가 많다. 하지만 이와 다른 견해도 없지 않다. 오히려 이러한 서술의 주관성에서 진정성을 찾을 수 있다는 것이다. 특히 여성소설에서 이러한 서술의 특징은 빈번하다. 고금란의 소설에서도 이러한 주관성은 작가적 진정성과 연결된다. 그녀의 소설에서 서술자가 모든 인물 속에 개입하는 것은 인물에 대한 지배이기보다 애정으로 이해된다. 따라서 인물들의 이야기는 작가의 체험적 지평 안에 서술되고 있다는 느낌을 크게 한다. 가령 「방파제」에서 이러한 내적 시점에 의한 서술은 장소에 대한 공간적 서술이나 그에 연관된 기억에 대한 시간적 서술에 구체성을 더한다. 또한 장(chapter)을 달리하여 초점을 이동하는 방법으로 아버지에서 딸의 이야기로 오가기도 한다. 이러한 서술기법은 모두 서술의 진정성을 추구하는 작가의 태도와 연관된다고 할 수 있다. 말할 것도 없이 이러한 진정성의 태도가 서술의 효과로 모두 이어진다고 할 수는 없다. 경우에 따라 이것은 인물의 성격을 외적으로 규정하거나 사건들의 연쇄를 느슨하게 하여 그 역동성을 결하게 할 가능성도 없지 않다. 이러한 문제는 소설의 끝마무리(ending)가 모호하게 처리되는 현상으로도 나타난다. 가령 「방파제」에서 아버지와 딸의 성급한 화해가 한 예가 된다. 이 소설은 딸을 찾아 나선 아버지의 과거 체험을 서술하는 데 중점을 두고 있다. 즉 딸을 찾거나 찾지 못함은 큰 의미가 없다. 하지만 작가는 '방파제'라는 은유까지 동원하면서 딸과의 만남을 주선한다. 서둘러 생활세계의 균열을 봉합하거나 삶에 대한 주관적 해석을 제시한다. 이처럼 끝마무리에서 긴장이 떨어지는 양상은 여러 소설에서 발견된다. 「성소」 또한 급격하게 하강하는 서술에서 그동안 유지되어 왔던 서술의 효과가 반감되는 양상을 보이고 있다. 역시 고백이라는 형식을 빌린 주관성 과잉 탓이다.

내적 시점의 한계는 인물의 사적 경험에 대한 작가의 내밀한 침투를 가능하게 하는 대신 인물이나 정황과의 관계의 구체성을 약화시킨다는 것이다. 이러한 서술의 한계는 소설에서 사회적 삶의 본질의 문제를 우회하거나 문제를 암시하는 데 그친다는 약점을 만든다. 물론 이러한 지적이 예의 리얼리즘의 원칙에 의한 것은 아니다. 내적 시점은 그것에 맞는 서술상황에서 서술의 효과를 발휘한다는 담론의 일반 원칙에 따른 것이다. 가령 표제 소설인 「빛이 강하면 그늘도 깊다」는 자본주의적 사회관계를 다룬 소설이다. 이 소설엔 자본이 사회적 관계에서 최종 심급으로 작동한다는 전제가 깔려있다. 하지만 주인물의 행위는 이러한 본질적 문제를 구체적으로 드러내는 매개로 쓰이지 못한다. 오히려 심리적으로 객관적 문제들이 주관화되면서 마침내 퇴행으로 귀결된다.

> 참으로 이상한 일이었다. 차를 사기 전보다 판매 실적이 올랐고, 수입이 늘었는데 생활은 예전보다 숨이 가쁘고 쪼들렸다. 거기다가 자동차는 걸핏하면 병원에 가도 병명의 나타나지 않는 화자처럼 원인을 알 수 없는 고장으로 말썽을 부렸다. (137쪽)

이처럼 자본주의적 사회관계는 그 구체적 본질 연관을 잃고 '이상한 일'이라는 심리적 현상으로 받아들여진다. 이럴 때 막연한 피해의식이나 운명론의 개입은 당연하다. 따라서 작가는 결말에서 주인물의 사회적 좌절을 원초적 모성 회귀로 해소하고 있다. 사회적 관계의 본질에 접근하기보다 심리적 퇴행으로 제시된 문제를 닫아버린다. 이 소설을 통해 우리가 접하는 것은 한 인물의 개인적인 상승과 하강의 드라마일 뿐이다. 우리는 이러한 상승과 하강을 만들어내는 개인의 행위가 어떠한 사회적 상황과 맞물려 있는가를 알지 못한다. 물론 이 소설이 설정하고 있는 정황들은 내적 시점으로 서술되기에 적합하다. 사회적 관계와 가족 관계를 겹쳐 놓은 배경 설정에서 작가적 문제의식을 발견할 수도 있다. 문제는 이러한 문제의식이 적합한 서술상황 설정과 함께 생활세계를 미시적으로 관찰하고 구체적으로 서술하는 형태로 발전하지 못한 데 있다. 이는 이 소설이 이러한 관계의 복합성을 전면화하기보다 그 속에 있는 한 인물의 내면에 초점을 둔 데 연유한다.

고금란의 소설에서 서술의 효과가 큰 것은 관계의 문제를 약화시키고 한 인물의 내면에 초점을 두는 데서 찾아진다. 쉽게 말하여 1인칭 내적 시점에서 그녀가 서술능력을 크게 발휘하고 있다는 것이다. 가령 「안개 잦은 지역」은 아이의 시점에서 가족과 세상을 말하고 있는 바, 가족 해체에 따라 일찍 조숙하고 영악해진 아이가 그려내는 유년서사가 주목된다. 연상 기법에 의해 서술되는 이 소설의 서술 내용은 안개처럼 가려진 일상의 배후를 소격(疏隔)한다. 비록 아이의 일탈 행위를 통해 드러나는 것이지만 일상을 덮고 있는 이데올로기의 이면이 갖은 모순과 위험으로 가득 차 있음을 알 수 있게 한다. 일인칭 내적 시점의 서술 효과는 유년서사에서 노년서사로 이어지면서도 나타난다. 가족 이야기의 또 다른 한 양상인 노년서사에 해당하는 「종점」은 한 독거노인에게 초점을 집중하였다는 점에서 노인서사에 적합한 서술상황을 설정하고 있다. 하지만 이 소설의 결함은 노인의 시선이 내포하는 지혜로움이나 영특함이 결여되어 있다는 데서 찾아진다. 이러한 사정 탓에 결말에서의 아이러니가 필연적인 긴장을 얻고 있지 못한다. 그래서 노년의 사회적 조건의 본질적 문제는 여전히 남겨지고 노인 소외의 현실만 크게 부각되었다는 지적을 할 수 있게 한다.

고금란의 소설쓰기는 생활세계의 경계에서 요동하고 있다. 생활세계에 착목하는 소설의 경우 두 가지 서술의 조건을 요구받게 된다. 하나는 생활세계를 구성하는 관계의 복잡한 그물들을 구체적으로 그려내는 것이고 다른 하나는 이러한 생활세계가 여러 가지 이데올로기들이 뿌리내리고 있는 현실이라는 점을 드러내는 것이다. 따라서 서술의 시점과 전략 또한 다각도로 모색되어야 한다. 고금란의 소설은 생활세계의 경계에서 생활세계를 바라보는 서술 주체를 보인다. 자전적인 고백이 잘 드러난 편지체 소설 「나무를 위하여」에서 나타나 있듯이 이러한 그녀의 입장은 경계의 모호함이나 시점의 분열을 감수할 수밖에 없게 한다. 우리는 「운수 좋은 날」이나 「문밖의 여자」에서 서술의 모호함을 읽는다. 「歸着地」 또한 풍속을 크게 뛰어 넘고 있지 못하다. 우선 「운수 좋은 날」의 경우 현진건의 동명 소설의 패러디라고 보기에 그에 상응하는 서술상황의 곡진함이 결여되어 있다. 실제로 갈등의 요인으로 부각될 법한 가족 내 권력 문제(이는 주인물이 가부장제 이데올로기를 상당히 중요하게 생각하고 있다는 점에서 제기될 수 있다)나 낭만적 사랑이 만드는 가족관계의 파열 그리고 이 모든 것에 개입하는 자본과 사회적 관계 등은 매우 편하게 처리되었다는 혐의가 짙다. 따라서 결말에서 증폭되어야 할 아이러니는 소거되고 낮은 차원의 웃음만을 자아내게 한다. 「문밖의 여자」의 또 다른 모호함은 이 소설의 의도와 지향의 불분명성에서 유발한다. 문명(文名)을 둘러싼 허위의식을 정면에서 다루는 것도 아니고 이러한 데 내재한 타자화된 욕망의 문제를 섬세하게 해부하고 있는 것도 아니다. 아울러 자본주의적 관계에서의 예술과 예술가의 존재 방식을 절실하게 궁구하고 있지도 못하다. 다만 출구를 찾지 못하고 어정쩡한 상태에 서 있는 주인물의 애매한 모습만 부각되어 있다. 역시 끝마무리에서 긴장이 떨어지는 것은 피할 수 없다. 「歸着地」 또한 사회적 모순의 본질보다 모순을 감수하는 휴머니즘이나 온정주의, 나아가서는 가족주의에 의해 문제들이 봉합되고 있다는 판단을 갖게 한다.

3.

고금란의 소설은 그녀가 서 있는 경계의 시점을 한 겹 더 증폭해야 하는 과제를 안고 있는 듯 보인다. 경계는 아래로든 위로든 옆으로든 다 갈 수 있는 지점이다. 또한 이 모두의 접점이기도 하다. 이러한 점에서 경계 그 자체의 구체성에 대한 탐색은 매우 중요하다. 지금 그녀는 경계에서 아래로 위로 옆으로 자유자재로 움직이고 있다. 이번 소설집은 이러한 이동의 진폭을 보여준다. 하지만 이러한 서술대상 바꾸기가 서술전략이나 방법의 변화를 말하는 것은 아니다. 그녀는 일관되게 내적 시점의 서술전략을 고수하고 있다. 많은 경우 이에 적합한 서술상황과 만나 제대로 된 서술효과를 만들기도 하나 다른 많은 경우 작가의 주관적 개입에 의해 관계의 구체성과 긴밀성을 결하기도 한다. 그렇다면 이러한 서술의 혼선은 어디에 연유하는 것일까? 말할 것도 없이 우리는 이에 대한 고전적인 답인 작가의 세계관의 문제에서 찾을 수 있다. 그리고 이러한 세계관의 실마리를 「작가의 말」에서 만날 수 있다.

> 첫 창작집에서 약속한 대로 나는 여전히 우리 삶이 얼마나 조화롭게 어울려 있으며 어울릴 수 있는지에 대하여 내가 가진 유일한 도구인 문학을 통하여 표현할 것이다.
> 달라질 것이 있다면 그 조화가 인간에게 국한되는 것이 아니라, 모든 생명 혹은 물질과 연결되어 있으며 우리가 공동운명체라는 사실을 알리는 데 중점을 두고 싶다.(263쪽)

이러한 진술에서 우리는 그녀가 조화를 지향하고 있음을 알게 된다.

소설가의 진술로써 너무나 시적인 전망을 제시하고 있는 데 놀라지 않을 수 없다. 여전히 소설은 불화의 산물이 아닌가? 그렇다면 단절의 아이러니를 발생론적 수사학으로 삼는 소설쓰기에서 조화의 테제가 의미하는 바는 무엇일까? 이는 장르를 넘어 새로운 글쓰기로 간다는 것이리라. 소설만큼 열린 양식도 없는 만큼 새로운 전체성을 조화에 두는 소설도 가능할 수 있을 것이다. 이를 두고 생태학적 소설이라 감히 말하고자 한다. 그러나 이러한 소설의 태동은 근대의 모순 전체를 읽어내는 작가의 혜안을 필요로 한다. 지금 고금란이 지향하는 바가 여기에 있다. 하지만 거짓 화해가 그렇고 안이한 위안이 그렇듯 매개 없는 조화 또한 현실의 모순을 봉합하는 이데올로기가 될 가능성은 높다. 이러한 점에서 고금란의 소설은 아직 더 많은 매개를 필요로 한다. 만일 그녀가 단편 「썰물」의 실패를 극복하고 이 소설의 운명처럼 사라진 불행한 '말레'를 장편으로 되살린다면, 우리는 다시 새로운 양식으로 승부하는 작가를 괄목상대할 수 있을 것이라 믿는다.

섬과 바다의 인간학

—한창훈의 『그 남자의 연애사』

내륙 중심의 시각으로 섬사람들의 삶을 제대로 이해하긴 힘들다. 한창훈은 섬에서 태어나 섬에서 산 작가다. 섬사람들의 이야기를 서술하고 있는 그의 소설은 인류학에서 말하는 참여-관찰의 소산이다. 참여-관찰은 나와 타자의 상호소통의 과정이라 할 수 있다. 이러한 과정은 전지(全知)의 시점에 의한 서술로 나타난다. 1인칭이든 3인칭이든 전지 시점은 작가의 전기적 목소리를 작품 속에 담게 된다. 신뢰성 있는 서술자는 서술의 리얼리티를 보증한다.

『그 남자의 연애사』에 실려 있는 아홉 편의 소설 가운데 「내 사랑 개시」를 제외한 모든 소설의 공간이 섬이다. 그만큼 그는 섬이라는 주변의 시각으로 경험적인 삶을 서술하고 있다. 「그 남자의 연애사」에 극화된 "한 동안 섬에서 살기로 작정한 나" 그리고 「뭐라 말 못할 사랑」에 등장하는 "작가"는 소설 밖에 있는 작가와 구분되지 않는다. 작가는 섬사람들의 이야기를 듣고 그것을 전달한다. 그런데 모든 이야기들이 "연애"라는 테마에 맞춰져 있다. 얼핏 통속으로 흐를 가능성을 안고 있지만 "섬"이라는 서사 공간이 이를 차단하는 기제가 된다. 섬이란 그런 곳이기 때문이다. "섬이란 이런 곳이었다. 그날 이장에게 들어본 바로는, 상당수 사내들이 화류계와 맺어졌는데 이렇게 사라져버린 경우가 잦았고, 붙인 정이 제법 가거나 또는 의리상 몇 년 살다가 떠나는 경우도 왕왕 있었고, 아이 낳고 해로하는 부부도 아주 없지는 않았다."(「그 남자의 연애사」) 그러니까 "섬"은 고립된 듯 보이지만 유입되고 유출되는 이주와 이동의 공간이다.

섬으로 유입되는 사람들은 대개 뭍에서 좌절하거나 상처를 입은 이들이다. 이들에게 섬은 위안과 행복의 공간이 아니다. 사랑과 배신, 만남과 헤어짐, 고통과 죽음은 이들의 인간사를 형성하는 줄기들이다. 작가는 연애라는 모티프를 중심으로 섬사람들의 구체적인 삶의 양상을 서술한다. 그렇다면 왜 연애인가? "연애란, 어쩌면 사람을 선택하는 것이 돈을 선택하는 것으로 변질되어가는 과정일 수도 있다"(「그 남자의 연애사」)는 사실을 말하려는 것일까? 작가는 단지 낭만적 사랑의 부재를 말하려는 것은 아니다. 소설 속 인물들이 보여주듯 섬은 낭만과 환상의 공간이 아니며 상처입고 훼손된 사람들이 마침내 떠밀려와 살다가는 곳이다. "산이 국내라면 바다는 국제적인 곳"(「발」)이라는 진술이 말하듯이 바다를 통하여 삶도 죽음도 생성하고 확장된다. "인어" 모티프를 변용한 「뭐라 말 못할 사랑」이나 광기와 죽음이 일상화된 섬과 바다를 그리고 있는 「발」에서 열린 바다의 무한 앞에 선 사람들의 삶이 보이는 초라함이 여실하다.

우정 또한 연애의 한 형식이다. 「애생은 이렇게」, 「판녀」 그리고 「무적이 운다, 가라」는 작가의 지향이 우애의 공동체에 있을 것이라는 생각이 들게 한다. "사랑하는 대부분의 것은 소유할 수 없는 것이다. 남편의 사랑이 늘 그런 것처럼 사랑은 소유와 아무 상관없다"(「애생은 이렇게」)는 "애생"의 인식이나 화가를 지망하는 창녀 "판녀"에 대한 성적 지배관계를 넘어선 "나"의 사랑이 돋보인다. 「판녀」는 중국의 화가 "판위량"의 삶에 기댄 서술이지만 "독한 상처"를 이겨낸 이들의 우애가 의미심장하다. "술과 사랑. 그것 없으면 섬에서는 못 산다"(「애생은 이렇게」)고 한다. 「무적이 운다, 가라」는 이러한 섬에서 전개되는 우정의 드라마이다. 병들어 섬으로 귀환한 친구를 살리고 자신은 사업 실패로 자살하는 어선 선장의 이야기는 삶과 죽음이 순환하는 해양서사의 진면목에 육박한다. 「그 여자의 연애사」 또한 항구와 포구를 거느린 섬의 풍속에서 있을 수 있는 사랑을 말한다. "희망과 좌절은 손바닥 앞과 뒤"(「그 여자의 연애사」)라는 "여자"의 경험적 인식은 사는 곳이 섬이라는 데서 더욱 절실하다. 끝에 실려 있는 「그 악사의 연애사」는 첫머리에 놓인 「그 남자의 연애사」와 수미상응한다. 상처를 안고 섬으로 들어온 그의 사랑과 돌연한 죽음은 이 소설집의 결미를 장식하기에 손색이 없다. "죽음은 늘 느닷없다. 특히 바다에서는 더 그렇다"(「그 악사의 연애사」). 작가는 후기에서 "사랑은 죽음에 저항하는 행위"라고 규정하고 있다. 그렇다면 죽음 아니면 사랑이다. 삶은 반복되는 연애에 불과하다는 말이다.

『그 남자의 연애사』는 한창훈의 독창적인 인간학을 제시하고 있다. 그의 인간학을 형성시킨 바탕은 섬과 바다이다. 섬과 바다에서 그는 무수한 이웃들의 삶을 보아왔다. 다른 한편으로 그가 우리 해양문학의 새로운 영토를 개척하였다고 해도 무방할 것이다. 그가 살아온 "거문도"는 남해안 많은 섬들과 다르지 않을 것이다. 섬과 바다의 사회사는 내륙의 사회사와 다르다. "법이라는 것이 나보다 바다를 더 잘 알아?"(「애생은 이렇게」)는 "최노인"의 주장처럼 우리는 내륙의 "법"에 따라 섬을 알고 있을지 모른다. 이러한 점에서 섬이라는 주변의 시각으로 섬의 인간학을 서술한 한창훈의 『그 남자의 연애사』가 주목되지 않을 수 없다.

타락하는 인간
—이복구론

1. 소설쓰기의 의미

작가가 소설을 쓰는 까닭이 무엇일까? 그저 능란한 글 솜씨로 이름을 얻기 위한 것은 아닐 것이다. 이리저리 유행하는 소재를 추종하고 수집하는 저급의 소재주의자들도 없지는 않다. 만일 이러한 이유라면 소설가 이복구는 벌써 여러 권의 소설집을 내었을지도 모른다. 야학교장과 지역 언론사의 촉탁 논설위원을 지냈지만 그는 늘 열정을 다하여 문학과 소설을 화제로 삼는 소설가로 살아왔다. 그럼에도 그는 소설 쓰고 발표하는 일에 초조해 하는 모습을 보이지 않았다. 왜 그럴까? 등단 40년이 지난 지금 그의 두 번째 소설집 『맨밥』을 대하면서 드는 의문이다. 그러나 나는 이러한 의문의 답을 쉽사리 구할 수 없었다. 다만 그가 일관되게 견지했던 회의주의에 기대려 하였다. 도무지 인간의 삶은 더 나아지지 않을 것이라는 생각은 그의 문학세계 전반을 관류한다. 이것이 그가 한 때 몸 담았던 신학에 의한 것이든 아니면 경험적인 인간학에서 걸러진 것이든 '타락하는 인간'이라는 그의 입장은 선명하다. 그의 소설에서 대부분의 인물들은 삶을 바꾸고 세계를 개조하는 의지적 유형이 아니다. 세상의 폭력에 부대끼고 외부의 욕망에 휩쓸려 훼손되거나 좌절하며 주변으로 내몰리다 소멸하고 만다. 가엾은 이들에 대한 동정과 욕망을 좇는 이들에 대한 환멸은 이복구 소설을 구성하는 두 축이다.

모름지기 작가는 자신의 삶과 세상에 대하여 불만을 품고 지금-이곳과 다른 삶과 세계를 상상하는 사람이다. 그렇기 때문에 경험적인 실제에 투철하고 그것에 내재한 문제를 따지고 개선하려는 의지가 강하다. 이복구의 경우도 이와 같아서 그의 등단작 「불구경」(1972)은 가족사와 월남전의 경험에서 비롯한 상처와 고통, 권태와 허무를 직시하면서 새로운 인간으로 거듭나 새 삶을 살고자 하는 인물들을 제시한다. 말할 것도 없이 작가의 실제 경험과 소설의 내용은 일치할 수 없다. 작가는 자신의 경험을 단초로 삼아 한 편의 소설세계를 구축한다. 서술자에 의하여 구성되는 소설의 과정은 경험적 실제를 해석하고 극복하려는 작가의 의도를 반영한다. 경험의 실마리라는 관점에서 이복구를 소설가로 만든 것은 월남전의 상처가 아닌가 한다. 「불구경」이 말하듯이 그는 전쟁이 부과한 정신적 외상을 떨치는 방식으로 소설을 서술한다. 이러한 사실은 또한 등단 이후 10년의 침묵 끝에 발표한 「사슬」(1983)이 뒷받침한다. 기억의 사슬에서 묶여 사는 주인공은 한 여인을 만나면서 회복기의 환자처럼 과거의 상처로부터 벗어난다. 월남전의 정신적 외상을 치유하는 매개는 "바람이 그 스스로의 내용으로 불고, 생명이 생명 그대로의 빛깔과 흔들림을 갖는 곳"인 원초적인 고향의 바다이다.

「불구경」과 같이 여성 나아가 모성은 치유의 바다와 같다. 이러한 소설적 구도는 어느 정도 뚜렷한 지향성을 지닌다. 가령 「맨밥」의 "어머니"는 작가가 그려낸 모성의 대표적인 표상이다. 이 소설에서 "어머니"의 죽음은 이복구의 문학에서 인간주의가 실종되는 사건으로 받아들여도 된다. 그만큼 그는 현대사회를 환멸의 서사로 말하려 한다. 그렇다면 「불구경」과 「사슬」의 결말에서 정신적 외상을 극복한 인물들이 전개하는 새로운 삶의 과정은 어떠할까?

「불구경」과 「사슬」은 10년의 거리에도 불구하고 흡사한 인물 창출과 구성으로 변주된다. 이는 두 작품이 쓰이는 기간 내내 작가가 정신적 외상을 앓고 있었음을 의미하는 것으로 받아들이게 한다. 전장의 기억이 그를 소설가로 만들었지만, 10년의 절필을 생각할 때, 그 기억은 역설적이게도 그가 소설에 집중하는 것을 방해한 것으로 유추된다. 외상의 콤플렉스는 사고의 진척을 막는 얽힌 고와 같아서 작가의 70년대를 무생산의 시간이 되게 한다. 이러한 점에서 소설가로서 이복구의 진면은 등단작품의 재귀적 반복 형태인 「사슬」을 씀으로써 부각된다. 그런데 「불구경」의 인물들에 비하여 「사슬」의 주인공이 더욱 주변화되어 있음을 주목하지 않을 수 없다. 월남전의 전우는 자살하고 "나"는 도시 변두리에 숨어 지낸다. 이러한 인물에 투영된 작가의 시선을 해석할 때 이 소설을 쓸 당시 작가의 실존적 상황이 호전되고 있지 못할 뿐만 아니라 뚜렷한 희망의 거처를 발견하고 있지 못함을 알 수 있다.

2. 주변화되는 인간

월남전이 이복구의 삶에 어떠한 영향을 던진 것인지 분명하고 명확한 진술을 얻긴 힘들다. 다만 창작 공백이 있은 10년여 청년기를 허무로 채색한 주요 원인이 되었을 것이라 추찰한다. 이와 더불어 야학과 변두리 공간이라는 배경을 주목할 수 있다. 이복구의 소설들은 대부분 도심에서 벗어난 주변지역의 삶을 서술한다. 작가가 처했던 경험적 현실에 연원한 것이라 할 수 있지만 자본과 권력의 중심에 내재한 타락한 욕망이라는 배치와 무관하지 않다. 그는 장애자나 가난한 사회적 약자들이 희망을 발견하기를 원한다. 이러한 입장은 「아들」(1983)과 「흔적」(1984)에서 등장인물들이 이상적인 인간상을 대망하면서 주변부적 질곡을 견뎌내는 양상으로 나타난다. 하지만 관계의 역장에서 이들이 행위의 주체로 그려지고 있는 것은 아니다. 「미친 발」은 주변부의 구체적 삶이 잘 그려진 소설이다. 특히 "도시 개발에 따른 철거민들의 이주촌"과 그 인근에 있는 "쓰레기 하치장"을 배경으로 하고 있다는 점에서 주변화되는 삶 혹은 "쓰레기가 되는 삶"을 매우 세밀하게 서술한다.

> B동은 도시 개발에 따른 철거민들의 이주촌이었다. K시 당국이 도시 계획의 일환으로 철도 주변이나 도로 주변의 낙후된 건물들을 철거하면서 시 외곽의 허름한 땅을 사들여 철거민들에게 일정한 평수의 주택을 지어 입주권을 준 것이다. 60년대 후반에 조성된 그 집들은 대개 열 평 스무 평 단위로 지어진 슬레이트 통집이었다. 보상액 정도에 따라 집들을 배분했지만 철거민들 중 적잖은 사람들이 이주권 딱지를 팔아치웠고, 허름한 집이나 방을 찾던 사람들이 대신 그 자리를 메웠다. 이

후 B동은 K시의 모든 실패자들, 사업에서 실패했거나, 직장을 잃었거나, 사기를 당했거나, 범죄를 저질러 어딘가 쫓겨 다니거나 하는 사람들이 최후로 찾아드는 곳쯤으로 인식됐다. 그렇게 모여든 가구가 5만여 세대에 이르렀으며, 세월이 지나는 동안 기본적인 것은 하나도 변하지 않으면서 온갖 소비적인 요소는 늘어나 슬럼화되었다. 그들은 하나같이 자신들이야말로 K시로부터 쓰레기처럼 쫓겨나 외딴 산속에 버려진 종자들이라고 자책하곤 했다.

이처럼 도시의 주변부를 소설의 무대로 삼은 것은 작가가 자신의 상처를 소설 속의 인물을 통하여 말하려던 방식에서 벗어나 구체적인 인물을 내세워 서술하려는 의도를 반영한다. 이 소설의 주인공 "윤일도"는 아버지를 이어 환경미화원이 된다. 동생을 넷 둔 그에게 다른 직업에 눈을 돌릴 여지는 없다. 그가 일하는 "쓰레기 하치장"은 "도시에서 밀려난 모든 잡동사니들, 더 이상 쓸모없는 것들, 부패된 것과 부패되어 가는 것들, 죽은 영아와 토막 시체가 있는 세계"이다. 낭비와 욕망의 찌꺼기들이 몰려드는 곳에서 일하는 그를 지키게 하는 것은 가족과 과거의 기억이다. 가족이 떠난 뒤 그는 "다락"에서 지난날 그가 쓴 글을 읽으면서 새롭게 글쓰기를 시도한다. 7년 동안 일곱 권의 노트에 글을 쓴다. 여기서 "윤일도"의 글쓰기는 작가의 글쓰기 방법과 상응한다. "쓰레기 하치장"이 되기 이전의 메밀밭이나 이를 무대로 형성된 "황미숙"과의 첫사랑은 그에게 내재된 순금같은 기억들이다. 그리고 이러한 기억은 미친 여자와의 환상적인 만남을 통하여 재생되지만 "윤일도"에게 남아있는 것은 지나간 날의 순수한 추억뿐이다. 모든 것이 쓰레기가 되고 만 것이다.

이 소설에 등장하는 인물들, 주인공 윤일도를 위시하여 "초상화 박씨"와 그의 동거녀인 미친 여자 "신현주" 등은 현대적인 생존에 실패하고 "쓰레기 하치장" 주변으로 몰려든 사람들이다. "초상화 박씨"는 고아로서 화가의 꿈을 지녔지만 좌절하고 노숙자로 자신을 폐기하는 삶을 살다 이곳으로 들어와 "신현주"를 만나게 된다. 세 인물 모두 과거의 추억에 사로잡힌 환멸적 염세주의자처럼 보인다. "윤일도"와 "초상화 박씨"는 둘 다 자살을 시도하다 각기 "황미숙"과 "신현주"로부터 구원을 얻는 공통경험의 소유자들이다. 작가의 입장에서 이들은 「불구경」과 「사슬」에 등장하는 인물들과 유사한 종족들이다. "황미숙"이 마침내 자살한 것이나 "신현주"가 가족 동반 자살로부터 홀로 생존하여 자신을 쓰레기로 처단하려는 것도 이 소설에 등장하는 인물들이 흠 많고 하찮은 사회적 잉여임을 말한다. 이 소설의 결말은 "신현주"를 기다리며 쓰레기더미 위에서 "윤일도"가 죽는 것을 암시하는 것으로 끝난다.

「미친 발」은 「불구경」과 「사슬」에서 보였던 이복구의 문학적 문제의식을 집약하고 있는 작품으로 보인다. 이 소설이 문제적인 것은 쓰레기와 쓰레기가 되는 삶을 통하여 현대성의 모순을 직시했다는 점이다. 특히 현대의 보이지 않는 영웅인 "청소미화원"을 주인공으로 삼은 것은 이 작품의 예외성을 부각한다. 그렇지만 인물의 행위를 통하여 "쓰레기"로 상징되는 현대성의 국면을 구체적으로 설득하고 있진 않다. 빈번한 요약과 인물의 성격을 외적으로 규정하는 데서 오는 서술현상이다. 어떤 의미에서 「미친 발」은 장편으로 기획된 중편이라 할 수 있다. 가령 "윤일도"의 가족사만 하여도 할 말이 많을 것이다. 이복구 소설에서 가족사는 동생들을 위해 희생하는 장남 이야기로 거듭 반복된다. 「밤바다」(1992)는 잘 사는 네 명의 동생들을 뒷바라지하느라 못 배우고 가난한 장남이 가족 내 계급 차이로 차별받는 상황을 이야기하고 있다. 이와 같이 불행한 장남은 「미친 발」과 「맨밥」에 등장한다. 「미친 발」에서 가족 내 우애를 막내 여동생이 보이지만 그녀가 지닌 문화적 차이에 의하여 "윤일도"는 가장 귀중한 "다락"의 기록들이 쓰레기로 사라지는 고통을 겪게 된다. 「맨밥」은 잘 사는 동생 이야기이지만 「밤바다」와 달리 계급적 구속을 탈피하여 가족애를 복원하려는 주인공의 행위를 서술하고 있다. 소설의 주인공인 "윤홍식"은 결혼이라는 친밀성의 거래를 통하여 신분상승에 성공하였지만 못 사는 어머니와 형을 끝까지 배려하려 한다. 이 소설에서 주인공은 "윤홍식"이지만 그에 못지않은 비중을 지닌 인물이 그의 "어머니"이다. 이러한 "어머니"에게는 그녀가 끝까지 챙기는 "맨밥"의 상징적 의미가 놓여 있다. 「미친 발」에서 임종 전의 아버지가 맨밥을 먹는 행위라는 삽화로 기입되기도 하지만 "맨밥"의 상징성은 「맨밥」에서 오롯하다.

> 셋째 아들네 집으로 들어와서도 달라지지 않은 건 어머니의 식사 습관이었다. 식탁에 앉아 식사할 때도 그저 맨밥에 된장 종지 하나로 간단하게 식사를 마쳤다. 숟가락으로 밥을 퍼 입에 넣고 숟가락 손잡이 끝으로는 된장을 쿡 찔러 입에 넣으면 그만이었다. 마치 고양이가 웅크리고 뭔가를 먹는 것처럼 어머니는 남들 눈에 띄지 않게 조용히 맨밥을 먹었다. 아들과 며느리는 그런 어머니를 가만 지켜볼 뿐이었다.

"어머니"는 장남이 입원을 하였을 때도 늘 삼베 보자기에 밥을 싸들고 온다. 그녀에게 "밥"은 신앙과 같은 존재다. 병원에서 깨어나자 7층에서 투신자살을 한 큰 아들의 장례를 치른 뒤 부유한 셋째 아들 집에 들어온 후에도 "어머니"의 식습관은 변함이 없다. 이러한 습관은 한국전쟁으로 내국이민이 된 이래 평생 지켜진 그녀의 행위규범이다. "맨밥"을 통하여 그녀는 자신의 믿음과 정체성을 드러낸다. 이러한 어머니의 습속이 "이상한 종교 같은 것"으로 이해되기도 하지만 "윤흥식"은 마침내 자신도 그러한 의례에 동참함으로써 자기를 인식한다. 소설 속에서 거래와 교환, 욕망과 허위의 삶을 살고 있다는 "윤흥식"의 자의식은 날카롭게 드러나지 않는다. 그럼에도 "어머니"의 임종을 지키면서 그 또한 "어머니"의 "종교 같은" 의식을 받아들인다.

> 홍식은 이상하게 평온한 기분을 느꼈다. 어머니의 목이 부르르 떨리는 느낌이 왔다. 어머니가 마지막 숨을 길게 놓자 숨소리가 굴러 어머니 안 어딘가에 물방울이 떨어져 내리듯 똑똑 하다가 뚝 그쳤다. 아들은 숨을 끊은 어머니와 그렇게 한참 누워 있었다. 새벽 4시 33분. 주방으로 나가 밥통을 열고 밥을 펐다. 소반에 차려 어머니의 머리맡에 놓고 앉아 있었다. 한참 후 윤흥식은 어머니와 똑같은 방식으로, 숟가락 앞으로 밥을 뜨고 손잡이로 된장을 찍어 밥을 먹기 시작했다. 배 속의 벌레들이 조용해졌다.

부의 획득으로 육체적 허기를 충족한 "윤흥식"이지만 정신적 허기는 채워지지 않는다. "어머니"의 "맨밥"이 지니는 본원적 의미를 깨달으면서 그의 정신적 허기가 충족되는 것이다. 삶의 진정성을 상실한 욕망의 세계에서 "윤흥식"을 본디의 인간다움으로 이끄는 것은 "어머니"와 그녀의 신앙인 "맨밥"의 가치이다. 어떤 의미에서 이 소설에 등장하는 "맨밥"은 사라져가는 최후의 보루와 같은 것이라 할 수 있다. 작가는 이미 자본과 권력의 중심을 휩싸고 도는 욕망의 불길한 악순환과 이로부터 밀려난 주변부 인간의 곤궁한 처지를 이야기한 바 있다. 또한 거짓 욕망에 들린 인간상과 불현 듯 자기를 깨우치는 인간상을 대비시킨 바 있다. 예를 들어 「겨울잠」(1983), 「그물 깁는 남자」(1989), 「처용의 노래」(1990), 「탱크와 혀」(1991)와 같은 작품을 통하여 그는 훼손된 욕망의 세계와 삶의 진정성의 문제를 제시하였다. 「맨밥」 또한 초월이 불가능한 교환관계의 욕망이 지닌 근원적인 허기를 잘 드러내고 있다.

3. 타락하는 욕망들

「미친 발」의 결말이 주인공의 죽음을 암시하였다면 「맨밥」은 "어머니"의 죽음으로 끝난다. 여기서 죽음을 서사적 완결의 장치로 삼고 있지만 그 전망은 닫히는 것이 아닌가, 의문을 가질 수 있다. 그도 그럴 것이 「식물의 시간」 역시 죽음을 말하고 있다. 참척의 고통으로 인해 삶에 환멸을 느낀 40대 후반 건축사무소 양정진 소장의 자살 이야기. 이 소설의 내용은 단순하다. 대학생 딸의 죽음으로 번민하던 부부가 이혼을 결심한 뒤 남편인 "양정진" 소장이 "거제도 강철민 사장의 별장" 인근에서 두 청춘 남녀의 자살을 목도하면서 그들이 자살한 벼랑에서 자동차를 몰고 죽음을 결행한다는 것이다. 그런데 이 소설의 특이성은 그렇게 시도한 자살이 실패하고 "양정진"이 식물인간이 된다는 데서 시작한다. 소설에서 극화된 화자-주인공 "나"는 바로 식물인간 "양정진"이다. 그러니까 이 소설은 식물인간인 "나"의 시점으로 서술된다. "식물인간"에 대한 소설적 관심의 편린은 「맨밥」에서 만날 수 있었다. 「맨밥」에서 의식이 깨어난 불행한 형이 병원 7층에서 뛰어내리듯이 「식물의 시간」에서도 몸을 회복한 "양정진"은 다시 자살하고 만다. "식물의 시간"은 그러므로 그가 삶에 대한 환멸을 거듭 확인하는 시간이다. 이 시간 동안 기이할 정도로 냉정한 미적 거리를 갖고 관찰되는 시선을 통해 인간의 위선과 위악이 도드라지게 서술된다.

> 아내는 무슨 생각을 했는지 숟가락을 뒤로 빼더니 입에서 멀찍이 떨어진 곳에 위치시키고 나를 관찰한다. 밥을 먹으려면 내 쪽에서 고개를 숙이고 다가가야 한다. 마치 개 같군, 하고 나는 속으로 생각한다. 나는 일부러 아내를 만족시켜주기 위해 개처럼 목을 길게 앞으로 빼고 허리를 구부려 그 숟가락의 음식을 향해 다가간다. 아무래도 아내가 나를 시험하는 것 같다. 그날 밤 내가 자리에서 일어난 걸 알고도 모른 척하는 것일까.

"아내"의 입장에서 자신이 관찰자이지만 실제 소설의 관찰자는 식물인간인 "나"이다. "나"는 의식은 물론 몸을 자유자재로 움직일 수 있게 회복되었지만 이를 숨기고 마침내 다시 자기를 찾아간다. "나를 찾았다는 것은 무엇인가? 거대한 무의미 속에 던져진다는 게 아닐까?"라고 묻는다. 그리고 이어서 "이미 한번 기어 내려갔던 심연을 다시 내려갈 수 있을까?"라고 묻고는 "아무것도 없는 그곳"으로 가는 것으로 소설은 끝이 난다. 삶의 환상이 깨어지고 환멸이 깊어지면서 주인공은 죽음의 심연으로 몸을 던진다. 「식물의 시간」에서 보인 환멸의 서사는 「매직아워」에서도 찾아진다. 이 소설은 주인공의 자전적 고백의 양식이라는 점에서 「흔적」(1984)의 계보를 잇는다. 화자-주인공인 "나"는 태어날 때부터 두 다리가 없는 장애인이다. 그는 어린 시절 삶의 "권태"를 자각하고 이를 극복하면서 삶과 사물의 아름다움을 알게 된다. 군대에서 입은 부상으로 앉은뱅이가 된 "머구리 학수 아재"에 의해 "나"는 풍경과 사람에게서 "매직 아워"를 만날 수 있음을 배우고 살아가는 과정에서 여러 가지 형태로 "매직 아워"를 경험한다. 화자-주인공의 고백에 의하여 제시된 매직 아워는 대략 풍경, 아름다운 여성, 아이들 그리고 사람들이다. 천사와 같은 "서은정"과 결혼하고 두 아이를 낳아 그들과 더불어 아름다운 풍경을 공감하게 되는 "나"는 인간의 역사에 황홀한 매직 아워가 있음을 경험한다. 그러나 아이가 자라고 아내의 사회적 욕망이 커지면서 마술의 시간은 서서히 사라지고 만다.

> 저 어린 날 학수 아재가 사람들 속으로 들어가 매직 아워를 보라고 했던 말 그대로 나는 사람들 속에서 매직 아워를 찾아냈던 것 같아, 내 불완전한 육체가 당신과 애들로 인해 완전한 육체를 이루었다고 생각했어. 내 머릿속에는 저 어느 봄날의 기억이 선명하게 박혀 있었지. 그네를 힘차게 차고 오르던 당신 모습 말이야. 우리들의 결혼 생활 중 난 한 번도 그 눈부신 광경을 잊은 적이 없었어. 또 나는 심여사를 만나던 그 늪의 세월 동안 당신을 얼마나 그리워하고 사모했던가를 잊지 않았지. 나는 우리 가정이 당신이 차고 올랐던 그 그네 같은 거라고 생각했어. 아이들이 유치원을 다니고 초등학교를 다니던 날의 그 모든 광채를 생각해봐, 우리가 처음 스물여섯 평짜리 아파트를 분양 받아 이사갔던 날을 생각해봐. 그때가 민수가 초등학교 4학년, 수지가 2학년이었을 거야. 방 한 칸짜리 사각방에서도 행복했던 내가 제대로 된 집을

갖게 된 걸 생각해봐. 저 무위한 풍경 속에 그처럼 찬란한 빛을 보았을 때처럼 내게는 그 모든 것이 너무나 눈부시고 황홀한 것이었어, 그런데 모든 것이 달라졌어. 어느 날 슬며시 다가온 어떤 그림자 같은 것. 우리가 미처 눈치채기 전에 사라져버리는 매직 아워처럼 그 눈부신 광채는 사라져갔던 거야.

아이들이 자라면서 "나"와 아내의 친밀성은 약화되기 시작한다. 이는 "애들이 어떤 것에도 구애받지 않고 순수한 생명으로서 이 세상의 모든 것을 즐기기를" 바라는 "나"와 달리 아내가 경쟁적인 교육제도를 추종하면서 아이의 사회적 성공을 욕망하기 때문이다. 타자를 연민하고 동정하던 아내는 이제 타자를 욕망하고 타자와 경쟁하는 사람으로 변한다. 그리하여 아이들에게 헌신의 명분으로 폭력과 권력을 행사하게 된다. 아이들 또한 아내의 욕망을 충족하지 못하고 그들대로 비뚤어지면서 아내는 마침내 아이들을 "체념과 무관심"으로 대하는 무서운 사람으로 변하고 만다. 아이들에게서 충족할 수 없는 아내의 욕망이 부의 축적으로 기울면서 마침내 관계의 파탄에 이르게 된다는 이야기다. 속도감을 유지하면서 전개되는 고백적 진술이므로 인물들이 형성하는 서사의 벡터는 약하다. 그럼에도 이와 같은 자전적 고백 양식을 통하여 작가가 궁극적으로 말하고자 하는 의도는 세상에는 두 개의 삶이 있다는 것이다. 그 하나는 "나"의 입장과 같이 생명을 지닌 것들이 자발적으로 살아가는 삶이고 다른 하나는 "아내"의 입장과 같이 타자의 욕망을 좇는 삶이다. 이 소설은 "난 그저 저 나무처럼 생명, 그것으로만 남고 싶어. 그저 아무것도 아닌 그런 생명으로, 그렇게 되면 어느 날 당신 속으로 쑥 들어갈지도 모르니까"라는 독백으로 끝난다. 단지 거리로 내몰린 소수자를 대변하기 위한 진술만은 아닐 것이다. 무소유와 무위의 공동체를 염두에 둔 발언이 아닐까? 이는 「사슬」에서 말한 "바람이 그 스스로의 내용으로 불고, 생명이 생명 그대로의 빛깔과 흔들림을 갖는 곳"에 대한 지향과 무관하지 않다.

「매직 아워」는 인간을 타락의 서사라고 말하고 있다. 그럼에도 소설 속의 인간은 고유한 생명의 빛깔과 광채에 대한 그리움을 품는다. 자아의 욕망을 바라보는 영혼의 슬픔이 작가적 응시의 이면이 아닌가 한다. 환상의 욕망을 좇을 것인가, 아니면 환멸의 삶을 견딜 것인가? 「매직 아워」는 환멸을 견디며 사는 이의 슬픈 고백이다. 그렇기 때문에 「식물의 시간」이 보이는 냉정한 진술과는 다르다. 고백 양식에 대한 이복구의 탐색은 이 두 편에 그치지 않는다. 「짖는 아이」는 아이의 목소리를 빌려 적응과정 혹은 사회화라는 이름으로 훈육되는 아이들의 세계를 서술한다. 이 독특한 소설은 악동 이야기의 계보를 잇는 것이면서 어른들에 의해 만들어진 아동의 순결함이라는 관념을 비판한다. 다시 말해서 이 소설은 어린 아이의 시선으로 어른들의 허위의식과 위선 그리고 속물근성을 드러내고 있다. "나는 어른들이 아이 몰래 할 수 있는 짓거리 따위는 안 봐도 안다"는 화자-주인공의 서술위치는 이 소설의 성격을 잘 드러낸다. 작가는 영악한 악동을 등장시켜 아이들의 자발적인 성장을 가로 막고 그들의 자유를 억압하는 어른들의 욕망을 해부하려는 의도를 갖고 있다. 이는 생명의 자발적인 성장을 강조하는 작가의 입장과 무관하지 않다. 「짖는 아이」는 유년기와 사회에 관한 의미 있는 소설적 성취이다. 아동의 세계는 온상의 모종과 같이 어른들에 의해 길러지는 것이 아니라 어른과 더불어 체험된 관계라 할 수 있다. 성인지배와 아동복종의 이분법이 아니라 그들의 세계에도 서열과 분노, 지배와 복속, 권력과 폭력이 있기 마련이라는 관점이 요긴하다. 소아정신과 치료에 직면한 "나"와 자살한 "지수" 등을 등장시킨 「짖는 아이」를 통하여 작가는, 아동에 대한 숨겨진 이야기를 전경화하고 있다. 「식물의 시간」이나 「매직 아워」와 마찬가지로 「짖는 아이」는 독창적인 인물의 창출을 통하여 세계의 위악을 드러내는 서술 효과를 얻는다. 이들에 비할 때 「돌산」은 정공법에 의한 서술이다. 가치와 이념이 사라지고 풍속과 욕망이 전면화된 시대의 인간상을 보여준다. 일찍이 「탱크와 혀」(1991)가 권력과 성적 지배에 대한 탐문이었듯이 낭만적 사랑의 불가능성과 친밀성의 거래, 권력과 성적 지배, 대타화된 욕망관계라는 문제의식이 이 소설에 내재해 있다.

> 그녀는 앨범을 덮고 방바닥에 등을 대고 가만히 누웠다. 이곳에 누워 수시로 아내의 앨범을 들여다본 남편의 기분을 떠올려 보려 했다. 돌의 감각이 등 뒤에서 살아났다. 자신이 20년이나 쌓아올린 차가운 돌산. 그 돌의 차고 견고한 감각이 배 속을 지나 등 뒤로 뻗어가고 있었다. 몸이 빠르게 굳어가는 느낌이 등 뒤 깊숙이 파고들었다. 그녀는 갑자기 자신의 몸이 너절해 견딜 수 없었다. 발바닥 저 아래에서부터 목구멍까지 서서히 굳어가는 것처럼 그녀는 숨을 쉴 수가 없었다.

타자의 욕망 혹은 대타 의식화된 욕망을 추구하였다는 "윤승혜"의 때늦은 자각이다. 자신은 욕망의 포로였을 뿐 진정으로 타자를 이해하지 못했다는 자책으로 이 소설의 결말은 끝난다. "그 사람은 정말 누구였을까?" 함께 살고도 죽은 남편의 진정성을 알지 못한다. 이처럼 작가는 이 소설에서 "윤승혜"라는 인물을 통하여 현대성을 비판한다. 진정성의 추구라는 마음의 사회학으로 돌아가라는 것이다.

소설집 『맨밥』에는 다양한 형식의 소설 여섯 편이 실려 있다. 오랜 시간을 두고 발표한 작품들이지만 전반적으로 환멸의 서사라는 관점으로 읽힌다. 인간을 타락사관으로 인식하는 인간학을 견지한 탓이다. 생명의 세계를 이탈한 인공도시에서 인간은 욕망의 노예가 되거나 그 잉여가 될 수밖에 없다는 냉엄한 전망은 이복구의 소설을 어둡게 한다. 그러나 이토록 불길한 소설적 결말에도 불구하고 그의 소설은 영혼의 슬픔을 느끼게 한다. 도저한 환멸이 이룰 수 없는 구원이나 희망과 연관되기 때문이다. 물론 이복구의 소설에서 희망의 거처는 뚜렷하지 않다. 그렇다고 그가 마냥 훼손 이전의 원초적 생명세계를 내세우고 있는 것은 아니다. 여기서 진정한 삶의 탐구라는 과제로 이어진 텍스트의 이면을 생각할 수 있다. 모티프와 삽화 가운데 재귀적 반복의 패턴을 주목하게 된다. 아울러 다양한 형식실험은 그가 여전히 진행형의 소설가임을 증명한다. 그에게서 보다 큰 규모의 소설쓰기인 장편을 기대하는 까닭이 여기에 있다.

고향으로 가는 길

—정형남의 『삼겹살』

1. 귀환의 의미

내가 아는 소설가 정형남은 돼지고기를 먹지 못한다. 그가 삼겹살을 주요한 서술 고리로 삼으면서 돼지의 상징성을 부각한 소설을 썼다. 장편소설 『삼겹살』. 소설의 표제가 벌써 우리를 이끈다. 전체 8장(chapter)으로 구성된 이 소설에서 삽겹살과 돼지 이야기가 등장하지 않는 곳은 없다. 먼저 제1장 「꽃이 피니 봄이로구나」의 첫머리, 고향의 잔치마당에 등장하는 삼겹살을 들 수 있다. 여기서 삼겹살은 축일의 음식일뿐더러 고향의 "산골 다랭이 계단식 논밭"을 은유하는 것으로 의미가 확장된다. 삼겹살이 향수의 매개가 됨을 일찌감치 시사하고 있다. 실제작가의 모습이 겹쳐진 주인공 '남위원'의 아버지와 어머니가 묻힌 곳도 고향의 다랭이 밭이다. 고향을 떠나 도시에 사는 그는 삼겹살을 나눌 때 자주 고향을 떠올린다. "술상 위에는 삼겹살이 산골 다랭이 계단식 밭의 형상으로 익어가고 있었다." 이 소설의 제8장 「떠난 자와 남는 자」의 마지막 구절이다. 이처럼 삼겹살은 우애, 환대, 배려의 공동체를 매개한다. 이는 함께 돼지를 잡고 그것을 삶고 구우면서 술을 나누고 취흥에 하나가 되는 축제와 친교의 전통과 연관된다.

돼지는 고래로 희생과 축복, 미천함과 신성함을 두루 의미한다. 잔치나 동제에 희생제물이 되지만 길지와 풍요를 예고하는 사자(使者)의 역할도 한다. 때론 탐욕의 표상으로 그려지기도 하나 자주 만복의 근원으로 예찬된다. '한사장'의 장인이 "돼지에 대한 남다른 애착"을 가진 것도 그것이 신물(神物)의 상징이기 때문이다. 이 소설에서 '한사장' 장인의 죽음과 그가 남긴 양돈장 터를 주인공이 택지로 정지하여 이주하게 되는 것은 스토리 라인의 주축이다. 하지만 소설이 새로운 터전으로 이주하기까지의 주인공의 내면적 갈등을 주된 화제로 삼는 것은 아니다. 주인공 '남위원' 또한 거듭되는 향수와 돼지의 환영을 동시에 겪으면서 "뿌리"라 할 수 있는 고향이 아니라 고향과 그리 멀지 않은 새 터전을 선택하게 된다. 윷놀이의 도, 개, 걸, 윷, 모에서 도는 한자 저(豬)의 고음이다. 여기서 돼지는 시작, 첫걸음을 뜻한다. 돼지꿈과 함께 주인공이 귀환을 결정하는 것은 길지와 풍요의 기대에 그치지 않고 새로운 시작이라는 의미를 함축한다.

이 소설의 주인공에게 고향은 양가적인 의미로 다가온다. 행복감과 상실감. 노스탤지어는 그것이 지닌 순수함에서 동일성의 거처가 된다. 그렇지만 이러한 동일성이 구체적 삶의 진실을 대변하는 것은 아니다. 때론 유년의 고향은 가난과 고통을 의미하기도 한다. 좌우 이데올로기의 대결장이 되면서 아버지를 "전쟁의 희생양"으로 잃게 된 주인공(혹은 실제작가)에게 고향은 지울 수 없는 정신적 외상(트라우마)의 거처이다.

어쨌거나, 그렇게 비유할 만큼 우리의 마음이 부유해졌어. 남위원은 아스라이 어머니의 웃음소리를 들었다. 그리고 그 웃음소리는 무릎을 치며 한바탕 윷판을 뒤엎는 환호성 너머 파도 위에서 꽃잎처럼 무동을 탔다. 술잔 속에 비치는 어머니의 웃음 진 얼굴에서 이제는 도리 없이 묵혀진 다랭이 자갈밭들이 눈앞에 다가왔다. 그 맨 위쪽 큰애기 엉덩짝만 한 다랭이 밭에 아버지의 혼백과 함께 어머니를 모셨다. 아들아, 내가 죽거들랑 졸망졸망 묵혀진 옹챙이 밭을 묘지로 쓰거라. 장차 너도 내 묘지 밑으로 오고. 그렇게 대대로 뼈를 묻자꾸나.

주인공에게 고향은 "어머니의 웃음소리"가 들리는 모성의 장소이기도 하지만 아버지 상실로 대변되는 폭력의 기억이 배어있는 공간이기도 하다. 이러한 양가성으로 인하여 소설 속에서 고향은 주인공이 직행하는 목적지가 못된다. 제1장과 더불어 고향의 표정이 잘 그려져 있는 것은 제7장 「가깝고도 먼 빛」이다. 여기서 고향은 "가깝고도 먼 빛으로 채색된" 배회의 공간이거나 우회하는 가운데 경유하는 곳이다. 궁극적인 귀향은 끝없이 지연된다. 삼겹살을 닮은 "다랭이 밭"이냐 돼지꿈이 깃든 양돈장 터냐? 주인공은 선산이 있는 고원(故園)을 택하지 않는다. 그는 고향으로 가는 길 위에 있다. 귀향의 완성을 말하기보다 귀환의 드라마를 연출한다. "태어난 고향이 오히려 부담스럽고 낯설게 다가올 것도 같고, 이곳에 뿌리를 내린 만큼 훌훌 털어버리고 떠나기도 무엇하고 말이오." '남위원'의 생각이 잘 드러난 대목인데 이는 또한 작가가 품고 있는 생각의 표백이다.

2. 우애의 공동체

정형남의 『삼겹살』은 자전적인 경향을 지녔다. 고향을 떠나 부산으로 이주하여 살아온 작가의 평생 이야기를 전하고 있다. 그의 고향은 조약도다. 조약도. 소설 속에서 작가는 이 섬을 "알"에 비유하며 "용화세계를 바라는 진인의 출현도 남쪽바다에서 나온다"는 '남 사상'과 접목하기도 한다. 아래로 다도해 해상국립공원을 인접한, 완도 옆의 작은 섬. 신지도, 고금도, 평일도, 생일도 등의 섬이 올망졸망 둘러싸고 있으니 섬 속의 섬이다. 위로 보성만이 장흥과 고흥반도를 끼고 펼쳐진다. 지금 작가가 사는 곳은 보성만이 멀리 내려다보이는 한적한 시골이다. 오랫동안 부산 안락동(소설 속의 "안락한 동네")에서 살다 고향 근방으로 귀환하였다. 이 소설의 중심은 단연 일가를 이루면서 근래까지 살았던 부산 이야기이다. 고향에서의 이주 과정이나 시골로의 귀환 과정은 요약되어 있다. 그럼에도 이주와 귀환은 대단히 중요한 모티프다. 이 소설의 의도가 귀환이라는 새로운 삶의 출발에 의미를 부여하는 데 있기 때문이다.

삼겹살을 삼가는 작가가 돼지와 삼겹살을 중요한 서사적 장치로 차용한 것은 일종의 서술 전략이라 할 수 있다. 이는 『삼겹살』을 '소설'이 되게 하는 일과 연관된다. 사실 이러한 장치의 힘이 없다면 『삼겹살』은 사적인 경험적 진술에 그칠 공산이 크다. 더불어 작가의 분신이라고 할 수 있는 주인공 '남위원'을 소설가로 설정하지 않는 것도 이 소설의 서사성을 강화하는 데 기여한다. 소설의 주인공 '남위원'은 노동운동을 하다 실직한 뒤 일정하게 신문에 글을 기고하는 지식인이다. 지식인 화자의 신뢰성 있는 목소리를 포개어 작가는 사소설을 탈피하려 한다. 실제작가와 동일한 인물을 설정하지 않고 작가에 의해 윤색된 좌절한 지식인으로 배치함으로써 이 소설이 작가가 경험한 사건들의 잡다한 나열이 아니라 일정한 의미를 가진 서술체임을 내세우려는 것이다. 이는 주인공의 서술 위치를 통해 경험적 사실과 의도된 서술 사이의 미적 거리를 만드는 일에 다름없다. 소설 속의 이야기가 경험적인 사실이기 때문에 도입될 수밖에 없는 장치이다. 그만큼 이 소설은 경험적 사실에 근거하고 있다.

이 소설에 등장하는 대부분의 인물들은 소설의 외부인 현실 속 인물과 일치한다. "안락한 동네"에서 작가와 같이 사는 사람들과 이들과 함께 만나는 문화예술인들이 한 부류이고, 작가의 동향인들이 또 다른 부류이다. 그런데 이들은 모두 주인물인 '남위원'을 매개로 소통하고 교류한다. 남위원, 안교장, 강시인, 이선생 등 "안락한 동네"(안락동)에 사는 사람들과 그 주위의 사람들—풀피리 시인, 박서예가, 김동화, 김화백, 이수학, 왕방, 무형 등은 주로 문화 예술계에 종사하는 사람들이다. 이들은 대부분 예술가들이다. 문인, 화가, 서예가, 도예가인 이들과 다른 부류의 인물들은 한사장과 김선장 등 작가의 동향인들이다. '남위원'을 매개하거나 서로의 사적 관계 확장에 의하여 이들 두 부류의 인물들은 친밀한 유대를 형성하며 단순한 연고주의를 넘어 우애의 공동체를 형성하고 있다. 환대와 배려가 몸에 배인 이들에게서 인정(認定)을 둘러싼 질시와 갈등을 찾기 어렵다. 스스로 "풍류객"을 자처하고 있듯이 인위가 아니라 자연, 필연이 아니라 우연을 중요하게 받아들인다. 그래서 이들의 만남은 매우 자연스럽다. 간혹 우리는 리얼리즘소설에서 소설의 문법이 요구하는 필연이 부자연스러울 때를 경험한다. 정형남의 소설은 결코 우연을 필연으로 가공하지 않는다. 우연 또한 더 높은 차원에서 필연일 수 있다는 생각. 이 소설에서 많은 사람들은 우연히 만난다.

주인물인 '남위원'은 지식인이지만 경계인(marginal man)의 위치에 있다. 제도 속에 있지 않을 뿐 아니라 그렇다고 제도와 완전한 절연을 수행하는 것도 아니다. 강시인이나 안교장 그리고 박서예가 들도 마찬가지의 입장이다. 시인이자 화가이며 서예가들인 이들은 자본주의 세속도시에 쉽게 영합하지 못한다. 외향성 소비지향의 추상도시 속에서 이들은 "강변의 갈대"(제3장 표제)를 벗 삼아 걷거나 자전거를 타고, 가끔 산행을 한다. 보행도시에 대한 꿈은 상실된 고향의식의 표출에 다를 바 없다. 그래서 늘 함께 어울려 이야기를 나누고 노래를 부르며 술을 나눈다. 이야기는 공동체를 형성하는 그물코이다. "누군가 그렇게 말머리를 꺼낼라치면 백 갈래 이야기들이 하나로 어우러져 바다를 이루었다. 솜씨 좋은 주인은 말하지 않아도 우리가 좋아하는 안주와 술을 내놓았다." 그래서 이들은 안락동 일대는 말할 것도 없고 동래와 서면에 이르기까지 네트워크를 만들어 우애의 공동체를 이룬다. 이들의 모임이나 만남이 단지 말 그대로의 우연일 수 없는 것은 이러한 네트워크가 있기 때문이다. 만남의 장소를 다른 집으로 옮기더라도 거기에 반가운 이들이 마치 기다리고 있었던 듯이 환대한다. 빠진 이들에게 연락을 하여 모임에 합류하게 하는 일은 필수다. 그런데 어떠한 공동체든 그 외부를 배제함으로써 성립하는 한계를 지니게 마련이다. 이는 이들 문화예술인들이 지닌 경계인 의식에서 뚜렷하다. 풍류를 모르는 현대인들에 대한 질타에서 시작하여 강단과 제도권 문화예술인들의 전횡을 비판하며 마침내 세상의 전 영역을 회의하는 데 이르러 이들이 만든 경계의 유연성은 협소해지고 만다. "예술가뿐인가. 정치가, 사업가, 하다못해 장사치에 이르기까지 자신의 지조를 적당히 팔아가면서 자신의 존재양식을 망각하기 마련이지. 하지만 평가는 후대에 준엄하게 내려질 게야." 매우 지당한 말이지만 모든 비판은 먼저 자신을 향할 때 정당하다. 그렇지 않는 비판은 나르시시즘에 그칠 공산이 크다.

경계인들이 형성한 우애의 공동체는 아름답다. 그러나 그들만의 자족성에 갇힐 때 애써 만든 경계의 활력은 급격하게 소멸한다. "경계에서 꽃핀다"는 비유처럼 경계영역의 가치는 생성에 있다. 비록 현실의 제도와 자본과 권력이 이들을 경계로 밀어낸 것이라 하더라도 밀리면서 저항하는 욕동 속에서 신생의 가치가 피어나야 한다. 그렇지 않고 경계인의 회의주의를 풍류로 치환하는 것은 또 다른 곤경의 반복이라 할 수 있다. 그래서 "세월의 부침" 가운데 달라진 것이 무엇이겠는가, 라는 허무주의적 물음은 진정성이 약하다. 이념과 사상으로 육박하지 못하고 풍속의 트리비얼리즘에 매몰될 가능성이 높기 때문이다. 노스탤지어와 나르시시즘은 동전의 양면과 같다. 도처에서 확인되는 진한 향수야말로 경계인의 자기애와 다를 바 없다. 그렇기 때문에 이를 깨닫는 이일수록 더욱 근본적인 질문에 매달리지 않을 수 없는 것이다.

> 남위원은 한사장 처가마을 당산나무를 눈앞에 떠올렸다. 누대로 사람은 생사를 거듭하였으나, 당산나무는 뿌리를 굳건히 내리고서 흔연한 자태로 마을의 역사를 나이테 속에 간직하고 있었다. 그 점을 잘근깨물게 되면 이 시절의 혼돈은 질서가 무너진 탓도 있었다. 자유분방함 속에 엄연한 질서가 흐르는 시냇물처럼 자리해야 하는데, 방종과 타락을 부추기는 방만함만 있을 뿐, 자기성찰이 없었다. 무언가에 종

속되어야만 하고 휩쓸려들어야만 처신할 수 있다는 강박관념이 자리하였다.

근본(Grund)은 곧 대지의 온전함과 그 온전함에 뿌리를 내리는 데서 비롯한다. 시대를 혼돈과 무질서, 방종과 타락, 자기성찰 없음으로 바라보는 입장에서 "평상한 일상"을 탈주하는 풍류가 근본적인 처방이 되는 것은 아니다. 전통사회의 선비와 달리 현대를 사는 이들에게 풍류란 생활과 이반된 일탈에 그칠 공산이 크다. 단지 우애의 공동체를 확인하는 동어반복의 함정에 노출될 수 있는 것이다. "인간의 삶이란 특별한 것도 아니었다. 늘상 반복되는 생활 속에서 새로울 것도, 기억 속에 저장할 것도 없었다." 과연 늙음이 이러한 고요를 만드는 것인가? 모름지기 예술가는 특이성(singularity)에 생명을 걸어야 하는 것이 아닐까?

3. 반도시주의

정형남은 난계(蘭溪) 오영수의 적통이다. 이 소설은 작가가 감행한 귀환의 보고서이기도 하지만 난계의 "잃어버린 도원"에 대한 오마주이기도 하다. 난계와 마찬가지로 정형남은 명백하게 반도시주의(anti-urbanism)를 드러낸다. 도시와 농촌이 선악의 이분법으로 환원되고 있지는 않지만 적어도 도시가 인간의 타락사관을 반영하는 공간임을 거듭 강조하고 있다. 도시에서 "이방인"이라는 거듭된 자의식 속에서 주인공은 결국 도시 탈출을 꿈꾸게 된다. "남위원은 스스로 자신을 돌아보아도 지금까지 몸에 배인 생활습속 속에서 자유롭지 못하였다. 갑자기 다가온 무한대의 누림을 버거워 하지 않는가. 알게 모르게 경계가 설정되어 그 한계를 쉬이 벗어날 수 없었다." 이제 주인공은 부박한 도시에서 섬과 같은 공동체인 "안락한 동네"가 지니는 한계와 삶의 진정성을 탐문하게 된다. 이는 그들과 나눈 정리에 대한 회의를 의미하는 것이 아니다. 무엇보다 자신의 삶에 대한 근본적인 성찰에 기인한다.

> 시름시름 한 해가 갔다고나 할까, 따지고 보면 일 년 삼백육십오 일 하루하루를 해수병 환자처럼 콜록콜록 기침을 해대며 누덕누덕 헌옷가지를 꿰매듯 엮어 보냈다고 해야 할 것이다. 참 한심한 일상이 아닐 수 없었다. 나이가 많고 적음과는 상관없이 누덕누덕 기운 일상이 눈덩이처럼 쌓였다가 녹아 없어진 것이리라. 일 년이라는 굴곡진 마디마디가 도드라지게 맺혀나는데도 발밑에 묻히기 마련이었다. 어떻게 살았는가? 죽음 앞에서 따지고 묻지 않는 것도 그래서일 것이다.

이 소설의 에필로그인 제8장 「떠난 자와 남는자」의 서두다. "태산은 한 줌 흙으로 이루어진다"라고 썼듯이 주인공은 새로운 시작을 감행하지 않을 수 없다. 시작은 경계를 넘는 것이자 새로운 경계를 만드는 것이다. 그것은 반복이 아니며 생성이다. 작가는 주인공을 통해 "무모하게 산을 오르거나 조깅을 하지 않아도 창조적인 일상을 누릴 수 있는 단계"를 예고한다. 그것은 새로운 도(賭)이자 도[豬]이다. 하지만 귀향은 아니다. 그토록 심한 노스탤지어를 앓았지만 귀향은 어머니의 자궁 속으로 퇴행하는 것이 아닌가? "매번 고향을 다녀오게 되면 회한으로 뒤엉키는 허전한 바람. 그 깊이 모를 바람의 근원을 곱씹기 마련이었다. 그래서 고향은 가깝고도 먼 빛으로 채색되는지 모른다." "잃어버린 도원을 찾아가듯 땅의 훈김을 제대로 누리고 싶어서요." 도원 혹은 자연으로 귀환하는 주인공의 희망이다. "어쩌면 그곳이야말로 가장 편안하고 안락한 동네인지 모르겠네." 그렇다. 이렇게 하여 작가의 귀환은 시작되었고 이것이 스승 난계에 대한 오마주가 되었다.

집 아래로 호수가 산빛을 비추고 멀리 보성만이 아스라이 물결치는 곳. 작가 정형남이 귀환한 곳이다. 낮이면 뭉개구름이 돼지 모양을 할 것이고 밤안개조차 새끼 돼지 형상들을 이끌고 오지 않을까. 축복의 땅에서 창조적 생성을 예비하기 위한 각서가 이 소설이다. 또한 "안락한 동네"의 친구들에 대한 헌사이다. 스스로 "이방인" 혹은 "방랑자"로 자처하는 작가에게 부산은 제2의 고향이다. 도시와 영합할 수 없는 심성을 지닌 그이기에 사소하고 자잘한 인정의 웃음 속에서도 마음 한편으로 빠져나가는 바람소리를 듣지 않을 수 없었던 것. 그의 귀환이 단순한 귀소본능은 아닐 것이다. 그보다 근본으로의 돌아감을 선택한 것으로 보아도 좋다. 세상에 대한 그의 회의주의는 그동안 미학주의로 흐르지 않았다. 오히려 기저의 깊은 허무주의는 근본주의와 다를 바 없다. 그럼에도 그의 근본주의는 가령 "개미의 죽음과 코끼리의 죽음이 뭐 다른가"라는 진술이 말하듯이 무수한 경계를 허문다. 이는 인간의 소리를 넘어 땅의 소리, 하늘의 소리, 생명의 소리를 지각하는(「작가의 말」) 일과 무관하지 않다. 대생기(大生氣)와 호흡하는 개체로서 만물과 화육하는 세계를 갈구하고 있는 것이다. 이제 그에게서 새로운 장소에서 훈습된 생성과 신생의 글쓰기를 고대할 수 있을 것 같다.

상처로 뿌리내리는 나무들

—황은덕론

1. 운명의 재귀적 반복

황은덕이 공식 문단에 얼굴을 내민 것이 2000년이니 등단 10년에 9편의 소설을 묶어 소설집을 내게 되었다. 과작이어서 개별 작품들 간의 시차가 적지 않지만 이 소설집에 실려 있는 소설들이 내포하고 있는 공통분모는 크다. 모두 여성의 시각으로 소외되고 상처 입은 타자들의 삶을 서술하고 있기 때문이다. 서술자 뒤에 작가가 있다는 사실을 고려할 때 그녀가 대상으로 삼은 타자들이 미국생활 등 작가가 겪은 경험과 무연하지 않을 것이다. 특히 유학생과 입양아 문제를 서술한 소설들은 소재적인 측면에서도 관심을 이끈다.

서술의 양상을 따질 때 아홉 편의 소설 가운데 먼저 「대니」와 「슬픔의 깊이」가 주목된다. 전자가 '대니'라 불리는 애완견을 일인칭으로 극화하여 한 여성의 삶이 보이는 극단의 타자성을 드러내고 있다면 후자는 소위 이인칭 시점이라 할 수 있는 고백의 양식을 취하여 주인물의 직접적인 발화를 들려준다. 일견 스타일 실험으로 볼 수도 있지만 삶을 이해하는 작가의 입장이 어느 정도 반영되고 있는 것으로 이해된다. 「대니」는 남성중심의 사회에서 한 여성이 꿈을 차압당하고 그 사회에서 축출되어 자기 파괴에 이르는 양상을 보여준다. 이 소설에 등장하는 여성은 "청년기에 품었던 꿈은 가혹한 현실에 짓눌리거나 혹은 스스로의 경험의 심화나 인식의 진전으로 수정되어 가면서도 대부분은 평생토록 그 사람을 지배하게 됩니다"라고 말한 루쉰(魯迅)을 추앙한 지방대 출신의 문학도다. 노력 끝에 주변부 지방에서 중심부 서울로 편입하는데 성공하나, 여러 가지 형태의 차별로 좌절을 겪는다. 여기서 차별은 중심/주변, 서울/지방, 남성/여성의 형태로 중첩된다. 또한 사랑을 매개로 아이를 낳고 가정을 형성하려는 꿈마저 '수영강사'인 남성의 성적이고 경제적인 착취로 실현되지 못한다. 이러한 소통부재의 상황에서 그녀가 보이는 '폭식'은 가해자를 향한 분노를 자신에게 투사하는 징벌에 가깝다. 아울러 그녀가 처한 처지는 이 소설의 화자인 '대니'의 모습과 병치된다. 이 소설에서 '대니'를 화자로 내세운 의도는 "짐승만도 못한" 남성 혹은 지배질서를 부각하고, 남성중심의 사회적 폭력을 극복하지 못하는 여성의 운명이 수명을 다해가는 '개'에 유비될 수 있다는 데 있다.

「대니」가 중심과 남성적 질서에 의한 여성의 좌절과 자기징벌을 말한다면 「슬픔의 깊이」는 주변부 고향으로 퇴각하는 여성의 출구 없는 삶을 시사한다. 화자주인공인 '박민'이 고향을 찾은 것은 금지된 사랑과 그것의 실패에서 비롯한다. 그런데 이러한 주인공의 사랑은 이미 어린 시절 '막내이모'를 통해 학습된 바 있다. 이모 또한 유부남을 사랑한

끝에 외가가 있는 바다에서 스스로 생을 마감한다. 이 소설에서도 병치는 서술기법으로 도입되는데 '이모'와 '나'의 관계에서 그렇다. 다만 차이가 있다면 "이단의 사랑"이 처결되는 과정인데, 이 과정에서 서울/지방, 근대/전근대, 개인 차원/집안 차원 등의 의미론적 차이가 드러난다. 그럼에도 사랑의 실패와 그로 인한 자기 징벌이라는 맥락은 동일하다. 어쩌면 '나'의 무의식이 '이모'를 모방하고 있었던 것은 아닌가 한다. 문학을 좋아한 내면적인 여성인 '이모'와 "잠시라도 빗금 밖에 서 있으면 불안"한 '나'는 '닮은꼴'이다. 작가가 "길거리에 구르는 돌멩이처럼 흔한 이야기"이고 "이 시대 어느 거리에서나 들려오는 소음이나 매연 같은 진부한 것"으로 치부되는 불륜 이야기를 쓴 내력도 이 소설에 등장하는 '이모'와 '나'의 성격과 운명에 놓여 있다. 이들에게 세상의 질서를 위반하는 선택은 "일생일대의 모험이자 슬픔의 원천"이며 존재를 파괴할 만한 힘을 지닌 운명에 가깝다. 주인공이 이모를 떠올리고 중학시절 자살한 동급생을 떠올리는 까닭이 여기에 있다. 아울러 "도착지가 확실한 저 시외버스들처럼 우리도 가닿아야 할 곳이 확실히 있다면 조금은 덜 흔들리며 살아갈 수 있을 텐데요"라는 주인공의 고백처럼 출구 없는 이들을 유인하는 죽음의 암시는 뚜렷하다. 말할 것도 없이 이 소설의 결말이 좌절한 자들의 교감과 연대를 시사하고 있지 않은 것은 아니다. 그럼에도 독백의 양식으로 시종하고 있다는 점에서 과거의 기억에서 벗어나지 못하는 인물이 제시되고 있다. 그만큼 이 소설의 결말은 불확정적이다.

'운명적 되물림'이라는 모티프는 「아무도 없는 곳에서의 그녀」에서 자살한 '어머니'와 딸들의 관계에서도 반복된다. 출구 없는 자가 선택한 죽음은 금기를 어긴 사랑의 종말과 연관되면서 황은덕의 소설에서 차지하는 비중이 크다. 그런데 작가가 자살이나 죽음 충동이라는 문제를 주제적으로 다루고 있는 것인지 아니면 소설적 장치로 차용한 것인지 분명하게 구분되지 않는다. 그만큼 죽음에 이르는 과정을 정면으로 다루고 있지는 않다. 그럼에도 한 가지 분명한 것은 '출구 없음'이라는 의식이다. 「아무도 없는 곳에서의 그녀」는 분명하게 밝혀져 있지 않은 아버지의 죽음과 그에 이어진 어머니의 자살, 주인공의 동생 '진이'의 자살(교통사고에 의한 죽음이나 자살에 가깝다)과 결말에서 암시되는 주인공의 자살 등, '죽음' 모티프의 연쇄 또는 재귀적 반복으로 점철되어 있다. 이 소설의 중심 스토리 라인은 금기를 어긴 자의 파멸인데 자매 사이에서 일어난 일이라는 점에서 「슬픔의 깊이」와 다르다. 다시 말해서 불륜과 그에 다른 자기징벌로서의 죽음의 의미만 있는 것이 아니다. 이와 더불어 이 소설은 본래의 자매애와 남성의 개입에 의한 자매애의 해체, 나아가서 새로운 이해를 통한 자매애의 회복이라는 과정을 보인다. 특히 마지막 단계에 있어 중요한 매개가 되는 것은 주인공에게 남겨진 동생의 일기이다. 그 속엔 '나'와 다른 동생의 내면의 고백이 담겨 있다. 서술 대상의 비중이라는 점에 비출 때 이 소설은 이중적이다. 일기를 포함하여 동생 '진이'의 삶이 내부 이야기로 자리하는 한편 이것이 화자 주인공인 '나'의 이야기와 연접되어 있는데 두 인물의 근친적 상동성을 드러내려는 서술의도와 무연하지 않다. 「슬픔의 깊이」에서 '이모-나'로 전이된 무의식적 모방은 이 소설에서 '어머니-나'로 이어지는 양상을 보인다.

내 걸음걸이는 돌아가신 어머니를 닮았다. 어깻죽지가 흔들리고 두 다리에 힘이 빠진 듯한 우리 모녀의 걸음새는 동네사람들의 입방아에 종

> 종 오르내렸다. 저것 좀 봐 저거. 생긴 것에서부터 걷는 것까지 둘이 아주 똑 닮았다니까. 어머니는 병약했다. 늘 시름시름 앓았고 마루 끝에 앉아 말없이 허공을 쳐다보는 날이 많았다. 어머니를 닮아서일까. 간혹 길을 걸을 때 내 몸의 중량을 느끼지 못하는 순간이 있다. 몸이 한없이 가벼워져서 땅을 차고 어디론가 멀리 날아가 버릴 것 같은 순간들. 그럴 때면 금방이라도 내가 뭔가 다른 것으로 가령 풍선이나 애드벌룬으로 변할 것 같은 기분이 들었다.

이처럼 '나'는 '어머니'를 닮았다. 이는 아버지의 죽음 이후 현실과 환상을 오가면서 우물에 투신한 어머니와 동생의 죽음 이후 실재가 아니라 환상에서 생의 의미를 찾다 마침내 환상 속으로 투신하는 '나'의 행위에서 더욱 분명해진다. 이 소설에서 아버지의 부재가 어머니의 자살로 이어지고 있다면 어머니의 대역인 동생의 죽음은 '나'를 자살로 유인한다. 죽음은 서사가 필요로 하는 인과관계의 원칙을 무시하면서 소설의 중심축을 형성한다. 유전하는 죽음은 이 소설의 기본 얼개인데 그 중심 지점에 선험적으로 생의 무의미함을 인식하고 있는 동생 '진이'가 놓여 있다. 말할 것도 없이 자매가 지닌 생에 대한 감각의 차이는 작가가 의도한 서술대상 가운데 하나이다. 그럼에도 근친의 죽음이 죽음의 연쇄로 서술되는 과정에 내적 필연성은 그리 커 보이지 않는다.

2. 좌절과 추락

금기의 위반과 죽음은 「베이비시터」와 「동창생」에도 등장하나 「대니」, 「슬픔의 깊이」, 「아무도 없는 곳에서의 그녀」와 다른 양상으로 텍스트의 중심에 있지 않고 서술의 계기가 되거나 서술의 요소로 자리하고 있을 뿐이다. 그만큼 서로 다른 유형에 속하는 작품들인데 서술 대상과 서술 상황의 차이에 기인하는 것으로 보인다. 「베이비시터」, 「동창생」, 「디너 타임」, 「한국어 수업」 등은 모두 미국 유학생, 이민자들의 삶의 단면을 서술하고 있다. 먼저 「베이비시터」는 젊은 유학생 여성인 '현수 엄마'가 수업시간에 쫓겨 자신의 아이를 차로 치여 죽이는 사고를 내고 베이비시터가 되어 아이를 유괴하는 이야기이다. 어찌 보면 익숙한 이야기에 유학생 문제를 포개어 둔 구성이다. 아울러 이러한 '현수 엄마'를 접한 '영주'가 아들 '진수'에 전념하기 위해 회사에 사표를 낸다는 결말은 진부한 일면이 없지 않다. 그럼에도 이 소설은 충격에서 헤어나지 못하는 아내를 두고 귀국해버리는 '여자의 남편'이 지닌 비정한 면모를 제시함으로써 유학지에서 관철되고 있는 가족 내부의 모순된 위계를 증언하기도 한다. 또한 연수차 체류하는 한인들의 일상과 문화적 차이들이 파생하는 문제들이 풍속의 차원에서 서술된다. 그러나 풍속의 차원이라는 점에서 유학생 한인들의 삶에 직핍한 서술은 아니다.

> 낯선 타인들의 미소는 여자를 항상 긴장시켰다. 길거리에서, 상점에서, 엘리베이터에서, 주차장에서, 그들은 곁을 스치는 여자에게 밝은 미소를 보냈다. 타인을 향해 보내는 친절한 미소, 구김 없는 미소, 관대한 미소. 너의 사정쯤 다 안다는 듯 동정한다는 듯한 미소. 그들의 미소는 자신감에 찬 승자의 미소처럼 보였다. 여자는 그들의 미소 앞에서 까닭 없이 위축되고 움츠러드는 자신을 느꼈다.

이처럼 문화적 차이들에 대한 이해나 소통의 가능성에 대한 탐구는 결여되어 있다. 무엇보다 현상을 먼저 말하려 한 탓이다. 가령 인종 문제는 계급문제보다 더 광범하고 현대적이다. 말할 것도 없이 이 소설이 이러한 문제를 중심 주제로 삼아야 한다는 것은 아니다. 여기서 말하고자 하는 것은 유학생 여성의 특수한 국면이다. 그것은 한 여성이 출산과 육아 그리고 학업을 동시에 병행하는 일이 거의 불가능한 일에 속한다는 사실이다. 결국 작가가 말하고자 하는 것은 근본적인 타자로서의 여성, 모든 희생을 강요하는 모성신화의 허구성과 모성으로 인해 분열하는 여성적 주체 등이다. 따라서 소설의 중심 이야기인 '현수 엄마'의 이상행동과 이러한 행동의 배경을 "현수가 떠난 후 현수 엄마는 세상의 모든 아기들에게서 현수를 보았을 것"이라고 설명한 것은 구체성을 결여한다.

「동창생」은 이민자 가족의 삶에 '동창생'이 개입하면서 벌어지는 사건들을 서술하고 있다. 한국에서의 불투명한 미래를 접고 미국 이민을 결행한 '나'와 '석현' 부부는 이민 이후 힘들게 새로운 사회에 적응하지만 소수자의 가난한 삶을 탈피하지 못한다. 하지만 아이의 조기 유학과 자신의 늦은 유학을 위해 미국에 온 '동창생 J'는 한국에서의 부를 바탕으로 풍요로운 생활을 전개한다. 이러한 대비에서 보듯 한국에서든 미국에서든 자본이 삶을 결정하는 최종심급임을 알 수 있다. 그런데 이 소설이 이민자들과 가난한 흑인의 구체적인 삶을 목표로 하는 것은 아니다. 무엇보다 'J'가 끼어들면서 발생하는 관계의 문제를 전경화하고 있다. '나'와 J의 오랜 경쟁관계, 석현과 J의 불륜관계, '나'와 석현의 친밀성 상실로 이어지는 스토리로 「슬픔의 깊이」, 「아무도 없는 곳에서의 그녀」 등에서 쓰인 불륜 플롯이 변주되지만, 이 소설에서 '나'의 위치가 결말에서 희화화되고 있다는 점에서 앞에서 말한 작품들과 다르다. 이 소설이 의미를 부여하는 바는 J가 보이는 절대적인 우위이다. 그렇다면 서술자로 하여금 주인공을 패배로 몰아간 것이 무엇일까? 가령 J에 대한 주인공의 응징이 성공적이 되거나 주인공과 석현의 관계가 파국으로 가는 설정은 어떠한 의미를 가지는가? 이는 보다 적극적이고 긍정적인 주인공의 양상으로 나타날 것이다. 하지만 황은덕의 소설에서 적극적이고 긍정적인 주인공은 지배적인 양상이 되지 못한다. 「슬픔의 깊이」와 「아무도 없는 곳에서의 그녀」에서도 등장인물들이 상황 논리를 받아들이고 죽음을 선택하듯이 「동창생」에서의 나 또한 주어진 정황을 극복하지 못한다. 따라서 자신의 "삶을 송두리째 폭파"한 J에 대한 단죄는 실패하고 정작 파괴되는 것은 '나'로 귀착된다.

3. 상처와 자매애

황은덕이 유학생, 이민자, 입양아 등 소수자의 삶과 문화를 그리고 있는 소설은 「디너 타임」, 「한국어 수업」, 「어두워질 때까지」, 「사라는 어디에 있나」 등으로 개성적이다. 이 작품들은 모두 정체성의 탐구라는 주제적 경향을 보인다. 유학생이나 이민자는 다른 문화와 접촉하면서 문화적인 교섭과 사회적인 적응 과정에서 차이의 문제에 직면한다. 차이가 자연스럽게 받아들여지는 다문화사회에서 정체성은 식별의 과정이 되며 이로 인한 '혼란'은 적다. 하지만 성차와 계급, 인종과 언어, 소속과 출신에 따른 위계가 모두 사라진 사회가 존재하지 않는다는 점에서 정체성 문제는 모든 사회에 상존한다. 사실 정체성은 한 개인에게

속해 있는 모든 것의 복합이다. 그럼에도 사람들은 마음 속 깊은 곳에 하나의 본질이 있다고 가정하는 경향이 있다. 특히 이러한 경향은 동일성을 공유한 다수에 의해 제기된다. 따라서 정체성에 대한 자각이나 인식의 시작은 정체성 확인을 요구하는 외적인 요구와 강제에 기인한다. 가령 「디너 타임」에서 '나'와 '엘리슨'은 가부장제와 인종주의로 분할되는 사회로부터 정체성을 고민하게 된다. '나'와 '엘리슨'이 모두 벗어나고자 하는 것은 '고향과 어머니'이다.

가) 나는 차츰 어머니로부터 벗어났다. 장학금을 받고 대학에 진학했을 때나 취업을 한 후 사표를 내고 유학을 결정했을 때도 어머니와 진로를 상의하지 않았다. 어머니 역시 말없이 나의 통보를 받아들이는 식이었다. 어머니는 누구보다도 잘 알고 있었을 것이다. 물질적으로나 정신적으로 자식의 앞날에 아무런 도움이 되지 못하는 자신의 무력함을. 그때나 지금이나 나는 내가 어머니의 삶과는 무관하게 살고 있다고 생각한다. 부모란 어쨌든 극복하고 넘어서야 할 대상인 것이다.

나) 엄마는 열여덟 살에 날 낳았어. 아버지는 한 번도 얼굴을 본적이 없으니 누군지 알 수가 없었지. 동네 아이들이 대부분 그런 식이었어. 미혼모인 십대 엄마와 역시 미혼모인 외할머니와 함께 정부 보조금에 기대서 하루하루 살아가는 거. 기형적인 신(新) 모계사회라고나 할까. 난 동네 또래들 중에서 유일하게 대학에 진학했어.

가)는 미국 유학을 결행한 '나'의 입장을 잘 말해 준다. 유학은 가부장의 죽음 이후 자식들에게 무력하기만 한 어머니를 떠나 자율적으로 주체를 정립하려는 '나'의 의지가 만들어낸 선택이다. 나)가 말하듯이 '엘리슨'의 위치는 소수자로서 가난을 타고난다. 이러한 그녀가 어머니로부터 벗어나는 일은 "사회 내의 인종차별과 종족 내부로부터의 배척"이라는 이중의 고통을 감내하는 과정이다. 가)와 나)의 인용이 말하듯이 '나'와 '엘리슨'은 다른 환경에서 성장하였지만 "닮은꼴"을 하고 있다. 둘 다 자신들에게 부여되는 정체성을 극복하고 새로운 정체성을 형성해가고 있다. 「디너 타임」의 표제는 이들 두 학생에게 부여된 기말과제의 주제이다. 서로 다른 문화를 배경으로 한 학생들의 '디너 타임'에 대한 비교문화론적인 접근이기도 하지만 이 주제는 이미 일정한 가족 이데올로기를 전제하고 있다. 작가의 의도가 이러한 이데올로기 비판을 내포하고 있음을 간과할 수 없는데, 이는 이 소설에서 두 가지 의미망으로 나타난다. 그 하나는 "밥상"으로 상징되는 가사노동을 여성에게 요구하는 가부장제 이념을 지닌 남성상 제시이고 다른 하나는 주인공인 '나'와 부차적 인물인 '엘리슨'의 상호 이해와 자매애 형성이다. 이 소설에서 이 두 가지 의미는 유기적인데 특히 전자가 기본 스토리 라인을 형성함으로써 서술효과를 증폭하고 있다. 즉 '나'가 유학지에서 맞닥뜨리게 되는 것은 한국사회에서와 다를 바 없이 여성의 희생을 강요하는 남성중심주의 이데올로기이다. 이 소설에서 '나'는 학업을 중단하고 결혼하여 자신을 뒷바라지 해주기를 바라는 '그'의 이기와 배신으로 상처를 입는다. 하지만 이러한 체험을 통하여 "다시는 돌이킬 수 없는 것을 잃어버린 것 같기도 하고 한 번도 손에 잡아보지 못한 어떤 것을 얻은 것 같기도" 하다는 결말에서의 주인공의 인식을 이끌어내면서 일정한 가능성을 시사한다.

「한국어 수업」은 「디너 타임」과 유사한 서술 패턴을 지니는데 「디너 타임」에서의 소수자 흑인 '엘리슨' 대신 입양아 출신 '크리스틴'이 등장하는 한편 가족주의 이데올로기 드러내기와 자매애라는 귀결을 보인다. 입양아 문제는 「어두워질 때까지」와 「사라는 어디에 있나」에 입양아인 '사라'를 주인물로 등장시킴으로써 집중 서술된다. 이 네 편의 소설들은 뚜렷하게 연작이라는 느낌을 주는 「어두워질 때까지」와 「사라는 어디에 있나」를 비롯하여 텍스트 내적인 상호 연관성을 지닌다. 「디너 타임」에서 그러하듯이 황은덕 소설의 미덕은 한국/미국을 이분법적으로 바라보지 않는 데 있다. 소수자나 약소자 그리고 여성과 가부장제 등의 문제가 보편적인 맥락을 지니고 있음을 말하려 한다. 「한국어 수업」은 한국을 잊고 한국어 수업을 생활의 방편 정도로 생각하는 유학생 '나'와 한국과 한국어를 어머니 나라의 언어로 배우려 하는 입양자 출신 '크리스틴'의 상반된 지향이 결말에서 자매애로 만나는 과정을 서사의 골격으로 삼고 있다. 그러니까 이 소설은 "이제 막 대학생이 된 그녀가 한 발 한 발 세상을 향해 발을 떼기 위해서 필요했던 앞 중심. 그것은 무엇이었을까. 그동안 내가 필사적으로 부정하고 외면했던 그것은, 도대체 무엇이었을까"라는 물음에 대한 탐색이라 할 수 있다.

> 잠든 크리스틴의 얼굴을 내려다보며 나는 비로소 내 가슴 속 깊숙이 숨어 있었던 두려움의 정체를 본다. 내가 애써 한국을 잊으려고 노력했던 이유. 크리스틴의 한국행을 막고 싶었던 이유. 나는 두려웠다. 나를, 그녀를 받아들이지 않았던 나라. 우리를 버렸던 아버지의 나라. 그곳으로부터 우리가 다시 또 상처를 입게 될까봐. 보이지 않는 손길이 우리를 새로운 고통 속으로 던져 넣어서, 겨우 피딱지가 내려앉은 우리들의 환부에 새로운 생채기가 생겨나게 될까봐.

이처럼 '나'와 '크리스틴'에게 한국은 상처이다. 둘 다 한국으로부터 버림받은 존재들이기 때문이다. 그럼에도 '나'와 '크리스틴'의 입장은 다르다. '나'의 행위가 '아버지의 이름'으로 가해지는 고통으로부터의 도피라고 한다면 '크리스틴'의 그것은 어떠한 기억도 가지고 있지 않은 출생지에 대한 열망을 의미한다. 문제는 이러한 '크리스틴'에게 있다. 그녀가 이미 명문 사립대학의 대학생이자 법률 사무소에 파트타임 일자리를 갖고 있음에도 불구하고 자신이 지니고 있다고 가정되는 기원적인 정체성을 찾고자 하는 것이다. 그렇다면 무엇이 그녀를 이렇게 만들고 있는가? 그것은 피부색과 신체의 차이에서 비롯하여 소속과 위계를 통해 제기되는 차별과 이로 인한 상처의 기억이다. 그리하여 그녀는 미국인이자 미국대학생임도 불구하고 자신이 '아무 데도 없는' 유령 같은 존재라고 인식한다. 이 소설에서 '한국어나 문화에 대해 기초가 전혀 없는 상태'인 입양아 출신인 '크리스틴'이 겪는 정체성 혼란은 두 개의 이름을 지녔으나 '할아버지와 아버지의 언어'를 유산으로 생각하는 이민자 한국인 2세들보다 더욱 심각하다. 말할 것도 없이 이러한 차이가 일반적인 것은 아닐 터이다. 그럼에도 백인들이 모여 사는 동네에서 성장한 '크리스틴'이 받은 여러 형태의 모멸감은 자기 정체성의 기원을 생각하지 않을 수 없게 한다. 그리고 '나'는 끝내 이러한 '크리스틴'을 받아들인다. 그녀로 인하여 "내 심장 깊숙한 곳에 자리한 어둠의 심연"을 응시하게 된 것이다. 그러므로 '크리스틴'과 '나'의 자매애는 같은 종족이라는 소속감이 작용한 탓도 있겠지만 이보다 고통과 상처가 만들어낸 연대감의 소산이라고 할 수 있다.

4. 정체성과 안식

「어두워질 때까지」의 '사라'는 일찍이 입양아라는 자의식으로 조숙한 아이의 면모를 보인다. 이는 '사라'와 마찬가지로 어둠의 심연을 간직한 입양아이지만 양부모의 처지와 훈육 사정이 다른 '신디'의 모습과는 판이하다. '사라'는 에밀리 디킨슨을 이해하고 그녀의 시를 패러디하며 양모를 속이거나 가게에서 물건을 훔치기도 하는 악동이다. 이 소설은 이러한 악동 소녀의 시점으로 서술된다. "사라, 어디 있니? 널 아무 데서도 찾을 수 없구나"라는 양모의 반복되는 외침이 시사하듯이 '사라'는 가족과 사회에 뿌리를 내리지 못한다. 양모를 위시한 이웃들과의 거리감은 '사라'에게 그들을 객관적으로 지각하는 인지의 시각을 갖게 한다. 이러한 '사라'의 의식은 그녀가 에밀리 디킨슨을 흉내 내어 쓴 시에 잘 드러난다. "내 영혼이 계단에서 굴러 떨어졌네. 난 무서워서 떨었네. 사람들은 모두 날 비웃었네. 그리고 문을 닫아 버렸네. 하지만 난 미소 지었다네. 그것이 시간의 술책임을 알았기 때문이라네. 이제 내 영혼은 제 있을 곳을 찾을 수 없네. 어두워질 때까지 난 기다릴 수밖에 없네." 이처럼 '사라'라는 존재는 밝은 대낮의 현실 속에서 찾을 수 없다. 그녀의 영혼은 어둠의 심연 속에 있다.

> 엄마를 찾기 위해 집을 나서다가 거실의 사진틀 앞에 멈춰 선다. 엄마, 엄마의 남편, 그리고 교회를 배경으로 찍은 크고 작은 내 사진들이 보인다. 부활절 아침에 교회 정원에서 달걀 바구니를 들고 있는 나, 추수감사절 저녁 식탁에 앉아있는 나, 생일파티에 참석한 나, 크리스마스

> 선물을 안고 있는 나, 그리고 이곳에 도착한 첫 날 리본달린 빨간 원피스를 입고 희미하게 웃고 있는 여섯 살 무렵의 나.
> 사진 속의 나는 애써 웃고 있다. 둘, 셋, 넷, 다섯. 세포 분열중인 아메바처럼 여러 개의 내가 한결같이 웃는 표정을 짓고 있다. 그동안 난 항상 노력했다. 쓸모 있는 사람이 되려고 무척 애를 써왔다. 세상은 결코 믿을 수 없는 곳이고 누군가에게 꼭 필요한 사람이 되어야만 영원히 버림받지 않고 살아갈 수 있기 때문이다.

'사라'의 삶을 지배하는 원칙은 버림받지 않아야 한다는 것이다. 사진 속의 그녀의 표정은 한결같이 웃고 있다. 모두 타인의 시선을 의식하고 연출한 '거짓 쇼'와 같다. 아무도 그녀를 이해하지 못할 뿐 아니라 그녀는 아무 데도 없다. 낯선 타자로 존재할 따름이다. 결말에서 이웃 '필립'의 애완견 '폴린'을 마주한 '사라'의 태도가 암시하는 바처럼 '사라'는 구경꾼들의 응시 대상으로 자신을 서술한다. 말할 것도 없이 이러한 '사라'의 이야기가 왜곡된 측면이 없는 것은 아닐 것이다. 그럼에도 그녀가 삶의 복합적 국면을 경계인의 가능성으로 열어 가기를 바라는 것은 지나치다. "내게 항상 지나치게 친절한 그들. 가족도 친척도 아닌 내게 끊임없이 선물을 안겨주는 그들의 동정심이 얼마나 날 괴롭게 했는지. 교회 안의 유일한 유색인종 아이. 먼 나라의 버려진 아이. 그들이 내게 선행을 베푼 후 만족해하면서 돌아설 때 내 심장을 꽝꽝 울리던 고통." 이처럼 '사라'는 벌써 친절과 환대를 받아들이기에 깊은 상처를 안고 있다. '여섯 살 무렵' 한국을 떠날 당시 내면의 울음소리를 기억하고 있는 '사라'의 입장에서 낯선 곳 타인들의 시선은 쉽사리 적응할 수 없는 고통이다. 이러한 점에서 「사라는 어디에 있나」에 서술된 '사라'의 뿌리 찾기 서사는 당연한 귀결로 보인다.

「어두워질 때까지」와 「사라는 어디에 있나」는 연작이지만 선후를 가리는 일은 중요하지 않아 보인다. 입양 전 이야기가 후자에 담겨 있고 입양 후 초등학생 시절 이야기가 전자에 서술되고 있기 때문이다. 「사라는 어디에 있나」는 한국의 항구도시에서 학원강사로 취직한 '사라'가 자신의 기원을 찾아가는 이야기이다. '사라'가 그녀를 버렸을 때 노랑머리를 했던 생모를 찾고 못 찾음은 이 소설의 주된 의도가 아니다. 무엇보다 "늘 그리워했지만 그 어디에도 존재하지 않는 곳"과 같은 모국에 당도하여 그녀가 또 다른 사회와 문화를 이해하고 받아들이는 과정이 부각된다. 미국에서와 달리 자신에 대해 생각하는 시간이 많아졌고 자신을 더 알게 된 것은 언어와 생활양식의 차이에도 불구하고 부재하지만 그리움의 대상이 어디엔가 있을 것이라는 기대가 있기 때문이다. 마치 항구도시의 소음 너머에 바다가 있듯이 낯선 이국임에도 불구하고 존재를 유인하는 기원의 모성이 전제되어 있는 것이다. 그래서 이 소설의 결말은 '사라'의 정체성 찾기가 행복한 일체감으로 나타날 것임을 시사한다.

> 버려진 아이였다는 사실은 그동안 사라의 삶에 큰 영향을 미쳤다. 지금 이곳이 아닌 다른 장소 지금 이 순간이 아닌 다른 순간을 항상 그리워하며 살아왔다. 어떤 선택을 해야 하고 그 결정으로 인해 많은 것이 바뀔지도 모르는 순간들. 그럴 때마다 사라는 어쩔 수 없이 스스로의 운명에 대해 생각했다. 그것은 바로 자신이 버려진 아이이고 이 세상의 이방인이라는 사실이었다.
>
> 사라가 침대에서 몸을 뒤척였다. 잠결에 손가락과 발가락을 천천히 꼼

지락거렸다. 꿈속에서 들었던 파도소리가 귓가에 다시 들려오는 듯 했다. 사라는 다시 잠들었다. 잠든 사라의 얼굴에 보일 듯 말 듯 미소가 떠올랐다가 사라졌다.

"야구방망이로 집 앞에 주차된 자동차의 유리를 모조리 박살"내던 파괴적 심성의 '이방인'은 꿈 속의 파도소리를 들으며 '미소'를 떠올리게 되는데, 그리움으로 떠돌던 그녀가 정박지를 만나고 있다. 말할 것도 없이 바다의 상징성에 의존하고 '꿈'을 통하여 문제를 해소하는 과정에서 '사라'의 구체적인 변화가 축약된 일면이 없지 않다. 그럼에도 한 존재가 자신에게 부여하는 정체성과 그로 인한 안식과 평화라는 문제는 의미 있게 부각된다.

5. 운명과 상처를 넘어서

황은덕의 소설에서 남성의 모습은 축약되어 있다. 남성이 주된 서술 대상이 되지 못한 탓도 있지만 이보다 먼저 여성문제를 부각하려는 그녀의 의도가 작용한 데 기인한다. 그녀의 소설에서 여성은 많은 경우 운명의 굴레를 벗어나지 못하거나 남성중심 사회의 제도적인 틀을 넘어서지 못한다. 하지만 그녀의 주인공들이 보이는 패배는 여성의 위치를 효과적으로 드러내기 위한 서술전략과 무관하지 않다. 좌절과 추락, 상처와 고통을 감수하면서 대지에 뿌리내리는 나무들을 상정하고 있기 때문이다. 「한국어 수업」에서 반복적으로 등장하는 '나무'처럼 타자 혹은 경계인으로서의 곤궁한 처지를 견디고 이겨내려는 의지적이고 긍정적인 삶의 지향이 텍스트의 이면에 놓여 있다. 따라서 황은덕의 과제는 여성이 지닌 가능성의 지평을 열고 그것을 구체적인 과정으로 서술하는 것이다.

황은덕이 첫 소설집을 통하여 보인 성과는 무엇보다 서술 대상의 확장에서 찾아져야 한다. 특히 가족서사를 안이하게 답습하지 않고 유학생과 입양아의 삶을 다층적으로 천착한 것이 주목된다. 국가와 민족의 경계를 넘어 충돌하는 여러 삶의 층위들에 접근하는 것은 세계와 지역과 지방이 교차하는 우리 시대 서사의 뚜렷한 정향이다. 그녀가 이러한 우리 시대의 서사적 요구를 모두 충족하고 있다는 것은 아니다. 그녀가 특별히 페미니즘을 표방하고 있는 것은 아니지만 타자들, 경계인들의 열린 지평선이 여성 문제라는 하나의 초점으로 좁혀진 것은 이번 소설집에서 보인 작가적 지평이라 할 수 있다. 그리고 이는 여성을 위시하여 이민자, 소수자, 사회적 약자에 대한 그녀의 관심의 확대로 진전될 수 있을 것이라 생각한다. 다시 말해서 '사라' 연작에서 시사한 것처럼 디아스포라의 총체적인 조망이 요구되고 있다.

모방 욕망과 관계의 단층

—허택론

1. 경험의 동심원

작가는 단지 글을 쓰는 사람이 아니라 하나의 세계를 창조하는 이다. 그에게 경험은 단지 글쓰기의 원천일 뿐이다. 그는 경험을 바탕 삼아 상상의 기둥을 세우고 허구의 집을 짓는다. 소설가의 글쓰기를 '거꾸로 된 스트립쇼'에 비유한 이는 마리오 바르가스 요사이다. 소설을 써나감에 따라 작가는 경험이라는 알몸 위에 옷가지를 하나 둘 껴입게 된다는 것이다. 기억 속의 일들은 상상력과 의지에 의하여 새로운 이야기로 거듭난다. 경험은 소설가에게 하나의 구실이자 실마리인데, 소설가는 이러한 구실거리를 찾아 자신을 온통 파헤친다. 창작은 자신의 기억이라는 재료를 통해 언어로 된 새로운 세계를 구축하는 일이다. 그러나 경험이나 기억이 바로 소설이 되는 것은 아니다. 소설을 쓴다는 것은 이미 경험적 현실과는 다른 세계를 꿈꾸는 일이다.

허택의 소설도 기억의 실마리에서 출발한다. 그의 등단작은 중년의 친구들이 고교 선생님의 기일을 기념하여 모여 회식을 하는 이야기인 「리브 앤 다이」인데, 소설의 장소와 공간 그리고 등장인물들이나 그들이 만드는 사건에 작가의 자전적 경험 요소들이 편린처럼 박혀 있음을 짐작할 수 있다. 하나둘 모여든 친구들이 회를 먹고 포커를 하는 저녁 풍경이지만 이 소설의 중심화제는 단연 포커 게임에 유비된 생존의 문제이다. "죽느냐 사느냐"는 포커게임의 작동방식은 냉정하다. 상대를 탐색하되 자신의 패가 노출되지 않게 표정을 감추어야 한다. 또한 삶과 죽음을 스스로 선택하지만 상대의 죽음이 자신의 승리를 보장한다. 말할 것도 없이 이 소설이 이러한 게임의 원리를 설명하려는 것은 아니다. 이보다 서사의 초점을 포커와 다를 바 없게 되어버린 현실에 두고 있다. 소설의 정황은 2000년대 중반의 현실을 가리킨다. 1990년대 후반의 IMF 외환위기를 겪으면서 우리 사회는 생존을 위한 무한경쟁의 시대에 돌입한다. 이러한 점에서 이 소설이 포커게임의 유비를 끌어들인 것이 의미가 있다. 경제적 부와 사회적 성공 그리고 육체적 건강에 몰두하는 생존주의가 만연한 사회에서 관계의 진정성(authenticity)은 휘발된다. 이는 포커게임과 자신의 현실을 다소 우악스럽게 포개려는 "사장"의 태도와 같이 게임의 세계와 현실세계의 경계가 무너지면서 현실이 게임의 정글법칙과 흡사해진 사정과 다르지 않다. 그런데 이 소설에서 중심 이야기는 서술의 공간에 잠깐 등장하다 사라지는 '회장'이라는 인물에 놓여 있다. 부침을 거듭하며 자살충동을 반복하는 그에 얽힌 이야기가 인물들의 화제를 가로지른다. 따라서 이 소설이 목표로 하는 것은 친구라는 관계의 탐구가 아니다. 등장인물들이 '의사', '교수', '사장', '펜션주인', '보험설계사', '도사', '회장' 등의 직업으로 명명되고 있듯이 이들이 놓인 사회적 생존 상황이야말로 이 소설의 주된 관심사이다. 그 가운데 '회장'이라는 존재는 여러 갈래의 중첩된 이야기들을 엮어 하나의 흐름으로 귀결시키는 위치에 있다. 그러나 그의 죽음충동의 진정성은 확연하지 않다.

등단작 「리브 앤 다이」를 통해 작가가 말하려 한 것은 무엇일까? 그것은 무엇보다 "포커게임보다 더 오리무중"인 현실과 진정성이 상실된 사회의 한 단면일 것이다. 그런데 작가는 이를 직접적으로 드러내려 하지 않는다. 추억의 고리로 연대하는 친구들의 삶에 드리운 생존주의를 어느 정도의 거리를 두고 담담하게 서술하고 있을 뿐이다. 이러한 의미에서 친구라는 관계에 내재한 친밀성, 경쟁, 외상적인 대면, 집착, 감정이입, 선망 등의 주제는 밀려나 있다. 하지만 이러한 서술 태도는 적합하다. 만일 작가가 이 소설에 등장하는 인물들 모두에게 관심을 기울이려 하였다면 이는 단편의 범위를 벗어나게 된다. 작가의 절제된 서술은 인생의 한 단면을 드러내는 데 성공한다. 무엇보다 달라진 사회에서 중년의 변화하는 심성들을 잘 포착하고 있다. 진정성의 상실이라는 문제는 그 다음의 과제이다. 작가의 의도는 "죽느냐 사느냐"는 햄릿의 내성적 성찰과 무관하다. 그렇다고 작가가 벌거벗은 생존의 문제를 맞닥뜨리고 있는 것도 아니다. 다만 포커의 생존게임이라는 우회로를 통하여 현실을 되비추려 한다. 이미 소설의 전반부에서 연출가의 돌연한 죽음에 암시된 진정성은 이 소설에서 잠복된 가치이다. 그만큼 세상살이의 '변화'가 서술의 목표이다. 그리고 이러한 목표는 절제된 서술의 자장 안에서 성취된다.

첫 소설에서 보이듯 허택은 진정성이 잠복해버린 현실 속에서 살아가는 사람들의 관계에 주목하고 있다. 그는 부부, 가족, 친구, 이웃, 소수자 등 다양한 관계들을 탐문하여 인간학의 다층적인 스펙트럼을 서술한다. 경험에 연원한 허구의 동심원을 확장하면서 그만의 소설세계를 연출하고 있다. 그의 소설은 현실을 추적하기보다 상황 속에 놓여 있는 인간의 구체적인 삶을 해석하려는 경향을 지닌다. 이러한 점에서 그의 소설쓰기는 인간학적 탐구의 과정에 다를 바 없다.

2. 모방 욕망과 환상

IMF 외환위기를 겪으면서 사람들에게 나타난 가장 큰 변화는 참된 삶을 향한 공적 기획들이 약화된 반면 개인적 성공을 위한 욕망들은 더 크게 표출된 것이다. 자기실현이라는 개인주의적 실천은 윤리적인 노력과 합리적 이성과 결합할 때 주관주의를 넘어선다. 하지만 외재적인 도덕적 요구나 타자에 대한 진지한 의무에 무관심한 생활태도들은 소위 '나르시시즘의 문화'를 확산한다. 이러한 현실에서 자주 자기실현의 이상을 추구하는 것처럼 보이는 일조차 자기중심적이거나 이기주의로 귀결되는 경우가 많다. 허택의 소설에서 「칫솔」과 「눈물」은 자기 진실성이 결여된 인물들의 욕망구조를 잘 드러내고 있다.

「칫솔」은 초등학교 단짝이던 친구가 성년이 되어 '나'와 룸메이트로 살면서 겪게 되는 연대, 경쟁, 대립, 적대, 사랑, 착취의 심리를 서술하고 있다. 어린 시절 이들은 함께 "바비인형"을 모방의 대상으로 삼았던 추억을 공유한 데다 서로 같은 식성을 지니고 있어 쉽게 우정을 되살려 단짝이 된다. 아무런 경쟁 없이 "바비인형"이라는 모델을 동경하던 시절의 추억은 이들의 갈등 없는 만남을 가능하게 한다. 그러나 "바비인형"과 같은 미모를 지닌 친구와 같은 환경에 살게 되면서 '나'는 친구가 소유하고 있는 것을 욕망하게 된다. 르네 지라르가 말한 내적 중개의 모방적 관계는 모델의 근접성으로 인하여 갈수록 더 많은 경쟁과 갈등의 대칭들을 만들어낸다. 친구가 '나'가 짝사랑하는 '닥터 윤'마저 차지하게 되면서 둘 사이의 갈등은 더욱 증폭하게 되고 마침내 '나'는 욕망의 대상이 아니라 친구 '희야'를 지배하는 데 이른다. 대상을 차지하려는 욕망이 상대방을 굴복시키려는 폭력으로 변질되게 된다. 친구의 미모에 이를 수 없는 '나'는 친구에 대한 가학으로 피해의식을 벌충하려 하지만 그것은 자기에 대한 학대로 전이된다. 두 경쟁자 간의 가학과 피학은 상호성을 지니며 마침내 서로가 서로를 닮는 "짝패"의 관계를 드러낸다.

이 소설이 말하듯이 모방의 욕망은 경쟁관계로 이끌리면서 무차별화와 폭력의 위기를 맞는다. 주체와 모델이 경쟁자가 될 때 사랑이나 우정은 낭만적인 환상에 불과하다. 물론 내면의 소리에 귀를 기울이면서 회심의 계기를 구하는 경우가 없지 않다. 그러나 많은 경우 타자를 향한 욕망은 더 격화될 뿐 아니라 확대될 가능성이 높다. 「칫솔」은 칫솔과 고춧가루의 알리바이를 통하여 모방욕망의 구조와 관계의 변화라는 오늘날의 일반적인 인간상을 제시한다. 특히 '나'의 심리 변화는 매우 밀도 높은 서술의 양상으로 나타난다. 모방대상이 친구에서 다시 친구의 애인으로 교체되는 가운데 친구를 착취하던 '나'는 마침내 그들에게 지배당하는 위치로 전락한다. 공허한 선망, 적대감, 상호 공격 등은 타자의 환상을 좇는 과정에서 나타나는 현상들이다.

욕망의 주인이 자신이라는 생각은 옳지 않다. 마음의 소리를 듣는 노력이나 자기 진실성 혹은 진정성을 찾아가는 일이 불가능하다는 것은 아니다. 사람들은 의지에 의하건 어떤 계기에 의하건 회심과 개종에 이르기도 한다. 또한 단속적으로 반성을 거듭하는 것이 근대적 주체들이다. 하지만 타자를 모방하는 일 또한 오늘날의 주된 문화적 흐름임에 틀림이 없다. 「눈물」의 주인공 '나'는 철저하게 타자지향적인 삶을 보인다. 그는 욕망의 대상을 성취하기 위하여 자신에게 거짓되지 않고 타인에게 진실한 태도인 성실성(sincerity)을 포기한다. 오로지 욕망의 목표에 맞춰 자기를 개조한다. 그에게 "웃음"은 이러한 자기개조의 가장 중요한 형식이다. 일찍부터 그는 상황에 맞는 배역의 표정을 짓는 데 유능하다. 타자에 맞춰 자기를 연기해온 것인데 "잘 팔리는 상품"인 "웃음"은 그에게 가장 익숙한 표정이 된다. 그러나 웃음만을 배워온 그의 태도는 삶이 울음 그 자체 혹은 불우의 연속인 어린 시절과 무관하지 않다. 이는 마음 속 깊은 곳의 수치심과 모욕감을 감추기 위한 과장과 위장에 가깝다. 일종의 건강하지 못한 나르시시즘으로 자신과 타인 사이의 경계를 느끼지 못하고 타인의 마음에 공감하는 능력이 부족하다. '나'와 '처형'의 만남은 이러한 나르시시스트들의 동질성에서 비롯한다. '나'에게 그녀는 애초 모방의 대상이지만 경쟁관계에 이르고 마침내 파국을 맞는다. 이 소설은 고통과 불행의 변증법을 모르는 욕망의 인간형이 드러내는 그로테스크한 형상을 잘 보여준다. 고통과 동정 그리고 정서적 공감을 모르는 괴물은 이 소설 속에서 우화로 존재하지만 않는다. 자만심과 허위의식, 나르시시즘과 허영심에 물들어 진정한 관계를 상실하고 있는 현대인의 평범한 삶 속에 깃들은 악의 표정에 다름이 없다.

「눈물」에서 결말은 정작 울어야 할 때 울 수 없었던 그가 정녕 웃어야 할 때 울게 되는 형국으로 나타난다. 공감과 감정이입의 능력을 상실한 마지막 인간(니체)의 지평이라 할 수 있다. 이 소설의 주인공은 타자들의 욕망을 욕망하면서 자신은 그 사실을 모르고 마치 자기가 욕망의 주체인양 환상에 사로잡힌다. 욕망에 들려 실존을 상실한 존재이다. 비록 정도의 차이가 있지만 이러한 삶의 모습은 남성중심주의를 통해서도 엿볼 수 있다. 「아내의 오른편과 왼편」은 부부관계를 성적 지배의 문제로 인식하는 주인공이 아내와 아이의 관계 속에서 변화하는 이야기이다. "아내는 아내이어야 한다. 왜냐하면 내가 남편이 되고 싶었기 때문이다."로 시작하는 이 소설의 첫 대목은 화자-주인공의 입장을 대변한다. 그러나 이러한 입장은 '제 멋대로 자격 부여하기'에 불과하여 주관적인 관점을 벗어나지 못한다. 이어지는 아내와의 갈등은 필연적이다. 특히 아내의 출산은 '나'를 당착에 빠뜨린다. 왜냐하면 '나'는 출산의 의미를 모를 뿐 아니라 "아버지가 되는 법"을 알지 못하기 때문이다. 그러나 출산은 자기존재를 넘어서는 계기가 된다. 나이며 동시에 타인인 아이의 출현으로 '나'는 '아이의 시간', '나'의 지배 바깥의 시간을 인식하지 않을 수 없다. 원하지 않더라도 '나'는 아버지가 되는 것이다. 그리고 이러한 과정에서 아내와의 관계 또한 상호성을 획득한다. 이 소설이 말하고자 하는 것은 '나'의 수동적 태도이다. 이는 주인공 남성이 타인을 경험하는 방식을 의미한다. 그는 직장 동료의 돌연한 죽음과 같은 사건을 통하여 자기 존재를 자각하며 아이들의 존재에 의해 촉발하는 자기 인식에 의해 서서히 바뀐다. "아이들과 술래잡기를 하고 싶다. 나는 의젓한 아버지가 되어야 한다. 그러나 그저 생각뿐. 내 온몸은 자갈밭을 뒹굴 듯이 아프기만 하다." 레비나스가 말한 '출산의 형이상학'이 도래하는 시점이다. 동일자이면서 타자인 아이는 미래의 다른 세계로 초월하는 계기를 부여한다. 그들은 나의 가능성이자 나의 모험이 미래로 이어지는 기획이다. 이러한 아이들에 의하여 '아버지'는 탄생한다.

3. 상처와 동정을 넘어선 공감

「아내의 오른편과 왼편」은 단순한 이야기 같으나 내밀한 아버지 탄생의 서사를 품고 있다. 여기서 하나의 의문이 제기된다. 아버지는 처음부터 주어진 위치가 아닌가? 가부장제는 아버지의 존재를 기정사실화하고 있는 것이 아닌가? 그럼에도 이 소설에서 아버지는 뒤늦게 탄생하는 것일까? 이러한 의문과 함께 우리는 '부성을 거부하는 동물적인 남성성'이라는 퇴행의 문제에 접하게 된다. 이 소설의 처음에 등장하는 주인공은 부성을 거부하고 아내를 동물과 같이 짝짓기의 대상으로만 인식하고 있다. 아이들이 등장하는 소설의 중간을 거치면서 동물적인 남성성이 약화됨과 더불어 결말에서 부성을 자각한다. 이러한 점에서 이 소설은 부성 회복의 드라마이기도 하다. 가족서사는 부부관계와 자식과의 관계로 중첩되어 있으며 사회적 관계와 연동되므로 많은 소설의 골격을 이룬다. 가족 내부의 기대와 투사의 심리는 매우 복잡한 양상을 지닌다. 부부관계와 부자관계 그리고 모자관계라는 관계의 중층성은 가족서사를 다채롭게 만든다. 이런 가운데 '부성의 패러독스'(루이지 조야)는 어머니와 다르게 아버지에게는 자식들과의 상호관계뿐만 아니라 사회와의 상호관계가 요구된다는 데서 나타난다. 그래서 어머니보다 사회적 관계에 의해 더 많은 침해를 받는 아버지가 '병리적' 구성물이 될 가능성이 높다는 지적이 가능하다. 말할 것도 없이 이와 같은 부성의 패러독스는 부성의 회복을 말한 이 소설의 다음 이야기일 것이다. 그러나 "아버지가 되어야 한다는 것을 알았다. 이제 아내와 나는 곱게 늙어갈 것이다."라는 결론은 결코 단순하지 않다. 모성과 달리 부성은 어떤 경우이든 하나의 결단이며 '결연(結緣)을 수용하는 행위'이자 '다른 존재에 대하여 책임을 떠맡는 사회적 행위'이며 관계의 형성이다.

짝패 이야기이면서 가족서사의 연장선에 있는 소설이 「이질동질」이다. '나'와 '놈'으로 명명되는 그는 어린 시절 입은 심각한 폭력으로 트라우마를 안고 사는 이들이다. 고아인 '놈'은 그를 보살펴준 사촌누이가 사촌자형인 '박상훈'의 폭력으로 목숨을 잃고 이를 기화로 큰아버지와 큰어머니가 연이어 죽는 고통을 경험한다. 그는 사촌누이가 죽음에 놓이는 위험에도 그녀를 구할 수 없었다는 무력감과 죄의식을 지니면서 '박상훈'에 대한 복수를 꿈꾼다. 이러한 '놈'과 '나'의 조우는 비록 우연이지만 트라우마를 지닌 이들이 뿜어내는 적대의식에 의하여 동질성이 확보된다. 여섯 살 때 성폭력을 당한 '나'는 정신적 외상이 은폐된 가운데 '놈'의 폭력과 맞닥뜨리면서 극도의 히스테리를 표출한다. 이러한 점에서 이들은 소설의 표제가 말하듯이 '이질동질'의 쌍둥이와 같은 짝패이다. '나'는 내재된 트라우마로 인하여 쉽게 '놈'의 폭력을 모방하고 그것에 감염된다. 그런데 실제 이러한 폭력의 기원은 타자들에게 있다. 그들의 폭력이 또 다른 폭력을 생산하고 있는 셈이다. 이 소설에서 이러한 폭력을 치유하는 매개자는 '반백의 남자'이고 그의 '웃음'에 의하여 일시적이나마 폭력의 상황들은 중단된다. 그의 '웃음'에는 동정에 빠지지 않는 공감과 절제된 사랑이 담겨 있기 때문인데 '나'를 폭력의 공포에서 구원한 '초로의 아줌마'의 '웃음'과 병치된다. 이러한 '웃음'은 또한 '놈'에게 사촌누이와 그 가족의 '웃음'과 다를 바 없다. 모두 사랑과 보살핌의 웃음이다. '나'는 물론 '놈' 또한 이러한 '웃음'을 대면할 때 적대와 공격성을 잃게 된다. 하지만 찰나적으로 만나는 '웃음'만으로 이들의 트라우마는 치유되지 못한다.

이 소설에서 '박상훈'의 옛 친구로 자처하는 '반백의 중년남자'는 많은 의문을 품게 하는 존재이다. 말 그대로 '박상훈'의 친구일 수 있다. 그러나 단지 친구라는 연유로 이들의 주변을 맴돌 까닭은 없을 터인데 회심하고 개종한 '박상훈'으로 해석될 소지가 적지 않다. 아니면 영성을 지닌 제삼의 존재라고 할 수도 있을 것이다. 어느 경우이든 그는 폭력의 정점에서 스스로 희생양을 자처함으로써 무차별화된 폭력의 상황을 종식한다. 이 소설의 결말은 '박상훈'의 정체가 아니라 원한과 복수에서 비롯하는 폭력이 희생양의 매개에 의해여 마감된다는 사실을 말하고 있다. 끔찍한 사건을 경험하고 트라우마를 안고 사는 이들이 진실을 이야기하는 것은 치유를 위한 필수 조건이다. 그러나 이러한 계기는 쉽게 주어지지 않는다. 이 소설에서처럼 무차별화된 폭력이 악순환될 뿐이어서 이를 그치게 할 매개자와 희생의례가 필요한 것이다. 그리고 무엇보다 증오로 무너져 내리는 친밀함이 아니라 진정한 '웃음'으로 상징되는 환대와 공감 그리고 사랑의 가치를 이 소설은 강조한다.

진실한 '웃음'의 의미가 부각되어 있는 또 다른 소설은 「마음 속 봄날」이다. 그런데 이 소설은 모방욕망과 폭력, 위선과 허위의식을 내용으로 하고 있지 않다. 일흔넷의 노인과 40대 초반의 변호사와 아이가 만나는 아름다운 이야기이다. 소설 속에서 말하듯 이들은 욕망의 대상을 두고 경쟁하는 삼각형의 꼭짓점이 아니라 서로를 위해 존재하는 안정된 관계의 도형을 구성한다. '나'는 간암 말기로 죽음을 눈앞에 둔 노인이나 젊은 변호사는 자신이 맡은 사건으로 아내를 잃고 그 죄책감으로 인하여 죽음충동에 사로잡힌 존재이다. 둘 사이를 이어주는 개념은 죽음이다. 그리고 아이가 이들 사이를 매개한다. '나'는 이들이 있어 죽어가는 자의 외로움을 이겨내고 그것을 자연스럽게 받아들인다. 또한 죽음충동에 사로잡힌 변호사는 이들과 만나면서 서서히 생존의 의지를 회복한다. 이들의 관계는 서로가 서로를 되비추는 진정한 얼굴들의 대면을 보여준다. 말할 것도 없이 동심을 천사주의에 결부하는 것은 하나의 이상이다. 그러나 이 소설에서 아이의 존재는 이러한 낭만적 동심을 말하는 데 있지 않다. 그보다 이웃이라는 진정한 관계에 대한 물음을 품는다. 이웃이라 불리는 어른들은 타자의 고통에 대한 공감의 능력이 어린아이에 미치지 못한다. 그들은 타인의 고통과 죽음을 멀리하거나 그에 관한 생각을 회피함으로써 자신들과 분리하려는 경향을 보인다. 동정이 윤리적 가치를 획득하는 것은 고통의 당사자가 느끼는 심리상태를 함께 느끼거나 타인의 불행 속에 기꺼이 자신을 가져다 놓을 수 있을 때이다. 그러나 이웃은 소문과 풍문으로 타인의 고통을 흘려보내거나 자기를 돌아보는 계기로 삼는다. 이 소설에서 특별히 아이가 동정과 공감의 능력을 지녔다는 것은 아니다. 아이의 순진한 마음이 죽음을 향한 이들에게 희망이 되고 있다.

사실 '이웃'이라는 명사가 지시하는 개념만큼 애매한 것도 없다. 이웃은 나와 가족 그리고 친구라는 범위의 확장인가? 그래서 그들은 우리가 편애를 보여야 하는 누군가인가? 아니면 낯선 자와 모든 타자들을 나의 관심과 책임 속에 포함하는 것인가? 성적 소수자인 친구 이야기를 서술하고 있는 「동짓날, 무지개 우산을 쓰고」는 이러한 이웃의 의미를 매우 절실하게 탐문하고 있다. 이 소설에 등장하는 '나'의 친구는 피난민으로 "누이와 함께 전쟁고아"이다. 그는 가난과 학벌 없음으로 사회의 경계에서 생존한다. '반달곰 아저씨'와 연탄가게를 하면서 그는 동성애자로 이웃의 질시를 받는다. "다정한 이웃"들이 그들과 다르다는 이유를 빌미로 적의를 드러내고 있는 것이다. 이러한 그는 "잘살아 보자는 새마을 운동"에도 배제된 채 일본으로 밀항하여 비국민 상태의 생활을 한다. 10여 년의 일본 생활을 청산하고 영구 귀국하지만 그는 우리 사회에서 유령과 같은 존재일 따름이다. 물론 아파트라는 주거공간이 만든 생활양식이 이웃에 대한 무관심을 유인한 측면도 없지 않다. 그럼에도 성적 소수자라는 그의 정체성은 이웃들에게 전혀 이해되지 못한다. 역시 이웃은 특정한 이웃을 편애한다. 이러한 점에서 '친구'의 사랑관이 주목된다. "사랑 때문에 몸과 마음이 타들어가는 것보다 홀로 차분하게 늙어가는 것이 나 자신을 위해 좋아!"라는 그의 말은 많은 의미를 함축한다. 이는 비단 성적 소수자의 사랑이 지니는 사회적 곤경을 암시하는 데 그치지 않는다. 이보다 "이웃을 네 몸과 같이 사랑하라"는 기독교의 가르침이 지니는 이상에 대한 반문을 포함한다. 사실 프로이트가 말하였듯이 우리는 내 몸과 같이 이웃을 사랑할 수 없다. 사랑은 의무와 책임을 부과하는 것이며 그것을 다하기 위하여 희생을 치러야 한다. 이웃 안에서 나 자신을 사랑할 수 있을 때 그들 또한 사랑받을 가치가 있는 것이다. 그러나 이웃은 낯선 사람이나 다른 이들을 사랑하지 않는다. 가령 어린 시절 피난민 촌의 '천막교회'의 예를 들더라도 '친구'에게 남는 기억은 평등한 이웃의 사랑이 아니라 "미국인 선교사가 나누어 준 비스킷이나 초콜릿 등 구호품"이다. 그들은 "먹을거리에 중독만 되게 하고선" 떠나버린 "구원받을 수 없는 상처만 남긴 추억"일 뿐이다. 이 소설에서 '친구'의 취향을 반영하는 '무지개 색'은 문화적 다양성을 나타내는 표지이다. '친구'가 준 '무지개 색 우산'을 지닌 '나'는 적어도 그를 이해하려는 입장을 견지한다. 하지만 이웃들은 그를 알 수 없다. 그의 고독한 죽음이 말하듯이 그는 이웃 속에 존재하지 않는 이방인에 불과하다.

4. 허택 소설의 인간학

비록 늦게 작가로서 문학제도 속에 이름을 올렸지만 허택의 소설은 주목의 대상이 될 것임을 확신한다. 무엇보다 한 편 한 편의 소설에 내재한 깊이 있는 인간학은 작가의 문학세계를 신뢰하게 만든다. 간결한 스타일과 절제된 서술 또한 주제를 뒷받침하는 훌륭한 장치들이다. 마리오 바르가스 요사는 "소설의 진실성을 독자에게 설득시킬 수 있는 능력, 소설의 진정성을 독자에게 설득시킬 수 있는 능력, 소설의 성실성을 독자에게 설득시킬 수 있는 능력은 그 소설의 세계가 우리 독자들이 살고 있는 실제 세계와 얼마나 닮았느냐 혹은 얼마나 같으냐하는 것에 달려 있지 않습니다. 그것은 전적으로 언어와 공간과 시간과 현실 층위로 이루어진 그 소설 자체에 달려 있습니다."라고 한 바 있다. 그의 말처럼 허택의 소설은 분명 소설 그 자체가 지닌 설득력을 지니고 있다. 인물의 설정이나 그 인물들이 처한 공간과 시간들이 구체성을 지님과 동시에 보편적인 인간의 삶이 지닌 본질적인 연관성을 이끌고 있기 때문이다. 움베르토 에코의 서재가 알렉산드리아 도서관이듯이 허택의 소설은 자신의 서재에 기반하고 있다. 경험의 지평 위에 인간학에 대한 폭넓은 독해를 중층으로 올려놓고 있으므로 그의 소설쓰기는 괄목할 만한 새로운 단계를 펼칠 것임에 틀림이 없다. 우선 이 글이 다루고 있는 일곱 편이 하나의 증거가 될 터인데 여기서 다 못한 더 많은 해석들이 낱낱의 세목을 따라 거듭 이뤄질 것이라 믿는다.

상처는 어떻게 치유되는가

—정인론

1

정인의 소설을 오래 두고 읽었다. 무엇보다 나의 게으름 탓이지만 그녀의 관심과 서사적 탐색이 다양한 것도 이유라면 이유가 될 수 있다. 많은 작가들이 그러하듯 그녀도 가족서사에 서술의 기점을 두고 있다. 가족은 개인과 사회를 엮어주는 이야기의 기본 단위이다. 가족서사를 기본플롯(masterplot)이라 하는 까닭은 이를 매개로 개인의 신체와 여러 사회적 관계들이 해명되기 때문이다. 가족서사를 기본으로 정인의 소설은 확장된 관심의 동심원을 그린다. 사람 사이의 소통의 문제나 계급과 젠더와 세대와 종족에 의해 둘러쳐진 장벽들은 그녀가 직면하면서 풀어가는 서사적 과제들이라 할 수 있다.

정인의 소설적 경향들을 요약하는 일이 쉽지 않지만 그럼에도 나는 그녀의 소설 전반을 관류하는 주된 물음을 먼저 찾으려 한다. 상처는 어떻게 치유되는가? 현금의 정인 소설의 가운데 놓여 있는 서사적 질문이 아닌가 한다. 이러한 질문의 가장자리에 상처를 유발하는 폭력과 고통의 기억들이 자리한다. 그녀의 소설에서 폭력은 가족과 학교 그리고 사회의 여러 영역에서 발생한다. 폭력은 타자의 동의를 구하는 부당한 힘의 사용이다. 이유가 분명하지 않는 공격성이나 개인과 가족이 사회와 자연 속에서 직면하는 재앙도 폭력의 양상으로 받아들여진다. 그녀는 폭력의 사적이고 심리적인 동기나 구조적 요인에 대한 분석보다 폭력의 내용과 폭력으로 인한 고통과 상처의 치유에 더 주목한다.

2

폭력과 재난이 없는 세계는 없을까? 정인이 그 어떤 대안공간을 가정하고 있는 것은 아니다. 그럼에도 「유서」, 「수원보호구역」, 「실버로드」 등이 제시하고 있는 문제의식에서 관계론이나 유기적인 세계에 대한 사유의 편린이 없지 않다. 그러나 그녀는 관계와 구조의 변화와 개조가 아니라 폭력적인 현실에 대처하는 개인의 의식현상에 먼저 시선을 둔다. 예를 들어 「유서」는 가족 내에 존재하는 대립과 갈등을 해소하는 처방이나 대안을 서술하고 있지 않다. 오히려 풍속과 종교관의 차이에서 비롯하는 갈등이나 위신과 서열에 따른 가족 내 권력의 권위적인 행사 과정이 돌올하게 부각되어 있다. 이러한 가운데 "나"와 "아내"의 상처와 고통은 적극적으로 해명되지 못한다. 참척(慘慽)의 고통을 견디고 사는 "나"와 "아내"에게 있어서 "아이를 교통사고로 잃은" 사실은 그것만으로도 문제적 실존이다. "아내"가 지닌 정신적 상처는 자학적 행위를 보이거나 종교에 귀의하며 "나"와의 별거를 수용하는 형태로 제시될 뿐이다. "나"와 "아내"의 대립적인 관계 또한 구체적인 사건이나 장면으로 제시되지 않으며 설명과 요약으로 처리된다. 이는 소설 속에서 관찰자적 입장에 있는 "나"의 서술위치에 상응하는 서술형식이다. 그만큼 "나"는 문제를 적극적으로 해결하는 행위자가 되지 못하는데, 이를 두고 가부장적 시선의 한계라고 할 수도 있을 것이다. 다만 "아버지"가 남긴 "유서"를 계기로 가족 내부의 상처를 치유하기 위하여 그가 선택한 숨겨진 행위가 발견됨으로써 풍속 차원의 교정 의지가 노정된다. 따라서 이 소설은 "죽은 사람을 잊지 못하는 것이 얼마나 끔찍한 고통인지, 그것이 살아있는 자의 생을 어떻게 파편화시키는지"를 알고 있는 화자의 앎이 구체적인 과정으로 전달되지 않을 뿐 아니라, 이와 연관된 갈등과 대립들이 한꺼번에 "유서"라는 삽화의 후경으로 밀려나는 서사적 곤경을 지니게 된다. 이러한 서술의 양상을 보완하기 위하여 작가는 서술자를 통하여 「너를 보내는 숲」이라는 일본영화의 내용을 부가하기도 한다. 에세이 기법의 차용에 의한 보충이라 할 수 있겠다. 말할 것도 없이 이 소설의 전경은 "아버지"의 죽음과 "유서"가 만들어내는 사건과 장면이다. 가장의 죽음은 가족이 안고 있는 모든 모순들을 한꺼번에 분출하는 공간을 열어놓는다. 심리학적 구조물에 비유할 때 아버지의 퇴장은 초자아라는 중심 기둥이 사라진 것과 다르지 않다. 이로써 가족 내부의 상처와 고통, 대립과 갈등이 전면화되는 모습은 소설의 풍경이 되기에 족하다. 문제는 이 소설이 내포하고 있는 화제들의 무게이다. 노년과 죽음만 해도 결코 가벼운 이야기가 아니다. 여기에 참척의 고통과 가족 권력의 문제를 포개면 화제의 색인만으로도 소설은 포화상태가 될 가능성이 크다.

정인은 문제적이고 적극적인 행위자를 주인공으로 내세우는 서술 전략을 회피한다. 그만큼 핍진한 현실주의에 공력을 기울이는 대신 서술대상과 내용을 따라가는 방식을 취한다. 그래서 대부분 1인칭 화자가 이야기를 끌어간다. 「수원보호구역」은 이러한 1인칭 화자에 의한 서술의 효과를 활용한 적절한 사례라 할 수 있다. 망자를 서술자로 내세움으로써 이 소설은 시간의 경계를 넘어서 반복되는 사회현상을 서술한다. 자본과 권력에 의하여 공간이 변형되고 생산되는 과정에서 사회적 약자들은 이주와 추방에 직면하게 된다. 작가는 일제시대 수몰에 맞서 저항하다 죽은 이의 시선으로 오늘날 진행되고 있는 개발과 환경파괴의 현실을 고발하면서, 마침내 삶을 비관하며 호수로 들어가는 손녀의 모습과 마주하게 된다. "오늘도 누군가 잠들고 싶어 하는 이곳은, 아직도 수원보호구역이다"라는 진술로 끝나는 이 소설은 일종의 알레고리로 읽힐 수 있다. 멀리는 제국과 국가의 폭력성을 말하면서 가까이는 사회의 구조적 폭력을 지시한다. "나"와 "손녀"의 죽음은 모두 사회적 타살로 대물림되고 있는 것이다. 또한 "자연은 자연 그대로일 때 가장 아름답고 가치 있다"는 장식적 인물의 주장이 한갓 췌언이 되고 있는 현실을 비판하려는 의도를 지닌다.

「유서」에서 읽을 수 있듯이 정인의 소설에서 사람 사이의 장벽들은 소설적 갈등의 동기화 요인이 된다. 소통부재의 현실에 대한 작가의 인식은 매우 심각하다. 「유서」가 가족 내부의 사정을 말하고 있다면 「실버로드」는 가족 외부에서 전개되는 단절의 한 양상을 서술한다. "아내"를 희생자로 만들고 그녀의 종교적 선택과 자유의지가 억압받는 상황에서 "나"는 무기력한 방조자가 되거나 적극적인 동조자가 되는 모습을 보이는 전자는 가부장제가 가족을 움직이는 지배적인 장치임을 웅변한다. "아버지"의 은폐된 선행은 가부장으로서의 반성적인 선택에 불과하며 "아버지"의 유언을 받들고 그를 기억하는 "나" 또한 가부장의 "근엄한 얼굴"을 이어받고 있음에 틀림이 없다. 전자에 한정할 때 가부장제의 완강한 지배구조에 대한 작가의 인식은 비관적이다. "아버지"의 숨은 미덕과 "아내"의 저항만으로 온당하고 합리적인 가족공간이 획득되는 것은 아니기 때문이다. 가족 외부의 문제를 서술하고 있는 「실버로드」에 있어서도 "아내"의 투쟁은 외롭고 고단하다. "실버로드조성사업"으로 빚어지는 "아내"와 "노인"의 대립이 내포한 상징적인 의미는 우선 생명주의와 관료주의의 대결이라 할 수 있을 것이다. "아내는 생명을 가진 모든 것들이 남루하고 가여워지는 것에 대해 병적일 정도로 못 견뎌"하는 연민과 동정을 지닌 사람이다. "생명과 자연에 대한 인식이 확고하게 형성된" 성격의 소유자여서 모든 생명에 대하여 관계의 윤리를 내세운다. 그런데 "아내"의 성격을 규정하는 이는 남편이자 서술자인 "나"이다. 다시 말해서 소설 속의 행위가 "아내"의 성격을 구성하고 있는 것이 아니며 서술자에 의해 결정되어 설명되고 있을 따름이다. 이러한 "아내"가 자연스럽게 산책로에 자라나는 "개여뀌"를 지팡이로 쳐내는 "노인"과 부딪히는 사건은 이미 예정된 일로 보인다. "고급공무원" 출신인 노인은 국가와 관의 일방주의 혹은 도구적 합리성을 신봉하는 사람이다. "아내"에 가해지는 "노인"의 폭력은 제도와 권위를 물신화하는 신념의 발로라 할 수 있다. 두 사람 사이에 넘나들 수 없는 장벽이 가려져 있는 것처럼 보이는 것은 대립적인 성격을 지닌 이들의 필연적인 대결이기도 하지만 이와 더불어 "사람은 자신이 경험한 것 외에는 잘 믿지 못하는 나쁜 습성이 있는 게 분명"하다는 서술자의 타자관이 개입한 탓도 없지 않다. 이 소설에서 "노인"의 폭력이 가능했던 정신적인 기저에 대한 탐색이나 "아내"의 생태학적 비전이 내포한 의미망에 대한 탐문은 거의 '판단정지' 되어 있다. 또한 다양한 역할을 수행하는 행위자들의 역장(field of force)이 없다. 따라서 소설은 서로 다른 견해를 가진 이들이 보이는 가치의 대립이나 합리적 대화와 토론을 소거하는 폭력에 초점이 놓여 있으며 그 결말은 폭력의 피해자들이 부부애를 확인하는 형태로 봉합되고 만다.

3

정인의 소설에서 타인은 "영원히 낯선 너"일 뿐인가? 「만남의 방식」은 재일조선인인 "사촌"의 특별한 고국 방문을 이야기하고 있다. 백부의 유언을 따라 "아버지"의 유품을 갖고 온 "사촌"이 보이는 행동은 "나"에게 특이하기만 하다. 서로 신체의 외형이 닮은 것을 제외하고 "나"와 "사촌" 사이에서 소통의 공통지대는 보이지 않는다. 그렇다면 이 소설이 말하고자 하는 "만남의 방식"은 무엇인가? 첫 세대와 다르게 재일(在日) 디아스포라 둘째 세대는 다양한 표정을 짓기 마련이다. 자이니치는 여러 가지 무지개 색깔을 하고 있다. "아버지"가 북한을 국적으로 삼은 조총련 출신인 반면 "사촌"은 조선학교를 거부하고 일본사회로의 동화를 선택한다. 이러한 가운데 세대 간의 갈등이 적지 않았을 것이며 성장기에 "사촌"이 겪었을 정체성 혼란 또한 만만치 않았을 것이라 여겨진다. 그렇지만 인물의 행위와 역할에서 이러한 문제의식은 보이지 않는다. 세대와 종족의 차이에서 비롯하는 갈등과 대립이 서사를 추동하는 과정이 되지 못하며 등장인물들은 "나"의 관찰대상으로 정태적인 표정을 보이고 있다. "제 아버지의 유품을, 마지막 소원을, 내게 떠넘기고 떠나는 괘씸한 놈, 그는 아직 나의 사촌이었다"는 결말은 시작과 중간을 구조화하는 진술이 아니다. 단지 백부와 사촌이 전혀 다른 모습으로 "만남의 방식"을 보이고 있다는 세대 간의 단층을 제시하는 데 그친다. 그렇다면 이 소설은 만남이 없는 만남의 방식을 말하고 있는 것인가? 타자를 향한 이해와 해석의 충동이 가득한 서술자는 없는 것일까? 여기서 작가가 이러한 물음을 피할 길은 없는 것처럼 보인다.

확실히 정인의 소설은 인물들의 역할과 행위를 통하여 성격을 형성하고 서사의 역동적인 구성을 이끌어내는 방식과 거리가 있다. 가령 「라 메르」는 모험적인 해양소설에 가깝다. 이 소설은 요트 딜리버리인 "얀세일 대표 이지섭"이 선배의 요트를 먼 프랑스 낭트에 있는 "레 사블 돌론" 항에서 가져오는 이야기를 서술하고 있다. 주인공인 "나"(이지섭)는 운명과 같은 바다를 끝내 벗어나지 못하는 인물이다. 그는 바다에서 아버지를 잃고 해녀가 된 어머니를 다시 바다에서 떠나보내는 상처를 안고 있다. 이러한 그에게 바다는 "죄의식과 두려움"을 가져다주는 원초적인 장소이자 양가적인 대상이다. 이 소설의 중심 스토리 라인은 항해를 통하여 주인공이 바다에 대한 상처를 극복하고 과정이다. 이러한 과정에서 필연으로 주인공의 가족사가 배치되고 상대인물인 "선배"의 이야기가 개입된다. 어찌 보면 삶의 단면을 보여주어야 할 단편의 기본 문법을 초과한 서술양상이다. 여기다 남극 항해로 유명한 데이비드 루이스의 모험서사를 중첩하였으니 서사의 설계와 의도가 자못 중층적이다. 이 소설이 해양서사를 목표하였음은 데이비드 루이스를 기입한 작가의 의도에서 잘 드러난다. 아이스버드 호를 타고 1972년부터 1974년에 걸쳐 남극 대륙 주위를 일주한 데이비드 루이스의 모험적 항해(크리스 보닝턴이 쓴 『퀘스트』 참조)는 요트 마니아들에게 전설이자 모방적 욕망의 대상이다. 주인공의 상대역인 "선배"의 항해도 이러한 모방 욕망과 무연하지 않다. 선배의 항해기록과 함께 담겨진 데이비드 루이스의 이야기가 이를 증명한다. "나" 또한 은연중 데이비드 루이스와 선배에 대한 모방욕망을 품고 있다. "나"와 "선배"는 가족사와 성격에서 판이한 대비를 보인다. 그런데 이러한 대비는 소설의 진행 과정에서 해소되며 소설의 결말에 이르러 "나"는 질곡의 기억을 딛고 항진을 계속하는 의지적 인간으로 거듭난다.

「라 메르」의 기본 골격도 가족플롯이다. 주인공이 가족사적 상처를 극복해가는 과정이 구성의 줄기라면 항해서사는 이를 보조한다. 그럼에도 작가는 "바다는 굴곡이 심한 인생의 축약도"라는 해양소설(maritime novel)의 구도를 구성에 포함시키려 한다. 이는 "바다는 내게 상처고, 요트는 내게 꿈"이라는 모순을 풀어가려는 "나"의 의지로 표백된다. 상처의 기억과 미래를 향한 꿈 사이에서 주인공은 자학과 분열을 반복하기도 하지만 마침내 상처를 딛고 꿈을 성취한다. "선배"는 이러한 주인공의 변화를 가능하게 하는 조력자이다. "바다로부터 받은 상처를 바다를 통해 치유"하려는 "나"의 이야기는 결말에서 "무지개"라는 상징해석을 통한 "아버지" 극복으로 나타난다. 항해는 육로와 달리 위반과 우연이 방향과 지향의 혼란을 부가하기 때문에 새로운 주체성을 형성하게 한다. "나" 또한 데이비드 루이스나 "선배"와 같이 유동적인 항해 경험을 통하여 새로운 자유와 긍정의 세계를 만나게 되는 것이다. 이 소설에서 항해서사의 역동성과 박진감을 보여주는 장면을 요구하는 것은 무리일 것이다. 무엇보다 주인공이 과거의 상처에 기인하는 고통의 질곡을 벗어나는 과정이 플롯의 의도이기 때문이다.

정인은 「수원보호구역」이나 「유서」가 말하고 있듯이 구조적 폭력에 대하여 비관적인 관점을 지니고 있다. 그렇지만 그녀는 일상과 생활세계에서 자행되는 폭력에 기인하는 상처의 문제를 예각화한다. 「밤길」과 「해바라기의 비명」은 각기 학교폭력과 성폭력을 서술 대상으로 삼고 있다. 전자가 가해자의 입장에서 말한다면 후자는 피해자의 위치에서 상처와 고통을 서술한다. 그렇지만 둘 다 폭력이 전개되는 동기와 과정에 대한 구체적 서술을 줄인 채 그것이 남긴 상처와 고통의 후일담을 전개한다. 「밤길」은 동창생인 "진석"과 "영곤"이 우여곡절 끝에 대리기사와 택시기사가 되어 30여 년 만에 우연히 조우하는 데서 이야기가 시작된다. 소설 속의 주인물은 초점이 놓여 있는 "진석"이며 그의 입장에서 서술이 진행된다. 이들은 학창시절 "성만"을 폭행하여 그의 삶을 불행의 나락에 빠뜨린 학교폭력의 가해자들이다. 그런데 "진석"은 학교폭력으로 딸 "화영"이 자살하는 참척의 상처를 안고 있다. 「유서」에서처럼 참척 모티프는 "아내"의 삶을 정신적 고통에서 벗어나지 못하게 한다. 여기서 아쉬운 것은 이러한 참척 모티프에 대한 섬세한 서사적 해부이지만 이는 작가에게 남겨진 과제라 할 수 있다. 요컨대 가해자와 피해자의 이중 고통을 안고 사는 "진석"은 "영곤"을 만남으로써 오랜 죄의식의 기억에 다시 직면하지 않을 수 없다. "밤길"의 동행으로 이들은 함께 이야기를 나누면서 기억의 고통을 공유한다. "어떤 고통도 직접 겪지 않으면 완전히 이해할 수 없는 것"이라는 "진석"의 인식은 내포된 작가의 생각과 다름없을 것이다. "타인의 고통"에 대한 이해가 "딸"의 죽음으로 더욱 분명해졌다는 것이다. 또한 이러한 과정은 죄의식의 심화로 이어진다. 폭력은 폭력의 사용자가 아니라 폭력의 피해자에 의해 인식되는 것이다. "진석"은 그것이 자신에게 가해질 때 진심으로 "성만"을 인식한다.

폭력의 폭력성은 가해자가 아니라 피해자에 의해 결정된다. 습관처럼 가하는 가해자들이 그들의 행위가 지닌 폭력성을 자각하지 못하는 경우가 있다. “영곤”과 “진석”이 그러했고 “화영”을 폭행한 급우들이 또한 그러했다. 문화적 맥락의 차이에서 언어와 행위가 타자에게 폭력이 되기도 한다. 따라서 타자의 고통에 대한 이해는 관계를 형성하고 공존을 유지하는 우선 과제라 할 수 있다. 「해바라기의 비명」이 다루고 있는 주제도 폭력의 피해자가 지닌 상처와 고통의 문제이다. “나”는 “남희”가 연출한 청소년 연극을 보면서 오랜 화인과 같이 봉인된 고통을 떠올린다. “사촌오빠”에 의해 가해진 성폭행의 기억은 일상의 이면에 억압된 채 늘 “나”의 행위를 제어한다. “나”는 “고통과 마주할 용기”를 갖지 못한 채 간헐적인 “통증”처럼 되살아나는 기억을 억누르고 산다. 과연 기억을 되새기게 하는 “남희”의 연극이 “나”를 성폭행이 준 정신적 외상으로부터 벗어나게 하는 것일까? 「밤길」이 고통의 기억을 이야기를 통하여 공유함으로써 치유의 한 국면에 이른다면 「해바라기의 비명」은 유사한 경험을 다룬 연극을 보면서 트라우마를 극복하는 광경을 예고한다. 이는 트라우마의 기억으로 고착된 관계를 새롭게 진전시키는 모습으로 나타난다. 연극을 본 뒤 “나”는 사랑하는 “진의 얼굴”과 “진의 목소리”를 상기한다. 모든 폭력은 그것이 자신에게 가해지는 것으로 느껴질 때 폭력으로 인식된다. “나”는 연극을 보는 과정에서 타인의 고통이 아니라 “나”의 고통에 직면하면서 실존적 정신분석의 과정을 경험하게 되는 것이다. 이 소설을 통하여 정인은 폭력과 상처, 고통과 치유에 관한 서사적 문답을 행하고 있다. “상처는 어떻게 치유되는가?” 어쩌면 정인이 가장 많은 관심을 지닌 물음이 아닌가 한다.

4

하나의 단편이 반드시 삶의 단면을 보여주어야 한다고 생각하지 않는다. 그럼에도 중요한 것은 서사적 정보의 양이 아니며 살아있는 인물의 형상이라는 것이다. 정인의 소설은 대개 1인칭 서술자를 내세우고 있다. 그렇지만 인물의 생생한 내면이나 구체적인 행위를 서술하는 구성 과정이 부족하다. 많은 경우 서술자는 설명과 요약을 선호한다. 이러한 가운데 이야기의 정보량이 많아지면서 긴밀한 독서를 지연한다. 가족사가 포개지거나 경중을 지닌 여러 인물들이 배치되면서 단일한 이야기가 주는 효과를 감하는 경우가 적지 않다. 그런데 「호수근처」는 예외적일 만큼 "나"의 행위에 집중하고 있다. 특히 "나"와 "아이"가 전개하는 사건들이 장면과 요약으로 긴밀하게 배치되면서 구조화에 성공하고 있는 작품이 아닌가 한다. 물론 "나"의 가족사나 과거의 행적에 대한 설명은 요약적으로 제시되어 있다. 특히 극단에 몰려 노파 살해에 이르는 "나"의 스토리라인이 흥미진진하다. 도스토예프스키 소설의 분위기마저 연출하고 있는 이 대목에서 수수께끼를 던지듯 답을 지연하는 기법이 제시되었으면 하는 아쉬움이 없는 것은 아니다. 또한 "나"의 가족사와 개인사의 첨예한 국면들이 모두 설명될 필요는 없다고도 생각한다. 하지만 다단계판매에 엮인 "나"의 처지와 낚시질의 병치는 모처럼 정인이 보인 서술능력의 한 진경이다. 결국 "나"는 "순미"를 낚게 된다. "순미"에게도 이는 "아버지" 상실을 회복하는 계기가 된다. 이 소설에서 이러한 결말에 이르는 인물의 행위와 사건의 벡터들이 비교적 조밀하다. 결말은 서사의 필연적인 통합이 되어야 한다. 시작과 중간이 이러한 결말로 구조화될 때 의미화가 뚜렷해지는 것이다. 이 소설을 통해 정인은 결말을 통해 의미를 증폭하는 성취를 보인다. "나는 아이가 너무 가벼워 바람에 쓸려 가버릴까 봐 두 손으로 힘껏 아이의 엉덩이를 받쳤다"라는 마지막 문장의 함의가 그렇다. 끝내기(ending)를 통하여 삶에 대한 "나"의 보다 진전된 인식이 제시되고 있다.

정인은 여전히 서사의 충동에 사로잡혀 있는 듯하다. 서사에 대한 그녀의 정념이 다양한 주제를 수집하고 탐문하는 지속적인 노력으로 나타나고 있다. 사회적 폭력, 학교 폭력, 성폭력, 가족 이야기, 디아스포라, 해양서사, 상처와 고통, 죽음, 치유 등은 그녀의 소설이 보인 화제의 색인들이다. 가족사와 개인사가 중층적으로 얽혀있고 요약과 설명이 빈번한 작품이 적지 않다는 점에서 장편에 대한 기대를 높이기도 한다. 그럼에도 그녀는 소설의 구성적 과정이나 인물의 역할과 행위가 서사적 역장 속에서 긴장된 벡터를 생성하는 일에 더 공력을 기울일 필요가 있다. 화제가 지닌 의미의 열정이 아니라 의미를 형성하는 과정의 열정이 요구된다. 서술 능력은 많은 정보를 제공하는 데 있지 않으며 서사의 진행 과정에서 긴장의 강도를 높여가는 데서 찾아진다. 인물들의 역동적인 행위를 장면으로 제시하는 과정은 그만큼 중요한 것이다.

고통의 현상학과 치유의 서사학은 지금 정인이 직면한 소설적 과제이다. 고통과 치유는 쉽게 병치되거나 치환될 수 없는 개념들이다. 이러한 의미에서 더 많은 고통들에 대한 탐구가 성급한 치유의 출구 찾기보다 우선되어야 할 일이라 생각한다. "상처는 어떻게 치유되는가"라는 물음을 전제하는 일이 문학하기의 의의를 드높이는 계기임에 분명하다. 문제는 상처가 무엇이냐가 아니라 어떻게 발생하고 치유되는가에 대한 과정학에서 찾아진다. 분석과 해석을 풍부하게 하고 요약과 설명을 자제하는 것은 서술자의 덕목 가운데 하나이다. 또한 개인의 내부적 심층과 사회의 구조적 심연을 파고드는 것은 정인뿐만 아니라 모든 소설가가 힘겹게 추구해야 할 과제이다. 정인의 소설은 이러한 과제를 보다 충실하게 해결하면서 그녀가 제출한 폭넓고 의미있는 서사적 관심들을 새로운 단계의 서사양식으로 표출할 것이라 믿는다.

낭비되는 삶
—이은유론

1. 삶의 주변화

소설에서 서술자의 인칭은 그리 중요하지 않다. 이 소설집에 실린 여덟 편의 소설 가운데 서술자가 극화되지 않은 것은 한 편뿐이다. 그렇지만 극화된 화자가 등장하지 않는 「밤」을 포함하여 모든 소설이 전지(全知)의 시점으로 서술되고 있다. 그만큼 작가가 서술하려는 대상에 깊이 개입하여 사실을 드러내려 한다. 그래서 이은유의 소설은 디테일에 충실하고 인물의 내면 묘사가 치밀하다. 대신 행위와 사건은 절제된다. 가령 「밤」은 하나의 삽화를 말한다. 주인공인 "노인"이 자식들에게 줄 "밤"을 주우러 갔다 사고를 당하는 이야기이다. 어떤 의미에서 보면 서사를 끌고 가는 벡터가 약하다. 그러나 이는 작가의 서술능력을 말하는 것이 아니며 오히려 의도된 서술전략을 뜻한다. 그것은 노년의 문제라는 한 가지 현실에 집중하려는 것이다. 이 소설에서 서사를 추동하는 것은 노인의 약한 몸과 환경이 빚어내는 사건이다. 요약하면 자식들에게 주려고 밤을 주우려 간 노인이 구덩이에 빠져 며칠을 지내다 사경에 빠진다는 것. 그러나 이 단순한 이야기를 통해 읽을 수 있는 의미들이 적지 않다. 현대화에 밀려나는 농업사회와 소외된 노년은 유사 의미로 겹쳐진다. 편리하고 위생적인 벽돌집을 짓긴 했으나 텃밭들은 가꾸어지지 않고 야생으로 변하고 만다. 우물을 두고 오고 가던 사람들의 발길도 지하수를 쓰면서 끊어진다. 그러니 밤나무 숲 속 구덩이에 빠진 노인이 이틀이 지나도록 곤경에 처해도 이를 알아채는 사람이 없다. 가족과 공동체의 보살핌이 있다면 그리 심각한 사건이 될 수도 없는 일이 발생하고 있는 것이다. 그러니까 이 소설은 노인이 처한 하나의 사건을 통하여 노년의 처지를 말할 뿐만 아니라 현대성의 위기를 암시한다.

「밤」에서 노인이 빠진 "구덩이"는 새 집 울타리에 빼다 심은 감나무가 있던 자리이다. 마땅히 메워져야 하지만 방치된다. 새로 조성된 "벽돌집"을 잘 꾸미는 것이 목적이고 보니 그 외부는 나머지로 주변화되고 만다. 노인에게 감나무가 있던 자리는 본디 주변이 아니라 삶의 주요한 터전이다. 그곳이 이제 그의 삶을 곤경에 빠뜨리는 복병이 된다. 이와 더불어 노인 또한 구덩이에 빠져 자신의 분뇨와 뒤엉킨 쓰레기와 같은 모양을 한다. 이처럼 이 소설은 농촌의 노인으로 표상되는 현대적 삶의 한 국면을 포착한다. 소외된 노년을 말함과 더불어 사회로부터 밀려나고 낭비되는 인간상에 대한 관심의 표명이라고 볼 수 있다. 확실히 이 은유는 사회적 약자, 주변부 인간, 넓은 의미에서 소수자로 불릴 수 있는 이들에 대한 전망을 지니고 있다. 「그림자 초상」과 「떡볶이」가 소위 구조조정자와 실직자 이야기라면 「밤의 여행」은 파산자 이야기이다. 「그림자 초상」에서 재취업한 남편을 둔 "나"는 자서전을 대필한다. 남편은 "성실하게 땀을 흘리며 사는 곳으로 가고 싶다"는 생각을 가지고 도시의 직장을 떠났다 실패한다. 다시 이전의 중고차시장으로 돌아와 안정적인 승진을 위하여 끊임없이 상사인 "팀장"에게 낚시한 붕어를 보낸다. 하지만 남편의 승진은 보장되지 않고 삶은 개선되지 않는다. 그는 이러한 삶을 "그림자"에 비유한다.

> 일단 낚싯대에 걸리면 물고기의 부레는 제 기능의 일부분을 잃게 된다. 숨만 쉴 뿐 제 몸을 띄우지 못하는 부레는 진정한 부레가 아니다. 그래서 더욱 물고기들은 물로 돌아가고 싶어 하는지도 모른다. 그래서 제가 살던 물로 돌아갈 수밖에 없는 것인지도. 그러니까 물 밖에서는 이렇게 빛나는 물고기가 물의 그림자로 살 수밖에 없는 것이다. 제 몸에 빛을 받아서 반사시키지 못하는 삶. 생존을 위해 그림자로 살아야 하는 것들의 삶.

노동과 삶이 일치하지 못하는 삶은 물을 떠난 물고기와 같다는 것이다. 자서전을 대필하는 "나"와 중고차를 파는 남편 "휴"의 삶이 "생존을 위해 그림자로 살아야 하는 것들의 삶"으로 받아들여지는 것이다. 생성하지도 상생하지도 못하는 성과 위주의 시스템 안에서 그림자로 살기도 힘이 든다. "밥보다 잠이 우선인 휴"는 피로인간의 전형이다. "팀장"과 같은 성공 지향적인 인간형이 자행하는 모략과 폭력으로 소설의 결말에서 "휴"와 "나"는 "연민과 분노와 서글픔 등으로 뒤죽박죽이 된 얼굴"을 하게 된다. 삶의 진정성이라는 관점에서 이들의 삶은 낭비되고 있다. 그럼에도 물고기의 강물처럼 그 현장을 떠날 수 없다. 그러나 "휴"는 시스템의 폭력에 의하여 서서히 고갈되고 있다. 이러한 점에서 소외되지 않는 노동의 전망은 불투명하다.

이은유 소설에서 병치는 자주 쓰이는 서술의 장치이다. 낚시로 잡은 "붕어"를 통하여 생존에 내몰린 삶을 유비한 「그림자 초상」의 서술기법은 「떡볶이」에서 불치의 질환으로 안락사에 이르는 "개"를, 상처를 안고 사는 실직자 남편의 현실과 연관시키는 방식으로 나타난다. 그런데 남편의 상처는 애초 "광주항쟁 당시 레지던트가 된 중학교 동창 덕분에 목숨을 구할 수 있었다"는 데서 기인한다. 그리고 이러한 상처의 기억은 25년이 지난 시점에서 교통사고를 겪으면서 공황장애와 자살충동으로 표출된다. 그의 상황은 목 밑의 작은 뼈가 부서져 그것이 신경을 건드리면서 하반신이 마비된 개 "태고"가 겪는 고통과 흡사하다. 남편의 몸속에도 광주항쟁 당시 입은 총상의 흔적과 고통사고로 어깨뼈가 깨진 기억이 상존한다. 당뇨로 남성의 기능을 잃어가는 그의 모습은 또한 처음부터 발정을 하지 않는 "태고"와 닮았다. 어쩌면 남편에게는 "태고"가 자신의 분신으로 감정이입될 수 있다. 그리고 이러한 "태고"의 안락사를 통하여 자신의 상처를 대상화하게 된다. 「그림자 초상」과 「떡볶이」에서 병치의 서술전략이 밀도 있게 서술되었다고 볼 수는 없다. 이는 어느 정도 화자 주인공에 관찰되었다는 측면에서 비롯한다. 또한 이것은 밋밋한 부부관계의 현실을 반영하는 것이기도 하다. 붕어의 배를 따고 자서전을 대필하거나, 죽어가는 개를 보살피며 떡볶이를 만드는 일을 반복하는 "나"의 삶도 자기와 일체감을 얻지 못한 것일뿐더러 고통을 견디며 연명하는 처지와 다를 바 없다. 그만큼 두 소설의 인물들은 희망도 없고 사랑의 정염도 결여되어 있다. 그러나 이것이 오히려 소설적 진실이 된다. 이러한 소설적 진실은 특히 구체적인 장소들에 의해 뒷받침되고 있다. 두 소설은 모두 도시 변두리 공동주거공간과 퇴락한 거리를 구체적으로 서술하고 있다. 이러한 삶의 정황 속에서 소설 속의 인물들은 현실을 버텨내고 있는 것이다.

2. 잉여인간

구체적인 장소에 대한 서술이라는 점에서 「밤의 여행」은 돋보이는 소설이다. 이 소설은 화재로 사업장을 잃고 파산하여 그린빌이라는 원룸에서 내일에 대한 희망 없이 4년을 칩거하던 주인공이 우연한 계기에 의해 밤 외출을 시도하는 과정을 서술하고 있다. 극화된 화자-주인공은 그린빌 101호의 창을 통하여 주위의 풍경과 군상들을 관찰한다. 특히 그린빌 앞에 놓여 있는 플라이주차장과 그것을 운영하는 억척스런 부부는 주된 관심의 대상이다. 물론 그린빌을 나고 드는 입주자들도 그의 시선을 끈다. 그에게 말을 거는 사람이 있을 수 없으므로 "나"의 칩거 모습과 창을 통하여 보고 듣는 것이 소설의 주된 화제가 된다. 가족과도 단절되어 있으므로 섹스만 교환하는 한 여성이 "나"가 만나는 유일한 사람이다. 그야말로 유폐된 삶을 살고 있기에 외부는 먼저 소리로 전달된다. 적극적인 시선으로 밖을 관찰하지 않기 때문이다. 그럼에도 들리는 이야기들은 그를 유인한다. 이리하여 외부의 정황은 "나"에게 들리는 소리와 보게 된 광경의 조합에 의하여 구성된다.

> 자전거 달리는 소리가 났다. 타르르르르. 녹두알만한 당근을 썹는 소리 사이로 들리는 건 분명히 자전거 페달을 힘껏 돌렸다 멈췄을 때 나는 소리였다. 들어오고 나가는 차들이 뜸해지면 주차장 남자는 가끔

자전거를 타고 돌아다니곤 했다. 오전 아홉 시나 열 시, 혹은 오후 두 시나 네 시, 어쩔 때는 저녁에도 자전거 소리가 들리곤 했다. 남자의 자전거 코스는 언제나 똑같았다. 세무서 앞을 지나 뚜레주르 베이커리 골목으로 해서 베스킨라빈스 아이스크림 가게를 지난 뒤 성당 뒷골목으로 돌아오는 코스. 고작 한 블록을 도는 것이 남자의 자전거 코스였다. 나는 남자의 자전거 코스가 날마다 똑같다는 것을 남자와 그 아내의 이야기를 듣고 알았다. 남자는 오후에도 자전거로 한 바퀴를 돌고 온 뒤 그의 아내에게 이렇게 말했다. 뚜레주르 베이커리 골목에 있는 옷가게들이 텅텅 비었어. 곧 리모델링을 시작할 모양이야. 헤어스타일은 리모델링 중이고. 어쩐지 헤어스타일 손님이 없다 했더니. 곧 원룸 중도금을 치러야 하는데 손님이 줄어서 큰일이네.

이처럼 밖에서 들려오는 이야기들은 "그린빌 원룸"과 "플라이주차장" 일대의 도시 주변부적 삶을 재구성한다. 그런데 서사를 형성하는 것은 모든 소음들과 잡담들의 무질서한 배열이 아니라 극화된 화자-주인공인 "나"의 선택에 의한 배치이다. 이 소설을 이끄는 것은 "나"의 관심과 시선의 이동이다. 이 소설은 많은 부분 영상기법을 전유한 것으로 보인다. 주인공이 있는 원룸에서 외부의 주차장과 거리로 초점이 이동하면서 이야기를 전개하는 것이다. 이런 가운데 주차장의 "남자"는 스토리 라인에서 주요 인물로 자리를 차지하게 된다. 그리고 그 "남자"가 타고 다니는 "자전거"가 부각되는 것이다. 비토리오 데 시카 감독의 『자전거 도둑』과 김소진의 「자전거 도둑」은 텍스트성에서 이 소설과 크고 작은 맥이 닿아 있다. 주차장 남자가 "자전거 도둑"일 수 있다는 나의 가정은 원룸에 사는 사람들이 퍼뜨린 소문에서 촉발된다. "나" 역시 그 의혹

이 머리에서 사라지지 않는다. 그런데 "나"를 바깥으로 이끌어내는 계기는 주차 과정에서 발생하는 사소한 충돌 사고에서 비롯한다. 들어온 뒤 한 번도 밖으로 나가지 않은 "나"는 401호 여자의 말처럼 "세상에 없는 사람"에 다름이 없다. 이러한 주인공이 외출을 시도한다는 것은 대단한 각성의 귀결이다. 그에게 변화하는 세상으로 나갈 의지와 자신감은 없다. 그는 변하지 않는 골목에 몸을 의탁하여 삶을 소모하고 있다. 이러한 그가 세상 속으로 잠행하여 자전거 도둑이 될 생각을 한다는 것은 대단한 모험이다. 그러나 이러한 모험은 우연찮은 기회에 의해 그에게 다가온다. 주차장 남자가 실수로 저지른 사고를 은폐하려다 조사를 받는 과정에서 그가 주민등록상 무적자임이 드러나는 사건은 주인공의 개심을 이끈다. 왜 그럴까? "주차장 남자"야말로 "세상에 없는 사람"이고 "거리에서 맞아죽어도 신원을 확인할 수 없는 사람"이기 때문이다. "가끔 자전거로 한 블록을 돌거나 주차장이 끝난 뒤 마트에 가거나 일주일에 한 번 교회에 가는 일이 아니면 남자는 좀처럼 주차장을 벗어나지 않는다". 그 또한 추방된 소수자이다. 이러한 점에서 주인공이 골목을 나서는 것은 단지 그 "남자"에 대한 의혹을 해소하려는 데 있는 것은 아니라고 본다. 이보다 도시의 추방자라는 동류의식을 확인하고 모방적인 욕망을 실현하려는 의지의 발현이라 할 수 있다.

> 나는 벽에 등을 기대고 창문 앞에 스르르 주저앉았다. 마치 몽둥이로 뒤통수를 한 대 가격당한 기분이었다. 멍하니 넋을 놓고 있는 내 눈 앞으로 그동안 지켜보았던 남자의 모습이 빠른 화면처럼 지나갔다. 미니트럭에서 커다란 보퉁이를 꺼내던 남자. 쌀자루를 실은 자전거에서 내리던 모습. 시장에서 돌아오는 동네사람들에게서 풋고추와 상추 따

위를 한 줌씩 얻던 일. 그런 남자가 사실은 거리에서 맞아죽어도 신원을 확인할 수 없는 사람이라니, 나는 허공에 시선을 놓고 헛웃음을 웃었다. 한참 동안 눈물이 날 만큼 웃어대던 내 팔에 문득 소름이 오소소 돋아났다. 나는? 가슴에서는 문장을 끝맺지 못한 물음이 소용돌이를 쳤다.

악착스럽기조차 한 삶을 살고 있는 주차장 남자가 유령과 같은 존재라니? 그럼 도시의 후미진 주변에 잉여인간의 삶을 살고 있는 "나"는 누구인가? 이러한 자기인식에서 주인공은 술을 사러 밖으로 나와 자전거 도둑의 욕망을 실현하려 한다. 이 소설은 "편의점이 나타났고 그 앞에 서 있는 자전거가 보였다"로 끝이 난다. 그런데 주인공의 행방이 궁금하다. 과연 어디로 갈까? 사랑 없이 몸을 나누던 미장원 여인을 찾아 나설까? 아니면 가족 곁으로 갈까? 이에 대한 답을 「천국에는 무지개가 없다」에 등장하는 사내를 통해 얻을 수 있는 것은 아닐까? 서로 다른 단편이고 이 사내가 가족이 없는 젊은이라는 점에 비춰 「밤의 여행」의 주인공과 동일인물이라 단정할 수는 없다. 다만 그가 자전거를 타고 다닌다는 것이 하나의 의미론적 연결고리가 되고 있다. 「천국에는 무지개가 없다」에서 경마장을 드나들던 이 사내는 마침내 자살을 선택한다. 희망도 사랑도 없는 세상에서 죽음을 선택한 것이다. 그리고 사회의 잉여로 쓰레기와 같은 처지가 되고 만다. 이러한 이야기가 이 소설의 화자-관찰자인 "나"에 의해 전해지는데 여기서 "나"의 직업이 거리청소부라는 점이 의미심장하다. 자신의 욕망 때문인지 아니면 태만 탓인지 분명하지 않으나 자살한 사내는 승산이 없는 상황에 처한 것임에 틀림이 없다.

> 화면에는 경마장과 검은 색의 낡은 승용차와 그 내부가 번갈아 비치고 있었다. 카메라는 또 타고 남은 세 개의 번개탄을 확대해서 보여주었다. 기사는 단음절로 귓바퀴에 머물렀다. 음주단속. 면허 취소. 벌금. 사표. 몇 천만 원의 빚. 자살 추정. 화면은 마지막으로 경마장 앞에 있는 자전거 거치대에서 잠깐 정지했다. 나는 숨을 죽이고 화면을 뚫어져라 바라보았다. 더 이상 기자의 말이 정확하게 들리지 않았다. 기자의 말은 귓속에서 벌레들의 울음소리처럼 들끓을 뿐이었다.

사내의 죽음이 보도되는 장면이다. 그는 경마장 주변에 버려지는 경마권이나 도처의 거리에 나뒹구는 쓰레기처럼 낡은 승용차 속에서 죽어간다. 청소부인 "나"는 현대적인 생존의 방식을 경험적으로 관찰하고 구획하는 사람이다. 이러한 "나"에게 "어둑한 새벽에는 미처 귀가하지 못한 사람들까지도 버려진 쓰레기처럼" 보인다. 마침내 사회적으로 몰락한 한 개인이 잉여의 쓰레기가 되는 광경을 목도하게 되는 것이다.

3. 관계의 이면

희망과 사랑이라는 관점에서 읽을 때 이은유의 소설은 비관과 사랑의 고갈로 기울어져 있다. 어쩌면 소설가의 시점이 「천국에는 무지개가 없다」의 화자와 흡사한 위치에 있는 것이 아닌가 한다. 청소부는 몰락하거나 주변화되는 사람들을 가장 가까운 자리에서 이해하는 이라 할 수 있을 것이다. 그는 날마다 버려지는 쓰레기뿐만 아니라 쓰레기가 되는 사람들을 구체적인 장소에서 경험하고 목격한다. 이처럼 삶의 세목을 경험적인 경계에서 작가는 서술하고 있다. 「그림자 초상」이나 「떡볶이」에서 부부관계는 사회적 관계와 트라우마에 의해 친밀성의 위기를 내포하지만 부부애로 봉합된다. 그러나 「밤의 여행」은 사랑의 단절과 내일이 없는 관계를 연출한다. 하지만 이 소설에서도 주차장 남자와 그의 아내의 관계는 높은 친밀성을 보여준다. 또한 「천국에는 무지개가 없다」에 등장하는 젊은 청소부인 "나"는 타자에 대한 공감의 시선을 견지한다. 이처럼 인물들 사이의 단절과 소통은 확연하게 나누어지는 것은 아니다. 그럼에도 작가는 사람 사이에 놓인 장벽을 주목한다. 가령 「손」과 「달의 나무」가 그렇다. 「손」은 엄격한 가부장인 아버지의 지배를 받으면서 한 남자를 일방적으로 사랑하는 여성과 그 여성을 몰래 짝사랑하는 수기치료사인 "나"의 이야기이다. "나"와 그녀의 만남은 치료사와 환자의 관계에 의하여 이루어진다. 그러나 그녀에 대한 "나"의 사랑은 오직 "손"이라는 매개에 의해 전해지지만 그녀에게 그것은 통증의 치유 과정으로 받아들여진다. 이 소설은 "손"이라는 은유를 통하여 관계의 여러 양상을 말한다: "먹장구름이 두터운 하늘이라도 찢어발길 듯 당신은 허공을 향해 낮게 쳐든 손의 다섯 손가락을 모두 벌린 채 잔뜩 구부리고 있었다. 그 순간 나는 찌그러진 트럭의 문틈으로 축 늘어뜨린 트럭 기사의 손을 떠올랐다. 원룸의 문을 거세게 열고 나가던 그 여자의 손도 눈앞을 스쳐갔다. 나도 모르게 나는 당신에게 손을 내밀었다." 이처럼 아버지에 저항하는 여자의 손, 교통사고를 당하여 늘어뜨린 트럭 기사의 손, "나"를 두고 떠난 그 여자의 손, 그리고 당신을 잡으려는 "나"의 손이 있다. 그러나 "상생의 손"을 꿈꾸는 "나"의 소망은 이루어지지 못한다. 그녀와 "나"는 단지 "예외적인 치료"의 현장에서 만나고 있을 따름이다.

엇갈린 사랑 이야기는 또한 「달의 나무」에서 다시 나타난다. 부부의 친밀성을 상실한 "나"는 어머니가 한국인인 혼혈 중국인이다. 이러한 "나"와 이웃한 "생물선생" 또한 외할아버지의 양아들이 된 이력을 지녔다. 당뇨 등이 원인이 되어 성적인 기능을 상실한 "나"는 아내의 외도를 지켜보면서 술로 자신을 낭비한다. 이런 가운데 "생물선생"의 뜨거운 손길을 접하게 된다. 여기서도 사랑의 표현은 「손」에서와 같이 손으로 먼저 전달된다. "나"는 이러한 "생물선생"의 동성애에 당황하면서 다시 한 번 자신의 정체성을 되묻게 된다. 이 소설은 관계의 이면을 투시한다. 성적 소수자의 억압된 욕망과 인종적 소수자의 정체성 인식이 가로 놓여 있다. "나"와 "생물선생"의 기묘한 만남의 저편에 가부장적 구속으로부터 자유를 취하려는 "아내"가 있는 것이다. 그리고 이러한 관계의 굴곡 가운데 두 가지 향기가 흐른다. 그 하나는 "금목서의 향기"이고 다른 하나는 파우스트라는 칵테일의 "악마의 향기"이다. 각기 순수한 본능과 인위적으로 만들어지는 욕망을 의미한다. "아내"가 칵테일과 같이 섞임의 조작적인 욕망에 휩싸여 있다면 생물선생의 한옥을 감싸고도는 "금목서의 향기"는 어떤 의미에서 내밀하고 은밀한 욕망을 지향한다. 말할 것도 없이 이 소설은 이러한 두 가지 욕망의 흐름을 끝까지 파고들지 않는다. 그럼에도 소수자의 정체성을 향한 발견으로 의미있는 소설적 탐색을 보였다고 할 수 있다.

인간의 순수한 관계를 매개하는 향기는 「사과 꽃이 핀다」에서 잘 나타나 있다. 이 소설에 등장하는 사과나무는 성당 울타리에 있다. 그런데 열매를 맺은 적이 없기에 꽃만 핀다. 아우구스티누스 신부님을 통해 알게 된 사과나무는 "나"에게 봄을 알려주며 공감과 영성이 교차하는 만남의 의미를 되새기게 한다.

> 아우구스티누스 김진욱 주임신부. 잠시 이 긴 이름이 입안에서 맴돌았다. 그러자 내 입에서도 사과 향기가 나는 것 같았다. 순간 갑자기 세상의 명도가 높아지고 사과 향기는 눈길이 닿는 모든 곳까지 퍼져 날아갔다. 초등학교에 다닐 때, 아버지가 살아있었을 때, 아버지가 가끔 엄마 몰래 준 용돈으로 만화책방을 드나들었을 때. 골목의 어두컴컴한 책방에서 보았던 만화의 한 장면이 떠올랐다. 소녀 혹은 소년이, 소년 혹은 소녀를 처음 만났을 때 사방에 흩날리는 꽃잎들.

이처럼 주인공은 영성을 느낀다. 사고로 아버지를 잃고 어머니마저 고통사고로 다리를 저는 "나"는 가난한 처녀이다. 가난한 이에 대한 사랑이 없이 영성은 없다고 했던가. 아우구스티누스 신부는 가난한 이를 위하여 헌신하는 사람이다. 그는 "우리 집은 이 도시의 아프리카"라고 생각하는 "나"에게 사랑의 말과 공감의 눈길을 건네고 아름다운 향기를 뿜어낸다. 그를 통해 "나"는 사랑과 공감을 느끼고 자각한다. 가난 속에서 아직 열매 맺지 못한 사과 꽃과 같지만 "나"는 고통을 나누고 희망을 품는 사람으로 입사(initiation)하고 있는 것이다.

이은유 소설에서 「사과 꽃이 핀다」는 상당히 예외적인 작품으로 비친다. 그러나 약자와 소수자를 억압하고 자본주의 현대성에 맞지 않는 이들을 부수적 피해자로 만들거나 주변화하고 마침내 잉여로 내모는 사회에서 가난을 자각하고 고통을 나누는 일은 매우 중요하다. 사랑과 희망이 살아있는 우리 모두의 의무라는 점에서 이 소설이 차지하는 비중이 큰 것이다. 앞서 "청소부"의 예처럼 작가는 경험적 현실의 경계에서 정직하게 삶을 바라보려 한다. 이러한 태도에 벌써 사회를 개선하겠다는 전망을 내포하고 있는 것이 아닌가 한다. 다만, 보다 적극적으로 인물을 창조하는 과정이 요구된다. 이곳저곳에서 재귀적으로 반복되는 서사의 요소들과 수사학적 경향들을 종합하여 한층 큰 규모의 소설로 나아가는 것도 하나의 방법이 될 것이라 믿는다. 그렇기 때문에 우리는 이은유의 소설에서 가능성을 발견하고 있는 것이다.

백신애 시대의 영천 문인들

1. 백신애와 지역문학의 원근법

백신애(1908~1938)와 그의 시대는 우선 그의 인격형성기인 1920년대 초중반을 포함하면서 사회활동과 문학활동을 전개한 1920년대 후반에서 1939년 그가 사망하기까지의 시기를 일컫는다고 볼 수 있다. 때 이른 죽음으로 그의 시대는 1930년대로 끝나고 만다. 하지만 그의 시대가 품었던 역사적 과제들은 해방 이후 미군정기와 정부 수립기 그리고 한국 전쟁기에 이어졌다고 할 수 있다. 그가 집중한 바 있는 여성, 계급, 종족이라는 세 가지 주제는 일본제국의 시대에서 냉전체제의 분단시대로 나아가는 도정에서 여전한 모순으로 반복된다. 이러한 관점에서 우리는 백신애와 그의 시대를 이해하고 계승할 필요가 있겠다.

영천 10월항쟁을 다룬 이중기 시인의 『시월』을 접하면서 백신애 시대의 과제가 해방공간에서 분출한 양상을 읽을 수 있었다. 일찍이 요산 김정한의 「설날」(1947)을 통해 나는 10월의 편린을 접한 바 있는데, 이 소설에서 요산은 10월 항쟁에 연루되어 투옥된 김해 출신 노백용 일가의 모습을 그리고 있다. 이 소설이 10월의 전말을 말하고 있는 것은 아니지만 낙동강을 낀 영남 일대의 농민의 삶과 연대를 이해하는 실마리를 제공하고 있는 것은 사실이다. 요산의 문학에서 토포스가 중요한 것처럼 『시월』은 영천이라는 공간에 대한 관심을 촉발한다. 영천 10월 항쟁의 과정을 이야기하고 있는 이 시집에서 '제3부 결박을 풀다'를 구성하는 「영천 아라리」는 영천이라는 장소와 그 속에서 발생하는 역사적 계기들을 매우 구체적으로 그리고 있다. 백신애의 문학 또한 그가 나고 자란 로컬에서 민족과 동아시아 그리고 세계를 인식하는 시좌를 보인 바 있다. 이를 위해 그는 시베리아로, 일본 도쿄로, 중국 칭다오로, 기행을 하면서 문학의 원근법을 형성하였다.

요산의 「설날」과 이중기의 『시월』은 김해, 양산, 언양, 영천으로 이어지는 대지와 농민의 삶에 대한 인식을 새롭게 할 것을 요구한다. 백신애 시대에 이 지역에서 전개된 농민운동의 역사는 수탈과 해방, 항쟁과 폭력으로 점철되었다. 혁명은 멀어지고 그에 뒤따르는 국가폭력(genocide)의 정점을 그은 곳이 영천이고 진영이다. 하근찬(1931~2007)은 영천 태생으로 청년기 이후엔 전주와 부산과 서울에서 생활하였다. 그의 등단작 「수난이대」(1957)와 「흰종이 수염」 등은 영천지역을 배경으로 일제 말에서 한국전쟁에 이르는 민중의 수난사를 서술한다. 「야호」를 위시한 많은 작품이 일제 말 이후의 영천을 주요무대로 한 것은 주목을 요한다. 그를 백신애의 후예로 볼 수 있는 소지는 적지 않다. 물론 역사해석의 소박함은 그의 한계이지만 민중의 눈으로 세상을 보려한 점은 평가되어야 할 점이라 생각한다. 하근찬은 '제1회 요산문학상'

(1984) 수상자였는데 요산이 그의 민중문학을 높이 본 탓이 아닌가 한다. 이처럼 백신애 시대의 과제들은 지역문학(local literature)의 전통으로 계승되고 있다.

2. 백신애 시대와 영천문학

백신애 시대의 영천문인으로 안평원, 정희준, 김성칠을 들 수 있다. 안평원을 본격적으로 발굴한 이는 박태일(「1930년대 한국 계급주의 소년소설과 『소년소설육인집』」, 『현대문학이론연구』 제49집, 2012)이다. 박태일의 조사에 의하면 안평원은 영천군 금호면 사람이다. 현재 알려진 처음 글은 1927년 『소년계』 3월호에 발표한 짧은 산문 「돈돌니기」와 『별건곤』 6호에 발표한 「지방색: 채약산의 두지터(기우단)」이다. 이후 『신소년』에 동시와 소년소설을 게재하였다. 박태일에 의하면 그는 영천에서 보통학교를 졸업한 뒤 상급학교에 진학하지 못한 채 유랑생활을 거쳐 고향에서 머물면서 짧은 문학 활동을 벌인 것으로 알려져 있다. 『신소년』 1934년 4.5월호에 실은 소설 「험산을 밟고」를 끝으로 그의 이름을 찾을 수 없다는 것이다. 그런데 안평원은 『소년문학』 창간멤버이기도 하다. 〈동아일보〉 1932년 9월 23일자에 의하면 "건전 프로아동문학의 건설보급과 근로 소년작가의 지도양성을 임무로" "신고송, 박세영, 이주홍, 이동규, 태영선, 홍구, 성경린, 송완순, 한철석, 김우철, 박고경, 구직호, 승응순, 정청산, 홍북원, 박일, 안평원, 현동염" 등이 창간한 것으로 밝혀져 있다. 하지만 『소년문학』에 대한 문헌자료는 아직 확인되고 있지 못하다. 다행히 구직회, 이동규, 승응순, 안평원, 오경호, 홍구가 공저한 『소년소설육인집』(신소년사, 1932. 이 책은 박태일이 2013년 도서출판 경진판으로 다시 엮었다.)에 안평원의 소년소설 4편이 전한다. 권환과 임화의 서문을 단 이 책은 세계 공황과 연동된 식민지 조선의 상황이 혁명기에 있음을 전제하고서 프롤레타리아 소년들에게 이러한 혁명의식을 고취할 것을 의도하고 있다. 하지만 임화의 서문이 전면 삭제되고 실린 작품들도 군데군데 복자(覆字)로 처리되어 이러한 의도가 가려진 측면이 없지 않다. 안평원의 소년소설은 대개 프롤레타리아 농민의 연대와 소년들의 혁명의식에 대한 각성을 서술한다. 가령 「마지막 남은 것」은 지주에서 수탈당한 소작농에게 "마지막 남겨진 것"조차 "홍해 김생원"에게 빚으로 넘겨지는 상황에서 그의 아들 "수돌"이 가난한 사람들의 연대를 말하며 친구인 "칠남이" 가족에게 되돌려주는 과정을 이야기한다. 그리고 이 소설의 결말은 다음과 같이 끝난다.

"저녁 먹고 오지그려."
"암—. 가고말고."
"오늘밤엔 xx에 대한 것이다."
"나도 안다."
컴컴한 거리 한 모퉁이에서 두 소년은 이런 말을 주고바든 후에 갈리엇다.

복자로 처리된 단어가 무엇일까? 아마 '혁명'일 것이다. 이는 1930년대 초반을 혁명의 단계로 인식한 당시의 시각을 반영하고 있다. 「다 같은 일꾼인 선생」은 노동야학을 통해 깨우치고 함께 하는 소년들의 이야기이다. "우리들은 모다 세상을 알아야 한다"는 주인공의 말은 곧 작가의 말에 다름이 없다. 「북국의 밤」은 극화된 주인공이 만주 용정으로 떠나게 된 사연을 말하고 있다. 지주의 착취를 견디다 못해 디아스포라의 길을 가게 된 것이다. 이처럼 수탈과 착취는 안평원의 소년소설의 기본 주제이다. 「홍색 소포함」은 나고야로, 고베로 가서 부두노동을 하던 아버지가 죽어 유골로 돌아오는 이야기이다. 아버지의 유골이 돌아온 날 주인공인 '나'는 학교에서도 퇴학을 당하는데 아버지에 관한 숨겨진 사연들이 많음을 암시한다. 이는 "고베에 계실 때 돈 벌기 조흔 유리공장과 고무공장이 잇섯스나 아버지께서는 그것을 버리시고 영국 미국 독일 러시아 프랜쓰 그 외 각국의 노동자들이 많이 오르고 나리는 함구의 부두에서 선창회를" 하였다는 서술과 맞물린다. 아버지가 국제 노동자 연대 운동을 하였음을 뜻한다. 안평원의 활동은 현재 이 정도이다. 카프 퇴조와 맞물려 그의 족적은 이후 보이지 않는다. 그가 목적의식을 가지고 소년소설을 썼다는 점에서 문학보다 현장에서 있었던 것은 아닌가 한다. 그러나 그는 『한국사회주의인명사전』 등에서도 등장하지 않는다.

이중기의 『시월』에 나오는 "북으로 간 시인"이 정희준이다. 정희준이 월북했을 것이라는 정황은 김성칠의 일기에 연원한다. 김성칠은 1950년 12월 2일 다음과 같이 쓰고 있다.

> 잠들지 않는 긴긴 겨울밤, 생각하면 인생이 허망하기만 하다. 10년을 두고 하루 같이 사귀던 친한 벗들, 마음 놓고 모든 일을 의논할 수 있던 가까운 동료들, 연구실에 밤낮 드나들던 학생들…… 모두 다 머언 딴 나라에 가버리고 나 홀로 폐허가 되어버린 시가에 남아 있다.
>
> 언제나 조국이 통일되어 그들과 손을 맞잡고 일할 수 있는 날이 올는

지? 몸은 살이 있어도 내 세계는 이미 가버린 것과 같이 느껴진다. 얼마나 긴 세월이 지나면 내 이러한 마음의 허탈증이 사라지고 새로운 친구들과 더불어 생의 의욕을 가질 수 있을까?

강경석, 이철, 홍승기, 이본녕, 김일출, 정희준, 김득중, 정찬영, 채희국, 김홍기, 최봉래, 이승년, 이원조, 김병제, 이종악, 조원제, 김충섭, 김석선, 박준규, 김장희, 유열, 박찬형…… 그들에게 언제나 건강이 따르기를.

여기서 김성칠의 친구 가운데 정희준이 있음을 주목한다. 이로써 정희준은 한국전쟁기 월북한 경우로 짐작할 수 있다. 그런데 김성칠이 언급한 사람들도 모두 『한국사회주의인명사전』에서 찾을 수 없다. 하지만 개정판 『역사앞에서』의 해제를 쓴 정병준의 「김성칠의 삶과 한국전쟁」을 통하여 이철, 김득중, 김홍기 등의 존재를 알 수 있다. 이철은 경성법학전문학교와 경성제대 동창으로 함께 징병수용소에 갇히기도 한 김성칠의 친구이다. 그는 6.25 당시 월북한다. 김득중은 경성제국대 출신으로 김성칠의 가장 친한 친구 가운데 하나이다. 해방 후 좌익활동을 하다 월북하여 북한에서 조선역사편찬위원회 위원이 된다. 김홍기는 경성제대 동창이다. 일제의 강제 학병동원을 피해 도피하거나 공장, 광산 등에 취업한 경력이 있다. 이들뿐만 아니라 이원조, 정희준 등을 통해 짐작하건데 중도파임에도 불구하고 정세의 악화로 월북하지 않으면 안 되는 상황에 처한 이들이 많았던 것으로 보인다. 그렇다면 중도파적인 민족지식인 정희준의 월북과 연관된 단서는 없는 것일까? 이는 정희준이 1930년대 후반 '조선어학회'에 관여한 일에서 찾을 수 있다. 정희준이 남긴 문학활동의 족적은 그가 1934년 9월 창간된 『삼사문학』 1호에 시를 발표한 것, 시집 『흐린날의 고민』(경성교육정보사판, 1937)을 발간한 것, 1942년 10월 『조광』에 시 「돌방아」를 발표한 것 등이다. 그런데 시집 『흐린날의 고민』의 서문을 김태준이 쓴 것을 주목하게 된다.

김태준은 1905년 평북 운산 태생으로 이리농림학교를 졸업하고 1926년 경성제국대학 예과에 입학하여 중국문학과 국문학을 전공했다. 재학 중 경제연구회에 참가하여 사회주의이론을 공부하고 1930년 『조선소설사』를 동아일보에 68회에 걸쳐 연재했다. 1931년 3월 경성제국대학을 졸업한 후 명륜학원 강사를 지냈는데 그해 국문학연구자들과 함께 조선어문학회를 결성하고 『조선어문학회보』와 총서를 간행하는 데 참가했다. 사적 유물론을 우리나라 고전문학사에 최초로 적용한 저술인 『조선한문학사』(1931), 『조선소설사』(1933)를 발표했다. 그 후 고전문학 연구에 전념하여 『증보 조선소설사』(1939)를 간행했고, 『원본 춘향전』(1939), 『고려가사』(1939), 『청구영언』(1939)을 교열하여 출판했다.

추측하건대 정희준이 김태준을 만난 것은 1934년 전후가 아닌가 한다. 『삼사문학』이 연희전문생들의 잡지였던 만큼 정희준이 연희전문에 수학하고 있었던 시기이다. 김성칠이 1913년생임에 비춰 정희준도 이 당시 20대 초반이었을 것으로 간주된다. 또한 김성칠이 일본 후쿠오카 모지시 토요쿠니 중학을 졸업하고 경성법학전문학교에 입학한 시기(1934)와도 일치한다. 그러니까 1934년 전후에 김성칠, 정희준, 김태준이 만났을 공산이 크다. 김성칠은 1937년 2월 경성법전을 졸업하기까지 동아일보와 경성법전 교우회 잡지 『육조』에 농촌과 농업문제에 관한 글을 다수 기고한다. 이후 1938년부터 1941년까지 금융조합 이사를 지내는데 이 시기 펄벅의 『대지』를 번역하고 『용비어천가』 엮는 작업을 진행한다. 그는 1942년 경성제국대학 법문학부 사학과에 진학한다. 김태준이 경성제국대학 강사로서 조선문학을 강의한 것은 1939년 2월부터이다. 재직 중 그는 경성콤 그룹에 가담하여 인민전선부를 담당하는 한편 1941년 경성콤 그룹 사건으로 검거되어 1943년 병보석으로 석방되기까지 영어의 몸이 된다. 김성칠과 김태준은 김성칠이 경성을 떠난 뒤 상당 기간 만나지 못한 것으로 보인다. 한편 1930년대 후반 정희준은 조선어학회가 발간하는 기관지에 「말을 말하는 이언」(1938), 「에카르트와 한글」(1938), 「가장 오랜 토끼 전설」(1939) 등을 쓰고, 1942년 전후엔 영천으로 귀향한 것으로 보인다. 1942년 10월 『조광』에 발표한 시 「돌방아」의 말미에 "임오여름, 고향서"라고 기재하고 있기 때문이다. 이러한 모든 사실들을 종합할 때 김성칠과 정희준은 사회주의와 일정한 거리를 둔 것으로 보아도 무방하다. 김태준이 이념형 사회주의자라면 김성칠과 정희준은 심정적 차원에서 어느 정도 동조한 것이 아닌가 한다. 이러한 사실은 해방 이후 김태준의 행적과 크게 비교된다.

정희준은 홍익대 교수로 『조선고어사전』(동방문화사, 1949)을 발간하는 한편, 「이조시대의 국문운동」(『민성』 1949년 10월) 등의 글을 발표한다. 적어도 이러한 모습은 김성칠이 『조선역사』(조선금융조합연합회, 1946)와 『동양역사』(정음사, 1947), 『신동양사』(공저, 동지사, 1948), 『이웃나라의 생활역사』(공저, 동지사, 1949)를 발간하여 국민국가 형성에 이바지한 것과 비견된다. 이러한 그가 1950년 들어 왜 월북하였을까? 김태준과의 연루일까? 아니면 영천의 그의 족친이 10월 항쟁에 관여된 것일까?

김태준이 연안에서 돌아와 경성대학에 복직한 것은 1945년 12월이다. 그리고 1946년 2월 민전 결성에 참여하고 중앙상임위원 겸 문화부 차장을 역임한다. 그해 12월 남조선 노동당 중앙위원으로 선임된다. 1947년 8.15폭동 음모사건 이후 구속되었다 풀려나 지하로 잠적한 뒤 남로당 문화부장, 특수정보부장으로서 유격대 지원사업과 기밀탐지사업을 담당하다 1949년 7월 체포되어 9월 처형된다. 정희준의 시집 서문을 김태준이 쓴 것을 제외하고 김태준과의 확실한 고리는 찾아지지 않는다. 그럼에도 1937년 11월 간행한 이 시집의 서문을 그에게 맡겼다는 것은 그를 단순한 선배가 아니라 스승의 차원으로 예우하였음에 틀림이 없다. 정희준에 관한 전기적 정보가 더 찾아지지 않는 한 그의 월북에 대한 예단은 아직 금물이다. 1946년 10월 항쟁 이후 한국전쟁에 이르기까지 악화일로를 걸은 정세가 원인이라면 원인일 것이다.

정희준의 『흐린날의 고민』(경성교육정보사, 1937)은 1932(임신)년에서 1937(정축)년까지 쓴 시를 묶은 시집이다. 대략 6년의 기간 동안 쓴 시인데 1936(병자)년 작품이 대부분이다. 정희준은 시의 말미에 발표연월을 간지로써 표시하였다. 이를 연도로 바꾸어 보면 다음과 같다.

제1부 올라온 서름: 하얀주먹(1932), 하로길(1936), 그의 표정(1936), 여호(1937), 조망(1936), 파리(1936), 동물원(1935), 털하나(1936), 귀향1(1932), 귀향2(1936), 자연(1935), 도원행(1936), 올라온 서름(1937)

제2부 상여집: 신행(1936), 머슴사리(1937), 상여집(1936), 가둔토끼(1936), 산정의 해바라기(1936), 폐가(1936), 힌댕기뿕은꼬리(1932), 딸(1935), 팔월의 전원(1935), 기별(1935), 모닥불(1936)

제3부 새벽: 목금소리(1936), 백일몽유(1937), 싸흠(1936), 병원(1936), 이발관(1936), 폭설(1937), 영하이십도(1936), 여름나비(1934), 새벽(1936), 여학당의 오후(1936), 스케-팅(1935)

제4부 흐린날의 고민: 눈(1936), 잎사귀하나(1936), 우로(1936), 자정의 서울(1935), 걸인(1936), 유월숲(1937), 희우(1934), 노쇠한 밤(1936), 풍경(1936), 석별(1933), 화제(1936), 밤비의 아스팔트(1935), 정직(1936), 흐린날의 고민(1934)

제5부 방랑의 황혼(乙亥年夏休旅行手帖에서): 출정(1935), 국경(1935), 阿虎飛嶺(1935), B는 북으로 나는 남으로(1935), 총석정(1935), 삼일포(1935), 방랑의 황혼(1935), 해금강(1935)

이 시집을 따를 때, 정희준은 『삼사문학』 1호(1934)에 「흐린날의 고민」을 발표하기 이전인 1932년부터 시를 쓴 것으로 드러난다. 1932년 3편, 1933년 1편, 1934년 3편, 1935년 16편, 1936년 28편, 1937년 6편. 제5부는 1935년 동해안 해금강 기행의 결과로 얻은 시편들이다. '국경'을 말하고 '아호비령'을 지칭하는 것으로 보아 압록강까지 갔다 해금강, 삼일포, 총석정이 있는 강원도 북부 동해안으로 내려왔다 동행과 헤어진 것("B는 북으로 나는 남으로")으로 보인다. 1935년의 경우 기행 시편이 8편이다. 시집의 절반 이상을 구성하는 것은 1936년 시편들이다. 시집을 구성하는 전반적인 경향은 표제와 거의 상응한다. 불투명한 전망 속에서 고민하고 고뇌하는 자아가 제시되고 있다. 의지와 피로는 정희준의 시를 구성하는 중심 얼개이다. 시대가 만드는 피로를 이기는 의지적 자아에 대한 염원이 뚜렷하다.

하얀 주먹이
푸른 힘줄을 분끈 쥔다.

밥빌러간 여편내,
앓여러주는 대문을 지긋이 미러보다가……

간여린 주먹은 반눈쯤 뜨고
부들부들 떨리고 만다.

나는 주먹을 쥐여본다.
새파란 힘줄만 불상하다!

—「하얀주먹」

'백수의 탄식'의 계보를 이은 이 시는 정희준의 타자인식과 세계인식을 어느 정도 보여준다. 그는 타자의 고통에 공감하면서 그에 대한 분노와 자기 연민을 동반한다. 시대의 장벽을 넘을 수 없다는 한계의식이 있다. 이러한 의식의 배경을 알게 하는 것이 「귀향1」이다. 가난한 가족의 현실과 대비되는 유학생이라는 자기인식이 그것이다. "유학생은 보따리에 빈대만 가져온단 말이/이마을에 도라단인다"라는 결구가 말하듯이 부채의식과 시대에 대한 분노는 자아에 대한 정직한 대면이라 할 수 있다. 고향과 서울의 거리는 1936년작인 「귀향2」가 말하듯이 정희준의 시적 인식의 좌표에 해당한다. 한편으로 현실에 대한 변혁의 의지를 키우면서 다른 한편으로 시대의 포로가 된 자신을 바라보게 된다. 이러한 점에서 이 시집은 '나'를 찾는 '길'이 주요한 시적 지평을 형성한다. "너무나 미약한 나를 찾자"(「자연-도봉산정에서」에서)는 다짐과 같이 그는 고향을 떠나 식민지 근대의 한복판인 경성에서 자기 극복의 의지를 키우고자 한다. "근심걱정 없는 나라"(「도원행-일일선유」에서)라는 유토피아의식은 그에게 하나의 시적 토대이다. 그러나 「올라온 서름」(1937)이 말하고 있듯이 "서울"은 "연기로 자우룩" 하고 "시골"은 "아득히 안개"가 깔려 있다. 자기의 것이 되지 못하는 "희망"(「팔월의 전원」에서)에 대한 탄식이 깊어진다. "굴뚝없는 부엌같이/입은 자꾸만 답답워한다"(「영하이십도」에서)는 진술처럼 자폐를 강요하고 의식의 감옥으로 유폐하는 "관속같은" 「새벽」에서) 시대이다. 급기야 "나는 이괴로운 몸둥아리 단 혼자뉘여/싫건 매질 하련다"(「유월숲」에서)와 같은 구절에서 자학 혹은 자기징벌적 의식이 드러난다. 그러나 그가 완전한 환멸에 빠진 것은 아니다. "연약한 포로의 몸살이어!"라고 하지만 "별하나 못보는 노쇠한 이밤은,/가없는 악마의 꽃아!/질질 끄는다리로/아즉도 아즉도 샐길이 먼데!……"(「노쇠한 밤」에서)라고 말하고 있다. 이처럼 불투명한 전망은 이어진다. 특히 1937년에 이르면 중일전쟁이 발발하고 이어 제국은 대동아의 길을 재촉하고 있었으니 이즈음 그는 한글과 고전의 탐구로 나아가는데 당시 '조선적인 것', '전통'에 대한 탐구와 무연하지 않다.

시집의 발문을 쓴 박택열은 "과학적 파악과 실천적 수행"을 강조한다. 서문을 쓴 김태준이 스승의 위치에서 격려의 말을 하였다면 박택열은 동지적인 관계에서 충고를 던지고 있다.

> 1) 벤벤치못하나마 조선의 예술 특히 시의 창작은 삼사십년전에 시작된 일이다. 빈곤한 생활토대우에 건설하는 선배들의 시의 탑은 아름답기는하나 그다지 높은 것이 아니였다. 그 표현이 다양화하고 현실성이 점점 심각하여가는것도 최근의 일이다. 그러나 가난한 서창에 굶주려앉어서 시를 읊는 조선의 시인들처럼 분투하지 않으면않될 예술가군

이 어찌 그리 많으리요. "그래도 나는 시를 읊고싶어요" 이것이 정군의 말슴이다. 정군은 우리의 이사회 이현실을 아는분이다.

2) 이제 우리정군은 이러한 역사적양심만은 기어히 상실치않겠다는 현하 진보적 인태리군의 한 대언자로서 그의 시는 여기서 오는 진정의 호소이며 독백이다. 그리하야 그의고민과 불안은, 값싼 막연한 회의적인 그것이 아니라, 어대까지든 정당한 코-스로서의 보일보의향상과 전진을 위한 그것인만치 여기서 이 젊은 시인의 호소와 독백이 이땅의 양심적인텔리 네 귀에들려질 때 네심금에 적중되여울리는 그윽한 그 어떤 강렬한 반응이 있어질 것을 확신하게 되는 것이다. 이한에서 경차이『흐린날의 고민』의 역사적사회적 의의를 인정하고 싶은 바이다.

1) 김태준의 서문은 정희준이 시를 통하여 시대와의 불화를 말하고자 했음을 알 수 있게 한다. 아울러 김태준은 정희준이 사회와 현실을 아는 사람이라고 그의 세계관을 인정한다. 2) 박택열의 발문은 다소의 비판을 담고 있다. 고민과 불안으로 발현된 호소와 독백에 회의적인 국면이 틈입하지 않아야 함을 강조하고 있다. 이러한 사실은 발문의 전반부에 제시한 그의 입장과 무연하지 않다. "모든 관념철학과 불안문학으로하야금 그 최종적심판을 짓끼는 역사적 모-멘트"를 획득할 것을 요청하고 있기 때문이다. 정희준이 남긴 한 권의 시집은 그의 시적 성취보다 그의 태도와 입장을 이해하는 데 도움을 준다. 중도 좌파적인 정희준의 경향을 이해할 수 있게 한다. 또한 김태준과 박택열의 존재를 통해 해방 이후 정희준의 행방을 추론할 수 있다.

3. 나오면서

김성칠에 대한 논의는 개정판 『역사앞에서』의 해제를 쓴 정병준의 「김성칠의 삶과 한국전쟁」이 매우 자세하다. 김성칠의 유족들을 통하여 증언과 자료를 입수할 수 있었던 덕이라 할 수 있다. 안평원이나 정희준에 대한 연구도 앞으로 더욱 진척되어야 할 것이라 본다. 나의 글에 미비한 것이 많고 한계가 있음을 깊이 느낀다. 앞으로 보완할 것을 약속하며 이중기의 『시월』을 계기로 영천의 로컬문학이 쇄신되기를 희망한다.

자유를 위한 글쓰기

—의인(宜人) 윤정규론의 향방

1. 의인 윤정규의 문학적 삶

의인 윤정규(尹正奎: 1937~2002)는 의령 사람이다. 그의 호 의인은 소박하게 의령 사람이라는 뜻을 담고 있다. 그런데 의(宜)의 자의를 보면 옳다는 뜻과 화목하다는 뜻을 함께 지닌다. 여기서 옳음은 진(眞)을 의미하기도 하지만 고래(古來)로 선미(善美)에 가까우며, 선미의 지향하는 바가 화(和)이다. 이렇게 볼 때 그의 호 의인은 의령 사람임을 나타내는 표지임과 동시에 그의 삶의 지향을 지시한다. 의인의 본명은 '正圭' 이다. '正奎'는 필명인데 '圭'가 천자가 제후를 봉할 때 주는 구슬을 의미함으로써 관운과 연관되는 반면 '奎'는 문운을 관장하는 별이름이다. 전통사회에서 문운과 관운은 구별되지 않는다. 하지만 문인이 세분화된 현대사회에서 의인이 '正奎'를 필명으로 한 데는 문필가로 입신하려 한 의지가 없지 않았을 것이라 생각한다.

의인의 본적은 경남 의령군 유곡면 신촌리다. 실제 그가 태어나 자란 곳은 일본 나고야인데 아홉 살이 되던 해인 1945년 해방을 맞아 10월에 귀국한다. 이러한 나고야 유년 체험은 「오욕의 강물」 등에 서술되어 있다. 그런데 윤정규 일가의 고향 정착은 실패한다. 「오계의 후조」에서 읽을 수 있듯이 그의 고향이 디아스포라를 받아들일 여지가 부족했던 탓이다. 그의 가족은 1년 남짓 고향 의령에서 살다 일본에서 연락선을 타고 귀향했던 항구도시 부산으로 이주한다. 해방과 한국전쟁 시기의 부산은 일본인들이 떠나고, 동포들이 귀환하고 피난민이 밀려드는 공간이었다. 이러한 부산에서 윤정규 일가의 삶이 평탄할 리 없었다. 그가 18세 되던 해인 1954년 2월 부친이 사망하면서 가세가 기울어 그의 가족은 힘든 삶을 영위하게 된다. 어떤 연보는 1957년 동국대 경제학과 수료 혹은 1년 중퇴라고 기록하고 있으나 거의 학업을 이어갈 수 없는 상황에서 독학을 통해 문학의 꿈을 키웠던 것으로 보인다. 실제 윤정규 문학의 원형질은 해방공간과 한국전쟁기의 부산 체험 속에서 형성된다.

윤정규는 조숙형 문인이다. 1957년 『현대문학』 7월호에 단편 「축생도」가 계용묵의 추천으로 발표되어 등단하게 되는데 만 스무 살 때 일이다. 추측하건대 문학을 통해 학업 포기를 상쇄하는 길을 찾고 있었던 것은 아닌가 한다. 하지만 이로써 그가 문학에 매진하였다는 것은 아니다. 일찍부터 해오던 만화출판사업이 실패하는 등 1962년까지 사업을 위해 동분서주한 것으로 알려져 있다. 오영수에 의하여 1963년 『현대문학』 7월호에 「사각」이 2회 추천되면서 그는 다시 문학에 대한 열의를 지피게 된다. 당시의 문학제도에 따라 윤정규가 작가로서 공식적인 위치를 얻는 것은 이때부터다. 실제 「축생도」는 현실적 위악에 대한 풍속화에 그치고 있다. 물론 이러한 현실적 악에 대응하는 주체의 문제는 윤정규 문학의 지속적인 주제가 된다. 그럼에도 이는 「사각」의 서술과 주제에 미치지 못한다. 이 소설을 통해 그는 개인보다 구조 우위의 세계에 대한 통찰을 전개한다. 행위자의 실존을 뭉개는 세계의 부조리를 서술함으로써 윤정규는 전후문학의 대열에 합류하게 된다.

2. 자유를 향한 문학

의인의 18번은 「가거라 삼팔선」이다. 이 노래가 이부풍 작사, 박춘석 작곡, 남인수 곡으로 불린 것은 1947년이다. 처음 이 노래는 남북한을 아울러 널리 유행하였지만 남과 북이 각각 단독 정부를 수립하고 난 뒤 금지되거나 개사된다. 1948년 11월 국가보안법이 통과되면서 이 노래는 1절과 2절이 수정되고 새로 2절이 삽입되는 등 크게 바뀌게 된다. 개사는 1949년 노래의 소멸을 아쉬워한 반야월에 의해 이뤄졌는데 지금 부르는 노래는 당연 개사곡이다. 아마 의인의 기억 속엔 원곡이 자리하고 있었을 것이다. 그렇지만 그가 원곡을 표나게 부르거나 강조한 적이 없으므로 개사곡이 그의 십팔번이라 할 수 있다. 특히 그는 2절—아아-꽃필 때나 오시려느냐?/아아 아아아아아 눈 올 때나 오시려느냐?/보따리 등에 메고 넘던 고갯길/산새도 나와 함께 울고 넘었지/자유여, 너를 위해, 자유여, 너를 위해/이 목숨을 바친다—을 힘주어 불렀는데 이산과 자유라는 주제가 그의 마음에 닿아 있었던 것이 아닌가 한다.

윤정규의 문학사적 위치는 다소 애매하다. 이는 그가 전후세대문학과 4.19세대문학의 사이에 놓이기 때문이다. 의인이 전후세대문학의 후미에 처하게 되는 것은 순전히 귀환동포의 일원이면서 거의 피난민에 가까운 생활을 영위한 그의 경험적 삶과 연관된다. 남다른 경험의 무게가 조숙한 작가의 탄생을 가능하게 한 것이다. 등단작 「축생도」와 「사각」을 두고 판단할 때 그는 확연하게 전후문학에 속한다. 그런데 의인의 문학은 전장의 비참과 폭력이나 그 속에서의 실존과 구원의 문제를 다룬 전후문학의 중심주제에서 벗어나 있다. 의인 문학의 주제는 그 처음부터 자유에 집중된다. 「사각」이 말하듯이 '질서가 인간을 이끌고 사상이 인간을 소유하는' 상황에서 가장 존귀한 가치가 자유임을 인식하게 된 것이다. 그리고 이러한 자유는 폭압적인 정치에서 저항의 형태를 띠게 된다.

의인은 20대 초반 독자적으로 전개한 만화출판사업에 실패한 이후 몇 차례 취직을 하지만 쉽게 조직 생활에 적응하지 못하고 자유인으로 되돌아온다. 가령 1965년 개인회사에 들어갔다 바로 사직하였고 1969년 부산시장 스피치 라이터로 근무하지만 채 일 년을 채우지 못하고 사임한다. 이어 1971년 문화방송 스크립터를 3개월 맡다 중단하는데 이듬해부터 아예 직장생활을 단념할 생각을 하기에 이른다. 이후에도 그의 직장생활이나 사업은 순탄하지 않다. 1973년 '독서신문 부산지사'에 잠시 몸담기도 하고 1975년에는 울주군 언양에서 자수정 광산 사업을 전개하지만 이듬해 파산하고 만다. 의인이 가장 오랫동안 직장 생활을 한 것은 '국제신문 논설위원'으로 있었던 1989년에서 1996년까지의 8년이다. 50대의 언론인 생활을 제외하고 의인은 두 차례 사업을 위시하여 여러 번의 직장생활에 실패하였다. 이러한 의인의 삶은 1966년 결혼한 부인이 교사였기에 가능했던 일이지만 이를 통해 우리는 삶과 문학을 분리하지 않는 작가의 면모를 여실하게 읽을 수 있다. 그의 삶은 곧 문학이고 그의 자유는 곧 문학적 자유였다.

의인은 기회 있을 때마다 문학은 자유를 위한 실천임을 강조했다. 그에게 자유는 민족과 계급 그리고 이념보다 선취된 가치이다. 따라서 그는 자유를 구속하는 제도와 조직 그리고 체제에 대하여 비판하고 저항한다.

> 나는 소설문학이란, 대사회적 발언일밖에 없다는 오랜 신념을 가져왔다. 왜 발언을 하느냐 한다면 그것은 위축되어가는 자유의 문제에 관심을 가졌기 때문이라 할 것이며 그러하기 때문에 여차직하면 반동적이기 쉽고 반체제적이기 쉽다. 나는 물론 그러한 결과가 나오기를 원치 않았고, 또 무척 신경을 써온 셈이다.

첫 창작집 「후기」에서 보인 이러한 발언은 그의 문학 전체를 관류한다. 그의 소설에 등장하는 인물들은 주체적으로 자유를 자각하고 실천하는 이와 그렇지 못한 이로 크게 대별된다. 전자는 대체로 자유가 용인되지 않는 세계와 대결하는 가운데 비극적인 귀결에 이르는 반면 후자는 희화화되거나 풍자의 대상이 된다. 가령 「불타는 화염」의 주인공이 전자를 대변한다면 「오욕의 강물」의 주인공은 후자를 대표한다. 의인의 자유론은 그 출발에서 세계 우위라는 전제를 깔고 있어 주인과 노예의 변증법에 이르진 않는다. 그의 자유론은 경험에서 유발된 것이며 주관적 측면을 내포한다. 하지만 50년대 이후 80년대에 이르기까지 자유가 우리 사회의 중심 화두에서 한 번도 벗어난 적이 없다는 점에서 의인의 글쓰기가 지닌 의의가 크다.

3. 윤정규론을 위하여

의인이 간행한 소설책은 모두 아홉 권이다. 이 가운데 소설집이 네 권이고 장편소설이 세 권이며 번역 추리소설이 두 권이다.

A 소설집 『오욕의 강물』(범우사, 1977)

B 소설집 『불타는 화염』(일월서각, 1979)

C 소설(중편)집 『신양반전』(신원문화사, 1986)

D 소설집 『강아지와 아파트』(해성, 1994)

E 장편소설 『우리들의 황제』(해문, 1986)

F 장편소설 『얼굴없는 전쟁』(창비, 2001)

G 장편소설 『왕과 왕』(해성, 2001)

H 번역추리소설 『살인병동』(후쿠모토 카즈야, 대작사, 1985; 추리문학사, 1990), 『침대살인사건』(니시무라 교타로, 추리문학사, 1988)

다음은 의인의 대표 작품들이 선집에 포함된 경우다.

I 천승세 · 윤정규, 『한국문학대전집 30』(태극출판사, 1976)

J 홍성원 외 3인, 『민족문학대계 9』(동화출판공사, 1977)

K 최인훈 외 9인, 『한국중편소설문학전집 9』(을유문화사, 1996)

L 유현종 · 윤정규, 『한국문학전집 32』(삼성당, 1993)

M 윤정규 외 2인, 『정통한국문학대계 45』(어문각, 1995)

N 정을병 외 7인, 『한국대표문학 18』(금성출판사, 1996)

윤정규론의 시작은 정확한 연보 구성에서 비롯한다. 그동안 정리된 연보들을 교차 검토하면서 의인의 작품연보를 재구성하려 하며 괄호 속에 앞에서 제시된 책들의 알파벳 기호를 명기한다.

1957년 「畜生道」(『현대문학』 7월, I)

1963년 「死角」(『현대문학』 7월, I, M)

1964년 「피해자」(『현대문학』 2월)

1965년 「군중」(『현대문학』 1월), 「단면」(『도정공론』 4월), 「심판」(『현대문학』 7월), 「천사」(『부산문예』 10월, I), 「월야」(『현대문학』 12월, B, I, L)

1966년 「타계의 음향」(『문학시대』 3월)

1967년 「이 에덴에서」(『현대문학』 3월, A), 「孤影」(『부산문학』, N)

1968년 「비인서설」(『현대문학』 4월, B, L), 「사족기행」(『창작과 비평』 여름, A, L)

1969년 「오욕의 강물」(『창작과 비평』 봄, A, I, L), 「기정사실」(『현대문학』 12월), 「근대주의자」(『월간문학』 12월)

1970년 「모반」(『월간문학』 7월, A), 「전환반응」(『현대문학』 8월, B, M)

1971년 「인형의 성」(『월간문학』 5월, A, N), 「恨水傳」(『현대문학』 7월, A), 「장삼이사전」(『신동아』 7월, A, L, N), 「토요일」(『기독교사상』 8월)

1972년 「애국합시다」(『월간문학』 3월, D), 「관절염」(『다리』 4월), 「미스 송의 연인」(『월간문학』 8월), 「장렬한 화염」(『상황』 여름, B-「불타는 화염」으로 개제, I, L, M)

1973년 「繫馬辭說」(『漢陽』 1월), 「산타클로스는 언제 죽었나」(『상황』 봄, B), 「탈선 박충신전」(『현대문학』 6월, B), 「어떤 사임」(『漢陽』 8월),

「공포의 계절」(『신동아』 12월, B), 「맹정승의 유훈」(미확인)

1974년 「파랑새 사냥」(『세대』 2월, B), 「몽몽춘추록」(『현대문학』 4월, B, I), 「단면」(『여성동아』 6월), 「흐르지 않는 물」(『창작과 비평』 여름), 「나는 놈 위에 기는 놈」(『월간문학』 7월), 『폐허의 태양』(『부산일보』 11월-연재, 『우리들의 황제』로 개제, E)

1975년 「신양반전」(『창작과 비평』 봄 · 여름, C), 「어떤 죄인」(『월간문학』 6월), 「유민기」(『현대문학』 11월), 「거인」(『한국문학』 11월), 「五季의 候鳥」(『현대문학』 발표월 미확인, B),

1976년 「영락의 들」(『현대문학』 8월, B), 「단층」(『현대인』 8월), 「밤(栗)」(『신동아』 9월), 「臭蟲」(『부대신문』 6월), 「아리랑」(발표지 미확인, I), 「吹雪」(미확인),

1977년 「조그만 실패」(『시문학』 6월), 「미로」(『소설문예』 9월), 「청원서」(『한국문학』 9월), 「어떤 인과」(『남부문학』 겨울), 「초토에 진 웅지」(『민족문학대계』, C. J)

1978년 「한강」(『현대문학』 4월, 「한강의 흐르는 물은」으로 개제, B), 「어떤 죄인」(『월간문학』 6월), 「두 老友」(『국민회의보』 110호), 「방황변이」(『문예중앙』 여름), 「영혼과 유령」(『오늘의 문학』 창간호)

1979년 「쉽게, 새롭게 살기」(『현대문학』 발표월 미확인), 「두 실업자 1」(『월간문학』 발표월 미확인), 「돌아오지 않은 탕자」(『세대』 연재-『한국중편소설문학전집 9』(을유문화사, 1996) 수록 중편, K)

1980년 「두 실업자 2」(미확인)

1981년 「인생유전」(미확인), 「노상에서」(미확인)

1982년 「배신」(『부산문학』, D), 「운명의 늪」(『제3문학』, D, M)

1983년 「두 나그네」(『소설 열네 마당』, D), 「조그만 이야기 하나」(『부산

문예』 2집, D)

1984년 「강아지와 아파트」(『목요문화』 9월, D), 「나의 조국(봄)」(『토박이』 창간호)

1985년 「잊혀진 소년」(『부산문학』, D), 「臭蝨」(『오늘의 작가 9인 소설집』, D), 「나의 조국(여름)」(『부산문예』)

1986년 「굴절의 피안」(『예술계』 신년호, D), 「어머니의 겨울」(『소설마당』 2집, M), 「나의 조국(가을)」(『토박이』 2집), 「떠다니는 죽음」(『동서문학』, M), 「마지막 귀향」(『예술계』)

1987년 「탁이와 억이(희곡)」(『문학과 실천』 창간호, D), 「마지막 축배」·(『창비신작소설집』, M)

1988년 「모와 자, 그리고 아버지」(『예술계』 9월, D), 「무인동2」(미확인), 「따귀 한 대」(미확인), 「두터운 아이들」(미확인)

1989년 「무인동 3」(『문학과 현실』 창간호, D)

1992년 「무인동 1」(『나는 이유를 알고 싶다』, D)

1993년 「수치스런 명예」(『가톨릭사회』 여름)

2001년 「럭스비누로 목욕을 하며」(『작가사회』)

2002년 「논두렁에서」(『소설마을』 창간호)

의인은 이처럼 중단편 90여 편, 장편 3편을 남겼다. 결코 적은 분량은 아니다. 중단편 가운데 태반이 여지껏 창작집으로 묶이지 못했다. 의인 문학 전모에 다가가기 위한 창작집 발간 작업이 요긴한 형편이다. 우선 이 글을 쓰면서 내가 읽은 의인의 작품은 A와 B에 실려 있는 작품들이다. 그리고 이전에 C, E, F를 일별한 적이 있는데 그동안 읽은 작품만을 들 때 의인은 모두 3인칭 전지의 시점으로 서술하는 경향을 보였다. 어쩌면 그가 자신의 소설이 자전적인 경험으로 읽히는 것을 크게 경계한 것은 아닌가 한다. 하지만 인칭과 무관하게 전지의 시점에는 경험적 변용이 끼어들게 마련인데, 이를 가려 읽기가 쉽지 않았다. 그럼에도 그의 삶과 연관시켜 읽을 수 있는 대목들이 없지 않다. 그에게 디아스포라적인 의식 혹은 좀 더 과감하게 말하여 고아의식 같은 것이 있어 작품에 투영되고 있다는 감이 컸다. 이국 일본에서 유년을 보내고 가장 중요한 인격형성기를 해방공간과 한국전쟁기 부산에서 보냈다는 사실은 그의 문학을 해명하는 데 중요한 근거가 된다. 특히 많은 작품에서 그는 부산의 구체적인 장소와 공간을 무대로 삼고 있다. 「한수전」, 「오욕의 강물」, 「오계의 후조」, 「월야」, 「불타는 화염」, 그리고 『우리들의 황제』의 주무대가 부산이다. 만일 「월야」, 「불타는 화염」, 그리고 『우리들의 황제』를 보다 세심하게 분석한다면 부산성(Busanness)을 찾을 수 있을 것이라는 생각마저 든다. 그만큼 장소나 공간이 단순한 색인이 아니라 작품에 육화되어 있다.

> 그는 부산에서 둘째쯤 가는 큰 여관집의 장자였다. 해방과 전쟁의 어렵고 혼란한 때가 있었지만 그의 어린 나이와 풍족한 환경이 어려움을 전혀 의식하지 못하게 감싸 주었다. 그러나 그 행복은 길지 않았다. 1953년 11월 27일 하오 8시 30분경 발화한 화재가 모든 것을 삼켜 버린 것이다. 불은 영주동 산비탈 판자집에서 일어났다. 그 불길이 장장 열네 시간 동안 번지고 번져, 부산 번화가였던 40계단 부근과 동광동, 부산역 등을 잿더미로 만들었다. 불가항력의 화재가 아니었다. 당시 경찰국장이었던 김모가 산비탈의 판잡집을 소탕할 좋은 기회랍시고 소방관들로 하여금 진화작업을 중단하게 했고, 그 사이에

> 불은 바람을 타고 진화가 불가능한 대화로 커져버린 것이었다. 폐허가 된 부산은 좀처럼 재건되지 않았다. 민수의 아버지는 폐허의 땅 위에 여관을 다시 건립했다. 낙천가요 저축력이 없었던 그의 아버지는 여관경기를 믿고 사채를 내어 여관을 건축했던 것인데 5년 후 여관은 결국 채권자의 손으로 넘어가야 했었다. 이때부터 민수의 상처투성이 인생이 시작되었다.
>
> —「불타는 화염」

소설에서 부산의 대화재가 주인공의 삶을 구속하고 결정하고 있다. 아마 의인의 삶 또한 부산에 포박되었을 것이라 생각한다. 해방과 전쟁 그리고 전후 사회의 모순에 찬 현실을 그는 부산에서 가족사적 사정과 더불어 직면하였을 것이다. 압도적인 악에 대한 환멸과 세계를 극복하려는 자들의 처절한 비극을 공감하면서 그는 한 줌의 자유라도 지키지 않으면 안 된다는 절박한 심정으로 문학에 기투한다. 자기 안에서 자유가 자라고 그의 문학이 커가면서 저항의지 또한 견고해져 간다.

4. 남는 말

생전에 의인은 필자에게 해방공간과 한국전쟁을 배경으로 하는 대하소설을 쓸 것이라 공언한 바 있다. 그의 작품 일부를 읽어봐도 그의 말이 지닌 진정성을 이해하기 어렵지 않다. 추측하건대 50년대 말을 다룬 『우리들의 황제』 이전의 세계를 넓고 두텁게 서술하려 한 것은 아닌가 한다. 하지만 그는 두 권의 장편소설—『얼굴 없는 전쟁』과 『왕과 왕』—

을 던져주고 우리 곁을 떠났다. 그가 자신의 삶의 역사를 말하려 한 의지를 접어두고 그의 문학에서 가장 소설스런(?) 소설이라 할 수 있는 가구(假構)의 세계로 이월한 것이다. 왜 그랬을까? 아직 그의 문학과 삶의 전모를 파악하지 못한 나로서는 마땅한 답을 찾기 어렵다.

필자가 의인을 만난 것은 1985년이다. 우연찮게 '양산박'이나 '산에 산에' 등의 주점에서 만나게 되었는데 그 때마다 20대 초반의 우리들을 아주 편하게 대해 주었다. 이후 요산과 그가 주동이 되어 '5.7문학협의회'를 만들었고 우리는 그의 이끌림을 따라 한 시절을 견딜 수 있었다. 요산의 타계는 요산의 아들과 같은 그에게 누구보다 큰 고통이었을 것이다. 그럼에도 그는 의연하게 우리들의 자애로운 아버지 역을 잘 해내었다. 그만큼 노소동락을 즐긴 이도 드물다. 그가 떠난 지도 어언 10년이 다 되었다. 요산과 의인 없는 세상에서 우리는 무엇을 하였는가? 의인이 베푼 도타운 은혜에도 불구하고 그저 자기 잘난 맛에 살다 이제야 허둥지둥 그의 작품들을 추스르고 있으니 의인이 요산에게 보인 정리의 반분도 못하고 있는 것이 아닌가. 2012년이 의인의 10주기인 만큼 더불어 그를 제대로 이해하고 알리는 노력을 할 계제가 된 것이라 생각한다. 그렇지만 앞으로의 일을 들어 작금의 불성실을 모면하려는 잔꾀에 그칠까 두려움이 앞선다. 그를 그리워하는 마음으로 다음과 같은 그의 말을 인용하면서 어설픈 이 글을 맺는다.

> 문학이 문학답기 위해서는 삶의 비극을 천착하지 않으면 안 된다는 사실을 다시 한번 확인하는 지혜가 필요한 요즘이 아닐까 한다. 그리고 '민중'에 시비를 하기보다 창작할 수 있는 분위기의 자유로움에 대해 한번쯤 회의를 해보는 게 어떨까?

부록

나의 비평적 행보에 대한 회고

비평이 내게로 온 시절

나에게 찾아온 비평의 순간은 언제일까? 읽기와 쓰기의 타성에 젖은 지금, 각성의 순간은 쉽게 찾아오지 않는다. 청탁에 끌려다니고 글빚에 허덕이다 보니 의욕으로 빛나던 순간에 대한 기억이 가물거린다. 과연 나에게 비평의 순간은 어떠한 모습으로 찾아왔던가? 고민 끝에 저 먼 젊음의 뒤안길로 가본다. 그리고 비평의 순간이 아니라 문학이 나에게 다가온 때를 먼저 생각한다.

고등학교 다닐 때 문예반에 들지도 않았으니 특별히 문학에 뜻을 품지 않았다. 대학에 가서 나쁜(?) 친구들을 만나면서 문학에 입문하였다. 고등학교 시설에 글깨나 쓰던 이들과 휩쓸리면서 문학동아리에 들고 시화전에도 참여하였다. 아득한 1977년 대학 초년의 일이다. 내 안에 잠재되어 있던 표현의 욕구가 분출한 탓일까? 시를 쓰고 소설을 써보려 하면서 그만 문학에 빠져버렸다. 소위 문청(文靑)의 나날이 시작되었다. 잘 다니던 교회도 멀리하고 몇몇 친구들과 어울려 다니면서 감상과 치기에 함몰되었다. 유신 후기의 사회상황과 더불어 학교의 분위기도 문학으로 유인하는 힘이 컸다. 김광규 시인에게 문학개론을 배웠고 김춘수 시인의 제자인 양왕용 시인으로부터 김춘수를 알게 되었다. 김치수, 김천혜, 김준오, 김중하와 같은 비평가들도 있었으니 아마 이 시대가 내가 다닌 부산대의 문학 르네상스로 보아도 무방하리라 생각한다. 어쩌면 나는 이러한 문학 르네상스의 가장 큰 수혜자인지도 모른다.

그렇다면 나게 비평의 순간이 다가온 때는 언제인가? 돌이켜 볼 때 시화전이 있던 솔밭 자리에서 고교 동창으로 일찍이 이름을 날려 별명이 '시인'이었던 조민제, 그리고 지금은 고인이 된 신용길 등과 대화하는 과정이 아니었나 한다. 아니 이때 나의 발언은 비평이라기보다 비아냥에 가까웠다고 기억된다. 매끄럽게 잘 쓴 친구들의 시를 보면서 선망과 질시, 열등감과 불만이 뒤섞긴 감정으로 비판을 늘어놓은 셈이어서 듣는 이들조차 별로 심각하게 받아들이지 않았다. 이도 잠시여서 내게 비평적 지향이 있다는 자각을 하진 못했다. 이런 가운데 김춘수의 『의미와 무의미』를 만났다. 초여름 비가 추적거리는 거리를 배회하다 들른 동네서점에서 이 책을 빼 들면서 문학이 나의 공부가 되지 않았나 회고한다. 시를 쓰고 방학 동안 친구들과 편지를 주고받으면서 표현의 의지를 보태고 문학 이론에 대한 지적 호기심을 충족하는 데 급급하였다. 그러다 가을 학기가 되어 김광규 선생의 강의를 듣게 되었다. 그의 강의와 그가 교재로 썼던 『문학이란 무엇인가』(문학과지성사 간)가 내게 끼친 영향은 컸다. 적어도 감상과 치기의 문학이 공부로 전환되는 계기가 되었다. 시보다 비평으로 기울어졌다고나 할까? 2학년이 되어 김준오 선생을 만나면서 비평의 매력에 더욱 이끌렸다. 그는 김윤식 선생의 『한국현대시론 비판』을 교재로 삼았는데 이와 더불어 나는 『한국문학의 논리』 등을 읽으면서 김윤식에 매료되었다. 이후로, 감히 말하지만, 나는 김윤식 선생을 사숙(私淑)하였다. 학부 4년 내내 그의 저작을 끼고 살았다고 해도 과언이 아니다. 지금껏 그의 책은 여전한 필독서이다. 최근 들어 그의 저서를 정리해보니 120여 권이었다. 그의 주요 단독저서 대부분을 내가 소장한 셈이다.

내가 비평이라고 쓴 가장 처음의 글은 아이러니하게도 실제 비평이 아닌, 「한국문인의 실태」(《부대신문》 1978년 8월 21일)로 사회학적이다. 염무웅 선생의 『한국문학의 반성』 독후감에 가까운 글인데 학보사 기자인 친구에게 주었더니 느지막이 방학 호에 게재되었다. 당시 편집국장이 강선학(필명 강유정) 시인이었다. 학부 2학년생이 쓴 글이고 또한 실제 비평이 아니어서 게재를 망설였다고 한다. 실제 비평으로 내가 처음 쓴 평론은 「유년에의 꿈과 미학-김춘수의 시정신」(《부대신문》 1979년 4월 9일)이다. 김춘수에 대한 공부의 일단이 나의 첫 평론이 되었다. 이후 김춘수론은 학부 졸업논문으로 발전하고 1981년 《중앙일보》 신춘문예 최종심에 오른다. 김준오 선생이 '동일성의 시론'을 발표한 해는 1979년이다. 이 해 벽두부터 비평 공부 모임도 열렸다. 류종열, 민병욱, 하창수, 구모룡 등이 멤버였다. 4학년 선배들이 나를 포함하는 아량을 베푼 자리다. 당시 유행하던 신화원형비평과 현상학이 주된 공부 대상이었다. 이와 더불어 동급생인 곽진석(부경대 교수), 최재남(이화여대 교수)과 자주 만나면서 서로 공부를 부추겼다. 최재남은 예천 사람인데 학생으로서 상상할 수 없을 만큼 많은 장서를 소장하였다. 한문에 능통한 그는 고전 시가를 전공하였다. 곽진석은 책상머리에 김열규 선생의 사진을 붙여놓고 공부하였고 마침내 김열규 선생의 수제자가 되었다. 동급생인 강명관(부산대 교수)은 많은 독서량으로 빛났다. 그는 당시(唐詩)를 좋아했고 오늘에 와서 한문학으로 일가를 이뤘다. 여하튼 학부 시절에 공부하는 분위기만큼은 어디에도 뒤지지 않았다고 생각한다. 나의 비평은 이와 같은 사람들과 함께 하는 가운데 진화하였다.

말할 필요도 없이 이러한 회고는 사소하다. 비평의 순간이라고 말하기에 무게감이 부족하다. 학부 시절 학보와 교지 등에 여러 편의 평론을 발표하였으나 습작에 가깝다. 이 시절 내가 좋아한 시인과 작가는 김춘수, 최인훈, 이청준, 조세희, 윤흥길, 신경림, 황동규, 김지하, 고은, 윤상규 등이었고 존경한 비평가는 김윤식과 김현이었다. 3학년이던 1979년 2학기와 4학년이던 1980년 1학기는 오래도록 나를 떠나지 않는 경험으로 남아있다. 최루탄 가스를 마시면서 거리를 행진하였으나 좌절된 꿈으로 상처를 입었다. 1980년 가을 마지막 학기를 보내면서 '부대문학상'에 평론부문이 더해진 사실을 알고 투고한 글이 선정되었다. 「초월과 부정의 미학-청마 유치환의 시세계」(《부대신문》 1981년 1월 1일)로 김준오 선생이 심사하였다. 졸업을 앞둔 가을의 나는 불안과 우울에 시달렸다. 친구들은 서울대와 서강대로 가기로 하였고 나만 남겨지게 되었다. 1981년 대학원에 진학하였지만 어두운 시대와 고압적인 대학원 분위기로 힘들었다. 나는 박남훈(문학평론가로 지금은 목회 일을 하고 있다) 등과 어울려 술과 함께 나날을 보냈다. 이런 시절에 내게 다가온 시인이 김수영이다. 마침 『김수영 전집』(민음사, 1981)이 발간된 일이 계기였으리라 생각한다. 까다롭기로 유명한 음성학자인 김영송 선생의 세미나 시간에 나는 「도덕적 완전주의-김수영의 시세계」를 발표하였다. 나대로의 반골 성격을 표출한 셈인데 함께 수업한 박남훈은 "선생과의 대결 같았다"고 술자리에서 관전평을 하였다. 어떻게 보면 내게 비평의 순간은 1980년대에 이르러 다가온 듯하다. 시대에 대한 상처와 고통이 구체화하면서 비평은 비판의 표정을 갖게 된다. 여하튼 김수영론을 더 보충하고 다듬어 투고하였는데《조선일보》신춘문예에 당선되었다. 1981년 12월 20일경의 아침에 전보로 당선통지문을 받았다.

얼떨결에 나는 비평가가 되고 말았으나 한동안 실감이 없었다. 현장비평가로 나서기보다 3학년 때 사둔『조지훈전집』(일지사, 1973)을 끼고 살았다. 조지훈의 시론 연구를 석사 논문으로 제출하고 유기론(organology)에 대한 탐구를 이어간다. 지금껏 근본비유로 은유와 환유가 아니라 제유(synecdoche)라고 줄곧 생각하게 된 연유도 지훈에게서 찾아진다. 석사 과정을 마치고 교사로 있던 나를 문학 현장으로 끌어낸 이는 이윤택이다. 무크지『지평』3집과『전망』1집에 동시에 참여하면서 비평가로 활동하게 되었다.『전망』은『지평』에서 분화한 문인들이 만든 무크지로 부산대 출신이 중심이었다.『지평』은 남송우, 민병욱, 이윤택, 하창수 등이 창간하였으나 남송우와 민병욱이『전망』으로 가면서 이윤택, 하창수, 구모룡, 강영환 등이 주도한다. 이와 같은 분화와 전개과정은 여기서 줄이고 무크지의 의의를 덧붙이기로 하자. 주지하듯이 주요 매체에 대한 신군부의 폐간조치가 무크지 시대를 열었다. 중심이 강제적으로 해체되면서 주변이 살아나는 역설의 장면은 여전히 하나의 교훈으로 남는다. 1987년 유월 항쟁 이후 새로운 국면에서 계간지들이 부활하고 1990년대에 이르러 다시 주변부 문학이 쇠퇴하는 양상을 기억하는 이들은 한국사회에 내재한 중심과 주변의 모순을 이해하기 쉬울 터이다.『지평』은 중심이 강제 해체된 시대에 지역문학의 출로를 열었다. 내가 이러한 사정을 입고 활동을 시작한 것은 '원하지 않은 행운'이다. 하지만 초기의 강한 지방주의-지역중심주의에 대하여 거리를 두었다. 우리 사회를 중심과 주변의 이분법으로 바라보는 시야는 선명하지만 단순하다는 생각이었다. 민족모순과 계급모순을 말하던 시대에 지역모순을 말하는 일의 의의와 효과를 고민하였다. 이러한 고민 속에서 나는 비평과 실천을 하나의 연관 속에서 실행하는 활동가로 변하고 있는 자신을 발견하게 된다. 1983년에서 1987년의 5년 동안 나는 신용길, 정일근, 최영철 등과 늘 현장에 있었다. 이 당시 우리와 거리를 두거나 우리를 비판한 이들 가운데 오늘날 진보를 자처하고 있는 이도 있으니 실소를 금할 수 없다.

나는 정말 얼떨결에 신춘문예에 당선되었다. 시상식에서 만난 심사위원 신동욱 선생은 내게 이렇게 말했다. "학생이라면서요. 요산 김정한 선생한테 배웠지요. 선생은 잘 계신가요." 20대 초반의 어린 나로서 주저하다 "예, 잘 계십니다"라고 답을 했지만, 이 말은 두고두고 내 머리에 맴돌고 있다. 1974년 정년 후에 요산은 부산대를 떠나 동아대에 적을 두고 있었고 내가 대학을 다니면서 뵌 적이 없기 때문이다. 나로선 신동욱 선생께 본의 아니게 거짓을 말한 셈이다. 실제 요산을 만나기는 1985년 5월 7일이다. 이전에 윤정규 선생 등과 물밑으로 연락을 주고받아 동광동 화국반점에서 모여 '5.7문학협의회'를 결성하였다. 요산은 후배들을 모아놓고 "이러한 시대에 가만히 있을 수 있나, 우리도 나서야 한다"라고 하면서 단체를 만들어 활동을 독려했다. 나와 요산의 만남은 이렇게 시작되었고 후일 박사과정에서 몇 과목을 수강하면서 사제의 연을 맺었다. 1986년은 정일근, 최영철과 본격적으로 '지역문학운동'을 전개한 해이다. 이 두 사람이 주축이 된 '부산경남젊은시인회의'는 중간에 자유실천문인협회의 지역위원회를 경유하면서 '영호남문학인대회'로 발전한다.

무크지 『지평』은 나에게 많은 비평의 순간을 부여했다. 지역중심주의를 넘어서 민족민중문학 속에 지역모순의 문제를 기입하는 방식을 고민하게 하였고 나아가 비판적 지방주의(critical localism)를 선택하는 경로를 만들어 주었다. '신서정'이라는 새로운 경향을 통하여 시가 변혁의 상상을 품는 희망의 원리가 되는 데 이르기도 했다. 마침내 신용길, 조성래 등의 시인과 노동운동을 하던 백무산 시인을 찾아보고 정인화, 김상화 시인 등과 연대하는 일도 도모했다. 비평과 실천이 뒤엉키는 가운데 『지평』과 '5.7문학협의회' 등이 나로 하여금 우리 시와 지역문학에 관한 많은 평문을 쏟아내게 하였다. 이 시대를 회고하는 다른 자리에서 나는 이때를 황금시대라고 부른 바 있다. 여전히 내 가슴 속에 순금으로 빛나는 시절이다. 1988년 나는 현장을 떠나 대학 조교의 자리를 얻고 이듬해 박사과정을 시작한다. 다시 도서관과 책방을 오가는 생활을 시작하였다. 현실감각은 무뎌지고 회색 이론 속에서 방황하는 나날이 거듭되었다. 임화 연구를 주제로 잡았다 유기론으로 회귀하였다. 석사 논문으로 쓴 조지훈에 조윤제와 김동리를 더하여 시론, 소설론, 문학사론을 유기론과 연관시키면서 박사 논문을 썼다.

대학 강단에 선 뒤에 비평의 순간이 내게로 온 일이 있는가? 지금도 나는 살아있는 정신은 시정(市井)에 있다고 생각한다. 1990년대 이후의 나에게 있어서 비평의 순간이 있다면 그건 지역문학론의 확장이다. 세계체제론을 학습하고 지리학의 스케일 개념을 익히면서 지역문학의 시야를 쇄신하였다. 중심부-반부변부-주변부의 관계를 프랙털 모형으로 인식하고 스케일의 관점으로 로컬(local)-국가(nation)-지역(region)-세계(global)을 바라보면서 이 둘을 포개는 방식으로 이해하자는 방법이다. 이는 결코 새로운 방법은 아니다. 하지만 이러한 시각으로 로컬 문학의 가능성을 찾고 한국문학을 동아시아적 맥락으로 읽고, 세계문학과 연관하여 재해석하는 연습을 하고 있다. 연습을 그치지 않고 거듭한다면 비평의 순간이 나에게 다시 다가올 것이라 믿는다. 기존의 문학을 재해석하고 새로운 문학을 궁리하는 일을 계속한다면 식어버린 비평의 열정이 살아나지 않을까? 이와 더불어 문청 시절에 품었던 자기표현의 글쓰기도 가능하지 않을까?

변증법과 유기론은 나의 비평이 지닌 두 가지 내적 형질로 공존한다. 어느 한쪽을 선택하지 않는 나는 모순이다. 사소하고 성가시다고 자기가 사는 장소의 현실을 외면할 수도 없다. 블랙홀처럼 서울 중심으로 모든 역능이 흡입되는 현실을 보면서 저항과 체념을 반복해왔다. 인정과 평가 시스템조차 편향되었다. 부산이라는 해항도시(seaport city)에 사는 비평가에게 더 많은 짐이 지워져 있음을 안다. 날로 그 생산력이 약화되고 있는 지역의 문학적 현실을 보면서 한계를 절감한다. 한국문학이라는 국가 스케일에 갇히지 말고 시공간을 가로지르는 상상력(teleopoiesis)을 기르자고 제안을 거듭한다. 이는 로컬 문학에도 해당하고 한국문학에도 해당한다. 공허한 제안으로 남지 않기 위하여 더 많은 궁리를 해야 하나 이미 오동잎 지는 가을이다. 그렇지만 나는 여전히 새로운 비평의 순간이 내게 다가오기를 기대한다.

요산의 발자취와 부산지역문학이 걸어온 길

—부산작가회의의 전반(1985년-2000년)의 회고

나에게 주어진 과제가 부산작가회의의 전사(前史)에 해당하는 '5.7 문학협의회'(이하 '5.7'로 약칭함)와 '부산민족문학인협의회' 등의 경과, 1996년 사단법인화와 이후 조직의 활성화 과정을 설명하라는 것입니다. 대략 1985년부터 2000년에 이르는 15년 정도의 시간에 해당합니다. 시대사로 보면 1980년대의 질곡을 뚫고 1987년 6월 항쟁으로 이룬 소위 '87체제'의 민주주의를 힘겹게 열어가는 기간과 함께합니다.

먼저 사단법인화가 문민정부 시절에 이루어진 사실을 주목하고자 합니다. 주지하듯이 정치가 김영삼의 영향이 컸던 부산에서 '민족문학작가회의 부산지회'(이하 '부산작가회의'로 약칭함)의 출범(회장 윤정규)은 기대와 실망을 껴안고 가야 하는 일과 다르지 않았습니다. 이는 1980년대에 '5.7'에 관여한 이들과 더불어 '5.7'과 거리를 두었거나 경우에 따라서 비판적이었던 문인들 그리고 1980년대의 경험이 전무한 1990년대 문인들이 하나의 조직 속에 동거하는 양상으로 나타납니다. 의욕적인 출범에도 불구하고 그 활동의 방향에서 혼선이 빚어지거나 출범 당시 이름을 올린 이들 가운데 다수가 한국문인협회 부산지부(이하 '부산문인협회'로 약칭함)에 더 적극적으로 가담하는 현상이 발생하기도 합니다. 매체 『작가사회』를 발간하고 회원을 결속하는 '민족문학제'를 여는 등 사업을 전개하였습니다만 통합된 정체성을 획득하지 못하는 한계를 보이게 됩니다. 물론 혼선은 그리 오래 가지 않습니다. 1997년 겨울 '비상대책위원회'(구모룡, 동길산, 서규정, 조명숙, 조성래)를 구성하여 심기일전할 수 있었기 때문입니다. 따라서 회원들이 '부산문인협회'와의 관계 문제 등을 해소하고(이후 '부산작가회의'의 회원은 30여명 정도로 축소됨), '요산문학제'를 개최하는 등 조직의 정비를 이루는 1998년의 제2기 '부산작가회의'(회장 조갑상)에 이르러 체계와 지향을 갖추었다고 할 수 있겠습니다. 실제 문민정부 시절에 '부산작가회의'는 관으로부터의 어떠한 지원도 얻어내지 못하는 상황에 봉착하기도 합니다. 어떻게 보면 1970년대 이래 가졌던 특정 정치가에 대한 기대가 배신으로 와닿은 대목입니다. 보수대연합의 흐름 속에서 '부산작가회의'는 정체성의 혼란을 이겨내고 창작과 실천을 이끌어내는 매개로 오랫동안 요산 김정한 선생을 기념하고 기억하고 있습니다. 그러니까 1998년의 시점에서 조직 강화, 매체 활성화, 요산을 기념하고 기억하는 요산문학제 개최 등을 이루었고 지금껏 이러한 시스템이 큰 변화 없이 유지되고 있는 형편이라고 할 수 있겠습니다.

(1) 매체-『작가와 사회』(『토박이』-『문학과 실천』-『문학과 현실』-『작가사회』라는 무크지를 이어서 반연간지, 계간지로 발전)

(2) 요산문학제(17회부터 '요산문학축전'으로 개칭, 올해 18회 개최)

(3) 문학토론회(문학콘서트로 유지되고 있음)

1990년대 후반 30여 명으로 축소된 '부산작가회의' 회원은 현재 250명에 이르렀습니다. 회원의 규모가 조직의 위상을 말하는 것은 아닐 것입니다. 그럼에도 엄정한 회원 관리를 통하여 문학적 수월성을 유지해온 것이 사실입니다. 시인이 대부분인 여타 지역과 달리 소설가와 비평가가 고르게 분포한 것도 '부산작가회의'의 역량을 드러내는 대목이라 할 수 있을 것입니다. 하지만 다른 문학 단체에 비하여 상대적인 우월성을 견지한다는 것이 무슨 의미가 있을까요? 이것이 오히려 자족적인 한계를 낳고 있는 것은 아닐까 스스로 묻지 않을 수 없습니다. 그야말로 루쉰이 말한 "쩡짜"(挣扎)의 태도가 필요한 시점이 아닌가 합니다. 타자를 비판하기 이전에 자기를 부정하는 결연한 갱신이 요구된다는 것입니다. 문학활동은 있지만 문학생산은 둔화된 현실, 그 문학생산조차 시대가 요구하는 구체적인 것에 육박하지 못하는 추상으로 귀결되는 현상, 구성원들의 창조력을 이끌어내지 못하는 조직에 대하여 깊이 반성하고 토론할 필요가 있다는 것입니다. 아마 이러한 문제에 대한 것은 후속 발제들이 더욱 충실하게 논의를 이어갈 것이라 믿습니다.

저는 지금 '부산작가회의'의 전반(前半)에 해당하는 역사를 말하면서 "요산의 발자취와 부산작가회의의 갈 길"이라고 표제를 달았습니다. 아마 다소 뜬금없다고 생각하는 이들이 없지 않을 것입니다. 요산선생은 1996년 11월 28일 유난히 눈이 많이 내린 날 타계하였습니다. 그날은 마침 목포에서 영호남문학인대회가 열리고 있었습니다. 요산은 1987년 9월 민족문학작가회의 초대 회장을 맡았고 1996년 법인화 시기 고문으로 추대되었지요. 그러니까 1970년대의 "자유실천문인협의회'(이하 '자실'로 약칭함)부터 1985년의 '5.7'을 경유하여 사단법인화에 이르기까지 요산의 발자취를 빠트리고 '부산작가회의'의 역사를 쓸 수 없음을 잘 알고 있습니다. 그렇다면 '부산작가회의의 온 길'이라 하지 않고 '갈 길'이라고 한 까닭은 무엇일까요? 그것은 과거를 기억하는 일의 의미를 되새기자는 뜻이 포함되어 있습니다. 1980년대와 1990년대, 그리고 그 이전인 1970년대를 제대로 기억하는 일이 더 없이 절실해지고 있는 이즈음이 아닙니까? 지난 5월 7일 최영철 시인과 저는 '5.7문학협의회 30주년을 기념하는 모임'을 동광동 화국반점에서 열었습니다. 항간에 '부산작가회의'가 사단법인화를 기점으로 내년에 20주년을 생각하고 있다는 풍문이 돌기도 하였습니다. 마침 작년에 "한국작가회의 40년사"가 기술된 터라 이러한 풍문이 우려할 바가 아닌가 염려도 하였습니다. 다행히 '5.7문학'을 기념하는 모임은 당시 회원이었던 이상개, 김문홍, 오정환, 조갑상, 류명선 등의 문인과 이를 알고자 하는 후배문인들이 함께 모여 성황리에 잘 마무리되었습니다. 여하튼 오늘 '부산작가회의' 30년을 기억하는 세미나를 개최하는 형국이고 보면 그간의 우려는 불식되었다고 할 수 있겠습니다. 그럼에도 1990년대 이후에 등단한 회원들이 1980년대에 대한 기억을 공유하는 일이 보다 본격적으로 전개되었으면 하는 바람이 있습니다. 사실 '5.7문학'과 무크지 그리고 '부산경남시인회의' 등의 활동에 대하여 제대로 논의하자는 제안이 있었던 것은 저와 최영철 그리고 전성욱과 고봉준 등이 함께 하는 자리였습니다. 요산, 윤정규, 조갑상으로 이어지는 소설계의 흐름은 어느 정도 선연한 바 있습니다. 특히 조갑상의 『밤의 눈』은 요산을 창조적으로 계승한 성취라 해도 과언이 아닐 것입니다. 이에 비하여 강은교, 최영철, 조말선 등 시의 흐름은 보다 새롭게 조명되고 논의되어야 할 사항이 아닌가 합니다. 여하튼 문학적 성과에 대한 존경이 바탕이 되지 못하는 단체는 친목화하거나 정치화될 수밖에 없다는 생각을 늘 견지하는 자세가 필요한 것이겠지요.

그럼 이제 먼 1980년대로 시간 여행을 떠나 볼까요? 그런데 지난 '5.7문학'을 기념하는 자리에서 발표한 글이 있습니다. 이는 『오늘의 문예비평 5.7』 여름호에 「진보적 문학 전통의 복원과 계승—1980년대 문학운동과 "57문학협의회"」로 게재되기도 했습니다. 동어반복이 될 수도 있겠습니다만 지난 글을 조금 줄여 정리하여 논의를 이어갈까 합니다.

단지 30주년이기 때문에 기억하려는 것은 아닙니다. 또한 그 어떤 정통성이라는 권력담론을 구성하려는 것도 아닙니다. '5.7'을 '부산작가회의'의 전사에 두고 있는 이들이 있는가 하면 이를 꺼림하게 생각하는 이들도 적지 않다고 봅니다. 가령 누군가 "내년이 부산작가회의 출범 20주년이다, 1996년에 사단법인으로 등록하였기 때문"라고 한다면 이를 틀린 진술이라고 말할 수 없습니다. 달리 어떤 이가 "한국작가회의가 1974년에 출범한 자유실천문인협의회로부터 40년의 역사를 서술하였으니(『한국작가회의 40년사: 1974-2014』, 실천문학사, 2014) 부산작가회의도 1985년에 결성된 57문학협의회를 시발로 30년의 역사를 지닌다"고 하여도 무방한 것입니다. 그런데 둘 다 옳지만 크게 논란할 일은 아니라고 생각합니다. 무엇보다 조직 논리가 문학 본연을 대신할 수 없을 뿐만 아니라 조직 논리가 앞설 때 문학의 진정한 활력은 쉽게 고갈된다는 교훈을 상기하고자 합니다. '5.7문학'이 나에게 어떤 의미인가, 그것이 지역문학에 끼친 영향은 무엇인가라고 묻는 것이 우선이겠지요. 그래서 '5.7문학' 이전과 이후에 나의 문학과 지역문학은 어떻게 달라졌는가라는, 다분히 나 자신을 향한 물음을 여기서 던지고자 합니다. 아울러 30년이 지난 지금 '5.7문학'을 기억하는 일이 어떤 가치를 가질 것인가에 대하여 질문하려 합니다. '5.7'은 1985년 5월 7일 동광동 화국반점에서 열 명이 조금 넘는 문인이 모여 만든 단체입니다. 출범 당시 회원은 28명이며 2년차에 7명이 추가 가입하여 1987년 후반 해체하기까지 30여 회원이 활동합니다. 출범과 더불어 김정한 선생이 고문으로 추대되었고, 김규태 윤정규 김중하 3인의 운영위원 체제이나 실질적으로 윤정규가 단체를 이끌었습니다. 강영환이 간사를 맡았으며 회보 발간 등 실무를 최영철(도서출판 글방 편집 활동)이 했습니다. 1986년 개인 사정으로 김규태가 회에서 나가고 대신 임수생이 운영위원이 되었습니다. 간사회의를 '57'의 중추에 두는 방식으로 재편하여 총무간사(강영환 최영철), 기획간사(신진), 섭외간사(류명선), 연구간사(하창수 구모룡)를 두었습니다. 매월 또는 격월로 회합을 가지고 회보를 발간하는 한편 연간으로 문학의 밤 행사를 가졌습니다. 기관지를 내기로 하고 1986년에 무크지 『토박이』 2호를 내었습니다. 『토박이』는 1984년 동보서적이 창간한 무크지로 지역사회문화운동을 지향하고 있으며 제자(題字)를 요산이 쓸 정도로 요산의 자장 속에 있었습니다. 2호가 판매금지 조치를 받고 동보서적이 탄압의 대상이 되는 한편 3호를 발간하는 노력(이성훈, 신선명, 구모룡의 편집) 또한 결실을 보지 못했습니다. 이후 1987년 9월 『문학과 실천』(도서출판 글방)을 발간한 바 있습니다. '5.7'이 보인 문학운동은 전두환 정권의 독재에 글로써 저항하다 "4.13 호헌 조치"에 맞서 1987년 4월 29일 "4.13호헌 조치에 대한 문학인 193인의 견해"(『동아일보』 4월 29일자 참조)에 회원 다수가 이름을 얹는 데서 하나의 정점을 이룹니다. '5.7'이 해소되는 흐름은 '자실'의 해소와도 이어집니다. 6월 항쟁 이후 주지하듯이 '자실'이 확대 개편하여 1987년 9월 17일 '민족문학작가회의'가 창립됩니다. '5.7' 또한 이 해 11월 '부산민족문학인협의회'로 확대 개편되지요. 이는 9월의 광주전남민족문학인협의회, 11월의 대구경북민족문학회, 충북문학운동협의회, 12월의 경남마산민족문학운동협의회, 이듬해 6월 전북민족문학인협의회, 1989년 4월의 대전충남민족문학인협의회 구성이라는 흐름 속에 놓입니다. 이들 단체는 모두 전국단위의 '민족문학작가회의'와 연계하면서 상대적인 자율성을 지닙니다. 여기서 한 가지 주목할 일은 1987년 8월 8일과 9일 부산 해운대 소재 대한성공회연수원에서 '자실' '지역문학운동위원회' 전국대회가 열렸고 그 주최가 자실과 부산의 지역문학운동협의회(강영환, 최영철, 신용길, 조성래, 민병기, 정일근, 정인화, 구모룡, 하일 등이 활동)였다는 사실입니다.(『경향신문』 1987년 8월 3일자 참조) 여기서 「지역문학운동론」을 구모룡과 민병욱이 발제하는데 그만큼 '5.7'을 주축으로 하는 부산지역문학운동의 위상이 높아진 것입니다.

'57'이 만들어지는 계기는 여러 가지입니다. 첫째 요산 김정한의 의지, 둘째 부산지역 젊은 문학인의 성장과 분화를 들 수 있습니다. 물론 이러한 단체를 태동시킨, 폭압적인 시대가 가장 중요한 요인이지요. 문제는 누가 어떻게 이를 추동하고 실천하였는가입니다. 1970년대의 '자실'의 모태는 1974년 1월 7일의 "문인 61인 개헌지지 선언"입니다. 유신헌법을 개헌하자는 이 선언에 참여한 부산작가는 요산과 윤정규, 두 분이며 이후 당국의 사찰 대상이 됩니다. '자실'은 표현의 자유를 전면에 내세운 "문학인 101인 선언"과 더불어 1974년 11월 18일 창립됩니다. 이 선언에 이름을 올린 부산지역 문인은 김정한, 강은교, 김성종, 윤정규, 임정남이나 당시 강은교, 김성종, 임정남은 서울에 거주하고 있었습니다. 엄밀히 따져 1970년대 부산지역의 진보적 문학 활동은 미미하였고 요산과 윤정규 두 분이 고분분투하는 형국이었습니다. 그러나 요산의 존재는 결코 가볍지 않았습니다. 해방 이전 부산 경남의 진보적 문인(신고송, 김상훈, 권환, 김정한, 김병호, 이주홍, 손풍산, 양우정 등) 가운데 한국사회에서 1930년대 이래 지녔던 가치와 지향을 견지해온 이가 요산이기 때문입니다. 특히 김동리와 조연현 등 영남문인에 의해 장악된 문학장에서 요산은 진보의 복원에 상응하는 상징성을 지닐 수 있었습니다. 그리고 그 곁에 윤정규가 있었던 것입니다. 그런데 1985년 봄에 요산이 "이러한 시대에 우리 부산의 문인들도 뭔가를 해야지 않겠느냐"고 독려한 것은 1980년대의 맥락에서 보아야 합니다. 특히 1984년 12월 19일에 있었던 '자실'의 재건과 연관됩니다. 새로 재건된 '자실'은 무크지와 동인지를 통해 등장한 80년대 젊은 문인들과 1970년대 선배문인들의 연대로 특징됩니다. 이러한 상황에서 요산의 염려는 부산의 젊은 문인들을 향합니다. 광주의 『오월시』, 서울의 『시와 경제』, 대전의 『삶의 문학』, 청주와 대구의 『분단시대』 동인들이 연계한 가운데 부산은 빠져있었던 것입니다. 이 시기 부산에도 『열린 시』, 『지평』, 『토박이』가 있었지만 마산의 『마산문화』(1982년 창간)가 '자실' 재건의 네트워크에 포함된 것과 달리 배제된 것입니다. 이유가 무엇일까요? 문학주의, 문학 내부의 정치주의, 소박한 지역주의적 현실주의가 아닐까 합니다. 1980년대 초반 진보적 흐름을 대표하는 무크지는 단연 1979년 창간호를 낸 『실천문학』입니다. 이를 시작으로 소위 80년대의 민족문학론과 민중문학론은 진화와 분화를 거듭합니다. 부산의 무크지가 이러한 경향에 합류하는 것은 1984년 『지평』 3집부터라 할 수 있습니다. 서울중심주의에 대한 강력한 도전에서 출발한 『지평』은 1983년 창간과 더불어 무크지라는 법적 제약을 돌파하면서 그 첫해에 2호를 발간합니다.

그만큼 지방주의(localism)가 강렬하게 표출된 것입니다. 그러나 이러한 지방주의는 한국문학의 전체성에 이르는 데 장애가 될뿐더러 서울/지방의 이분법을 넘어서서 활동하려는 지향과 충돌하게 됩니다. 그럼에도 지방주의가 새롭게 분출하는 지역문학의 욕구를 끌어내는 효과적인 기제로 작동한 것은 틀림이 없습니다. 1984년 『전망』은 지방주의와 문학주의 그리고 아카데미즘의 결합(남송우, 류종렬, 민병욱, 정형철, 박남훈, 정영태, 강경주, 이정주 등)에 의하여 창간됩니다. 아울러 새로운 해석공동체를 구성하려는 비평적 실천으로 나아가고 민병욱과 황국명의 『문학과 지성 비판』(지평, 1987)이라는 정치주의 비평의 결과물로 이어집니다. 반면 『지평』에 잔류하거나 새로 참여한 이들(이윤택, 하창수, 강영환, 김문홍, 구모룡, 최영철 등)은 한국사회와 한국문학의 보편적인 과제를 탐구하면서 구체적인 삶과 현실주의적 실천을 지향하게 됩니다. 한편 『토박이』는 처음부터 동인체제가 아니었지만 지역의 민중적 현실에 착목합니다. 이리하여 요산의 의지가 『토박이』를 경과하여 『지평』에 미치게 되는 것입니다. '5.7'은 요산과 윤정규라는 선배세대와 『지평』 등 후배세대의 연대에 의하여 탄생하며 한국현대문학사에서 부산지역에서 처음 구성된 진보적 문인단체로 기록됩니다.

다시 말하자면 1984년 '자실' 재건 당시 『마산문화』가 네트워크에 포함되고 『지평』이 빠진 일은 초기 『지평』이 지닌 방향성에 비춰 피할 수 없었던 일로 보입니다. 『마산문화』는 창간 처음부터 마산의 민중현실에 주목하였습니다. 박영주, 이재업, 서익진, 최명학은 정진업과 이선관 등 선배문인의 진보적 전통을 계승하면서 식민도시로 성장한 마산의 시각으로 노동하는 대중의 삶을 부각하며 현실주의를 실천하였습니다. 이에 비하여 『지평』은 한국문학의 장 속에서 문학적인 투쟁을 전개하고 있었던 것입니다. 이러한 점에서 『전망』과의 분화 이후 1984년 『지평』 3집이 "새로운 삶의 양식"을 내세운 것을 주목할 수 있습니다. 한국문학의 지평을 새로 형성하는 삶의 양식을 추구하겠다는 동인들의 변화를 읽을 수 있는 대목입니다. 그러나 『지평』의 삶의 양식은 3집에서도 구체화되지 못합니다. 내적으로 시민이냐 민중이냐의 논란이 잠복해 있었기 때문입니다. 『지평』 4집 이후 민중지향이 강세가 되면서 시민지향을 내세운 이윤택은 서서히 『지평』에서 이탈합니다. 『지평』의 민중지향성은 '5.7'의 결성과 연이은 운동성 추구와 연동되어 있습니다. '5.7'이라는 실천의 장이 있었기에 『지평』의 활력은 더 커졌습니다. 다시 '5.7'로 돌아가 회보 창간호에서 강영환(간사)이 정리한 출범의 의의를 읽어보려 합니다.

> 문학인의 삶은 별개의 것이 아니라, 불안하고, 불투명하며, 분단된 이 시대의 한가운데 놓여져 있으며, 이러한 시대 상황 속에서 복잡하고, 불안하고, 불투명한 상태로 영위되고 있다. 더욱이 문학적으로도 대중적 사고와 개인적 사고가 충돌하고 있는 이 시대는 문학인에게 역사적 사명감을 요구하고 있으며, 문학인은 그러한 요구를 팽개쳐 버린다든가 도피해 버릴 수 있는 정신적 여유를 갖지 못하고 있다. 그렇다고 하여 문학인들이 쉽사리 편협한 민중론자나 극단적인 개인주의자가 될 수 있는 상황은 아니라 본다. 문학인은 시대적, 역사적 요구를 당연한 역사적인 귀결로서 받아들이지 않으면 안될 입장이다.
>
> 우리는 이 시대의 역사와 현실 앞에서 이를 직시하고, 문학인으로서의 소명감을 확인하며, 문학적 실천을 구현하기 위하여 1985년 5월 7일(화) 요산 김정한님을 모시고 시인, 작가 28인이 모여 "57문학협의회"

를 발족시키기에 이르렀다.

"57문학협의회는 민중의 삶—즉 콤뮤니티를 간직한 따뜻한 대중적 삶—과 그 형태, 그리고 시대적 요청에 대한 문학인의 사명감을 자각하고, 현실에 밀착된 삶의 목소리를 문학형태로 형상화시킬 것이며, 또한 역사적 인물의 재조명과 민중시가의 발굴 기록 및 평가 작업을 통해 우리의 삶을 재확인할 것이다. 뿐만 아니라 이 시대의 소외된 삶과의 뜨거운 만남을 통하여 문학을 보다 더 적극적으로 저변화해 나갈 것이다. 이를 위해 본회는 매년 무크지 형태의 종합문예지를 발간하며, 보다 더 활성화된 문학활동을 위하여 "57문학"이라는 제하는 협의회의 회보를 발간할 계획으로 있다.

문학이란 개인의 전유물이 아니며, 인류 공동체적 삶의 보다 나은 차원을 향한 인류동공의 문화양식의 하나임을 다시 한번 확인하며 삶의 현장에서 우리의 문학을 굳건하게 세워 나갈 것이다.

—「57문학협의회의 출발」, 『57문학』 창간호, 1985년 12월 10일

1987년 11월 '5.7'이 해소되고 '부산민족문학인협의회'(기존의 '5.7' 회원에 박명호, 조해훈, 동길산 등 다수 문인이 동참하는 구성)가 결성될 때 선언문(구모룡 작성)이 발표되었습니다. 그러나 1985년 5월 7일 '5.7'이 만들어질 때 선언문은 없었습니다. "57문학협의회"라는 명명은 요산이 "독일에 '47그룹'이 있었듯이 우리도 5월 7일 만났으니 '57문학협의회' 라고 하면 좋겠다"라고 제안하여 정해진 것입니다. 주지하듯이 '47그룹'은 1947년 2차 대전에서 패한 독일의 새로운 문학 방향을 모색하고자 결성된 단체입니다. 알프레트 안더슈(1914~1980), 발터 콜벤호프(1908~1993), 한스 베르너 리히터(1908~1993) 등이 1946년 『Der Ruf』를

발간하다가 정간당한 뒤 한스 베르너 리히터의 주도로 창립되어 시인, 소설가, 비평가 등이 모여 새로운 독일 문학을 모색하고, 신진의 전후 문학파를 격려하며, 반나치주의와 인도주의를 주창하다 유럽의 68운동 와중에서 분열하다 해산합니다. 요산이 이 단체를 내세운 숨은 의도가 있다면 미뤄 짐작하건대 둘일 것입니다. 그 하나가 반파시즘이라면 다른 하나는 후배 문인 육성이 아닐까 합니다. 그러나 '5.7' 창립 당시 단체의 목적과 지향을 선명하게 명시한 바는 없습니다. 요산과 함께 '자실'에 이름을 건 윤정규는 유신체제와 전두환 정권의 갖가지 감시와 탄압을 이야기한 바 있습니다. '5.7'은 '자실'의 연장선에서 '표현의 자유'를 가장 주된 테제로 받아들이게 됩니다. 따라서 편협한 민중론과 극단적인 개인주의를 배격하고 공동체를 지향하는 문학운동을 지향합니다. '자실'이 1970년대 민족문학의 청산과 민중문학으로의 재편을 둘러싸고 토론과 논쟁을 거듭한 것처럼 '5.7'에도 민중이라는 뜨거운 감자가 잠복해 있었습니다. 이는 '5.7'의 방향을 두고 구모룡의 「거짓된 화해냐 강요된 화해냐—민중문학론의 한 단면」(창간호), 하창수의 「산업사회와 전통지향의 문학」(2호) 등이 논의를 제공하고 있습니다. 전자는 민중지향과 민중주체를 역대중화를 통한 민중실천으로 통합할 것을 내세우고 후자는 민중문학론에 기입된 전통양식의 한계를 지적하며 민족적이고 민주적인 이론과 실천을 요청합니다. 이처럼 민중문제를 논의의 중심에 두면서 '5.7'은 유연하게 "시대적 요청에 대한 문학인의 사명감을 자각하고, 현실에 밀착된 삶의 목소리를 문학형태로 형상화"하는데 주력합니다.

'5.7'의 활동은 격월 정기 모임, 회보 발간, 연간 무크지 발간과 5.7문학의 밤 등으로 이어졌습니다. 정기 모임의 자리는 상황과 문학에 대한 열띤 토론으로 밤이 깊어 끝이 났습니다. 창립 모임을 했던 화국반점과 광복동의 여러 다방 그리고 양산박과 산에산에 등의 주점은 '5.7' 회원들의 단골집이 되었습니다. 아울러 1986년 5월 박병출 시인이 다선방(1987년 바우고개로 개명)을 열면서 이곳은 '5.7'과 젊은 문인들의 아지트가 됩니다. 이곳에서 1986년 이래 '부산경남젊은시인회의'가 열렸고 1987년 '부산경남지역문학운동협의회'의 창립 모임이 개최되었습니다. 문인들을 불러 모으는 아지트가 있다는 것은 여러모로 유익합니다. 정기 회합과 상시적인 만남이 가능한 공간이 있기에 유대는 강화되었습니다. 진해에 흑백다방이 있다면 부산에는 다선방이 있었습니다. 두 장소는 부산 경남 시인을 이어주는 거점이었습니다. '57'의 회보는 매월 발간이 원칙이나 원고 수합 등의 사정에 따라 간혹 결호가 생겨 1985년 12월 창간호가 나오고 1987년 3월 10일 10호로 종간됩니다. 대략 1년 4개월 동안 열 번 발간한 셈이지요. 1987년 4.13호헌 정국이 조성되면서 더 이상 회보 발간은 지속되지 않습니다. 시국이 악화일로로 가고 있는 마당이라 회보보다 자주 모여 얼굴을 맞대는 일이 우선이었습니다. 회보의 편집 구성은 권두언, 5.7논단, 5.7시론, 5.7시단, 5.7현장, 5.7소식 등이 주였고 여기에 5.7대담, 5.7좌담, 5.7서평 들이 시의적절하게 배치되었습니다. 회보의 편집과 발간은 처음부터 최영철 시인이 맡았습니다. 그는 당시 도서출판 글방(대표 이경훈)에서 편집 일을 돕고 있었는데 '사상으로서의 편집자'라는 격에 어울리는 역할을 하였다고 생각합니다. 연간 무크지는 1986년 『토박이』 2집, 1987년 『문학과 실천』 창간호로 이어집니다.

회보를 발간하며 격월로 정기 모임을 가지면서 문학과 현실에 대한 회원 상호 토론과 요산과의 대담 등을 통해 성장한 '5.7'은 1주년이 되는 해에 이르러 단체의 입장을 다음과 같이 네 가지 정도로 정리합니다.

1) 우리는 분단 상황이라는 민족적 불행 앞에서 올바른 민족문학을 위한 우리의 노력을 경주한다. 민족문학을 위한 우리의 노력은 오늘날의 분단 현실을 타개하려는 구체적 실천 속에서 얻어질 것이다. 그래서 우리는 어떠한 형태의 것이든 분단을 고착화시키려는 반민족적 노선에 반대한다. 이를 위해 우리는 민족적 현실을 외면한 매판적 개인주의 문학을 배격하는 문학적 실천을 지속한다.
2) 우리는 문학운동을 통하여 문화의 민주화를 확보하고자 한다. 오늘날 사이비 귀족문화의 반민주성이나 대중문화의 조작성은 올바른 민주주의적 문화 창달을 저해하고 있다고 볼 수 있다. 따라서 우리는 우리의 문학을 지금-이 땅의 구체적 삶과 밀착되게 형상화함으로써 보다 민주적이며 보다 민중적인 것으로 가꾸어가고자 한다. 우리는 이 땅의 주인은 민중이며 이 민중은 주인으로서의 올바른 권리를 가져야 한다고 본다. 우리는 우리의 문학이 민중의 머리 위에 군림하게 되는 반민주적 오류를 범해서는 안 될 것이다.
3) 우리는 지역 문학 운동의 활성화를 위해 매진한다. 오늘날 대내외적 종속의 상황은 대외적으로 민족 현실을 식민화하고 있으며 대내적으로는 봉건적이며 식민주의적인 수탈의 구조를 온존하고 있다. 이러한 현실에서 우리는 중앙집권적인 사회, 경제, 정치, 문화 구조의 숱한 피해를 입고 있다 하겠다. 지역이 주변이나 변두리에 가까운 의미 이상을 갖지 못한 것이 오늘날의 사정이다. 우리는 대내적 종속 관계를 해소함으로써 대외적 식민주의도 극복하는 노력을 아끼지 않는다. 이를 위해 우리는 우리 지역의 특수성을 보편적인 것

으로 끌어올리는 작업들을 지속하고자 한다.

4) 우리는 문학 창작의 자율성을 보장하지 않는 정치적 탄압을 반대한다. 문학, 나아가서 문화의 본질은 자유이다. 창작의 자유는 따라서 문학인의 생명에 가까운 것이다. 우리가 창작의 자유를 보장하지 않는 어떠한 정치 세력에도 반대하며 동시에 그것의 획득을 위해 투쟁하는 까닭은 우리의 자유를 위협하는 일이 우리의 생명을 위협하는 것과 같기 때문이다. 누구에게나 자유는 소중한 것이다. 그러나 우리에게 있어 그 자유는 더욱 절실하고 소중한 것이다.

―「57문학협의회의 창립1주년을 맞아」, 『57문학』 5호, 1986년 5월 7일)

여기서 만나게 되는 테제는 분단 극복의 민족문학, 민주적이고 민중적인 문학, 지역문학, 표현의 자유 등 네 가지입니다. 출범 당시 첫머리에 놓였던 표현의 자유에다 민족문학과 민중문학 그리고 지역문학이라는 구체적인 지향과 방법을 제시하고 있습니다. 특히 지역문학을 지역의 특수성을 보편적인 것으로 끌어올리는 작업으로 이해함으로써 민족문학과 민중문학의 구체적인 매개로 설정한 점이 두드러집니다. 표현의 자유는 민주주의 사회의 기본요건이지만 80년대 상황에서 이는 선결의 문제였습니다. '57'은 1주년을 맞기 이전에 이미 회원 대다수의 참여로 발간한 무크지 『토박이』 2집이 판금되는 조치를 경험한 바 있습니다. 『토박이』 2집과 함께 판금된 책은 『마산문화』 4집을 위시하여 22책입니다.(『부산일보』 1986년 3월 21일자 참조) 1983년 전두환 정권은 유화국면을 조성하다 1986년 개헌 정국을 맞으면서 대대적인 탄압을 진행합니다. 발행되는 책을 판금하고 서점을 압수수색하는 한편 출판인과 서점주인을 구속하는 등의 공안통치를 강화합니다. '57'의 회보는 이러한 상황을 '5.7현장'을 통해 알린 바 있습니다. 지역문학이라는 테제를 '5.7'이 중요한 매개항으로 설정한 것은 무크지 『지평』과 '부산경남젊은시인회의'의 영향이 큽니다. '부산경남젊은시인회의'는 한국일보 신춘문예에 연이어 당선한 정일근과 최영철이 주도하여 만든 모임(최영철, 정일근, 강영환, 류명선, 허철주, 최규장, 이월춘, 우무석, 안성길, 성기각, 성선경, 김종우, 서영호, 박병출, 정규화, 최원준 등)입니다. 첫 모임이 1986년 4월 5일 진해에서 열렸고 이 자리에서 제가 「지역문학운동의 과제와 방향」을 발표했습니다. '부산경남젊은시인회의'는 90년대 초반까지 그 활동이 계속됩니다. 이 단체와 무크지 『지평』 그리고 '5.7'은 상호 연관을 지닙니다. 적어도 외곽에서 서로 힘이 되었던 것입니다. 아울러 이 단체의 일부 회원이 1987년 6월 '부산경남지역문학운동협의회'를 만들지만 1987년 10월까지의 한시적 활동에 그칩니다. '부산경남지역문학운동협의회'는 울산의 정인화, 김상화, 정현신 등이 동인인 『시와 실행』과 노동문학에 대한 토론회를 열고 울산사회선교협의회를 통해 백무산 시인을 만나기도 합니다. 6.29선언 이후 가열한 노동운동의 현장을 탐문한 것이지요. 그러나 이 단체의 활동은 신용길이 교육운동으로 나선 일을 제외하고 더 진전되지 않습니다. 이는 '5.7'도 마찬가지입니다. 6.29선언 이후 노동자 대투쟁의 시기에 민중지향적 자유주의 경향의 문인들이 개입할 여지는 많지 않았습니다. 더군다나 '자실'이 확대 개편하여 1987년 9월 17일 '민족문학작가회의'가 창립되는 국면을 맞아 '5.7'도 외연 확대를 모색하게 되는 시점에 이릅니다.

판금된 『토박이』 2집의 주요 목차는 다음과 같습니다.

지방문화발전을 위한 발돋움/요산 김정한

새로운 세계관의 정립과 80년대 민중문학론/구모룡

부산지역의 계급구조 분석 시론/김석준

부산지역 신발 산업의 구조와 위기/양민

부산지역문화운동론/강중일, 황진식

80년 봄, 동국제강에 타오른 함성/김정주

낙동강, 그 생명력의 부활을 위해/박정인

을숙도, 우리의 피와 땀이 묻혀있는 땅/이수윤

임진의총/김석희

〈장편서사시〉 李哥장터/이윤택

〈소설〉 나의조국(가을)/윤정규, 안개주의보/김문홍, 이웃한 사회/윤진상, 어둠의 안식/이규정, 개잡이/정형남

〈시〉 강영환, 김철, 류명선, 박상배, 신진, 오정환, 이상개, 임수생, 최영철

〈희곡〉 눈(眼), 혹은 더러운 신(神)의 발자국/하창길

당국은 판금조치의 명확한 사유를 밝힌 바 없습니다. 문인, 사회학자, 기자가 쓴 이 정도의 글을 금지하는 데는 다른 연유가 있었다고 보아야 합니다. 그것은 1986년 벽두부터 진행되고 있던 개헌 논의를 원천적으로 봉쇄하려는 정치적 책략에서 비롯한 것이라 생각합니다. 말할 것도 없이 '5.7'의 구성원들이 한 목소리를 낸 것은 아닙니다. 또한 그렇게 되기를 바라거나 누가 들어 그것을 강요한 바도 없습니다. 현실을 이해하는 강온의 차이는 폭압적인 시대에 억눌린 자들의 동질감 속에 봉합되었습니다. 이런 가운데 류명선의 활약을 언급하지 않을 수 없습니다. 그는 김준태, 고은 등과 교류하면서 '자실'과 소통하고 있었습니다. 1986년 2년차에 그가 섭외간사를 맡은 까닭이 여기에 있습니다.

4.13 호헌 조치 이후 4월 29일 '자실'이 문학인 193명 개헌 촉구 성명을 내었습니다. 여기에 김정한, 윤정규, 강은교, 임정남, 임수생, 조갑상, 이현석, 구모룡, 이상개, 오정환, 이윤택, 강영환, 류명선 등 '57' 회원 다수(최영철 시인은 류명선 시인의 실수로 누락됨)가 포함되었습니다. 1987년 '5.7'은 당국의 감시하에 YMCA에서 2주년 기념 '57문학의 밤' 행사를 열었습니다. 염무웅을 초청하여 「민중문학의 과제와 반성」이라는 제하의 강연을 들었지요. 이 날 요산의 축사로 시작하여 다채로운 행사가 전개되었는데 문인 이외의 낯선 이들도 '5.7' 2주년을 축하하기 위해 동참해 주었습니다. 1987년 접어들어 지난 해 연말에 진행되던 『토박이』 3집이 난망하자 2주년을 기회로 새로운 무크지 『문학과 실천』을 발간하였는데 그 목차는 아래와 같습니다.

57문학작품집발간에 즈음하여/요산 김정한

민중문학의 과제와 반성/염무웅

민족문학의 '현단계'에 대하여/구모룡

연극과 리얼리즘/이현석

한국사회의 폭력상에 대하여/강문구

〈시〉 임수생, 이상개, 박상배, 김석규, 김철, 하일, 이상호, 김수경, 강영환, 류명선, 최규장, 김보한, 이창희, 이갑재, 김석주, 최영철, 박병출, 조성래, 장선규, 정순자, 김개, 김호생

〈중편〉 아겔다마/이규정

〈단편〉 뚫어진 사람/윤진상, 도시의 섬/정형남

〈희곡〉 탁이와 억이/윤정규, 노인 새되어 날다/신태범

『문학과 실천』 말미에 '57문학협의회 연혁'이 정리되어 있습니다. 그런데 연혁에 상당한 오류가 있어 바로잡습니다. 먼저 창립회원은 "요산 김정한 외 39명"이 아니고 28명입니다. 이는 회보 1호 권두언에 명시된 바 있고 회보 5호에 그 명단이 제시되어 있습니다. 회보 5호에 제시된 명단은 27명입니다. 그 사이에 개인 사정으로 김규태 운영위원이 사임한 탓입니다. 창립회원 28인은 김정한, 윤정규, 박태문, 김준오, 하일, 이영찬, 김규태, 이규정, 김중하, 이복구, 강영환, 최영철, 이윤택, 류명선, 하창수, 구모룡, 신진, 신태범, 이상개, 임수생, 조갑상, 오정환, 윤진상, 김철, 박상배, 김문홍, 정형남, 하창길이지요. 1주년이 지나 김보한, 박병출, 박치환, 신용길, 정영자, 정태규, 최규장이 가입하였습니다.(회보 7호 참조) 그리고 이어서 동참 의사를 보인 원광, 김석규, 조성래, 이창희, 이갑재, 김석주, 정순자 등을 받아들였습니다. 또 하나의 오류는 1986년 7월 1일 정기총회를 개최하여 "고문에 김정한 선생님, 운영위원에 임수생(상임) 윤정규 이규정 윤진상 이상개 선생이 선임되고 간사제도를 활성화하여 강영환(총무) 구모룡(연구) 류명선(섭외) 최영철(출판)을 선임하다"라고 하였으나 회보 7호가 말하듯이 정기총회 개최일은 7월 2일이며 운영위원은 윤정규 임수생 김중하이고 총무간사 강영환 최영철, 기획간사 신진, 섭외간사 류명선, 연구간사 하창수 구모룡 등입니다. 마지막으로 요산 김정한이 민족문학작가회의 회장으로 추대된 것은 10월이 아니고 9월 17일이지요. 10회 발간한 회보를 합본으로 묶어 배포한 이는 최영철 시인입니다. 만일 당시 합본을 만들지 않았다면 대부분 기록은 유실되었을 것이라 생각합니다.

개인적인 고백이지만 나를 『지평』으로 부른 사람은 이윤택입니다. 그리고 그는 최영철과 나에게 『지평』을 맡기고 다른 길로 갔습니다. '5.7'

로 나를 이끈 이는 요산과 윤정규입니다. 80년대 나의 문학은 이러한 인적, 물적 매체들 속에 있었습니다. 요산은 4월 혁명 이후 진보문학의 주역 가운데 한 분입니다. 한국 문학의 진보를 복원한 그는 1980년대 '5.7'을 통하여 부산의 진보를 창출하였습니다. 그리고 벌써 30년이 지났고 요산과 윤정규 등 몇몇 분은 이미 세상을 떴습니다. '5.7'을 어떻게 평가하느냐는 아직 별개의 문제라 생각합니다. 또한 외연이 확장된 '부산작가회의'가 '5.7'의 계승자냐 아니냐에 대하여 크게 논란할 일은 아니라고 봅니다. 다만 『한국작가회의 40년사』를 접하면서 그 역사에서 '5.7'이 빠진 사실을 먼저 보충하고자 합니다. 별도로 묶인 『증언: 1970년대 문학운동』(한국작가회의, 2014)을 읽으면서 요산과 윤정규의 증언을 기록할 수 없었음이 안타깝습니다. '5.7'이라는 조직 활동이 중요했다는 것이 아닙니다. 문학예술 단체는 조직논리에 빠질 때 세상의 다른 단체보다 더 빨리 속화되기 쉽습니다. 가장 중요한 것은 좋은 글을 쓰는 일입니다. 단체 활동을 통하여 훌륭한 시인과 작가를 만나는 일은 행운입니다. 나는 적어도 '5.7'을 중간에 두고 『지평』과 '부산경남젊은시인회의' 등을 통해 뛰어난 문인들과 어울릴 기회를 얻었습니다. 적어도 이들이 있었기에 나는 지역문학에 헌신하고 그 논리를 진화할 수 있었습니다. '5.7'의 경험을 오늘 '부산작가회의' 회원들이 동일한 무게로 공유할 수는 없을 것입니다. 각기 다른 의미로 남아 있을 터이지만 그래도 힘겹게 통과한 80년대가 우리들 각자의 문학을 더 성장시켰다면 그것이야말로 더할 수 없는 기념이 될 것이라 믿습니다. 아울러 문학을 새롭게 발명하지 않으면 안 될 상황에 우리가 처해 있다는 자각이 드는 이즈음, 다시 그 어두운 시대의 문학을 기억하고자 합니다. 그때의 여러 경험들이 새로운 전망을 찾는 데 기여할 것이라 믿습니다.